KB095847

사랑에 미쳐 날뛸 날이 올 거다

사랑에 미쳐 날뛸 날이 올 거다

초판 1쇄 발행 | 2023년 10월 16일
초판 2쇄 발행 | 2024년 3월 1일

지은이 | 황규관
펴낸이 | 정태준
기획 | 안정숙
편집 | 엄기수
디자인 | 정하연
펴낸곳 | 책구름 출판사
출판등록 | 제2019-000021호
전화 | 010-4455-0429
팩스 | 0303-3440-0429
이메일 | bookcloudpub@naver.com
블로그 | blog.naver.com/bookcloudpub
카페 글비배곳 | cafe.naver.com/knowledgerainschool

ⓒ 황규관, 2023
ISBN 979-11-92858-09-8 (03810)

* 이 책에 전문 혹은 부분 인용된 김수영의 시와 산문은 저작권자의 허락을 받아 실었으며,
  민음사에서 2018년 발행된 3판 『김수영 전집 1-시』『김수영 전집 2-산문』을 따랐습니다.
* 저작권법에 의해 보호받는 저작물이므로 무단 전재와 복제를 금합니다.
* 잘못 만들어진 책은 구입하신 곳에서 바꾸어 드립니다.

사랑에 미쳐 날뛸 날이 올 거다

황규관 지음

김수영의 비원

책구름

다시,
김수영을
말하며

1

김수영에 대한 책을 다시 낼 줄은 몰랐다. 『리얼리스트 김수영』을 낸 것이 2018년의 일이니 딱 5년 만이다. 만약 다시 김수영에 대해 할 말이 생긴다면 먼 훗날일 거라고 막연한 생각은 있었다. 첫 책을 내고 난 뒤에 있었던 두 번의 '함께 읽기'가 결국 이 책을 내는 계기가 된 것 같다. 무엇보다도 전주 금암도서관에서 시민들과 가진 '김수영 읽기'는 상당히 결정적이었다. 김수영을 새로이 읽을 수 있는 관점이 그동안 자라고 있었던 것일까. 설령 그 관점이 나도 모르게 자라고 있었다 하더라도 그것이 발아하는 데는 구체적인 조건이 마련돼야 하는데 금암도서관에서의 '읽기'가 그것이었나 보다.

지난번 책에서는 대체로 김수영의 시를 이해하는 데 주안점을 두었다면 이번에는 김수영을 읽는 나름의 '일(一)'을 견지하고자 했다. 하지만 이 '일(一)'은 내가 의지로써 가지려 했던 것이 아니다. 어떤 경험을 통해 일어난 번개가 나도 모르게 내 안의 씨앗을 일으켜줬다고나 할까. 그렇다고 해서 무슨 대단한 것을 얻었다는 뜻은 아니다. 책을 다시 내는 변명이 생겼다는 말일 뿐이다. 이번에 내가 '발견'한 것은 김수영이 평생 품은 비원(悲願)이며, 그것이 김수영의 시 전체를 살게 해준 지하수였다는 것이다.

예전에는 그것을 '자기극복 의지'라고만 읽었지만 그것만으로는 4·19혁명 이후의 김수영을 제대로 읽을 수 없다. 그리고 개인적인 수양 문제인 자기극복 의지만으로는 말년에 그가 도달한 '온몸의 시'를 이해할 수도 없다. 그에게 '온몸'은 협소한 '자기'가 아니었기 때문이다. 김수영의 시를 말할 때 대부분 4·19혁명을 큰 분수령으로 삼으면서 동시에 김수영의 혁명을 특정 시기에 제한하는 면이 있는 것 같다. 하지만 김수영에게는, 얼마나 자신이 그것을 인식하고 있는가와는 별개로, 비원이 있었으며 그것이 역사적 조건에 맞게 개화했을 뿐이다. 김수영을 역사적 사건으로서의 4·19혁명에 붙박아두면 4·19혁명이 5·16쿠데타에 의해 뒤틀려버린 직후의 그의 고통도 '난해의 장막'에 가려져버리고, 그렇게 되면 다시 그 뒤의 걸작인 「사랑의 변주곡」으로 가는 통로도 봉쇄되고 만다. 그런 상황에서는 「사랑의 변주곡」은 뜬금없는 일회적 사건이 될 뿐이다.

이번에 김수영을 다시 읽으면서 그가 왜 그렇게 4·19혁명에 미친 듯이 날뛴 것인지 새로이 이해하게 됐다. 그리고 그렇게 될 수밖에 없는 내면적·정신적 필연성을 「공자의 생활난」에서부터 찾을 수 있다고 나름 확신하게 되었다. 즉 「거미」에서 밝힌 것처럼 몸을 태우는 바람은 단순히 개인적인 욕망이 아니었던 것이다. 그렇다고 해서 김수영이 이 모든 것을 사전에 기획했다는 말은 아니다. 시를 써본 이들은 알겠지만 그러한 의식적인 기획은 순간 순간 타오르는 불길로는 가능하겠지만 자신의 전생을 그것에 희생시킬 수는 없는 일이다. 의지라기보다는 온몸을 투신할 수밖에 없는 본능은 어쩌면 삶에 대한 지독한 사랑인지도 모른다. 삶이라고 한다면 누구나 개별적인 시간을 떠올리겠지만, 그것은 사실 근대가 우리에게 심어놓은 자아 비대증에 가까운 것일 게다. 온전한 삶은, 자신의 의지와는 관계없이 던져진 역사를 미워하지 않으면서, 동시에 싸우며 사는 것이 아닐까. 하지만 삶에 대한 객관적인 정의라는 것은 있을 수 없을 것이다. 결국 남는 것은 자신이 살아낸 시간의 진실뿐이다.

김수영에게 시를 품고 사는 것은 현실에서 아직 펼쳐지지 않은 '다른 세계'를 꿈꾸는 일이었다. 이것에 대한 작품적 증거는 너무도 쉽게 확인될 수 있으며, 그것을 나름 밝히는 것이 이 책을 쓰게 된 동인이 됐다. 학문에서는 가설 또는 전제된 주제라는 것이 설정되고 나서 그것을 밝히는 고투가 뒤따르는 모양이지만 김수영을 다시 읽는 일에는 그런 것이 필요할 리가 없다. 김수영의 시를 되풀이 읽으면서 '이제야' 김수영의 비원을 느꼈다고나 할까. 그러면서 과연 시에서 비원이 없다면 시가 얼마나 사소해지고 위험해지는지 공부도 된 셈이니 나에게 '김수영 읽기'는 나름의 시 공부였다.

김수영을 되풀이 읽는 일에 대해서 가벼운 오해(?)도 받아봤지만 김수영이 내게 준 것은 세속적인 보답이 아니라 그냥 시 그 자체였다. 시를 쓰는 순간은 차라리 기쁜 일이다. 시를 품고 사는 일이 고통스러울 뿐. 이것을 새삼 확인한 것이 큰 보람이라면 보람이다. 물론 이것은 꼭 김수영에게만 배울 수 있는 것은 아니다. 단지 김수영의 에너지가 나의 시운(時運)에 적합했을 뿐이다. 시 자체가 비원이 아닌가? 비원이 없이 어떻게 시를 쓸 수 있지? 김수영은 내게 꼭 그렇게 묻는 것 같았다. 그리고 그 물음 앞에서 시 쓰기에 대한 내 역량과는 관계없이 크게 동요되지 않을 수 없었고 '시가 별거냐?'는 세상의 조롱을 견디게 해줬다. 세상의 그런 조롱은 어디까지나 가이사의 언어이지 시의 것은 아니기 때문이다. 설령 시가 가진 비원이 현실적 가치를 가지지 못한다고 하더라도, 비원은 어쩌면 살아 있음의 증표 같은 것, 종교적인 언어를 빌리자면 생령에 가까울 것이다.

2

이번에는 김수영의 산문도 최대한 끌어들였다. 이 또한 의도된 기획은 아니었고 김수영의 비원을 보다 구체적으로 조명하는 데 산문의 도움이 필요했기 때문이다. 세상은 김수영의 시의 난해성에 비해 산문의 명징함을 말하고는 하지만 그의 산문이 그렇게 간단한 게 아님은 물론이다. 특히 시에 대한 1960년대 중반 이후의 글들은 사실 독자들을 곤혹스럽게 하기에 충분하다. 지난번 책에서도 산문

인용은 더러 했지만 그것은 어디까지나 시를 이해하기 위한 하나의 방편에 머문 것이 사실이다. '보론'이란 형식을 빌어 김수영의 산문을 다룬 세 편의 글을 실은 것도 김수영의 산문 정신에 대해 주의를 집중할 필요가 있다고 생각해서였다. 물론 김수영의 산문은 앞으로 더욱 집중해서 읽을 필요가 있고 그의 산문을 읽는 것도 시의 수련에 해당된다.

내게는 말년에 쓴 「참여시의 정리」와 「시여, 침을 뱉어라」가 문제적이었는데, 특히 「시여, 침을 뱉어라」는 김수영이 탐독했던 것으로 알려진 하이데거의 그림자가 드리워져 있다. 그런데 과연 그런 것인지, 만일 그렇다면 얼마나 그런 것인지 '혼자 힘'으로 살펴보고 싶었다. 이는 김수영의 시에 미친 하이데거의 영향 관계를 더듬어 보는 기초 작업이 될 수도 있을 것이라고도 판단했다. 과연 그런 것인지, 그렇다면 얼마나 그런 것인지에 대해서 여기서 미리 말할 필요는 없을 것 같다. 물론 「시여, 침을 뱉어라」와 하이데거의 「예술작품의 근원」의 관계만을 살핀다고 해서 김수영과 하이데거 문제가 밝혀지는 것은 아니다. 개인적인 의견으로는, 하이데거가 김수영에게 영향을 미쳤다면 무엇보다도 하이데거 사유의 전부라고 해도 과언이 아닌 존재 사유가 김수영의 시에 어떻게 나타나는지에 대해서 집중해야 할 것으로 생각한다. 그것을 제외한 논의들은 공연한 일이 될 가능성이 크다.

사실 이 문제는 김수영을 과도하게 '철학적으로' 격상시키려는 해석이 될 개연성이 있다. 무엇보다도 김수영은 우리의 역사가 낳은 시인이기 때문에 그것에만 주의를 기울여도 충분히 깊게 읽을 수 있다. 연구라는 미명하에 시를 외부에서 해체하는 일은 자주 목격되는 현상인데, 시를 읽는 일에 시의 내부로 잠영하는 것만큼 좋은 태도는 없다. 그래야만 시의 내부에 숨어 있는 여러 의미와 맥락을 살필 수 있으며 그럴 때에만 우리는 시 너머를 향해 다시 발걸음을 뗄 수 있기 때문이다. 김수영의 경우도 마찬가지다. 과연 김수영의 시 내부에 하이데거적인 무엇이 있는지는 김수영의 시를 깊게 느끼고 난 다음의 일이 된다. 즉 하이데거로 김수영을 해부하는 것이 아니라 김수영을 통해 하이데거로 건너가는 입구가 있는지 살피는 것이 적절한 공부 길이라는 것이다.

김수영의 산문은 시 내부를 느끼는 데 제법 밝은 손전등 역할을 해준다. 4·19혁명 직후에 쓴 산문 「책형대에 걸린 시」에서 김수영은 다음과 같은 고백을 한 적이 있다. 산문에서는 "최소한도의 '캄푸라쥬(camouflage)'가" 통하지 못한다고 말이다. 이러한 고백에 기대 말하자면 김수영의 산문은 현실에 대한 어떤 은폐도 없다는 말이 된다. 달리 읽으면 시에는 적잖은 "캄푸라쥬"가 있다는 말도 되는데, 이는 단순히 어떤 억압 상황 때문에 자신의 내면을 숨겨야 했다는 의미만은 아니다. 김수영의 시가 산문에 비해 한층 어려운 것은 시적 인식이라는 것이 명료한 산문적 인식을 가로질러 초월한 곳에서 시작되기 때문이며 산문적 인식으로는 도달하지 못하는 다른 영역을 포함하고 있기 때문이기도 하다. 하지만 김수영의 거기에 하이데거의 존재 사유가 포함되는지는 확실치 않다. 또는 하이데거를 전유해 김수영 나름의 존재 사유를 펼친 것으로도 보이지 않는다.

김수영의 산문이 시를 풀어 쓴 것은 아니지만, 그럼에도 불구하고 그의 산문과 시는 김수영 자신의 인식과 사유를 공유하고 있으며, 그런 면에서 김수영이 산문에서 보여준 인식은 그의 시를 가능케 한 도약대였다고 봐도 무방할 것이다. 시는 도약을 하는 순간 산문을 품지만 시가 품은 산문은 더 이상 이전의 산문이 아니게 된다. 따라서 산문이라는 손전등은 깊은 동굴로 들어갈수록 동굴의 일부가 되고 만다.

3

마지막으로 문장(경어체)에 관한 사족. 이 책은 앞에서 밝혔듯이 전주 금암도서관에서 시민들과 함께 읽은 내용을 기반으로 했기에 그렇게 되고 말았다. 어느 정도는 내가 직접 말한 내용이고, 말이 되지 못한 부분과 내용은 글을 더 보태는 방식을 취했다. 또 김수영의 시를 읽다가 시 일반에 대한 개인적인 소견과 뒤섞이고 말았는데, 처음에는 그 부분을 자제하고자 하였으나 그렇게 되면 다시 무거운 문어체가 될 것 같았다. 이왕 이렇게 된 김에 김수영을 통해 촉발된 내 소견도 자유롭게 욱여넣자는 생각이 들었다. 아무래도 독자들이 읽기에는 이런 스타일이 편할 것도 같지만 무엇보다도 내가 나에게 솔직해질 수 있어서 나름 편하게 작업을 할 수 있었다. 하지만 어떤 경박함은 불가피했다. 하지만 이 경박함도 내 것이라면 은폐할 필요가 없을 것이고, 이 경박함을 통해 김수영의 시를 읽는 데 도움이 되거나 혹은 나의 경박함을 객관화할 수 있다면 그것도 나쁘지 않을 거라고 생각했다.

감사드려야 할 분들이 많다. 김수영을 함께 읽을 자리를 마련해준 분들과 6개월 동안 한 달에 한 번 피곤한 몸을 이끌고 찾아와주신 전주 시민들, 책을 내는 일 자체가 큰일이 돼버린 현실을 아랑곳하지 않고 책을 내준 책구름 출판사에게 감사를 드린다. 그리고 미욱한 이 책에 추천사를 기꺼이 써주신 백낙청 선생님께도 깊은 감사를 드린다.

이 서문을 '고 김종철 선생 3주기 추모 행사'를 막 끝낸 뒤에 쓰는지라 아무래도 김종철 선생님 생각이 나지 않을 수 없다. 돌아보면 난파되기 딱 좋을 40대에 선생님을 만나 여기까지 올 수 있었던 것 같다. 김종철 선생님은 한편으로 내 삶의 길잡이였고 다른 한편으로는 문학 정신을 뜨겁게 부어주셨다. 지난 책인 『리얼리스트 김수영』에 대한 서평 지면도 『녹색평론』에 내주셨는데, 그만한 격려가 내게는 없었다. 어떻게 살겠다는 섣부른 약속보다 선생님이 가르쳐준 길을 잊지는 않겠다는 혼잣말만 남긴다.

차
례

사 랑 에 미 쳐 날 뛸 날 이 올 거 다

첫 번 째

이 야 기

나는 바로 보마

그늘

김수영을 읽기
위하여

김수영 시를 떠올리면 모두들 어렵다, 난해하다는 생각부터 떠올릴 것입니다. 맞는 말이기도 하지만 한편으로는 김수영 시를 이해하기 위한 노력이라고 할까요, 공부라고 할까요, 이런 것들이 빠진 채로 말해진다는 느낌도 없지 않습니다. 물론 모두가 김수영 시를 이해하기 위해 고된 노력을 기울여야 한다는 말은 아닙니다. 독자들은 자신들이 좋아하고 선호하는 시인을 읽을 권리가 있지요. 그리고 자기 가슴에 좀처럼 다가오지 않는 시를 아무래도 멀리하게 되는 것도 자연스러운 일입니다. 여기서 꼭 말해야 할 것은, 시 자체가 원래 어렵다는 겁니다. 이 말은 학교 교육이 시를 가르칠 때 문제 풀이 방식으로 접근하게 해서 벌어진 일이기 때문이 아니라, 시의 언어가 본래 함축적이고 종합적이고 또 현실에 존재하지 않는 어떤 세계를 향해 있기 때문입니다.

한편으로 시는, 우리가 인간인 한에서는 언제나 쉽습니다. 비유하자면 시는 인간의 삶에서 피어나는 꽃 같다고나 할까요. 우리가 삶을 살아가는 한 시는 언제나 우리 안에서 꿈틀대는 무엇입니다. 의당 삶이라고 하면 생활을 떠올리는 사람들이 많은데 그게 그렇게 간단한 게 아닙니다. 우리는 생활을 통해 삶을 영위하지만 삶은 또 생활을 벗어나 다른 영토를 상상하는데, 이 상상의 에너지는 우리 '전체'에서 제공됩니다. 먼저 우리 몸이 있습니다. 몸은 나 하나의 개체를 가리키지 않고 몸과 몸이 만나는 장(場)까지 포함합니다, 그리고 이 장을 통해 공동체가 만들어지고 역사가 진행됩니다. 그런데 이 과정은 순차적이지 않고 또 모든 것이 가시적이지 않습니다. 우리의 제한된 감각으로는 느끼지 못하는 게 허다하죠. 그래서 우리는 이성을 통해 정신을 계발하고, 감성을 통해 상상하고 그리움을 갖기도 합니다. 제 생각으로 영혼은 이러한 모든 것을 일컫는 것입니다. 하지만 단순한 합은 아니죠. 모든 것이지만 그것들과 다른 것이라고만 말해두기로 하겠습니다.

따라서 시는 언어와 리듬으로 나타나기 전에 우리가 우리의 영혼을 망각하지 않는다면 누구나 쓰고 읽을 수 있습니다. 그러니까 언제나 쉬운 거죠. 다만 우리 각자의 영혼이 다르듯이 시를 쓰는 이도 각자의 영혼으로 시를 쓰다 보니까 그 발현 형태가 천차만별이 됩니다. 더군다나 근대사회는 시간이 지날수록 복잡해지고 혼란스럽습니다. 처음에는 세상 만물이 계측 가능하고, 예측할 수 있으며, 인간의 지성으로 심지어 조작도 할 수 있다는 자신감으로 똘똘 뭉쳤지만, 이 계산과 조작이 중첩되면서 도리어 혼돈 상태가 되어버렸습니다. 상황이 이렇게 되면 우리의 영혼도 어지러울 수밖에 없고, 이 어지러운 영혼을 차라리 잊어버려야 삶이 가능하다는 '계산'이 본능적으로 섭니다. 이 와중에서 그나마 견디고 버티면서 시를 쓰다 보니 현대시가 어렵게 되거나 희한하게 된 것입니다. 이제부터 읽게 될 김수영의 경우를 통해 느끼실 테지만, 그렇다고 어려운 시가 나쁘거나 쉬운 시가 좋은 것만은 아닙니다. 어려운 시와 쉬운 시, 그리고 좋은 시와 그렇지 못한 시는 범주가 다르다고 할까요. 그러니까 미리 겁먹을 필요는 없습니다.

김수영의 시가 어렵다고 여겨지는 이유는, 단적으로 말해 김수영 시인이 자신이 처한 혼란스러운 현실 속에서 영혼을 잃어버리지 않으려는 고투를 통해 시를 썼기 때문일 겁니다. 김수영은 시를 쓸 때 굳이 어려운 말을 골라 쓰지는 않았습니다. 우리가 모르는 단어가 있는 것은, 그 사이에 우리가 쓰는 언어생활에 변천이 있었기 때문이기도 합니다. 또 김수영의 시를 읽다 보면 우리가 지금 쓰지 않는 말이나 그 표기법이 지금과는 다른 말들이 다수 발견됩니다. 물론『김수영 전집』의 가장 최근 판에서는 일부 지금의 표기대로 고쳐놓기는 했지만 말입니다. 그런데 사실 김수영 시가 어렵게 느껴지는 것은, 언어의 변천에도 이유가 있지만 그것보다 더 근본적인 원인이 있습니다.

예를 들면, 그가 포로수용소에서 석방되고 처음 발표한「달나라의 장난」을 읽어봐도 오독을 할 여지는 이곳저곳에서 발견됩니다. 이 작품은 김수영이 1959년 시집을 낼 때 표제작으로 삼을 만큼 김수영 자신이 애착을 가진 것으로 보입니다. 시인이 자신의 시집을 낼 때 삼는 제목은, 대체로 시인이 독자들에게 말하고자 하는 것이나 시집 전체를 종합해서 의미하는 나름 '대표작'을 앞세우기 마련입니다. 시인이 나름 앞세운 작품이라고 해서 그것이 누구나 동의하는 대표작이라고 말할 수는 없습니다만 시인 입장에서는 그렇다는 겁니다. 「달나라의 장난」은 김수영 시 전체에 있어서 대표작 중 하나로 불러도 무방한 작품입니다. 이에 대해서는 다음 시간에 좀 더 자세히 말할 기회가 있을 겁니다. 그리고 왜 이 중요한 작품에 오독의 여지가 있는지도 그때 자세히 말씀드리기로 하지요.

아무튼 김수영의 시가 어렵다는 세간의 평가는 틀린 말은 아니지만, 그것을 뚫고 조금만 더 가까이 다가가면 의외로 깊은 감동과 시 읽기의 보람을 느낄 수 있다고 감히 말할 수 있습니다. 이는, 단순히 어려운 시를 힘듦을 감내하고 읽어냈다는 성취감을 넘어 김수영이 우리에게 말하고자 하는 진의에서 삶의 진실과 우리가 사는 역사의 질곡을 시가 돌파해낼 수 있다는 자신감과 기쁨을 느낄 수 있다는 의미에서 그렇습니다. 시를 시로써 읽고 감상하면 되지 무슨 삶의 진실과 역사의 질곡을 넘어서는 자신감까지 바라느냐는 반론도 있을 수 있습니다만, 시가 단지 심정적 울림만 우리에게 준다면 시와 삶의 거리는 더욱 멀어질 뿐이라는 게 제 나름의 입장입니다. 그러한 예술에 대한 입장을 이른바 '예술지상주의'라고 부를 수 있을 겁니다. 그런데 이러한 예술지상주의를 독일의 철학자 하이데거(Martin Heidegger)는 일종의 허무주의로 비판한 바가 있습니다. 보다 엄밀히 말하면 심정적 울림과 삶의 진실과 변화 사이에 큰 심연이 있는 것도 아닙니다. 그 사이에는 무언가/누군가가 넘어서기 힘든 간극이 있다고 우리에게 강요하고 있는 것도 우리의 현실이긴 합니다. 여기에서는 이에 대해 길게 말하지 않겠습니다만, 여섯 번에 걸쳐 김수영을 읽어나가면서 부지불식간에 이 문제가 부각될 수도 있습니다. 왜냐면 김수영 자신이 그것을 극복하려고 했기 때문입니다.

그러고 보니 김수영의 시가 왜 어렵다고들 말하는지 그 이유를 제대로 말하지 않았군요. 간단하게 말하면 김수영은 시를 쓸 때, 그러니까 창작의 출발 지점이 여타의 시인들과 다르기 때문입니다. 리얼리즘 양식의 특징으로 거론되기도 하는 사물이나 사건의 재현, 즉 어떤 대상에 대한 묘사나 그것에서 생긴 감정의 동요로부터 시작되거나, 사물이나 사건에 대한 정리된 입장에서 시가 시작되지 않습니다. 이러한 시들은 대체로 작품의 완결미를 지향합니다. 재현이든 입장의 개진이든 시인의 가슴이나 관념 속에서 이미 종결된 사태를 언어로 풀어내는 것이지요. 대체로 전통적인 의미의 서정시든, 또는 사물의 이미지나 관념을 시적 형식으로 꾀하는 모더니즘 시든, 아니면 현실에 대해 개입 혹은 발언을 하는 실천적인 시든 대부분 이러한 모습은 같습니다. 여기에 무슨 문제나 하자가 있다는 뜻은 아닙니다. 앞에서 말했듯 시가 우리의 삶 속에서 피어나는 것이라면 그게 만개한 꽃일 수도 있고 수줍은 봉우리일 수도 있지요. 아니면 돌연변이일 수도 있는데, 돌연변이라는 것도 전에 아예 없던 게 아니라 그야말로 변종 또는 혼종입니다. 기존의 유전자가 다르게 배치되는 게 돌연변이지 전혀 다른 무엇은 아니잖아요?

김수영은 현실에 대한 인식이 새로이 눈뜰 때, 혹은 시를 통해 새로운 인식의 형식을 구하면서 시를 쓰는 특징이 있습니다. 그러다 보니 어느 면에서는 지성이 서정의 세계를 어지럽게 하거나 당대와 일반적으로 공유하고 있는 언어의 맥락을 취하지 않습니다. 이러다 보니 이미지와 이미지가 연결되는 데 있어서 독자들을 어리둥절하게 만들지요. 다른 말로 하면 어휘 자체는 생활어인데, 그것이 출현하는 맥락이 누구나 인정하고 있는 그런 일반성을 갖지 않습니다. 이것은 아마도 김수영 자신이 '언어의 이민'이라고 불렀던, 일본어를 거쳐 영어 그리고 점점 한국어에 익숙해지는 과정을 짧은 시간에 거쳤기 때문일지도 모르지만, 본질적으로는 김수영이 산 세계가 그에게 상당한 혼란을 끼쳤기 때문입니다. '언어의 이민'을 강제당한 역사가 평화롭고 안정된 시간일 리는 없겠지요.

식민지와 해방, 해방공간의 정치적·사회적 혼돈 상황, 그 혼돈의 극단인 전쟁을 통과하면서, 다시 혁명과 그에 대한 반동인 군사 쿠데타를 경험하면서 김수영의 시는 그 모든 것에 맞서려고 했습니다. 이런 현실을 넘어가기 위해 김수영의 시는 결국 모든 것을 새롭게 정초하는 사명을 받아들여야 했고, 그러는 와중에 시가 난해해질 수밖에 없었다고 저는 봅니다. 물론 그보다 더 쉽게 써서 새로운 시간도 정초하고 독자들과도 폭넓게 교감할 수 있었다면 좋았겠지만, 그것은 김수영의 상황을 살아보지 않은 우리의 응석일 수 있습니다. 그리고 이 응석이 김수영을 높은 자리에 올려놓기만 하고 김수영을 제대로 읽지 않으려고 했는지도 모릅니다. 저는 회자되는 김수영의 명성만큼, 아니 그것의 반의 반이라도 김수영을 깊게 읽어 봤는지 궁금할 때가 있습니다. 이 말은 깊게 읽어보지 않았다고 질책하려는 것이 아닙니다. 난해하다고 밀쳐놓거나 또는 그 난해함의 근본적 원인이랄까, 난해함을 강요한 역사적 조건을 빠뜨린 채 추종하는 어떤 경향들 때문에 하는 말입니다. 지금 제가 말한 것들은 김수영의 시를 읽어가면서, 물론 나름 중요하다고 판단되는 작품들만을 중심으로 할 수밖에 없겠지만, 차차 입증될 것입니다. 지금은 일종의 '김수영 오리엔테이션' 정도로 생각해주시면 좋겠습니다.

지금까지 김수영 시의 난해성에 대한 우리의 일반적인 생각 혹은 관념을 염두에 두면서 김수영을 위한 변론의 시간을 가져봤습니다. 아무래도 편견이라면 편견이고, 사실이라면 사실인 점을 먼저 짚어야 김수영의 시에 진입하는 데 다소 편안한 마음이 생길 것 같아서였습니다. 김수영의 시를 읽을 때 또 하나 유의해야 할 점은, 시의 자구(字句)에 지나치게 얽매이지 말라는 겁니다. 이는 시를 읽을 때 불성실을 허용할 수 있는 위험도 주지만, 김수영 시의 경우 자구 하나하나를 이해하려고 했다가는 더 큰 혼란에 휩싸일 수도 있기 때문에 드리는 말입니다. 무엇보다도 작품에 대한 성급한 이해에 앞서 제가 앞에서 강조한 김수영이 처한 시대적 상황을 최대한 이해하면서 느낌을 먼저 갖는 것이 더 도움이 될 겁니다. 그렇다고 자구를 무시하라는 말이 아님은 잘 아실 겁니다. 또 하나는, 김수영의 시는 하나의 작품이 다른 작품을 거울처럼 비춰주는 역할을 하고 있다는 점입니다. 물론 여느 시인의 작품도 그렇지만 특히 김수영의 시는 이 점을 크게 강조할 필요가 있습니다. 아마도 이것은 김수영이 자신의 상황에 대해 깊이 몰두한 결과, 비슷한 인식과 정서가 특정 시간대에 집중되어 나타나기 때문이기도 해서일 겁니다. 이 점도 작품을 읽어가다 보면 어렴풋하게나마 깨달으실 수 있을 겁니다.

여기까지가 김수영의 시에 대한 일반적인 오리엔테이션 내용입니다. 이제부터는 조금 더 본격적으로 김수영 시세계에 대한 전체적인 조망을 해볼까 합니다. 이 과정을 거쳐야만 실제 작품을 읽을 때 좀 더 수월하게 진입할 수 있을 것입니다.

정직과
자기극복 의지

김수영 시의 총체를 말할 때, '온몸의 시'를 말하고는 합니다. 이 말은 1968년 4월에 부산에서 한 문학 강연 원고인 「시여, 침을 뱉어라」에 나오는 말입니다. 정확하게는 "시는 온몸으로 바로 온몸을 밀고 나가는 것이다"죠. 이 산문은 소리 내어 읽어봐도 "힘으로서의 시의 존재"라는 부제처럼 힘이 넘칩니다. 이 '온몸의 시'는 김수영이 죽기 두어 달 전에 발언된 것입니다. 제가 보기에는 '드디어' 도달한 어떤 경지인 것 같습니다. 그런데 앞으로 우리가 김수영을 읽어가다 보면 느낄 수 있을 것입니다만, '온몸의 시'는 1968년 세상을 떠나기 전에 '마침내' 도달한 것이 아니라 김수영 스스로 자신의 평생을 요약한 것으로 이해해야 옳을 겁니다. 그 요약의 발단이 무엇인지 저도 아직은 자신이 없습니다만, 김수영의 평생 경험이 하이데거 사상의 어느 지점과 만난 것은 아닌가도 싶습니다. 「시여, 침을 뱉어라」가 하이데거의 「예술작품의 근원」에 얼마간 영향을 받은 산문이거든요. 이 부분은 여기서 길게 거론할 문제는 아니고 연구 차원에서 파고들 주제입니다. 다른 기회가 허락된다면 이 산문을 한 번 깊이 읽어볼 필요도 있겠습니다.

아무튼 '온몸의 시'는 김수영 시의 총체인 게 맞습니다. 그런데 이 '온몸의 시'가 김수영 자신의 평생이 요약된 것이라면 그 평생의 여기저기에 그 단초가 있지 않겠습니까? 이 주제도 사실 연구에 값하는 공부와 노력이 있어야 가능할 겁니다. 우리가 이번에 '김수영 읽기'를 하면서 그 단초를 일부 발굴할 수 있을지도 모르겠습니다. (기대를 한번 걸어보죠.) 저는 이 '온몸의 시'를 이해하기 전에, 초기 시에 등장하는 다음 두 가지를 명확하게 이해해야 한다는 입장입니다. 그 것은 '정직'과 '자기극복 의지'입니다. 이 두 가지는 초기 시부터 마지막까지 일관되게 드러나 있습니다. 그런데 이것이 김수영의 내면에서 왜 그렇게 꺼지지 않고 타올랐으며, 어떤 계기로 그랬는지는 명료하게 알지는 못합니다. 우리가 한 사람의 삶을 그 심연에서부터 이해한다는 것은 불가능할 것입니다. 김수영의 경우, 앞에서 말한 영혼의 불이 꺼지지 않았다는 것은 말할 수 있고 자신에게 주어진 역사적 현실로 인해 그 불은 더더욱 타올랐던 것 같습니다.

1964년에 쓴 「요동하는 포즈들」에서 김수영은 김현승의 시 「무형의 노래」를 평하면서 다음과 같은 말을 합니다. "이 시에서 문명 비평이니 잠재의식이니 발언이니 하는 것은 찾을 수 없지만, 거짓말이 없다는 것만 해도 얼마나 다행한 일이랴. 거짓말이 없다는 것은 현대성보다도 사상보다고 백배나 더 중요한 일이다." 여기서 '거짓말'은 무슨 도덕 규범을 어기는 그런 거짓말이 아니라 자기 자신에 대한 진실성과 정직성을 말하는 것입니다.

김수영은 초기 시인 「공자의 생활난」에서 '정직'을, 「달나라의 장난」에서 '자기극복 의지'를 표출합니다. 그렇다고 이 두 가지가 단계적으로 나타났다고 말하기는 어렵습니다. 「공자의 생활난」을 읽으면 알게 되겠지만, 「공자의 생활난」에서도 '자기극복 의지'는 피력됩니다. 마찬가지로 「달나라의 장난」에서 '정직'이 작품의 바탕에 깔려 있음을 우리는 느낄 수 있습니다. 김수영의 경우 '정직'과 '자기극복 의지'가 '온몸의 시'를 떠받쳐주면서 일종의 삼위일체가 되는 것은 아닌가 싶습니다. 일종의 도식화이긴 한데, 이런 도식화는 미세한 부분을 빠트릴 수는 있지만, 제 생각으로는 이 도식을 통해 김수영의 시를 읽으면 적잖이 도움이 될 것 같습니다. 이 도식에 맞춰 읽어야 한다는 뜻은 물론 아닙니다. 연구자나 비평가에 따라서는 1940년대의 작품들, 그러니까 「달나라의 장난」 이전 작품들에 대해서는 평가절하하는 분들도 있습니다. 1988년 김수영 사후 20주기를 맞아 백낙청 선생이 편집한 시선집 『사랑의 변주곡』의 경우도 「달나라의 장난」을 맨 앞에 놓았습니다. 사실 해방공간에 창작된 작품들에서 습작기의 미숙함을 느끼는 것은 그리 어렵지 않습니다. 그럼에도 불구하고 김수영의 시에 나타나는 기본적인 특징은 초기 시부터 나타나기 때문에, 작품이 미숙하든 능숙하든 아쉬운 대로 짚고 넘어가야 한다고 저는 생각합니다. 일부 연구자들은 가장 첫 번째 작품인 「묘정의 노래」를 마지막 작품인 「풀」과 연계시켜 다루고는 있습니다만, 저는 과한 접근이라고 봅니다. 도리어 「공자의 생활난」을 적극적으로 해석하는 편이 생산적일 듯싶고, 「묘정의 노래」에 대해서는 김수영이 나중에 한 말을 참고해도 좋을 듯싶습니다.

> 그때 나는 연현에게 한 20편 가까운 시편을 주었고, 그것이 대체로 소위 모던한 작품들이었는데, 하필이면 고색창연한 「묘정의 노래」가 뽑혀서 실렸다. 이 작품은 동묘(東廟)에서 이미지를 따온 것이다. 동대문 밖에 있는 종묘는 내가 철이 나기 전부터 어른들을 따라서 명절 때마다 참묘를 다닌 나의 어린 시절의 성지였다. 그 무시무시한 얼굴을 한 거대한 관공(關公)의 입상(立像)은 나의 어린 영혼에 이상한 외경과 공포를 주었다. (「연극하다가 시로 전향」)

꽃은 '언제'
열매의 상부에
피는가

이제 「공자의 생활난」을 읽어보도록 하죠. 제가 『리얼리스트 김수영』(한티재, 2018)에서 했던 해석과 크게 달라진 입장은 아니지만, 1연 1행에 대해서는 그때보다 과감한 해석을 시도해볼까 합니다.

꽃이 열매의 상부에 피었을 때
너는 줄넘기 작란(作亂)을 한다

나는 발산한 형상을 구하였으나
그것은 작전 같은 것이기에 어려웁다

국수—이태리어로는 마카로니라고
먹기 쉬운 것은 나의 반란성(叛亂性)일까

동무여 이제 나는 바로 보마
사물과 사물의 생리와
사물의 수량과 한도와
사물의 우매와 사물의 명석성을

그리고 나는 죽을 것이다

—「공자의 생활난」 전문

이 작품에 대해서 김수영은 훗날에 쓴 산문 「연극하다가 시로 전향 – 나의 처녀작」에서 이렇게 말합니다. "『새로운 도시와 시민들의 합창』에 수록된 「아메리카 타임지」와 「공자의 생활난」은 이 사화집에 수록하기 위해서 급작스럽게 조제남조(粗製濫造)한 히야까시 같은 작품"이라고 말입니다. '조제남조'는 조악한 작품을 남용하듯 함부로 썼다는 뜻이고, '히야까시'는 아다시피 놀리다 혹은 희롱하다를 뜻하는 일본 말입니다. 나중에 다시 보니 별로 맘에 안 들었나 봅니다. 대체로 시인들은 오래전 자기 작품을 못 참아하는 경향이 있으니까 감안해서 읽으실 필요가 있습니다. 「공자의 생활난」이 그의 자조대로 "히야까시 같은 작품"인지는 모르겠지만, 우리가 유념해야 할 김수영 정신의 기초가 여기에서 드러나고 있다는 것을 놓치면 안 됩니다. 진짜 "조제남조"했는지는 잘 모르겠지만 설령 "조제남조"했다 하더라도 그것을 통해 자신도 모르게 자신의 깊은 곳을 작품에 드러내지 않았나 하는 게 제 생각입니다. 하지만 제가 『리얼리스트 김수영』에서 김수영을 제대로 이해하기 위해서는 '태작'을 유심히 봐야 한다고 말했던 것은 여전히 유효합니다.

우리가 시를 감상할 때 시인이 쓴 최상의 작품을 가지고 그 시인을 평가해야 하는 것은 맞습니다. 태작은, 다 그렇다고는 말할 수 없지만, 시인이 최상의 작품으로 가기 위한 징검돌인 경우라고 할 수 있죠. 김수영도 마찬가지입니다. 하지만 개별적인 작품을 감상하는 방법과 시인 전체를 아는 방법은 좀 다릅니다. 태작도 함께 봐야 최상의 작품을 더 잘 이해할 수 있기도 하죠. 제가 앞에서 김수영은 '인식이 새로이 눈뜰 때, 혹은 시를 통해 새로운 인식의 형식을 구하면서 시를 쓰는 특징'이 있다고 말한 것을 기억하시고 계실 겁니다. 이 과정에서 태작은 양산되기 마련이죠. 그런데 김수영의 태작은 식지 않은 돌 같은 면이 있습니다. 태작인데도 뜨겁다는 의미입니다.

먼저 1연 "꽃이 열매의 상부에 피었을 때/ 너는 줄넘기 작란(作亂)을 한다"부터 예사롭지 않습니다. 일단 무슨 말인지 모르겠다는 의미에서 그렇습니다. 열매 다음에 꽃이 피는 식물도 있는지, 그것부터가 오리무중입니다. 호박꽃이 호박 위에 피기는 하지만 그것은 꽃이 먼저 피고 열매인 호박이 꽃 아래에 열리는 경우입니다. 제가 보기에는 "꽃이 열매의 상부에 피었을 때"는 김수영의 관념에서 이루어지는 사건일 가능성이 큽니다. 김수영이 경험주의자에 가까운 점을 고려한다면, 어떤 독서 체험에서 얻은 이미지일 수도 있습니다. 어느 쪽이든 감각 불가능한 관념인 것은 사실이죠. 즉 1연부터 현실의 묘사나 재현이 아니라 단도직입적으로 관념의 세계를 펼쳐 놓습니다. 이 세상에 존재하지 않는 자기 관념의 세계를 제시한 다음에 그때가 되면 '즐겁게' "줄넘기 작란을 한다"는 것입니다. 제가 '즐겁게'라고 덧붙인 것은, 1연에서 "꽃이 열매의 상부에 피었을 때"에서 우울이나 슬픔 같은 부정적 정동을 느끼지 못했기 때문입니다. 그렇다면 "꽃이 열매의 상부에 피었을 때"는 김수영이 바라고 바라는 꿈 같은 세계에 대한 관념적 표현일까요?

실제로 1950년에 발표한 「토끼」에 이런 구절이 나옵니다. "잠시 그는 별과 또 하나의 것을 쳐다보고 있어야 하는 것이다". 김수영이 꿈꾸는 세계를 암시하고 의미하는 사물 또는 이미지는 다른 작품들에서 반복적으로 등장합니다. 이것도 또한 시를 읽어가면서 제시해보겠습니다. 「토끼」에서 등장하는 "별과 또 하나의 것"은 혼란스럽고 고통스러운 현실을 초월하고자 하는 욕망의 감각적 등가물입니다. "별"은 동서양의 시인들 모두에게서 자주 등장하죠. 어쩌면 김수영은 연극으로는 '꿈꾸기'가 쉽지 않아서 시를 쓰기 시작했는지 모릅니다. 연극이라는 예술 장르가 꿈꾸기에 얼마나 적합한지는 잘 모르겠습니다. 아무래도 연극은 다른 자아를 연기하면서 공연 중 다른 세계를 그려보기는 합니다만, 아무튼 그런 꿈이 실현될 때 즐겁게 "줄넘기 작란을" 하는데 현실은 그렇지 않다고 진술하는 게 2연의 내용입니다. 보세요. 시적 화자도 "나는 발산한 형상을 구하였으나"라고 말하고 있지 않습니까? "발산한 형상"과 "꽃이 열매의 상부에 피었을 때"는 이미지상으로 서로 조응하지 않나요? 둘 다 제한된 영토를 초월한 이미지를 우리에게 느끼게 해주지 않나요? '열매의 상부에 핀 꽃' 자체가 "발산한 형상"의 감각적 이미지 같지 않나요? 하지만 '열매의 상부에 핀 꽃'은 우리가 생활에서 경험할 수 있는 꽃은 아닙니다. 그래서 제가 '관념의 세계를 펼쳐놓았다'고 말한 것입니다. 초월의 세계는 아직 도래하지 않은 세계이니 감각할 수 없는 게 사실입니다. 오직 언어로만 존재하지요. 그런데 언어로만 존재한다고 해서 존재하지 않는 것은 아닙니다. 그것을 저는 시가 증명한다고 생각합니다. 시는 언어로 구성되지만 리듬을 통해서 언어가 미처 끌고 나오지 못한 세계를 희미하게나마 예시합니다. 아니, 언어와 리듬과 침묵과 암시를 통해 현실에 없는 세계를 소묘합니다. 「공자의 생활난」이 갖는 난해성도 여기에 있을 겁니다. 그러나 문제는 여기서 그치지 않죠.

김수영은 그런 다음 "그것은 작전 같은 것이기에 어려웁다"고 말합니다. 현실의 조건이 "발산한 형상"과 "꽃이 열매의 상부에 피었을 때"를 용납하지 않는다는 거죠. 정말 군사작전처럼 어렵고도 어렵습니다. 군사작전의 실패는 참담한 피해를 야기합니다. 죽음을 부르기도 하죠. 더군다나 '열매의 상부에 핀 꽃'은 관념을 표현하는 이미지로 작용할 수 있지만, 문제는 "때"를 김수영이 말하고 있다는 점입니다. 감각적 상관물을 넘어서 그것이 태어나는 "때", 시간. "때"는 실체화된 사물이 될 수 없고 다만 사건과 함께 솟아오를 뿐입니다. 특정한 사건이 감지되면 우리는 '때'가 왔다고 하죠. 사건도 사물처럼 시간 속에 존재하지만 머무는 시간이 길지 않습니다. 하지만 사건이 남긴 정신적·사회적·문화적 흔적들은 사물과 다른 의미를 우리에게 남깁니다. 그런데 꽃도 영원히 꽃으로 남아 있지 못합니다. 영원한 사물은 없죠. 사물이든 사건이든 "때"에서 벗어나지 못하는 동시에 "때"를 표현합니다. 아니 "때"를 만들기도 하죠. 이렇게 시간과 사건/사물은 서로 작용하는지도 모르겠습니다. 열매는 상대적으로 어느 정도 지속이 가능하며 다시 지속적 시간을 내장한

'씨앗'을 간직하지만, 꽃의 "발산"은 살아 있는 어느 순간에만 허락됩니다. 그러므로 이 "때"가 도래한 뒤 '즐겁게' 하는 "줄넘기 작란"은 유한한 인간이 할 수 있는 최상의 행위가 됩니다. 그리고 이것이 곧 '시적인 순간'일지도 모르겠습니다.

"국수 – 이태리어로는 마카로니라고/ 먹기 쉬운 것은 나의 반란성(叛亂性)일까"라는 3연은 산문으로 풀어서 접근해봐야 할 것 같습니다. 여기서 중요한 구절은 "나의 반란성일까"이니까요. 억지 같아 보일 수도 있지만 저는 이렇게 풀어보겠습니다. '국수를 이태리어로는 마카로니라고 하는데, 이것을 먹는 것이 쉬운 일은 아니다. 일단 입맛에도 맞지 않고 현실에 있긴 있는데 아직 우리의 문화가 되지 못했다. 그래서 일반적으로 입에 대기 쉽지 않지만 나는 오히려 먹기 쉽다. 아니 먹기 쉬운 것으로 받아들이려 한다. 이런 것은 혹 의식적인 나의 반란성 때문일까?'

이 작품을 쓴 1945년을 떠올려봤으면 좋겠습니다. 갑작스레 해방이 된 조선은 어디로 가야 하는지도, 또 가야 할지도 모르는 혼돈에 빠집니다. 식민지 체제에서 해방은 되었는데, 다음 단계가 준비되어 있지 않았던 거죠. 해방 후 즉각적인 근대국가로 나아가지는 못할망정 일제에 이어 미군이 들어옵니다. 하지 중장이 이끄는 미군 제24사단은 9월 9일 포고령을 선포해 38도선 이남에서 군정을 시작하죠. 그리고 군정 장관으로 아놀드 소장이 취임합니다. 조선에 대한 정보와 경험이 일천한 미군정은 일제의 식민지 통치 기구를 그대로 이용합니다. 여기서 대한민국 근대사의 또 다른 비극의 씨앗인 일본제국주의 잔재를 그대로 남겨두게 되는데, 이는 해방공간에서 엄청난 증오와 복수의 근본적인 씨앗이 됩니다. 전쟁을 거쳐 오늘날까지 원한과 대립의 근원이죠. 엄밀히 따지자면, 일제 잔재의 미청산이 문제가 아니라 바로 식민지 치욕이 본질적인 문제이긴 합니다. 우리는 일본의 식민지가 되면서 근대를 강요받게 됩니다. 서구 자본주의의 팽창이 제국주의를 강제한 것은 역사적 진실이고, 자본주의의 팽창으로 세계는 전일적으로 근대화가 됩니다. 사실 '근대화'는 아름답지 않은 역사적 운명이었습니다. 이것은 제국주의 국가나 제국주의의 식민지나 마찬가지였죠. 자본주의 자체가 평등한 체제가 아닙니다. 도리어 평등하게 되면 자본주의가 존립할 수 없습니다. 평등을 가장한 극심한 불평등 체제가 근대 자본주의의 본질입니다. 이러한 역사적 과정 속에서 조선은—정확하게 말하면 조선이라는 나라는 사라졌습니다. 일종의 국가 없는 상태가 이때입니다—해방 후 근대민족국가로 발돋움하지 못한 채 질곡에 빠지면서 분단을 강요당합니다. 이런 상황에서 "텐더 포인트"(통점)는 김수영 개인 문제가 아니라 역사적인 문제가 됩니다.

김수영의 시에서, 이러한 정신적·사회적·경제적 갈등과 혼돈이 직접적으로 나타나지는 않습니다. 도리어 그 시기에 김수영은 문학에 더 심취하게 되고, 박인환이나 김경린을 중심으로 한 모더니즘 운동에 발을 들여놓게 됩니다. 이것이 김수영을 모더니스트로 각인시키는 계기가 돼죠. 「연극하다가 시로 전향」에서 「묘정의 노래」가 어떤 과정을 거쳐 발표됐는지 돌아보면서 박인환에게 낡았다고 수

모를 당했다는 진술이 나오는데, 그는 그것이 굉장히 속상했던 모양입니다. 이런 점에 비춰 보면, 김수영은 문학사에서 '모더니스트'로 자리매김해도 무리는 없을 듯하지만 그것보다도 김수영의 다음과 같은 발언을 더 읽어보는 게 유익할 것 같습니다.

> 나의 처녀작 얘기를 쓰려면 해방 후의 혼란기로 소급해야 하는데 그 시대는 더욱이나 나에게 있어선 텐더 포인트다. 당시의 나의 자세는 좌익도 아니고 우익도 아닌 그야말로 완전 중립이었지만, 우정 관계가 주로 작용해서, 그리고 그보다도 줏대가 약한 탓으로 본의 아닌 우경 좌경을 하게 되었다고 생각된다. 돌이켜 생각해 보면 지금도 그렇지만, 그때는 더한층 지독한 치욕의 시대였던 것 같다. (「연극하다가 시로 전향」)

일단 김수영이 해방공간에서 좌와 우 사이에서 방황을 하고 있었다는 것을 알 수 있는데, 그것까지 포함해서 "해방 후의 혼란기"가 그에게는 고통("텐더 포인트")이었다는 점, 그리고 동시에 "지독한 치욕의 시대"였다는 점을 유념해야 합니다. 즉, 그 당시 "20편 가까운 시편"에서 "하필이면 고색창연한" 「묘정의 노래」가 데뷔작이 되는 통에 박인환에서 수모를 당했느냐 아니냐 같은 문제는 그냥 가십에 가까운 문제라고 볼 수 있습니다. 김수영에게 "해방 후의 혼란기"가 "텐더 포인트"였다는 점, 그런 만큼 "지독한 치욕의 시대"였다는 점은 해방공간에 쓴 그의 시 몇 편을 살펴보는 데 유효한 참조

점이 되며 지금 읽고 있는 「공자의 생활난」을 이해하는 데도 요긴하게 작용합니다. 작품 양식을 떠나 김수영을 제가 '리얼리스트'라고 부르는 것은 김수영은 자기 현실에서 벗어난 적이 없기 때문입니다. 현실을 재현하지 않았다고 해서, 리얼리즘 양식의 시를 쓰지 않았다고 해서 김수영을 리얼리스트라고 볼 수 없다는 것은 좁은 견해입니다.

제가 3연까지 말했던가요? 4연을 보면 시적 화자의 명료한 진술이 터져 나옵니다. 난해하고 이해하기 힘든 1~3연까지와는 전혀 다른 명료함이 4연에서 펼쳐지는데, 시적인 진술이라기보다는 산문적인 발언에 더 가깝습니다. 그만큼 직접적이라는 거죠. 김수영은 4연에서 말합니다. "동무여 이제 나는 바로 보마"라고요. 여기서 "동무"는 1연의 "너"로 봐도 됩니다. 무엇을 바로 보겠다는 걸까요? 그것은 "사물" 그 자체와 "사물의 생리와" "수량과" "한도와" "우매와" "명석성"을 모두 다 바로 보겠다는 겁니다. 피상적인 "사물" 너머, 그것의 속성과 수량, 그 한계와 좋음 혹은 나쁨의 상태까지 바로 보겠다는 선언은, 앞에서 이야기한 김수영의 '현실 인식'을 가리키고 있습니다. 여기서 "사물"과 사물의 여러 특징과 위치, 상태는 곧 사물들의 세계 전체라고 확대해도 전혀 이상하지 않습니다. 즉 존재자의 세계죠. 존재자가 이루고 있는 모든 총체를 우리는 '세계'라고 부릅니다. 사물뿐만이 아니라 사물과 사물의 관계에서 일어나는 사건까지 포함해서 우리는 '세계'라고 부르는 거죠. 그리고 이 세계를 온전히 살면서 세계 너머로 나아가는 것을 우리는 초월이라고 부릅니다. 초월은 이 세계를 버리는 일이 아닙니다. 이 세계와 함께 살면서 다른 세계를 꿈꾸면서 결단하고 행동하는 것입니다. 여기서 김수영의 시 전체를 설명할 수 있는 또 다른 키워드를 하나 끄집어내본다면, 그가 반지성주의와 반행동주의를 동시에 넘어서려 했다는 것입니다. 반행동주의? 김수영은 물론 행동주의자가 아닙니다만, 시를 통해서 행동을 추구했다는 점에서 반행동주의를 의식하고 있다고 볼 수 있습니다.

김수영의 "혼란"을 거의 그대로 정치적 혼란과 등치시키면 안 되겠습니다만, 정치 상황과 무관한 추상적인 실존의 혼란이라고 부르는 것도 진실에 부합하지 않습니다. 실존이라는 것이 구체적인 시공간과 무관할 수 없기 때문입니다. 그리고 구체적인 시공간을 떠난 진공 상태에 인간은 처해본 적이 없고, 앞으로도 그럴 것입니다. 그렇다면 김수영의 "혼란"에 여러 가지 원인이 작용했다고 보는 게 맞을 것이며 한참 뒤에 쓴 산문에서 그 시절을 돌아보며, "그 시대는 더욱이나 나에게 있어선 텐더 포인트다"라고 한 고백을 흘려들어서는 안 되는 겁니다. 그리고 그 "텐더 포인트"를 「공자의 생활난」과 겹쳐 읽는 것은 억지스러운 시도도 아닙니다. 그것은 지금까지 말했듯 작품에서도 분명히 느껴지기 때문입니다. "나는 바로 보마"는 일제의 식민지로부터 해방되었지만 미래를 전혀 예측할 수 없는 혼란기의 복판에서 김수영이 취할 수 있는 가장 단호한 현실 인식인 것이죠.

그가 자신을 "좌익도 아니고 우익도 아닌 그야말로 완전 중립"이

나는
바로 보마

었다고 말한 것에는, "혼란"의 원인부터 결과까지를 모두 정직한 태도로 바로 보고자 했다는 자기 고백일 수도 있습니다. 미래를 섣불리 예측하지 않는 것은 삶에 대한 건강한 태도입니다. 하지만 바로 보는 행위에 '꿈'이 없다면 바로 보는 것 자체가 "혼란"에 휘둘리는 것도 사실입니다. 김수영의 '바로 보기'는 이것도 저것도 아닌 '비켜 보기'가 아닙니다. 김수영의 '바로 보기'는 분명히 "꽃이 열매의 상부에서 필 때", 또는 "발산한 형상"을 위한 '바로 보기'입니다. 그래야 제일 마지막 구절, "그리고 나는 죽을 것이다"가 확연히 우리에게 다가옵니다. 이 말은 단순히 신체적 죽음을 가리키지 않습니다. 그리고 1연과 2연을 이처럼 이해했을 때만이, 드디어 공자의 "아침에 도를 들으면 저녁에 죽어도 좋다(朝聞道夕死可矣)"(『논어(論語)』, 「이인(里仁)」)는 말을 끌어올 수 있는 바탕이 마련되는 것입니다.

한편으로 "이제 나는 바로 보마"에서 데카르트(René Descartes)적인 주체와 인식의 확실성에 대한 표방을 읽을 수 있습니다. 사실 사물의 "생리"와 "수량"과 "한도"는 사물의 속성과 양태, 그리고 그것에 대한 수학적 인식에 관계된 말이기도 하죠. 또 "사물의 우매와 명석성"은 데카르트가 '나는 사유한다, 즉 나는 존재한다'라는 자신의 명제가 참되고 확실함을 보증하기 위해 그것이 명석·판명한 관념임을 강조한 것을 떠올리게도 합니다. "사물의 우매와 명석성"은 사물 자체의 우매와 명석함을 말한다기보다는, 사물은 연장이라는 속성은 가지고 있지만 사유 능력은 없으니까 사물을 명석·판명하게 인식하겠다는 "나"의 의지를 뜻하는 것이기도 합니다. 사물의 "생리"

와 "수량"과 "한도"를 바로 보는 것 자체가 사물을 명석·판명하게 인식하겠다는 뜻과 겹칩니다. 따라서 "사물의 우매와 명석성을"이라는 구절은 앞 두 행의 종합이면서 반복이 되는 셈이죠. 사물이 명석한지 애매(우매)한지 바로 보겠다는 말은 결국 해방공간에서 벌어지는 사건들을 바로 보겠다는 것과 큰 차이가 없는 의미를 갖습니다. 결국 김수영은 「공자의 생활난」에서 제목에서는 공자를 언급해 놓고 작품의 내용은 근대적인 인식론에 대한 것으로 채웠다고도 말할 수 있습니다. 어쩌면 김수영에게 주어진 시간은 더 이상 공자로 대표되는 세계관으로는 감당이 안 된다는 나름 '모던한' 생각이 있었을 수도 있습니다. 또는 아직 깊이 체감하지 못한 상태에서 의식이 앞섰을 수도 있습니다. 작품에서 생기가 발산되지 않는 게 그 증거가 되기도 합니다. 하지만 마지막 연에서 "그리고 나는 죽을 것이다"고 말함으로써, 아직은 현실에 대한 명석·판명한 인식에 도달하지 못했지만 그렇게 된다면 원이 없겠다는 다부짐을 보여주는 게 사실이고, 또 이 구절을 통해 어떤 진정성에 도달한 것도 사실입니다. 결국 이 마지막 연이 작품을 구원한 것이지요.

김수영의 막연한 전통 지향을 끌어다가 이 작품에 끼워 맞추는 것은 역시 무리입니다. 더군다나 제목이 '공자의 생활난'이니 『논어』에서 그 근거를 먼저 찾는 것도 시를 성실히 읽는 태도라고 볼 수 없습니다. 물론 김수영이 이 작품을 쓸 때 공자의 저 말을 의식했을 수도 있는데, 그것은 일종의 차용인 셈이죠. 단순 차용과 영향 관계는 다른 것입니다. 시는 그의 말대로 '온몸'으로 쓰는 것이고, '온

나는
바로 보마

몸'은 단순히 신체의 감각이나 운동을 말하는 것이 아닙니다. '온몸'은 몸에 새겨진 모든 경험, 그리고 그 몸을 가진 시인의 지성과 서정과 정신이 모두 참여하는 것을 가리킵니다. 따라서 김수영의 '온몸'은 말년에 발견한 개념이 아니라 김수영이 자신의 역사를 종합한 언어라고 보는 게 맞을 것 같습니다. 김수영이 경험주의자에 가까웠다는 설정은 그의 시를 먼저 상식적으로 받아들이기를 요구하는 것이기도 합니다. 김수영이 살았던 시대가 조선의 정신적, 문화적 영향이 가시지 않은 때였다는 것을 생각할 필요는 있습니다. 할아버지 때문에 서당을 다닌 적은 있지만, 김수영이 성리학을 제대로 알았거나 공부했다는 증거는 없습니다. 다만 식민지 조선이나 해방 정국에 성리학적 정신문화가 여전히 남아 있었음은 상식적으로 추론할 수는 있지요. '주자의 나라'가 무려 500년이었습니다.

김수영의 시는 확실히, 그러니까 우리에게 익숙한 일부 서정시나 4·19혁명 이후에 쓴 직설적인 혁명시 외에는 쉬운 시가 없습니다. 대부분이 이른바 '난해시'죠. 그렇다고 김수영에게 책임을 물을 수는 없잖아요? 김수영이 김수영인 한에서 최선의 작품을 쓴 것일 뿐이죠. 여기서 다시 짚고 넘어가야 할 것은, 쉬운 시와 난해시, 그리고 좋은 시와 그렇지 않은 시의 범주 구분입니다. 쉽게 말해서 쉬운 시가 좋은 시라는 등식은 존재할 수 없습니다. 반대로 난해시라고 해서 그대로 좋은 시이거나 그대로 좋지 않은 시라고 부를 수도 없습니다. 쉬운 시도 좋은 시가 될 수 있고 난해시도 좋은 시가 될 수 있습니다. 사실 쉬우면서도 좋은 시는, 쉬운 것 같으면서도 쉽지 않습니다. 좋은 시는 쉬운 시든 난해시든 오래 우리 안에 머뭅니다. 머물면서 우리의 뭔가를 자꾸 자극하죠. 제 경험으로는 그렇습니다. 그럼, 「공자의 생활난」은 어떤 시인가를 여기서 단도직입적으로 말할 수는 없지만, 최소한 저한테는 뭔가를 자극합니다.

제가 시에서 더 찾아보고 싶은 것은, 바로 김수영의 '님'입니다. 그 '님'이 무엇인지 또는 누구인지 명시적으로 말하는 것은 아직은 무리입니다. 시에서는 그렇습니다. 시는 여기까지만 말하는 역할을 부여받았다고 저는 봅니다. 그런데 「공자의 생활난」을 이번에 다시 읽어보니까 저 1~2연이 1945년 혼돈스러운 현실을 고통스럽게 받아들이면서 김수영이 찾고자 하는 뭔가가 암시적으로 드러난 것은 아닌가 하는 느낌을 받았습니다. 지난번에 펴낸 『리얼리스트 김수영』에서는 그것까지 천착하지는 못했습니다. 그때 목표는 김수영 시세계 전반을 개괄하는 것이기도 했으니까요. "꽃이 열매의 상부에 피었을 때"나 "발산한 형상"에 대한 제 해석이 과해서 훗날 수정되는 한이 있더라도, 아무튼 지금까지 말한 바와 같이 느껴지는 것은 사실이고, 이런 접근은 이번에 김수영의 시를 읽으면서 계속될 것입니다. 이게 특정 해석 틀을 김수영에게 뒤집어씌운 것인지 아니면 작품에 근거한 것인지는 끝까지 지켜봐주시기 바랍니다.

조금 샛길로 샌 감이 있습니다만, 덕분에 약간 풍성해진 것도 같고, 아무튼 「공자의 생활난」 마지막 연 "그리고 나는 죽을 것이다"의 의미에 "아침에 도를 들으면 저녁에 죽어도 좋다"는 공자의 말을 끌어들이지 않고도 작품 내적인 구조를 통해서 다다를 수 있습니다. 여기서 말하는 '죽음'은 신체적인 죽음이 아니라 1연에서 제시된 "꽃이 열매의 상부에 피었을 때"와 조응합니다. 다시 말해 이 작품에서 말하는 '죽음'은 어두운 정조에 휩싸여 있지 않습니다. 제 해석의 논리대로 "꽃이 열매의 상부에 피었을 때"가 "텐더 포인트"를 극복한 다른 세계라면, 그것은 현재 세계의 죽음을 통해서 도달할 수 있는 것은 아닐까요? 이러한 현재의 죽음은 한탄이나 슬픔의 대상이 아니죠. 그것은 춤추는 죽음입니다. 그러니까 어두울 이유가 최소한 시에서는 없는 것입니다. 김수영의 시에서 '죽음'이라는 언어를 만나는 것은 어려운 일이 아닙니다. 김수영의 '죽음'을 맥락 없이 읽으면 안 되겠지만 「공자의 생활난」에서 '죽음'은 1964년 작 「말」의 '죽음'이나 신동엽의 「아니오」를 평할 때(「참여시의 정리」) 썼던 '죽음'과 그 의미가 겹칩니다. 즉 삶을 지탱하는 바탕 혹은 지평의 한계를 받아들이는 건강한 죽음 의식이지요. 제가 『리얼리스트 김수영』 '프롤로그'에서 「말」을 읽으면서 "동시에 김수영이 말하는 '죽음'은 삶의 종점이 아니라 삶을 삶답게 근거 지우는 존재론적 바탕이다"라고 한 말이 제게는 아직도 유효합니다. 다만 그 책에서는 5연이 1연과 조응 관계를 이룬다고까지는 가지 못했고, 나머지 해석은 대동소이합니다.

그럼 「공자의 생활난」에서부터 김수영이 '님'을 찾아가는 도정에 나선 것인가? 이런 질문이 있을 수 있습니다. 설령 그랬다 하더라도 시인 자신은 인식하지 못했을 겁니다. 무언가 가슴 깊숙한 곳에 몽우리가 같은 것이 자라나기는 하는데, 그것이 무엇인지 몰랐던 것이죠. 이런 현상은 우리 개개인에게도 흔한 일입니다. 뭔가 애가 타기도 하고 그리움에 사무치기도 하는데, 그게 무엇인지 모른채 우리 대부분은 살다가 죽습니다. 삶이 무엇인지 감도 못 잡고 죽는 것이죠. 제가 볼 때는 김수영은 한동안 무언가를 찾아 나서기는 합니다. 아니면 최소한 그 무엇에 대한 그리움이랄까 애태움이 시 곳곳에서 드러나기도 하고요. 저는 김수영을 읽을 때 이것을 느껴야 한다고 생각합니다. 이것을 느끼면 의외로 김수영의 현란한 언어가 점차 친숙해집니다. 사실 '님'을 찾지 않는 혹은 못하는 시만큼 맥빠진 시도 없습니다. 훗날 「광야」(1957)에서 이런 말을 하지요. "시인이 황홀하는 시간보다도 더 맥없는 시간이 어디 있느냐/ 도피하는 친구들/ 양심도 가지고 가라 휴식도—". 하지만 '님'을 불러 오는 일은 조금 뒤로 미루어놓도록 하지요. 앞으로 여섯 개의 이야기를 통해 김수영이 찾는 '무엇'이 무엇인지 더듬어보면서 동시에 우리 자신 안에도 그런 몽우리가 있는지 확인해보는 시간이 되었으면 좋겠습니다.

김수영 스스로 "「아메리카 타임지」와 「공자의 생활난」은 이 사화집에 수록하기 위해서 급작스럽게 조제남조한 히야까시 같은 작품"이라고 했지만, 시인들이 한참 나중에 가서 자신의 젊을 때 작품을 '까는 일'은 흔한 일입니다.

해방공간이라는
아포리아

그다음 작품으로 걸음을 옮겨보죠. 연보에 의하면 「가까이 할 수 없는 서적」과 「아메리카 타임지」는 1947년에 창작된 것으로 되어 있습니다. 제가 볼 때 이 두 작품은, 김수영이 그 당시 가졌던 구체적인 현실에 대한 인식을 가늠하는 데 적절해 보입니다. '모더니스트'로서 김수영은 직접적인 정치 현실보다는 급변하는 문화적 환경에 더 예민했던 듯도 합니다. 1947년이면 여운형 암살 사건이 있었습니다. 그리고 전해인 1946년 가을에 대구, 영천 지방을 중심으로 한 항쟁이 있었죠. 해방공간에서 일어났던 여러 사건들은 각각 개별적인 성격을 갖지 않습니다만, 1946년 10월항쟁은 미군정의 잘못된 경제정책으로 인해 일제 때와 다름없이 쌀을 공출한 것이 직접적인 원인입니다. 이것은 어디까지나 추측입니다만, 1946년 대구 10월항쟁의 기억이 1961년 작 「쌀난리」에서 호출된 것이 아닌가 합니다. 이 점에 대해서는 더 깊은 연구가 필요할 듯합니다. 결과적으로 보면 전쟁을 향한 사건들이 연속된 것이 1945~1949년 해방공간의 정치적 특징입니다. 그런데 김수영은 이런 현실에 대해 일언반구도 하지 않습니다. 그가 임화를 좋아했다고 전해지는 말은 단순하게 임화의 대중적 인기 때문일 수도 있습니다. 김수영의 당시 시에서는 임화의 흔적이 전혀 보이지 않죠. "좌익도 아니고 우익도 아닌 그야말로 완전 중립"이라는 김수영 자신의 말은 사실인 듯도 합니다.

그렇다고 이도 저도 아닌 도피주의자로서 '중립'은 아니었습니다. 1966년에 쓴 「이혼 취소」라는 시에서 이런 말을 한 적이 있죠. "신의 지대(地帶)에는/ 중립이 없다". 이것은 시간이 한참 지난 뒤의 달라진 생각일 수도 있지만, 정말 김수영이 해방공간 시기에 "완전 중립"이었는지 살펴볼 필요는 있습니다. 심중의 생각은 무엇이었는지 알 수 없지만 알려진 전기적 사실로는 정말 친구 따라 강남 간다고 "우정 관계가 주로 작용해서" "우경 좌경을 하게"(「연극하다가 시로 전향」) 된 것처럼 보입니다. 그의 자조대로 "줏대가 약한 탓"이라기보다는 이념보다 친구를 택했을 수도 있고, 그 당시는 이념이 친구를 갈라놓기도 했겠지만, 이념보다도 문학이 관계의 고리가 되었을 것입니다. 하지만 친구 관계로 봐도 김수영이 "우경"을 좋아했던 것 같지는 않습니다. 4·19혁명 직후 김수영은 월북한 친구 시인 김병욱에게 보내는 편지 형식의 산문을 씁니다. 「저 하늘 열릴 때」입니다. 「연극하다가 시로 전향」에서도 김경린이나 박인환보다도 김병욱에 대한 애정을 더 드러냅니다. 김병욱이 김경린과 다투어 사화집 『새로운 도시와 시민들의 합창』에 끼지 못하게 되자 "병욱이까지 빠지게 되었다는 말을 듣고, 나도 그만둘까" 했다고 적고 있습니다.

「가까이할 수 없는 서적」과 「아메리카 타임지」는 분명하게 급격하게 밀려드는 '아메리카 문화', 즉 근대 문화에 대한 자의식을 보여 주고 있습니다. 미군정에 대한 정치적 입장은 보이지 않지만, 미군정과 함께 들어온 '아메리카 문화'에 대한 매혹과 저어 사이에서 김수영의 신경이 예민하게 떨리고 있음을 느낄 수 있습니다. 동시에 '아메리카 문화'를 받아들이기에는 준비가 덜된 조선의 사정에 대해서도 충분히 인식하고 있었던 것 같습니다. 김수영의 영어 실력은 꽤 높았다고 합니다. 어릴 적부터 친구이자 김수영의 첫 연인인 고인숙의 오빠 고광호는 "그의 영어 실력은 대단했어요. 경기고보 다니는 내가 따라가기 어려웠습니다"(홍기원, 『길 위의 김수영』, 삼인, 2021, 51쪽)라고 증언한 적이 있습니다. 이 영어 실력이 김수영의 지성을 평생 밑받침해줍니다. 그리고 포로수용소에서 그의 목숨을 보호해준 것도 이 영어 실력일 수도 있고요. 그러면서도 영어를 잘해야 알아주는 대한민국 사회를 경멸하기도 하죠. 1963년에 쓴 「물부리」라는 산문에서 김수영은 친구 박훈산 시인과 자신의 공통점이 물부리 끝을 씹어대는 습관에 있다면서 이런 말을 뱉은 적도 있습니다. "시단에서까지도 외국에나 갔다 온 영어 나부랭이나 씨부리는 시인에게는 점수가 후하다는 것". 고광호와 고인숙 이야기가 나왔으니 김수영 시인의 개인사를 뒤지지 않을 도리가 없겠네요. 또 이 개인사를 좀 들춰봐야 「아메리카 타임지」의 내용을 이해하는 데 약간의 도움도 되고 김수영이 스스로 밝히지 않은 자신의 복잡한 심경과 내면을 엿볼 수 있습니다.

김수영의 할아버지 김희종은 맏손인 김수영을 끔찍이 위했습니다. 첫째 부인에게서 얻은 장남에게는 자식이 없었습니다. 둘째 부인에게서 얻은 아들 김태욱은 아들 둘을 낳았는데 둘 다 일찍 죽었고 세 번째로 태어난 김수영이 맏손주가 됩니다. 할아버지가 얼마나 손자를 열망했는지 며느리를 자기 집으로 불러 김수영을 낳게 했습니다. 어릴 때 유치원을 잠깐 다니다 서당에서 한문 공부를 잠시 하기도 했는데, 그 서당이 계명서당입니다. 계명서당은 고광호의 아버지가 차린 사설 서당입니다. 그리고 고인숙은 고광호의 바로 아래 여동생입니다. 어릴 때부터 고인숙과 가까이 지냈는데 김수영이 선린상업학교를 졸업하기 전에 경기여고보를 졸업한 고인숙은 일본으로 유학을 떠납니다. 병치레를 하느라 상급 학교에 늦게 진학한 김수영이 선린상업학교를 조금 늦게 졸업한 거죠. 김수영의 일본 유학은 사실 고인숙을 따라간 것이라 전해집니다. 그런데 고인숙은 김수영을 만나주지 않습니다. 정확한 이유야 알 수 없지만, 마음은 언제나 변하는 것이니 이 점에 대해서는 그렇게 큰 관심을 가질 필요는 없다고 봅니다. 일본 유학 시절에는 선린상업학교 1년 선배인 이종구의 하숙집에서 신세를 집니다. 이종구는 훗날 전쟁 통에 김수영의 아내 김현경과 동거를 한 그 사람인데, 사실 김수영보다 먼저 이종구와 김현경의 인연이 있었습니다. 김수영과 김현경의 만남도 이종구가 일본에서 학병으로 끌려가면서 김수영에게 남긴 부탁 때문에 이루어진 것이죠. 이종구는 끌려가면서 김현경에게 인사를 전해달라고 한 것입니다.

우리는 이 세 사람의 얽히고설킨 인연을 가십으로 취급하는 경향이 있습니다만, 절대 그렇게 대해서는 안 됩니다. 이 세 사람의 인연을 헝클어놓은 것은 바로 전쟁이기 때문입니다. 이종구는 일본이 벌인 태평양전쟁으로 인해 학병으로 끌려가면서 김현경과 인연이 단절되었죠. 대신 김수영과 김현경의 인연이 시작됩니다. 김수영과 김현경의 인연을 다시 망가뜨린 것도 전쟁입니다. 그리고 김수영의 자리에 이종구가 들어오게 된 것입니다. 김수영은 세 사람의 인연이 뒤엉킨 게 전쟁 때문이라는 것을 알았을 겁니다. 알긴 알았지만 그 모욕의 감정은 어쩔 수 없었던 것 같습니다.(「너를 잃고」) 간략히 말해서 이 세 사람은 똑같이 크나큰 역사의 수레바퀴에 치인 사람들입니다. 김수영이 살아온 시간은 이런 것이었습니다. 식민지와 전쟁, 해방과 혼란…… . 일본에서 김수영은 고인숙에게 큰 상처를 입은 것 같다고 김수영의 어머니가 증언한 적이 있는데, 고인숙과의 관계는 김수영 자신의 글에서도 드러납니다.

1953년에 쓴 「낙타 과음」이라는 산문의 '덧글'에 다음과 같은 구절이 있습니다.

낙타산은 나와는 인연이 두터운 곳이다. 낙타산 밑에서 사귄 소녀가 있었다. 나는 그 소녀를 따라서 지금으로부터 약 10년 전에 동경으로 갔다. 내가 동경으로 가서 얼마 아니 되어 그 여자는 서울로 다시 돌아왔고, 내가 오랜 방랑을 끝마치고 서울로 돌아왔을 때 그는 미국으로 가 버렸다. 지금 그 여자는 미국 태평양 연안의 어느 대도시에서 결혼 생활을 하고 있다. 영원히 이곳에는 돌아오지 않겠다는 편지가 그의 오빠에게로 왔다 한다. 나와 그 여자의 오빠는 죽마지우이다.

여기서 "그의 오빠"는 고광호이고 "그 소녀"는 고인숙입니다. 김수영이 말하는 "오랜 방랑"은 일본의 징병을 피해 서울로 돌아왔다가, 가족을 따라 만주 길림으로 떠나고 해방 후 다시 서울로 돌아오는 기나긴 역사적 여정을 말합니다. '역사적 여정'이라고 말한 것은, 고인숙을 따라 일본에 간 것 말고는 역사의 소용돌이 때문에 떠돌아야 했던 사실 때문입니다. 일본에 가서 연극을 알게 됐고 길림에서 직접 연극을 하기도 한 이력은 김수영 시를 읽을 때 참조 사항이 되기도 합니다. 김수영의 시에 연극적 요소가 흔적처럼 남아 있는 것 같은데, 연극에 대해서 문외한인 제가 언급하는 것은 무리인 것 같습니다. 아무튼 이 여정을 알아야 「아메리카 타임지」의 몇몇 구절이 이해가 되기도 합니다.

김수영이 해방공간에서 정치적 입장을 굳이 밝히지 않은 것은 「공자의 생활난」에서 말했듯이 "나는 바로 보마"의 정신 때문일 겁니다. 독자로서 어떤 정치적 입장을 배제하고 그 시절의 정치 상황에 우리 자신을 밀어 넣어보면, 김수영의 선택도 충분히 이해할 수 있습니다. 4·19혁명 직후의 김수영과 5·16군사쿠데타에도 혁명을 끝내 포기하지 않았던 김수영을 시간을 거슬러 역투사할 필요는 없습니다. 다만 이런저런 정황을 보건대, 특히 월북 시인 김병욱과의 관계를 고려해보면 더욱, 그의 정치적 입장이 왼쪽으로 기울어져 있음을 짐작할 수는 있습니다. 그렇다고 무리할 필요는 없어요. 우리는 지금 어디까지나 그의 작품을 읽고 있기 때문이죠. 사실 김수영이 역사적으로 친일과 친미로 이어지는 우익에 동조했다고는 상상할 수 없습니다. 「가까이할 수 없는 서적」과 「아메리카 타임지」에서, 현실적으로는 매혹적이지만 여러 가지 시대적 맥락상 마음을 쉬이 줄 수 없는 '아메리카 문화'에 거리를 두려는 태도에는 아마 미국에 대한 정치적 입장도 작용했을 겁니다.

그 당시 미군정에 대한 민중의 감정은 우호적이지 않았습니다. 도리어 여운형이나 박헌영이 이끌던 좌익이 더 민중의 지지를 받았죠. 어떤 역사학자에 따르면 해방공간의 민중이 지금보다 문맹률은 높았지만 더 진보적이었다고 합니다. 사람의 의식이라는 것이 문자에 의해서만 좌지우지되지는 않습니다. 오늘날 '배운' 사람들이 못 배운 사람들을 낮게 보고는 하지만 정치의식은 그런 것으로만 결정되지는 않는 것 같습니다. 4·19혁명 이후에 김수영은 「눈」이라는 시에서 "민중은 영원히 앞서 있소이다"라고 하죠. 1956년에 쓴 「예지」라는 작품에서도 이미 그 같은 인식은 드러납니다.

사실 우리나라 우익은 그 전통부터가 아주 고약합니다. 그들의 뿌리는 일본제국주의에 부역한 '친일파'인 것은 사실이잖아요. 미군정을 등에 업고 '친미파'로 옷을 갈아입은 것도 역사적 사실이죠. 그리고 한국전쟁 이후 고착된 분단체제에서 대한민국 우익은 가장 큰 수혜자가 됩니다. 민중의 지지를 받지 못하고 있다가 1946년 대구 10월항쟁에서 시작된 일종의 '피의 숙청'이 있은 다음에야 정치적 입지를 다지게 됩니다. 여기에 한국전쟁을 통한 죽임과 파괴의 폐허 위에서 정치적 주도권을 확실히 쥐게 됩니다. 4·19혁명 이후에 학생들이 '오라 남으로 가자 북으로'를 외치며 회담을 추진한 일은, 전쟁의 상처와 이승만 정권의 반공체제 속에서도 같은 민족이라는 감수성이 남아 있어서 가능했을 것입니다. 왜 아니겠습니까. 10여 년 전까지 같은 나라였는데요. 따라서 아직도 김수영의 정치적 불온성을 상기시키는 「"김일성만세(金日成萬世)"」도 지금처럼 오금을 저리게 하지는 않았을지 모릅니다. 우리는 박정희와 전두환 정권을 통해서 북한 사람들을 뿔난 짐승으로 배워왔지 않습니까. 그리고 그들과 '함께' 살아본 기억도 없습니다. 이 경험의 부재가 우리의 분단 의식을 공고히 해왔고, 분단에 기대 강력한 수구 기득권 카르텔이 형성되었으며, 지금도 그것이 약화될 기미가 보이지 않습니다. 이것은 정치적 입장 이전에 우리 근대사 전체에 걸쳐 있는 '십자가'입니다. 예상컨대, 분단체제가 완화되지 않으면 이 현상은 지속될 것 같습니다.

멀리
보다

괜한 말이 길었습니다. 「가까이할 수 없는 서적」에서 김수영은 "용이하게 찾아갈 수 없는 나라에서 온" 책을 일러 "주변머리 없는 사람이" "만지면은 죽이 버릴 듯 말 듯 되는 책"이라고 부릅니다. "캘리포니아라는 곳에서" 온 책이죠. 그것이 지금 우리나라에 들어왔는데, 우리는 아직 그것을 주체적으로 다룰 "주변머리가 없는 사람"

들입니다. 식민지를 통해 정신적, 문화적 전통이 깨져버린 상태에서 "바람 속에 휘날리고" 있습니다. 그러니까 어떤 폐허 위에 '아메리카 문화'가 들이닥친 것인데, 현실적으로 그것을 거부할 힘이 없습니다. 그렇다고 덥석 안을 수도 없습니다. 딜레마라기보다는 '아포리아(aporia)'입니다. 난제죠. 딜레마는 다른 길을 선택할 여지라도 있는데, 아포리아 앞에서 우리의 실존은 얼어붙기 마련입니다. 창조적 도약이 아니고는 넘어설 수 없는 상황이 아포리아인데, 지금 김수영은 거기에 처해 있습니다. 그런데 이게 단지 '아메리카 문화'만을 상징하는 것일까요? 어쩌면 총체적 난국이라고 부를 수 있을 겁니다. 이때 김수영은 여러모로 미숙한 상태였고 '바로 보기' 이상의 역량은 없는 상태였습니다. 하지만 안 볼 수도 없는 노릇입니다. 그래서 순간적으로는 "괴로움도 모르고" 그러니까 아포리아를 잠시 밀쳐두고 보긴 봅니다. 그러나 "멀리 보고" 있습니다. 그러면서 아무래도 이게 타당한 것 같다고 자기를 위로합니다.

> 괴로움도 모르고
> 나는 이 책을 멀리 보고 있다
> 그저 멀리 보고 있는 것이 타당한 것이므로
> 나는 괴롭다
> 오— 그와 같이 이 서적은 있다

괴로움을 잠시 잊고 보긴 보는데, 멀리 봅니다. 그리고 그게 맞는 것 같습니다. 그런데 그래 봐도 괴롭습니다. "오― 그와 같이 이 서적**은** 있다"(강조-인용자)는 시적 화자의 괴로움을 극대화시키는 구절입니다. '서적이 있다'가 아니라 '서적은 있다'입니다. '이'와 '은'의 차이에 주목할 필요가 있습니다. '이'는 대상을 가리킬 때 쓰는 조사인데 비해 '은'은 문장의 주어나 진술 주체가 자기를 움직일 수 없는 사실로서 확립하는 데 쓰이는 조사입니다. 또 "이"라는 지시대명사가 "은"이라는 조사를 강조하고 있죠. 이렇게 읽을 때 "오―" 같은 영탄사가 주는 느낌이 확실히 살아납니다.

제가 앞에서 자구 하나 하나까지 신경 쓸 필요는 없다고 한 것은, 먼저 시가 주는 느낌이 중요하다는 차원이었고요, 그것을 해칠 수 있는 선을 넘지 말라는 뜻이지 자구를 무시하라는 의미는 아니었습니다. 이 작품에서는 김수영이 처한 아포리아를 이해하기 위해서 이런 까다로운 읽기가 도움이 되기 때문입니다. 그리고 이렇게 이어집니다.

> 연해 나는 괴로움으로 어찌할 수 없이
> 이를 깨물고 있네!
> 가까이할 수 없는 서적이여
> 가까이할 수 없는 서적이여

"오― 그와 같이 이 서적은 있다"에서 마지막까지 김수영의 괴로움은 반복, 증폭됩니다. 그렇죠? 시인이 같은 표현을 연이어 반복할 때는, 대략 두 가지의 경우를 들 수 있습니다. 둘 다 감정의 분출을 감당하게 하기 위해 쓰지만, 강조를 하기 위해서 반복하거나 아니면 괴롭거나 체념의 감정 때문에 그렇습니다. 여기에서는 당연히 후자겠지요. 심지어 "이를 깨물고 있네!"에 느낌표를 붙이고 "가까이 할 수 없는 서적이여"를 반복합니다. 이만하면 이 시를 쓰는 김수영의 정서 상태가 무엇인지 느낌이 오지요? 수치심이지 않을까요? 「연극하다가 시로 전향」에서 뭐라고 했나요. "해방 후의 혼란기"가 자신에게는 "텐더 포인트"였고 동시에 "지독한 치욕의 시대"라고 했잖아요. 「가까이할 수 없는 서적」은, 저는 이렇게 읽으면 충분하다고 봅니다. 중요한 것은 시 한 편을 만족스럽게 해석하는 데 있지 않습니다. 작품을 통해 시인이 어떤 상태이며, 그 상태를 시인이 어떻게 마주하고 있는지, 혹은 극복하고 있는지를 살피는 일입니다. 이런 면에서 김수영의 시는 우리에게 익숙한 서정시와는 다릅니다.

응결한 물이
바위를 물다

일반적으로 서정시는 독자로 하여금 위안을 느끼게도 하지만, 김수영의 시는 우리에게 동참을 요구하는 것 같습니다. 기어코 자신의 작품 안에 세우려고 하는 거죠. 개인적으로 김수영의 시에 매료된 이유 중 하나인데, 이런 동참은 괴로운 동참입니다. 하지만 거기에서 있다 보면 자신의 껍데기가 벗겨지는 이상한 경험을 하게 됩니다. 무슨 종교적 깨달음이나 삶에 대한 의욕을 부채질한다는 게 아니라 고통과 비참을 긍정하게 만드는 힘이 김수영의 시에는 있는 것 같습니다. 이것은 제 자신이 창작자이기 때문에 감히 느끼는 동질감 때문일 수도 있죠. 하지만 김수영이 오늘날 시인들에게 큰 영향을 주는 것은 현실을 회피하거나 비난하는 선에서 머무는 게 아니라 자신의 시 안에 시인들을 세우기 때문일 겁니다. 시인의 자리가 어디여야 하는지, 자신의 십자가를 버려야 하는지 메고 가야 하는지 고뇌하게 합니다. 김수영이 「문단 추천제 폐지론」에서 "예술가는 되도록 비참하게 나와야 한다. 되도록 굵고 억세고 날카롭고 모진 가시 면류관을 쓰고 나와야 한다"고 했을 때, 이는 세속적인 '등단' 과정을 말하는 것만이 아닙니다. 김수영 자신의 경험을 통해 얻은 것이기도 하지만, 이쯤 되면 김수영을 단순히 역경주의자라고 부를 수 없습니다. 그리고 그것을 몸소 보여주고 있는 게 그의 시입니다.

제 말에서 혹 종교적인 냄새가 날 수도 있지만, 제가 전도를 하려는 것은 아니니까 안심하셔도 됩니다. 제게 전도할 종교가 있는 것도 아니지만요. 그런데 시가 영혼의 문제라고 했을 때, 거기에는 이미 종교적인 영성이 포함될 수도 있습니다. 우리는 하도 시달려서인지 '종교'라고 하면 부정적인 감정을 가지고 있습니다. 그것은 저도 마찬가지입니다. 하지만 제도화된 종교가 아니라 우리의 마음을 돌보고 깨어 있게 하는 종교라면 열린 마음을 가지는 게 좋다고 생각합니다. 그런 종교는 우리를 다그치지 않고, 천국과 지옥을 내밀면서 협박을 하지도 않습니다. 어느 글에서인가 니체(Friedrich Wilhelm Nietzsche)는, 그러면 왜 살아 있냐고 조롱하기도 합니다. 기독 신앙을 믿으면 죽어서 천국 가는데 그 신앙심이 최고조에 달했을 때 죽으면 천국 갈 수 있지 않습니까? 이는 잔인한 비아냥이 아니라 그들이 말하는 기독 신앙의 논리대로 하자면 그렇다는 겁니다. 그리고 제가 말한 '십자가'는 기독교에서 차용해 온 것은 맞지만, 우리가 살면서 맞는 곤경과 고통을 회피하지 말자는 비유로 써본 겁니다.

시를 통해 자기 삶과 역사의 변화를 꿈꾸는 일은 매우 중요합니다. 오늘날 우리는 스스로 자신의 삶을 너무 왜소하게 보는 경향이 있기 때문입니다. 이게 압도적인 테크놀로지 문명 탓인지, 아니면 자본주의가 극단화되면서 이른바 '각자도생' 외에는 달리 길이 없어서인지 모르겠습니다. 아무튼 숱한 자기계발 콘텐츠와 일회성 위로가 난무한 게 사실입니다. 제가 보기에는 시도 마찬가지입니다. 서정시가 기본적으로 '나'로부터 시작하는 것은 맞지만 이 '나'의 영역이 너무 좁습니다. 타자와 다른 생명체들, 나아가 우리 곁에 있는 사물까지 넓어지지 않고, 도리어 그것들을 대상화하면서 '나'를 강화하려는 경향이 있습니다. 우리 모두가 서로 연결돼 있다는 개념적 사실은 잘 알면서 그것이 감성과 정신의 차원에까지 스며든 것 같지는 않습니다. 우리는 흔히 자신을 변화시킨다는 자기계발에 열중하는데, 이 변화는 자본주의가 강요하는 '혁신'에 끼워 맞추는 것과 '나'를 현실과 유리시키는 경향이 있습니다. 유감스럽게도 그런 변화는 퇴행으로서의 변화이지 고양으로서의 변화가 될 수는 없습니다.

앞에서 김수영의 개인사를 잠깐 언급한 것은, 「아메리카 타임지」에 대한 이해를 돕기 위해서입니다. 제가 처음 이 작품을 읽을 때 엄청나게 어리둥절했던 기억이 떠오릅니다. 일테면 "지나인(支那人)"이 중국인이라는 것은 작품의 각주에 나와 있긴 한데 왜 갑자기 중국인이 등장하냐는 것이었죠. 더군다나 김수영 전집 초판본은 정말 고약해서 어려운 한자투성이기도 했습니다. "지나인"이며 "와사의 정치가"며, 일단 제목이 왜 '아메리카 타임지'인지 서정시에만 익숙했던 저로서는 언어 자체가 오리무중이었습니다. 만주에서 김수영이 연극을 했다는 것은 본인이 직접 밝힌 바 그대로입니다. 그가 공연을 했다는 극장의 건물 사진도 바지런한 연구자들의 현지 답사에 의해서 확인도 됐습니다. 「아메리카 타임지」는 과거를 회상하면서 현재를 바라보는 구조를 가지고 있습니다. 고인숙을 따라 일본으로 건너간 체험과 사랑의 쓰라린 상처, 그리고 만주 경험이 과거를 이루고 있다면, "와사(瓦斯)의 정치가"로 대변되는 현실에 대한 뜨거운 응시가 현재를 이루고 있습니다. 사실 이 작품이 시적으로 뛰어나다고는 생각하지 않습니다만, 여러모로 흥미로운 작품인 것은 사실입니다. 특히 2연이 없었다면 그저 산문적 진술로 그칠 수 있는 작품입니다.

김수영은 1연에서는 만주 경험과 대한해협을 건너간 사실을 술

나는
바로 보마

회하고 있는데, 2연에서 그간의 도정에 대해 "수없이 길을 걸어왔다"고 말합니다.

> 기회와 유적 그리고 능금
> 올바로 정신을 가다듬으면서
> 나는 수없이 길을 걸어왔다
> 그리하여 응결한 물이 떨어진다
> 바위를 문다

여기서 "유적"은 한자로 '油滴' 곧 '기름 방울'이라는 뜻인데 재개정판에는 표기되어 있지 않습니다. "유적"과 "능금"은 시적인 은유 같습니다. 그게 무엇을 가리키는지 굳이 따지지 말고 은유로 음미해도 좋을 것 같습니다. 그러니까 어떤 삶의 기회, 그리고 어딘가에 있을지 모르는 "유적 그리고 능금"을 찾아 "올바로 정신을 가다듬으면서/ 나는 수없이 길을 걸어왔다"는 것입니다. 「공자의 생활난」과 겹쳐지는 지점이 있지 않나요? "올바로 정신을 가다듬으면서"에서 말입니다. '바로 보기'의 다른 표현으로 읽힙니다. 그러한 태도와 마음으로 "수없이 길을 걸어"온 결과 "응결한 물"이 되었다는 겁니다. "응결한 물"은 그런데 무엇일까요? 결로 현상으로 생긴 물방울이나 이슬을 한번 떠올려보죠. "떨어진다"고 했으니 아마 어딘가에 맺힌 물방울의 이미지에 가까울 것 같습니다. 풀어서 다시 읽어보겠습니다. 무언가를 찾아서 나는, 정신을 올바로 가다듬으면서 수없이 방황을 하며 걸어왔더니 내게 응결된 무엇이 생겼다. 그리고 그것이 지금 떨어진다. 그런데 어디에 떨어지는가? "바위" 위에 떨어진다. 떨어져서 "바위를 문다". 고작 물방울로 단단한 바위를 문다고 합니다. 여기서 무엇이 느껴집니까? 고독이 느껴지나요, 의지가 느껴지나요? 김수영이 처한 세계는 단단한 바위입니다. 물방울 정도로 부서지지 않죠. 하지만 시는 어쩌면 "응결한 물"일지도 모릅니다. 하지만 그 "응결한 물"에는 바위를 물 수 있는 힘이 있습니다. 여기에서 말년에 쓴 「시여, 침을 뱉어라」의 다음 구절이 자동적으로 떠오릅니다.

> 낙숫물로 바위를 뚫을 수 있듯이, 이런 시인의 헛소리가 헛소리가 아닐 때가 온다. 헛소리다! 헛소리다! 헛소리다! 하고 외우다 보니 헛소리가 참말이 될 때의 경이. 그것이 나무아미타불의 기적이고 시의 기적이다. 이런 기적이 한 편의 시를 이루고, 그러한 시의 축적이 진정한 민족의 역사의 기점이 된다.

다음 3연에 "와사 정치가여"가 나오는데, 와사에는 '가스(gas)의 일본식 표기'라는 설명이 달려 있습니다. 이게 무슨 말일까요? 이해가 됩니까?

저도 처음에는 가스처럼 유해한 정치가란 뜻인가? 그렇게 해석해봤습니다만, 다음 구절인 "너는 활자처럼 고웁다"가 연결이 되지 않더군요. 제가 아는 어느 연구자의 말에 따르면, 여기서 '사(斯)'는

'실 사(絲)'일 것이라고 합니다. 오래돼서 기억이 충분치는 않지만, 어떤 재료를 불에 그을리며 방사(紡絲)를 하면 고급스러운 실이 나오는데 그게 '와사'랍니다. 와사로 만든 천으로 옷을 해 입는 고위층을 "와사의 정치가"로 볼 수 있을 것도 같습니다. 옛날에 그런 방사 방법이 있었고 실제 그 실로 만든 옷을 해 입었다고 합니다. 만일 이 추정이 맞다면 "와사"의 한자 표기는 오기일 수도 있습니다. 그런데 이렇게 해석하면, 해방공간의 빈궁한 민중과 화려하고 부유한 지도층의 대비가 이루어지기는 합니다. 그리고 그러한 현실을 "바위"로 인식하고 표현했을 수도 있습니다. 그리고 저도 잠정적으로 이렇게 해석하고자 합니다.

그러면서 "뱃전에 머리 대고 울던 것은 여인을 위해서가 아니다"고 하는데, 물론 김수영 자신이 "아메리카에서 돌아오던 길"을 경험한 적은 없습니다. 어쩌면 고인숙이 미국으로 떠난 일과 '아메리카 타임'이라는 잡지의 이미지를 섞어놨을 수도 있습니다. 시적 허구인 것이죠. "뱃전에 머리 대고 울던 것은 여인을 위해서가 아니다"라는 진술은 사랑을 따라 일본으로 건너갔다가 비록 상처만 가득 안고 돌아왔지만, 그 과정에서 자신의 정신은 다른 무엇인가를 찾고 있었다는 뜻도 됩니다. 사랑의 상처를 승화한 것인지 아니면 일본 경험에서 다른 무엇을 받아들였는지는 굳이 해명할 필요는 없을 듯합니다. 김수영이 일본에서 연극이라는 예술을 만난 것은 사실입니다. 분명한 것은 개인적인 사랑의 상처에 머물지 않으려는 정신입니다. 여기서 "활자"와 '가까이할 수 없는 서적'은 의미상 겹치기도 하는데, 여기서 "활자"는 '아메리카 타임지'의 활자이기도 합니다. 그리고 해방공간의 기름진 지도층과 '아메리카 타임'으로 표상되는 아메리카 문화가 또 겹치죠. 거칠게 말해서, 그 당시 미군정이 통치하는 현실을 "응결한 물"인 자신이 "응시"하고 있다는 풀이도 가능합니다. 하지만 현실은 견고한 "바위"입니다. 그리고 "응시"와 "바로 보마"는 결국 같은 뜻이기도 합니다.

하지만 '바로 보기'는 의지나 신념으로만 가능하지 않습니다. 자신 안에 "응결한 물"이 있어야 바로 볼 수 있는 힘이 고입니다. 그리고 이 힘은 계속 유지되기도 해야지만 동시에 언제나 새로워져야 합니다. 앞으로 전개될 글에서 저는 김수영이 시종일관 "응결한 물"을 품었음을 밝히고자 합니다. 끊임없이 밀어닥치는 현실의 파고를 김수영이 어떤 힘으로 넘어갔는지 밝히는 것은 사실 우리가 처한 미증유의 사태 때문이기도 합니다. 역사는 우리에게 언제나 "응결한 물"을 요구합니다. 이것이 없으면 우리는 산산이 부서지거나 아주 비루해져버리죠. 하지만 "응결한 물"을 간직하고 있다면 승리자는 못 돼도 패배자는 되지 않습니다. 아니, 패배자가 되어도 긍지에 찬 패배자가 됩니다. 현실에서는 패배해도 결국 승리도 패배도 없는 역사가 가능하다는 빛을 우리에게 주는 것이 시이기도 합니다. 시는 고작 자신의 감정을 풀어놓는 것이 아닙니다. 초월을 꿈꾸게 하는 것이죠. 이 초월은 그러나 자신의 짐과 책무를 남에게 떠넘겨서 될 일이 아닙니다. 시는 시대로 비판적으로 읽어야 하겠지만, '시인' 김수영이 보여주었던 삶의 태도 또한 살펴볼 것입니다. 물론 그

나는
바로 보마

태도는 시를 통해서 드러난 태도입니다.

　김수영은 훗날 「아메리카 타임지」에 대해서 스스로 낙제점을 줍니다. 이 작품 자체가 좋다고는 볼 수 없는 건 확실한데, 「연극하다가 시로 전향」에서 스스로 "이 사화집에 실린 두 편의 작품도 그 후 나의 마음의 작품 목록으로부터 깨끗이 지워버렸다"고 고백합니다. 여기서 두 작품은 「공자의 생활난」과 「아메리카 타임지」입니다. 「묘정의 노래」부터 「아메리카 타임지」까지에 얽힌 이야기는 이 산문에 자세히 나와 있습니다. 일독해보시면 큰 도움이 되리라 생각합니다. 시인 스스로 "마음의 작품 목록으로부터 깨끗이" 지운 작품을 우리는 꽤나 진지하게 읽은 격이 되네요. 저승에서 김수영은 이런 우리를 보고 웃고 있을지 모르지만, 시인이 버린 작품이라고 독자에게도 무의미한 작품인 것은 아닙니다. 웃는 것은 김수영의 몫이고 여기서 진지하게 그가 버린 작품을 읽는 것은 우리의 일입니다. 우리는 우리의 일만 열심히 하면 됩니다. 김수영의 술회에 빠진 연구자나 비평가도 있는 것 같던데, 성실하지 못한 태도입니다. 한편으로 유족의 증언을 앞세우면서 작품 읽기를 건너뛰는 경우도 있습니다만, 독자는 독자의 역할에 충실한 것이 시인과 시인의 작품에 대한 예의라고 생각합니다.

몸-삶으로서의
시

마지막으로 「토끼」라는 시를 잠시 살펴보기로 하죠. 사실 이 시도 성공한 작품이라고는 보지 않습니다. 앞에서 말했듯이 김수영은 완성된 작품을 먼저 염두에 두지 않고 자신의 인식과 정신이 시적으로 어떻게 표현 가능한지 끊임없이 모험을 합니다. 김수영 시의 난해성은 이렇게 만들어진 것이지 작품의 외형을 비틀고 새롭게 보이려는 욕망 때문이 아닙니다. 「토끼」에서도 전도된 현실에 대한 예민한 인식을 보여줍니다. "토끼는 입으로 새끼를 뱉으다"라는 처음부터 그렇죠. 그리고 "어미의 입에서 탄생과 동시에 추락을 선고받는 것"이 토끼의 운명이라고 말합니다. 토끼가 새끼를 입에 물고 자리를 이동하거나 사람의 손을 탄 새끼를 물어 죽이는 습성을 빌린 것도 같습니다. 1장의 마지막 행 "너의 입에서 튀어나오는/ 너의 새끼를"에서 우리는 그것을 유추할 수 있습니다. 그런데 2장에서 이렇게 말합니다. "생후의 토끼가 살기 위하여서는/ 전쟁이나 혹은 나의 진실성 모양으로 **서서 있어야** 하였다/ 누가 서 있는 게 아니라/ 토끼가 **서서 있어야** 하였다".(강조–인용자) "서서 있어야 하였다"는 2장 1연 마지막 행에 다시 한번 되풀이됩니다. 바로 서 있지 못하는 현실에 대한 김수영의 인식이 드러나는 대목입니다. 해방 후 혼란과 분단으로 이어진 조선의 현실을 제대로 서 있다고 보기는 힘들 것입니다. 남한은 미국이라는 지지대가 없으면 무너질 형국이었습니다. 자주적인 독립국가는 끝내 이루어지지 않았죠. "하였다"의 세 번 반복은 무엇을 의미할까요?

결국 김수영이 사는 현실은 "고개를 들고 서서 있어야" 하는데 그러지 못했습니다. 이 말은 결국, 제대로 서 있지도 못했는데 그것도 고개를 숙이고 있었다는 거 아닙니까? 누구에게, 무엇에게 그랬을까요? 그런데 고개를 들고 서 있으려면 뭔가 바라봐야 할 것이 필요합니다. 바라는 것이 있어야죠. 또 고개를 들어야만 바로 볼 수 있는 것입니다. 고개를 숙이거나 돌려서는 바로 볼 수 없죠.

> 몽매와 연령이 언제 그에게
> 나타날지 모르는 까닭에
> 잠시 그는 별과 또 하나의 것을 쳐다보고 있어야 하는 것이다
> 또 하나의 것이란 우리의 육안에는 보이지 않는 곡선 같은 것
> 일까

"몽매와 연령이 언제" 닥칠지 모르니까 서서 있어야 하고, 서서 있어야 "별과 또 하나의 것을" 볼 수 있습니다. 정확하게 말하면 "별과 또 하나의 것을" 품을 수 있는 것이죠. 바꿔 말하면 내 안에 "응결된 물"이 있어야 "별과 또 하나의 것"을 볼 수 있습니다. 그런데 "또 하나의 것이란 우리의 육안에는 보이지 않는" 것입니다. 그것은 "육안"으로 보는 것이 아니라는 의미입니다. 그럼 그것은 무엇일까요? 여기서 말하고 있는 "것"은 혹 "꽃이 열매의 상부에 피었을 **때**"(강

조-인용자)는 아닐까요? 김수영은 자신에게 지독한 치욕을 줬던 현실에 맞서 무엇을 꿈꾸었을까요. 사실 이 물음은 우리가 김수영의 시를 읽어가면서 계속 던져질 겁니다. '님'이라는 존재 자체가 추상적이고 모호한데, 시의 언어는 개념의 언어가 아니라서 모호하고 경계가 흐릿하지만 그만큼 많은 맥락과 의미를 포괄하면서 변화의 여지도 풍부하죠. 제가 다른 구체적인 어휘를 쓰지 않고 계속 '꿈'이라고 말하는 것은, 무엇을 회피하거나 두루뭉술하게 하려고 해서가 아닙니다. 김수영의 시대보다는 저강도일지는 모르지만, 그때 보다 훨씬 더 복잡하고 문제의 층이 더 두터운 게 우리가 사는 오늘의 모습입니다. 명료한 언어로 규정이 잘 안 되는 시대죠. 이런 시대에 맞설 수 있는 명료한 언어가 나오기를 희망하지만, 그것을 위해서라도 아직은 '꿈'이라고 부르는 겁니다.

그런데 꿈은 몸이 꾸는 것입니다. 프로이트가 꿈을 무의식의 소산이라고 하니까 꿈을 신비화하는 경향이 강합니다만, 그런 거창하고 복잡한 이론을 떠나서 각자의 경험에 집중해보시면 꿈은 우리의 구체적인 삶에서 나옵니다. 무의식이란 것도 억압의 산물이기도 하지만 동시에 의식의 억압을 뚫고 나오려는 힘이기도 하지요. 그래서 꿈은 반복됩니다. 억압하기 때문에 반복하는 게 아니라 반복하니까 억압하기도 합니다. 몸이 만드는 꿈은 곧 몸이 사는 삶으로 인한 것입니다. 그래서 어떤 꿈은 무언가를 예지하기도 합니다. 몸-삶이 그것을 욕망하기 때문입니다. 몸-삶이 이루지 못한 것을 꿈은 이룹니다. 혹은 위장과 전치를 통해서 털어내기도 합니다. 만일 우리가 꿈을 꾸지 못한다면 이루지 못한 것들이 몸에 쌓여 우리는 더욱 힘들어질 겁니다. 꿈을 우리가 이루지 못한 것의 위장된 표현이라고 본다면, 우리가 잘 때 꾸는 꿈과 지금 우리가 말하는 '꿈'은 의미가 긴밀하게 통하기도 합니다. 그러나 꿈은 의지로 꾸는 것이 아닙니다. 의지마저 꿈은 자기 식대로 용해해버리지요. 즉, 의지마저 몸-삶의 한 형태인 것입니다. 하지만 의지가 몸-삶이 되지 못한 경우를 우리는 허다하게 목격할 수 있습니다. 중요한 것은 의지와 신념마저 몸-삶으로 만드는 것인데, 몸-삶 따로 의지와 신념 따로는 어떤 분열증을 우리에게 심어주고 그 분열증은 몸-삶을 가리는 가면으로 작동합니다. 테크놀로지로 무장한 자본주의사회는 그런 가면을 쓰기에 안성맞춤인 환경을 제공하죠. 김수영의 정직과 솔직은 이런 가면을 거부하는 정직과 솔직이기도 합니다.

해방공간에서 김수영은 "별과 또 하나의 것"을 찾습니다. 그런데 그것은 "우리의 육안에는 보이지 않는" 것이라고 합니다. 육안으로는 '보이지 않는 것'이 도대체 무엇일까요? 그것은 단순한 유토피아는 아닐 것입니다. 유토피아를 꿈꾸는 것은 의외로 간단합니다. 이곳의 반대쪽을 상상하면 되죠. 이승의 괴로움을 뒤집어 천국을 설파하는 기독교식으로 생각하면 문제는 아주 쉽게 풀리는 듯 보입니다. 그렇다고 이곳의 삶이 나아진다는 보장은 없고 잠깐의 위로는 받을 수 있는데, 김수영은 지금 "육안에는 보이지 않는" 것을 찾고 있습니다. 그리고 이게 시의 일이라고 스스로 새기는 중인 것만 같습니다. '보이지 않는 것'이 존재함을 시를 통해 보여주고, 그것을 향해 우리 자신이 변화할 수 있다는 내면의 충동을 부추기는 일이 시의 역할인 것은 사실입니다. 하지만 그 충동을 불길처럼 타올랐다 꺼지게 하는 일은 시의 일이 아닙니다. 그리고 이것은 결심이나 의지만으로는 되지 않고 결심과 의지가 몸-삶이 되어야 하는 것이죠. 그런데 몸-삶은 개별성의 문제가 아니라 역사와 함께 엉켜 있습니다. 역사의 변화를 살면서 다른 역사를 꿈꾸는 일을 통해 우리의 영혼은 계속 타오를 수 있습니다. 시는 그 부뚜막에 계속 마른 가지를 넣는 일이기도 한데, 왜 마른 가지냐? 젖은 가지는 그을음과 연기를 불길보다 많이 내기 때문입니다. 그러기 위해서는 시인의 영혼이 어떠해야 할까요?

두 번째
이 야 기

영원히 나 자신을 고쳐가야 할 운명과 사명

자기 초월로서의
시

김수영은 1952년 11월 28일 충남 온양에 있는 국립구호병원에서
'민간 억류인' 신분으로 석방됩니다. 김수영은 한국전쟁 때 피난을
가지 않고 인민군 치하의 서울에 머물러 있다가 의용군으로 편입되
어 북으로 가게 되는데, 김수영이 한국전쟁 중에 겪은 일에 대해서
직접 언급한 글은, 산문으로는 「내가 겪은 포로 생활」 「나는 이렇게
석방되었다」 「면봉」이 있고, 시로는 「조국에 돌아오신 상병포로 동
지들에게」, 그리고 산문에서 밝힌 포로수용소 생활 내용과 일부 겹
치는 「어느 날 고궁을 나오면서」가 있습니다. 픽션의 형태이기는 하
지만 김수영의 실제 경험이 담겨 있을 것이라고 추정되는 콩트 「해
운대에 핀 해바라기」와 미완의 단편소설 「의용군」도 있습니다. 이
작품들을 읽으면 전쟁 중에 겪은 김수영의 '비참과 설움'을 어느 정
도 느끼실 수 있을 겁니다.

　의용군에 편입되어 끌려갔다가 탈출을 해서 도리어 전쟁 포로가
되는 기가 막힌 과정은 제가 지금 말한 글들을 직접 읽어보시면 자

세히 알 수 있습니다. 따라서 이 자리에서 그런 수고는 피하기로 하겠습니다. 다만 시를 이해하는 데 필요하다고 판단되는 김수영 자신의 진술은 중간중간 참조하겠습니다.「달나라의 장난」을 읽는 데 아마도 그게 필요할 듯싶고요. 연보에 따르면「달나라의 장난」은 1953년 4월호『자유세계』에 발표된 것으로 되어 있습니다. 이때는 김수영이 석방돼서 부산에 머물 때입니다.「조국에 돌아오신 상병포로 동지들에게」는 발표되지 않은 작품입니다. 작품을 읽어보면 알겠지만 해석의 여지가 넓어서 오해를 일으킬 만도 합니다. 반공시도 아니지만 그렇다고 남한 체제를 편드는 작품도 아니지요.

「달나라의 장난」도 해석이 다양한데, 제 생각으로는 그렇게 난해한 작품은 아닌 듯싶은데도 그렇습니다. 이 작품을 어떻게 해석하느냐에 따라 이후 김수영의 작품을 따라 읽는 데 어떤 분기점이 된다고 저는 봅니다.

팽이가 돈다
어린아해이고 어른이고 살아가는 것이 신기로워
물끄러미 보고 있기를 좋아하는 나의 너무 큰 눈 앞에서
아이가 팽이를 돌린다
살림을 사는 아해들도 아름답듯이
노는 아해도 아름다워 보인다고 생각하면서
손님으로 온 나는 이 집 주인과의 이야기도 잊어버리고
또 한번 팽이를 돌려 주었으면 하고 원하는 것이다

도회 안에서 쫓겨 다니는 듯이 사는

나의 일이며

어느 소설보다도 신기로운 나의 생활이며

모두 다 내던지고

점잖이 앉은 나의 나이와 나이가 준 나의 무게를 생각하면서

정말 속임 없는 눈으로

지금 팽이가 도는 것을 본다

그러면 팽이가 까맣게 변하여 서서 있는 것이다

누구 집을 가 보아도 나 사는 곳보다는 여유가 있고

바쁘지도 않으니

마치 별세계같이 보인다

팽이가 돈다

팽이가 돈다

팽이 밑바닥에 끈을 돌려 매이니 이상하고

손가락 사이에 끈을 한끝 잡고 방바닥에 내어던지니

소리 없이 회색빛으로 도는 것이

오래 보지 못한 달나라의 장난 같다

팽이가 돈다

팽이가 돌면서 나를 울린다

제트기 벽화 밑의 나보다 더 뚱뚱한 주인 앞에서

나는 결코 울어야 할 사람은 아니며

영원히 나 자신을 고쳐 가야 할 운명과 사명에 놓여 있는 이

영원히 나 자신을 고쳐가야 할
운명과 사명

밤에

　　나는 한사코 방심조차 하여서는 아니 될 터인데

　　팽이는 나를 비웃는 듯이 돌고 있다

　　비행기 프로펠러보다는 팽이가 기억이 멀고

　　강한 것보다는 약한 것이 더 많은 나의 착한 마음이기에

　　팽이는 지금 수천 년 전의 성인과 같이

　　내 앞에서 돈다

　　생각하면 서러운 것인데

　　너도 나도 스스로 도는 힘을 위하여

　　공통된 그 무엇을 위하여 울어서는 아니 된다는 듯이

　　서서 돌고 있는 것인가

　　팽이가 돈다

　　팽이가 돈다

—「달나라의 장난」 전문

　이 작품을 어렵게 읽을 필요는 없습니다. 먼저 차분히 시적 정황을 살피면서 따져보기로 하죠. 물론 우리를 갑자기 오리무중으로 빠지게 하는 대목들이 없지는 않습니다. 하지만 김수영의 시를 시인의 내면 기록으로 접근하면서, 그리고 그 내면을 형성한 역사적 조건들과 그 조건들에 맞서는 특유의 태도를 동원해 보면 충분히 납득할 수 있을 겁니다. '조건들에 맞서는 특유의 태도'를 알아차리는 데는 김수영의 산문이 필요합니다. 물론 이전의 작품들로 다시 돌

아갈 필요도 있죠. 김수영의 시는 자신의 현실/산문 인식과 동떨어지지 않으면서 동시에 현실/산문 인식을 넘어서는 지점에서 펼쳐집니다. 김수영의 시는 우리가 시 자체를 깊이 이해하는 데 아주 좋은 예이기도 하면서 김수영의 시작을 통해 우리가 시를 짓는 데 아주 귀한 것을 발견하기도 합니다. 그래서 저는 시를 배우고 쓰는 분들에게 어렵기는 하지만 김수영의 시작 원리를 공부할 것을 권하기도 합니다. 기성 시인들에게도 자신의 시가 어떤 난관에 처할 때 좋은 길잡이가 된다고 믿는 쪽입니다. 자신이 쓰는 시가 난관에 봉착하면 대체로 형식의 실험을 통해 돌파구를 찾으려고 하는 경향이 있는데 김수영은 전혀 다른 길을 가르쳐주지요.

시를 쓰지 않는 독자도 김수영의 태도를 통해서 특이한 감동을 받을 수 있습니다. 이는 우리가 시를 통해서 새로운 눈을 얻고, 삶을 살아가는 데 시가 할 수 있는 역할을 김수영의 시가 제시해주기도 하기 때문입니다. 이 점에 대해서는 김수영 시 전편에서 그 물증을 제시할 수도 있지만, 「달나라의 장난」에서도 드러날 겁니다. 실제 그런지 안 그런지 살펴보는 것도 오늘 시간의 목표이고, 저는 주로 이 점을 살펴보는 데 집중해볼까 합니다. 아마도, 제 해석이 어느 정도 그럴듯하다면 여러분들은 김수영의 시가 주는 울림을 최소 몇 시간 동안은 계속해서 경험하실 수 있을 겁니다. 그렇게 안 되면 제가 사기를 치는 게 될 텐데, 반은 우스개로 받아들여도 좋고 반은 기대를 가져도 좋습니다. 김수영이 4·19혁명 직후 월북한 친구 김병욱에게 쓴 서간체 산문 「저 하늘 열릴 때—김병욱 형에게」에서 한 말이 있지요. 여기에서 그는 "나는 아직까지도 '시를 안다는 것'보다도 더 큰 재산을 모르오. 시를 안다는 것은 전부를 아는 것이기 때문이오"라고 말합니다. 객관적 사실에 상관없이 김수영이 생각하는 시는 이렇듯 정신과 지성, 실천의 심원한 경지였습니다. 과연 김수영의 성공한 작품에서 그가 말한 저 말이 실현되었는지 살펴보는 것 자체가 좋은 공부가 될 겁니다.

시라는 것은 그 형식과 언어가 주는 아름다움으로도 우리를 감동시키고 어떤 시들은 예술적인 표현으로도 독자들을 감동시키고 놀라게도 하는데, "시를 아는 것은 전부를 아는 것"이라는 말은 그 '전부' 때문에 독자를 부담스럽게도 할 수 있을 겁니다. 무엇보다도 시를 쓰는 사람들이 어디까지 알아야 전부를 아는 것인지도 모를 것 같고요, 전부를 알아야 한다는 강박 때문에 시가 안 나올 수도 있습니다.

사실 이 문제는 간단한 문제가 아니어서 짧게 말하기도 쉽지 않습니다. 한 가지만 말씀드리고 「달나라의 장난」에 대해 이야기해보도록 하죠. 어쩌면 우리가 김수영을 읽는 이유도 겹치기 때문이기도 합니다. 시는 통상적으로 언어 예술이라고 하지만, 예술은 꾸준한 훈련과 노력을 통해, 이른바 기술(techne)을 연마할 수는 있습니다. 예를 들어 피아니스트가 되기 위해 피나는 연습을 통해 악보 없이 연주에는 통달할 수가 있습니다, 하지만 피아니스트 자신이 그 음악에서 느낀 '무엇'은 단순히 피아노를 실수 없이 잘 치는 것과는 다른 문제입니다. 잘 모르면서 괜히 음악의 예를 든 것 같네요.

아무튼 시가 언어 예술이라고 했을 때, 우리는 주로 언어를 잘 다듬고 능숙하게 배치해 기가 막힌 비유를 만들어내는 것을 시라고 할 수도 있지만, 그것은 시의 일부분에 지나지 않습니다. 언어를 선택하고 능숙하게 배치하는 것은 연마의 결과일 수 있는데, 사실 언어의 배치는 그냥 아름다우라고 하는 게 아닙니다. 시인 자신이 어떤 사물과 사건에서 받은 느낌과 울림, 또는 그게 무엇인지 모르겠지만 말하고 싶은 것이 시에서 비유와 은유를 만들어내지요. 배치와 은유의 공식이 먼저 있어서 언어를 거기에 끼워 넣는 게 아닙니다. 그런데 느낌과 울림, 그리고 말하고 싶은 것은 시인이 지금 어떤 상태, 어떤 '전부'를 가지고 있느냐에 따라 달라집니다. 여기서 말하는 '전부'는 '무한'이 아닙니다. 그것은 시인이 가지고 있는 정신과 지성, 상상력의 상태이기도 합니다.

누구나 자기의 한도 이상을 전부라고 말하지 않습니다. 자신의 '전부'는 자신의 한도 안이지요. 그렇다고 여기에 머물러서는 안 되는데, 시인이 만나게 될 사물이나 사건은 어제도 오늘도 동일하지 않습니다. 왜냐면 세계는 부단히 변화하니까요. 그래서 시인의 '전부'는 더 계발되어야 하고, 더 확장되고 높아지면서 깊어져야 합니다. 이게 시 쓰는 일의 고난이기도 하면서 기쁨이기도 합니다.

그럼 본격적으로 「달나라의 장난」을 읽어보도록 하죠. 어려운 문제는 구체적인 '사실'을 통해 푸는 게 정석입니다. 그리고 그 과정을 통해 우리는 우리의 '전부'를 확인하게 됩니다. 우리가 아는 '전부'의 바깥이 있다는 것을 깨달아가면서 자신의 '전부'를 갱신해가는 것은 철학적인 문제인 앎과 모름(무지)의 문제와 닿습니다. 우리의 모름은 우리의 앎을 통해 확인되고 우리의 앎은 우리의 모름을 통해 붕괴, 수정됩니다. 그리고 이 붕괴를 경험하면서 '전부'를 확장하고, 심화하고, 높이를 갖는 게 곧 (자기) 초월입니다.

「달나라의 장난」은 김수영이 포로수용소에서 석방되고 부산으로 와서 『자유세계』의 편집장인 박연희의 청탁으로 쓴 전쟁 이후의 첫 작품인데, 산문 「나는 이렇게 석방되었다」에서 그는 이렇게 말합니다. "12시 20분 천안으로 가는 기차를 타고 가야 할 것을 다음 차로 미루고 나는 온천 거리를 자유의 몸으로 지향(指向) 없이 걸어 다니었다." 가둬져 있다가 바깥으로 나오게 되면 사실 어디로 가야 할지 한동안 막막해지기는 합니다. "지향 없이 걸어 다니었다"는 실제 그런 심리 상태 때문이겠지만 어쩐지 아주 의미심장하게 느껴지기도 합니다. 이 '지향 없음'은 동시에 다른 의미도 갖기 때문입니다.

「달나라의 장난」은 "팽이가 돈다"로 시작합니다. 시를 읽어나가다 보면 알겠지만, 팽이는 지향을 갖고 나아가는 것이 아니라 제자리에서 도는 사물이며, 작품에 묘사되는 "나"의 상황과 조응합니다. "손님으로 온 나는 이 집 주인과의 이야기도 잊어"버린 상태입니다. 도리어 "또 한번 팽이를 돌려 주었으면 하고 원하는 것"입니다. "이 집 주인과의 이야기"가 있는 것인데 아이가 돌리는 팽이에 취해 있는 것이죠. 그러면 시의 화자가 도는 팽이 때문에 "이 집 주인과의 이야기도" 잊은 것일까요? 아무리 되풀이 읽어도 그런 느낌은 들지 않습니다. "도회 안에서 쫓겨 다니는 듯이 사는" "어느 소설보다도 신기로운 나의 생활"과는 달리 "살림을 사는 아해들도 아름다웁듯이/ 노는 아해도 아름다워" 보이고 "누구 집을 가 보아도 나 사는 곳보다는 여유가" 있어 보입니다. 포로수용소에 나와 가족과 헤어진 채 부산에 팽개쳐진 김수영의 실제 생활을 유추하게 합니다. "나"의 처지와 다른 이들의 모습이 비교되면서 시의 화자가 갖는 정서는, 대체 어떤 것일까요? 이것은 우리가 일상적으로 경험하는 것이기도 하지요. 거기에다 의용군으로 끌려가 죽을 고비를 넘기며 탈출했더니 포로 취급을 받고 갖은 고생을 한 김수영의 경우라면 어떻겠습니까.

그런데 그것들을 "모두 다 내던지고" "지금 팽이가 도는 것을" 보고 있으니 어쩔 수 없이 "마치 별세계같이" 보입니다. 김수영의 처지에서는 당연히 "나"와는 다른 생활들이 "별세계" 같다고 느낄 수도 있을 겁니다. 그리고 "팽이가 돈다"를 두 번 반복합니다. 시에서 이런 단순 반복은 크게 두 가지 정서를 반영한다고 볼 수 있습니다. 하나는 상승과 고양을 표현할 수도 있고요, 다른 하나는 현재 상태에 머물러버리는 하강과 침잠일 수도 있습니다. 여기서 반복은 상승과 고양의 느낌을 줍니까, 아니면 하강과 침잠의 느낌을 주나요?

이 작품의 특징은 전반부의 마지막도 "팽이가 돈다"를 두 번 반복하고 후반부의 마지막도 동일하게 두 번 반복한다는 것입니다. 연구분도 없이 딱 절반으로 등분됩니다. 그런데 전반부에서는 대체로 화자의 상황이 적시됩니다. 단순한 상황 묘사인데 읽는 우리로서는 그렇게 밝게 느껴지지 않습니다. 그리고 이 정서는 후반부에서 직접적으로 표출되면서 그 정서와 '싸우는' 모습을 보여줍니다. 그러니까 전반부에서는 화자의 상태와 어떤 정황을 펼쳐 보여주다가 "팽이가 돈다"를 반복하면서 후반부로 넘어가는 구조를 갖습니다. 분명히 "누구 집을 가 보아도 나 사는 곳보다는 여유가 있고/ 바쁘지도 않으니/마치 별세계같이 보인다"고 하면서 곧바로 "팽이가 돈다"를 두 번 반복함으로써 "별세계"를 '도는 팽이'에 얹습니다. 그렇죠? 작품의 진행상 여기가 클라이맥스는 아니지만, 이 점을 이해하고 넘어가야 후반부의 뜻이 확실하게 밝혀지고, 그래야만 이 작품에 대한 온갖 오독으로부터 자유로울 수 있게 됩니다.

팽이를 돌리니 팽이가 어떻게 보인다고 합니까? 한번 볼까요.

소리 없이 회색빛으로 도는 것이
오래 보지 못한 달나라의 장난 같다

여기서 이 시의 제목인 '달나라의 장난'이 등장합니다. 어릴 때 팽이를 돌려보신 분은 아시겠지만 팽이가 돌 때는 돌지 않을 때의 팽이가 갖는 무늬나 질감과는 다른 게 나타납니다. 그런데 그것이 김수영은 "달나라의 장난 같다"고 합니다. 그리고 오래 보지 못했다고 하지요. 여기서 "달나라 장난"은 팽이가 돌면서 내는 모습에 대한 은유이기도 하면서, 김수영이 말하고자 하는 사실에 대한 환유이기도 합니다. "오래 보지 못한"은 단순하게 시간적으로 먼 과거를 의미하는 것이 아니라, '이미 버린 지 오랜' 또는 '지금-여기와는 구체적인 관계가 없는'이라는 뜻으로 읽어야 합니다. 이와 비슷한 의미를 가진 표현은 뒤에 다시 나옵니다. 그런데 팽이가 돌면서 연출하는 "달나라의 장난"이 "나를 울린다"고 합니다. "팽이가 돌면서 나를 울린다"고 분명하게 나와 있죠? 보다 더 사실적으로 말하자면, 팽이가 돌면서 만들어내는 "달나라의 장난" 때문이라기보다 자신의 처지에 대한 설움이 "달나라의 장난"과 대비돼 순간 북받쳐 오릅니다.

그런데 그다음에서 우리는 이 작품의 고갱이를 만나게 되고 어떤 반전을 느끼게 됩니다. "어느 소설보다도 신기로운 나의 생활"과 동떨어진 "별세계"를 알게 되고, 그것이 팽이가 보여주는 "달나라의 장난"과 같다고 울던 "나"가 돌연 자신이 어떤 존재인지 자각하는 장면입니다. 여기서 짚고 넘어가자면, "어느 소설보다도 신기로운"은 겉뜻 그대로 미스터리(mystery)하다는 게 아닙니다. 도리어 '기가 막힌'으로 받아들여야 합니다. 안 그렇겠습니까? 전쟁을 통해 겪은 자신의 삶이 얼마나 기가 막혔겠습니까. 포로수용소에서 간신히 살아 나와 보니 "부실한 처"(「조국에 돌아오신 상병포로 동지들에게」)는 다른 남자와 살고 있었습니다. 그런데 이 모든 일은 개인의 선택을 넘어서는 역사적 사건 때문에 일어난 일입니다. 우리가 한 사람과 그 사람의 판단을 원망하는 것은 너무도 손쉬운 일입니다. 자신의 불행을 그 사람에게 떠넘기게 되면 일시적인 심리적 분풀이는 가능하죠. 하지만 역사의 수레바퀴는 그런 원망으로 되돌릴 수도 없고, 자신의 상처를 근본적으로 치유하지도 못합니다. 역사의 수레바퀴가

영원히 나 자신을 고쳐가야 할
운명과 사명

아니더라도 우리가 겪은 과거의 일은 그 과거를 비난하고 미워한다고 해서 우리의 현재가 변하는 것은 아닙니다. 도리어 병이 더 깊어질 뿐이죠.

"달나라의 장난"이 나를 울리고는 있지만, 그다음에 뭐라고 합니까? "제트기 벽화 밑의 나보다 더 뚱뚱한 주인 앞에서/ 나는 결코 울어야 할 사람은 아니"라고 말하죠? "이 집 주인"이 뚱뚱했던 모양입니다. 뚱뚱한 신체는 아무래도 여유와 경제적 부를 암시하기도 합니다. 지금이야 뚱뚱하다는 것이 비만이라는 정신적·신체적 병리현상으로 불리지만 예전에는 '비만'이라는 말 자체가 없었죠. 잘 먹고 잘사는 사람들의 신체적 특징으로 불리고는 했잖습니까? 그런 사람 앞에서 "나는 결코 울어야 할 사람은 아니"라는 것은, "어느 소설보다 신기로운 나의 생활" 때문에 팽이가 돌면서 연출하는 "달나라의 장난" 따위에 속지 않아야 한다는 겁니다. 여기서 "달나라의 장난"은 "별세계같이 보인다"로 한 번, 그리고 "나를 울린다"로 한 번 표현됩니다. "별세계"는 나보다 '여유 있는 생활'과 연결되면서 자신의 처지를 회피하고자 하는 화자의 심리적 상태를 암시하고, 후자는 그것이 결국 자기 설움 때문이라는 사실을 나타냅니다. 산문적으로 정리하자면 이렇습니다. 죽을 고비를 넘기고 아무 지향도 없이 살아가자니 시의 화자의 마음에는 설움이 가득 차 있습니다. 그런데 그런 자기와는 대비되어 풍요롭게 사는 "집 주인" 즉 "뚱뚱한 주인" 같은 삶이 있습니다. 그 집에 손님으로 와 보니 그 집 아이가 팽이를 돌리는데, 그것을 "정말 속임 없는 눈"으로 보니, 즉 아무리

냉철하게 봐도 "달나라의 장난"처럼 "별세계" 같이 보입니다. 그런데 그 팽이는 돌면서 자신을 울립니다. 자신이 살아온 시간이 너무 서럽기 때문입니다. 하지만 "나"는 이렇게 비교되면서 맞게 되는 설움이 싫습니다.

"나"는 "영원히 나 자신을 고쳐가야 할 운명과 사명에 놓여 있는" 사람입니다. 지난 시간에 말했던 '자기 극복'에 대한 자의식을 이 작품에서 여실히 드러내는데, 문제는 이 자의식이 일회적이지 않다는 데 있습니다. 이 의지는 앞으로 김수영의 시를 읽는 데 아주 중요한 바탕으로 삼을 만합니다. 그리고 이 자기 극복 의지는 단순하게 김수영 개인의 수양과 고양에 머무르지 않고 자신이 사는 현실, 즉 자신이 처한 역사적 조건을 넘어서고자 하는 의지와 한 몸이 됩니다. 김수영의 시에 비상한 생동감과 힘이 있다면 그것은 자신이 처한 역사적 조건을 넘어서고자 하는 '바람'으로 인한 것입니다. 개인의 수양과 고양에 머물렀다면 그의 시는 한없이 정적이었을 겁니다. 김수영의 시 전편을 읽어보지 않았다 하더라도 독자들이 기억하고 있는 그의 '좋은 시'들은 대부분 개인의 문제와 역사의 문제를 한 몸으로 삼은 것들이며, 그래서 아직까지도 그 생동감과 힘을 잃지 않는 것입니다. 항간에는 김수영의 시가 아직까지 살아남을 수 있는 이유가 그의 시대와 우리가 사는 시대가 크게 다르지 않아서라고들 합니다만, 그런 관점에서 보면 동시대의 이른바 '참여시'도 마찬가지로 살아남아 있어야 합니다. 김수영의 시를 읽을 때, 다른 시인들도 마찬가지이지만, 우리가 사는 현재의 관점과 인식으로 역투사해서 읽으면 작품 고유의 의미를 놓치기 십상입니다.

참여시에 대한 김수영 특유의 통찰은 1960년대 중반에 가서 드러나게 됩니다. 그리고 내용과 형식, 사실 이 두 개념은 조금 진부한 면이 없지 않지만 피할 수 없는 문제이긴 합니다. 내용과 형식 문제는 아마 그가 죽기 전에 쓴 산문 「시여, 침을 뱉어라」에서 고차원적으로 다뤄집니다. 「시여, 침을 뱉어라」는 아주 깊이 독해할 필요가 있는 글입니다. 이 글은 김수영 말년의 시론이기도 하지만, 앞에서 말했듯이, 그동안 시를 써오면서 깨달았던 것들의 집대성이기도 합니다.

"영원히 나 자신을 고쳐 가야 할 운명과 사명에 놓여 있는" 시의 화자는 말합니다. 나는 그러한 사람이기에 "한사코 방심조차 하여서는 아니" 됩니다. 오만이라고 불러야 하나요, 아니면 치기어린 다짐으로 읽어야 하나요? 그럼에도 불구하고 팽이는 여전히 돕니다. 어떻게 보면 팽이가 도는 것도 김수영에게 주어진 현실이라고 할 수 있죠. 직접적 현실이 아니라 자신의 내면에서 소용돌이치는 것으로서의 현실일 겁니다. 그런데 어떻게 돕니까? "수천 년 전의 성인과 같이" 돌고 있지요? 이 대목에서 어떤 분들은 「공자의 생활난」을 다시 호출하며 "수천 년 전의 성인"이 공자라고 봅니다. 그래서 팽이가 변함없이 도는 것을 김수영의 굳건한 정신으로 읽던데 그렇게 읽으면 이 시는 전혀 다른 뜻을 갖게 됩니다. 화자를 서럽게 울리는 팽이가 갑자기 화자의 굳건한 정신이 될 수 있나요? "수천 년 전의 성인"은 앞에서 읽은 "오래 보지 못한"과 조응합니다. 그리고 "오래 보지 못한 달나라의 장난"과 "수천 년 전의 성인과 같이" 도는 팽이는 의미상 통합니다.

간략하게 말하면 "오래 보지 못한"과 "수천 년 전의 성인"은 지금 김수영의 현재와는 아무 관계 없는 어떤 세계를 가리킵니다. 김수영은 현재가 되지 못하는 과거의 의미와 전통을 기각하고 있는지도 모릅니다. "오래 보지 못한"은 오래전에는 봤다는 말이기도 합니다. 오래전에는 존재했지만 지금은 존재하지 않는 세계, "수천 년 전의 성인"의 세계는 지금은 존재하지 않는 세계입니다. 이건 부정적인 의미도 아니고 긍정적인 의미도 아닙니다. 그냥 객관적 현실이죠. 전쟁으로 인해 그것들은 다 파괴되었기 때문입니다. 의지할 만한 세계가 아닌 거지요. 그래서 "생각하면 서러운 것인데"라고 말하는지도 모릅니다.

그리고 다시 묻습니다. 그러니까 "나"를 울리면서 도는 팽이는 "너도 나도 스스로 도는 힘을 위하여/ 공통된 그 무엇을 위하여 울어서는 아니 된다는 듯이/ 서서 돌고 있는 것인가"라고요. 이제 우리는 "스스로 도는 힘"과 우리가 함께할 "공통된 그 무엇을" 망실했다고 팽이는 알려주고 있는 것인가? 그렇다고 지금 이렇게 멈추지도 않고 돌고 있는 것인가? 그러면서 마지막으로 "팽이가 돈다"를 두 번 반복합니다. 이 반복은 설움의 확인이면서 "스스로 도는 힘"과 "공통된 그 무엇을" 망실한 현재 사태의 확인입니다. 그리고 작품 전체에서 팽이가 부단히 돌고 있는 느낌을 시적으로 완성해줍니다. 시적 효과를 통해 우리는 작품 전체에서 팽이가 내내 돌고 있는

영원히 나 자신을 고쳐가야 할
운명과 사명

느낌을 얻습니다. 현재의 현실은 그러하지만, 이 작품에서 도드라지게 우리에게 다가오는 구절은 역시 "영원히 나 자신을 고쳐 가야 할 운명과 사명에 놓여 있는"입니다. 전쟁의 폐허 위에서 김수영이 잃지 않은 것은 바로 이 '바람', 비원(悲願)입니다. 그리고 이 비원이 현실과 부딪치면서 설움을 증폭시키지만 김수영의 내면에서 긍지의 포도알이 익어가는 장면을 곧 목격하게 될 겁니다.

그런데 여기서 꼭 물어야 할 것이 남아 있습니다. 팽이가 돌면서 부정하고 있는 것, "스스로 도는 힘"과 "공통된 그 무엇"이 의미하는 것은 무얼까요? 일단 말뜻 그대로 풀어보자면, "스스로 도는 힘"이라는 구절에서 일종의 자립, 독립, 단독적인 것 등등이 떠올릴 수 있습니다. 그리고 "공통된 그 무엇"에서는 "스스로 도는 힘"이 지향하는 개별적인 것을 넘어선 보편적이고, 통일적이고, 종합적인 또는 이념적인 것 등등을 떠올릴 수 있습니다. 사실 이렇게만 읽어도 이 작품을 충분히 음미할 수 있다고 저는 봅니다. 작품의 문맥에서만 보자면, 지금 김수영은 전쟁이나 전쟁이 남긴 폐허 그 자체를 비판하거나 그것에 대해 통곡하고 있는 것이 아닙니다. 나중에 그의 산문을 통해 확인할 수 있지만, 그는 여린 사람이긴 했지만 약한 사람은 아니었습니다. 이 작품에서 김수영이 말하고 있는 것은, 정확하게 전쟁의 폐허 위에서 자신도 모르게 갖게 되고 또는 현실에서 번식하고 있는 "달나라의 장난"입니다. 폐허에서 허무주의와 맹랑한 이상주의는 자라기 좋습니다. 무엇보다도 먼저 그것을 인식하고 있으면서도, 김수영은 "스스로 도는 힘"과 "공통된 그 무엇"을 간직하고자 합니다. 이것이 혹 앞에서 말씀드린 "꽃이 열매의 상부에 필 때"(「공자의 생활난」)나 "우리의 육안에는 보이지 않는 곡선 같은 것"(「토끼」)은 아닐까요? 구체적으로 그게 무엇이냐고 시인에게 물을 수는 없습니다. 자신에게 깊이 내재해 있지만 그것이 무엇인지 알지 못해서 시를 쓰는 사람이 시인이기 때문이죠. 그래서 시는 앎과 모름이 동시에 피워내는 것인지도 모르겠습니다.

긍정과
긍지

전집 재개정판과 개정판은 다른 점 몇 가지가 있습니다. 여기서 일일이 그 다른 점을 하나하나 밝힐 일은 아닙니다만, 그동안 새로 발굴된 작품과 미완성 메모가 다수 수록되었다는 점이 가장 큰 차이점입니다. 발표 순서가 조정된 것도 눈에 띕니다. 발표 순서가 달라진 점이 뭐 그리 대수인가 하는 질문도 있을 수 있습니다만, 김수영의 경우는 이야기가 다릅니다. 어느 연구자가 쓴 책의 제목에도 나타나 있지만 김수영의 시는 일종의 자서전으로도 읽을 수 있습니다. 이 말은 김수영이 시를 통해 자신의 내밀한 삶을 재현했다는 뜻이 아닙니다. 또는 자신의 감정과 심리를 시를 통해 '실토'했다는 의미도 아닙니다. 자신이 처한 조건과 역사적 현실에 치열하게 응전하면서 썼다는 의미에서 그렇다는 것입니다. 예를 하나 들자면, 예전에는 1960년 4·19혁명 이후에 발표된 것으로 알려진 「사랑」의 경우, 재개정판에는 4·19혁명 전인 1960년 1월에 발표된 것으로 바로잡혀 있습니다. 그래서 이 '사랑'의 의미가 재해석돼야 했습니다. 사소한 에피소드이기는 하지만, 제가 『리얼리스트 김수영』 원고를 쓰고 있는 와중에 재개정판이 출간되었는데, 「사랑」이 혁명 전에 발표된 것으로 수정되어서 이 작품에 대한 해석 부분을 통째로 덜어내야 했습니다. "사랑"을 기존의 해석을 따라 '혁명'으로 봤거든요. 지금 잠깐 살펴볼 작품인 「긍지의 날」도 마찬가지입니다. 그리고 「긍지의 날」 다음에 수록된 「그것을 위하여는」은 새로 수록된 작품이라 저도 읽은 횟수가 다른 작품에 비해 많지 않습니다.

「긍지의 날」에는 「달나라의 장난」과는 다른 힘이 있습니다. 연보에 의하면 1953년 9월에 발표한 것이고 아직 부산에 있을 때입니다. 한국전쟁 휴전협정일이 7월 27일이니 발표는 휴전 이후지만 창작 시점은 정확하지 않습니다. 작품에서는 한국전쟁이 휴전을 맞은 상황을 비치지도 않습니다. 어쩌면 김수영 자신의 심경이 얼마간 벅차오르는 경험이 있었지 않았나 하는 추측을 해봅니다. 시작(詩作)은 거창한 이념이나 사건이 아니라 시인 자신의 구체적 느낌이나 기분 상태에서 출발하는 경우가 거의 대다수입니다. 거창한 이념이나 사건이 있었다고 하더라도 그것을 구체적으로 느끼는 계기가 없으면 시는 써지지 않죠. 더군다나 김수영처럼 구체적인 리얼리티에 예민한 시인인 경우는 더욱 그럴 것입니다. 아무튼 「긍지의 날」은 김수영 자신의 내면에서 용솟음치는 긍지를 노래한 것인데, 이 작품에서 우리는 「달나라의 장난」과 이어지는 가느다란 실을 발견할 수 있고, 앞에서 읽어봤던 「달나라의 장난」에 대한 제 해석을 정당화해주는 흔적이 있습니다. 「달나라의 장난」에 배어 있는 설움의 정조를 넘어서는 지점도 보입니다.

저는 1연의 "구태여 옛날을 돌아보지 않아도"와 2연의 "몇 개의 번개 같은 환상이 필요하다 하더라도"를 주목해보고 싶군요. 그 부분을 잠깐 읽어보겠습니다. 1연 4행부터입니다.

> 또 나는
> 영원히 피로할 것이기에
> 구태여 옛날을 돌아보지 않아도
> 설움과 아름다움을 대신하여 있는 나의 긍지

또 2연 1행과 2행입니다.

> 내가 살기 위하여
> 몇 개의 번개 같은 환상이 필요하다 하더라도

"옛날"은 「달나라의 장난」에서 "수천 년 전의 성인"과, 그리고 "몇 개의 번개 같은 환상"은 "달나라의 장난"과 겹쳐지지 않습니까? 그냥 제 주관적인 느낌일까요? 그런데 앞뒤 문맥을 보면 그렇게 자의적인 해석은 아닙니다. 「긍지의 날」은 「달나라의 장난」에서 순간 빠져나온 내면 상태의 기록입니다. 여기서는 "피로" 자체를 긍정합니다. 설움의 지속은 피로를 유발하죠. 어떤 것의 변화 없는 지속은 우리에게 피로를 느끼게 합니다. 김수영은 "너무나 잘 아는/ 순환의 원리를 위하여/ 나는 피로하였고" 또 "영원히 피로할 것"이라고 말합니다. 그렇다고 그치지 않는 피로를 벗어나려 "구태여 옛날을 돌아보지" 않겠다고 말합니다. 전쟁으로 파괴된 "옛날"에게 의지할 필요 없이 자신에게서 익어가는 긍지를 내세우고 있죠. "설움과 아름다움을 대신하여" 있다고 말하죠? 여기서 "아름다움"은 역사를 초월해 있는 이데아적인 아름다움이라고 읽을 수도 있고, 팽이가 돌면서 보여주는 환영으로서의 그것일 수도 있습니다. "설움"은 우리가 지금껏 말해왔던 그것입니다. 뒤집어 읽으면, 지금 자신의 현실은 아름답지 않다는 것만은 분명합니다. 여기에 있지도 않은 아름다움을 내세워 그 뒤로 숨지 않겠다는 겁니다.

2연 5행에 등장하는 "아름다움"은 "몇 개의 번개 같은 환상"으로 인한 "피로"가 도피적으로 만들어내는 "아름다움"입니다. 의미론적으로 1연의 변주 같습니다. 그럼에도 불구하고 "나의 최종점은 긍지"라고 합니다. 그리고 "긍지"는 "소리가 없고" "젖지 않는 것"입니다. 결국 긍지도 피로도 자신의 삶이 만드는 것에 불과하다는 인식에 도달하고, 그럴 때 "나의 몸은 항상/ 한 치를 더 자라는 꽃"이 된다는 것입니다. 피로도 설움도 이제는 문제가 되지 않습니다. 김수영은 그것을 부정하면서도 자신의 삶에서 내쫓지 않습니다. "긍지의 날"마저도 "모든 설움이 합쳐지고 모든 것이 설움으로 돌아가는"

날입니다. 설움과 피로를 내쫓아서는 긍지가 생기지 않습니다. 긍지는 그것들과 함께 살 때에만 생겨납니다. 설움과 피로를 내쫓고 찾아오는 것은 섣부른 자기 위로이고 자기기만일 가능성이 큽니다. 왜냐면 삶에서 피로와 설움은 순간 사라질 수는 있어도 영원히 내쫓을 수 없기 때문이죠. 이게 김수영의 인식이 갖는 독특함이고 영혼의 건강함입니다.

흔한 예를 들어 말하자면, 우리 몸이 건강해지려면 미생물이나 바이러스, 박테리아와 함께 공존해야 합니다. 의학적으로 말하면, 그래야 면역체계가 튼튼해지죠. 하지만 진화사적으로 봐도 생명체는 다른 생명체와 공존하면서 목숨을 유지하고 진화를 거듭해 왔습니다. 그리고 이런 상태를 스피노자식으로 말하면, '기쁨'이고 '좋음'입니다. 바이러스와 공존에 실패할 때 우리는 병이 들거나 죽음을 맞게 됩니다. 물론 그 공존의 성패 여부는 우리의 의지가 결정할 수 없습니다. 하지만 우리의 정신과 영혼의 차원에서 보자면 설움이나 피로와 공존 여부를 결정할 수 있습니다. 정신과 영혼이 건강하다면요. 병든 영혼은 설움과 피로에서 자기 파괴와 자기 부정을 배웁니다. 그런데 김수영의 이런 '상태'는 정말 특이하지 않습니까? 하기야 그런 사람이니 우리가 아직도 김수영을 읽는 것이겠지요.

여기서 김수영이 쓴 산문을 하나 읽어보죠. 「내가 겪은 포로 생활」이란 글입니다. 1953년 6월에 『해군』이라는 매체에 발표했네요. 알려진 시기만 기준으로 삼는다면 「달나라의 장난」과 「긍지의 날」의 가운데 시점입니다. 이 산문은 대단히 인상적인 문장으로 시작합니다. "세계의 그 어느 사람보다도 비참한 사람이 되리라는 나의 욕망과 철학이 나에게 있었다면 그것을 만족시켜 준 것이 이 포로 생활이었다고 생각한다." 이 글은 포로수용소 생활에서 얻은 고통과 설움에 대해서 시종 말하고 있지만 그 생활에서 자신이 깊이 배운 바를 말하기도 합니다. 중간에 이런 말도 남깁니다. "수동적으로 불안을 받아들이느니보다는 불안 속에 뛰어 들어가 불안과 운명을 같이하는 것이 괴로움이 적은 일이요 떳떳한 일같이 생각이 들었다." 놀랍지 않습니까? 자신에게 닥친 고통과 설움을 받아들이는 태도가 말입니다. 부산 거제리 제14야전병원에서 거제도 포로수용소로 이송되어서 목격한 현실과 거기서 느낀 감정을 김수영은 다음과 같이 토로합니다.

거제도에 가서도 나는 심심하면 돌벽에 기대어서 성서를 읽었다. 포로 생활에 있어서 거제리 제14야전병원은 나의 고향 같은 것이었다. 거제도에 와서 보니 도무지 살 것 같은 마음이 들지 않는다. 너무 서러워서 뼈를 어이는 설움이란 이러한 것일까! 아무것도 의지할 곳이 없다는 느낌이 심하여질수록 나는 진심을 다하여 성서를 읽었다.

거제도의 생활이 너무 비참해 "가슴이 아프다는 핑계"로 다시 부산 거제리 제14야전병원으로 돌아오게 되지만 비참을 사는 김수영의 강인함을 느끼기에는 부족함이 없습니다. 이 산문의 마지막에는 "나의 시(詩)는 이때로부터 변하여졌다"고 고백합니다. 그러고 보면 김수영이라는 사람은 참 이해하기 힘든 사람입니다. 우리의 일반적인 사고와 관점으로는 파악이 안 되는 존재죠. 상식적이지 않습니다. 그리고 이런 태도와 마음은 죽을 때까지 이어집니다. 「토끼」라는 산문을 잠깐 읽어보죠.

이 산문은 1965년에 쓴 것이니까, 지금 우리가 읽고 있는 시를 기준으로 하면 12년 뒤가 됩니다. 양계를 하던 김수영이 "닭을 기르는 집에는 반드시 토끼가 있어야 한다고 해서 소독용으로 토끼를 몇 마리 길러 보았는데" 양계처럼 "어느덧 기업의식이 침입"하더라는 겁니다. 이 글에서 김수영은 생계를 위해 닭이라는 동물을 "착취의 대상으로" 삼아야 하는 자신의 처지를 푸념하면서, 한편으로 매사를 "얼마가 남느냐"로 보는 세태를 한탄하고 있습니다. 심지어 "이(利)"가 많다면서 "새와 열대어와 메추리 같은 것을 나에게 권장하던 사람들을 사람같이 보지 않고 있었"고 "그들의 문학까지도 경멸하고 싶은 생각이 들었다"고 말합니다. 삶에서 중요한 것은 "무슨 일이든 얼마가 남느냐보다도 얼마나 힘이 드느냐를 먼저 생각하는" 것이라고 하면서, 자신의 아내마저 자신의 태도와 마음을 "그리 신뢰를 두지 않고 있는 모양"이라며 글을 맺습니다. 일반적으로 이해할 수 없는 마음, 이게 시의 마음이기도 합니다.

전쟁 이후 김수영의 정서는 온통 설움으로 가득 차 있습니다. 이번 재개정판에 새로 수록된 「그것을 위하여는」은, 읽어보셔서 아시겠지만, 참 좋은 시입니다. 이 작품은 「달나라의 장난」이나 「긍지의 날」과는 또 다릅니다. 하지만 설움의 정서는 여전히 도저합니다. 하지만 3연의 "오히려 불이 있다면/ 아니 저 등불이라도 마시라면/ 마시고 싶은 마음이다"나 8연의 "날만 새면/ 차디찬 곳을 찾아/ 차디찬 곳을 돌아다닌다"에서 「긍지의 날」에서 말한 "모든 설움이 합쳐지고 모든 것이 설움으로 돌아가는/ 긍지의 날"의 정조를 느낄 수 있습니다. 설움과 비참과 피로를 그대로 살아버리려는 강자의 긍지가 느껴지지 않나요? 마지막 연에서 김수영은 이렇게 말합니다. "그것을 위하여는/ 일부러 바보라도 되어 보고 싶구나". 이 진술은 체념이나 자탄이 아닙니다. 긍정과 긍지의 반어죠. 제목도 의미심장한데, "그것"이 무엇일까요? 제 생각으로는 김수영의 시 전체에서 계속 출현하는 어떤 '절대' 같습니다. 우선은 이것을 김수영이 시를 통해 추구하고자 하는 현실을 초월한 다른 세계라고 해두죠. 그리고 이것은 제가 이 글을 통해 찾아보려고 하는 것이고, 핵심 주제이기도 합니다.

그런데 한 시인이 자주 쓰는 언어도 있지만 의외의 언어도 있을 수 있습니다. 다르게 읽으면 "바보"라는 어휘 안에는 약간 아슬아슬한 정서가 스며 있는 것도 사실입니다. 제가 체념과 자탄은 아니라고 했습니다만, 그 정서가 전혀 없다고 말할 수는 없을 듯합니다. 사람은 여러 충동으로 이루어져 있다고 합니다. 예를 들면 사랑 충동도 있고 미움 충동도 있는데, 어떤 충동이 주도적이냐에 따라서 겉으로 나타나는 충동의 성격이 결정된다고 하죠. 니체가 어느 글에서 한 말인데 기억이 가물가물합니다. 감정도 마찬가지 아닐까요? 19세기 말이나 20세기 초의 서양 소설들을 읽다 보면, 예를 들어 자기 연인에 대해서 경멸의 감정을 느낀다는 표현들이 더러 보입니다. 사랑하는 감정이 순도 100퍼센트의 그것일 리는 없을 겁니다. 가끔은 짜증이나 성가심도 뒤섞여 있지 않나요? 좋은 시는 또렷하고 명징한 한 가지 의미와 정서만 담지 않습니다. 그것이 더 독자들을 끌어들이기도 하죠. 여기서 제가 체념과 자탄은 아니라고 말한 것은, 거기에 빠져 있지 않다는 말이지 그러한 감정이 전혀 없다는 뜻은 아닙니다. 이렇게 시는 우리가 모르는 우리 자신의 진실에 솔직하게 반응하면서 스스로에게 물었을 때 김수영이 말한 거짓말하지 않는 시를 쓸 수 있습니다.

환영에 취하지 않는
리얼리스트

이번에 읽어볼 작품은 「도취의 피안」입니다. 적잖은 작품을 건너뛴 것은, 앞에서 말씀드린 대로 김수영의 전 작품을 읽는 게 우리의 목적이 아니기 때문이기도 합니다. 몇몇 작품은 전쟁 이후 설움의 정서를 되풀이한 것이기도 하고요. 그리고 몇몇 작품은 「도취의 피안」을 읽으면서 잠깐씩 언급될 것입니다. 덧붙이자면, 「도취의 피안」은 지금껏 우리가 읽으면서 찾으려고 했던 "육안에는 보이지 않는 곡선 같은 것"(「토끼」)을 파고 들어가는 데 유효한 작품이기도 하고, 또 지금까지 우리가 읽어왔던 작품들의 연속선상에 자리 잡고 있기도 합니다. 그나저나 무슨 뜻인지 명확하게 다가오지는 않죠? 하지만 우리가 건너뛴 이런저런 생활시들을 제외하고 큰 줄기에서 접근하면 그렇게 어려운 시는 아닙니다. 이 시에도 어떤 이야기가 흐릅니다. 요즘 발표되는 시들에서는 이것이 완벽하게 소거되고 있는 실정이긴 합니다만. 제가 말하는 '이야기'는 '스토리'가 아닙니다. 시인 내면에서 흐르는 '물줄기' 같은 것입니다. 특히 김수영은 그게 도드라지는데 대부분 그 지점을 고려하지 않는 것 같습니다. 시는 텍스트 이전의 것입니다만 분명 문자로 기록되어 있으니 텍스트이기도 하죠. 하지만 텍스트 이전에 접근하지 못하고 텍스트에만 집중하면 견강부회가 발생할 수 있습니다. 김수영 시에 묘하게 자리 잡은 정서 상태, 정신이랄까 영혼의 상태를 느끼지 못하고 텍스트로만 접근하면 온전히 이해할 수 있는 길을 찾을 수 없습니다.

「도취의 피안」에서 핵심은 "나는 취하지 않으련다"입니다. 1연에 등장하는데 상당히 단호한 어조입니다. 그리고 그 뒤는 그 이유를 밝히면서, 취하는 대신 시의 화자가 무엇을 바라는지 "날짐승들"에게 말하는 방식입니다. 이게 간략하게 말할 수 있는 이 시의 구조입니다. 시적 상황은, "무수한 날짐승들"이 여기로 날아오고 있는데 그 "날짐승들"이 시의 화자를 취하게 합니다. 그게 느껴지죠? 왜냐면 작품 전체가 그것의 반복, 심화니까요. 그리고 "날짐승들"이 그렇게 부정적 존재는 아니라는 것이 4연에 나타나고 마지막 연에서는 "날짐승들"에게 바람을 전하는 형식입니다.

2연에서 "내가 부끄러운 것은 사람보다도/ 저 날짐승"이라는 진술은 꽤 의미심장합니다. "날짐승"에게서 부끄러움을 느낀다는 고백이잖습니까. 그러니까 "날짐승들"은 시의 화자를 괴롭히는 존재가 아니라 부끄럽게 하는 존재들입니다. 반어적으로 읽으면 "날짐승들"은 시의 화자를 취하게 하는 강한 힘을 가졌습니다. "그의 그림자가 혹시나 떨어질까 보아 두려워하는 것"이라고 말하고 있지 않습니까. 그 "그림자"마저도 자신을 취하게 할 수 있다고 합니다. 그만큼 강력한 힘을 가진 존재죠. 3연과 4연은 스스로 취하지 않으려는 이유를 열거하면서 그것 때문에 그런 것은 '아니다'라며 부정하고 있지만 우리에게는 '그렇다'로 읽힙니다. 일종의 반어죠. 그런데 '아니다'라는 부정적 반어는 뒤에 더 큰 이유를 제시하기 위해서 곧잘 쓰이는 시적인 방법이기도 합니다. 아니, 이것은 일반적인 글쓰기 방법이기도 하죠. 그런데 뭐가 아니라는 겁니까? "수치와 고민의 순간을" 들키고 싶지 않다는 것입니다. 또 시인이 사는 현실에는 이 "날짐승"을 노리는 "솔개미 같은/ 사나운 놈이" 숨어 있기 때문입니다. 이게 시적 수사를 잠시 밀어둔 채로 기술된 상황입니다. 여기서 "날짐승"은 시인의 현재 모습을 비춰주는 거울 같은 존재이지만 현실에 발붙이면 위험해지는 존재입니다. 왜냐면 "솔개미 같은/ 사나운 놈이" "늙은 버섯처럼 숨어 있기 때문"입니다.

김수영의 아내 김현경의 증언에 따르면, 이 작품은 사회주의에 대한 노스탤지어라고 합니다. 김현경이 김수영에게 물었더니 그렇게 대답하더라는 겁니다. 이 증언은 단순한 참조 사항입니다. 이 증언에 전적으로 맡겨버린 채 작품을 읽으면 영 시시해지기도 하고 진짜로 결정적인 것을 중도 포기하는 것과 다르지 않습니다. 마지막의 "도취"가 무엇인지, 또 그것의 "피안"이 무엇인지 오리무중이 돼버리죠. 그리고 김수영의 정신 흐름을 제대로 이해할 수 없습니다. 리얼리스트로서 김수영의 태도에서 우리는 얻을 게 없어지고 맙니다. 아, 김수영이 사회주의자였구나, 하고 당파적 동류의식을 느끼는 지점에서 멈출 수도 있죠. 김수영이 사회주의자라는 것을 정치적 입장으로 좁게 해석해서는 안 됩니다. 같잖은 국가보안법이 무서워서가 아니라 그렇게 되면 김수영의 진면목에 다가가기 힘들기 때문입니다. 그는 정치적 사회주의자라기보다는 윤리적 사회주의자, 철학적 사회주의자라고 저는 봅니다만. 그러니 정치적 발언에 사회주의 기운이 나지 않을 리가 없죠. 문제는 정치적으로만 사회주의자인 경우입니다. 그런 이들 중에는 정치나 사회 문제 빼고는 생활이나 우정 관계에서 자본주의의 맹독에 절어 있는 경우가 많죠. 그래서 사회주의를 받아들이려면 내면적으로 그리고 '온몸'을 열어 받아들여야 합니다. 그렇다고 김수영의 사회주의를 역사적 사회주의로 해석해서는 곤란합니다.

5연 첫 행에서 "날짐승의 가는 발가락 사이에라도 잠겨 있을 운명—"이라고 말합니다. 그리고 그것이 "나에게 시간을 가르쳐 주는 것이 나는 싫다"고 합니다. '차라투스트라'는 뱀을 목에 감은 채 공중을 선회하는 독수리를 가리키며 영원회귀를 말하는 교사입니다.

그리고 긍지를 상징하는 독수리와 지혜를 상징하는 뱀을 자기의 친구라고 부르죠. 여기서 김수영은 자신의 운명이 "날짐승의 가는 발가락 사이에라도 잠겨 있을" 거라고 고백합니다. 이 작품에서 "날짐승"은 그냥 상징으로 등장했다 사라집니다. 그 이상의 역할은 하지 않습니다. 하지만 "날짐승"의 정체가 전적으로 가려진 것은 아닙니다. 4연에서 말했듯이 "날짐승"은 "솔개미 같은/ 사나운 놈"에게 취약하지만 "나에게 시간을 가르쳐"주는 존재입니다. 시간을 아는 것은 역사와 존재를 아는 것과 진배 없습니다. 철학에서 시간은 아주 중요한 사유의 주제입니다. 그런데 김수영이 말하는 "시간"은 역사(삶)로서의 시간일까요, 아니면 존재론적인 시간일까요? 역사로서의 시간은 과거, 현재, 미래라는 시간 구분법을 따라야 합니다. 물론 존재론적인 시간도 과거, 현재, 미래와 상관이 없지는 않지만 그것을 가로질러서 '영원'으로 이어집니다. 영원은 무한정의 시간이 아닙니다. 과거, 현재, 미래… 이 크로노스(chronos)적인 시간을 초월하는 시간이죠. 여기에서 사상이 탄생하는지도 모르겠습니다.

아무튼 "날짐승"은 "나에게 시간을 가르쳐" 준다고 분명히 언급되고 있습니다. 그런데 그게 싫답니다. 그 이유에 대해서는 6연에 나타납니다. "나야 늙어가는 몸 위에 하잘것없이 앉아 있으면 고만이고/ 너는 날아가면 고만"이랍니다. 그런데 굳이 그 짧은 만남에 "취하는 것이 싫다"고 합니다. 자, 그렇다면 이 시에서 중요한 것은 "날짐승" 자체가 아니라 '취함'이 되는 것이죠. 이렇게 완강한 "취하지 않으련다"의 반복은 정말 싫어서일 겁니다. 그런 다음 7연에서는 다시 "조그마한 그림자가 무서워 벌벌 떨고 있는/ 나의 귀에다 너의 엷은 울음소리"도 남기지 말라고 합니다. 이러한 완강한 손사래 자체가 제가 보기에 김수영의 시에서는 예외적입니다. 그런데 여기서 이 시의 제목이 '도취의 피안'인 것을 떠올려볼 필요가 있습니다. 그리고 마지막에서 드디어 '발표'합니다. "날짐승들"이 "도취의 피안에서" 날아온다고요. 이 부분에서도 「달나라의 장난」이 떠오르지 않습니까?

「달나라의 장난」에서 팽이가 돌면서 내는 "회색빛"에 자신도 모르게 도취되려는 화자가 떠오릅니다. 그 작품에서는 약간 무력한 부정이 나타나지요. 그만큼 그 시절의 김수영이 고단했다는 뜻도 됩니다. 하지만 「도취의 피안」에서는 아주 강력한 부정이 느껴집니다. "도취의 피안"에 머물지 않겠다는 겁니다. "날짐승"이 엄청난 매력과 이상과 깊이를 알려준다고 해도, '지금 여기'는 그것도 용납하지 않는 곳이기 때문입니다. 이 작품에서 제가 리얼리스트 화자를 읽는 게 과한 것일까요? 리얼리즘 양식의 작품을 쓴다고 해서 자동적으로 리얼리스트가 되는 것은 아닙니다. 사실 재현 자체가 환영을 그릴 수도 있습니다. 사실을 시인이 재현하면서 자신도 모르게 거기에 유토피아를 새겨 넣기도 하죠. 우리가 조롱 조로 말하는 레토릭, '음풍농월'은 그렇게 멀리 있는 현상이 아닙니다. 한때 좋은 리얼리즘 시를 썼다고 해서 그게 평생 유용한 신원 증명서가 될 수는 없습니다. 리얼리스트는 언제나 가능성으로 존재하죠. 왜냐면 리얼리스트는 현실이 언제나 변화한다는 것을 예민하게 인식하면서 변화된 리얼리티에 대응하는 사람이니까요. 리얼리스트는 단순히 리얼리즘 양식의 작품을 쓰는 사람이 아니라 변화하는 현실 속에서 중단 없는 자기 갱신을 하는 작가를 말하는 겁니다. 그래서 한때 리얼리스트일 수는 있어도 온 삶이 리얼리스트인 경우는 드뭅니다. 스피노자(Benedictus de Spinoza)가 그랬죠. 『에티카』제일 마지막 문장에서요. "모든 고귀한 것은 어려울 뿐만 아니라 드물다"고요.

리얼리스트로서의 빛나는 면모는 마지막 연에서 확연히 드러납니다.

> 차라리 앉아 있는 기계와 같이
> 취하지 않고 늙어 가는
> 나와 나의 겨울을 한층 더 무거운 것으로 만들기 위하여
> 나의 눈일랑 한층 더 맑게 하여 다오
> 짐승이여 짐승이여 날짐승이여
> 도취의 피안(彼岸)에서 날아온 무수한 날짐승들이여

여기서 핵심은 3행과 4행입니다. "나와 나의 겨울을 한층 더 무거운 것으로 만들기 위하여/ 나의 눈일랑 한층 더 맑게 하여 다오". 거듭 확인되는 것은, 설움과 비참을 부정하고 내버리지 않듯이 "나의 겨울을" 버리지 않습니다. 도리어 "한층 더 무거운 것으로 만들"려고 합니다. 그러기 위해서만 "나의 눈일랑 한층 더 맑게 하여 다오"라고 말합니다. 제가 전작인 『리얼리스트 김수영』에서 니체를

자주 등장시킨 것은, 이런 삶에 대한 김수영의 태도 때문입니다. 니체는 고통스런 삶에 대해서 이렇게 말했습니다. "오라 생이여, 한 번 더!" 통하는 바가 있지 않나요? 지금 "나의 겨울"은 무겁습니다. 그런데 "한층 더 무거운 것으로" 만들겠답니다. 겨울이여, 우리 더 깊은 겨울을 살아보자! 그런 겨울을 만들기 위해서는 "한층 더" 맑은 "눈"이 필요하답니다. "한층 더"가 반복적으로 쓰였습니다. 겨울을 제대로 살기 위해서는 그만한 "눈"이 필요하다는 겁니다. 겨울이 무거워지는 것과 눈이 맑아지는 것에 "한층 더"가 필요하다는 의미로 읽힙니다. 눈이 맑아진다는 것에서 무엇이 떠오릅니까? 바로 「공자의 생활난」에서 "바로 보마"가 떠오르지 않습니까? 그리고 "한층 더"는 「달나라의 장난」의 "영원히 나 자신을 고쳐 가야 할 운명과 사명"과 연결되지 않습니까? 내친김에 덧붙이자면, "나의 겨울을 한층 더 무거운 것으로 만들기 위하여"는 「긍지의 날」에서 "모든 설움이 합쳐지고 모든 것이 설움으로 돌아가는"이 떠오르지 않습니까?

이 작품에 대한 이야기를 끝마치기 전에 남은 말이 하나 있습니다. "도취의 피안"에 빠지지 않으려는 자세가 가장 두드러지게 나타나는 작품이 「도취의 피안」이지만, 자신을 도취시킬 것만 같은 "날짐승"은 정작 김수영이 고대하고 기다리던 무엇이라는 겁니다. 「도취의 피안」 이전에 쓴 「거미」에서 김수영은 이런 말을 하죠. "내가 으스러지게 설움에 몸을 태우는 것은 내가 **바라는 것**이 있기 때문이다".(강조-인용자) 설움이 부정적 의미에서 긍정적 의미로 넘어가는 장면이 「거미」에 와서 나타납니다. 「거미」의 설움을 지나치게 김수영의 심리적·실존적 설움으로 해석하는 경우도 적지 않지만, 그리 간단한 설움이 아닙니다. 물론 부정적 설움에서 완전히 벗어난 것은 아닙니다. 김수영이 가진 설움은 전쟁으로 인한 것이기도 하지만, 그는 설움을 벗어나 즐거움으로 쉽게 넘어가는 기만적인 자기 위안을 구하지 않습니다. 현실이 그렇지 않은데 시인 자신만 그렇게 되는 것도 '음풍농월'의 다른 버전입니다. 「거미」는 설움에 "몸이 까맣게 타"버린 상태, 즉 설움의 바닥을 노래하고 있는 시입니다. 그리고 드디어 「도취의 피안」에서 "바라는 것"의 상징이 등장합니다. "날짐승"이죠. 그런데 상황이 녹록지 않습니다. 구체적인 현실은 "솔개미 같은/ 사나운 놈이 약한 날짐승들"을 노리고 있는 "겨울"입니다. 이러한 현실을 김수영은 간파하고 있던 것이고, 지금은 섣불리 "날짐승"에게 취할 때가 아닙니다. "날짐승"이 설령 사회주의를 상징한다 해도 마찬가지입니다. 그러면 이 작품에서 드러난 김수영의 '현재 과제'는 눈을 더 맑게 하는 것이 됩니다.

눈을 맑게 한다는 것에는 두 가지 의미가 있습니다. 현실을 거짓 없이 봐야 한다는 의미가 그 하나이고, 더 깊게 봐야 한다는 의미가 덧붙습니다. 맑은 눈은 깊은 눈입니다. 요즘에는 렌즈를 껴서 눈동자를 빛나게 할 수 있는지는 모르겠습니다만 그것은 깊은 눈이 아니죠. 깊은 눈이어야 비로소 맑아질 수 있습니다. 그런데 이즈음에 쓴 「여름 뜰」이라는 작품에도 다음과 같은 구절이 나옵니다. "묵연히 묵연히/ 그러나 속지 않고 보고 있을 것이다". 여기서 다시 짚고

넘어가야 할 것이 김수영의 현실 인식입니다. 「여름 뜰」에서는 뙤
약볕이 쏟아지는 "여름 뜰"로 비유되고 「도취의 피안」에서는 "솔개
미 같은/ 사나운 놈이 약한 날짐승들"을 노리고 있는 "겨울"이라는
다소 상징적인 비유를 씁니다만, 「구라중화」에서는 이렇게 말합니
다. "마음대로 뛰놀 수 있는 마당은 아닐지나/ (그것은 골고다의 언
덕이 아닌/ 현대의 가시철망)"이라고요. "현대의 가시철망"이라니,
세계적인 발언이죠? 어쩌면 김수영은 자신이 겪은 전쟁이라는 사
건을 역사적으로 객관화하고 있는지도 모르겠습니다. 아니면 과잉
수사일 수도 있습니다만, 아무튼 녹록지 않은 현실을 말하고 있는
것은 분명합니다.

　　마지막으로 김수영이 "바라는 것"이 무엇인지 잠깐만 살펴보도
록 하죠. 염두에 둬야 할 것은 우리는 지금 김수영의 '시'를 읽고 있
다는 기초적인 사실입니다. 산문의 언어가 아니라 의미가 겹겹이 쌓
여 추상화된 시의 언어를 읽고 있다는 사실이요. 일단 몇몇 작품에
서 그것이 어떻게 시적으로 표현되고 있는지 나열만 해보겠습니다.
「구라중화」에서는 "죽음 위에 죽음 위에 죽음을 거듭"하는 상태이
고, 「여름 뜰」에서는 "모─든 언어가 시에로 통할 때"로 표현되고,
「구슬픈 육체」에서는 "땅과 몸이 일체가 되기"로 나타납니다. 「도
취의 피안」에서는 "나에게 시간을 가르쳐 주는 것"이죠, 다만 「도취
의 피안」에서는 "맑은 눈"이 전경화되지만 지금 김수영의 깊은 곳
에서는 현실을 초월하고자 하는 무엇이 꿈틀대고 있는 게 분명합니
다. 저는 이것을 '님'으로 명명했는데요, 한용운은 『님의 침묵』의 서

문 격인 「군말」에서 이런 말을 남겼죠. "중생이 석가의 님이라면 철학은 칸트의 님이다. 장미화(薔薇花)의 님이 봄비라면 마시니의 님은 이태리(伊太利)다." 저는 특히 장미꽃의 '님'이 봄비라는 표현이 인상적입니다. '님'이라는 것은 우리의 삶과 그 소생을 위해서 없어서는 안 되는 존재 같습니다. '존재'라고 해서 '님'을 인격체나 실체로 보면 또 안 될 것 같습니다. 한용운이 묻습니다. 너에게도 '님'이 있느냐? 한용운이 보기에 자기 시대의 사람들에게는 '님'이 없습니다. 그래서 자신이 『님의 침묵』을 낸다는 것입니다. 이렇게 쓰고 있죠. "나는 해 저문 벌판에서 돌아가는 길을 잃고 헤매는 어린 양(羊)이 긔루어서 이 시(詩)를 쓴다." '긔룹다'는 말의 해석에는 여러 가지가 있는데, 일단 저는 가여워서, 안타까워서, 마음이 아파서 이렇게 받아들입니다. 그래서 「공자의 생활난」의 "꽃이 열매의 상부에 필 때"도 여기에 혹 '님'이 서려 있는 것은 아닌지 해석해본 것입니다. 그리고 작품마다 다 다르게 때나 혹은 상태로 비유되기도 합니다.

변명 삼아 한 가지 드릴 말이 있습니다. 제가 지난 번 책에서 "남진우는 특히 「달나라의 장난」을 분석하면서 "일상이 물이나 바람 같은 액체-기체의 유동성과 수평적 흐름으로 드러난다면 '서 있음'은 이러한 존재 조건을 거슬러 수직적 초월을 꿈꾸는 태도를 의미한다. 직립의 수직성은 인간으로 하여금 지상에서 벗어나 천상을 지향하게 만든다"고 말하며, 「폭포」에 대해서는, "이 작품은 존재의 소멸과 그것을 통한 수직적 초월의 가능성을 직핍하게 드러내고 있다"면서 「폭포」의 "곧은 소리"가 "시각적 어둠 속에서 청각을 통한 초월의 부름이 현전한다"고 했다"면서 '초월'이란 말을 극구 부정한 적이 있습니다.

제가 남진우 선생을 비판한 대목을 다시 읽어본 것은, 그 책에서 비판한 초월주의는 "지상에서 벗어나 천상을 지향하게" 만드는 초월주의이기 때문입니다. 지금은 남진우 선생의 입장이 바뀌었을 수도 있지만, 남진우 선생의 김수영론은 김수영이 "지상에서 벗어나 천상을 지향"하는 시인으로 평가했습니다. 그에 대해서, 김수영은 초월주의자가 아니라 내재주의자라고 했습니다. 서양철학사에서 초월주의와 내재주의의 대립은 근대에 가까워지면서 격화됩니다. 제가 아는 바로는 무엇보다 스피노자가 방아쇠를 당겼죠. 그는 지상에 존재하는 사물들은 유일한 실체인 신이 펼쳐진 것으로 봤습니다. 부족하기는 하지만 내처 말하자면, 존재자의 속성을 연장과 사유라고 본 것은 데카르트가 먼저인데, 신은 그 밖에다 두었습니다. 그에 대한 비판과 극복으로 스피노자는 신은 존재자/사물의 바깥에 있는 것이 아니라, 사물이 신의 표현 양태라는 것입니다. 그래서 스피노자 철학을 범신론이라 부르는데, 정확히 말하면 사물이 신 자체는 아니죠. 아무튼 이렇게 신을 '지금-여기'를 초월한 천상에 존재하는 실체로 보는 것을 초월주의라고 부르고, 그렇지 않고 '지금-여기'에 두는 것을 내재주의라고 부릅니다. 그 뒤로 니체와 들뢰즈(Gilles Deleuze)를 거쳐 이 내재주의는 더욱 현대적인 모습을 띠게 됩니다. 서양철학에 대해 깊이 아는 바가 없으니 더 이상은 무리일 것 같아 길게 말하지 않겠습니다만, 제가 지난 책에서 비판한 초월주의는 대략 이러한 맥락을 갖습니다. 반면에 지금 말하는 초월은 '지금-여기'의 현실에 응전하면서 극복해가려는 태도를 말하는 것입니다. 그리고 그 실례에 대해서는 지금껏 제가 한 말에 들어 있다고 생각합니다.

이제 「영롱한 목표」를 마저 읽도록 하지요.

새로운 목표

「영롱한 목표」를 쓸 즈음, 그러니까 1955년 여름에는 김수영이 안정을 취해가고 있던 시기입니다. 헤어져 있던 아내 김현경이 부산에서 올라와 두 사람은 새 출발을 합니다. 1955년 6월에 지금의 서울시 마포구 구수동, 서강으로 이사를 합니다. 이제 이 서강 시절에 쓴 작품을 읽어볼 차례인데요, 서강의 환경이 김수영에게 어떤 영향을 끼쳤는지도 살펴볼 겁니다. 아무튼 이런 생활의 안정을 노래한 시가 「나의 가족」입니다. 이 작품에 대해서 그간에 얼마나 평가가 변했는지는 모르겠지만, 김수영이 퇴행적인 가족주의로 휩쓸려 들어간 것은 아닙니다. 간단하게 말하면 김수영이 구체적인 사랑의 얼굴을 마주한 시적 기록입니다. 어떻게 보면 아내 김현경에게 얻은 상처를 스스로 어루만져주고 있다는 느낌도 있습니다. 큰 상처는 남았지만 전쟁을 통과해온 자신과 가족에 대한 고마움도 느껴집니다. 3연에서 "얼마나 장구한 세월이 흘렀던가"라는 영탄에는 이런저런 사건과 상처가 배어 있기도 하죠.

「나의 가족」 이후에 쓴 시 「국립도서관」이나 「거리 2」에는 활기에 찬 목소리가 느껴집니다. 그렇다고 현실이 변한 것은 아니지요. 생활은 조금 안정됐지만, 이제 됐다 하고 나태해질 김수영도 아닙니다. 「거리 2」 마지막 연에서 "바람은 면도날처럼 날카로웁건만/어디까지 명랑한 나의 마음이냐"고 자문합니다. 그래도 "영광의 집들이여 점포여 역사여"에서 "구두여 양복이여 노점상이여/ 인쇄소여 입장권이여"로 현실을 파악하는 자리가 약간 바뀌어졌습니다. 무겁기만 한 큰 현실만 고민하다가 좀 더 가벼워진 생활로 자리를 옮겨 앉아보면 "우울 대신에 수많은 기폭을 흔드는 쾌활"이 찾아올 수도 있습니다. 「거리 2」의 이런 "쾌활"과 "명랑"이 「영롱한 목표」로 이어진 듯합니다. 「영롱한 목표」에서는 "영롱한 목표"가 무엇인지 암시하는 구절은 없습니다. 다만 "영롱한 목표"가 생긴 기쁨의 정서만 보입니다. 특히 유심히 봐야 할 지점은 다음입니다.

모든 관념의 말단에 서서 생활하는 사람만이 이기는 법이다
새로운 목표는 이미 작업을 시작하고 있었다

「영롱한 목표」에는 생활을 살면서 "새로운 목표"를 찾을 수 있다는 "희열"을 노래하고 있습니다. 그래서 비유들도 생활적이고 감각적인데 그것이 사소하지는 않습니다. 삶은 "죽음보다도" 엄숙하니까요.

죽음보다도 엄숙하게

귀고리보다도 더 가까운 곳에

종소리보다도 더 영롱하게

　이렇게 생활 속에서 "새로운 목표"가 나타나자 "극장 의회 기계의 치차(齒車) / 선박의 삭구(索具) 등을 주저(呪詛)하지" 않게 되었습니다. 그리고 "사람이 지나간 자국 위에 서서 부르짖"을 필요도 없습니다. 그런 존재들은 고작 "개와 도회의 사기사(詐欺師)뿐"입니다. 어떻습니까? 작품의 정조는 다르지만 자신의 가까이에 있는 존재들에 대한 긍정의 기운이 분명히 있지 않습니까?

　니체는 『차라투스트라는 이렇게 말했다』에서 "폭풍을 일으키는 것, 그것은 더없이 잔잔한 말이다. 비둘기처럼 조용히 찾아오는 사상, 그것이 세계를 이끌고 가지 않는가"라고 했습니다. 과연 김수영이 이러한 경지에까지 도달했는지는 잘 모르겠지만, 이후 자신이 살아가야 할 생활 속에서 무언가를 탐색하고 길을 찾으려는 고투를 보여주고 있는 것은 사실입니다. 하지만 "관념"을 버린 상태는 아닙니다. 이 작품에서도 분명히 말하고 있죠. "관념의 말단에 서서 생활하는 사람"이라고요. 관념을 버리거나 부정하지는 않죠. 그러니까 "새로운 목표"가 "죽음보다도 엄숙"하다고 하는 것입니다. 우리는 자신의 변화와 성숙을 위해 예전의 것을 쉽사리 청산하려는 태도를 가지며 그것이 아주 현명한 일이라 생각하고 삽니다만 김수영은 그런 속류 변증법을 택하지 않습니다.

김수영은 버리기보다는 차곡차곡 쌓아놓는 길을 택합니다. 물론 터무니없는 오류는 버려야 하고 과오는 수정해야 맞습니다. 그런데 버리기보다는 쌓아놓는 김수영의 마음은 무엇일까요? 그는 왜 설움을 설움으로 뚫고 지나가려고 하는 걸까요? 삶과 현실 그리고 역사에 대한 이러한 태도는 김수영이 죽을 때까지 이어집니다. 김수영에게 만일 전통 지향적인 게 있다면 전통에 대한 향수나 기득권 때문이 아니라 지나간 시간에 대한 존중 때문에 그렇습니다. 전통, 즉 과거의 정신과 문화에서 현재는 결코 자유로울 수 없습니다. 이것이 김수영이 여느 진보주의자와 다른 점입니다. 진보주의는 꼭 정치적 진보주의를 가리키지만은 않습니다. 진보주의는 옛것을 폐기처분하려는 경향이 있는데, 이는 근대 문화의 특징이기도 하죠. 훗날 「거대한 뿌리」에서 진보주의에 대한 파토스가 강하게 표출됩니다. 그렇다고 그가 전통주의자인가? 정확하게 말하면 김수영은 그런 이분법을 넘어서 있죠.

이러한 태도는, 자신이 살아가면서 경험하고 부딪쳤던 것들을 낡았다는 이유로 또는 시대에 뒤떨어졌다는 상투적인 이유로 서둘러 버리는 우리에게 어떤 경종을 울립니다. 사실 이런 진보주의는 정치적 급진과는 상관없고 단지 상품의 소비와 처리 경향과 닮아 있습니다. 자본주의 경제체제는 우리에게 빨리빨리 소비하고 버리라고 압박합니다. 그러면서 옛것은 죄 쓰레기로 화해 버리죠. 하지만 현재 우리가 맞닥뜨리고 있는 사건과 사물에는 지나간 시간이 쟁여져 있습니다. 시간은 부단히 현재를 과거로 만들면서 미래를 현재로 가져옵니다. 알고 보면 미래는 과거의 적층 위에 쏟아지는 햇빛 같은 것이고 과거는 그 햇빛을 받아 부단히 현재가 됩니다. 그런데 김수영은 "사람이 지나간 자국 위에서 부르짖는 것은/ 개와 도회의 사기사뿐 아니겠느냐"고 합니다. 즉 지나간 과거를 발판 삼아 현재를 회피하거나 정당화하려는 자는 "개"와 '사기꾼'뿐이라고 합니다. 상당히 신랄하죠.

자세히 읽어보면 이 표현도 김수영이 가지고 있는 기본 인식, '달나라의 장난'에 빠지지 않으려는 긴장된 인식이 여전함을 증명합니다. 이게 무슨 말인지 다시 「달나라의 장난」으로 돌아가 보겠습니다. 「달나라의 장난」에서 팽이가 "수천 년 전의 성인과 같이" 돈다고 했지요? "사람이 지나간 자국 위에서 부르짖는 것"은 바로 "수천 년 전의 성인"과 연동됩니다. 현재의 삶에 아무 영향을 미치지 못하는 과거에 얽매이는 것, 새로운 길을 발명하는 게 아니라 현재의 고통과 곤란을 과거 시간에 헹구어 재탕하려는 것, 이런 것을 하는 이들은 "개와 도회의 사기사뿐"이라는 겁니다. 당연히 「달나라의 장난」 때보다 진전된 인식이고 또 그만큼 자신이 있는 말투입니다. 과거와 전통을 팔아먹는 행위, 과거에 얻은 명예와 위치를 통해 더 큰 권력을 가지려는 행위, 이런 것들에 대한 김수영의 경멸은 깊었습니다. 그것은 "모-든 언어가 시로 통할 때"를 추구하던 김수영이 가장 못 견뎌 하는 것이었죠. 물론 「영롱한 목표」가 그러한 세속적인 세태에 대한 비판을 위해 써진 것은 아닙니다만, 한 가지 분명한 것은 「거리 2」에서 "명랑한 나의 마음"을 자문하고 있듯이, 자신 또한 구체적 생활을 긍정하다 빠질 함정을 의식하고 있다는 점입니다. 그러니까 "사람이 지나간 자국 위에서 부르짖는 것은/ 개와 도회의 사기사뿐 아니겠느냐"고 자신에게 말하고 있는 것입니다. 이러한 자기비판이랄까 담금질은 다음에 충분히 확인할 수 있습니다.

문학이 기본적으로 대화적 장르라는 이야기는 고전적인 명제일지도 모르겠습니다. 하지만 문학은 독자를 필요로 하고, 작품을 읽는 행위 자체가 대화의 한 방식이라면 고전적인 게 아니라 본질 명제일 수 있을 겁니다. 작품의 완성은 작가와 독자의 만남에서 이루어집니다. 그래서 작가는 언제나 독자와 대화하는 마음을 버려서는 안 됩니다. 이는 독자의 구미에 맞게 작품을 쓰는 매문 행위와는 질적으로 다른 이야기이죠. 김수영 또한 자신이 쓰는 글이 매문 행위는 아닌가 하는 자의식에 시달렸고, 독자에게 아부하는 시인들에 대한 경멸을 숨기지 않았습니다.

마르크스(Karl Marx)가 『자본론』을 펴내고 정작 노동자들이 읽기 힘들어할까 봐 다음과 같은 독려의 말을 남깁니다. "학문에는 지름길이 없습니다. 오직 피로를 두려워하지 않고 학문의 가파른 오솔길을 기어 올라가는 사람만이 학문의 빛나는 꼭대기에 도달할 수 있습니다." 하지만 이런 독려는 학문을 할 생각이 없거나 그럴 처지가 아닌 노동자들에게는 별 의미 없는 말일 수 있습니다. 도리어 다음과 같은 엥겔스의 전언이 낫다고 할 수 있습니다. 엥겔스(Friedrich Engels)가 콘라드 슈미트(Conrad Schmidt)에게 보낸 편지에서, "마르크스가 자신의 가장 훌륭한 것들을 노동자들을 위해서는 아직도 충분히 좋지 않다고 생각했고 노동자들에게 가장 좋은 것보다 못한 것을 제공하는 것을 범죄로 간주했다는 사실을 사람들이 안다면 얼마나 좋을까요?"라고 씁니다. 어렵고 골치 아픈 이런저런 것들을 피하다가 자신이 가진 최선의 것이 아니라 제스처만 준다면, 그것은 범죄는 아닐지 몰라도 미덕이 아닌 것은 확실합니다. 사실 그런 태도와 마음은 노동자들을, 또는 독자들을 무시하는 것이죠. 설령 상대방이 난처해한다 하더라도 일단 주는 쪽은 최선을 다해야 합니다. 그러면, 꼭 그럴 거라 장담은 못 하지만, 언젠가는 그 선물이 상대방에게 도착합니다. 문학을 떠나서 사실 대화는 상대방과 하는 것이면서 자기 자신과도 해야 하는 것입니다. 그러니까 대화를 하는 대상이 단지 타인만은 아닌 거죠. 그리고 자신과 진심으로 대화를 해야 타인에게도 진심을 다할 수 있습니다. 자신을 속이지 않아야 타인도 속이지 않는 게 됩니다. 사실 자신을 속이지 않는 것만큼 양심적인 일은 없습니다. 김수영이 말한 양심은 아마 이것이었을 겁니다. 그리고 그럴 때에만 시가 우리를 찾아옵니다.

앞에서도 언급한 적이 있는데, 1964년 7월에 발표한 「요동하는 포즈들」이라는 시평에서 마지막에 이런 말을 합니다. 김현승 시인의 「무형의 노래」에 대한 평인데요, "거짓말이 아니다. 이 시에서 문명 비평이니 잠재의식이니 발언이니 하는 것은 찾을 수 없지만, 거짓말이 없다는 것만 해도 얼마나 다행한 일이랴. 거짓말이 없다는 것은 현대성보다도 사상보다도 백배나 더 중요한 일이다." 제가 가장 좋아하는 구절 중 하나이기도 합니다. 시의 근원 중 근원은, 자신에게 거짓말이 없어야 하는 것입니다. 우리는 살면서 많은 경우 나 자신을 속이면서 살죠. 그러지 않고는 살기 힘든 게 바로 근대 세계의 특징이기도 합니다. 왜냐면 근대 문명은 근본적으로 우리를 분열시키기 때문입니다. 왜 그런가 하면, 근대인은 대지에서 유리된 존재이기 때문인데 대지라는 바탕이 없으면 현존재는 분열되지 않을 도리가 없습니다. 이 분열을 인식하지 못하면 필연적으로 자기기만이 생기기 마련입니다. 자기를 기만하지 않고는 존속할 수 없으니까요. 저는 근대시의 여러 특징 중 가장 근본적인 요소로 이 분열을 솔직하게 앓는 것이라고 봅니다. 최소한 시를 쓰고 읽을 때는 자신을 속이지 않아야 합니다. 김수영은 그것을 정확히 꿰뚫어 봤습니다.

「영롱한 목표」에서 노래한 "희열"은 나중에 다시 도전을 받습니다만, 지금은 이 작품의 다른 장점을 만끽해도 됩니다. 시는 순간의 고양을 언어로 노래하는 것이기도 하기 때문입니다. 저는 개인적으로 "귀고리보다도 더 가까운 곳에/ 종소리보다 더 영롱하게" 같은 구절에서 뭔가 쨍쨍 울리는 신선함을 느낍니다. 매우 감각적인 표현입니다. 시에서 감각은 대단히 중요하고 또 시에 생기를 불어넣는 역할을 합니다. 감각적인 언어라는 것은 이렇게 작품에도 생기를 불어넣고 독자도 그것을 느끼게 하는 것이지, 자극적인 어휘나 상황을 배치하는 그런 것이 아닙니다. 오늘날 '감각적이다'라는 말은 심하게 오용되고 있습니다만 독자가 시를 읽으면서 얻는 감각이 아니라면 그것은 감각적이지 않은 것입니다. 감각적 표현이란, 시인이 주관적으로 선택한 언어를 통해서가 아니라 시인 자신이 느낀 감각을 자신도 모르게 생동감 있는 방식으로 되살릴 때 가능합니다. 요는, 먼저 사건과 사물을 통해 시인이 먼저 감각이 열리고 그것에 의해 새로운 정서와 인식이 생기해야 감각적 표현이 가능하다는 말이죠. 시인이 의도적으로 노린다고 해서 되는 것이 아닙니다. 아무튼 저는 이 작품에서 "귀고리보다도 더 가까운 곳에/종소리보다 더 영롱하게"에서 생생한 감각을 느낍니다. 아마도 이것은 김수영 자신이 직접 경험한 바에서 시작되었을 겁니다.

죽음과 삶, 그리고 고독

「병풍」은 「연극하다가 시로 전향」에서 "죽음을 노래한 시"라고 김수영 스스로 말하는 통에 정말 "죽음을 노래한 시"로 한동안 해석되던 작품입니다. 과연 그러한지 직접 시를 읽어보죠. 지금껏 우리가 읽어온 김수영의 태도와 분위기 등을 감안해야 할 듯싶습니다. 저는 이 작품의 백미는, 제일 마지막 행인 "달은 나의 등 뒤에서 병풍의 주인 육칠옹 해사(六七翁 海士)의 인장(印章)을 비추어 주는 것이었다"로 봅니다. 어떻게 보면 별다른 수사도 의미도 없어 보이지만 앞에서 제시된 시적 정황과 함께 읽으면 어떤 '환함'이 느껴집니다. "죽음을 노래한" 것과 다르게 시는 "병풍은 무엇에서부터라도 나를

영원히 나 자신을 고쳐가야 할
운명과 사명

두 번째 이야기　115

끊어준다"고 합니다. 옛 장례의 풍경을 기억하고 계신 분들은 알겠지만 병풍 너머에는 죽은 이가 누워 있죠. 그 죽음의 세계와 조문을 온 산 사람들의 세계 사이에 병풍이 놓여 있습니다. 즉 죽음이 삶으로 넘어오지 못하게 끊어줍니다. 비록 "죽음에 취한 사람처럼 멋없이 서서" 있지만, 왜 그렇겠습니까? 죽음을 맞대면하는 존재는 바로 병풍인데요, 병풍의 얼굴에는 "용이 있고 낙일(落日)이" 있습니다. 용 그림과 지는 해 그림이 있다는 뜻입니다. 여기서 병풍은 "무엇보다도 먼저 끊어야 할 것이 설움이라고" 하는 데서 드러나듯, 화자는 병풍을 통해 설움의 정서에서 벗어나는 길을 발견합니다.

제가 앞에서 '김수영은 설움도 비참도 안 버리고 차곡차곡 쟁여둔다'고 했는데 지금은 다르게 말하는 것이 꼭 반대되는 말은 아닙니다. 지금 제가 하는 말도 작품에 근거한 것이고 설움의 정서에서 벗어나는 길을 발견했다고 한 말도 작품에 근거한 것입니다. 일단 작품에 근거해서 말한 다음에, 거기에 모순이 있으면 찬찬히 생각해보는 것이 적절한 독법일 겁니다. 이렇게 생각하면 어떨까요? 설움이 도저히 끝날 것 같지 않은 예감에 차 있는데, 그 예감에 휩싸여 있으면 더 깊은 설움과 절망에 빠질 수 있겠죠? 그래서 설움을 설움으로 긍정해버리는 모험을 시도한 경우가 앞의 경우입니다. 「방 안에서 익어가는 설움」에서는 "나의 방 안에 설움이 충만되어" 있다고까지 합니다. 물론 이 작품도 설움에 사로잡힌 우울한 작품은 아닙니다. 설움이라는 감정도 흐르는 시간 속의 설움이죠. 그런데 "흐르는 시간 속에 이를테면 푸른 옷이 걸리고 그 위에/ 반짝이는 별같이 흰 단추가 달려" 있습니다. 설움을 설움으로 물리치는 일은 마냥 설움의 정서 상태에 머물러서는 불가능합니다.

자신의 마음 안에 가득한 설움을 부정하거나 모른 체하는 것은 자기를 기망하는 일입니다. 설움을 버리지 않고 설움을 긍정하는 것은 이 자기 기망에 대한 경계에 다름 아닙니다. 건강한 영혼은 도저한 설움 상태에서는 설움을 사는 수밖에 없습니다. 「방 안에서 익어가는 설움」에서는 설움을 "흐르는 시간"에 싣습니다. 설움은 실체가 아닙니다. 그것도 시간 속에서 탄생하는 심리 상태죠. 당연히 여기서 시간이란 추상적이고 관념적인 개념이 아닙니다. 많은 사건이 응축된 연속이기도 하고 사건이 일어나는 '장(場)'이기도 합니다. 「나의 가족」에서 "장구한 세월"이라고 하죠? 말뜻 그대로 아주 오래된 세월을 말하는 것이 아니라 매우 많은 일들이 있었던 시간을 말합니다. 우리가 시간을 산다는 것은 불교식으로 말하면 제행무상(諸行無常)을 산다는 것과 비슷합니다.

이렇게 설움을 시간 속에서 받아들이자 조금 더 긍정적인 정서가 찾아오기 시작했고, 그것이 앞에서 설명한 「거리 2」와 「영롱한 목표」에서 나타납니다. 그리고 드디어 「병풍」에 와서야 설움을 끊을 수 있는 길을 발견하게 되죠. 다시 말하면 명백히 자신 안에 충만되어 있는 설움을 의지로 부정(否定)하는 것은, 자기 기망을 통해서 더 부정(不正)적인 상태를 불러들이지만 설움의 자리에 다른 정서가 들어오게 하면 설움은 사라집니다. 수동적인 정서를 능동적인 정서로 바꾸는 일은, 수동적인 정서에 대해 단지 '아니오'라고 부정한다고 해서 될 일이 아닙니다. 울음을 참으려 한다고 해서 울음이 사라지는 게 아닌 거죠. 차라리 울음을 다 울어야 웃음이 찾아오는 것 아닐까요? 울음을 설령 참는다 하더라도 눈물은 밖으로가 아니라 안으로 흘러 쌓이게 됩니다.

"병풍"은 시의 화자에게 먼저 설움을 끊으라고 가르쳐주지만 그것은 관념적인 허위가 아닙니다. "병풍"은 "허위의 높이보다 더 높은 곳에" 있으며 스스로 "비폭(飛瀑)"과 "유도(幽島)를 점지"하는 역량이 있기 때문입니다. 여기서 "비폭"은 물길이 날 듯이 떨어지는 폭포, 즉 높은 곳에서 떨어지는 폭포를 말하고 "유도"는 멀리 보이는 섬이라는 뜻입니다. 실제 병풍의 그림으로 자주 등장하는 소재이지요. 다시 말하면 시의 화자에게 병풍의 그림은 "먼저 끊어야 할 것은 설움이라"고 하는데 그것은 "병풍"이 "내 앞에 서서 죽음을 가지고 죽음을 막고 있"기 때문에 가능합니다. 하지만 '달나라의 장난'은 아닙니다. 왜냐면 지금 실제로 "병풍"이 죽음과 맞대면하고 있잖습니까? 어디 외진 곳에, 어두운 광 같은 곳에 하릴없이 기대 서 있는 것이 아니라 실제적인 "죽음"과 맞대면하고 있기 때문에 지금 "병풍"에게는 그렇게 할 수 있는 힘이 있습니다. 그렇다고 죽음을 부정하면서 그러는 게 아닙니다. 현재적 삶을 초월한 '다른' 세계를 시의 화자에게 보여주고 있다는 사실은 시의 마지막 네 행에 집중되어 있습니다.

가장 어려운 곳에 놓여 있는 병풍은

내 앞에 서서 죽음을 가지고 죽음을 막고 있다

나는 병풍을 바라보고

달은 나의 등 뒤에서 병풍의 주인 육칠옹 해사(六七翁 海士)의 인장(印章)을 비추어 주는 것이다

분명하게 "가장 어려운 곳에 놓여 있는 병풍"이죠? 죽음과 삶 사이에서, 둘 다를 긍정할 때만 다른 시간이 열린다는 이 인식은 과연 김수영이 훗날 자신의 현대시가 출발한 지점이라고 부름 직합니다. 물론 여기에는 "트릴링은 쾌락의 부르주아적 원칙을 배격하고 고통과 불쾌와 죽음을 현대성의 자각의 요인으로 들고 있으니까 그의 주장에 따른다면"(「연극하다가 시로 전향」)이라는 전제가 붙어 있습니다. 이 산문은 미국의 정신분석학자 라이오넬 트릴링(Lionel Trilling)이 쓴 「쾌락의 운명」이라는 논문의 지적 자장 안에서 쓰여진 글 같습니다. 「병풍」은 그보다 9년 전인 1956년 작이고요. 「병풍」에 대한 달라진 자신의 사후 해석일 수 있다는 뜻입니다. 김수영이 자주 언급하는 '죽음'을 근거로 하이데거의 영향을 강조하는 연구자도 있지만, 이 부분은 김수영을 잘 아는 누군가가 하이데거 철학마저 섭렵한 다음에 세밀히 검토할 주제라고 생각합니다. 왜냐면 여기서 김수영이 말하는 '죽음'은 "설움"이 강요하는 것과 더 관계가 있기 때문입니다.

"병풍"이 "가장 어려운 곳"에서 죽음과 삶을 동시에 긍정하며 "비폭"과 "유도를 점지"해주고 있지만, "병풍"은 삶의 편에 많이 기울

어져 있습니다. "내 앞에 서서 죽음을 가지고 죽음을 막고 있다"고 분명히 말하고 있지 않습니까? 그런 "병풍"을 내가 보고, 그런 '나'를 포함해서 달이 "등 뒤에서 병풍의 주인 육칠옹 해사의 인장을 비추어 주는 것"이라는 삶의 그림 한 장을 이승에 남겨주고 있기 때문입니다. "달"이 "병풍" 너머를 비춰주고 있는 것은 아니잖아요? 만일 "병풍"을 기준으로 해서 삶이 죽음 쪽으로 끌려들어가 죽음과 연관된 존재 사유 쪽으로 넘어갔다면 이 작품은 다른 의미로 읽을 여지도 있었을 겁니다. 그때는 달이 병풍 너머를 비춰주어야 하고 병풍 이쪽의 '나'는 죽음에 대한 사유로 빠져들어야 했을 겁니다. 그러나 이 시는 전혀 그렇게 전개되지 않습니다. 도리어 죽음으로부터 삶 쪽으로 펼쳐지고 있죠. 그러면서 "비폭"과 "유도"가 탄생하고 그것이 삶에 관계된 것임을 마지막에 "달빛"을 통해 인증해주고 있는 것입니다. 저는 도리어 죽음을 막아주는 병풍을 통해 "비폭"과 "유도"를 그려 보였다는 점에서, 전쟁이 남긴 부정적인 죽음 의식을, 삶을 지탱하는 생활에 대한 긍정적인 자각을 통해 '드디어' 삶으로 전화시켰다고 받아들이는 입장입니다. 그런데 이것을 가능하게 해 준 것은 과연 무엇이었을까요?

여기서 "비폭"과 "유도"를 얻었다고 해서 김수영의 현실이 달라진 것은 물론 아닙니다. 그래서 그에게 찾아온 것은 고독입니다. 고독은 단지 '홀로 있음'의 상태를 의미하지 않습니다. 4·19혁명 이후에도 혁명의 진전이 없자 김수영을 엄습한 것도 고독인데, 그의 고독은 자신의 시가 앞서 나가는 데 비해 따라오지 못하는 현실 때문에 일어난 정신적 사태입니다. 저는 김수영의 고독을 제대로 읽어야 그의 시를 제대로 이해할 수 있다고 봅니다. 4·19혁명 이후의 고독에 대해서는 다음에 좀 더 다루겠습니다만, 이즈음의 고독은 그때의 고독과 조금 다릅니다. 그리고 그것을 「폭포」에서 읽을 수 있습니다.

아래로 떨어지는 고독

폭포는 곧은 절벽을 무서운 기색도 없이 떨어진다

규정할 수 없는 물결이
무엇을 향하여 떨어진다는 의미도 없이
계절과 주야를 가리지 않고
고매한 정신처럼 쉴 사이 없이 떨어진다

금잔화도 인가도 보이지 않는 밤이 되면
폭포는 곧은 소리를 내며 떨어진다

곧은 소리는 소리이다
곧은 소리는 곧은

소리를 부른다

번개와 같이 떨어지는 물방울은
취할 순간조차 마음에 주지 않고
나타(懶惰)와 안정을 뒤집어 놓은 듯이
높이도 폭도 없이
떨어진다

—「폭포」전문

    이 시는 대체로 폭포의 이미지를 통해 김수영 자신의 엄결성 또는 정직성을 언급한 작품으로 알려져 있습니다. 과연 그러한 느낌과 의미가 없지는 않습니다만, 김수영의 좋은 시들은 의미도 의미지만 시 전체에서 명시적인 의미를 넘어서거나 그것과는 결이 조금 다른 감각이나 정서를 느끼게 해줍니다. 시를 읽을 때 이 점을 깊이 유념해야 하고, 의미보다는 시 전체가 주는 느낌이나 시인의 정서 상태를 먼저 음미해야 합니다. 그에 따라서 시의 의미는 달라집니다. 시가 어렵다는 말은 그런 맥락에서입니다. 어쨌든 김수영의 시는 최소한의 '훈련'을 요구합니다. 이것은 김수영의 시를 제대로 이해할 수 있는 독자의 자격이 따로 있다는 뜻은 아니며, 단지 김수영 시의 특징을 가리키는 말이기도 합니다. 시에 대한 어떤 '훈련'을 통해 김수영의 시를 접할 때, 우리는 다른 시들과는 다른 기쁨을 느낄 수 있고 이게 상당히 오래 지속된다는 매력도 있습니다.

물론 '시인의 정서 상태'를 독자가 속속들이 알 수는 없겠지요. 그리고 독자가 시인의 정서 상태를 정확하게 알아맞힌다는 것도 있을 수 없는 일입니다. 왜냐하면 시는 과학이 아니기 때문입니다. 과학에서는 대상을 관찰자 앞에 세워 두고 실험과 논리를 통해 앎을 구성하지만, 시는 작품이 풍기는 생동감과 기운을 독자가 자신의 문제의식으로 받아들이면서 도리어 작품을 완성시킴과 동시에 해방시킵니다. 여기서 시와 독자가 만나는 지점은 객관적인 공터가 아니라 시의 주관과 독자의 주관이 만나서 살아 움직이는 현장입니다. 사실 시와 독자가 만나는 장소와 때에 의해 생성되는 현장이 없다면 시는 완성되지 않죠. 시에서는 이미 주관과 객관의 구별이 없습니다. 주관과 객관은, 알고 보면 서구 문명이 앞세우는 이분법입니다. 우리가 일상적으로, 아니 거의 보편적으로 사용하는 주관과 객관이라는 언어는 냉정하게 말하면 '나-주관'과 '나머지-객관'에 불과합니다. 사람끼리도 '너'는 객관이죠. 오로지 '나-주관'만 '나'에게 실재하는 것이지 '너'는 모두 객관으로 밀려난 채 '나'의 인식을 통해 표상될 뿐입니다. 이것이 서구의 이른바 이성적 사유입니다.

반면 시는 그것을 '넘어' 성립되는데, 감성을 통해 그렇습니다. 하지만 시는 이성을 부정하거나 배제하지 않습니다. 도리어 이성과 감성을 영혼이라는 바구니에 함께 담아버리죠. 앞에서 말씀드렸듯 영혼이라는 바구니가 따로 실재하는 것은 아닙니다. 이성과 감성과 몸을 통해 영혼이라는 꽃봉오리가 피어나는 것이라고나 할까요. 그리고 그 영혼은 '하늘'을 향해 핍니다. 뿌리에서부터 꽃까지 모두를 몸이라고 부를 수도 있습니다. 결국 영혼도 몸에 담깁니다만 영혼에는 '하늘'을 향하고 있다는 특징이 있기에 몸을 초월하는 것이기도 합니다. 그렇다고 시가 이렇게 개체적이라고 말할 수는 없습니다. 뿌리가 박힌 흙이나 바람, 비, 눈, 햇빛을 통틀어 '역사적 현실'이라고 부를 수 있는데, 시는 이 역사적 현실과 언제나 서로-작용하면서 피어나고 또 집니다. 그런데 흙은 어제오늘 사이에 만들어지지 않았습니다. 흙이야말로 정말 "장구한 세월"을 통해 만들어지죠. 이 흙은 무수한 죽음이 만들어온 것입니다.

우리가 시에 어쩔 수 없이 끌리는 까닭은 시가 영혼이 하는 일이라서 그럴 수 있습니다. 하나의 시 작품에 우리가 끌려 들어가는 것은 작품에 드러나기 마련인 시인의 감성, 즉 정서 때문입니다. 천하의 명작이라고 하더라도 독자인 내가 공감이 안 되는 정서 상태가 있으면 최소한 나는 현재로서는 판단을 유보할 수밖에 없잖아요? 일단 그런 예를 제외하고 말씀드려 보죠. 시를 포함한 예술작품이 시인/예술가의 감성을 담고 있다는 것은 부인하기 어려울 것입니다. 여기서 '감성'이라고 한다면 곧잘 '심리적 상태', 즉 직접적인 '감정'을 말하고는 합니다. 서정시인들이 시는 가슴으로 쓴다는 말을 곧잘 하는데, 저는 그 말에 어폐가 있다고 생각하는 쪽입니다. 우리의 가슴은 따로 있지 않습니다. 우리의 몸과 생각과 현재의 정신 등등에 따라 감정 상태는 개인별로 천차만별입니다. 예를 들면 화가 난다거나 슬프다거나 즐겁다거나 하는 감정 일반은 누구에게나 공통적인데, 그게 각자가 처한 처지, 서 있는 자리, 평소의 신념이나 세계관 등에 따라서 각자의 감정은 다 다르게 발현됩니다. 감정은 누구에게나 일어납니다만 그것을 어떻게 받아들이고 해석하고 자기 자신을 돌아보는가에 따라서 감성은 달라집니다. 감정은 개별자의 심리 상태라고 부를 수 있지만 감성은 시인/예술가의 정신이나 몸의 상태, 현실적 조건에 따라 다릅니다. 이것을 시인에게 적용하면 '시인의 정서 상태'가 되겠네요. 하지만 이 '정서 상태'는 또 시시각각 변화하죠. 그것을 우리가 저울의 눈금 같은 것으로 계량해서 측정할 수 없을 뿐입니다. 어떤 '정서 상태'에서 시를 쓸 때, 그것이 작품에 드러나지 않을 수가 없을 것이며, 나아가서는 시인의 정서 상태가 자신이 의식하지 못하는 사이에 작품에 스며듭니다.

그래서 어떤 때는 시인 자신이 본래 '의도'했던 작품을 훌쩍 넘어서기도 하고 미달하기도 하는가 하면 다른 길로 접어들기도 합니다. 거기에는 다시, 시인이 어디에서, 어떻게, 언제 쓰는지 같은 기준도 작용합니다. 물론 작품을 마칠 것인가, 더 고칠 것인가, 훗날로 미룰 것인가는 시인 자신이 결정합니다. 아무튼 그렇게 씌어진 작품을 독자가 읽고 독자의 입장에서 다시 쓰는 일이 벌어지는데, 우리는 이때만 작품이 '일단' 완성된다고 말할 수 있습니다. 여기서 '일단'이라고 한 것은, 시를 포함한 예술작품이 시간을 두고 다른 독자를 만날 수 있기 때문입니다. 이런 과정이 계속되는 것을 일러 우리는 '작품이 살아 있다'고 합니다. 이게 한 달이 갈지 일 년이 갈지 그것은 아무도 모릅니다. 훗날에 아무리 읽어도 아무런 감동이 없을 때, 이제 작품은 그 생명력을 다합니다. 물론 시간을 한참 건너뛰어

다시 감동을 줄 수도 있지만 그런 '무한'은 논리적 설명을 벗어나는 일이니 여기서는 이만하기로 하죠.

시에서 시인의 정서 상태를 느끼는 게 먼저라고 했지만, 그렇다고 해서 언어 예술인 시에서 언어를 도외시할 수는 없습니다. 아니, 그렇게 하면 안 되죠. 시 전체에서 주는 막연한 느낌을 좀 더 명료하게 해주는 것은 언어입니다. 그래서 시를 비평적으로 읽을 때 언어에 집착하는 경향이 있는데, 그것도 또한 시인의 정서 상태를 느끼기 위해서 그래야 합니다. 그리고 다시 그것을 이용해서 언어에 대한 재해석을 시도해야 합니다. 독자가 느끼는 정서 상태와 언어가 얼마만큼 맞아떨어지는지, 그렇지 않다면 도대체 왜 그러는 것인지 우리의 '로고스(logos)'가 '파토스(pathos)'만큼 필요한 것입니다. 이를 통해서 독자인 우리는 시를 겹겹이 두르고 있는 시인의 정신과 경험, 시인이 바라보고 있는 방향을 얻는 기쁨을 누릴 수 있습니다. 시는 가슴으로 쓰는 것도 아니고 단순히 경험으로만 쓰는 것도 아닙니다. 바로 '온몸'으로 쓰는 것이죠. 그리고 이것은 김수영의 특징이기도 하면서 김수영이 제시한 시의 길이기도 합니다. '온몸의 시'가 체험으로 쓰는 시라거나 실천적인 행동의 부산물은 아닙니다. 또는 정신분석학적인 무의식의 시로 읽는 일도 김수영이 열어놓은 길을 축소하는 일입니다.

하이데거는 시에 대해서 우리가 알고 있는 바보다 훨씬 심원한 의미를 부여합니다. 시에 대한 발언은 이런저런 글들에 광범위하게 펼쳐져 있지만 여기에서는 「형이상학의 극복」의 한 부분만 간략하게 소개해볼까 합니다. 갑자기 하이데거가 호명되는 것은 우리가 지금 하고 있는 김수영 읽기와는 무관하다면 무관하다고 할 수 있지만, 저는 지금 우리의 시가 나날이 깊어가는 근대문명의 병폐에 제대로 대응하고 있는지, 그것을 묻고 싶습니다. 근대문명이 야기한 생태 위기는 지금 여러 가지 모습으로 우리를 옥죄고 있습니다. 기후위기나 코로나19 같은 바이러스의 창궐도 결국 근대 자본주의 문명이 일으킨 문제들이지만 세계적으로 질곡에 빠진 민주주의도 저는 결국 생태 위기의 연장선으로 봅니다. 그런데 이른바 참여시가 외치는 저항의 목소리들이 천편일률적이라는 느낌이 있습니다. 문제는 그뿐만이 아닙니다. 이제는 저항과 비판의 언어마저 테크놀로지의 먹잇감이 되어 최근에 회자되는 인공지능에 복무하게 된다는 점입니다.

「형이상학의 극복」은 하이데거가 1936년에서 1946년에 걸쳐서 쓴 단문들의 모음인데, 이 글은 서양 형이상학에 대한 압축적인 단상이어서 읽어내기가 상당히 어렵습니다. 대략적으로는 니체에 대한 비판이 주조를 이루고 있는데요, 26절에서 시작되는 현대 세계, 즉 제1, 2차 세계대전에 대한 하이데거 특유의 진단이 인상적입니다. 여기에서 하이데거는 기술의 발전이 "존재의 궁극적인 떠나감"을 야기했고 그 공허를 메우기 위한 "질서 정립 과정"이 "무장(Rüstung)"에 사로잡히게 했다고 비판합니다. 특히나 인상적인 대목은 정치 지도자에 대한 다중의 비판과 비난은 사태의 진상을 잘 모르기 때문에 벌어지는 일이라면서 "사실은 지도자들은 존재가 미망에로 이행한 것의 필연적 결과"라는 주장입니다. 제 주관적인 느낌인지는 모르겠습니다만, 하이데거 자신에게 평생의 오욕으로 작용한 나치 참여에 대한 자기변호 같기도 하고 자신의 정치적 선택을 배신한(?) 히틀러에 대한 비판 같기도 합니다. 아무튼 "기술의 조작(Machen)에는 문화도 속하는바, 그러한 기술의 조작을 위해서 존재자를 소모(Verbrauch)하는 것이 존재의 떠나감이 남긴 공허함 내에서의 유일한 출구"가 되었다는 하이데거의 발언은 지금 우리의 현실과 상통하는 바가 큽니다.(이상 마르틴 하이데거, 「형이상학의 극복」, 『강연과 논문』, 116~117쪽)

우리가 살펴볼 대목은 27절과 28절에 나오는데, 여기에서 우리는 최근에 '첨단'의 시론으로 제시되는 '불가능성으로서의 시'에 대해서 무언가를 물을 기반이 형성됩니다.

눈에 보이지 않는 대지의 법칙은 각각의 사물들에게 부여된 가능한 것의 권역에서 사물들이 출현하고 소멸하도록 하면서 대지를 보존하고 있다. 각각의 사물은 자신에게 할당된 가능성의 영역을 알지 못하면서도 그것에 따른다. 자작나무가 자기의 가능성을 넘어서는 일을 결코 일어나지 않는다. 꿀벌은 자기의 가능성 안에서 살고 있다. 기술을 수단으로 하여 도처에서 활개를 치는 의지를 통해서 비로소 대지는 인위적으로 피폐하게 되고 남용되고 변형된다. 그러한 의지는 대지로 하여금 자신에게 가능한 것의 권역을 넘어서도록 강요하며 더 이상 가능하지 않은 것, 불가능한 것에로까지 나아가게 한다. 기술적인 기도들과 조처들을 통해서 많은 발명과 급속한 혁신이 상당 부분 성공적으로 이루어지고 있다는 사실이 기술의 성취를 통해서 불가능한 것조차도 가능하게 되리라는 사실을 입증하는 것은 아니다.

「형이상학의 극복」, 『강연과 논문』, 124쪽)

사실 이 발언은, 나날이 '발전'하는 기술이 우리에게 암암리에 심어놓는 무의식을 겨냥한 말이라고 이해해도 무방합니다. 현대의 우리는 가능성의 테두리를 일종의 제한으로 받아들이며 기술을 통해서 그것을 넘어서고자 욕망하고, 이 욕망이 매우 급진적인 내면이라고 부지불식간에 받아들이고 있습니다. 물론 이러한 진단에 다른 측면의 반론이 존재하지 않는 것은 아닙니다. 가능성의 테두리를 '가두리'로 삼아 인간과 사물을 파편화하고, 파편화된 자아와 부품화된 사물을 상품의 재료나 요소로 삼는 자본의 기도가 깊숙한 데서 획책되고 있기 때문이죠. 또 근대국가의 책무 또한 마르크스가 말한 대로 자본의 기도에 복무하면서 우리의 삶과 생명을 절편화하고 있습니다. 그러한 맥락에서 가능성이라는 제한을 넘어 불가능성이라는 영역으로 나아가고자 하며, 이것이 정치적·문화적 진보라 불리기도 합니다. 만일 가능성이 국가와 자본이 쳐놓은 가두리에 지나지 않는다면 우리는 이 가능성을 넘어서는 모험을 행해야 함이 마땅하죠.

하지만 대부분의 역사적 사태는 우리의 관념대로 진행되지 않습니다. 자본과 국가의 가두리를 넘어서는 모험과 상상 속에서 "눈에 보이지 않는 대지의 법칙"을 위반하는 일이 자주 일어나며, 언제부터인가 "눈에 보이지 않는 대지의 법칙"을 넘어서는 일이 '급진(radical)'으로 용인되어 온 것도 사실입니다. 하이데거가 말했듯이 "기술의 조작에는 문화"도 속합니다. 경제와 정치의 영역에서 진보가 문화의 영역에서는 퇴행을, 특히나 "대지의 법칙"을 기준으로 해서는 심각한 파괴를 낳을 수도 있으며, 지난 경험을 돌아보았을 때 이는 사실에 가깝습니다. 즉 "기술의 조작"이 경제적 혁신만을 낳은 것이 아니라 그 혁신의 부산물을 불가피하게 이용해야 하는 생활을 통해서 우리 스스로가 "기술의 조작"에 참여하기도 하죠. 만일 현실적 사태가 이렇게 진행되고 있다면 우리의 상상력과 언어가 "기술의 조작"에서 자유롭다고 자신할 수 있을까요? 시에서는 무엇이든 가능하다는 언술에, 혹 인간 존재의 한계를 근원적으로 무시하거나 회피하는 문화주의가 배어 있는 측면은 없는 걸까요?

하이데거의 인용된 말에서 유의해야 할 점은, "자신에게 할당된 가능성의 영역을 알지 못하면서도 그것에 따른다"는 것일 텐데요, 시가 꿈꾸는 불가능성의 영역도 "자신에게 할당된 가능성의 영역을 알지 못하면서"에 한정돼야 마땅합니다. 즉 시가 불가능성을 꿈꿀 때 그것은 우리 자신에게 "할당된 가능성의 영역" 안으로 한정돼야 한다는 겁니다. 시의 가능성이 어디까지인지 모르기에 시의 불가능성을 사유할 수 있는 것이지, 시에게는 불가능성이 아예 없다고 말하면 안 된다는 겁니다. 시는 시를 쓰는 주체에 의해 작품화됩니다.

그래서 시의 가능성과 불가능성을 말할 때 '시인'이 어디론가 증발되어서는 안 됩니다. 시인이 증발한 시는 있을 수 없습니다. 다시 말하면, 시인에게는 할당된 "가능성의 영역"을 벗어나지 못한다는 겸허가 필요하다는 말입니다. 인간은 인간이 할 수 있는 "가능성의 영역"을 벗어나지 못하는 존재임에 분명합니다. 그리고 시가 꿈꾸는 불가능성의 영역도 "눈에 보이지 않는 대지의 법칙"에서 벗어날 수 없습니다.

이 말을 굳이 생태주의에 묶어둘 필요는 없을 것 같습니다. 왜냐면 우리의 삶과 언어 자체가 "눈에 보이지 않는 대지의 법칙"에서 벗어날 수 없기 때문입니다. 하지만 '대지'가 가진 깊이와 넓이는 우리의 인식 능력을 초월합니다. 따라서 "눈에 보이지 않는 대지의 법칙"을 벗어나지 않는 것은 인간 존재에게 억압이기는커녕 무한한 상상을 허용하면서 겸허를 동시에 요구합니다. 여기서 말하는 대지를 물리적인 '땅'으로 해석할 수도 있고, 「예술작품의 근원」에서 말하는 세계의 모든 것을 "지탱해주는 것"으로 받아들여도 무방합니다. 하이데거마저 맥락에 따라 그렇게 사용하기도 하거니와 제가 읽어드린 부분의 다음 단락에서 "지구를 단지 이용하는 것과 지구의 축복을 수용"하는 것의 차이를 말하고 있기도 합니다. "자신에게 할당된 가능성의 영역"과 "눈에 보이지 않는 대지의 법칙"을 동시에 사유하지 않으면 언어마저 그 의도와는 관계없이 폭주할 가능성이 있습니다. 언어의 상품화가 도저해지는 역사적 조건 속에서는 특히 그렇죠. 요는, 언어도 나타났다 되돌아가는 퓌시스(physis)에 속해 있음을 인식하는 것이 발터 베냐민(Walter Benjamin)이 말한 '비상 브레이크'에 해당될 거라는 겁니다. 이는 언어를 근원적으로 다루는 시에 있어서 심각한 주제가 아닌가 저는 생각합니다.

그런데 주어진 제한 또는 한계야말로 우리가 항용 말하는 자아의 생성 기제는 아닐까요? 이것은 하이데거가 『니체 1』에서 한 말이기도 한데요, 인간은 다른 사물이 강요하는 제한을 받아들임으로써 우리 자신이 생각하고 행동할 수 있는 '선'을 의식하며 그것의 누적이 무의식이 되기도 합니다. 이것을 다시 문화적 규범과 도덕적 억압으로 받아들이는 것은 근대 정신분석학의 주제가 되었지만, 이렇듯 우리에게 주어진 과제 상황은 매우 복잡하고 그 심도(深到)의 무게가 결코 가볍지 않습니다. 다만 지금 말하고자 하는 것은, 정치적 억압과 사회적 배제를 극복한다면서 혹 갖게 된 "대지의 법칙"에 대한 망각으로 인해, 언어를 우리에게 주어진 과제 상황에서 멀어지게 할 수도 있는 역설이 얼마든지 있을 수 있다는 점입니다. 그러한 역설이 시에서도 벌어지지 말라는 보장은 어디에도 없습니다. 이는 앞으로 더욱 기승을 부릴 "기술의 조작" 시대에 시의 책무를 다시 생각하게 합니다. 하이데거의 말대로 현대의 기술이 근대의 "완성된 형이상학이라는 개념과 동일한 의미를 지닌다"면 "기술의 조작" 시대에 시의 책무는 근대의 심부(深部)에 대한 응전이라는 막중한 의미를 갖습니다. 하이데거에 따르면 "지구의 황폐화는 의욕된 과정으로서 그러나 그 본질에 있어서 인식되지 못하고, 또한 인식될 수도 없는 과정으로서, 진리의 본질이 확실성으로 제한되어버리는 시대에 시작"됩니다.

그러나 문제의 해결 또는 근본적인 변화는 "단순한 행위"로는 일어나지 않습니다. 그렇다면 어떻게 가능할까요? 여기에서 다시 시의 문제가 떠오릅니다.

> 장래를 지시하는 인도 없이는 어떤 변화도 일어나지 않는다. 그러나 만일 존재사건이 자신을 밝히지 않는다면, 존재사건이 인간존재를 부르고, 필요로 하면서 인간을 눈뜨게 하지(er-äugnet) 않는다면, 즉 시야를 틔우지(er-blickt) 않는다면, 그래서 죽을 자[인간]로 하여금 사유하고 시를 지으면서 집을 짓는 길에 들어서도록 하지 않는다면, 어떻게 저 인도가 [우리에게] 가깝게 다가오겠는가? (「형이상학의 극복」, 『강연과 논문』, 126쪽)

하이데거의 결론은 그의 문제의식을 감안하면 어느 정도 예측가능한 것이지만, 중요한 것은 근본적인 변화에 대한 시의 역할을 명시했다는 점이며 이는 시를 통해 오늘날 우리에게 닥친 문제를 살펴보자는 취지에 부합됩니다. 사실 두려운 것은 하이데거의 시에 대한 입장의 수용 여부가 아니라 나날이 확산되고 있는 시인들의 무기력과 냉소주의일 겁니다. 어쩌면 시에 대한 이런 논의가 불필요한 압박으로 느껴질 수도 있고 시는 본래 속성이 무용한 것이라는 반론도 있을 수 있지만, 시의 무용성 운운은 함부로 뱉을 말이 아닙니다. 시가 무용하다는 것은 모든 것을 도구화, 부품화하는 근대 자본주의 문명의 외부에서 시가 성립한다는 저항 기제로서 그렇다는 것이지 패배주의나 순응주의를 은폐하기 위한 커튼이 아닙니다. 하이데거는 「휠덜린과 시의 본질」에서 이런 말을 합니다.

> 시는 터-있음이 [살아가면서] 동반하는 그의 한갓된 장식품이 아니요, 일시적인 열광도 아니며, 심지어 한갓된 흥분이나 담소도 아니다. 시는 역사를 지탱해주는 바탕이요, 그렇기 때문에 그것은 또한 한갓된 문화현상이 아닐뿐더러 더 나아가 '문화정신'의 단순한 '표현'도 아니다. (「휠덜린과 시의 본질」, 『휠덜린 시의 해명』, 79~80쪽)

제가 여기서 짧지 않게 하이데거를 소개하는 것은 시가 "열광"이나 "흥분"이나 "담소"에 빠지지 않으면서, 그러니까 우리가 처한 위기 상황에 대처한다며 도리어 부채질을 하는 딜레마에 빠지지 않으면서 위기를 극복하는 일에 시가 할 수 있는 역할이 있지 않을까 하는 마음에서입니다.

「폭포」의 의미 흐름은 다음과 같이 진행됩니다. ① 폭포가 무서움도 없이 주야와 계절을 가리지 않고 떨어진다, ② 그러한 폭포는 고매한 정신과 같다, ③ 폭포는 곧은 소리를 내며 떨어지고 그 곧은 소리는 다른 소리를 부른다, ④ 곧은 소리는 "나타와 안정을" 뒤집는다.

1연과 2연은 각각 ①과 ②에 해당됩니다. 그리고 2연 마지막 행의 "고매한 정신"이 무엇인지에 대해 3연과 4연에 부연을 요청합니다. 즉 ③이 불려 나오죠. 5연은 대체 "곧은 소리"라는 것이 무엇인지 다르게 변주합니다. ④에 해당하죠. 「폭포」의 내용은 이것입니다만, 여기서부터는 언어의 뒤에 무엇이 웅크리고 있는지 세심한 읽기가 필요합니다. "곧은 절벽을 무서운 기색도 없이" 떨어지는 "폭포"는 "규정할 수 없는 물결"이면서 방향도 의미도 없이 떨어지기만 합니다. 거기다 "계절과 주야를 가리지 않고" 떨어집니다. 여기까지는 김수영의 폭포에 대한 시적 재현이기도 하지만 자신의 감성을 부여한 표현들이 눈에 띕니다. 일단 두려움이 없고, 무규정적이고, 무방향이고, 무의미죠. 이게 지금 김수영이 바라보고 있는 폭포입니다. 그렇다면 이 폭포는 무정부적이고 혼돈의 상태인가요? 표면적으로는 그렇게 읽힐 수도 있습니다만, 여기까지 읽으면서 느껴지는 어떤 '힘'이 있지 않나요? '힘'은 인간의 주관적인 의지에서 발생하지 않고 그 바깥, 자연의 운동과의 신체 작용에서 일어납니다. 시에서 느끼는 힘은, 파워(power)나 포스(force)가 아니지요. 제가 영어를 잘 모르지만 적당한 번역어가 있는지 모르겠습니다.

시에서 우리가 느끼는 힘은 기(氣) 같은 것입니다. 그런데 이 기는 어디에서 오는 것일까요? 이것에 대해 말하자면 별도의 글이 필요할 텐데요, 저는 시에도 만일 기가 있다면 그것은 시인이 경험한 구체적 사물/사건의 기가 시인에게 건너오고, 그것을 시인이 살려서 언어화했을 때 가능하다고 추정합니다. 다시 또 소급하자면 사물의 형태나 운동마저 기의 변화라고 할 수도 있습니다. 이렇게 본다면,

인간을 포함한 존재하는 모든 것은 온통 기의 운동과 정지로 이루어져 있게 됩니다. 따라서 '무(無)'는 실제로 없는 것입니다. '허(虛)'도 마찬가지가 되는데, 무와 허는 단지 논리적으로 또는 기에 대해 상대적으로 말해지는 것일 뿐이죠. 하지만 기는 보이지도 않고 들리지도 않고 만져지지도 않고 냄새도 안 납니다. 인식되지도 않죠. 그런데 우리는 이 기를 일상에서도 충분히 느끼며 삽니다. 가장 흔히 하는 말로 분위기가 있잖아요? 예를 들면, 어느 강의실의 분위기, 뭔지 모르겠는데 느껴지는 이상한 분위기 같은 것도 결국 기의 운동 때문인데 누군가 아주 심각한 걱정이 있거나 우환이 있을 수 있습니다. 혹은 아주 기쁜 일이 있을 수 있습니다. 그것에도 강도가 있고 깊이가 있어서 분위기에 영향을 끼치는 정도를 나타낼 수 있는데, 이것을 누군가가 받아서 증폭시키거나 경감시킬 수도 있을 겁니다. 어디까지나 하나의 예입니다. 일상에서 경험하는 이러한 것들은 우리의 오관이 분명하게 느끼는 '경험적 사실'입니다. 이렇게 말하면 기의 운동이 과학적이지 못하다느니 어쩌느니 하는 말도 경험을 무시한다는 측면에서 비과학적이긴 마찬가지입니다.

시에서 느끼는 힘, 생동감, 생기 같은 것을 말하다가 약간 다른 이야기를 했습니다. 아무튼 떨어지는 폭포에서 힘을 느낀다면 그것은 폭포를 형성한 힘이 넘쳐서 우리에게, 이 작품에 즉하자면 시의 화자에게 건너온 것입니다. 그런데 그 힘을 느끼기 위해서는 자신이 어떤 힘을 갖춰야 합니다. 즉 그 힘을 받아 안을 수 있으려면 폭포를 느끼는 주체에게 그에 걸맞는 힘이 있어야 하죠. 그 힘을 느끼지 못한다면 폭포의 힘은 건너오다가 맙니다. 폭포에서 힘이 건너오지 않으면 우리는 폭포를 감각하는 수준에 머무는데, 사실 이 감각도 자신이 갖고 있는 힘에 의해 차이가 납니다. 폭포의 힘에 걸맞는 힘을 가지고 있다면 폭포의 힘을 온전히 받아안을 수 있을 뿐만 아니라 폭포를 사유하게도 합니다. 시는 사유라는 말도 있는데, 결국 자신이 가진 힘, 즉 존재 역량이 그것을 결정합니다.

김수영이 "고매한 정신처럼 쉴 사이 없이 떨어진다"고 할 때, 그것은 김수영 자신의 힘을 표현한 것입니다. 지금 "고매한 정신"은 아래로 떨어지고 있지 위로 올라가려는 욕망이 아닙니다. 그리고 3연에서 다시 "곧은 소리를 내며 떨어진다"고 변주하고 있습니다. 그렇다면 "고매한 정신"과 "곧은 소리"는 어떤 관계일까요? 그런데 그 사이에 "금잔화도 인가도 보이지 않는 밤이 되면"이 있습니다. 이게 어떤 상태인지 가만히 상상을 해보죠. 아무것도 보이지 않는 밤에 "고매한 정신"은 무엇을 느낄까요? "금잔화도 인가도 보이지 않는 밤"에서 어떤 고독한 정적이 상상되지 않습니까? 아무것도 시의 화자 가까이에 있지 않은 시간, 그 어둠 속에서 폭포는 "쉴 사이 없이" 떨어지면서 소리를 내겠죠. 오롯이 폭포 소리만 납니다. 아무것도 보이지 않는 어둠에 휩싸인 시간에 폭포 소리는 그래서 "곧은 소리"입니다. 또 오롯이 폭포 소리만 존재하기에 "곧은 소리는 소리" 자체입니다. 그리고 연이어 나는 소리는 또 "곧은 소리"입니다. "곧은 소리는 곧은/ 소리를" 부르고 있습니다. 사실 시간적인 의미의 부사 '연이어'도 무의미합니다. 그냥 통째로 그치지 않고 나는

"소리"면 충분하죠. 그 사이에 아무것도 낄 수가 없습니다. "취할 순간조차 마음에 주지 않고" "곧은 소리는 곧은/ 소리를" 부릅니다. 그런데 그 "곧은 소리"는 "나타와 안정을 뒤집어" 놓습니다. "나타와 안정을 뒤집어" 놓는 것은 또 "고매한 정신"의 일이기도 합니다. 하지만, 이 "고매한 정신"이 내는 "곧은 소리"의 연속은 지금은 시의 화자만의 것입니다. 왜냐면 그 "소리"는 "금잔화도 인가도 보이지 않는 밤이 되면" 나타나기 때문이죠. 거리에서도, 집에서도, 신문사에서도, 친구 사이에서도 그 "소리"가 나는 것은 아닙니다. 오로지 "금잔화도 인가도 보이지 않는 밤이 되면" 들리는 소리입니다. 제가 이 시를 고독의 시라 부르는 것은 이 때문입니다.

세 번째
이 야 기

시인, 꿈꾸는 존재

서강 생활
즈음

김수영은 1955년 6월에 성북동에서 서강(지금의 마포구 구수동)으로 이사를 합니다. 김수영이 살던 곳에 지금은 아파트가 들어서 있다고 합니다. 그의 흔적을 찾아 부러 가본 것은 아니지만 예전에 개인적인 일로 자주 지나치던 지역입니다. 김수영의 시를 시기 구분할 때 저는 이 서강 생활의 시작을 작은 분기점으로 삼습니다. 4·19혁명처럼 압도적으로 영향을 끼친 것은 아니나 김수영이 서강 생활을 통해 얻은 것이 그렇게 작지 않다고 보기 때문입니다. 무엇보다도 자연과 이웃을 알게 되죠. 나이가 먹어가면서 자연스레 그럴 수도 있지 않겠냐고 반문할 수도 있지만, 장소는 우리의 감수성에 결코 적지 않은 영향을 미칩니다. 물론 1950년대 중반의 서울을 지금과 같은 모습으로 상상하시면 안 됩니다. 특히나 김수영이 이사 간 서강 지역은 서울 시내와 적잖이 달랐던 것 같습니다. 돼지도 치고 닭도 키울 수 있을 정도면 시골에 가깝다고 할 수 있지요. 「멋」이라는 1968년에 쓴 산문에 자신이 사는 동네가 예전부터 "마포의 새우젓

골로 이름난 완고하고 무식한" 곳이라는 구절이 나옵니다. 1968년 당시에도 그랬다니 1955년 여름을 상상하는 일은 어렵지 않을 것 같습니다. 「여름 아침」과 같은 작품을 보면, 우리가 지금 알고 있는 시골과 큰 차이가 없었던 것 같습니다. 반농반도(半農半都)에 가깝다고 할까요.

> 여름 아침의 시골은 가족과 같다
>
> 햇살을 모자같이 이고 앉은 사람들이 밭을 고르고
>
> 우리 집에도 어저께는 무씨를 뿌렸다

김수영의 가족도 얼마간 농사를 지었음이 드러나는 대목입니다. 물론 생업은 널리 알려진 대로 양계였죠. 돼지는 조금 키우다 만 듯합니다. 닭을 치게 된 정황과 사정에 대해서는 산문 「양계 변명」에 잘 나와 있습니다. 산문 「토끼」에서 살아 있는 동물을 그저 "이(利)"로만 보는 이들을 경멸했지만 양계는 어쩔 수 없는 자신의 생활이었습니다. "양계를 통해서 노동의 엄숙함과 그 즐거움을 경험"했다고 밝혔듯이 1950년대 후반 흔들리는 김수영을 잡아준 것이 바로 "노동의 엄숙함과 그 즐거움"이지 않을까 생각됩니다. 시에서는 그 흔적이 명확하지 않습니다만 서강으로 이주해서 그의 정신과 영혼이 건강하게 검어진 것만은 사실로 보입니다. 그래서 1950년대 후반 김수영의 서강 생활은 주목을 요하는 시기임이 분명합니다. 앞으로 작품을 읽으면서 그것이 어느 정도 감지될 것입니다.

김수영이 서강으로 이주한 다음에 자연 친화적인 서정시를 썼다는 뜻은 아닙니다. 지난 시간에 읽었던 대로 구체적인 생활에 좀 더 천착하게 되면서 "새로운 목표"가 자신의 내면 안에서 나타나게 되었지만, 우리들 삶이 그렇듯이 생활에서 얻은 에너지와 의지는 언젠가는 단조로움과 피로로 화하기 쉽습니다. 이야기의 문을 열기 위해서 「거리 2」로 잠시 되돌아가 보죠. 「거리 2」의 마지막 연입니다.

> 여기는 좁은 서울에서도 가장 번거로운 거리의 한 모퉁이
> 우울 대신에 수많은 기폭을 흔드는 쾌활
> 잊어버린 수많은 시편(詩篇)을 밝고 가는 길가에
> 영광의 집들이여 점포여 역사여
> 바람은 면도날처럼 날카로웁건만
> 어디까지 명랑한 나의 마음이냐
> 구두여 양복이여 노점상이여
> 인쇄소여 입장권이여 부채(負債)여 여인이여

현실은 여전히 바람이 "면도날처럼" 날카롭습니다. 하지만 생활의 긍정을 통해서 "명랑"을 얻습니다. 그런데 이 구절 앞뒤로 등장하는 언어를 한번 보죠. "영광의 집들" "점포" "역사" 같은 큰 언어에서 "구두" "양복" "노점상" "인쇄소" 등등 구체적이고 작은 언어로 변하고 있습니다. 변하고 있다기보다는 변했다는 것을 말해주는 듯합니다. 생활을 긍정하면서 "새로운 목표"가 생겼고 시어도 감각적

인 빛을 발합니다. 「너는 언제부터 세상과 배를 대고 서기 시작했느냐」에서도 그것은 이어집니다. 그런데 다시 읽어보면 아직 든든한 것을 가졌다기보다는 의욕에 가까운 심리가 아닌가도 싶습니다. 예를 들면, "음탕할 만치 잘 보이는 유리창"더러 "두려운 세상과 같이 배를 대고 있는/ 너의 대담성—"이라고 말하는 부분에서 무언가 아슬아슬한 정서가 느껴집니다. 깨끗한 유리창더러 "음탕할 만치 잘 보이는"이라고 하지 않습니까? 그리고 그 앞 연에서는 "너를 보고 짓는 짓궂은 웃음일 줄 알아라"고 합니다. 다시 말하면 깨끗이 닦인 유리창이 비록 "세상과 배를 대고 서기 시작"했지만 그 "세상"과 제대로 싸우거나 "세상"을 제대로 긍정할 수만은 없는 정신적 딜레마가 있다는 것이죠. 어쩌면 1950년대 후반에 나타나는 '피로'는 예정되어 있었는지 모릅니다.

이렇게 보면 「영롱한 목표」에서 보여준 긍정성은 의욕에 가까운 심리가 도달한 최고 지점일 수도 있겠네요. 그래서 「폭포」에서 보여준 고독이 서늘하게 느껴졌는지도 모르겠습니다. 아직 김수영의 고독은 세상을 깊이 끌어안은 고독이 아닌 셈입니다. 니체가 말했듯 "병든 자로부터의 도피"로서 고독이긴 한데, 민중과 역사를 얻지 못한 고독입니다. 개별자의 이런 고독에는 곧 곰팡이처럼 피로와 비애가 번식할 수밖에 없습니다. 그리고 이어서 읽을 작품들에서 그것을 발견할 수 있습니다. 이런 상태에서 김수영의 작품은 난해성을 띠게 되는데, 김수영 시의 난해성은 부정적 상태일 때 주로 나타난다는 점도 유의해야 합니다. 그리고 이것이 그의 난해시를 덮어

놓고 숭앙해서는 안 되는 이유이기도 합니다.

김수영이 생활에서 느끼는 피로는 얼마 안 가서 바로 나타납니다. 그리고 생활을 살자면, 그것이 불가피함 것임을 모르지도 않았습니다. 예컨대,「지구의」에서는 이렇게 말하기도 합니다.

> 지구의(地球儀)의 양극을 관통하는 생활보다는
> 차라리 지구의 남극에 생활을 박아라
> 고난이 풍선같이 바람에 불리거든
> 너의 힘을 알리는 신호인 줄 알아라

구체적인 생활에 충실하다 보면 "고난이 풍선같이 바람에" 부푼다는 진술, 하지만 그것도 "힘을 알리는 신호"인지는 알지만 거기에도 지혜가 필요합니다. 이쯤 되면 아포리아(aporia)라고 부를 만하죠. 사실 시와 생활의 문제는 이렇습니다. 생활을 버린 시가 건강할 리가 없지만 시를 버린 생활도 건강할 리 없습니다. 생활과 시를 함께 사는 길이 얼마나 힘든 일인지 김수영은 점점 체감하게 됩니다. 그것을 돌파하기 위해서, 다시 어떤 원점으로 돌아가 보기도 하지만 그게 녹록지 않았던 것 같습니다.「여름 아침」에서 "차라리 숙련이 없는 영혼이 되어/ 씨를 뿌리고 밭을 갈고 가래질을 하고 고물개질을 하자"고 다짐해보지만 결국 자신이 시를 배반하고 사는 것은 아닌지 스스로를 괴롭히게 됩니다. 유감스럽게도 생활은 초월을 원하지 않습니다. 생활은 '지금-여기'에만 충실하길 요구합니다. 그러지 않으면 생존 자체가 불가능하기 때문이지요. 생활 속에서 "노동의 엄숙함과 그 즐거움"을 배우는 것이 곧 시가 되지는 않기 때문입니다. 반면에 시는 생활을 초월하여 다른 생활을 살기를 끊임없이 갈구합니다. 김수영에게 다른 생활은 다른 삶, 다른 세계를 의미합니다. 생활은 변함없는 반복을 원하지만 시는 그런 반복 속에 갇히면 숨이 막혀 죽고 맙니다. 이 무한한 갈등과 긴장은 시의 도약대가 되기도 하지만 시를 질식시키기도 합니다. 그리고 시가 깊어지게도 하지만 시를 비루해지게도 합니다. 어쨌든 이즈음의 김수영은 생활이 시를 배반하게 한다고 자학하고 있었습니다. 다음은 「구름의 파수병」 일부입니다.

> 시를 배반하고 사는 마음이여
> 자기의 나체를 더듬어 보고
> 살펴볼 수 없는 시인처럼
> 비참한 사람이 또 어디 있을까
> 거리에 나와서 집을 보고
> 집에 앉아서 거리를 그리던 어리석음도 이제는 모두 사라졌
> 나 보다
> 날아간 제비와 같이

"거리"와 "집"을 함께 살겠다는 마음도 "이제는 모두 사라졌나보다" 하면서 김수영은 "자기의 나체를 더듬어 보고" 있지만, 여기

146

까지입니다. 이건 시인의 마음의 문제만은 아니니까요. 시는 마음을 먹는다고 되는 게 아닙니다. 그것보다 더 깊고 높은 것을 요구하는데, 김수영은 현재 그 길을 찾지 못하고 있습니다. 대신 "메마른 산정에서 오랫동안 꿈도 없이 바라보아야 할 구름/ 그리고 그 구름의 파수병인 나"가 현재의 자신입니다. 자신의 생활은 무어라는 형상이나 실체가 없는 "구름"에 지나지 않고 자신은 지금 그것의 파수병이라는 자조는 김수영의 괴로움을 여실히 보여줍니다. 분명히 말하고 있죠. 구름을 "꿈도 없이 바라보아야" 한다고. 생활에 충실하다 보면 "시를 반역한 죄"를 저지르기 십상입니다. 사실 「백의」가 무슨 말인지 난해한 것은 이런 아포리아에서 김수영이 헤매고 있기 때문인지도 모릅니다. 저는 지난번 『리얼리스트 김수영』에게서 나름 야심차게 「백의」를 분석해봤지만 사실 그렇게 만족스럽지는 않습니다. 시 앞에서 야심은 언제나 이렇답니다. 오늘은 「백의」의 마지막 부분만 언급하도록 하죠. 시도 길고 한두 마디 이야기로 어림없기 때문입니다. 다만 의외로 활기 있는 작품이라는 점만 말해두고자 합니다. 마지막에 "어느 시인"의 말을 옮겨온 형식으로 뭐라고 하나요?

"더러운 자식 너는 백의와 간통하였다지? 너는 오늘부터 시인이 아니다……"
—백의의 비극은 그가 현대의 경제학을 등한히 하였을 때에서부터 시작되었던 것이다

이제 김수영은 "백의와 간통"한 존재가 되었습니다. 그리고 "어느 시인"이 말했다는 것은 김수영 자신의 영혼이 한 말일 겁니다. 그런데 "백의의 비극은 그가 현대의 경제학을 등한히" 해서 시작되었답니다. 여기서도 김수영이 자신의 생활을 단지 비난하는 것만은 아니라는 점이 드러납니다. 생활을 제대로 알지 못했다는 뜻으로 읽히지 않습니까? 생활을 잘 모른 채 막연하게 시에 생활을 받아들이니 시가 생활이라는 "마신(魔神)"에 굴복하곤 하는 겁니다. 시와 생활의 "'양극의 합치'"(「지구의」에서 "지구의(地球儀)의 양극을 관통하는 생활")가 말해지고는 하지만 그것은 결국 "'도피의 왕자' 혹은 단순히 '여유'"에 지나지 않는다는 게 김수영의 생각입니다. 그런 낭만주의로는 어림없다는 뜻일 겁니다. 우리가 유념해야 할 것은 곧 닥칠 피로와 비애가 생활에 대한 냉정한 인식 때문에 생겼다는 점입니다. 덧붙여, 그게 비참이 되었건 설움이 되었건, "양극이 합치"의 불가능성이 되었건, 김수영의 우회하지 않는 불퇴전의 태도도 기억해야 합니다. 이는 시를 떠나서 우리가 배워야 할 덕목이기도 하지만, 김수영의 시 세계를 이해하는 데에도 핵심적인 사항입니다. 또 그가 피로와 비애에 머물지 않고 앞으로 나아갈 수 있었던 이유를 알기 위해서도 그렇습니다. 그런데 김수영이 이런 태도를 끝까지 견지할 수 있었던 것은 단지 그의 강인한 정신 때문이었을까요? 인간의 정신이 아무리 강인하다 한들 현실을 이기기는 쉽지 않습니다. 설령 현실을 이긴다 하더라도 그것이 곧바로 현실을 넘어서는 것임을 가리키지도 않습니다. 하지만 우리는 먼저 김수영에게 '꿈'이 있었다는 것을 알아야 하고 그것은 단순한 희망이나 낙관이 아니라 현실에서는 어지간해서 나타나지 않는 '무엇'에 대한 염원임도 잊지 않아야 합니다. 김수영은 그것을 또 부단히 시로 실현시키려고 했지만, 한참 뒤에 가서야 "시는 온몸으로 바로 온몸을 밀고 나가는 것이다"라는 데 도달하게 되죠. 이렇게 '온몸의 시'는 복잡한 과정을 포함합니다.

살아 있는 노래와 더러운 노래

그러면 이제 「눈」이라는 작품을 읽어보겠습니다. 김수영은 '눈'이라는 제목의 시를 세 편 썼습니다. 지금 읽을 작품은 1957년 작이고요, 1961년 1월 작품이 있고, 다시 1966년 1월에 또 한 편을 씁니다. 각각의 작품은 느낌도 의미도 다 다릅니다.

> 눈은 살아 있다
> 떨어진 눈은 살아 있다
> 마당 위에 떨어진 눈은 살아 있다
>
> 기침을 하자
> 젊은 시인이여 기침을 하자

눈 위에 대고 기침을 하자

눈더러 보라고 마음 놓고 마음 놓고

기침을 하자

눈은 살아 있다

죽음을 잊어버린 영혼과 육체를 위하여

눈은 새벽이 지나도록 살아 있다

기침을 하자

젊은 시인이여 기침을 하자

눈을 바라보며

밤새도록 고인 가슴의 가래라도

마음껏 뱉자

— 「눈」 전문

널리 알려진 이 시는 구조가 그리 복잡한 작품은 아닙니다. "마당 위에 떨어진 눈"에 대고 "마음 놓고/ 기침을 하자"는 것이 다라면 다입니다. 작품을 이렇게 평면화시키는 것은 그 깊이로 잠행해 들어가기 위한 예비 동작입니다. 살아 있는 눈에게 기침을 하자는 화자의 권유에는 비상한 힘이 있는데, 이 시의 매력은 바로 이 힘에 있습니다. "눈은 살아 있다"와 "기침을 하자" 교차 반복이 시에 힘을 불어넣는 역할을 하는데, 시에서 모든 반복이 동일한 효과를 내는 것은 아닙니다. 반복이 힘을 집중하는 경우는 반복을 통해서 시인의 간절함이 점점 더 고양되어 작품 자체를 하나의 운동으로 만들 때입니다. 그리고 「눈」은 그 예에 해당됩니다. 우리의 삶과 목숨은 이 반복 운동 속에서 형성됩니다. 심지어 역사마저 반복이죠. 하지만 동일한 상태, 동일한 조건, 동일한 시간의 반복은 아닙니다. 이런 반복은 도리어 우리를 질식시키죠. 우리는 반복을 통해서 존속하고 반복을 통해서 '다른 것'을 만들어갑니다. 정확하게 말하면, 반복 운동은 우리의 존속을 위한 것만 거두어들이고 불필요한 것은 버립니다. 반복 운동은 우리를 위한 '다른 것'을 만들어내죠. 이는 생명 운동의 특징이기도 합니다. 머리와 달리 심장이 반복 운동을 하는 이유입니다. 반복 운동은 단순한 순환도 아니고 옛것은 버리고 새것만 취하는 맹목적인 진보도 아닙니다.

그런데 3연 2행은, 작품 형식적으로는 반복을 벗어나는 예외이면서 반복의 원인이기도 합니다. 살아 있는 눈에 기침을 하자는 반복의 동력은 "죽음을 잊어버린 영혼과 육체를 위하여"입니다. "죽음을 잊어버린 영혼과 육체"는 생기를 잃어버린 무력한 상태를 말하고, 이즈음의 김수영의 위험, 즉 피로 상태를 가리킵니다. 여기서 김수영이 말하는 "죽음"은 긍정적인 의미를 갖습니다. 살아 있는 상태를 점검하는 것은 역설적이게도 죽음입니다. 눈은 살아 있는데, 지금 "젊은 시인"은 살아 있지 않은 상태임을 은연중에 드러냅니다. 살아 있음에 반응하는 것은 살아 있음이고 그 살아 있음의 증거는 죽음을 잊지 않는 것입니다. 죽음을 잊은 살아 있음은 살아 있는 죽음이 아니라 죽은 죽음입니다. "마당 위에 떨어진 눈"은 "새벽이 지나도록 살아" 있는데, "젊은 시인"은 지금 살아 있음이 점점 꺼져가고 있습니다. "기침을 하자"의 반복을 그것의 반증이라고 읽어도 무방할 것입니다. 하지만 느낌이 그렇게 비관적이지만은 않죠? 왜냐면 시의 화자가 자신이 곧 "죽음을 잊어버린 영혼과 육체"임을 알고 있기 때문입니다.

우리가 흔하게 쓰는 말 중에, '성찰'과 '사유'라는 게 있습니다. 이 말의 깊은 의미를 따지기 전에 상당히 피상적으로 성찰과 사유라는 말을 남용하죠. 생활에서 저지르는 오류들 또는 적절치 않은 판단이나 행위들을 돌아보는 게 마치 성찰이라고 생각하는 듯합니다. 사유도 마찬가지입니다. 일반적인 수준의 사고를 한다는 게 사유라고 생각하는 경향이 강한 듯싶습니다. 저는 여기서 되지도 않게 성찰과 사유라는 게 이런 것이다 저런 것이다 말하려는 게 아닙니다. 성찰의 이름에 값하려면 보다 근원적인 지점까지 들여다봐야 하고, 사유라고 한다면 최소한 자신이 지금 하고 있는 사고의 구조가 무엇에 기반해 있는지 그리고 그 구조의 역사적 맥락이 무엇인지 생각해봐야 합니다. 성찰과 사유는 그래서 한 몸입니다. 단순하게 지신의 과오를 반성하면서 앞으로는 '다시는 그러지 말아야지' 하는 것은 성찰과 사유에 미치지 못한다고 저는 봅니다.

김수영이 생활에서 느끼게 된 피로와 비애는 1958년 즈음 가면 본격적으로 드러납니다. 1957년 무렵에는 「눈」에서 봤듯이 점점 다가오는 피로 같은 부정적 정서와 대결하고자 하는 의지가 살아 있긴 합니다. 제가 성찰에 대해서 말씀드렸다시피, 「서시」에서는 자신을 돌아보는 모습이 보입니다. "나는 너무나 많은 첨단의 노래만을 불러왔다"로 시작되는 「서시」에서는 "정지"와 "휴식"을 말하고 있는데, 성찰과 사유는 한 몸이라고 말했습니다만, 성찰에서 사유에 이르는 그 사이에는 "휴식"이 있기 마련입니다. 이는 심리적인 작용이기도 하죠. 옛길의 과오를 성찰한다고 해서 새로운 길이 바로 등장하는 것도 아닙니다. 성찰이 불러들인 휴지기가 있기 마련인데, 「서시」에서는 그동안 자신이 "정지의 미에 너무나 등한하였다"고 하면서 나무의 "흉하지 않은 가지 위에 피곤한 몸을" 앉힙니다. 그러면서 "성장은 소크라테스 이후의 모든 현인들이 하여 온 일"이고, 여기서 "성장"은 "첨단"과 상통합니다. 펼쳐진 역사에 대한 "정리는/ 전란에 시달린 20세기 시인들이 하여 놓은 일"이라고 합니다. "20세기 시인들" 중에 김수영 자신이 속할지도 모릅니다. 그 또한 "전란에 시달린" 시간을 살아왔으니까요. "전란" 같은 사건에 대해 어떻게든 "정리"가 되지 않으면 살 수가 없는 노릇입니다. 문제는 "첨단"이나 "전란" 속에서도 "나무는 자라고" 있고, "정리"를 단행한다고 해도 역사는 흐르기 마련입니다. 나무도 영혼도 자라고 있지만, "정리"를 통한 "교훈"도 그리고 역사가 강제하는 "명령"도 살아 있기 마련입니다. 생명("나무")만 살아 있는 게 아닌 거죠. 생명이 살아 있는 한 역사도 살아 있습니다. 견강부회가 있을지 모르지만 여기서 김수영은 생명과 역사 그리고 영혼을 함께 돌아보고 있습니다.

그래도 나무는 자라고 있다 영혼은

그리고 교훈은 명령은

나는

아직도 명령의 과잉을 용서할 수 없는 시대이지만

이 시대는 아직도 명령의 과잉을 요구하는 밤이다

나는 그러한 밤에는 부엉이의 노래를 부를 줄도 안다

지지한 노래를

더러운 노래를 생기 없는 노래를

아아 하나의 명령을

—「서시」부분

　"명령의 과잉"을 용서할 수 없지만 "이 시대는 아직도 명령의 과잉을 요구하는 밤"입니다. 서광이 밝아오는 새벽이 아니라 "밤"이죠. 자신이 사는 역사가 "밤"이라는 뜻입니다. 이 밤으로서의 자기 시대에 대해 말하기를, "나는 그러한 밤에는 부엉이의 노래를 부를 줄도 안다"고 합니다. "부를 줄도 안다"는, 모르지 않지만 그렇다고 지금 밤을 맞아 부르는 노래는 부르지 않는다,라고 읽힙니다. 왜냐면 그런 노래는 "지지한 노래"이고 "더러운 노래"이며 따라서 "생기 없는 노래"이며 결국 다시 "하나의 명령"이기 때문입니다. "마당 위에 떨어진 눈은 살아" 있고 거기에 대해 "마음 놓고 기침을" 해야 하지만, 그게 사실은 지지하고 더럽고 생기 없는 것일 수도 있습니다.

"기침"이 다시 "하나의 명령"일 수 있는 현실이 지금 김수영의 현실입니다. '내가, "부엉이의 노래"를 부를 수 없을 것 같냐? 하지만 부르지 않으련다.' 사실 이런 김수영의 어투는 낯선 것이 아닙니다. '살아 있는 눈 위에 하는 기침도 결국 "밤새도록 고인 가슴의 가래"가 아니냐?' 왜냐면 김수영 자신이 살고 있는 시간은 "명령의 과잉을 요구하는 밤"이기 때문이죠. 그래서 지금은 자라는 나무의 "흉하지 않은 가지 위에 피곤한 몸을 앉힌다", 그러니까 지금은 역사로부터 생명과 영혼으로 잠시 돌아가겠다…….

　여기서 김수영이 말하는 "명령"이 무슨 뜻인지 명료하게 해석하기는 쉽지 않습니다. 부정적인 뜻을 가지고 있는 것은 분명해 보입니다. 가장 편하게는 김수영이 살았던 정치적 상황을 떠올려 볼 수 있습니다. 명령은 두 가지 뜻으로 풀어볼 수 있는데, 하나는 복종을 요구하는 외부로부터의 지시 혹은 요구이고, 다른 하나는 스스로 내는 명령입니다. 이는 다른 이의 복종을 요구하는 것이기는 한데 굴종이 아니라 어떤 사태의 정립 혹은 지평의 확립 같은 것입니다. 명령이란 본질적으로 지평을 정립하고 확정하는 것이며, 생명체는 이러한 명령 없이는 생존할 수 없죠. 문제는 이 명령이 사회적인 또는 정치적인 관계에서 사고하게 되면 권력자의 독점물이 됩니다. 그러면 명령은 위에서 아래로 흐르는 물처럼 일방적이게 되고, 이 명령의 위계화는 가족 관계나 직장 등 미시적인 구조에까지 오염시키게 됩니다. 그러나 이것이 또 어느 의미에서이건 사회나 국가의 안정을 꾀합니다. 문제는 누구를 위한 안정인가가 되겠죠. 김수영이 "명령"을 어떤 의미로 썼든지 간에 명령이 함축하고 있는 맥락이 무엇인지 한번 물어보는 일은 시를 읽는 데 도움이 됩니다.

역사는 언제나 아이러니와 패러독스로 가득한 세계인데 거기에 맹목적으로 뛰어드는 것은, 아이러니와 패러독스를 보태는 일일 수 있습니다. 이럴 때 잠시 생명과 영혼의 세계로 돌아가 역사에 복귀할 수 있는 힘을 회복하자는 게 시의 일이기도 합니다. '님'도 역사 속에서는 훼손되기도 합니다. 한용운도 「님의 침묵」에서 이렇게 말한 적이 있습니다. "님은 갔지마는 나는 님을 보내지 아니 하였습니다". 그래서 지금은 "제 곡조를 못 이기는 노래는 님의 침묵을 휩싸고 돕니다". 그래서 그런지 김수영은 자신이 부르는 "부엉이의 노래"가 "더러운 노래"가 될지도 모른다고 생각하는 것 같습니다. 섣불리 부르는 "부엉이의 노래"가 '님'을 더 망각하게 할 수 있죠.

근대는 우리를 '있게' 하는 바탕을 파괴하고 건설된 문명이죠. 우리는 생물학적으로 또는 사회적으로 또는 주민등록상으로 증명될 뿐입니다. 그런데 이것들이 우리를 정말 근원적으로 증명해주는 것일까요? 우리를 근원적으로 증명해주는 건 서양의 신(God)도 아닙니다. 신에 대해 이야기를 할 자리도 아니고 신이 무엇인지 논증할 역량도 제게는 없지만, 확실한 것은 우리는 우리를 가시적인 구조와 관계 속에서 규정하는 데 익숙해져 있는 게 사실입니다. 형태가 없는 것은 존재하지 않는다고 하는 말을 우리는 일상적으로 구사합니다. 그런데 경험적으로 우리가 감각하는 세계 말고 다른 세계는 정말 없는 것일까요? 이것은 상당히 난해한 주제입니다. 분명한 것은 우리가 감각하는 세계가 실재하는 세계이고 그 밖에는 없다고 한다면 극단적으로는 과거와 미래가 동시에 무의미해져버릴 수도 있습니다. 제가 '극단'까지 상정하는 것은, 극단은 일상에서 쉬 놓쳐버리기 쉬운 본질적인 문제를 사유하지 않는 데서 시작하기 때문입니다. 과거는 우리에게 여러 가지로 남아서 존재하고 미래도 우리가 사는 현재를 통해 시시각각 현전합니다. 그렇다면 미래는 어디에서 오는 것일까? 이렇게 생각하기 시작하면 심각해지지 않을 도리가 없죠.

이게 '신'이나 '님'과 무슨 관계인지는 깊이 생각해볼 주제입니다. 확실한 것은 우리는 생물학적으로 그리고 사회적으로 또 주민등록상으로만 증명되는 존재가 아니며, 우리의 마음에 살아 있는 희망이라든가 믿음이라든가 그리움 같은 것들은 논리만으로는 규명되기 힘듭니다. 차라리 우리의 마음을 살아 있게 하는 것은 우리가 '님'을 버리지 않을 때인지도 모릅니다. 무언가를 바란다는 것은 미래를 사는 것과 같을지도 모릅니다. 제가 가끔 사석에서 사람은 뒤로 100년 앞으로 100년을 살아야 한다고 말하는데요, 제 딴에는 뒤로 100년이 현재를 직접적으로 구성한다고 보기 때문입니다. 그리고 앞으로 100년을 살지 않으면, 즉 100년 앞을 상상하면서 살지 않으면 현재가 비루해질 수밖에 없다고 생각하기 때문입니다. 물론 이 '100년'은 제가 깊은 탐구를 통해 취한 시간이 아니라 일종의 직감입니다. 이럴 때 우리는 희망이나 그리움이나 믿음 같은 마음의 살아 있음을 간직하면서 살 수 있습니다.

마음의 살아 있음을 단지 호르몬 작용이나 결핍이나 부재의 경험으로 인한 심리 작용으로 설명하는 것은 인간을 너무 기계화해서 본다는 느낌입니다. 사실 오늘날 같은 극단적인 기계의 시대는 인간이 인간 자신을 기계화한 사태의 귀결 같기도 합니다. 무엇보다 결핍이나 부재의 경험은 누구나 갖고 있게 마련이고 그런 것 없는 인간은 존재하지 않습니다. 만일 결핍이나 부재의 경험 때문에 발생하는 부정적인 심리 작용도 우리가 뒤로 100년 앞으로 100년을 살지 못하니까 나타나는 현상일 수 있습니다. 인간이 과연 어느 만큼이나 뛰어난 존재인지는 자신할 수 없지만, 우리가 지금 처한 온갖 문제는 결국 '인간 문제'일 수도 있습니다. 시를 인간이 쓰는 한 시는 결국 인간의 문제를 빼놓을 수 없습니다. 시가 기계의 대척점에 설 수밖에 없는 것은 기계가 인간의 생활에만 작용하지 않고 마음과 정신, 영혼까지도 영향을 끼치기 때문입니다. 생명의 감각이라는 것이 그렇습니다. 감각 체계에 변화가 오면 내면도 그에 따라 변하기 마련입니다. 감각 체계에 변화가 왔는데 내면이 그것을 좇아가지 않을 때 찾아오는 것이 바로 '분열'입니다. 하지만 내면이 감각 체계를 나름 통제하면서 그 변화에 지지 않는 방식도 있습니다. 그 방식 중 하나가 시를 쓰는 일과 시를 읽는 일일 겁니다.

이제 「봄밤」이라는 시를 읽을 차례입니다.

'때'를 기다리는
마음

애타도록 마음에 서둘지 말라

강물 위에 떨어진 불빛처럼

혁혁한 업적을 바라지 말라

개가 울고 종이 들리고 달이 떠도

너는 조금도 당황하지 말라

술에서 깨어난 무거운 몸이여

오오 봄이여

한없이 풀어지는 피곤한 마음에도

너는 결코 서둘지 말라

너의 꿈이 달의 행로와 비슷한 회전을 하더라도

개가 울고 종이 들리고

기적 소리가 과연 슬프다 하더라도

너는 결코 서둘지 말라

서둘지 말라 나의 빛이여

오오 인생이여

재앙과 불행과 격투와 청춘과 천만인의 생활과

그러한 모든 것이 보이는 밤

눈을 뜨지 않은 땅속의 벌레같이

아둔하고 가난한 마음은 서둘지 말라

애타도록 마음에 서둘지 말라

절제여

나의 귀여운 아들이여

오오 나의 영감(靈感)이여

—「봄밤」 전문

이 작품은 김수영이 쓴 서정시에서 가장 높은 자리에 있지 않나 합니다. 아직은 1957년입니다. 가슴속 깊이 품고 있는 염(念)은 현실과 만나 줄탁동시(啐啄同時)를 일으키지 못하고 있고, 사람의 인생이라는 것은 날마다 눈에 띄는 변화가 일어나지도 않습니다. 월 단위로도 그렇고 웬만해서는 일 년이 넘어가도 여전히 자신이 제자리인 것만 같아 답답할 따름입니다. 우리가 자기 자신을 돌아볼 때, 큰 아쉬움과 더불어 조급함이 드는 일은 자주 있는 현상입니다. 저는 이 작품을 먼저 여러분의 일상 경험을 바탕에 두고 읽기를 권합니다. 어렵지 않은 시이면서 위로를 주는 시이기도 합니다. 조금 편안하게 읽어보죠.

지난밤에 시내에 나가 술을 많이 마신 모양입니다. 김수영이 술에 취하면 주사가 좀 있다는 증언들이 있습니다. 산문「낙타 과음」에서 본인이 직접 고백하기도 하죠. 만취했을 때 절제했던 감정과 욕망이 분출되는 경험은 누구나 가지고 있을 겁니다. 김수영의 가

습속에는 언제나 바라는 것이 이글거리고 있습니다. 하지만 현실도 자신의 생활도 진전이 없다고 느꼈을 것입니다. 다음 날 숙취가 어느 정도 가신 밤에 돌아보니, 어쩌면 하루종일 그랬을지도 모릅니다만, 자신이 너무 서두르고 있는 것은 아닌가 반성이 몰려옵니다. 그래서 너무 애태우지 말자는 다짐을 하고 있는데, 혹 그 애태우는 마음은 자신도 모르게 "혁혁한 업적"을 바라는 마음은 아닌가 하는 생각도 듭니다. 그날 밤도 평상시와 같이 마을에서는 개가 우는 소리가 들리고 멀리서 종소리도 들리고 달이 떴습니다. 이 변함 없는 일상을 살면서 완강한 현실에 당황하지 말자는 다짐을 해봅니다. 어제 마신 술에서 깨어나긴 했지만, 숙취 때문에 몸은 여전히 무겁습니다. 하지만 계절은 만물이 다시 생장하기 시작하는 봄입니다. 서두를 필요가 없지요. 「서시」에서 말했듯이 지금껏 "너무나 많은 첨단의 노래만을 불러왔"지만 나무는 자라고 있지 않습니까?

이 "한없이 풀어지는 피곤한 마음"으로는 서두른다고 될 일은 없습니다. 설령 자신의 꿈이 실현되지 않은 채 여느 때처럼 "달의 행로와 비슷한 회전을 하더라도" 말입니다. "개가 울고 종이 들리고" 멀리 한강 철교 위로 지나가는 기차의 "기적 소리가 과연 슬프다 하더라도" 서둘러서 될 일은 없습니다. 밤에 철교 위를 지나가는 기차를 본 경험이 있습니까? 저는 어릴 때 만경강 철교 위를 지나가는 기차를 보면서 그리움과 더불어 멀리 떠나지 못하는 슬픔을 느낀 적이 제법 있습니다. 멀리 나가면 여기와는 다른 세상이 있을 것만 같은 그리움은, 그러지 못하는 현실에 붙박여 슬픔으로 변합니다. 김수영의 깊은 곳에는 "빛"이 살아 있습니다. 그것 때문에 "거미처럼 몸이 까맣게"(「거미」) 타버릴 지경입니다. 인생이라는 것은 서두른다고 될 일도 아니지만, 그렇다고 가슴속에 있는 "빛"을 꺼버려서도 안 됩니다. "빛"이 자신의 시대를 태울지 어쩔지는 알 수 없지만, "빛"을 버리면 우리는 본능에 묶여버리고 맙니다. 생명의 본능은 우리의 이성적 사고를 통해 보다 더 높아져야 혹은 깊어져야 하고, 이성적 사고는 "빛"을 따라 종교로 고양됩니다. 제가 말하는 종교는 제도화된 기성 종교가 아닙니다. 본능과 이성, 그리고 감성과 영성은 우리 몸 안에 본래 갖춰져 있는 것인데 시대와 문화에 따라 하나가 다른 것들을 억압하면서 과대 대표합니다. 김수영의 시에서 영성은 지금껏 잘 조명되지 못했습니다만, 그것은 우리가 이성적 사고를 강요하는 '시대의 명령'에 익숙해서일지도 모릅니다. 근대주의적 사고방식이죠. 좋은 시는 과연 어딘가에 영성이 움직이기 마련입니다.

밤은 낮이 보이는 시간입니다. 낮에는 밤이 안 보일지 모르지만 밤은 낮을 환하게 비춰줍니다. "재앙과 불행과 격투와 청춘과 천만인의 생활" 등 "모든 것이 보이는" 시간이 밤입니다. 밤이 낮을 비춰준다고 해서 곧바로 밤의 시간이 낮의 시간을 대체할 수는 없습니다. 밤이 낮을 비춰준다고 해서 낮이 변하지도 않습니다. 니체처럼 병들었을 때는 그 눈으로 건강을 바라보고, 건강할 때는 건강한 눈으로 병듦을 바라보면서 병과 건강의 의미를 다시 정립할 수 있지요. 이 말은 삶과 죽음의 관계에도 적용해볼 수 있지 않을까 합니다.

물론 죽음은 경험 자체가 성립하지 않으니 죽음에서 삶을 바라본다는 것은 실제로 이뤄질 수 없습니다만, 죽음을 잊지 않는다면 삶을 죽음이라는 배경 앞에 세워두고 숙고할 수는 있습니다. 삶에게도 마찬가지입니다. 삶이 죽음을 바라본다는 것은 "죽음을 가지고 죽음을 막고"(「병풍」) 있는 다른 무엇('병풍')을 통한다는 의미입니다. 밤은 "모든 것"을 보이게는 합니다만 밤이 "모든 것"이 될 수는 없습니다. 그러니 "눈을 뜨지 않은 땅속의 벌레같이/ 아둔하고 가난한" 나는 아직 서둘러서는 안 됩니다. '때'를 안다는 것은 '때'의 부름에 제대로 응답한다는 뜻이지 작위적으로 '때'를 만든다는 것은 아닙니다. 근대적이고 진보적인 정신은 '때'를 만들지 못해 안달입니다. 하지만 '때'는 능동적으로 준비하고 그것을 맞기 위해 실천하는 사람에게만 찾아옵니다. 그리고 '때'를 오롯이 자신이 만드는 것도 아닙니다. '때'를 자기가 만든다고 생각하는 순간 우리는 그만 허방을 짚고 맙니다. 「도취의 피안」에서도 이런 인식을 읽은 적이 있습니다. "날짐승"에게 "너는 날아가면 고만이지만"이라고 말하죠.

「봄밤」은 자기 자신과의 대화입니다. 그래서 스스로에게 끝까지 "애타도록 마음에 서둘지 말라"고 다독이면서 맺습니다. 저는 이 작품에서 1연의 시작을 "애타도록"이라고 하고 마지막에도 "애타도록"이라고 한 점에 주목합니다. "절제여" 이하는 후렴구이니 실질적인 마지막은 역시 "애타도록"입니다. 자기 자신을 다독이는 작품이지만 현재 마음은 애가 타고 있다는 것을 이 시는 드러냅니다. 이 애타는 마음을 절실하게 느껴야 1958년을 지나서 찾아오는 피로와 비애와 꿈을 버리는 게 낫겠다는 체념을 온전히 이해할 수 있습니다. 그러니까 1958년에 들어와서 느끼는 지독한 피로와 비애는 이 애타는 마음의 반작용이고, 그것이 「달밤」에서 "이제 꿈을 다시 꿀 필요가 없게 되었나 보다"라고까지 가게 한 것입니다. 서둘지 말자고 자신을 다독이는 시간도 밤이고 "이제 꿈을 다시 꿀 필요가 없게 되었나 보다"라고 말하는 시간도 밤입니다. 「봄밤」이 1957년 봄에 쓰인 작품이고(발표는 12월입니다만), "지금 헛되이 보내고 있구나"라고 「봄밤」에서 한 걸음 후퇴한 「밤」은 1958년 작품이며, "이제 꿈을 다시 꿀 필요가 없게 되었나 보다"고 어쩌면 가장 밑바닥까지 내려간 「달밤」이 1959년 작품인데, 공통적으로 나타난 시간대는 '밤'입니다.

그리고 「봄밤」과 「밤」 사이에 「비」가 있는데, 이 작품도 밤에 쓴 시임이 작품 내용에서 드러납니다. 자신을 다독이는 「봄밤」을 거쳐 「비」에서 "비애"를, 다시 「밤」에서 '헛됨'을, 「달밤」에서 "이제 꿈을 다시 꿀 필요가 없게 되었나 보다"까지 김수영의 내면은 후퇴하고 있습니다. 이게 1957년에서 1959년 상반기까지 김수영의 내면 상태입니다. 다시 말하면 「봄밤」에서 느끼는 서정은 비관의 입구에 해당됩니다. 이 시를 계속 읽다 보면 자기 위로의 밝음을 느낄 수 있지만 그것을 어떤 슬픔이 떠받친다는 것은 것을 알 수 있는데, 이 시가 우리에게 오래 남는 이유는 밝음과 어둠이 동시에 공존하기 때문입니다. 물론 어둠은 뒤로 물러나 있습니다만 읽으면서 차오르는 어떤 슬픔 같은 게 있습니다. 누차 강조하는 바지만 좋은 시는 이렇게 여러 겹의 서정과 인식과 감각으로 싸여 있습니다. 그리고 좋은 시를 쓰는 시인의 정신과 내면도 여러 겹의 꽃잎을 가진 꽃으로 비유해도 무방한데, 가능한 한 그 꽃잎은 많은 게 좋습니다. 그렇다고 그 많은 꽃잎이 모두 다 개화해야 한다는 뜻은 아닙니다. 어떤 꽃잎은 뒤로 물러나 있고 어떤 꽃잎은 다른 쪽을 향해 있고 하면서 한 송이 꽃을 피워야 하죠. 아름다운 꽃은 화실에서 피는 꽃이 아니라, 많은 관계와 작용이 고스란히 담겨 있는 꽃을 이름하죠. 고유성은 폐쇄성이 아닙니다. 고유성은 관계를 통해 다른 사물의 고유성을 함축하면서 다른 사물을 고유하게 존재하도록 합니다.

어둠에서 밝음으로

「비」도 지금까지 읽어온 김수영을 떠올리면 가까이 다가갈 수 있습니다. 사실 김수영의 시에서 쉬운 시가 별로 없기도 하니까 그런가 보다 하는 여유도 필요합니다. 중요한 것은 "비"가 "비애"라는 사실입니다. 비가 내리는 밤에 비를 눈물이나 슬픔으로 은유하는 일은 그렇게 비범한 표현이 아닙니다. 하지만 김수영은 한걸음 더 나아가 "비애"라고 하고 있습니다. 내리는 비가 비애라고 하니 슬픔의 농도가 더 짙어지는 것 같습니다. 그것은 누군가를 부르면서 말하고 있기 때문에 더욱 그렇습니다. 그리고 시행을 짧게 끊었죠.

비가 오고 있다

여보

움직이는 비애를 알고 있느냐

　그런데 그 "비애"가 움직이고 있다고 합니다. 비가 조용히 오지 않고 바람에 흩날리고 있는 것을 "움직이는"으로 표현했을 수도 있습니다. 바람이 불어 흩날리다가 다시 조용히 내리다가 그러는 밤일지도 모르죠. 이런 상상은 우리의 느낌을 조금 더 풍부하게 해줍니다. 사실 화자의 정서 상태를 표현하고 있다는 게 작품상으로는 보다 '정확'하겠지만, 시를 좀 더 감각적으로 읽어야 정서 상태도 생기 있게 다가오는 법입니다. 이는 2연에서 여지없이 확인됩니다. "바람에 나부껴서 밤을 모르고"가 그것이죠. 2연은 1연을 풍부하게 반복합니다. "명령하고 결의하고/ 평범하게 되려는 일' 가운데"는 김수영이 갖고 있는 현실 인식과 정서가 뒤섞인 진술로 읽힙니다만 이 이상 해석은 견강부회를 불러올 수 있어 멈추겠습니다. 아무튼 그러한 가운데에 "비"는 "바람에 나부껴서 밤을" 모른 채 "언제나 새벽만을 향하고 있는"데, 그것이 '투명하게 움직이는 비애'라는 것입니다. 여기에서 김수영의 영혼 상태가 드러납니다. 자신은 "언제나 새벽만을 향하고" 있었지만 현실은 "명령하고 결의하고/ 평범하게 되려는 일"로 싸여 있습니다. 여기서 '비애'를 느끼는 거죠. 전쟁이 끝난 이후 가졌던 '설움'과 좀 다른 뉘앙스가 느껴지죠.

　'설움'이나 '비애'는 둘 다 수동적 정서인데, '비애'가 더 농도가 짙습니다. 『논어』에 "낙이불음 애이불상(樂而不淫 哀而不傷)"이란 말이 있는데, 공자가 『시경』에 있는 시를 가리켜 한 말입니다. 대략적으로, 기쁨을 노래하면서도 음란하지 않고 슬픔을 노래하면서도 마음 상하지 않게 한다, 정도로 풀이될 수 있습니다. '애이불상'에서 '애'가 '설움' 정도라면 슬퍼서 마음을 상한 상태가 '비애'가 아닌가 싶습니다. 하지만 여기에도 역설이 있습니다. 공자는 중용의 입장에서 말한 것이지만, 시는 사실 그 중용에만 머물면 안 됩니다. 아니, 중용은 '상(傷)'의 상태를 건너오지 않고는 다다를 수 없으며, 시는 중용보다는 '상'의 상태에서 나오고는 합니다. 조금 다른 맥락이지만, 4·19혁명 직후에 김수영은 「중용에 대하여」라는 작품을 쓰는데, 중용을 빙자한 세상의 "답보"와 "나타"를 질타합니다. 세상에서 보통 말하는 '중용'은 언제나 '어중간'이긴 합니다.

그런데 지금 김수영의 '비애'는 투명하면서도 움직입니다. 3연에 대해서는 섣부른 해석을 하지 않겠습니다. "명령하고 결의하고/ '평범하게 되려는 일'"과 같은 김수영의 현실 인식이라고 받아들이는 수준에서 멈추겠습니다. 투명하게 움직이는 비애라고 해도 마음에 그림자를 남기는 것은 자연스러운 현상입니다. 그것을 "사랑하라"고 "여보"에게 말하지만, 이 말은 시인이 자신에게 하는 말입니다. '시인'은 자아가 여럿인 존재를 이르는 말입니다. 이 말은 분열된 자아가 여럿이라는 말이 아니라 새롭게 창조된 자아가 여럿이라는 의미입니다. 물론 "여보"는 아내에 대한 실감에서 시작되었을 겁니다. 하지만 "여보"가 시 안으로 들어오면서 시인의 다른 자아가 됩니다.

그렇다고 해서 이런 해석이 기계적으로 적용되면 안 됩니다. 실제로 '여보'를 그대로 부를 수도 있기 때문인데, 어디까지나 시의 해석은 작품 내의 맥락에 근거해야 합니다. 가까운 예를 지나가는 말로 덧붙이자면, 「채소밭 가에서」의 "너"와 조금 있다가 살펴볼 「사랑」의 "너"는 다른 '너'입니다. 일률적인 해석 틀을 적용하게 되면 과잉 해석이나 과소 해석이 일어나기 마련이고 이것은 시인의 시를 읽는 게 아니라 읽는 이의 자기 주관을 앞세우는 일이 됩니다. 읽는 이가 자기 안에 다른 시를 쓰는 것은 좋은 독법이긴 합니다만 견강부회까지 좋다고는 할 수 없습니다. 김수영은 지금 자신의 비애를 노래하고 있습니다.

"너의 벽에 비치는 너의 머리를/ 사랑하라"는 전언은 바로 앞 구절, "비 오는 날의 마음의 그림자를/ 사랑하라"의 반복입니다. 여기서 "마음의 그림자"는 "비애"를 가리키는데 김수영은 이 "비애"가 존재의 '그림자'인 것을 알고 있습니다. 우리가 역사를 사는 인간인 한 그림자를 갖게 되는 것은 거의 필연입니다. 여기서 그림자는 부정적인 무엇이죠. 「봄밤」에서 말한 '서두르는 마음'도 그림자입니다. 「봄밤」에서 나타나는 "서두르는 마음"을 「채소밭 가에서」에서는 다독이는 것을 알 수 있습니다. 역사적인 존재인 인간이 존재의 그림자를 갖는 것은 필연이라고 해서 그것을 방기하는 것은 옳지 않습니다. 그림자는 다른 그림자를 불러오기 때문이지요. 그림자는 계속 생기지만 우리는 이 그림자와 싸우는 삶을 살아야 합니다. 그림자의 번식을 용인하면 언젠가는 존재를 집어삼킵니다. 자아의 붕괴를 불러들일 수도 있고 우리를 광기에 빠뜨릴 수도 있으며 드디어 파괴의 편에 서게도 합니다. 정치적으로 돌변하면 권력과 지배와 자리를 탐하게 되죠. 혹은 경제적 부에 집착하게도 합니다. 우리 주위에도 그런 사람들이 점점 늘어나고 있지 않습니까? 「비」에서 "마음의 그림자를/ 사랑하라"는 「채소밭 가에서」에서는 "기운을 주라"와 통합니다. 왜 기운을 주라고 주술을 읊듯 하는 걸까요? 지금 "바람이 너를 마시기 전"이기 때문입니다. 여기서 "바람"은 그림자가 번식하면서 일으키는 바람이지 다른 것이 아닙니다. 신령한 존재도 아니고 자연의 바람도 아닙니다.

　「비」에서는 이렇게 김수영이 비애의 상태에 있지만 그래도 아직은 "비 오는 날의 마음의 그림자를/ 사랑하라"고 자신에게 말할 수 있는 단계입니다. "결의하는" 일도 "변혁하는" 일도 "비애"인 현실에서 "오늘은 너 대신 비가 움직이고" 있지요. "너의 '종교'를 보라"는 진술은 여전히 모호합니다만, 내리는 비가 갖게 하는 "마음의 그림자를/ 사랑"하는 일이 지금의 종교라는 뜻 같기도 합니다. 지금 현실("비")도 움직이고 비애도 움직입니다. 요동이라고 할까요, 혼란이라고 할까요. 하지만 "너무나 많은 움직임" 속에서 "밤을 모르고/ 언제나 새벽만을 향하고 있는" 비애는 갈 곳을 모르고 있습니다. "첨단"은 그만큼 좌절하기도 쉬운 게 세상 이치입니다. 김수영은 자신의 꿈이 "첨단"이라고 생각했던 모양입니다. 문학적 자신감이랄까 긍지랄까 아무튼 그런 겁니다. 그런데 지금은 '첨단의 아침놀'이 뜨는 "새벽"이 아니라 "밤"입니다. 길이 보이지 않는 시간입니다.

「서시」에서 "부엉이의 노래를 부를 줄도 안다"고 했지만 그 노래
는 "지지한 노래"요 "생기 없는 노래"라고 했지요? 그래서 지금 "휴
식"이 필요하다는 것을 김수영은 알고 있었으나 그 휴식은 모든 것
을 방기하는 휴식이 아닙니다. "움직이는 비애"가 마지막 연에서
"움직이는 휴식"으로 화하는데, 그러니까 휴식도 비애의 다름 아니
지만, 기어코 "그래도 무엇인가가 보이지 않느냐"고 묻습니다. 그런
데 어쩐지 몸부림처럼 느껴지지 않습니까? 이런 정서는 다음에 읽
게 될 「그 방을 생각하며」에서도 다시 확인할 수 있습니다. 시를 텍
스트로만 읽어서는 안 되는 이유는 텍스트 이면에는 언어로 드러나
지 않은 '거시기'가 숨어 있기 때문입니다. 시인의 복잡한 정서일 수
도 있고, 아직 앎으로 환원되지 않은 모름일 수도 있습니다. 시는 앎
을 근거로 해서 시작하지만, 미처 언어가 되지 못한 정서나 무의식
을 향해 나아가기도 합니다. 그것은 단순히 인식의 확장이 아닙니
다. 새로운 의미를 발굴하는 것이기도 하고 시인 자신도 모르는 심
연을 향한 조명이기도 합니다. 김수영이 산문 「변한 것과 변하지 않
은 것―1966년의 시」에서 "모든 시의 미학은 무의미의―크나큰 침
묵의―미학으로 통하는 것이다"라고 말한 것도 저는 이렇게 이해
하고 있습니다.

　이왕 이 문제적 산문을 언급했으니 한두 마디 더 해보도록 하지
요. 왜냐하면 이 글에서 지금의 우리에게도 매우 유의미한 이야기
를 하고 있기 때문입니다.

요컨대 사회 현실에 관심을 갖고 있는 시들이 새로운 시적 현실을 발굴해 나가는 것과 같은 비중으로 존재 의식을 상대로 하는 시는 새로운 폼의 탐구를 시도해야 하는데, 우리 시단에는 새로운 시적 현실의 탐구도 새로운 시 형태의 발굴도 지극히 미온적이다. 소위 순수를 지향하는 그들은 사상이라면 내용에 담긴 사상만을 사상으로 생각하고 대기(大忌)하고 있는 것 같은데, 시의 폼을 결정하는 것도 사상이라는 것을 잊어서는 안 된다. 이런 미학적 사상의 근거가 없는 곳에서는 새로운 시의 형태는 나오지 않고 나올 수도 없다.

여기서 "미학적 사상"이라는 것에 대해서 더 이상의 자세한 진술은 없습니다. 아무래도 미학을 결정하는 사상, 혹은 아름다움이 표현하고 있는 사상 정도로 이해가 됩니다. 그래서 시에서 사상은 명시적으로 언명된 것만이 아니라는 지적도 합니다. 시에서 사상은 단순히 시인의 주의·주장만을 가리키지 않으며 시인의 주의·주장이 "시의 폼을 결정하는" 데까지 나아가려면 그 사상이 시인의 무의식, 즉 온몸의 구성 요소가 되어야 하는 것입니다. 이럴 때 앎을 근거로 출발한 시 짓기는 아직 언어화가 되지 않은 자신의 심연까지 파고들 수 있습니다. 시인의 사상은 시의 텍스트만 창출하는 것이 아니고 텍스트를 떠받치는 거대한 바다를 이루죠. 이 바다의 출렁임은 그러나 텍스트를 통해 감지됩니다. 그리고 이 바다가 어떤 바다인지 결정하는 것은 시인의 연마나 쟁투와 관계가 있습니다. 물론 텍스트의 성립도 시인의 연마와 쟁투가 결정하지만, 텍스트를 만드는 바다도 그 연마와 쟁투가 결정합니다. 시의 언어는 텍스트만을 가리키지 않고 이 바다를 포함합니다. 왜냐면 바다의 출렁임에 따라 텍스트가 다르게 나타나기 때문이죠. 여기서 텍스트는 바다가 일으키는 물방울 또는 파도입니다. 시를 읽을 때 먼저 '느낌'을 얻으라고 주문하는 것은 이런 이유 때문입니다.

마지막 행 "그래서 비가 오고 있는데!"는 이 시를 쓸 당시 김수영의 "비애"를 더욱 강화하는 역할을 합니다. 왜냐면 그는 비애 속에서도 "새벽을 향하고 있는" 마음을 놓지 않기 때문입니다. 여전히 "새벽을 향하고 있는" 마음이지만 김수영은 어느새 밤 속으로 빠져들고 맙니다. 이것은 김수영 자신의 책임도 책임이지만 역사적 조건이 더 크게 작용합니다. 1950년대 후반, 사회는 점점 더 암흑 속으로 빠져들어가고 있었으니까요. 김수영의 '참여시'는 이렇게 깊은 연원을 가지고 있습니다. 이트록 4·19혁명에 몰입했던 것은 "새벽을 향하고 있는" 1950년대를 살았기 때문입니다. 그리고 말년에 내놓은 '온몸의 시'도 그가 그렇게 살아왔기 때문에 가능했을 것입니다.

172

'밤'으로의
퇴행

이후에 벌어진 일종의 퇴행은 「밤」에 와서 잘 드러납니다. 첫 행부터 "부정한 마음아"라고 시작하죠. 그러면서 "너는 이런 밤을 무수한 거부 속에 헛되이 보냈구나// 또 지금 헛되이 보내고 있구나"라고 말합니다. 심지어 "하늘 아래 비치는 별이 아깝구나"라고까지 합니다. 이 작품은 1958년 11월에 발표된 작품인데, 이 이상 어떤 진술도 또 재현도 없어서 확대해석하기는 힘들지만, 「봄밤」을 기점으로 김수영이 어둠 속으로 빠져드는 것은 확실해 보입니다. 그런데 「동맥(冬麥)」에서 그것을 이겨내려고 시도를 하죠. 하지만 극복이라는 것은 의지나 결의만으로는 되지 않죠. 「동맥」은 여러모로 읽어볼 만한 작품입니다. 이 시에서 시의 화자는 그래도 "믿는 것이" 있다고 합니다. 김수영의 퇴행은 자포자기로서의 퇴행이 아니라 일종의 '건강한 – 병듦'입니다. 형용모순으로 보이지만 삶이나 역사는, 그리고 그에 응전하는 한에 있어서 우리의 영혼과 정신은 논리학적인 형용모순 같은 개념으로 포착되지 않습니다. 건강을 잃지 않았으니 "내 몸은 아파서/ 태양에 비틀"거리지만 '믿음'을 저버리지 않았던 겁니다. 1연에서 "내 몸은 아파서/ 태양에 비틀거린다"를 두 번 반복한 것은, 그만큼 아팠기 때문이죠. 김수영에게는 절망과 함께 몸이 아파버리는 특징이 있습니다. 4·19혁명을 최종적으로 좌절시킨 5·16쿠데타 직후에도 그랬습니다.

앞에서 이미 '반복'에 대해서 잠깐 말했지만, 제 경험으로 보자면 진정한 시인(작가)은 무언가를 반복하는 경향이 있는 듯합니다. 우리는 시의 새로움을 말할 때 주로 형식이나 표현된 언어의 새로움을 말하는 습관이 있습니다만, 진짜 새로움은 김수영처럼 "새벽"을 향한 믿음을 잃지 않으면서 그것을 시적으로 구현해내려는 고투에서 이루어진다고 저는 믿습니다. "새벽"은 물론 고정된 실체가 아닙니다. 그리고 유토피아도 아니지요. 또 개인의 수양으로 도달하는 내적인 깊이만을 가리키지도 않습니다. 어쩌면 그 모두를 포괄하는 것인지도 모르겠습니다. 김수영에게 시는 그것에 이르는 경로였죠. 4·19혁명이 일어난 그해 6월 17일의 일기에는 이런 구절이 있습니다. "말하자면 혁명은 상대적 완전을, 그러나 시는 절대적 완전을 수행하는 게 아닌가."

2연에서 김수영의 믿음은 "뒤집어진 세상의 저쪽"으로 나타납니다. 이 말을 꼭 정치적으로 해석할 필요는 없습니다만, 정치적인 해석을 피할 도리도 없어 보입니다. 어쨌든 지금 자신이 처한 현실의 반대편을 말하고 있는데, 거기에서는 자신이 "비틀거리지도 않고 타락도 안 했으리라"고 합니다. 뒤집어 말하면 자신의 "타락"은 자신이 살고 있는 현실과 관계가 있다는 뜻이며, 이 "타락"은 현실의 관점에서 "타락"일 뿐, 도리어 자신의 건강을 자신하고 있는 듯 보입니다. 그러니까 지금 김수영은 "뒤집어진 세상의 저쪽"을 꿈꾸다 몸도 아프고 "타락"을 한 것인데, 굳이 "타락"이라 부른다면 그것은 자신의 믿음이 흔들리는 것을 가리킵니다. 그는 이어서 말하니다. "그러나 이 눈망울을 휘덮는 시퍼런 작열의 의미가 밝혀지기까지는/ 나는 여기에 있겠다". 도대체 내가 바라는 "뒤집어진 세상의 저쪽"은 무엇인가? 이것이 밝혀지기 전까지는 "여기에" 충실하겠다는 겁니다. 앞에서 제가 사유에 대해 잠깐 언급했는데, 지금 김수영은 자신을 이렇게 아프게 하고 그 아픔을 견딜 수 없어 "부정한 마음"을 갖게 하는 "뒤집어진 세상의 저쪽"에 대해서 더 깊은 사유를 해보겠다는 겁니다. 바로 "여기에" 서서요.

3연은 "여기"에 대한 시적 묘사입니다. 읽어보도록 하지요.

> 햇빛에는 겨울 보리에 싹이 트고
> 강아지는 낑낑거리고
> 골짜기들은 평화롭지 않으냐—
> 평화의 의지를 말하고 있지 않으냐

"평화의 의지"가 살아 있는 "여기에"서 "뒤집어진 세상의 저쪽"을 더 깊이 사유하고 더 깊이 믿고 더 깊이 사랑하겠다는 뜻 아니겠습니까? 그런데 "햇빛에 겨울 보리에 싹이" 트는 "여기"가 곧 '저기'입니다. '저기'는 개척되는 게 아니라 "여기"에서 싹이 튼 덩굴이 담벼락을 넘어가 '저기'에서 피우는 꽃이며 열매입니다. '저기'는 "여기"의 반대편에 있는 것이 아닙니다만, 어쨌든 지금은 "적막"의 시간입니다. 동시에 "겨울 보리에 싹이" 트는 시간입니다. "겨울 보리에 싹이" 트면서 봄은 어쨌든 이곳으로 오는 중일 겁니다. 미래라는 시간은 신비의 영역도 아니고 환영도 아닙니다. 오직 "여기"에 있습니다.

> 울고 간 새와
> 울러 올 새의
> 적막 사이에서

"울고 간 새"가 떠나고 지금 나뭇가지는 적막에 휩싸여 있습니다. "울러 올 새"는 아직 오지 않았기 때문입니다. 『리얼리스트 김수영』에서 저는 이 구절을 지나치게 확대해석했습니다. "적막 사이"는 적막과 적막을 가리키는 것이 아닙니다. 느낌 그대로 "울고 간 새와/ 울러 올 새" 사이에 있는 "적막"을 가리킬 뿐입니다. "적막 사이에서"를 '적막 속에서'로 읽으면 조금 의미가 명료해지려나요.

그런데 여기서 "새벽"에 대해 자꾸 파고들면 이 시간은 문제 풀이를 하는 국어 시간이 될 수 있습니다. 김수영의 '절대적 완전'은 초기 시부터 줄곧 추구됐다는 게 이번 김수영 읽기의 제 가설이자 주제입니다. 그리고 저는 지금까지 작품을 통해서 증명해오고 있다고 생각합니다. 다른 의견이나 비판도 있을 수 있습니다만, 작품을 떠난 해석은 경계하려 했습니다. 하지만 읽으면 읽을수록 제 가설과 전제가 전혀 엉뚱한 것은 아니라는 확신이 드는군요.

『노자』에서 '도(道)'를 일러서 "도가도비가도(道可道非常道) 명가명비상명(名可名非常名)"이라고 하죠. 1장 첫머리가 이렇게 시작됩니다.

도를 도라고 말하면 더 이상 도가 아니고, 도에 이름을 붙였다 해도 그 이름으로 계속 부를 수는 없다, 대략 이런 뜻입니다. 4장에서는 이런 말도 나옵니다. "나는 도가 어디서 생겨났는지는 알 수 없으나 하늘보다 먼저인 듯도 하다(吾不知誰之子 象帝之先)." 그래서 다만 '도'라고 한다는 것인데, 그것은 세상 만물을 스스로 그러하게 만든답니다. 우리가 일상적으로 쓰는 속어로 '도가 텄다'고 하죠? 그것은 애쓰지도 않으며 억지도 없는데 그 방면에서 하는 일을 자연스럽게 잘 해낸다는 뜻이잖습니까? 무슨 매뉴얼이나 설계도가 있는 것도 아닌데 척척 해내면 '도가 텄다'고 하죠. 그것은 몸이 해내는 일이기 때문일 겁니다. '도'는 여러 이름으로, 여러 비유로, 여러 언어로 말할 수는 있지요. 어쨌든 우리에게 언어로 전해져야 하니까요. '도'는 언어가 없으면 전달되지 않고 기억되지 않습니다.

「생활」, 「달밤」, 「사령(死靈)」, 「싸리꽃 핀 벌판」 등은 1959년 상반기 즈음에 쓴 작품들인데 상당히 우울하고 피로를 토로합니다. 작품 자체는 그렇게 눈여겨볼 만한 작품들이 아닙니다만, 김수영이 1959년 하반기에 들어 기지개를 켜다가 1960년에 4·19혁명을 맞이하는 내면의 드라마를 제대로 관람하려면 훑어는 봐야 할 것 같습니다.

「생활」의 마지막 연입니다.

> 생활은 고절(孤絶)이며
> 비애였다

그처럼 나는 조용히 미쳐 간다

조용히 조용히……

「달밤」에서는 이렇게 말합니다.

이제 꿈을 다시 꿀 필요가 없게 되었나 보다

나는 커단 서른아홉 살의 중턱에 서서

서슴지 않고 꿈을 버린다.

다른 작품의 예도 들어볼까 했는데, 그만둬도 상관없을 것 같습니다. 생활을 긍정하고 거기에서 구체적인 목표를 세우는가 했지만 어느새 김수영은 생활의 거미줄에 걸려버렸습니다. 그런데 이 말에는 부연 설명이 필요할 듯합니다. 생활이 과연 "시를 배반하고 사는 마음"(「구름의 파수병」)을 심어준다고 하더라도 김수영은 분명 "새로운 목표는 이미 나타나고 있었다"(「영롱한 목표」)고 하지 않았습니까? 어쨌든 생활이 그에게 어떤 아포리아를 던져준 것은 맞는데, 생활이라는 것이 사회나 국가에 연결되어 있다는 것은 우리 누구나 수긍할 수 있을 것입니다. 김수영 자신이 이에 대해 어떤 시적 기록도 남겨놓지 않았기에 성급한 판단은 금물입니다만, '여기'에 충실한 리얼리스트로서 김수영이 그것을 놓쳤을 리가 없습니다. 많이 쓴 것은 아니지만 일기도 1957년부터 4·19혁명 이전까지는 쓰지 않았는지 발굴이 안 됐는지 아무튼 없습니다. 여기서 김수영의 생활이 단지 자신의 가족만의 생활이었는지는 물어볼 필요가 있습니다. 1956년에 쓴 「예지」라는 작품에는 이런 구절이 있습니다.

> 바늘구멍만 한 예지의 저쪽에서 사는 사람들이여
> 나의 현실의 메트르여
> 어제와 함께 내일에 사는 사람들이여
> 강력한 사람들이여……

'메트르(maître)'에는 '주인, 선생, 지배자라는 프랑스어'라는 각주가 붙어 있네요. 전체 작품을 보면 더 잘 이해가 되겠지만, 아무튼 이 시는 김수영이 자신의 이웃을, 민중을 의식한 생생한 증거입니다. 자신을 "바늘구멍만 한 예지(叡智)를 바라면서 사는 자"라고 하면서 다시 "설움"을 토로하는데, "차라리 부정한 자가" 되면 "벗들과" "이웃 사람들의 얼굴이/ 바늘구멍 저쪽에 떠오르리라"고 합니다. 이렇게 김수영의 생활은 자신만의 생활이 아니었던 것입니다. 그리고 "예지의 저쪽에 사는 사람들"은 자신의 주인, 선생이며 "강력한 사람들"이라는 겁니다. 기독교 철학자 유영모, 함석헌이 발견한 민중도 이런 민중입니다. '씨올'이죠. 씨올은 '맨사람'이면서 역사의 실질적 주체입니다. 억압받고 천대받으면서도 불꽃 같은 생명을 품고 있습니다. 이 생명을 꽃피우면서 자신을 살리고 자신을 살리는 일이 동시에 세상을 살리는 일이 됩니다. 십자가를 진 역사의 주체가 민중인데, 예수가 고난을 짊어진 민중 가운데에서 살고, 죽고,

부활했듯이 그러한 고난을 죽지 않고 살아가는 존재가 곧 예수라는 믿음을 두 사람은 가졌습니다. 유영모와 함석헌 같은 분들을 통해서 민중신학이 등장한 것은 우리 지성사의 빛나는 흐름이지요. 김수영이 유영모, 함석헌을 이 당시부터 알았는지는 정확하지는 않지만, 함석헌을 읽었다는 증거는 남아 있습니다. 4·19혁명 1주년을 맞아 쓴 산문 「아직도 안심하긴 빠르다」에는 다음과 같은 독설을 남겼습니다.

> 오늘이라도 늦지 않으니 썩은 자들이여, 함석헌 씨의 잡지의 글이라도 한번 읽어 보고 얼굴이 뜨거워지지 않는가 시험해 보아라. 그래도 가슴속에 뭉클해지는 것이 없거든 죽어 버려라!

사랑을 배우다

이제부터는 김수영이 다시 믿음을 회복하는 작품들을 살펴보겠습니다. 연보에 따른 추정이니 김수영의 내면을 속속들이 알 수 있는 것은 아닙니다만, 이 회복의 기미는 「동야(凍夜)」에서 시작됩니다. 여기서는 「사랑」과 회복의 기운이 완연해 보이는 「파밭 가에서」를 살펴보겠습니다.

어둠 속에서도 불빛 속에서도 변치 않는

사랑을 배웠다 너로 해서

그러나 너의 얼굴은

어둠에서 불빛으로 넘어가는

그 찰나에 꺼졌다 살아났다

너의 얼굴은 그만큼 불안하다

번개처럼

번개처럼

금이 간 너의 얼굴은

—「사랑」 전문

개정판까지만 하더라도 이 작품은 4·19혁명 이후에 쓴 것으로
알려졌습니다. 그래서 한동안 "사랑"은 4·19혁명을 가리키고 그 혁
명이 진전되지 않는 불안을 시로 썼다고 해석되었죠. 하지만 이번
재개정판에서는 1960년 1월 31일에 발표한 것으로 고쳐졌습니다.
그 뒤로 연구자나 비평가들이 어떻게 해석했는지 다는 모릅니다만,
이 시를 연애시로 보는 연구자도 있는 것 같습니다. 하지만 아무리
읽어봐도 연애시 같은 감정은 느껴지지 않습니다. 도리어 관념적인
냄새가 나지 않나요? 앞에서 잠깐 말했지만 여기서 "너"는 일테면
「파밭 가에서」의 '너'와 다릅니다. 텍스트 그대로 읽자면, 너로 인해

서 "변치 않는/ 사랑을 배웠다"는 겁니다. 사랑을 배운다는 것은 무엇을 의미하는 걸까요? 잠시 한참 뒤에 쓴 「사랑의 변주곡」으로 가볼까요. 다음 대목입니다.

> 그리고 이 사랑을 만드는 기술을 안다
> 눈을 떴다 감는 기술―불란서 혁명의 기술
> 최근 우리들이 4·19에서 배운 기술

이 시에서도 사랑을 배웠다는 진술이 나옵니다. 혁명이라는 사건을 통해 배웠다고 하고 있죠. 「사랑의 변주곡」이 「사랑」의 확장판 같긴 한데, 그리고 무언가가 반복되고 있다고도 느껴집니다만, 두 작품 사이에는 결정적인 차이가 있죠. 바로 혁명을 겪기 전과 후의 차이입니다. 정확하게 「사랑의 변주곡」은 혁명과 연이은 쿠데타 이후 긴 모색 끝에 도달한 작품입니다. 그러나 '사랑을 배우다'는 공통점이 있고, 「사랑」에는 역사적 계기가 개입된 게 아니라 순전히 정신의 힘으로 일어난 시인 자신의 내면을 보여주고 있다는 차이가 있습니다. 따라서 「사랑의 변주곡」은 「사랑」보다 구체적인 작품이고 또 웅장한 작품입니다. 이것이 역사적 사건을 경험했느냐 아니냐의 차이기도 하죠. 시는 역사적 사건과 관계없다는 예술파들의 지론은 창백한 관념일 뿐입니다. 관념 자체가 역사에 빚지고 있다는 사실을 인정하질 않습니다. 그래서 개인의 구도 행위는 될 수 있을지 모르지만, 그것은 그야말로 소승(小乘)적인 시 쓰기에 불과하죠.

여기서 "너"는 무어라고 규정할 수 없지만 김수영에게 사랑을 가르쳐 준 존재인 건 맞습니다. 다른 작품에서 등장하는 "꿈"이라 든가 "별", "새벽"이 "너"라는 인격체로 등장하는 순간입니다. 이런 방식은 시에서 사실 너무도 흔하지요. 추상적인 절대자를 '그대'라 고 부른다든가 만해처럼 '님'으로 부르는 방식입니다. 따라서 이것 들이 구체적으로 무엇이라고 말하기는 불가능합니다. 이것들을 구 체적으로 말하는 순간, 예를 들어 '초월'이 대지가 아닌 천상이 되 는 것과 마찬가지입니다. 김수영이 천상을 지향했다는 증거는 없습 니다. 훗날 "대지에 발을 디딘 초월시"(「새로운 포멀리스트들」) 운운했 던 데에서도 드러나듯이 그는 대지를 떠나지 않은 시를 대망한 시 인이었습니다. 이는 멀리 갈 것도 없이 앞에서 읽은 「동맥」에서도 드러나죠. "이 눈망울을 휘덮는 시퍼런 작열의 의미가 밝혀지기까 지는/ 나는 여기에 있겠다"고 합니다. 따라서 "꿈"이나 "별", "새벽", "너"는 대지에 서 있겠다는 의지와 태도를 가질 때에만 느낄 수 있 는 존재에 가깝습니다. 제 생각에는 김수영에게 하이데거의 영향이 있다면 바로 이 지점이 아닐까 하고요, 하지만 그것은 하이데거에 게 일방적인 사사를 받은 것이 아니라 김수영의 시적 지향 자체가 하이데거와의 만남을 주선했다고 보는 게 맞을 겁니다. 그런데 이 존재를 의식적으로 또 관념적으로 추구하지 않고 무의식적으로 믿 은 듯합니다. 희망은 가능/불가능의 문제이지만, 믿음은 실재에 관 계됩니다. 믿음은 아직 현실화되지 않은 실재를 향합니다. 실재가 현실에 드러나지 않았지만 어딘가에 잠재되어 있다는 느낌은 희망이 아니라 믿음을 주죠. 그리고 그 믿음 속에서 "사랑을 배웠다"고 하면 어떨까요.

만일, "너"를 앞에서 얘기한 "벗들"과 "이웃들", 즉 민중이라고 읽으면 전혀 엉터리는 아닙니다만 느낌의 진폭이 빈궁해지지 않을까 싶습니다. 아무튼 "너"이든 "꿈"이든 "새벽"이든 그것은 김수영의 마음과 정신에 웅크리고 있는 '비원'입니다. 그리고 이 비원은 개인적인 것만은 아닙니다. 역사를 통해 구체적으로 삶이 변화해야죠. 앞에서 한용운이 "장미화의 님이 봄비"라고 쓴 것에 대해 말했는데요, 만일 김수영을 "장미화"로, 아직 이뤄지지 않은 비원을 "봄비"로 대입시키면 어울리겠습니까? 지금 "장미화"에게는 "봄비"가 절실합니다. 하지만 봄비가 아직은 오지 않습니다. 오기는커녕 한용운의 시대는 그 "봄비"가 간 시대였습니다. 비록 한용운 자신이 보내지 않았지만 말입니다. 그래서 한용운이 할 수 있는 일은 "제 곡조를 못 이기는 사랑의 노래"를 부르는 것밖에 없습니다. 김수영도 마찬가지인 것 같습니다.

지금 중요한 것은 "너로 해서" "변치 않는/ 사랑을 배웠다"는 사실입니다. 김수영이 '다시' 믿음을 회복했다고 말한 것은, 그 사랑을 "어둠 속에서도" 배웠다고 말했기 때문입니다. 그런데 꼭 "어둠 속에서"만 배운 것은 아니죠. "불빛 속에서도" 배웠습니다. 다시 말하면 "너"가 가르쳐주는 "사랑"은 "어둠 속에서도 불빛 속에서도" 있긴 있었습니다. 그것을 지금 다시 배우고 있는 것인데, "어둠에서 불빛으로 넘어가는/ 그 찰나에 꺼졌다 살아났다"고 합니다. 이 말은

"어둠 속에서도" "사랑"은 있었지만 그것을 자신이 잃고 있었다는 고백이 되기도 합니다. 이유는 밝히지 않았지만 "어둠에서 불빛으로 넘어가는/ 그 찰나에" 꺼져 있던 "사랑"이 살아났습니다. 어두운 내면에 불이 들어온 것입니다. 하지만 회복은 회복인데 그 회복된 상태가 안착할 수 있는 현실의 지점이 부재하기에 "불안하다"고 말합니다. 어두운 내면에 밝은 불빛이 들어오는 "찰나"에 잃었던 "사랑"을 다시 배우고는 있지만 어디까지나 주관적인 내면의 문제입니다. 그것이 입증될 현실은 아직 부재합니다.

여기서 말하는 "어둠 속"은 앞에서 말했던 피로, 비애, 좌절 같은 상태를 가리킵니다. 「봄밤」에서 시작해 「싸리꽃 핀 벌판」까지는 확실히 "어둠 속"이라고 부를 만합니다. 3연에서 "번개처럼/ 번개처럼/ 금이 간 너의 얼굴"이라고 했는데, 아무래도 하늘은 어두운 상태입니다. 먹구름이 끼었는데 번개가 지나가면 그 주위가 순간 환해졌다가 다시 사라지죠. 이 이미지는 '불안한 너의 얼굴'과 의미가 상통합니다. 다만 번개가 가르고 간 먹구름이니 하늘에는 어떤 전조들이 가득하죠. 단순한 소나기의 전조일지 거친 폭우의 전조일지 그것은 잘 모릅니다. 하지만 뭔가 아슬아슬한데, 아무래도 긍정적인 쪽으로 기운 아슬아슬함만 같습니다. "번개"에서 풍기는 뉘앙스가 아무래도 그렇지 않습니까?

혁명의 준비를
마치다

"너의 얼굴은 그만큼 불안하다"는 말은 아직 김수영이 완전히 회복되지 않았다는 고백으로 받아들여도 좋을 것 같습니다. "얼굴"은 "너"의 표현형이지 "너" 자체는 아닙니다. "너"는 언제나 존재하지만 오직 "얼굴"을 통해서만 우리 현실에 나타납니다. 그리고 "너"에게 "얼굴"을 부여하는 것은 "너" 자신이 아니라 우리의 인식과 언어입니다. 3연에서 "번개처럼/ 금이 간 너의 얼굴"이라고 할 때, 지금 김수영의 하늘은 맑지 않다는 것을 의미합니다. 맑지 않던 하늘이 활짝 열린 것은 김수영 자신도 전혀 예측할 수 없었던 4·19혁명을 통해서죠. 지금은 고인이 된 최하림 시인은 『김수영 평전』에서 "「사령(死靈)」을 씀으로써 김수영은 사실상 4·19를 맞을 내면의 준비를 끝마치고 있는 셈이 된다"고 했지만, 사실은 「사랑」을 씀으로써 "4·19를 맞을 내면의 준비를 끝마치고" 있었던 겁니다.

저는 「사랑의 변주곡」을 김수영이 쓴 혁명시의 최종점이라고 보는 입장인데요, 왜냐하면 혁명이라는 것이 일회성 봉기로 이루어질 수 없다는 진리에, 짧지 않은 방황과 모색을 통해 도달했기 때문입니다. 그런데 혁명 직전에 '사랑'을 말했다가 다시 여러 우회로를 거쳐 도달한 세계도 '사랑'이라는 점이 흥미롭지 않습니까? 김수영의 '사랑'에는 이런 깊이가 있습니다. "너"를 통해서 사랑을 배웠지만 뒤집어 읽으면 "너"를 사랑함으로써만 사랑은 내게 오는 것입니다.

사랑을 배운다는 것은 사랑을 한다는 것입니다. 우리는 사랑을 함으로써만 사랑을 배울 수 있고 사랑을 배울 수 있을 때만 사랑을 할 수 있습니다. "너로 해서" 배운 사랑이 구체적인 현실 속에 폭포수처럼 쏟아진 것이 4·19혁명 직후의 시들인데, 사랑을 잃게 한 것은 5·16쿠데타였죠. 훗날 다시 이 사랑을 변주한 노래를 장엄하게 부를 수 있었던 것은 우리에게 참으로 축복이라고 말하지 않을 수 없습니다. 「사랑」과 「사랑의 변주곡」 사이에는 참으로 많은 일들이 있었습니다. 그 많은 일들을 점검하지 않고는 「사랑의 변주곡」을 읽을 수 없습니다. 「사랑의 변주곡」을 읽을 때 즈음에는 제 말이 무슨 말인지 이해하실 수 있을 겁니다. 여기서는 아직 김수영의 '사랑'이 불안하다는 것, 하지만 혁명을 맞을 내면의 준비를 점점 갖춰 가고 있다는 것만 짚어두기로 하지요.

그런데 「사랑」은 급작스럽게 써진 시가 아닙니다. 제가 「동야(凍夜)」에서 회복의 기미가 보인다고 했는데, 여기서는 「미스터 리에게」를 잠깐 살펴보도록 하겠습니다. 이 작품은 1959년에 탈고한 것으로 추정되는데, 생활에 대한 그간의 부정적 인식이 서서히 걷히고 있는 것을 확인할 수 있습니다. 드디어 "생활을 아는 자"가 되어 가고 있으니까요. 이 생활이라는 것이 자기 혼자만의 문제가 아니라는 인식(2연)에 이어서 3연에서는 이렇게 말하죠. "생활을 아는 자는/ 태양 아래에서/ 생활을 차던진다". 그리고 나서 중요한 발언을 합니다. "문명에 대항하는 비결은/ 당신 자신이 문명이 되는 것이다".

우리는 오랫동안 비판이 곧 창조여야 한다는 진리를 져버린 채 살았습니다. 비판은 단지 비교해서 평하거나 반대하거나 미워하거나 하는 식으로 받아들였고, 세칭 대안은 없어도 비판할 수 있는 '언론의 자유'를 외치면서 살아왔습니다. 하지만 비판에게 창조의 역량이 없었다는 게 만천하에 드러나자 비판이 점점 무기력해지는 것 같습니다. 세상이 오직 비판으로 물들기 시작하자 뭐가 비판이고 뭐가 비판받아야 하는 것인지 그 척도 자체가 흔들린 것이죠. 비판이 창조가 되지 못했던 시간의 후과를 우리는 지금 살고 있는지도 모르죠. 비판은 언어를 통해 강력하게 발휘되는 것인데 비판이 무기력해졌다면 그것은 오늘날 언어가 크게 훼손되어서 그런 것은 아닐까요? 엄밀히 말하면 언어가 훼손됐다기보다는 언어가 소비재로 전락했다고 보는 게 맞을 겁니다. 언어가 어쩌다 소비재가 되었나, 그 역사적 기원을 가만히 떠올려볼 필요가 있습니다. 물론 이 중요한 문제를 '가만히' 돌아본다고 될 일은 아니지요. 더 깊은 탐구는 역량이 되는 이들에게 맡기고 우리는 우리의 경험을 돌아보자는 말입니다. 제 생각으로는 테크놀로지의 발달과 함께 언어가 그 본질 성격을 잃은 것이 아닌가 합니다. 특히 테크놀로지의 발달에 힘입은 대중 매체의 폭발적 증가와 맞물려 언어는 소비재로 전락한 듯합니다. 우리는 최근 디지털 기술을 경험하며 누리고 있는데요, 지금 회자되고 있는 인공지능은 우리의 언어를 어디까지 추락시킬지 그게 걱정입니다.

창조는 비판 속에 본래 잠재해 있어야 하는 법입니다. 앞에서 대안이라고 말했지만, 대안이 먼저 있어서 비판이 가능한 것이 아니고 비판을 통해서만 대안의 그림자가 보이기 시작한다는 의미입니다. 하지만 비판은 단순한 반대가 아닙니다. 비판을 하는 데는 비판자의 마음에서 살아 있는 무언가가 꿈틀대고 있어야 합니다. 비판을 통해 그것이 점점 명료해지는 동시에 그 무언가도 (살아 있는 것이기 때문에) 계속 변화하죠. 만일 자기 안의 무언가는 변하지 않고 대상더러 계속 변하라고 다그친다면 결국 자기 자신도 비판의 대상이 되고 맙니다. 실제로 현실을 가만히 보면요, 비판하는 대상은 본래 자신의 이해관계 때문에 섣불리 변하지 않습니다. 그리고 그 대상이 변하지 않는다는 '사실'에 자신의 리비도를 집중하다 보면 결국 변화를 놓치게 됩니다. 그러면 자신 안의 그 무언가에도 병색이 돌면서 비판의 대상과 자신의 무언가 사이의 차이는 미미해지고 유사성은 커집니다. 혁명을 외치다 돌연 반혁명의 진영으로 투항하는 현상은 대체로 이런 과정을 밟은 결과 같습니다. 언어의 소비재 문제와 겹치는 것이기도 한데요, 결국 어떤 비판가들은 현실의 변화를 꾀했던 게 아니라 언어를 소비함으로써 자신의 욕망을 충족했던 것이죠. 바뀌지 않는 현실일수록 쟁기 날이 깊어야 하는데 그렇지 못한 것은 애초에 밭을 갈 마음이 없어서일 수도 있습니다. 그런 사람일수록 밭을 탓하기 마련입니다. 그러면서 좀 더 편해 보이는 옆 밭으로 가버리죠. 거기가 소출이 좋아 보이니까요.

저는 이것을 '비판의 함정'이라고 부른 적이 있는데요, 김수영을 읽으면서 이런 말을 하는 까닭은, 김수영은 비판의 대상이 변화하지 않는 와중에도 자신의 변화를 부단히 밀고 나갔다는 점을 말하고 싶어서입니다. 혁명은 아무 때나 오지 않습니다. 그리고 혁명이 오는 '때'는 누구도 알지 못합니다. 오로지 역사 안에 그 '때'는 은닉되어 있습니다. 아무리 역사적 사고를 하고 역사적 상상력이 뛰어나다 하더라도 그 '때'를 알아맞출 수 있는 것은 아닙니다. 어떤 기미와 징후를 어렴풋하게 감지할 수는 있겠지요. 혁명가들은 그 감지를 통해 혁명을 추구하기도 한 게 우리가 배운 역사이기도 합니다만, 그 추구가 혁명을 불러오는 일은 흔하지 않습니다. 도리어 죽임을 당하기 일쑤지요. 혁명의 징후를 감지하려는 노력과 실천 없이 허구한 날 혁명을 부르짖는 일도 병통입니다. 또 혁명의 징후라는 것이 그렇게 족집게처럼 감지되는 것도 아닙니다. 이렇게 혁명의 징후가 감지되지 않는 시간 속에서는, 겸손하게 자기 자신이 변화를 꾀하는 게 가장 치열한 일입니다. 김수영처럼요. 저는 이전 책에서 이 시기 김수영의 변화를 일러, '혁명적 존재-되기'라고 부른적이 있습니다.

김수영이 "문명에 대항하는 비결은/ 당신 자신이 문명이 되는 것이다"고 말하는 것은, 창조의 역량을 회복했다는 사실을 말해줍니다. 이 창조의 역량에 "싹이 트고" 있는 징후로 저는 읽습니다. 그런데 "자신이 문명이 되는" 일에 김수영이 여기서 일회성으로 발언하고 있는 것은 아닙니다. 한참 뒤에 쓴 「꽃잎」에 이런 구절이 있습니다. "순자"라는 "열네 살 우리 집에 고용을 살러 온" 소녀를 통해 "네가 물리친 썩은 문명의 두께/ 멀고도 가까운 그 어마어마한 낭비/ 그 낭비에 대항한다고 소모한/ 그 몇 갑절의 공허한 투자"…….
이 진술에서 우리는 김수영이 그동안 보여줬던 시적 쟁투가 혁명
을 넘어, 요즘 회자되는 개벽(開闢)의 수준까지 향하고 있었지 않았
나 생각해보게 됩니다. 그러니까 「미스터 리에게」와 「사랑」을 통해
드디어 '혁명적 존재'를 향한 시동을 걸어놓은 셈인데, 그러자마자
실제 혁명이 일어났고, 5·16쿠데타가 일어나기 전까지 오로지 혁
명을 상상하며 시를 쓸 수 있었던 것도 혁명 직전의 그의 내적 열망
이 아주 깊었음을 방증합니다. 5·16쿠데타 이후의 좌절과 방황도
그 열망이 얼마나 깊었는지 반증하는 실례라고 볼 수 있습니다. 한
편으로 이것은 그가 생활을 제대로 긍정할 수 있으면서 벌어진 일
이라는 것도 유념할 필요가 있습니다.

그런데 김수영의 문명에 대한 인식이 어떤 성격이었는지 힌트를
주는 글 한 편이 있습니다. 1955년 1월 26일 자 연합신문에 발표한
글인데 제목은 「생명의 향수를 찾아─화가 고갱을 생각하고」입니
다. 여기서 김수영은 "처자와 가족과 문명을 헌신짝같이 버리고 생
명과 휴식을 찾아서 타이티로 떠난" 화가 고갱에 대한 이야기를 빌
어 자신이 생각하는 "예술의 본질"을 언급합니다. 전쟁에 대한 독특
한 시각은 이 글에서 재차 나타납니다. 자신은 고갱이 왜 타이티로
떠날 수밖에 없었는지 "절실하게 느끼고 생각하고 의심하기 시작한
것은 6·25 이후의 일"이었는데, 전쟁이 "나뿐만 아니라 모든 우리
민족에게 지각과 긍지를 넣어 준 하늘이 준 기회가 아니었던가 생
각한다"고 합니다. 현실은 "서울의 태반이 폐허"이고 "우리의 정신

에도 많은 폐허가 생겼고 그것이 아직도 완전한 회복을 하지 못하고" 있지만 말입니다. 우리는 여기서 일종의 도피 심리와 역경을 넘어서고자 하는 초인에 가까운 정신을 동시에 읽을 수 있습니다. 전자와 후자가 섞여 있는 상태죠.

김수영은 고갱의 시대와 자신의 시대가 본질적으로 다르지 않다고 인식합니다. "예술의 본질—생명의 향수를 그리고 고민하면서 일체의 허위와 문명의 폐단을 싫어하고 미워하는 고귀한 정신—은 그때나 지금이나 변함이 없"다는 것이죠. 하지만 제1, 2차 세계대전 "전후에 세계는 전전(戰前)보다도 훨씬 더 복잡하고 어지럽게 되었으면 되었지 조금도 단순하고 선량하게 되지는 못하였다"는 사실도 잊지 않습니다. "문명에 대항하는 비결은/ 당신 자신이 문명이 되는 것이다"라는 「미스터 리에게」의 진술에서 1955년 산문을 끌어오는 것이 얼마나 적절한가라는 물음도 있을 수 있겠지만, 저는 하등 문제가 되지 않는다고 생각합니다. 도리어 시로 표현되지 않은 산문적인 현실 인식을 엿봄으로써 시를 더 풍부하게 느낄 수 있다는 입장이고, 특히 김수영의 경우 현실에 대한 고민을 시종 놓치지 않은 시인이기 때문에 그렇습니다. 아무튼 이 산문에서 김수영이 꿈꾸는 문명이 무엇인가는 이미 제출된 바 그대로입니다. "생명의 향수"와 그것에 도달하기 위한 "일체의 허위와 문명의 폐단을 싫어하고 미워하는"이 그것입니다. 다소 소박하지만 1960년대 후반에 도달한 문명에 대한 입장은 이미 배태되어 있었던 것이죠. 중요한 것은 "검은 파도 소리"에 대한 그리움도 그리움이지만, 결국 그러한 생명의 문화를 자신이 이루지 못한다 하더라도 "조금도 서러워하지 않을 것이지만 여하튼 죽는 날까지 칠전팔기하며 싸우고 또 싸워 가야 할 것만은 틀림없는 사실일 것 같다"는, 요즘 유행하는 말로 '꺾이지 않는 마음'입니다. 이 '꺾이지 않는 마음'도 사실 우리가 시를 읽으면서 내내 강조한 것이지요. 그것을 김수영 자신의 말대로 자신의 속마음이 은폐되지 않는 산문에서 새삼 확인하는 것입니다. 또 김수영의 이 마음을 잊지 않는다면 시를 읽는 데도 중요한 역할을 할 것입니다. 그리고 다시 산문의 곳곳에서 시의 기저를 이루는 인식과 꿈이 확인되고는 합니다. 제가 산문을 자주 언급하는 것은, 김수영의 문학은 시와 산문이 톱니바퀴처럼 맞물린 채 나아가기 때문입니다. 산문에 대한 독서와 이해만 충실해도 정신 어지러운 '김수영 해석'에서 벗어날 수 있습니다. 다시 한번 강조하지만 김수영의 꿈은 일반적인 생각들보다 심원합니다. 이것을 확인한 다음에야 김수영의 '혁명'에 올바로 다가갈 수 있습니다.

다시 시로 돌아와서, 1959년 말~1960년 초의 정세에서 김수영이 혁명을 예감하고 있었던 것은 아닙니다. 다만 자신 안에 깊은 저수지를 만들기 시작했달까요. 그것은 「파밭 가에서」에서 잘 드러납니다. 김수영은 여기서 다시 '사랑'의 문제를 언급합니다. 3연으로 구성된 이 작품에서 사랑은 다음과 같이 반복, 변주됩니다. "묵은 사랑이/ 벗겨질 때", "묵은 사랑이/ 움직일 때", "묵은 사랑이/ 뉘우치는 마음의 한복판에/ 젖어 있을 때". 그리고 각 연의 마지막 행은 "붉은 파밭의 푸른 새싹을 보아라/ 얻는다는 것은 곧 잃는 것이다"를 반복하는 구조입니다. 여기서 김수영은 '사랑'에 대한 점수(漸修)를 수행하고 있는 듯 보입니다. 점수가 없는 돈오(頓悟)는 자기기만에 빠지기 쉽죠. 수운 최제우도 한울님을 만나고 1년 동안 점수를 합니다. 사실 수운의 돈오도 느닷없이 찾아온 것이 아니라 불퇴전의 점수가 돈오를 결국 부른 것이고 돈오 이후에 다시 점수의 과정을 되밟은 것이죠. 예수도 갈릴리 민중에게 외치고 병자를 치유하고 나면 꼭 산에 올라가서 기도를 했습니다. 이것도 일종의 점수입니다.

여기서 한 가지 자기비판이 있어야 할 것 같습니다. 예전에 낸 『리얼리스트 김수영』에서 저는 「파밭 가에서」를 이렇게 말한 적이 있습니다.

> 반대로 "정치적 행동"의 개입이 완전히 봉쇄된 그 당시의 정치적 조건에 더 큰 이유가 있을지 모른다. 딱히 김수영에게 "정치적 행동"이 체질화된 것은 아니었지만, 1959년의 상황, 즉 이승만 정권의 말기적 상황에서 정치적 상상력은 물론이거니와 시적 상상력마저 질식사할 것만 같은 것을 김수영은 느꼈을 것이다. 「파밭 가에서」나 「싸리꽃 핀 벌판」에서 보여주는 "피로"를 우리는 이런 맥락에서 이해할 수 있다. 「파밭 가에서」에서 읽히는 것은 일종의 체념이다. 굳이 비교하자면 「봄밤」에서 보여줬던 생기와 기쁨은 보이지 않고, "얻는다는 것은 곧 잃는 것이다"의 반복을 통해서 시의 화자는 한 발 비켜서 있으려는 무의식을 내비치고 있다. 특히 3연의 "묵은 사랑이/뉘우치는 마음의

한복판에/젖어 있을 때"는 그 의심을 더 확고하게 한다. 일단 작품의 구조와 호흡이 닮았다는 면에서 「파밭 가에서」는 「봄밤」과 같이 읽을 만하지만, 그 기저에 깔린 정동은 확연하게 다르다. (186쪽)

그 당시에는 제가 1957년부터 1959년까지 상황에 세심하지 못했습니다. 돌아보면 김수영을 해석하는 데 급급했던 것 같아요. 그리고 그 정당성을 얄팍한 철학 공부로 뒷받침하려고도 했고요. 당시에는 김수영을 읽으면서 니체의 사상이 겹쳐졌던 것은 사실인데, 자기 삶을 극복하려는 초인적인 의지랄까, 그런 점이 닮았다고 판단해서이지 김수영이 니체의 영향을 받았다, 니체의 철학과 유사하다 그래서 인용을 했던 것은 아닙니다. 아무튼 "「파밭 가에서」에서 읽히는 것은 일종의 체념이다"라는 제 그때 해석은 여기서 철회하겠습니다. 그리고 "「봄밤」에서 보여줬던 생기와 기쁨"이라는 판단도 일면적이었다는 점을 고백해야 할 것 같습니다.

「파밭 가에서」는 그동안의 사랑이 "묵은 사랑"이었음을 자각하면서 새로운 사랑이 다시 차오르는 현상을 단순한 구조로 담은 작품입니다. "붉은 파밭의 푸른 새싹을 보아라"가 '체념'일 수는 없죠. "묵은 사랑"의 껍질이 벗겨지고, 움직이고, 마음에 젖어 있을 때, 그것은 무언가를 새로 태어나게 합니다. 그것을 관념적으로 말하지 않고 "붉은 파밭의 푸른 새싹"을 반복적으로 말하고 있는 점, 그리고 최종적으로 잃어야 얻을 수 있다는 깨달음에 김수영이 도착한 것입니다. 이 작품은 다시 1967년의 「여름밤」처럼, 현실을 초월한 어떤 상태를 보여주는 작품입니다. "얻는다는 것은 곧 잃는 것이다"는 금언은 오늘날 하나의 클리셰처럼 느껴질 수도 있지만 시에서 풍기는 뉘앙스나 그간의 작품을 읽은 우리에게는 전혀 그렇게 느껴지지 않습니다. 이 시야말로 '간단한 진리'에 도달한 작품입니다. 깊은 고뇌와 피로와 설움을 거쳐 간단한 진리에 도달하는 현장은 앞에서 잠깐 언급한 「꽃잎」의 마지막에도 있습니다.

이렇게 김수영은 혁명을 맞을 준비를 마쳐놨습니다. 어떻게 보면 참 기가 막힌 일입니다. 김수영의 내면과 현실의 혁명이 만나는 줄탁동시가 이루어진 것이죠. 이는 참으로 우리 시의 축복이라고 할 수 있습니다. 저는 가끔 만일 혁명이 없었다면 김수영의 시가 어찌되었을까 상상해보고는 합니다. 왜냐하면 시는 저 혼자 이루어질 수 없기 때문입니다. 나중에 문학평론가 이어령과의 그 유명한 논쟁에서 김수영은 "'자유의 영역이 확보될수록 한국 문예는 정치적 이데올로기의 도구로 화하여 쇠멸해가는 이상한 역현상이 벌어지고 있다'"는 이어령의 견해에 대해 "정치적 자유"의 중요성을 역설하면서 이런 발언을 남깁니다. "무서운 것은 문화를 정치 사회의 이데올로기와 동일시하는 것이 아니라, 문화를 단 하나의 이데올로기와 동일시하는 것이다."(「실험적인 문학과 정치적 자유」) 이어령이 정치적 억압에서 창조성이 발현된다고 본 것인지는 정확하지 않습니다. 우리는 김수영의 판단을 읽고 있기 때문입니다. 확실한 것은 정치적 자유를 통해 다양성이 확보될 때 창조성이 살아난다는 게 김수영의 견해입니다. 이는 그 자신이 경험했기 때문에 복잡한 이론적 논리 이전에 묵직하게 다가옵니다.

정치적 억압은 천재의 창조성을 촉발시킬지는 모르지만, 민중의 욕망이 억압되기 때문에 천재의 창조성은 현실과 동떨어지기 십상입니다. 1970년대 박정희의 철권통치 속에서도 이른바 '참여문학'이나 '민족문학'의 성과가 있지 않았느냐고 말할 수도 있지만 길게 보면 그 성과도 결국 4·19혁명이 마련해놓은 바탕이 있었기에 가능했을 겁니다. 신동엽 시인은 이미 4·19혁명의 전사(全史)로 동학농민혁명까지 거슬러 올라가는 혜안을 보여주었고, 오늘날 그 같은 역사 인식이 점점 퍼져가고도 있습니다만, 우리에게 만일 동학농민혁명에서 3·1운동, 4·19혁명, 그리고 그 이후까지 이어진 혁명의 전통이 없었다면 우리의 문화나 문학은 지금보다 엄청 왜소해졌을 겁니다. 민중의 욕망이 분출되고 표현되는 바탕에서 탄생한 천재와 그렇지 않은 상태에서 나타난 천재는 크게 차이가 날 테지요. 이런 맥락에서 '김수영에게 만일 혁명이 없었다면……' 이런 상상을 하게 됩니다. 이는 김수영 개인의 문제에 대한 호사가의 호기심이 아니라, 문학에서 특히 시에서 정치적 자유와 민주주의가 얼마나 중요한지 새삼 되물어보기 위함이기도 합니다.

시가 혁명에 대한 열정과 상상력을 갖는 것과 기존 제도를 수용, 추인하는 것에는 엄청난 차이가 있습니다. 시의 입장에서 말할 때 단순하게 '시와 정치'에 대한 사고에서 머물면 안 됩니다. 민주주의가 고장 났으면 민주주의를 다시 사유해야 하고, 언어가 자본에 의해 타락했으면 언어에 대한 근본적인 사유를 해야 하고, 심각한 빈부격차와 자연의 파괴를 목도했다면 자본주의 그 자체와 산업 문명의 본질을 파고들어야 합니다. 이를 단지 '정치'라는 추상적인 언어 안에 가둬놓고 볼 문제가 아닙니다. 이런 사고의 확장과 깊이의 누적이 언젠가는 시인의 언어와 상상력을 바꿔준다고 저는 믿습니다. 그리고 이것이 "묵은 사랑"을 벗겨내는 '이행'이기도 하죠. 김수영도 이것을 정확히 알고 있었던 듯합니다. 4·19혁명 이후의 일기가 그 증거입니다. 다른 것은 다 놔두고 1960년 7월 8일 일기의 한 구절만 보겠습니다. "앞으로 경제 논문을 번역해 보고 싶다—『재정(財政)』지를 보면서 얻은 힌트." 「백의」에서 백의의 비극은 어떻게 시작됐다고 했죠? "현대의 경제학을 등한히 하였을 때에서부터 시작되었던 것이다"라고 했죠? 중요한 것은 현실을 살면서 현실을 극복하려는 방법과 경로, 무기를 다양하게 해야 깊이도 확보된다는 사실입니다. 다양한 방법과 경로 없이는 저수지에 물은 차지 않고, 저수지에 물이 차지 않으면 저수지는 깊어지지 않습니다. 그리고 깊어진 저수지만이 너른 들판을 적실 수 있지요.

이제 김수영은 '본의 아니게' 혁명의 준비를 마쳤습니다.

사랑에 미쳐 날뛸 날이 올 거다 ———

네 번째
이 야 기

혁명은 왜 고독한 것인가

4·19혁명과
김수영

아무래도 이번 이야기는 약간 길어질 것 같습니다. 김수영 시의 큰 분기점인 4·19혁명과 그에 못지않게 강한 영향을 끼친 5·16쿠데타 시기의 작품을 읽어야 하기 때문입니다. 혁명으로 인한 고양과 혁명의 퇴행 때문에 찾아오는 분노랄까 환멸 비슷한 정서와 인식, 그리고 4·19혁명의 반동인 5·16쿠데타를 거치면서 새로운 모색을 감행하는 단계가 이 시기 작품들에 담겨 있습니다. 사실 4·19혁명과 그 반동으로서의 5·16쿠데타 자체가 우리 역사의 드라마였죠. 여기에서는 4·19에서 5·16에 이르는 역사적 사실을 굳이 언급하지는 않겠습니다. 당연히 김수영의 시가 어째서 4·19혁명을 지나면서 폭죽 터지듯이 터졌는지, 그리고 5·16쿠데타로 왜 그렇게 혼란에 빠졌는지에 대해서 구체적으로 시를 통해 살펴봐야 할 것 같습니다. 제가 과문한 탓이겠지만, 김수영처럼 4·19혁명에 열광한 시인은 없어 보입니다.

　앞에서 「사랑」을 쓰면서 혁명을 맞을 내면의 준비가 돼 있었다고 말씀드렸습니다. 김수영이 무슨 점쟁이도 아니고, 혁명이 곧 일어날 것이라고 예감한 것은 당연히 아니었습니다. 사실 점쟁이가 만사를 다 맞출 수도 없죠. 영화 〈관상〉에서인가요. 관상 좀 볼 줄 안다고 시대의 복판에 뛰어들었던 주인공이 아들도 잃고 처남의 목소리도 잃고 다시 살던 데로 돌아와 뇌까리는 장면이 있습니다. 밀려오는 파도를 보면서, 자신은 사람의 관상만 봤지 역사의 물결을 보지 못했노라고 하는 장면요. 역사의 물결을 바로 본다는 것은 웬만한 현인들도 버거운 일입니다. 그리고 역사의 물결을 감지하며 사는 사람들은 감히 미래의 일 따위를 운운하지도 않습니다. 도리어 자신의 시대를 정직하고 진실하게 사는 사람만이 역사의 물결을 그나마 어렴풋하게 느낄 수 있을 뿐입니다. 실로 예언자는 정직하게 자신의 시대를 사는 사람입니다. 정직하게 자신의 시대를 살아간다는 것은 시대의 고통과 신음에 예민하게 반응하는 일일 수밖에 없는 거니까요.

제가 앞에서 누누이 말해왔던 김수영의 태도를 떠올려주셨으면 합니다. 언제나 무엇인가를 바라고 꿈꾸면서, 현실을 바로 봄과 동시에 자신의 갱신을 놓치지 않았던 점을요. 김수영이 바라고 꿈꿨던 것이 무엇인지 알고 싶다면 저는 4·19혁명을 주목하라고 하고 싶습니다. 이 말은 김수영이 정치적 혁명을 바라고 꿈꿔왔다는 단순한 결론을 가리키지 않습니다. 단지 자신이 바라고 꿈꿔왔던 것이 드디어 역사의 지평에 떠올랐으며 거기에 김수영은 정직하게 반응했을 뿐입니다. 김수영을 읽기 위해서는 '정직'과 '자기 극복 의지'를 놓치지 말아야 한다는 말을 앞서 드렸습니다. 4·19혁명을 맞아서도 김수영의 정직과 자기 극복 의지는 여실히 살아 있습니다. 다시 말하지만 김수영의 자기 극복은 현실 극복과 같은 의미입니다. 고쳐 말하면 김수영의 '자기'는 우리가 통념적으로 받아들이는 자아(ego)가 아닙니다. 오늘날 너나없이 이 '자아병'에 걸려서 헐떡이고 있는데, 자아는 우리가 사는 역사적 현실과 동떨어져 있지 않죠. 자아에 집중하고 싶다면 역설적으로 현실에 정직해야 합니다. 현실 극복 없이 자기 극복은 있을 수 없습니다. 그러지 않고 도대체 '자아'라는 정체 불분명한 것에 몰두하면 할수록 자아는 검어질 뿐입니다.

저의 괜한 상상 중 하나는, 만일 김수영이 4·19혁명을 경험하지 않았다면 그의 시는 어떻게 됐을까입니다. 한 가지 제 경험을 말씀드려 볼까요? 얼마 전에 비대면으로 일본 시인 셋과 한국 시인 셋이 짧은 대화를 나눈 적이 있습니다. 주제는 이른바 '환경 위기' 문제인데, 사실 '환경'이라는 언어 자체가 우리에게는 낡은 언어죠. 우리 식으로 말하자면 기후위기와 같은 생태적 재앙 문제가 주제였는데, 어느 분이 먼저 말했는지 모르지만 한국의 시인들은 사회적 실천 의지가 살아 있는 데 비해 일본 시인들은 그게 부족하다는 점이었습니다. 그에 대한 일본 시인들의 반응이 흥미로웠습니다. 그래서 자신들은 직관을 통해 사물과 사건의 본질에 다가간다는 답이 돌아왔습니다. 사실 직관이라는 것은 본능의 문제가 아니라 지성의 문제입니다. 이는 프랑스 철학자 베르그송(Henri-Louis Bergson)이

한 말이죠. 직관이 지성과 관계된 문제라면, 그렇다면 지성은 어떻게 단련되고 깊어지는 것일까요? 공부와 자기 수련을 통해서도 가능하겠지만 그것이 실천을 통해서 다듬어지고 검증되지 않으면 허무맹랑해지기 십상입니다. 어쨌든 일본은 민(民)이 나라(國)를 뒤엎어본 적이 없습니다. 가라타니 고진(柄谷行人)이 데모가 곧 민주주의라고 말한 바가 있지만, 제 생각으로는 데모만으로는 부족한 것 같습니다. 데모를 통해서 나라를 크게 한번 움직이지 못하면 데모의 한계는 역력하죠. 일본 시인들이 직관을 통해서 사물과 사건의 본질에 다가간다고 말할 때, 그 직관이라는 것은 개인의 주관이라는 한계를 벗어나지 못하는 거 아닌가 하는 생각을 했습니다. 반면에 우리에게는 어쨌든 민이 나라를 뒤엎어본 역사가 있습니다. 만일 한국 시에 어떤 역동성과 힘이 있다면, 그 원인으로 저는 우리가 살아온 역사를 꼽고 싶습니다. 민중의 저항이 면면이 이어져온 역사 말이죠.

제가 말하고 싶은 것은 저항시나 참여시만이 역사의 영향을 받았다는 뜻이 아닙니다. 우리가 살아왔고 살고 있는 역사적 조건이 시에 영향을 끼쳤다는 사실을 말하는 것입니다. 윤동주 같은 경우도요, 그가 살았던 일제 강점기의 그림자가 시에 역력합니다. 백석의 시도 마찬가지지요. 내면은 시인 자신이 만들어가는 것이지 역사적 현실이 강제로 이식하는 것은 아니라는 반론도 있을 수 있지만, 한 사람의 내면이 역사 속에서 이루어진다는 것은 움직일 수 없는 사실입니다. 역사적 현실이 개인의 내면을 붕어빵 찍듯이 찍어낸다는 말이 아닙니다. 어떤 상호작용을 통해서 서로 영향을 주고받는다는 거지요. 순수한 개인의 내면이란 것은, 김수영 식으로 말하면 그야말로 '달나라의 장난'입니다. 살아 있다는 것은 서로 작용을 하며 함께 변해가는 것을 가리킵니다. 아무튼 각자의 내면이 다르듯이 윤동주나 백석의 내면은 달랐을 테고 따라서 작품도 달랐을 뿐입니다. 자세히 읽어보시면 알겠지만 윤동주의 시는 1940년 어름부터 확연하게 깊어집니다. 그만큼 현실의 고통에 대한 내면의 변화가 있었다고 볼 수 있죠. 이 자리는 김수영을 위한 자리이니 이 이야기는 여기까지만 하고 이제 작품을 읽도록 하겠습니다.

혁명이
일어나다

「하······ 그림자가 없다」는 3·15부정선거로 인해 끓어오르기 시작하는 민심을 느끼고 썼던 것 같습니다. 이전에 비해 시의 분위기가 급변한 게 어렵지 않게 느껴지실 겁니다. 연보를 보면 1960년 4월 3일에 쓴 것으로 돼 있는데, 이 시에서 눈여겨봐야 할 점은 일상에 늘비한 적과 눈에 보이지 않는 전선에 대한 통찰도 그렇지만, "민주주의의 싸움이니까 싸우는 방법도 민주주의식으로 싸워야 한다"는 구절입니다. "민주주의식"에는 방점마저 찍혀 있습니다. 물론 그 앞뒤로 "우리들의 싸움은 하늘과 땅 사이에 가득 차 있다"고 하고, 또

"하늘에 그림자가 없듯이 민주주의의 싸움에도 그림자가 없다"고 감정이 고양돼 있음을 숨기지 않습니다. "민주주의의 싸움이니까 싸우는 방법도 민주주의식으로 싸워야 한다"는 구절에 주목해보자고 한 것은 이때 당시만 해도 아직 김수영에게 혁명에 대한 확신이 없었다는 점을 상기할 필요가 있어서입니다. 어쩌면 "민주주의식으로 싸워야 한다"는 생각 때문에 "우리들의 전선(戰線)은 눈에 보이지 않는다"고 말했을지도 모릅니다. 1960년부터 1961년 5·16까지 김수영의 시적 인식을 좇아가려면 이 작품부터 유심히 살펴볼 필요가 있습니다. 아직은 "싸우는 방법도 민주주의식"이어야 한다는 지점에 김수영은 도달해 있습니다. 이게 1960년 4월 초의 김수영입니다.

김수영은 연이어 「우선 그놈의 사진을 떼어서 밑씻개로 하자」를 씁니다. 4월 26일입니다. 1960년 4월 26일은 독재자 이승만이 하야한 날인데 그것에 고무돼 번개처럼 이 시를 쓰게 됩니다. 시를 읽어봐서 아시겠지만 김수영이 얼마나 이승만을 증오했는지 잘 드러납니다. 그래서 "민주주의는 인제 상식으로 되었다"고 역설하며 그 벅차오르는 감동을 일필휘지로 휘갈긴 겁니다. 혁명이라는 것은 "썩어 빠진 어제와 결별"하는 것이죠. 그리고 이승만의 하야는 김수영에게 그 기폭제처럼 느껴졌을 겁니다. 훗날 공식적으로 4·19 혁명이라 이름 지어졌지만 그 당시만 해도 4·26혁명이라 부를 정도로 이날의 감동과 충격은 컸습니다. 오늘날에는 4·19혁명에서 불온성이 느껴지지 않지만 대한민국 공화정 사상 민이 나라를 뒤엎은 최초의 사건이 바로 4·19혁명입니다. 예전에는 박정희에 의해 4·19혁명이 4·19학생의거로 낮추어 불렸지만 그 당시에는 혁명적 사건이었던 게 분명하고 그것을 김수영을 통해 우리가 배울 수 있습니다. 그런데 이 작품을 쓸 때까지만 해도 김수영은 '혁명'이란 말을 쓰지 않습니다. 민주주의와 자유가 상식이 된 상황만을 말하고 있습니다.

그런데 20여 일 뒤에 쓴 「기도―4·19 순국학도위령제에 부치는 노래」에서 드디어 '혁명'을 말하기 시작합니다. 1연 마지막 행에서 "우리가 찾은 혁명을 마지막까지 이룩하자"고 합니다. 그리고 2연과 3연에서 다시 '혁명'이란 말이 등장하고 마지막 연 마지막 행도 "우리는 우리가 찾은 혁명을 마지막까지 이룩하자"고 재차 외칩니다. 그런데 여기서 주목해야 할 점이 두 가지가 있습니다. 무심히 읽고 넘어가고는 하는 대목입니다만, 3연 4~5행에서 "이 심연이나 사막이나 산악보다/ 더 어려운 사회를 넘어서"라고 말하죠? 즉 김수영은 독재자를 몰아내고 민주주의와 자유가 상식이 되었다고 한 데에서 더 나아가 "이 심연이나 사막이나 산악보다/ 더 어려운 사회를 넘어서" "혁명을 마지막까지 이룩하자"고 말하고 있습니다. 1960년 6월 21일에 김수영은 일기장에 이런 말을 남깁니다. "다음은 빈곤과 무지로부터의 해방". 그러니까 김수영은 자유당에서 민주당으로 정권이 넘어가는 차원, 정권 교체만을 바라지 않았던 것입니다. 독재에 심신이 너무 지치면 독재자를 몰아내고 한숨 돌리고 싶은 게 일반적인 심정이고 김수영 당시에도 대부분 그랬던가 봅니다. 하지만 김수영은 '사회주의'까지 생각하고 있었고 여기에서 당대의 일반적인 인식과 어긋나기 시작합니다. 그런데 김수영이 생각한 사회주의는 그 당시 존재했던 체제로서의 사회주의가 아니었을 겁니다. 월북한 친구 김병욱에게 쓴 서간문 형식의 산문 제목이 "저 하늘 열릴 때"입니다. 하늘이 열린다는 말은 요즘 식으로 해석하면 '개벽'의 의미입니다만 김수영이 그 당시 개벽에 준하는 생각을 가졌는지는 알 수 없습니다. 어쨌든 혁명의 극한을, 절대적인 혁명을 바랐다는 것은 확실하고 그것에 대한 인식의 편린은 마지막 연에 등장합니다. 어찌 보면 절대적 혁명을 바란 것 자체가 개벽적이라 볼 수 있습니다. 반론으로, 그것은 시에서만 이루어질 것이라고 생각했을 뿐이라고 한다면, 저는 이렇게 답하겠습니다. 맞습니다, 시 자체가 개벽을 노래하는 것입니다.

2연의 뒷부분에서는 "배암에게 쐐기에게 쥐에게 살쾡이에게"에서부터 "수리에게 빈대에게"까지, 그러한 것들에게 다치지 않고 더럽히지 않게 혁명을 완수하자고 하고서는 3연에서는 "이번에는 우리가" 더 악독해져서 "그런 사나운 추잡한 놈이 되고 말더라도" 혁명을 성취하자고 말하죠. 다시 말하면 김수영은 혁명을 감상적으로 생각하지 않았다는 뜻입니다. 혁명을 성취하기 위해서 일어날 수 있는 오류와 과오마저 두려워하지 말자고 하고 있죠. 그러지 않고는 혁명이라는 것은 어림없으니까요. 만일 그 오류와 과오를 통해서 혁명이 성취된다면, "나의 죄 있는 몸의 억천만 개의 털구멍에/ 죄라는 죄가 가시같이 박히어도/ 그야 솜털만치도 아프지" 않을 거라고 합니다. 그런데 여기에서 멈추면 단순한 선동시가 되고 말 것입니다. 혁명을 위해서는 어쩔 수 없이 "사나운 추잡한 놈이 되고 말더라도" 그것마저 "시를 쓰는 마음으로/ 꽃을 꺾는 마음으로" 그래야 한다는 말하는 데서, 혁명도 '시의 마음'으로 임해야 함을 보여줍니다. 마지막 5연입니다.

> 시를 쓰는 마음으로
> 꽃을 꺾는 마음으로
> 자는 아이의 고운 숨소리를 듣는 마음으로
> 죽은 옛 연인을 찾는 마음으로
> 잊어버린 길을 다시 찾은 반가운 마음으로
> 우리는 우리가 찾은 혁명을 마지막까지 이룩하자

"사납고 추잡한 놈이 되고 말더라도" 같은 우악스런 태도와 "시를 쓰는 마음"이 현실에서는 공존할 수 없겠지만 시에서는 가능한 것이고, 이런 모순이랄까 언어도단의 상태가 시의 지평에서는 환희처럼 터져 나올 수 있습니다. 작품 전체적으로는 혁명적 낭만주의의 냄새가 나는데 이런 혁명적 낭만주의는 훗날 「사랑의 변주곡」과 닮은 데가 있습니다. 사실 혁명은 이성적인 사건이라기보다는 낭만적인 사건이죠. 물론 역사 자체가 낭만으로 이루어질 수는 없습니다만 이런 낭만을 통과하지 않은 이성적인 상태라는 것은 고루하고 답답할 뿐입니다. 낭만적 감성이 이성에 때때로 범람하지 않으면 이성은 완고해질 뿐입니다. 감성의 범람이 이성을 흔들어놓는 일 자체가 시의 특권이기도 하고 거기에서 진실한 시적 태도가 나타나기도 합니다. 진실이라는 것은 눈에 보이는 사실(fact)과는 다르지요. 어쩌면 검불 속에 숨어 있는 새알처럼 사실과는 그 모습이 조금 다른 게 진실일 겁니다. 여기서 말하는 '시의 특권'은 '시인의 특권'을 가리키는 것이 아닙니다. 이성적/논리적 사고를 괜히 어지럽히는 것이 아니라 그것을 넘어서는 감성과 직관이라고 불러두죠. 사실 이성과 감성, 논리와 직관을 구분할 필요는 없습니다. 시적 사유와 상상력은 이것들이 다 혼합된 것입니다. 그리고 이것은 생명의 온전한 발현이기도 하기 때문에 '시의 특권'이라는 말은 건강한 생명의 작용을 가리키기도 합니다. 즉 우리에게는 모두 '시의 특권'이 있는데, 그 전제는 우리의 몸과 내면이, 삶이, 역사에의 참여가 얼마나 시적이냐에 달려 있습니다. 그리고 그것이 정말 '온몸'이 되었을 때 그리고 바라고 꿈꿔왔던 세상이 역사의 지평으로 솟아올랐을 때가 만나는 순간, 거기에 도취되는 것은 자연스러운 일이기도 합니다. 이제는 도취가 피안이 아닌 것이죠. 오히려 도취가 현실적 사태인 것이고, 지금 김수영이 그런 상태입니다.

여기서 이 즈음에 쓴 산문을 잠시 살펴보죠. 「책형대에 걸린 시 — 인간 해방의 경종을 울려라」를 보면, 김수영이 고백한 1950년대의 자기 상황이 눈에 띕니다. 그때는 "시는 어떻게 어벌쩡하게 써왔지만 산문은 전혀 쓸 수가 없었고 감히 써 볼 생각조차도 먹어 보지를 못했다"라고 말하고 있습니다. 그 이유를 직접 들어보죠.

말하자면 시를 쓸 때에 통할 수 있는 최소한도의 '캄푸라주'*가 산문에 있어서는 통할 수가 없었기 때문이다. 산문의 자유뿐이 아니다. 태도의 자유조차도 있을 수가 없었다. 더구나 나처럼 6·25 때에 포로 생활까지 하고 나온 사람은 슬프게도 문학 단체 같은 데서 떨어져서 초연하게 살 수 있는 자유가 도저히 없었다. 감정의 자유 역시 그렇다. 이를테면 같은 시인끼리라도 나와 같은 처지에 놓인 사람들은 상대방에 대해서 불쾌한 일이 있더라도 그런 감정을 먹어서는 아니 되고 그런 태도를 극력 보여서는 아니 되었다. 이러한 환경 속에서 나올 수 있는 작품이 무슨 신통한 것이 있겠는가. 저주가 아니면 비명이 아니면 죽음의 시가 고작이 아니었던가.

* comouflage. 위장, 은폐 등을 가리키는 프랑스어.

자기 상황을 고백한 글 중 가장 솔직한 장면이기도 하면서 김수영이 혁명에 취하게 된 심리의 기저를 확인할 수 있는 부분이기도 합니다. 산문은 어떤 자기 은폐도 가능하게 하지 않기 때문에 자신의 감정과 꿈을 1950년대에는 말할 수 없었다는 거죠. 사실 숨길 수밖에 없는 감정과 꿈은 우리가 앞에서 살펴본바 그대로입니다. 그리고 우리가 지난 시간에 살폈던 1950년대 후반의 비애와 피로, 그리고 낙담에 대한 김수영의 내면적 배경이 드러나는 장면이면서 이 글 자체가 4·19혁명을 맞아 화산처럼 폭발한 김수영의 시가 어떻게 가능했는지에 대해서 힌트를 줍니다. 혁명이 시보다 앞서는 일이며, 혁명에 몰두하는 일이 시 쓰는 일보다 본질적이라는 인식까지 보여줍니다. "너무 눈이 부시다. 너무나 휘황하다. 그리고 이 빛에 눈과 몸과 마음이 익숙해지기까지는 잠시 시를 쓸 생각을 버려야겠다"고 말하기까지 합니다. "4·26의 해방은 꿈의 해방"이므로 이제 시인은 "구김살 없는 원대한 꿈을" 가져야 한다는 것은, 앞에서 말한 '생명의 문화까지 꿈꿔야 한다'는 말과 별반 다르지 않습니다. 그것이야말로 "인간 해방"의 경지이며, 이 "시대의 윤리의 명령은 시 이상"입니다.

「자유란 생명과 더불어」라는 산문에 따르면 김수영이 이렇게 꿈을 높게 잡는 것은 "이 벅찬 물질 만능주의의 사회 속에서 우리가 해야 할 것은 정신의 구원이라고" 그 스스로가 확신하고 있었기 때문입니다. 제목에 드러난 그대로 김수영에게 자유나 혁명이란 "구김살 없는" 생명의 발현이며, 생명의 발현은 "벅찬 물질 문명에 대한 구슬픈 인간 정신의 개가(凱歌)"입니다. 그리고 그것을 위해서는 "좀 더 먼 곳에 목표를 두어"야 합니다. 여기서 김수영이 말하는 '정신'은 관념적인 의미를 갖지 않습니다. "구김살 없는 원대한 꿈", "인간 해방", "벅찬 물질 문명에 대한 구슬픈 인간 정신의 개가(凱歌)"라는 표현들은 기표는 각자 다르지만 결국 같은 뜻입니다. 1960년 8월에 발표한 「독자의 불신임」에서 "영혼의 개발"을 말할 때, 그것도 역시 같은 말입니다. 도리어 "영혼의 개발"을 말함으로써 김수영이 생각하는 시가 궁극적으로 가져야 할 "원대한 꿈"이 무엇인지 더 깊어지고 넓어집니다. "영혼"이란 단어에서 생길 오해를 염두에 두면서 자신이 말하는 원뜻이 무엇인지 명확히 해두죠. "여기에서 말하는 영혼이란, 유심주의자(唯心主義者)들이 고집하는 협소한 영혼이 아니라 좀 더 폭이 넓은 영혼—다시 말하자면 현대시가 취급할 수 있는 변이하는 20세기 사회의 제 현상을 포함 내지 망총(網總)할 수 있는 영혼"이라고 말입니다.

여기서 '망총'이라는 말은 오늘날 우리가 쓰지 않는 말인데, 한자어를 그대로 풀어보면 그물처럼 치밀하게 사물과 사건들을 종합한다,는 의미라고 새겨두면 좋을 것 같습니다. 김수영이 말하는 영혼은 스스로가 밝혔듯이 몸을 떠난 신비한 것으로서의 영혼이 아닙니다. 그것은 도리어 우리 몸과 함께 있는 것입니다. "영혼의 개발은 호흡이나 마찬가지다"라고 함으로써 영혼은 몸의 살아 있음이라고 말하기도 합니다. 대체로 영혼은 심리적인 것을 가리키기도 하고 죽으면 몸을 떠나 피안으로 가는 존재로 부지불식간에 받아들이지만, 김수영에게 영혼은 "20세기 제 현상을 포함 내지 망총할 수 있는" 것입니다. 즉 역사적 현실과 함께하면서 그 역사적 현실에 참여하는 것이라고 합니다. 그리고 문학은 그 영혼을 개발하는 것이죠. 김수영이 생각하는 혁명도 결국은 이 영혼과 관계가 있습니다. "혁명이란 이념에 있는 것"이지만 그 이념을 "앞장서서 지향하는 것이 문학"이고 "이념이나 영혼이 필요한 시기에" 문학은 새로운 "영혼의 개발"을 통해 "영혼의 교류"를 시도하는 것입니다. 즉 이러한 문학의 책무를 감당할 수 있어야 문학이 독자의 영혼을 살아 있게 합니다. 「저 하늘 열릴 때」에서는 그 "영혼의 개발"을 통한 "영혼의 교류"를 하늘과 역사가 연결되는 순간이라고 부르며 그것이 '시'라고 합니다. 그래서 "시를 안다는 것은 전부를 아는 것"이 됩니다. 김수영이 혁명을 통해서 이 모든 것을 경험하게 되고 깨닫게 된 것은 이렇게 분명합니다. 4·19혁명에 대한 김수영의 이런 인식과 깨달음이 얼마나 과학적인가 하는 것은 전혀 문제가 안 됩니다. 설령 객관적이고 과학적인 인식은 아니라 하더라도 김수영에게는 4·19혁명을 통해 개벽적인 상상을 하게 된 것입니다.

개벽은 사회 현실, 체제, 권력의 향배가 변하는 혁명을 뛰어넘는 경험입니다. '김병욱 형에게'라는 부제가 붙은 산문의 제목 '저 하늘 열릴 때'가 바로 개벽의 뜻 그대로입니다. 개벽은 하늘이 새로 열린다는 뜻인데, 수운 최제우가 동학을 창도하면서 '다시 개벽'을 말하면서 우리의 정신과 문화에 뚜렷한 족적이 됩니다. 물론 김수영 당대에 개벽이란 말이 회자됐는지 어쨌는지 알 수 없고, 또 김수영도 개벽을 개념적으로 알고 쓴 흔적은 없습니다만, 지금껏 살펴본 산문을 읽어보면 요즈음 말하는 개벽의 의미와 크게 다르지 않습니다. 현실에서 사회적·정치적 변혁이 일어남과 동시에 개인의 정신과 영혼에도 그와 같은 정도의 변화가 일어났다면 한 개인은 이미 개벽을 산 셈이지 않을까요? 김수영이 이미 개벽을 살았다고 하는 제 독법이 최근에 회자되는 개벽이라는 잣대를 지나치게 끌어다 적용했다는 비판도 있을 수 있겠지만, 그것도 김수영이 개벽을 의식적으로는 아니라도 무의식적으로는 느꼈다는 사실을 완전히 덮지는 못합니다.

또 하나 유념해야 할 것은, 「저 하늘 열릴 때」에서 보여주는 장쾌한 시각이 분단을 순간 넘어섰다는 사실입니다. 다음 대목입니다.

> 우리는 좀 더 좋은 시를 쓰기 위해서도 통일이 되어야겠소. 정신상의 자주 독립을 이룩한 후에 시가 어떤 시가 될는지 나는 확실히는 예측할 수 없소. 그러나 아마 그것은 세계적인 시가 될 것이고, 세계 평화와 인류의 복지를 위해서 이바지하는 시가 될 것이오. 좀 더 가라앉고 좀 더 힘차고 좀 더 신경질적이 아니고 좀 더 인생의 중추에 가깝고 좀 더 생의 희열에 가득 찬 시다운 시가 될 것이오. 그리고 시인 아닌 시인이 훨씬 줄어지고 시인다운 시인이 더 많이 나올 것이오.

그러면서 "그러나 아직까지도 통일 이후의 것을 예측하기보다는 통일까지의 일이 더 다급하오"라고 냉정한 상황 판단을 보여주지만, 이쯤 되면 김수영은 4·19혁명을 극한까지 사유한 것이 됩니다. 요즘 말로 하면 분단 극복의 세계사적 의미를 순간이나마 선취했다는 것이지요. 정리하면 이렇게 됩니다. 김수영이 4·19혁명을 통해 얻은 것은, 정치·사회·경제·문화 혁명을 넘은 정신 혁명과 "영혼의 개발", "인간 해방"까지인데, 여기서 가진 자신감과 긍지를 통해 '통일'이라는 민족적 대업까지 가능하다고 봤으며, 우리의 통일은 "세계 평화와 인류의 복지를 위해서 이바지하는 시"를 드디어 가능하게 한다는 겁니다. 그러한 시는 다시 물질문명이 우리 삶에야기한 온갖 부정적인 사태를 치유해준다는 겁니다. "좀 더 가라앉고 좀 더 힘차고 좀 더 신경질적이 아니고 좀 더 인생의 중추에 가깝고 좀 더 생의 희열에 가득 찬 시다운 시" 운운이 그런 뜻 아닐까요? 이것은 김수영의 과잉 반응일지는 몰라도 제 과잉 해석은 아닙니다. '김수영의 과잉 반응'이라고 부르는 것도 사실 반대쪽의 과잉 해석일 수 있습니다. 누가 뭐라고 하든 김수영은 지금 그런 설렘으로 가득 차 있습니다. 시인의 설렘을 너무 야멸찬 잣대로 잴 필요는 없습니다. 문제는 그런 설렘에 걸맞는 시를 김수영이 내놓았느냐는 것입니다. 그리고 그 답은 '그렇다'입니다. 하지만 지금 당장은 아닙니다. 김수영에게 닥친 현실이 그것을 가로막았으니까요.

「육법전서와 혁명」이라는 작품에서는 더욱 노골적인 정치적 발언을 합니다만, 그것은 역으로 가로막힌 현실 때문에 그렇습니다. "혁명이란/ 방법부터가 혁명적"이어야 한다는 발언은 "민주주의의 싸움이니까 싸우는 방법도 민주주의식으로 싸워야 한다"(「하…… 그림자가 없다」)로부터 엄청나게 나아간 상태입니다. 두 달도 걸리지 않았습니다. 이는 단지 학습을 통한 관념으로는 불가능한 인식의 진전이죠. 하늘이 열리는 시간을 살아본 경우가 아니면 있을 수 없는 급진전입니다. 이 작품에서 말하고 있는 것은 혁명이 일어나긴 했는데 "그놈들은 털끝만치도 다치지 않고 있다"는 겁니다. 이래가지고 무슨 놈의 혁명이냐고 준열하게 발언하고 있죠. 김수영에게 혁명이라는 것은 척도가 바뀌는 겁니다. 우리 정신의 척도, 역사를 대하는 태도의 척도, 삶이 어떻게 변해야 하는지에 대한 방향의 척도 모두가 바뀌어야 합니다. 그래서 "자유당이 감행한 정도의 불법"을 독재정권과 똑같이 해도 모자랄 판이죠. "혁명의 육법전서는 '혁명' 밖에는 없"다는 말은 「기도—4·19 순국학도위령제에 부치는 노래」에서 보여준 혁명을 위해서는 오류와 과오도 두려워 말자는 발언과 겹칩니다.

김수영은 지금 양계를 하면서 얻은 구체적인 생활의 감각으로 혁명을 판단하고 있습니다. 봐라, 아무것도 변한 게 없잖느냐! 혁명이 일어났다는데 민중들은 지금도 "곯고" 있고 "창자가 더 메마른" 상태에서 벗어나지 못하고 있지 않느냐! 일기장에다 괜히 "빈곤과 무지로부터의 해방"이라고 쓴 게 아닙니다. 자기 이웃들이 "빈곤과 무지"의 노예 상태라는 것을 평소에 절감하고 있었습니다. 그 사람들을, 아니 김수영 자신을 속이지 말라고 외치는 겁니다. 앞에서 혁명에 대한 김수영의 인식이 다른 사람들과 어긋나기 시작했다고 말했는데, 「육법전서와 혁명」에서 여실히 드러나죠.

드라마는 아직 끝나지 않았습니다. 제가 지금 설령 스토리 라인을 짜고 있는 것처럼 들리더라도 별 도리가 없습니다. 이 당시 김수영의 혁명에 대한 인식이 사실처럼 시에 드러나 있기 때문입니다. T. S. 엘리엇이 그랬다지요. 진정한 작가는 평생 하나의 작품을 쓴다고요. 이 말을 접하기 전에, 저도 김수영이 단 하나의 작품을 썼구나 생각했습니다. 그리고 그 느낌은 전작인 『리얼리스트 김수영』에서도 피력했습니다. 김수영의 작품은 서로가 서로를 비춰줍니다. 한 작품만 떼어서 읽어도 좋지만 어렵게 느껴질 때는 무엇이 무엇을 비춰주는지 살펴보는 것도 좋은 방법입니다. 그러니까 제가 지금 김수영의 시를 전제된 스토리 라인 위에서 읽고 있는 것은 아닙니다. 시인이 그렇게 써놓은 것을 제가 어쩌겠습니까.

혁명은 왜
고독한 것인가

혁명에 대한 세간의 인식과 김수영의 인식이 어긋나기 시작한 것을 이해해야 다음 작품인 「푸른 하늘을」에 한 발 더 가깝게 다가갈 수 있습니다.

푸른 하늘을 제압하는
노고지리가 자유로웠다고
부러워하던
어느 시인의 말은 수정되어야 한다

자유를 위해서
비상하여 본 일이 있는
사람이면 알지
노고지리가
무엇을 보고

노래하는가를

어째서 자유에는

피의 냄새가 섞여 있는가를

혁명은

왜 고독한 것인가를

혁명은

왜 고독해야 하는 것인가를

— 「푸른 하늘을」 전문

이 시는 그렇게 어려운 작품이 아닙니다. 몇 가지 유의해서 읽어야 하기는 하지만요. 지금껏 봐왔듯이 4·19혁명 이후의 시들은 그 명성(?)만큼 어렵지는 않습니다. 다른 난해한 시에 비하면 아주 명료하고 힘찬 시들입니다. 그 이유는, 혁명을 통해서 현실을 가리고 있던 안개가 걷혔기 때문입니다. 이 시기 외의 작품들이 난해한 것은, 복잡한 현실의 심부를 들여다보려는 고투 때문입니다. 현실이 복잡한데 시를 평이하게 쓰는 것은 최소한 김수영에게는 불가능했던 것 같습니다. 평이한 시가 나쁜 것도 아니고 난해한 시가 좋은 것도 아닙니다. 그 역도 사실은 아니죠. 하지만 김수영의 난해시를 비판적으로 살펴볼 필요는 있습니다. 왜냐면 난해시가 널리 읽히기는 쉽지 않기도 하지만 문학을 일종의 대화 양식으로 본다면 난해함은 그다지 장려할 만한 게 못 됩니다. 시는 골방이 아니라 거리와 광장,

들판으로 나와야 합니다. 하지만 독자의 구미에 맞는 제품을 생산해서도 안 됩니다. 시는 노래이기도 해야 하지만 사상이기도 해야 합니다. 그러지 않으면 작고 얇고 왜소해지기 십상이죠.

사상이라는 것은 어떤 일념 아닐까요? 자기 삶과 그 삶이 펼쳐지는 현실, 그리고 역사의 진행에 임하는 일념. 이것이 시인에게 있다면 시의 등뼈를 갖는 게 아닌가, 이런 생각 정도만 저는 가지고 있습니다. 그렇다고 그것이 옹고집이 되어서는 곤란하겠지요. 왜냐하면 현실의 변화는 개인의 신념이나 생각대로 일어나지 않으니까요. 제가 자주 하는 말이지만 시인은 사건의 주인이 아니라 사건의 자식이 되어야 합니다. 옹고집 같은 신념은 자꾸 사건의 주인 노릇을 하려고 하죠. 제 경험에 기대 말씀드리자면, 자신이 가진 관념대로 현실이 변하지 않으면 현실을 미워하거나 또는 독단적으로 변하는 것 같습니다. 그럴 때 남는 것은, '나는 이런 사람이다' 같은 자기 규정, 즉 아상(我相)밖에 없습니다. 자신의 관념이나 신념으로 일어난 사건과 사물을 판단하는 판관 같은 이들이 우리 주위에는 제법 있습니다. 일어난 사건이나 사물에 대한 비판은 있을 수 있지만 그 비판은 자신의 변화도 동시에 꾀해야 합니다.

자, 이제 시를 읽어보죠. 일단 작품의 핵심을 곧바로 말하자면 "푸른 하늘을" 자유롭게 날아다니는 노고지리에게는 지금 노래가 있다는 것입니다. 그런데 그 노래는 자기 흥에 겨운 노래가 아닙니다. 제가 느닷없이 시에 사상이 있어야 한다고 말한 것은 "무엇을 보고"라는 구절 때문입니다. 앞에서 언급한 산문 「변한 것과 변하지 않은 것」의 한 단락을 떠올려 보셔도 좋을 것 같습니다. 김수영은 자신이 무슨 사상을 가졌다고 말한 적은 없습니다. 하지만 '님'이 있었던 것은 사실입니다. 여기서 다시 "무엇"이 등장하는 것도 이런 맥락에서 읽어보면 어떨까 싶습니다. 지금 노고지리가 구가하는 자유는 "무엇을 보고/ 노래"하고 있다는 사실이 중요합니다. 이 "무엇"이 무엇인지 다시 한번 말하는 것은 부질없는 듯합니다. 노고지리의 자유는 노고지리의 비상이 있어서 가능했다는 것이죠. 그리고 그 자유에는 "피의 냄새가 섞여" 있다고 합니다. "피의 냄새가 섞여 있는" 자유를 위해서 비상하여 본 노고지리만이 "무엇을 보고" 노래할 수 있습니다. 혹은 "무엇을 보고/ 노래"를 했기 때문에 "피의 냄새"를 가진 자유를 얻었다고 읽을 수도 있습니다. 당연히 여기서 말하는 "자유"에는 아주 깊은 의미가 담겨 있습니다. 그리고 "혁명"과도 뜻이 통합니다.

문제는 혁명은 고독한 것이고, 고독해야 한다는 것입니다. 역사적 사건으로서 혁명은 절대 고독하면 안 됩니다. 함께 일으키는 사건만이 혁명으로 이어질 수 있죠. 물론 혁명의 와중에 예민한 개인이 느낄 수 있는 심리적인 고독은 있을 수 있습니다. 하지만 집단적인 도취가 없이는 혁명이 불가능한 것도 부정할 수 없는 사실이죠. 제가 앞에서 말한 김수영이 갖고 있는 혁명에 대한 인식이 세간의 인식과 어긋나고 있다는 의미를 되새겼으면 합니다. 결국 이 작품에서 "고독"은 점점 진행되는 현실에서 느끼는 괴리감을 바탕으로 한 김수영의 고독입니다. 현실이 자신이 생각하는 것과는 다르게 흘러간다고 현실을 미워하면서 판관 노릇을 하고 있는 게 아닙니다. 자신이 꿈꿔왔던 혁명이 현실에서 점차 사라져가고 있을 때 시인은 고독을 느낄 수밖에 없습니다. 그렇다고 이것은 체념이나 포기가 아닙니다. 자신의 혁명을 지키는 하나의 방법이 바로 고독이죠. 혁명을 고독이라는 골방에 유폐시키는 것이 아니라 설령 고독하고 또 고독해야 한다면 그것을 감내하겠다는 마음입니다. 제 이 발언의 증거는 앞에서 본 작품에서도 드러나 있고 이 다음 작품들에서도 드러나 있으며, 혁명 이후부터 쿠데타 이전까지 쓴 산문들에서도 명백하게 드러납니다. 그리 새로운 발언도 아니라는 뜻입니다.

퇴행하는 혁명

급작스러운 혁명의 퇴행은, 허정 과도내각부터 민주당의 장면 정권에 걸쳐 이어졌고 자신의 주위에서도 '이만하면 됐다'는 생각들이 팽배했던 것 같습니다. 6월 30일 일기에 보면 "제2공화국! 너는 나의 적이다"면서 민주당 정권에 대한 신랄한 증오를 표합니다. 우리는 그것을 「중용에 대하여」에서도 여실히 느낄 수 있죠. '중용'을 들먹이면서 현실에 주저앉는 정신적 퇴행은 언제나 있어왔고 지금도 그렇습니다. 「중용에 대하여」에서 대뜸 뭐라고 합니까? "오늘 아침의 때묻은 혁명"이라고 말하죠? "때묻은 혁명"에 대해 "어차피 한 마디 할 말이" 있는데 자신은 그것을 일기장에 써놓았다고 합니다. 그러면서 일기장 내용을 슬쩍 내비칩니다. "중용은 여기에는 없다"는 겁니다. 중용 같은 소리는 사회주의혁명이 극단적인 폭력으로 변질된 소비에트에서나 할 법하지만 고작 이 정도를 해놓고 무슨 중용 타령이냐,고 묻고 있습니다. 그러면서 다음과 같이 말합니다.

> 여기에 있는 것은 중용이 아니라
> 답보(踏步)다 죽은 평화다 나태다 무의다
> (단 "중용이 아니라"의 다음에 "반동(反動)이다"라는
> 말은 지워져 있다
> 끝으로 "모두 적당한 가면을 쓰고 있다"라는
> 한 줄도 빼어 놓기로 한다)

일기장에 써놓은 것이다, 그러면서 지운 글자도 있다고 하면서 할 말은 다 하고 있네요. 너희들이 말하는 중용은 그냥 "반동"이며 "모두 적당한 가면을 쓰고" 있을 뿐이다, 이런 의미이죠. 그러면서 제일 마지막에 "현 정부가 그만큼 악독하고 반동적이고/ 가면을 쓰고 있기 때문이다"고 한 것을 보면 이 시는 제2공화국에 대한 신랄한 비판으로 읽힙니다. 장면 정권은 4·19혁명을 통한 어부지리로, 1960년 8월 12일에 수립되었습니다. 그리고 이 시는 그해 9월 9일에 썼습니다. 고작 민주당의 장면 정권을 탄생시킨 4·19는 미완의 혁명이라고 부르기도 합니다만, 그것은 혁명에 대한 서구적인 이미

지에 기댄 접근법일 수도 있습니다. 혁명마저 서구의 기준으로 보는 것이죠. 그렇게 되면 우리가 일으킨 혁명은 죄다 모자란 혁명이 됩니다. 일본 우익이 자신들의 식민지 통치를 비판하는 것은 자학사관이라고 부르던데, 다른 의미에서 이것도 우리 안에 있는 자학사관일지도 모릅니다. 자학이 문제가 아니라 그 자학의 기준이 문제겠지요. 프랑스혁명이나 러시아혁명을 기준으로 삼고, 우리가 일으킨 혁명을 폄훼하는 것이니까요. 사실 프랑스혁명은 부르주아 계급이 혁명의 정신을 배신하면서 프롤레타리아 계급을 나락으로 몰고 갔고 유럽에서도 경제적 양극화가 가장 심했습니다. 이는 토마 피케티(Thomas Piketty)가 『21세기 자본』에서 통계를 통해 말한 바입니다. 그러면서 부르주아 계급이 제국주의자로 타락한 것도 역사적 사실입니다. 러시아혁명도 너무나도 무자비한 폭력의 악순환으로 빠지지 않았습니까. 특히 농민에 대한 탄압과 배제는 이루 말할 수 없었습니다. 그리고 끝내 공포정치에서 벗어나지 못하고 몰락했습니다. 서구에서 일어난 혁명의 아이러니가 이렇게 고약합니다. 하지만 그렇다고 해서 이것이 혁명에 대한 환멸이나 증오로 변질되면 안 되겠죠. 그런 만큼 우리는 '다른' 혁명을 이행해야 하는 막중함을 느껴야 합니다. 반면에 우리 역사에서 일어난 혁명은 서구의 두 혁명만큼 가시적인 체제 변화는 가져오지 못했지만 그 정신적, 문화적 유산만큼은 절대 모자라지 않는다고 봅니다. 동학농민혁명 같은 경우는 아직까지도 그 정신적, 사상적 유산이 메아리치고 있다고 저는 생각합니다. 중요한 것은 서구에서 일어난 혁명을 폄훼하는 일도 아니고, 우리의 혁명 전통을 으스댈 일도 아닙니다. 당연히 그 반대의 논리도 우리는 멀리해야 합니다. 이는 하기 좋은 말로 동서를 융합하자는 의미가 아니라 이 모두를 우리의 역사로 삼아야 하는 시대를 살고 있다는 뜻입니다.

혁명의 퇴행에 대한 김수영의 실망은 점점 깊어가고 다시 피로를 느끼기도 합니다. 이런 모습은 1950년대 후반 즈음과 약간 비슷합니다만, 그때의 김수영과 지금의 김수영은 다릅니다. 혁명을 살아봤기 때문입니다. 「피곤한 하루의 나머지 시간」에서 비록 "피곤한 하루의 나머지 시간이 눈을 깜짝거린다"고 쓰지만 그렇게 깊지는 않습니다. 이 소품에 인상적인 구절이 등장합니다. 그것은 2연 1행인데, 이렇게 써 있죠. "오오 사랑이 추방을 당하는 시간이 바로 이때이다". 그러고 보면 김수영이 말하는 사랑은 역사적 현실에 감응하는 그만의 에로스(eros)일지도 모르겠습니다. 김수영의 영혼에 사랑이 가득할 때는 '그림자'가 없는 경우입니다. 편한 대로 에로스라 불렀지만 어쨌든 긍정의 기운 또는 고양과 초월의 기운이 생기할 때를 김수영은 '사랑'이라 부르는 것 같습니다. 그런데 지금 그 사랑이 "추방을 당하는 시간"이라고 합니다. 자신이 추방한 게 아닙니다. 추방을 '당하고' 있는 것이죠. 이때는 피로가 찾아오는데—김수영의 '피로'는 사랑의 반대말이고 반복돼서 등장한다는 것에 유의하시기 바랍니다. 그런데 혁명 이후로는 1950년대 같은 비애나 설움의 상태까지는 가지 않습니다—자신은 결국 "우주의 안개를 빨아올리다 만다"고 합니다. 해석을 좀 더 밀어붙여 보자면, 이 시에서 "사랑"은 "우주의 안개"와 상통하는 바가 있습니다. 정확히 말하면 사랑이 충만해 있을 때는 "우주의 안개"까지 빨아들일 수 있지만 "사랑이 추방을 당하는 시간"에는 그것을 그만두게 됩니다.

「그 방을 생각하며」도 이런 맥락에서 읽어야 제대로 접근할 수 있습니다. "혁명은 안 되고 나는 방만 바꾸었지만" "이제 나는 무엇인지 모르게 기쁘고/ 나의 가슴은 이유 없이 풍성하다"에만 주목해서 이 시를 읽으면 안 됩니다. 이 작품은 앞에서 읽은 「봄밤」과 같이 패러독스로 읽어야 합니다. 분명히 "녹슬은 펜과 뼈와 광기"만 남았다고 말하고 있고 "방을 잃고 낙서를 잃고 기대를 잃고/ 노래를 잃고"라고 말하고 있기 때문입니다. 이 작품에서 '그럼에도 불구하고'를 읽기보다는, 어떤 부정적인 상태의 입구에 서 있지만 김수영이 겪은 '하늘'이 어쨌든 그의 영혼에 깊이 새겨져 있음을 느껴야 합니다. 그래야만 5·16쿠데타 이후의 시간을 이해할 수 있습니다. 다시 설움과 비애로 굴러떨어지지 않는 기적을 말입니다. 시의 마지막 연이 그것을 잘 보여줍니다. "이제 나는 무엇인지 모르게 기쁘고/ 나의 가슴은 이유 없이 풍성하다"고 하잖아요. 하지만 이 연은 '그럼에도 불구하고'를 말하는 게 아닙니다. 혁명이 안 된 실망을 역사로 삼으면서, 그것을 자신의 내면에 아로새기는 쓸쓸함이 배어 있으니까요. '그럼에도 불구하고'는 한 개인의 의지와 다짐으로는 족하지만 영혼의 상태를 말해주지는 못합니다. 김수영 자신도 분명히 말하고 있죠. "나의 입속에는 달콤한 의지의 잔재 대신에/ 다시 쓰디쓴 담뱃진 냄새만 되살아났"다고 말입니다. 제가 「그 방을 생각하며」를 김수영의 의지와 다짐으로 읽으면 반밖에 읽지 못한 것이라고 주장하는 이유입니다. 그리고 앞뒤의 작품을 보면 이 당시 김수영의 상태가 여실히 드러나죠. 이 한 작품만 떼어 읽으면 '그럼에도 불구하고'가 읽힐지 모르겠으나 시적 진실은 그렇게 간단하지 않습니다.

「눈」이나 「쌀난리」 같은 시는 이제 후퇴할래야 할 수 없는 인식의 단적인 예를 보여주는 작품입니다. 도리어 김수영에게 남은 것은 '민중'입니다. 「눈」에서 "민중은 영원히 앞서 있소이다"라고 하죠? 「쌀난리」에서도 민중의 봉기를 상기하면서 뭐라고 합니까? "이만하면 아직도/ 혁명은/ 살아 있는 셈이지"라고 하고 있습니다. 하지만 혁명에 대한 자신의 인식 착오를 분명하게 고백하기도 합니다. 「눈」에서 "이제 저항시는/ 방해"라고 말한 것은 자신이 혁명에 대해 "용감한 착오"를 가지고 있었기 때문입니다. 이 착오에 대한 고백은 1960년 8월에 쓴 산문 「치유될 기세도 없이」에 등장합니다. 이 글에서 김수영은 경북 교원노조의 파업을 대하는 당국의 태도를 비판하면서 다음과 같이 적습니다.

> 나의 생각에는 교조 운동 같은 것은 서푼어치 가치도 안 되는 총리 선출보다 훨씬 더 중요하면 중요했지 못한 것은 아닌데 2000만의 늠름한 대변인들은 지금 명분이 서지 않는 감투 싸움에만 바쁘다. 이런 말을 하는 나는 교조원도 교원도 아니지만 혁명에 대한 인식 착오로 '과정'의 피해자의 한 사람이 된 것만

은 그들과 동일하다.

　제가 보기에는 '인식 착오'라기보다는 김수영 자신의 바람이 너무 크고 원대해서 생긴 현실과의 괴리라고 부르는 게 적당할 것 같습니다.

　「황혼」이나 「'4 · 19' 시」 같은 작품에서도 이런 괴리감에서 오는 피로가 나타납니다. 「황혼」에서는 직접적으로 이런 구절도 보입니다. "나의 주위에 말짱 '반동'만 앉아 있어/ 객소리만 씨부리고 있었다". 사실 나중에 발굴되어 회자된 「"김일성만세(金日成萬世)"」도 김수영이 보기에 자기 주위의 "'반동'"들에 대한 시이기도 합니다. '김일성 만세'를 부를 정도의 언론의 자유는 있어야 하는데 다들 "객소리만 씨부리고" 있는 것이죠. 이러한 자신의 급진성, 혹은 일종의 조급함을 스스로 달래는 시가 「연꽃」인데, 이 시에서도 용감하게 "사회주의 동지들"을 부르죠. 긴장하지 말라는 말 건넴의 반복인데 저는 자꾸 '김수영 자신에게 하는 말로 들립니다. 읽어보면 묘한 여운을 주는 작품입니다.

> 종이를 짤라 내듯
> 긴장하지 말라구요
> 긴장하지 말라구요
> 사회주의 동지들
> 　연꽃이 있지 않어

두통이 있지 않어

흙이 있지 않어

사랑이 있지 않어

뚜껑을 열어 제치듯

긴장하지 말라구요

긴장하지 말라구요

사회주의 동지들

　형제가 있지 않어

　아주머니가 있지 않어

　아들이 있지 않어

벌레와 같이

눈을 뜨고 보라구요

아무것도 안 보이는

긴장하지 말라구요

내가 겨우 보이는

긴장하지 말라구요

　사회주의 동지들

　사랑이 있지 않어

　작란이 있지 않어

　냄새가 있지 않어

해골이 있지 않어

—「연꽃」 전문

여기까지가 김수영이 1년 동안 혁명을 살면서 그 퇴행에 괴로워하는 드라마의 1막입니다. 그리고 그 2막은 5·16쿠데타가 엽니다. 물론 5·16쿠데타에 직접 응전하는 작품은 쓰지 않습니다. 전쟁 때 의용군으로 끌려갔다가 포로수용소에 갇혔던 김수영에게, 또 4·19 혁명에 '미쳐 날뛴' 김수영에게 '반공을 국시'로 하는 쿠데타 세력의 공포는 엄청났을 겁니다. 실제로 그는 쿠데타 발발 후 1주일 동안 잠적했다가 머리를 박박 깎고 나타납니다. 저는 김수영의 그 행위에 대해 가만히 생각해보고는 합니다.

쿠데타의
혼돈 속에서

그 뒤에 쓴 '신귀거래(新歸去來)' 연작은 그 당시의 내면 상태를 잘 드러내줍니다. 이 작품이 요설과 횡설수설과 자조로 가득 차 있는 것은 그 시간을 견디는 나름의 방법이기도 하고, 혼돈 속에서 절망으로 빠지지 않으려는 몸부림이기도 하죠. 그 1편인 「여편네의 방에 와서」는 자꾸 작아지는 자신을 응시하는 작품입니다. 위축된 자신의 리비도도 솔직하게 드러내고 있습니다. 2편인 「격문(檄文)」에서는 모든 것을 "깨끗이 버리고" 나니 모든 게 "편편하고" "시원"하다고 하는데, 지독한 환멸이죠. 이 시의 언어는 반어이면서 아이러니입니다. 여기서 "편편하고"를 이상하게 확대해 해석하는 경향들이 있는데 제가 보기에는 텍스트 너머를 보지 못한 자의적인 해석일 뿐입니다. 다시 말씀드리자면, 김수영의 시에서 반어와 역설을 읽지 못하면 해석은 엉뚱한 데로 빠지고 맙니다. 「격문」은 특히 그렇습니다. 그리고 사실 이 반어와 역설을 이해하면 이 작품은 어려운 시도 아닙니다. 도리어 쉬운 시입니다. 4·19혁명 직후의 시가 쉽다는 것은 우리가 김수영의 시 세계를 이해하는 데 하나의 힌트를 줍니다. 김수영처럼 현실의 복잡한 맥락을 통째로 사유한 시인도 드뭅니다. 현실의 진실을 제대로 알려면 이 맥락의 숲을 다 지나야 합니다. 몇 개의 가지를 가지고 그 나무의 본질을 말하는 일은 무지하기도 하고 나태하기도 합니다. 그런데 혁명이 터지자 모든 것이 백일하에 드러납니다. 의지와 목적이 명료해진 것이죠. 그러니 시를 어렵게 쓸 필요가 없습니다. 사실 이 말에도 어폐가 있습니다. 시를 어렵게 쓰고 쉽게 쓰고는 김수영의 의도는 아니었을 겁니다. 시 전집에도 그의 육필 원고가 일부 실려 있지만 김수영문학관에 가면 정서 전의 육필 원고가 전시되어 있는데요, 그것을 가만히 보면 김수영의 시 쓰기 스타일은 멈추지 않고 쓰는 일필휘지임을 알 수 있습니다. 사실 육필 원고를 굳이 볼 것도 없습니다. 시만 읽어도, 군데군데 이해가 안 가는 표현들이 많이 있지만, 단박에 썼다는 기운이 배어 있습니다. 「격문」에서도 저는 그런 호흡을 느낍니다.

혁명은 왜
고독한 것인가

이 연작을 여기서 꼼꼼이 읽어볼 필요는 없을 듯합니다. 다만 어느 지점에서 김수영이 이 터널 같은 상태에서 빠져나오는지는 살펴볼 필요가 있습니다. 제가 '신귀거래' 연작을 굳이 언급하는 까닭은 그만큼 5·16쿠데타가 김수영에게 끼친 영향이 컸기 때문이고, 1960년대 중반기까지의 시를 이해하는 데 도움이 되기 때문입니다. 그리고 한 가지 유념해야 할 것은, 아홉 편의 연작시가 1961년 6월에서 8월까지 석 달 동안에 집중되어 있다는 사실입니다. 이는 쿠데타의 충격을 다스리고 극복하려는 몸부림이라는 생생한 증거이기도 합니다. 여러 편을 건너 뛰어서 6편인 「복중(伏中)」을 좀 살펴보기로 하죠. 중요한 것은 3연입니다.

> 너무 조용한 것도 병이다
> 너무 생각하는 것도 병이다
> 그것이 실개울의 물소리든
> 꿩이 푸다닥거리고 날아가는 소리든
> 하도 심심해서 정찰을 나온 꿀벌의 소리든
> 무슨 소리는 있어야겠다

뭔가 기지개를 켜는 것 같은 느낌이 오지 않나요? 1연에서 주위가 조용한 것이 "계수가 아이를 배서" 그리고 "식모 아이는 사랑을 하는 중"이어서 그렇다고 합니다. 그러면서 4연에서는 "여자는 마물(魔物)"이어서 "주위까지도 저렇게 조용하게 만드는/ 마법을 가졌다"고 너스레를 떱니다. 하지만 "무슨 소리는 있어야겠다"고 그럽니다. 여기까지라면 그냥 사소한 작품이 되고 말았을 겁니다. 그리고 3연의 의미도 그저 그랬을 겁니다. 3연의 의미를 조명해주는 것은 5연이죠. "지구와 우주를" "어서어서 진행시키기 위해서" "라디오를 튼다"고 하죠? 그리고 덧붙입니다. "그렇지 않고서는 내가 미치고 말 것 같아서"라고 말입니다. 이렇게 살다가는 자신이 미쳐버릴 것 같다는 말은, 이렇게 살고 싶지 않다는 말이죠. 하지만 아직까지는 급변하는 현실이 이해되지 않습니다. 제대로 된 인식이 불가능한 현실에 대해서 우리가 갖는 정서는 대체로 불안과 공포입니다. 그런 다음 환멸과 니힐리즘이 찾아오기도 하죠. 혁명이 가장 극단적인 반동인 쿠데타에 의해 무너진 상황, 이미 혁명의 퇴행과도 싸워오기는 했지만 군사쿠데타는 상상하지 못했을 겁니다. 그리고 김수영의 무의식에 가라앉아 있던 무력(武力)에 대한 기억도 의식 세계로 떠올랐을 겁니다. 그는 전쟁의 복판에서 엄청난 비참을 경험한 사람입니다. 다행히 불안과 공포에서 조금씩 빠져나오는 듯하지만 가야할 길이 보이지 않는 상황에서 김수영은 어떤 활로를 찾을 수 있을까요?

'신귀거래' 7편 「누이야 장하고나!」에서 "풍자가 아니면 해탈이다"라고 말하는 것은 지금 당장의 현실에 대한 발언입니다. 어떻게 해볼 수 없는 대상 혹은 현실을 대할 때는 풍자가 자주 쓰이죠. 아니면 그것과의 연관을 지워버리고 해탈에 이르는 방법도 있습니다. 그러나 풍자는 무력하고 해탈은 무책임한 포즈죠. 풍자는 자신에게 일말의 위안을 줄 수 있지만 해탈은 그것 자체가 쉽지 않을뿐더러 자칫하면 허위의식만 심어줄 수 있습니다. 그것을 김수영이 모를 리가 있겠습니까. 이 작품에서 중요한 것은 그동안 모른 척했던 동생을 돌아보기 시작했다는 점입니다. 동생인 김수강과 김수경은 전쟁 때 행방불명되었는데 김수경이 북한에서 첼로 연주자로 활동하고 있다는 이야기가 체포된 남파 간첩의 입에서 나와서 김수영 가족은 중앙정보부에게 곤혹스런 일을 당하기도 합니다. 1968년의 일이죠.

전쟁 때 사라진 두 동생을 돌아본다는 것은 무슨 의미일까요? 저는, 나아가지도 물러나지도 않는 현실 속에서 다시금 자신이 지나온 삶을 돌아보고 있는 것은 아닌가, 그렇게 해석합니다. 2연에서 다시 "풍자가 아니면 해탈이다"를 반복하면서 "우스운 것이 사람의 죽음"이라고 하면서 "팔월의 하늘은 높다"고 합니다. "높다는 것도 이렇게 웃음을 자아낸다"고 하는데, 여기서 "웃음"은 울지 못해 웃는 웃음은 아닐까요? 그렇다면 이것은 웃음일까요, 울음일까요? "사람의 죽음"이 우습더라고 말하는 속내에는 어떤 허무와 무기력이 담겨 있습니다. 문맥으로는 드러나지 않았지만 두 동생을 앗아간 역사를 김수영은 생각하고 있는 중입니다. 개인에게는 무자비하기도 한 역사의 수레바퀴를요. 그러면서 3연에서 "동생의 사진" 앞에 절을 했다고 합니다. "모르는 것 앞에는 엎드리는 것이" "나의 습관"이라고 하면서요. "풍자가 아니면 해탈"밖에 허락하지 않는 역사적 현실을 부정하거나 무시하지 않고 깊이 받아들이는 의식 같기도

234

합니다. 이것을 행하지 않으면 나아갈 수가 없습니다. "풍자가 아니면 해탈"밖에 허락되지 않지만, 다른 길을 찾아보는 거죠. 그러고 나니까 "쾌활한 마음"이 찾아옵니다. 마지막 연이죠. "돌풍처럼" "누이야 장하고나!"라고 말할 수 있게 됩니다. 그 돌풍은 "모든 산봉우리를 걸쳐 온 돌풍"입니다. 이 봉우리와 저 봉우리, 낮은 봉우리와 높은 봉우리, 바위로 된 봉우리도 다 "걸쳐 온 돌풍"입니다. 마지막에 "도회에서 달아나온 나"라고 말하는 것은, 이 시가 어머니가 살고 있는 도봉에 가서 썼거나 또는 그 경험으로 썼음을 알 수 있게도 하지만, "도회"로 상징되는 갑갑한 현실 안에서는 찾지 못한 활로가 자리를 옮기니 보이더라는 의미이기도 합니다. 우리가 딜레마(dilemma)나 아포리아(aporia)에 직면할 때, 바꿔야 할 것은 생각이 아니라 '자리'입니다. 자리를 바꿔야 생각이 달라지고, 생각이 달라져야 관점이 바뀌는 겁니다.

이렇게 김수영은 쿠데타의 충격에서 벗어나기 시작합니다. 그게 무엇이든 자신에게 주어진 현실을 받아들이지 않으면 현실의 극복은커녕 현실을 살지도 못합니다. 현실을 살아야 현실을 극복하는 길이 보입니다. 아무래도 김수영은 여기에 도달한 것 같습니다. '신귀거래' 연작 아홉 번째 작품은 「이놈이 무엇이지?」에서는 유머를 발휘하기도 합니다. 한결 여유로워질 정도로 자신이 많이 달라졌다는 겁니다. '없다', '안 한다', '모른다' 같은 부정어의 연속은 「격문」에서의 긍정어의 연속과 정반대의 효과를 발휘합니다. 「격문」의 긍정어는 부정적인 의미를, 「이놈이 무엇이지?」에서 부정어의 연속은 역설적으로 긍정적인 느낌을 우리에게 줍니다. 제 말은 시가 주는 느낌이 막혀 있거나 주저하고 있거나 또는 비틀려 있지 않다는 것입니다. 어휘나 시행 하나하나가 의미심장하지는 않지만 목소리의 음조(音調)가 억눌리지 않은 채 발랄하다는 뜻입니다. 마지막 행인 "이놈이 무엇이지?"에도 자신감의 기운이 담겨져 있습니다. 사실 김수영이 두려워했던 일, 즉 자기 신상에 다른 위협은 없었습니다. 거기에 적이 안심도 됐을 겁니다. 무엇보다도 확실한 길을 찾지는 못했지만, 혁명과 쿠데타의 연속이라는 꿈만 같은 사건을 자신이 겪었고 두 동생마저 앗아간 전쟁이라는 사건도 이제 의식의 흐름에 합류하게 된 것입니다. 어쩌면 쿠데타를 전쟁과 비견하면서 그 무게를 가늠해봤을 수도 있습니다. 그리고 자신이 어찌할 수 없는 역사의 수레바퀴를 받아들이면서 숨을 쉴 수가 있게 된 것이죠. 숨을 쉴 수 있으니 말도 할 수 있는 것이고, 길은 현실을 살아가면서 모색해볼 수밖에 없습니다.

온몸이
아프다

혁명의 반동인 쿠데타로 인한 부정적 상태에서 빠져나오기는 했지만, 아직은 어떤 폐허에 처해 있다는 것은 확실해 보입니다. 드라마의 2막이 끝났습니다. 김수영에게 남은 것은 아픔인데, 그것은 자신의 꿈이 현실의 격랑 속으로 침몰해버렸기 때문입니다. 꿈이 역사의 지평에 다시 떠오를 날에 대한 기약은 가뭇없어졌습니다. 역사는 개인이나 특정 집단이 자의적으로 열어나가는 게 아닙니다. 인위적인 노력도 있어야겠지만 무엇보다 염원을 함께 공유해야 하며, 그 방향을 향해 생활과 문화가 꾸준히 변해가야만 '간신히' 조건이 무르익습니다. 염원을 공유한다는 것은 꿈을 함께 꾸어야 한다는 의미이면서 공통의 정신과 언어가 존재해야 함을 가리킵니다. 19세기 중반을 넘어서 시작된 민란은 동학을 만나 결국 거대한 역사의 파도가 되고 맙니다. 흩어졌던 분노와 열망이 정신과 언어를 만나서 30년 동안 계속 공유해 나갔기 때문입니다. 지금 김수영은 그것을 막연하게 "먼 곳"으로 부르기 시작했습니다.

먼 곳에서부터
먼 곳으로
다시 몸이 아프다

조용한 봄에서부터
조용한 봄으로
다시 내 몸이 아프다

여자에게서부터
여자에게로

능금꽃으로부터

능금꽃으로……

나도 모르는 사이에

내 몸이 아프다

—「먼 곳에서부터」 전문

이 작품에는 '이야기'가 없기 때문에 작품 자체가 주는 울림을 충분히 느끼면서 우리의 이야기를 참여시켜야 합니다. 이 시의 심부에 엄청난 이야기가 있지만 그 이야기 자체를 들려주는 것이 아니라 이야기의 상부에 핀 꽃만 보여주고 있기에 그 꽃을 보고 가지와 줄기와 뿌리를 더듬어가야 한다는 뜻입니다. 오늘날 현대시는 이야기를 배격하는 경향이 강한 대신 이미지나 (감각 그 자체가 아니라) 감각적인 어휘로 이루어지고 있습니다만, 제 입장은 이야기가 없이는 언어에 깊이가 생길 수 없다는 것입니다. 이는 이른바 '이야기시'를 써야 한다는 의미가 아닙니다. 이야기시는 하나의 방편일 뿐이죠. 이야기는 우리 신체의 비유를 들자면 시의 핏줄입니다. 우리의 신체는 그러나 단순히 핏줄 덩어리가 아니죠. 우리 신체는 핏줄을 합한 것과는 다른 외형을 갖습니다. 시도 마찬가지입니다. 작품의 외형은 이야기의 단순한 합이 아닙니다. 그런데 여기서 이야기는 무엇일까요? 흔히 말하는 스토리(story)가 아닙니다. 스토리일 수는 있으나 스토리를 넘어서는 것이죠. 제가 말하는 이야기는 과거로부터 전승된 것을 포함해 현재 겪고 있는 사건과 미래를 상상하는 꿈 등이 뒤섞인 것입니다. 미래에 대한 상상도 판타지나 공상을 말하는 것이 아니죠. 현재의 사건을 과거의 이야기를 통해 받아들이고 다음 시간에 대한 염원을 갖는 것에 가깝다고 할 수 있습니다. 이러한 이야기들을 합하면 이야기의 형태와는 전혀 다른 무엇이 우리 안에 고입니다. 그리고 시는 고인 '무엇'이 발효된 것이라고 일단 말해두도록 하죠.

김수영은 "먼 곳"이 실재한다고 믿습니다. 그래서 "먼 곳에서부터/ 먼 곳으로"라고 말하고 있는 중입니다. 그리고 "먼 곳"은 언젠가는 가능할 것이라는 희망의 대상이 아닙니다. 우리는 여기서 가능성과 불가능성, 현실성과 잠재성 개념을 참조해볼 수 있는데, 희망은 가능성과 짝을 맺습니다. 희망은 불가능성 안에서 가능성을 품는 것을 말하지 않습니까? 지금은 불가능성이 우리의 삶을 휘감고 있지만, 불가능성이 가능성으로 전화(轉化)할 것이라고 생각하는 게 희망입니다. 그런데 불가능성에서 가능성으로 건너가는 다리는 논리를 통해서는 만들어질 수 있지만 현실이 논리처럼 된다는 보장은 어디에도 없습니다. 이 시에서 "먼 곳"은 있다고 전제되어 있지 않습니다. "먼 곳으로"만 썼다면 가능성으로 향하는 것이 되는데 "먼 곳에서부터"라고 함으로써 '먼 곳'은 실재한다고 믿고 있음을 드러냅니다. 아직 현실화가 안 되었을 뿐이죠. '먼 곳'은 현재 잠재 상태입니다. 잠재 상태는 현실화되지 않은 실재입니다. 잠재성은 희망하는 것이 아니라 믿음을 필요로 합니다. 현실화된 모든 것은 잠재 상태에서 피어나는 것이지 무(無)에서 나타나지 않습니다. 무에서 유는 창조되는 게 아닙니다. 단지 형태를 갖지 못한 것을, 형태가 붕괴된 것을 우리들은 무라고 부르지만, 형태—있음에서 형태—없음으로 돌아갈 뿐이며 형태—없음에서 형태—있음으로 태어날 뿐입니다. 따라서 이것은 믿음의 문제입니다.

「사랑」에서 "나의 얼굴은 그만큼 불안하다"고 한 것은, 결과적으로 '예언'이 되고 말았습니다. 하지만 점을 치는 행위로서의 예언이 아니지요. 결과적으로 자신이 꿈꿨던 세계가 현실에서 구현된다는 것이 어려운 일임을 정직하게 인식한 계기가 됐습니다. 1연과 2연에서 몸이 "다시" 아프다고 한 것은, 이전에도 아팠던 적이 있었음을 가리킵니다. 4·19혁명 이전에 그 아픔을 앓았기 때문에 가능한 진술입니다. 그 아픔이 혁명으로 인해 치유되었는데, 퇴행과 반동을 겪으면서 다시 도진 겁니다. 하지만 이것은 상실의 아픔이 아니라 "먼 곳"을 또 기다림의 자리에 놓으면서 찾아온 아픔입니다. 그래야 "다시"가 성립합니다. 상실의 아픔이라면 "다시"라고 부르기 힘듭니다. 예전에 앓던 아픔을 반복해서 앓을 때 우리는 '다시'라는 부사를 쓸 수 있습니다. 그런데 1연의 "먼 곳"이 2연에서는 "조용한 봄"으로 3연에서는 "여자", 4연에서는 "능금꽃"으로 자신을 아프게 하는 존재들이 가까워지고 있습니다. "먼 곳"은 막연하고 추상적이지만 "조용한 봄" "여자" "능금꽃"은 구체적인 대상들입니다. 각 연에서 대상을 바꾸며 반복함으로써 지금 시의 화자가 아픔의 거대한 진동의 복판에 있는 것 같은 느낌을 줍니다. 이 작품은 '다시 몸이 아프다'의 짧고 강렬한 변주로 이루어졌 있습니다. 즉 "다시 몸이 아프다"라는 사건에 "먼 곳" "조용한 봄" "여자" "능금꽃"이 함께 동참하고 있는 것이죠. 그러나 반대로 '몸이 아프다'는 사건은 "먼 곳" "조용한 봄" "여자" "능금꽃" 때문이기도 합니다. 무엇이 원인이고 무엇이 결과인지는 중요하지 않습니다. 지금은, "다시 몸이 아프다"는 꽃을 통해, 그리고 그 꽃을 피운 것이 줄기와 가지와 뿌리라는 심원한 이야기를 읽어내는 게 먼저입니다. 그리고 이 이야기의 핵심은 김수영이 바라던 '무엇'이, 이제 현실에서 물러나 은닉된 채 "먼 데"에 존재한다는 겁니다. 여기서 저기까지 거리도 모르겠고, 가는 경로도 모르겠고, 언제 닿을지도 모릅니다. 그래서 "나도 모르는 사이에／ 내 몸이 아프다"고밖에 말할 수 없습니다. 하지만 '그것'은 없는 게 아닙니다. 왜냐면 자신이 직접 살아봤기 때문입니다. 그리고 이 경험은 김수영에게 꺼지지 않은 채 계속 살아 있게 됩니다.

제가 약간의 농을 섞어 부르는 '아픈 몸 3부작' 중 「먼 곳에서부터」는 그 1편입니다. 2편은 「아픈 몸이」죠. 「아픈 몸이」는 어쨌든 "아픈 몸"을 끌고 '아픈 몸'을 넘어서고자 하는 의지를 보여줍니다. "아픔이／ 아프지 않을 때는／ 그 무수한 골목이 없어질 때"라고 하죠. "무수한 골목", "먼 곳"에 도달하기까지 존재하는 온갖 미로들은 "아픔이／ 아프지 않을 때" 사라집니다. "아픈 몸이／ 아프지 않을 때"를 향해 화자는 "무수한 골목"을 돌아가야(지나가야) 합니다. "무수한 골목"을 부정하는 것은 쉬운 일이나 그렇게 해서는 "먼 데"에 닿지 못합니다. 도리어 엉뚱한 "먼 데"가 '달나라의 장난'으로 등장하게 마련이죠. 시적 상상력은 "무수한 골목"들을 살면서 지워갑니다. "추위에 온몸이/ 돌같이 감각을 잃어도/ 또 골목을 돌아서"라고 하잖습니까. 김수영이 '어떤' 참여시들에 질려 하는 것은 이 관계를 '어떤' 참여시들이 '온몸'으로 쓰인 게 아니기 때문입니다. 그는 「참여시의 정리」(1967)라는 글에서 이런 말을 남깁니다.

우리는 이제 불평의 나열에는 진력이 났다. 뜨거운 호흡도 투박한 체취에도 물렸다. 우리에게 필요한 것은 불평이 아니라 시다. 될 수 있으면 세계적인 발언을 할 수 있는 시다.

"무수한 골목이 없어질 때"는 또 개인의 몫만은 아니면서 자신의 수련과 연마에 달려 있기도 합니다. 마지막 연에서 김수영은 이렇게 말하고 있죠.

아픈 몸이
아프지 않을 때까지 가자
온갖 식구와 온갖 친구와
온갖 적들과 함께
적들의 적들과 함께
무한한 연습과 함께

242

‘아픈 몸’ 3부작 중 2편은 이렇게 끝납니다. 3부작 중 3편인 「시」는 ‘아픈 몸’이라는 말이 등장하지 않습니다. 그럼에도 불구하고 저는 그 3편이라고 부르는데, 1961년 후반기에는 위 세 편과 「여수」를 쓰고 그해를 마무리합니다. 1961년 여름과 가을은 온통 쿠데타의 충격과 불안을 헤쳐 나오려는 몸부림으로 채워졌다고 해도 과언은 아닙니다. 「시」는 다소 맥이 빠지는 작품이긴 합니다만, 여기에도 자기 방기라고는 부를 수 없는 내적 치열성은 살아 있죠. 「시」는 “어서 일을 해요 변화는 끝났소”라고 시작합니다. 그리고 그 “일”을 위해 “기름을 주라/ 어서 기름을 주라”고 합니다. “논도 얼어붙고/ 대숲 사이로 침입하는 무자비한 푸른 하늘”만 있는 시간이기에 “기름을 주라”는 다소 맥빠진 자기 위안이 되기도 합니다. “쉬었다 가든 거꾸로 가든 모로 가든/ 여기서 또 가요”, “미친 놈 본으로 어서 또 가요” 하기 때문입니다. 몸부림 자체가 길을 만들지는 못합니다. 그래서 이 몸부림은 얼마간 자신을 파먹기도 합니다. 1962년에서 1963년 사이의 대부분 작품이 이 몸부림의 연장선인데, 시적으로 소소해지기도 하고 긴장과 밀도가 떨어지기도 합니다. 제가 ‘몸부림’이라고 표현은 했지만 몸부림이 자학적이라거나 분열적이라는 의미는 가지지 않습니다. 어떤 모색과 휴식이라고 해두는 게 작품에 즉해 보자면 더 맞을지도 모르겠습니다.

다른 시간을
기다리며

이 중 읽어볼 만한 작품으로는 「백지에서부터」가 있습니다. 이 시는 꼭 혁명의 시간을 반추하고 있다고까지는 말하기 힘들지도 모르지만, 일종의 '환한 시간'을 상기하고 있는 작품으로 읽을 수 있습니다. 1연에서 "하얀 종이가 옥색으로 노란 하드롱지가/ 이 세상에는 없는 빛으로 변할 만큼 밝다"라고 합니다. 이 종이의 변색을 김수영은 "시간이 나비 모양으로 이 줄에서 저 줄로/ 춤을" 춘다고 이미지화하는데, 인상적인 것은 "그 사이로/ 사월의 햇빛이 떨어졌다"는 구절입니다. 이 시에서 "사이"라는 말은 반복해서 사용됩니다. "사이"를 통해 현실과는 다른 무엇이 강림하죠. 1연에서는 "사월의 햇빛"입니다. 그런데 현실은 "병아리 우는 소리와/ 그의 원수인 쥐 소리"가 구분되지 않는 형국입니다. 떨어지는 "사월의 햇빛"과 "병아리 우는 소리"가 서로 조응하는 듯하죠? 하지만 거기에는 "쥐 소리"가 섞여 있습니다.

　2연과 3연에는 '아픔' "사이"로 강림하는 것에 대한 표현이 있습니다. 2연과 3연을 직접 읽어보겠습니다.

　　어깨를 아프게 하는 것은
　　노후의 미덕은 시간이 아니다
　　내가 나를 잊어버리기 때문에

개울과 개울 사이에

하얀 모래를 골라 비둘기가 내려앉듯

시간이 내려앉는다

머리를 아프게 하는 것은

두통의 미덕은 시간이 아니다

내가 나를 잊어버리기 때문에

바다와 바다 사이에

지금의 삼월의 구름이 내려앉듯

진실이 내려앉는다

　　어깨의 아픔("노후의 미덕")과 머리의 아픔("두통의 미덕")은 "내가 나를 잊어버리"게 합니다. 그래서 시의 화자가 기다린 시간이 아닙니다. '아픈 몸 3부작'하고는 분명 다른 느낌을 줍니다. 아픔에 빠져 있는 것은 결국 "내가 나를 잊어버리"게 할 뿐입니다. 2연에서는 "개울과 개울 사이에" 다른 "시간이 내려앉"고 3연에서는 "바다와 바다 사이에" 다른 "진실이 내려앉"습니다. 그것들이 내려앉는 모습의 비유를 "비둘기"와 "삼월의 구름"이라고 하는 데서 드러나듯 아픔을 넘어선 환한 정서의 일면을 보여주고 있습니다. 다만 내려앉는 것이 "시간"과 "진실"이라는 점에서 드러나듯 아직은 여기 현실에 내려앉는 것은 추상적입니다. 동시에 서정적이기도 하지요. 그런 다음 4연에서 1연을 약간 변주하는데요, 이번에는 종이의 변색을 "하얀 종이가 분홍으로 분홍 하늘이/ 녹색으로 또 다른 색으로 변할 만큼 밝다"고 합니다. 종이의 변색 과정의 나열이 중요한 것이 아니라 그 변색이 결과적으로 "밝다"는 것이 중요한데, 어쩐지 공허한 느낌을 피할 수 없습니다. 제 느낌으로는 서정시로서는 더할 나위 없는데 어딘가에 걸려 나아가지 못하는 것 같습니다. 마지막이 더욱 그런 느낌을 들게 하죠. "—그러나 혼색(混色)은 흑색이라는 걸 경고해 준 것은/ 소학교 때 선생님……". 종이의 변색이 '밝음' 쪽으로 향하기는 하는데, 그 앞이 탁 트인 게 아니라 어쩌면 혼색으로 가는 것일지도 모르고 그것은 결국 암흑의 다른 이름이라는 뜻으로 읽힙니다. '밝음'이라고 다 희망적이고 긍정적인 것은 아니죠. 그냥 순간의 작열일 수도 있거든요. 무엇을 향한 '밝음'인가, 그 '밝음'은 지금 길을 만들거나 비추고는 있는가? 아직은 자신이 없는 것 같습니다.

이 작품을 읽으며 한번 생각해봐야 할 것은 왜 제목이 '백지에서부터'인가 하는 것입니다. 작품은 "하얀 종이가"로 시작돼서 결국 "하얀 종이가"로 끝납니다. 종이가 변색을 하는 것은 우리가 생활 속에서 자주 경험하는 일이기도 한데요, 종이의 색깔이 변하는 것은 빛이라든가 습기라든가 하는 물리적 원인이 직접적이지만 이 작품에서 우리는 물리적 조건이 도드라지는 정황을 읽을 수 없습니다. 도리어 '시간'이 종이를 변색시키는 배경임을 느낄 수 있죠. 1연에서 이미 "시간이 나비 모양으로 이 줄에서 저 줄로/ 춤을 추고" 있고, 2연과 3연에서는 그 "시간"은 아픔의 시간임을 일러주고 있습니다. 또한 "시간이 나비 모양으로 이 줄에서 저 줄로/ 춤을 추"
는, 어떤 혼돈의 시간임을 알 수 있습니다. 그 혼돈의 시간 사이로
"사월의 햇빛이 떨어"지고 2연과 3연의 아픔의 시간 사이로는 다른
시간이 내려앉습니다. 그런데 "내려앉는다"고는 하지만 그게 현재
적 사건 같지는 않아 보입니다. 어쩌면 시인의 바람이 투영된 미
래-사건을 현재형으로 처리한 것이 아닌가 하는 느낌이 들죠. 마
지막 4연에서 종이의 색깔이 변해가는 혼돈의 시간이 자칫하면 "흑
색"일지 모른다는 자기 각성을 보여줍니다. 앞에서 1962년에서
1963년 사이의 작품들이 쿠데타의 충격, 정확히 말하면 혁명의 실
패를 견디려는 몸부림의 연장이라고는 했지만, 이 작품에서도 그것
은 보입니다.

　하지만 지금 화자는 현재적 현실을 살아야 합니다. 현재적 현실
은 과거에 붙들려서는 살 수 없습니다. 왜냐하면 현재에는 또 현재
의 적이 등장하기 마련이니까요. 그런데 이 현재의 적을 헤아려보
고 있으면 또 누가, 무엇이 나의 적인지 분간이 가지 않습니다. 「적」
에서 "적을 운산(運算)하고 있으면/ 아무 데에도 적은 없고"라고 말
하는 것은 그 때문입니다. 그것은 현재가 그만큼 카오스이기 때문
입니다. 1950년대 후반 상황이 떠오르지 않나요? 분명히 있는데
"아무 데에도" 없는 현재의 적 때문에 "나의 과거와 미래가 숨바꼭
질만" 합니다. 이런 현상의 반복은 결국 자기 자신을 지치게 합니다.
그래서 굳이 "적은 꼭 있어야만" 하는가 하는 회의에 빠집니다. 현
재에서 고작 발견하는 적은 생활의 적일 뿐입니다. 생활의 적은 "늘

비하지만 "어제의 적은" 없습니다. 어제 분명하게 만났던 적이 있는데 이게 누구였던가 헤아려보니 "아무 데에도" 없습니다(이상 「적」). 이게 이즈음 김수영의 상태입니다. 이런 상황에서도 역시 "풍자가 아니면 해탈"밖에 없습니다. 그런데 현실에 대한 풍자가 아니라 자기 풍자밖에 없습니다. 현실에 대한 풍자보다 더 고약한 것이죠. 「마케팅」 「절망」 「파자마 바람으로」 「만주의 여자」는 그렇게 읽어도 무방합니다. 비록 「만주의 여자」에서 "끊었던 술을 다시 마시면서 사랑의 복습을 하는 셈인가"라고 고개를 조금 내미는 듯하지만 그 "사랑의 복습"이라는 것도 "술을 다시 마시면서" 내미는 고개에 해당되니까 결국 자기 희롱에 빠지고 마는 겁니다.

그래서 뇌까리는 것이 "장시만 장시만 안 쓰면 돼"입니다. 장시를 쓴다는 것은 할 말이 많다는 것인데, 지금은 할 말이 많지만 참는다,가 아니라 "겨자씨같이 조그맣게 살면" 되는 세상일 뿐입니다. 「장시 1」의 "장시만 장시만 안 쓰면 돼"에서 「눈」의 "저항시는/ 방해로소이다"가 연상되지 않습니까? 그래도 1961년 작 「눈」에는 "민중은 영원히 앞서 있소이다"가 있지만 「장시 1」에서는 맥빠진 자기 읊조림이 있을 뿐입니다. 다시 말하면 「장시 1」을 지나 「돈」까지도 일종의 자기 풍자 또는 희롱입니다. 다만 「장시 2」에서 "나에게 방황할 시간을 다오"가 눈에 띕니다. 그리고 지금 자신이 "무감각의 비애"에 빠져 있음을 고백하고 있습니다.

나에게 방황할 시간을 다오

248

불만족의 물상(物像)을 다오

두부를 엉기에 하는 따뜻한 불도

졸고 있는 잡초도

이 무감각의 비애가 없이는 죽은 것

    현재적 현실에 맞닥뜨린 자신의 상태가 "무감각"이라는 것이며, 그리고 이 "무감각" 상태에서 자신은 "비애"를 느낀다는 뜻입니다. "무감각"에서 "비애"를 느낀다는 것은 그나마 살아 있음의 증표이기는 합니다. "무감각"이 정말 "무감각"인지 모르고 산다는 것은 1957년 작 「눈」에서 말하는 "죽음을 잊어버린 영혼과 육체"입니다. 김수영 자신이 "무감각"이라고 말은 했지만 "무감각"을 의식하고는 있었던 것입니다. 의식하고는 있는데, 그 의식이 다음을 밝히는 조명등으로는 미달인 것이죠. 확실하게 이 작품을 쓴 1962년이나 그 이듬해인 1963년까지는 산문에서도 눈에 띄는 게 없습니다. 단지 산문을 쓸 기회가 없었던 까닭인지는 모르겠지만 아무튼 그렇습니다. 간단히 말해서 다시금 김수영에게 찾아온 방황의 시간이죠. 그 명확한 물증이 「장시 1」과 「장시 2」입니다. 「장시 2」의 마지막 연입니다.

술 취한 듯한 동네 아이들의 함성

미쳐 돌아가는 역사의 반복

나무뿌리를 울리는 신의 발자국 소리

가난한 침묵

자꾸 어두워 가는 백주의 활극

밤보다도 더 어두운 낮의 마음

시간을 잊은 마음의 승리

환상이 환상을 이기는 시간

―대시간(大時間)은 결국 쉬는 시간

한 구절 한 구절이 무엇을 뜻하는지 섣불리 해석을 시도하기 보다는 지금처럼 드는 느낌에 충실해보겠습니다. 김수영의 시를 해석하는 데 있어서, 어느 시인의 말을 빌리자면, 하도 도깨비 같은 해석이 많은데 도깨비를 봤으면 도깨비를 봤다고 하면 되지 도깨비의 형상을 굳이 필설로 옮길 필요는 없습니다. 아마 '도깨비 같은 해석'이란 그런 의미일 겁니다.

제가 좀 전에 이 시기 김수영의 자기 희롱에 대해서 말씀드렸는데 그렇게 심각하게 생각할 것은 아닙니다. 그의 자기 희롱은 일종의 유머이기도 하면서 휴식이기도 합니다. 유머라고 해서 실없는 농담은 아닙니다. 금방 읽으신 부분에서도 드러났듯이 이 당시 김수영의 현실 인식은 그렇게 간단하지 않습니다. "동네 아이들의 함성"이 "술 취한 듯"하다고도 하고 역시는 미처 돌아간다고도 하며, "밤보다도 더 어두운 낮의 마음/ 시간을 잊은 마음의 승리"라고도 합니다. 그리고 무엇보다도 지금은 "환상이 환상을 이기는 시간"이죠. 환상은 더 냉철한 정신과 더 풍부한 상상력으로 이겨야 합니다. 하지만 지금은 그것이 결핍돼 있거나 고갈돼 있습니다. 고갈에서는 냉철한 정신과 풍부한 상상력이 나오지 않습니다. 고갈은 고작 환상만을 불러일으킬 뿐입니다. 그러면서 제일 마지막 행에서는 "—대시간은 결국 쉬는 시간"이라고 하는데, 여기서 "—대시간"이 무엇인지 작품의 맥락에서는 오리무중입니다. 어쩌면 '지금'이라는 시간과 대비되는, 아니 '지금'을 포괄하는 '대문자 시간'은 "결국 쉬는 시간"이라는 뜻인 건가,라고만 생각하고 있습니다. 하지만 '대문자 시간'이 초월적인 영원을 가리키는 것 같지는 않고요, 과거-현재-미래를 관통하는, 그것으로 구별 지을 수 없는 삶의 시간 혹은 영속적인 역사의 시간을 가리키는지도 모르겠구나, 하는 생각입니다.

「장시 2」가 이렇게 복잡한 현실 인식을 일부 드러낸 시라면, 「깨꽃」은 그 현실을 사는 자신의 자화상 같은 작품입니다. 인상적인 것은 주어 "나"는 '~이다'라고 규정되는 일반적인 문법 구조로 표현되지 않는다는 것입니다. 술어는 주어의 상태나 성격, 동작을 풀이해주는 기능을 하죠. 그런데 「깨꽃」에서 "나"는 '~하는 일'로 표현됩니다.

나는 잠자는 일
잠 속의 일
쫓기어 다니는 일
암흑의 일
깨꽃같이 작고 많은

이렇게 "나"는 어떤 "일"입니다. 「깨꽃」에서 반복되는 여러 일이 곧 "나"라는 뜻인데, 이게 대단히 새로운 것 같지는 않습니다만 주어 "나"를 설명해주는 술어 격인 "일"에 단순한 동사를 넘어서는 무엇이 함축되어 있습니다. 결국 "나"는 잠을 자고, 꿈을 꾸고, 쫓기어 다니고 때때로 암흑에 처한다는 것입니다. 어찌 보면 일상을 말하는 것이죠. 그런데 강렬한 구절이 몇 번 등장합니다. "암흑에 휘날리고", "쫓기어 다니는", "불같은 불같은" 등등이 말입니다. 시의 화자는 그래 봐야 자신은 "깨꽃같이 작고 많은" 또는 "깨꽃같이 작은 자질구레한 일/ 자꾸자꾸 자질구레해지는 일"이 곧 "나"라고 말하고 있습니다. 자조 같기는 한데, 마지막에는 이게 다 결국은 "깨꽃 깨꽃 깨꽃이 피기 전 일/ 성장(成長)의 일"이라고 합니다. 어떻게 읽으면 자기 위안 같기도 합니다. 저는 그냥 아직 꺼지지 않은 '믿음'이라고 읽고 싶습니다. 믿음은 가냘픈 것입니다. 비유하자면 비바람 속에서 꺼질 듯 나풀거리는 촛불 같은 것이지 활활 타오르는 횃불이 아닙니다. 기독교에서 환난 가운데서 믿음을 강조하는 것은 믿음이 꺼질까 봐서 그러는 것이기도 하지만, 환난에서야말로 믿음의 뿌리가 드러나서이기도 합니다.

다시 한번 강조하자면, 1960년대의 김수영의 부정적 상태는 1950년의 것과는 다릅니다. 둘 다 정신의 바닥을 통과 중이기는 하지만, 1960년대의 것은 혁명에 대한 믿음이 있었습니다. 믿음은 있었지만 그것이 힘겹게 지탱됐을뿐입니다. 그에 비해 1950년대는 혁명이라는 역사적 사건이 무엇인지도 모르는 상태였고 그래서 꿈이 막연한 상태였습니다. 앞에서 말한 것처럼 일종의 의지로 자신의 영혼에 풀무질을 했을 따름입니다. 「사랑」은 혁명에 대한 믿음이나 예언의 시가 아닙니다. 자신의 내면을 연마/경작하는 과정을 표현한 작품이죠.

「백지에서부터」가 방향을 모른 채로라도 '백지'(그라운드 제로)를 받아들인 작품이었다면, 「반달」은 비록 '반'이나마 어떤 진전을 이뤘다는 표식입니다. 제목부터가 의미심장한데, 「백지에서부터」가 단지 "하얀 종이가" 변색하는 이미지에 착상해서 쓴 작품이면서 '다른 시간'을 추상적으로 설핏 내보인 정도라면 「반달」은 보다 더 생생한 이미지와 언어를 구사합니다. 달이 뜨긴 했는데 아직은 '반달'입니다. 이 작품 역시 반달 이야기는 아닙니다. 김수영 자신의 정신에 대한 은유로 읽어야 할 것 같습니다. 하지만 그 증거가 명료하게 드러나지 않는데, 어쩌면 아직은 반달 상태이기 때문일지도 모릅니다. 반달은 달의 반이 어둠에 싸여 있는 상태 아닙니까? 이 시는, 이해하기 어려우면 어려운 대로 읽어봄 직한 작품이며 해석의 여지도 풍부합니다.

끝나지 않은
혁명

음악을 들으면 차밭의 앞뒤 시간이
가시처럼 생각된다
나비 날개처럼 된 차잎은 아침이면
날개를 펴고 저녁이면 체조라도 하듯이
일제히 쉰다 쉬는 데에도 규율이 있고
탄력이 있다 구월 중순 차나무는 거의
내 키만큼 자라나고 노란 꽃도 이제는
보잘것없이 되었는데도 밭주인은
아직도 나타나 잘라 가지 않는다

두 뙈기의 차밭 옆에는 역시 두 뙈기의
채소밭이 있다 김장 무나 배추를 심었을
인습적인 분가루를 칠한 밭 위에
나를 걸핏하면 개똥을 갖다 파묻는다
밭주인이 보면 질색을 할 노릇이지만
이 밭주인은 차밭 주인의 소작인이다
그러나 우리 집 여편네는 이것을 모두
자기 밭이라고 한다 멀쩡한 거짓말이다
그러나 이런 거짓말이 필요할 때가 있다

그러나 이런 거짓말을 해도 별로
성과는 없었다 성과가 없을 것을
알고 있기 때문에 나는 여편네의
거짓말에 반대하지 않는다

음악을 들으면 차밭의 앞뒤 시간이
가시처럼 생각된다 그리고 그 가시가
점점 더 똑똑해진다 동산에 걸린
새 달에 비친 나뭇가지처럼
세계를 배경으로 한 나의 사상처럼
죄어든 인생의 윤곽과 비밀처럼……
곡은 무용곡―모든 음악은 무용곡이다
오오 폐허의 질서여 수치의 개가(凱歌)여
차나무 냄새여 어둠이여 소녀여
휴식의 휴식이여
분명해진 그 가시의 의미여

모든 곡은 눈물이다 어렸을 때 어머니는
나의 얼굴의 사마귀를 떼 주었다
입밑의 사마귀와 눈밑의 사마귀……
그런 사마귀가 나의 아들놈의 눈 아래에
있는 것을 발견하고 나도 꼭 빼 주어야

하겠다고 결심한 일이 있었다 그런데

내 눈 아래에 다시 생긴 사마귀는

구태여 빼지 않을 작정이었다

"눈물은 나의 장사이니까"—오오 눈물의

눈물이여 음악의 음악이여

달아난 음악이여 반달이여

내 눈 아래에 다시 생긴 사마귀는

구태여 빼지 않을 작정이다

—「반달」전문

먼저 이 시는 화자 주위의 차밭과 채소밭에 대한 생활적인 기록으로 시작합니다. 그런데 차밭은 "음악"과 연동돼 있고 채소밭은 "나"와 "여편네"의 일상적인 행동이나 마음가짐과 얽혀 있습니다. 그러다 3연에서 다시 차밭과 "음악"의 관계가 말해지다가 "차밭의 앞뒤 시간"이 돌연 고조되는 정서를 토로합니다. 그러다가 4연에서는 다소 엉뚱하게 "나"와 "아들"의 얼굴에 난 사마귀 이야기를 하다가 다시 한번 정서가 고조되는 구조를 가지고 있습니다. 작품을 이루는 겉 얼개는 지극히 생활적인 소재입니다만, 3연에서 고조되는 정서로 인해 생활적인 소재로 이루어진 얼개에 다른 의미가 충전됩니다. 물론 김수영은 처음부터 생활적인 소재에 상징을 부여하지 않았을 수도 있습니다. 작품을 쓸 당시, 시인의 내면에 어떤 '무엇'이 충전돼 있을 경우—정확히 말하면 그 '무엇'이 시인의 내면을 이루고 있을 경우—무심코 옮겨 적은 생활적인 소재에 그것이 흘러들어갈 수 있습니다. 당연히 시인이 선택한 언어에도 그것은 배어듭니다. 이것은 신비로운 현상이 아니라 시인 자신도 모르게 자신의 문제의식이나 바람이 사물과 사건을 선택하고 배치하면서 또 다른 차원을 펼치는 것인데, 우리는 이것을 '작품'이라고 부릅니다. 니체가 삶을 예술작품으로 만들라고 한 것은, 아마도 이런 맥락일 것입니다. 예술이 삶을 변용한다는 것은, 단순하게 예술이 삶을 이렇게 저렇게 바꾸어준다는 의미를 넘어섭니다. 그것은 삶을 기왕의 것과는 다른 차원으로 옮겨놓는다는 것이고 그렇게 되었을 때 삶 자체가 예술작품이 되는 것이죠. 여기에 허튼 낭만주의가 끼어들 여지는 없습니다. 만일 일말의 낭만주의가 허용된다면, 삶이 예술작품으로 변용될 때 그간의 규율과 습속, 규범은 파괴됩니다. 폐허를 만드는 것이 아니라 새로운 진리가 일어서는 것이죠.

1연은 차밭에 대한 이야기입니다. "음악을 들으면 차밭의 앞뒤 시간이" 아프게 느껴진다는 뜻일까요? 그렇다면 중요한 것은 "가시처럼"이 아니라 "차밭의 앞뒤 시간"일 것입니다. 더 따라 읽어보죠. "나비 날개처럼 된 차잎은 아침이면/ 날개를 펴고 저녁이면 체조라도 하듯이/ 일제히 쉰다". 여기서 어쩔 수 없이 "나비 날개처럼 된 차잎"은 「백지에서부터」의 "이 줄에서 저 줄로/ 춤을" 추는 "나비 모양"의 시간이 떠오릅니다. 두 작품의 시차는 1년 반 정도 됩니다. 「백지에서부터」의 혼돈스러운 "시간"이 이 작품에서는 "아침이면/ 날개를" 편다고 되어 있습니다. 느낌이 다릅니다. 그리고 나아가 "저녁이면 체조라도 하듯이/ 일제히 쉰다"고 합니다. 날개를 펼 때와 접고 쉴 때가 구분되어 있죠. 그런데도 거기에는 "규율이 있고/ 탄력이" 있습니다. 규율과 탄력이라는 말에는 '절제'와 '생기'가 각각 짝지어지지 않습니까? 즉, 음악을 듣다 보니 "차밭의 앞뒤 시간이" 아프게 다가오는데, 이제는 차잎은 날개를 펼 줄도 알고 쉴 줄도 압니다. (「장시 2」의 "—대시간(大時間)은 결국 쉬는 시간"이라는 구절도 동시에 떠올려보시기를 바랍니다.) '규율과 탄력'을 갖춘 채로 말입니다. 일단 「백지에서부터」와 「장시 2」에서 얻은 느낌과는 조금 다릅니다. 그 시들에는 일단 "탄력"이 없었습니다. 그런데 차나무가 "내 키만큼 자라나고 노란 꽃도 이제는/ 보잘것없이 되었는데도", 즉 자랄 만큼 다 자라고 심지어 거두어 가야 할 때인데도 밭주인은 나타나지 않습니다. 밭주인은 부재 중입니다. "아직도"라는 부사는 이미 때가 지났음을 가리키지만 시의 화자의 심리에서 보자면 밭주인을 기다리고 있는 것입니다. 그런데 밭주인을 누구일까요? 오지 않는 밭주인과 온달이 아닌 '반달'은 어떤 관계일까요?

2연은 "두 뙈기의 차밭 옆"의 "두 뙈기의/ 채소밭" 이야기입니다. "김장 무나 배추를 심었을" 밭이라는 데서 볼 수 있듯이 현재는 "김장 무나 배추를" 심지 않았다는 뜻이 됩니다. 묵정밭이라고까지는 할 수 없을지 모르지만, "나는 걸핏하면 개똥을 갖다 파묻는" 것으로 봐서 "채소밭" 역할을 현재 하지 않고 혹은 못하고 있는 휴경지임은 분명합니다. 그런데 이 밭을 시인의 아내는 "자기 밭이라고" 우기지만 자신이 보기에는 "멀쩡한 거짓말"입니다. 그런데 "이런 거짓말이 필요할 때가 있다"고 합니다. 이 성과 없는 거짓말이 왜 필요할까요? 예전에는 "채소밭"이었던 밭, 지금은 아무것도 심지 않은 밭에 대해 "멀쩡한 거짓말"까지 해야 하는 상황은 어떤 상황일까요? 시의 화자는 단지 성과가 없으니까 굳이 "거짓말에 반대하지 않는" 걸까요? 달리 생각하면 이런 "거짓말"이 현재 화자의 생활이라는 뜻이고, "거짓말"로 화한 생활 자체가 무의미하다는 이야기도 됩니다. 채소밭이 자기 밭이 되는 것도 아니고 그렇다고 밭주인과 분쟁도 일어나지 않는 거짓말은 "음악을 들으면" 생기는 사건과 명백히 대비됩니다. "여편네"가 자꾸 거짓말을 하는 것은 밭주인의 부재와 연관되어 있을 겁니다. 역사의 주인, 역사에 참여하는 실천과 정신이 없으면 역사를 이용하고 역사를 분탕질하는 거짓말이 횡행하기 마련이지요. 채소밭 주인은 "차밭 주인의 소작인"이지만 이 둘은 동시에 부재 중입니다.

"차밭의 앞뒤 시간"은 "가시처럼 생각"되다 못해 "점점 더 똑똑해"집니다. 점점 선명해진다는 것이죠. 무엇이 선명해지는 거죠? "차밭의 앞뒤 시간", 즉 차밭의 역사가 선명해지는데, "세계를 배경으로 한 나의 사상처럼/ 죄어든 인생의 윤곽과 비밀처럼" 그렇다고 합니다. 차밭의 역사가 여기서 자신의 사상이나 "인생의 윤곽과 비밀"로 격상되는 순간입니다. "처럼"은 유사하다는 뜻의 조사이니 차밭의 역사와 화자의 사상과 "인생의 윤곽과 비밀"은 동격으로 받아들여도 무방합니다. 차밭의 역사가 이제 "음악을" 통해서 확연하게 드러나는데, 차밭의 역사는 "폐허의 질서"이면서 "수치의 개가(凱

歌)"입니다. 김수영은 분명하게 혁명의 패퇴를 "폐허의 질서"로, 그래서 "수치의 개가"로 인식하고 있습니다. 여기서 다시 4·19혁명에 걸었던 자신의 인생이 분명해집니다. 하지만 현실은 "폐허의 질서"요 "수치의 개가"이되 동시에 "차나무 냄새"이기도 하고 "어둠"이기도 하면서 "소녀"이기도 합니다.

조금 더 무리해서 해석을 감행해본다면, "어둠"은 부정적 의미를 갖는다기보다는, 기존 "폐허의 질서"와 "수치의 개가"가 저물어서 찾아온 시간으로서의 "어둠"을 뜻한다고 읽을 수 있습니다. "소녀" 역시 마찬가지이지요. 아직 미성숙한 존재이지만 "소녀"는 김수영의 영혼을 비추는 순수한 거울로서의 존재라고 할 수 있습니다. 훗날 「꽃잎」에서 순자라는 소녀를 통해서 자신의 허위를 리셋하는 예가 한 번 더 나옵니다. "곡은 무용곡―모든 음악은 무용곡이다"를 지나치게 세밀히 해석할 필요는 없을 것 같습니다. 화자가 현재 듣고 있는 "음악"이 무용곡일 수도 있고, 무용곡에 대한 개인적 선호일 수도 있는 시적 췌언입니다. 김수영의 특기죠. 시적 췌언과 요설을 통해 작품을 풍성하게도 하면서 난해하게도 하는 것 말입니다.

눈에 띄는 표현은 정작 다른 구절입니다. 그것은 "세계를 배경으로 한 나의 사상"인데, 언어가 커서 부담감을 가질 수도 있겠지만 저는 아주 의미심장하게 다가옵니다. 어쩌면 우리가 사는 시대가, '세계'니 '사상'이니 이런 말들을 싫어해서 부담스러울지도 모릅니다. 여기서 '세계'를 굳이 복잡하게 받아들일 필요는 없을 듯합니다. 그렇다고 해서 오늘날 대한민국 바깥을 막연하게 '세계'라고 불러서도 안 될 것 같습니다. '세계'는 지금 존재하는 사물과 사건의 전체, 종합이지요. 물론 각 사물과 사건은 평면적으로 존재하는 것이 아니라 각자의 역사를 가지고 있고, 이 각자의 역사는 서로 그물망처럼 엮여 있습니다. 김수영이 말한 "세계"는 물론 이러한 의식적인 발언은 아닐 수 있습니다. 어쨌든 간에 지금 자신의 '사상'은 '세계'를 배경으로 한다고 합니다. 여기서 김수영 자신의 '사상'이 무엇인지 명확하게 밝혀져 있지 않습니다. 문제는 '사상'이란 말을 자신 있게 뱉을 수 있는 상태에 있다는 것, 또는 그동안 자신의 고민과 염원이 결국 '사상'으로 응결되고 있다는 자부심을 은연중에 표출하고 있다고도 읽을 수 있습니다. '사상'은 꼭 체계를 갖춘 이론이 아닙니다. 사전적인 의미를 잠시 내려놓고 말하자면, 자신이 사는 세계와 자신의 삶을 전체적으로 이끄는 한 깊은 사고 구조죠. 아니, 이렇게 말해도 좀 부족할 듯싶습니다. 자신의 사고 구조를 만든 정신과 영혼의 힘, 또는 조금 서정적으로 말해서, 좀체 식지 않는 근원적인 그리움 같은 것일 겁니다.

김수영은 산문에서 '사상'에 관한 인상적인 말을 남기기도 합니다. 친구 소설가 김이석의 추도문 격인 「김이석의 죽음을 슬퍼하면서」에서 자신은 "그의 문학보다도 늘 그의 사상이 더 궁금했"다고 말합니다. 사실 문학은 어느 정도 위장이 있죠. 하지만 '사상'은 위장할 수가 없습니다. 그러니까 이 말은 김이석의 문학을 피워 올리는 영혼의 색깔이 알고 싶었다는 겁니다. 김이석의 근원적인 그리움이 무엇이었는지 조금 더 알고 싶었다는 이야기가 되겠습니다. 한

편 같은 1964년에 발표한 「요동하는 포즈들」이라는 시평(詩評)에서 아주 중요한 발언을 하지요. 일단 글의 제목부터가 '포즈'에 대한 신랄함이 묻어 있습니다.

> 우리의 현대시가 겪어야 할 가장 큰 난관은 포즈를 버리고 사상을 취해야 할 일이다. 포즈는 시 이전이다. 사상도 시 이전이다. 그러나 포즈는 시에 신념 있는 일관성을 주지 않지만 사상은 그것을 준다. 우리의 시가 조석으로 동요하는 원인의 하나가 여기에 있다. 시의 다양성이나 시의 변화나 시의 실험을 나는 두려워하지 않는다. 오히려 그것은 어디까지나 환영해야 할 일이다. 다만 그러한 실험이 동요나 방황으로 그쳐서는 아니 되며 그렇지 않기 위해서는 지성인으로서의 시인의 기저에 신념이 살아 있어야 한다.

김수영이 보기에는 당시에 발표되는 시들이 사상은 없고 포즈만 취하고 있다고 느낀 듯합니다. "포즈는 시 이전이다. 사상도 시 이전이다"라고 말하는 데서 알 수 있듯이, 김수영에게 '사상', '염원', '근원적인 그리움'은 시보다 앞서 인간의 영혼을 살아 있게 합니다. 김수영이 말하는 '사상'이 복잡하고 체계적인 이론이나 철학이 아님은 여기서 명료해집니다. 사상이 시에 일관성을 준다고 말하죠? 이 발언은 결국 김수영 자신의 경험을 고백이기도 합니다. 시인의 시론은 시인의 경험과 사유의 온축(蘊蓄)에 의해서 만들어집니다. 단순히 해득(解得)으로 생겨나지 않습니다. 김수영은 '사상'을 시인들이 가지고 있지 않으니 시들이 "조석으로 동요"하고 있다는 것입니다. 시의 스타일상의 변화나 실험도 결국 이 '사상' 때문이 아니라면 안 된다는 것이죠. 사실 이 발언은 정말 무서운 말이면서 동시에 오늘날 시인들에게 완벽하게 소외된 언어이기도 합니다. 대신 추상적인 '자유'나 '젊음'의 대명사로 김수영을 소비하고는 하죠. 만약 김수영이 영원한 젊음의 시인이라면 그에게는 어떤 '사상'이 있었기 때문입니다. 그 '사상'이 그의 시에 일관성을 부여했던 것이죠. 김수영의 시에 면면히 흐르는 이 일관성을 읽어내지 못하는 한 김수영은 계속 그렇게 소비되고 말 것입니다.

「반달」은 1963년 9월에 쓴 작품으로 연보에 기록되어 있습니다. 김수영 자신의 '사상'이 "세계를 배경으로" 하고 있다는 시적 진술은, 앞에서 인용한 산문의 내용과 더불어 곱씹어볼 만합니다. 「반달」을 기점으로 김수영의 정신이 점차 회복의 기미를 보인다는 것은 단순하게 이러한 언어의 등장도 등장이지만, 「반달」이후 작품을 살펴봐도 감지됩니다.(이에 대해서는 뒤에서 자세히 살펴볼 것이고요, 여기서는 「반달」에 집중해 보기로 하겠습니다. 다만 작품의 제목이 '반달'이라는 것, 아직은 온달이 아니라는 점은 유념해둘 필요가 있는 것 같습니다.)

4연에서는 갑자기 시적 무대가 바뀝니다. "모든 곡은 눈물이다"라고 하죠. 다르게 말하면 '모든 음악은 눈물이다', 곧 지금 듣고 있는 음악을 통해서 "차밭의 앞뒤 시간이" "점점 더 똑똑해"지지만, 아직은 눈물의 시간이라는 뜻입니다. "사마귀"는 "눈물"의 응결이라고 저는 읽습니다. 그리고 눈물의 응결로서의 사마귀는 어제오늘 일이 아니라는 게 "어렸을 때 어머니"가 떼주었던 "사마귀"를 통해 드러납니다. 그런데 "그런 사마귀가 나의 아들놈의 눈 아래에/ 있는 것을 발견"하게 됩니다. 눈물의 시간이 유전 중이라고나 할까요. 표면적인 내용으로는 아주 자연스럽게 사마귀의 유전을 말하는 것 같지만, 시적 기술라고 할 수 있습니다. 실제 상황이 김수영의 정신적 상황과 겹쳐지게 하는 이 기술은 독자를 어리둥절하게 합니다. 그래서 용감한 해석을 무릅쓸 수밖에 없는데 이 어리둥절한 기술은 묘하게도 시를 풍요롭게 하기도 합니다. 화자는 "아들놈의 눈 아래에/ 있는" 사마귀를 "꼭 빼 주어야/ 하겠다고 결심한 일이" 있었지만 "내 눈 아래에 다시 생긴 사마귀는/ 구태여 빼지 않을" 것이라고 합니다. 어머니가 빼준 사마귀가 "다시" 생겼다는 이 진술, 역사를 살아오면서 눈물은 멈추지 않더라는 이 진술은, "눈물은 나의 장사"라는 뼈아픈 직시를 통해 비탄으로 빠지지 않습니다.

이제 음악은 달아나고 "반달"만 남습니다. "달아난 음악이여 반달이여"라고 합니다. 그 앞의 "오오 눈물의/ 눈물이여 음악의 음악이여"라는 영탄조는 음악은 달아나고 반달만 남았다는 냉정한 인식을 위한 마지막 감정의 토로 같습니다. 마지막에서 드디어 시의 제목인 "반달"이 등장합니다. 아직은 온달이 되지 못한 역사적 시간, 그렇다고 온달이 도래한다는 확신이 서지 않는 현실의 시간 속에서 김수영이 택할 수 있는 것은 "내 눈 아래에 다시 생긴 사마귀는/ 구태여 빼지 않을 작정이다"라는 결단입니다. 앞에서는 "작정이었다"

라고 과거형으로 말하고 여기서는 "작정이다"라고 현재형으로 말합니다. 하지만 "다시"는 동일하게 반복됩니다. 어릴 때 내 사마귀는 어머니가 떼주었는데, 오늘 보니 아들에게도 사마귀가 있고 자신에게도 "다시" 사마귀가 생겼습니다. 그런데 그 사마귀를 구태여 빼지 않겠다는 결단은 '반달의 시간'을 온전히 살아보겠다는 의지입니다. 섣부른 희망을 말하지는 않지만 눈물의 응결로서의 사마귀가 곧 "반달"일 수도 있을 겁니다. 그리고 지금 하늘에는 반달이나마 떠 있습니다. 여기가 김수영의 로도스(Rhodus)인데, 비록 "사마귀"가 "다시" 생겼지만 이 또한 긍정함으로써 반달은 빛나기 시작합니다. 「사랑의 변주곡」에서 '아들'에게 "사랑을 알 때까지 자라라"고 하는데, 1967년에 와서 김수영은 사랑에 대한 굳은 믿음을 유산으로 남깁니다. 아직 「반달」에서는 눈물의 유전밖에 확인되는 바가 없습니다. 하지만 그것을 자의적으로 부정하지 않겠다는 것이죠. 역사적 현실을 자의적으로 또는 맹목적으로 회칠해서는 안 됩니다. 그것은 허황된 정신 승리는 될 수 있겠으나 그러면서 역사적 현실은 은폐됩니다.

　「반달」을 이렇게 읽는 것은, 이 작품에서 눈물의 정서와 냉철한 인식의 빛이 공존하면서 의지와 결단도 서광처럼 품고 있기 때문입니다. 아무리 읽어봐도 이 시에서 비탄이나 퇴행이 읽히지 않습니다. 김수영의 시는 어렵기는 하지만 대신 솔직합니다. 솔직하다는 것은 정직하다는 의미입니다. 자신의 정서와 인식이 비록 비대칭이라 하더라도 그것을 어느 한쪽에 억지로 끌고 들어가지 않죠.

눈물의 정서라고는 했지만 이 정서도 냉철한 인식의 빛에 의해 비통하지 않습니다. 도리어 그것을 긍정하게 하죠. 그래서 담담하게 "내 눈 아래에 다시 생긴 사마귀는/ 구태여 빼지 않을 작정이다"라고 말하게 합니다. 그 "사마귀"마저 '나'의 것이기 때문입니다. '나'는 그동안 사마귀의 시간을 살아왔고 지금도 살아가고 있다는 '바로 보기'만이 "영원히 나 자신을 고쳐가야 할 운명과 사명"을 가능하게 합니다.

저는 「반달」에서 드디어 김수영이 혁명에서 쿠데타로 급변한 현실의 소용돌이에서 벗어난 것을 읽습니다. 이 시가 주는 느낌이 당연히 그렇지만 이후 작품들에서도 김수영은 활달한 목소리를 되찾습니다. 곧이어 「거대한 뿌리」가 나오는 것은 이런 정서와 인식의 연속선을 이해할 때만 제대로 수긍할 수 있습니다. 그렇지 않다면 「거대한 뿌리」는 한 편의 위대한 낭만시에 머물렀을 겁니다.

사랑에 미쳐 날뛸 날이 올 거다 ————

다섯 번째
이 야 기

역사를 다시 살다

역사
앞으로

이제 다섯 번째 이야기입니다. 「반달」을 통해서 김수영이 쿠데타의 충격에서 벗어나고 있다고 앞에서 말했는데, 더 정확하게 말하면 쿠데타라는 사건을 통해서 역사의 진행 방향이랄까 혹은 발전이라는 것이 선형적으로 이루어지지 않는구나 하는 진실을 배웠다고 보는 게 맞을 겁니다. 어떤 진실을 알게 되기까지 우리는 우리에게 주어진 사실의 노예가 됩니다. 이것은 역사의 영역까지 갈 것도 없이 우리가 일상을 살면서 겪게 되는 일들에도 해당됩니다. 예를 들면, 친구나 가족에게 큰 상처를 받았을 때 상처를 남긴 사실을 되새기는 동안에는 사실을 극복할 수가 없죠. 그동안은 상처를 감당하며 살게 됩니다. 그리고 그 상처에서는 원한감정(Resentment)이 연기처럼 계속 흘러나오죠. 원한감정은, 즉 복수심입니다. 이 감정에 머물러 있는 동안은 어쨌든 우리는 진실을 보지 못합니다. 사실을 넘는 진실을 본다는 것이 무조건 용서와 관용을 가리키지는 않습니다. 하지만 복수를 하더라도 진실을 알고 하는 복수와 원한감정에 휩싸인 복수는 다릅니다. 원한감정으로 하는 복수는 상대방도 그리고 자신도 파괴하는 반면에 진실을 깨닫고 하는 복수는 무엇보다도 자신을 구원합니다. 상대방까지 구원하는 복수는 너무 거룩한 복수이니 여기서는 말하지 않기로 하죠. 미운 놈을 미워하는 것도 인간의 자연스러운 감정이니까요.

아무튼 「반달」을 쓴 즈음인 1963년 가을 무렵에는 역사의 진실에 대한 인식을 얻고 스스로를 치유합니다. 육체의 상처든 정신의 상처든 상처가 치유되지 않는 동안에는 사람은 누구나 비관적으로 되거나 우울하거나 신경질적인 상태에 머뭅니다. 어쩌면 이런 심리적 반응 자체가 상처를 치유하려는 생명의 본능일 수도 있습니다. 다만 이런 반응은 그 사람을 점점 더 수렁으로 빠뜨릴 수도 있고 관계에 있어서 부정적 변화를 일으킬 수도 있습니다. 이것들은 무슨 대단한 진리가 아니라 우리가 살면서 흔하게 경험하는 사태입니다. 현대에는 외래 진료를 통해 상처를 치유하는 방법이 아주 일반적입니다. 육체의 상처야 그렇다 치더라도 정신의 상처도 대부분 외래 진료를 통해 치유하는데, 이것이 의료산업을 낳습니다. 본질적으로는 '산업'이 된 의료 행위가 상처의 종류와 정도를 판단하는 권위를 갖고 끊임없이 우리에게 치유를 외주화하라고 강요하는지도 모릅니다. 그래서 예전에는 우리가 몰랐던 이런저런 질병들의 목록이 작성됩니다. 이것을 의술의 진보 또는 발전이라고 부를 수도 있겠지만, 한편으로는 '질병의 발명'이라고 볼 여지도 충분합니다. 이에 대한 날카로운 비판과 분석을 한 사상가로는 이반 일리치(Ivan Illich)를 들 수 있습니다.

　이와 아울러, 우리는 고통이나 아픔이라는 것에도 좀 다른 인식과 태도가 필요한 게 아닌가 싶습니다. 우리가 최소한 이승에서 몸으로 살아가는 존재라면 고통이나 아픔은 피할 수 없는 상태이기도 합니다. 고통과 아픔을 타자화하면 그것은 우리 몸에 머물러서는 안 되는 것이 되기 십상입니다. 고통이나 아픔에서 벗어나려는 노력이 너무도 당연한 선택이듯이 고통과 아픔이 언제든 우리에게 비집고 들어오려는 것도 살아 있는 한 필연입니다. 이것을 타자화하고 비난하기 시작하면 고통과 아픔은 절대 '내 것'이 돼서는 안 되고 '남의 것'이어야만 한다는 무의식적인 원망을 갖게 됩니다. 우리가 관계적 존재임을 말할 때, 관계를 통해 내게 '좋은 것'만 오지는 않습니다. 그것은 관계를 관념화하는 것에 다름 아닌데, 고통과 아픔 또한 기쁨과 만족을 느끼는 만큼 찾아오기 마련입니다. 이는 단순한 허위의식이나 자학적인 비틀림이 아닙니다. 제가 기독교인은 아닙니다만, 예수의 십자가 사건은 자기 고통과 아픔을 남에게 전가하지 말라는 메시지가 아닌가도 싶습니다. 자기 십자가는 자기가 짊어져야죠. 제가 괜히 이런 말을 하는 것은 아니고요, 김수영이 시나 산문을 통해 말하고 있는 바도 이와 닮았기 때문에 하는 말입니다. 「토끼」라는 산문에서 김수영은 그것을 지나가는 말로 '역경주의'라고 일컬었지만, 불행과 고난에 대한 독특한 김수영의 관점을 피상적인 차원의 객관화로 보면 안 된다고 봅니다. 포로수용소에서 성경을 열심히 읽고 받은 영향 탓인지 어쩐지는 잘 모르겠습니다.

미셸 푸코(Michel Foucault)는 철학의 역할을 투쟁, 치유, 해방이라고 한 적이 있는데, 저는 문학도 그렇다고 보는 입장입니다. 우리는 문학이나 예술작품을 '아름다움'을 표현하거나 구현하는 행위로 보는 데 익숙해 있습니다만, 윤리적 행위나 정치적 행위를 제거한 아름다움의 구현이 공허한 것도 사실이고, 그럴 경우 문학이나 예술이 윤리의 저하나 정치적 반동 혹은 퇴행에 동조 내지는 최소한 회피하는 역할을 할 수도 있습니다. 문학이나 예술도 결국 역사적 현실이라는 조건에서 자유로울 수 없고 창작과 향유라는 행위 자체가 특정한 역사적 시간이 만들어낸 인식 체계, 문화, 생활양식, 언어 구조 등에서 의해 수행되는 사실을 고려하면 푸코가 말한 저 철학의 역할은 문학이나 여타 예술에게도 동일하게 적용된다고 봅니다. 물론 문학이나 예술작품은 철학과는 다른 방식 —그렇다고 완전하게 동떨어진 방식은 아닙니다— 으로 그 역할을 수행합니다만. 무엇보다도 투쟁, 치유, 해방을 감성의 영역에서 감성적인 방식으로 합니다. 지성이나 감성이 우리의 영혼에서 별개의 구역이 아니기 때문에 감성을 통한 치유는 지성을 필요로 하고, 그것이 진실을 향한 이성의 기능을 촉발합니다.

무엇보다도 상처를 또는 상처를 치유하는 과정을 작품화하는 과정에서 당사자의 내면에 변화를 일으킬 개연성이 높습니다. 오늘날 '글쓰기'가 강조되는 것은, 그것이 만일 긍정적인 측면에서 그런 것이라면, 글쓰기를 통해서 상처받은 자신의 마음을 직면하게 하기 때문일 겁니다. 원한감정을 계속 불태우는 것으로는 상처의 치유는 불가능합니다. 그것을 정직하게 대면함으로써 그 감정이 일기 시작한 원인과 경로, 맥락을 살펴볼 수 있게 되겠죠. 이것이 자신에게 필요로 하고 국한된다면 자기 치유에 해당되겠지만, 만일 자신의 상처가 공동체의 문제, 정치의 문제, 경제구조의 문제에서 시작됐다는 인식에 도달하면 그것은 투쟁의 문제가 됩니다. 여기서 말하는 투쟁은 무슨 데모를 하거나 사회단체 활동을 하거나 그런 것만을 의미하지는 않습니다. 각자 자신이 서 있는 자리에서 자신이 가진 달란트를 가지고 구체적인 상황에 맞게 선택하는 것이지요. 이렇게 치유와 투쟁이 함께하게 된다면 그것은 일단 자기 자신의 해방에 기여하게 됩니다. 공동체가 어떤 질곡에서 해방되는 것은 한 사람의 결단과 행동만으로는 설명되지 않습니다. 좀 더 확장된 인식과 사고, 그리고 실제적인 연대와 지속의 문제입니다. 이렇게 해서 자신의 자아와 역사는 연결되게 됩니다.

「반달」을 통해 역사의 진실을 어렴풋이나마 인식하게 되자 김수영의 목소리는 조금 더 활달해집니다. 이것은 우리가 1950년대 시에서도 확인한 사항입니다. 시에서 목소리가 활달해졌다는 것은 내면에 다시 힘이 돌기 시작했다는 뜻입니다. 이런 맥락에서 말도 많고 탈도 많은 「죄와 벌」을 보겠습니다. 이 작품을 굳이 살펴보는 것은 김수영에 대한 어떤 오해를 해명해주려는 것보다는 왜 김수영이 그런 오해를 자초했는지를 보려는 목적도 있고, 그 자초를 살피면서 이 작품에서 얻을 것과 버릴 것을 가려보자는 의도도 있습니다.

남에게 희생을 당할 만한

충분한 각오를 가진 사람만이

살인을 한다

그러나 우산대로

여편네를 때려눕혔을 때

우리들의 옆에서는

어린놈이 울었고

비 오는 거리에는

40명가량의 취객들이

모여들었고

집에 돌아와서

제일 마음에 꺼리는 것이

아는 사람이

이 캄캄한 범행의 현장을

보았는가 하는 일이었다

―아니 그보다도 먼저

아까운 것이

지우산을 현장에 버리고 온 일이었다

—「죄와 벌」 전문

이 작품은 사실 너무 명료하면서 또 엉뚱하고, 왜 이런 시를 남겼

는지 의아하다는 측면에서 독자들을 어리둥절하게 하는 측면이 있습니다. 어디까지 사실인지는 모르겠지만 대학에서 김수영 강의를 하면 이 작품 때문에 여학생들이 불쾌해한다는 이야기를 들은 적이 있습니다. '미투' 직후 김수영도 이른바 '한남' 취급을 받은 적이 있었는데, "여편네를 때려눕혔"다는 자기 고백 때문에 그랬던 것 같습니다. 그래서 어느 김수영 연구자는 약간 변호하는 비평을 쓰기도 했습니다만 도리어 이해를 난처하게 했던 것 같습니다. 그 이전에는 이 시를 그냥 소품으로 여겼고 아내를 폭행했다는 고백을 가부장적 문화 속에서 살았던 김수영의 어떤 한계로 받아들인 채 그치기도 했습니다. 한편으로 전쟁 때 친구인 이종구와 함께 산 전력 때문에 그 앙금이 남아 있었던 것 아니냐는 가십성 추측도 있었지요. 중요한 것은 이 작품을 시로서 받아들이고 해석하는 것이지 전기적 사실에 대한 필요 이상의 추측이나 변호, 또는 비난은 바람직하지 않다고 생각합니다. 김수영이 시에서 자신의 생활을 까발리는 일을 마다하지 않는 특징을 봤을 때, 우리는 이 시에서 드러난 사태의 정황을 사실로 받아들일 수 있다고 생각합니다. 그런데 인상적인 것은 이런 부끄러운 행동을 화자가 반성하지 않고 뻔뻔함을 끝까지 유지한다는 점입니다.

그 해답은 뜻밖에 1연에 제시되어 있는 것 같습니다. 아마도 도스토옙스키의 소설 『죄와 벌』을 읽고 생긴 용기가 아닌가도 싶습니다. 남에게 온갖 비난과 매도를 당할 만큼 "충분한 각오를 가진 사람만이/ 살인을 한다"라는 진술은 『죄와 벌』에 대한 짧은 독후감일 수 있습니다. 라스콜리니코프의 전당포 노파 살인 행위는, 전당포 노파를 살인하는 것이 도덕적으로 그리 큰 문제가 될 수 있는가,라는 문제를 대두시켰다고 합니다. 제 기억으로는, 오래 돼서 희미하기는 합니다만, 라스콜리니코프가 이후 상당히 불안한 생활을 해나가는 것으로 알고 있습니다. 사실 "남에게 희생을 당할 만한/ 충분한 각오를" 가졌다고 살인 행위가 가능한 것은 아닙니다. 그렇다고 자신의 살인 행위에 도덕적 정당성을 부여할 만한 동기가 있다고 해서 그게 (상상이라도) 쉽지는 않습니다. 아무튼 김수영은 그렇게 진술을 한 다음에 2연을 "그러나"로 시작합니다.

"그러나" 이후 자신이 행한 일을 고백하는 방식인데, "그러나" 화자 자신은 그만한 각오를 가진 사람이 아니라는 뜻으로 사건을 술회합니다. 도리어 "제일 마음에 꺼리는 것이" "아는 사람"에게 들키는 것이라는 걱정을 하고, 심지어 "지우산(종이 우산)을 현장에 버리고 온 일"이 아깝다고 생각할 정도로 비루한 사람이라는 겁니다. 표면적으로는 참으로 부끄러움을 모르는 인간이고 우리가 지금껏 읽어온 김수영과 어울리지도 않습니다. 이렇게 "그러나"에 많은 것이 함축되어 있습니다. 그리고 화자 스스로 "이 캄캄한 범행의 현장"이라고 부르고 있다는 것에 주목해야 합니다. 즉 "그러나" 나는 남에게 희생을 당할 만한 용기도 없고 내 정당성을 강변할 마음도 없다, 반성할 마음이 없는 것이 아니라 섣부른 반성을 하지 않겠다는 것이죠. 자신의 "범행"을 독자의 법정에서 변명 없이 진술하기까지 합니다. 검사가 질문을 합니다. 그러자 네, 네, 다 사실입니다, 이렇게 말하고 있는 것 같습니다. 한술 더 떠, 그런데 "범행의 현장"에다 지우산을 버리고 온 것이 아깝기도 합니다, 라고 덧붙입니다. 이런 경우는 변호사의 변론도 무의미해집니다. 판사는 개전의 정이 없다며 양형을 최대한으로 하겠죠.

사실 「죄와 벌」은 「어느 날 고궁을 나오면서」보다 더 깊은 반성입니다. 「어느 날 고궁을 나오면서」도 자신의 왜소함에 대한 고발이지만 반성은 상투적입니다. 누구나, 어디서나 할 수 있는 반성이지요. 이런 반성은 처벌의 강도를 미리 약화하는 기능을 합니다. 하지만 「죄와 벌」은 어떤 처벌도 받겠다는 의미로 받아들여도 됩니다. 이 시도 역설(逆說)의 작품입니다. 자기 목을 아깝다는 듯 쓰다듬는 제스처가 전혀 없지요. 그래서 화자의 행동을 용서하자는 것이 아닙니다. 그것은 독자 개개인의 몫입니다. 그런데 이렇게 말하고 말면, 시를 법정 언어로 읽는 것에 가깝습니다. 「죄와 벌」을 김수영의 자기 고발문으로 읽고 마는 것이죠.

그렇다면 「죄와 벌」을 시로서는 어떻게 읽어야 할까요? 앞에서 말씀드렸듯이 자신이 저지른 "캄캄한 범행의 현장"을 스스로 고백하고 있는 형식을 취하고 있는데, 끝까지 그것을 반성하지 않는 제스처 뒤에 숨어 있는 화자의 심리 상태를 내보이고 있습니다. 제가 보기에 김수영은 처벌을 감당할 수 있는 정신적 건강을 회복한 듯 보입니다. 이 시에서는 "우산대로/ 여편네를" 때린 사건에 대해 진술하면서, 혹 "겨자씨같이 조그맣게 살면서/ 장시만 장시만 안 쓰면"(「장시1」) 될 것처럼 하다가 자신도 모르게 빠졌던 역사와 삶에 대한 일종의 회의와 불신을 돌아보고 있는 것은 아닐까요? 생활을 열심히 산다는 핑계 뒤로 가졌던 어떤 태만과 방기 같은 것 말입니다. 물론 이렇게 말할 수 있는 직접적 물증은 「죄와 벌」에는 나타나 있지 않습니다. 하지만 시의 이면에는 김수영 자신이 저질렀던 사건과 그것을 대했던 자기 모습을 통해 자신도 모르게 가지고 있던 이런저런 황폐한 마음과 감정과 무의식이 움직이는 것 같습니다. 문제는 말문이 막혀버린 듯 더 이상 말하지 않는 방식, 가끔씩 보이는 김수영 특유의 어투에 있을지 모릅니다. 그래서 김수영의 시에 이런저런 오해가 많을지도 모릅니다.

확실히 「반달」을 지나면서 목소리에 힘에 생겼고 이 힘으로 「죄와 벌」을 쓰게 된 것은 아닌가 싶습니다. 자기기만을 언제나 성찰하는 김수영 특유의 태도는 여러 작품에서 눈에 띄지만 아무런 변명이나 비유도 없이 그대로 드러내는 시로는 「죄와 벌」 외에도 「성」이 있습니다.

이렇게 말하면 분명 너무 김수영의 입장에서 시를 읽는다는 불만이 있을 수 있습니다. 하지만 시를 읽을 때, 다른 문학 작품도 마찬가지지만요, '김수영의 입장'에서 읽는다는 비판은 읽고 난 다음에 취하는 태도가 무엇인지에 따라서 올 수 있는 비판이라고 생각합니다. 제가 앞에서 얻을 것과 버릴 것이 무엇인지 한번 가려보자고 했던 말은, 먼저 제대로 읽은 다음에야 그것이 가능하기 때문입니다. 시에서 드러난 표면을 일반적인 척도로 재단하는 것은 일단 시를 읽는 데에는 장려할 만한 태도는 아닙니다. 제가 「죄와 벌」을 자세히 읽어보려 한 것은, 김수영을 일방적으로 변호하려고 했던 것이 아니라 시는 먼저 시로 읽어보자는 취지였고, 이것을 포기한 도덕적·정치적 판단은 시의 입장에서는 도리어 비판하고 넘어가야 할 굳은 관념이라고 보기 때문입니다. 시에는 기왕의 관념과 상식을 해체하는 막중한 역할도 있습니다. 한편으로는 기왕의 관념과 상식에 미치지 못하는 억압 때문에 고통받는 삶을 위한 외침도 시의 책무에 포함됩니다. 시에게 주어진 이러한 이중 과제는 결국 시인을 시민으로 붙들어 맬 수 없게 합니다. 시는 시민으로 하여금 시민적 삶에 충실하면서 시민적 삶을 넘어서길 원합니다. 그래서 저는 시인을 시민의 층위에 붙들어 매는 것에 호의적이지 않습니다. 그런데 이것이 또 일부 시인들의 과도한 일탈을 부추기는 반작용을 일으키지요. 하지만 그것은 어디까지나 그 일부 시인들의 시민적 책임이지 시의 책임이 아닙니다. 시가 시킨 게 아니거든요. 그들이 시를 자신의 욕망에 따라 곡해한 결과일 뿐입니다. 시민적 책임은 시민의 법정에서 물어지는 것이고 시인의 책임은 시의 비평을 통해 물어지는 것입니다.

「죄와 벌」은 우리가 받아들일 수 없는 가부장적 억압으로 약자인 여성을 폭행한 내용인 게 맞습니다. 약자인 여성의 입장에서 「죄와 벌」을 비판해야지 그렇지 않으면 작품에 대한 선행 이해라는 것은 자칫 면죄부를 줄 수 있다는 항변도 있을 수 있습니다. 일리 있는 지적입니다만, 다시 말씀 드리자면 시를 온전히 읽은 다음의 일입니다. 이 시에서 화자가 다 말하지 않은 말까지 다 들은 다음에 해도 그것은 늦지 않기 때문입니다. 왜냐면 여기는 형사 법정이 아니고 우리는 배심원이 아닙니다. 시의 내용이 직감적으로 불쾌한 것은 맞습니만, "─아니 그보다도 먼저/ 아까운 것이/ 지우산을 현장에 버리고 온 일이었다"는 대목에서 화자의 어떤 당당함이 일순간에 무너지는 것도 느낄 수 있습니다. 이미 말했듯이 화자 자신의 비루함을 다 내보였기 때문입니다.

또, 김수영의 시에서 아내를 툭하면 '여편네'라고 부르는 일에 대해, 여성의 입장에서 김수영 또한 어쩔 수 없는 가부장제의 한계 내에 있는 것은 아니냐는 지적에 대해서는 십분 동의합니다. 그것은 여성의 입장만이 아니라 오늘날 남성의 입장에서 봐도 불편한 대목입니다. 사실 남성인 저를 포함해서 대부분의 남성들은 예나 지금이나 가부장제 한계 내에 있을 것입니다. 김수영에 국한해 말한다면, 그 시대의 역사적 한계를 함께 읽어야만 김수영과 김수영의 시대를 함께 제대로 비판할 수 있는 것이지, 그도 어쩔 수 없었구나에 머문다면 김수영의 시대는 자칫 '무죄 방면'될 개연성이 있습니다. 제 말은 김수영의 한계를 희석하려는 게 아니라 어두운 역사적 기억을 넘어서고자 한다면 그만큼 우리의 관점도 역사적이어야 한다는 점을 강조하고 싶어서입니다. 김수영의 시대를 뺀 김수영 단죄는 역사적이라기보다는 현행 도덕의 입장이며, 동시에 현행 정치의 입장이기도 한 것 같습니다.

역사적 문제를 현행 도덕이나 정치의 문제로 국한하면, 이런 가정도 가능합니다. 훗날 우리들의 후손에 의해서 우리 시대가 낳은 문학예술 작품들도 그때의 도덕과 정치의 관점으로 인해 통째로 부정될 수 있습니다. 사실 '우리'가 부정당하고 말고가 문제는 아니죠. 중요한 것은 역사에서 단절과 지속의 변증법이 붕괴되는 것이며 이 붕괴는 곧 정신의 붕괴에 다름 아닙니다. 제가 욕먹을 소리를 하나 덧붙이자면, 이런 징후는 지금도 벌어지고 있는 것 같습니다. 과거가 오늘날 얼마나 모욕을 당하고 있습니까. 여기에는 여러 가지 이유가 있겠지만 현재의 테크놀로지가 조장하는 피상적인 감각과 단편적인 시간 의식만 짚어두기로 하겠습니다. 우리가 시를 읽는 이유 중 하나는 이러한 말초적인 감각과 인식에서 벗어나자는 데 있기도 합니다. 제 말에 얼마나 동의를 해주실지는 모르겠지만, 여기까지가 아직은 제 최선인 듯합니다.

쨍쨍 울리는 추억이
있는 한

다음으로 「거대한 뿌리」를 살펴보겠습니다. 이 시는 널리 알려진 작품이죠. 과거 역사에 대한 아주 헌걸찬 긍정의 노래입니다. 적잖이 낭만적인 풍이지만, 김수영의 변모된 목소리가 뚜렷한 작품이기도 합니다. 여기서 다시 한번 '「반달」 이후'를 말할 필요가 있습니다. 「반달」 이후 달라진 목소리를 앞에서도 언급했지만 「거대한 뿌리」에서는 더욱 노골화되고 있지요. 시의 내용에서도 드러나 있지만 이 시는 이사벨라 버드 비숍(Isabella Bird Bishop)이라는 "1893년에 조선을 처음 방문한 영국 왕립지학협회 회원"이 쓴 기행문을 읽고 촉발된 작품입니다. 비숍은 1893년에 조선에 와서 여기저기 여행을 하고 *Korea and Her Neighbours*이라는 책을 썼습니다. 현재 『조선과 그이웃 나라들』이라는 제목으로 번역이 돼 있습니다. 저는 아직 읽어보지는 못했지만 제목을 보자면 들른 곳이 조선만은 아닌 게 느껴지죠. 김수영은 「내실에 감금된 애욕의 탄식」이라는 독후감을 남겼는데, 이 독후감의 부제는 '여성의 욕망과 그 한국적 비극'입니다. 독후감의 반 이상을 인용으로 채우면서 "포복절도할 지경의 재미있는 데가 많다"고 적었습니다. 어느 여성 잡지에서 '한국 여성의 비극적인 애욕상'이라는 주제의 청탁을 받고 썼는데 성과 돈 문제에 대해서도 몇 자 더 보태고 끝맺었습니다. 이 산문과 「거대한 뿌리」는 아무런 내적 관계가 없습니다.

어쨌든 이사벨라 버드 비숍의 책—김수영은 『한국인과 그 인방(隣邦)』이라고 밝혀놨습니다—을 읽고 어떤 영감이 번개처럼 지나간 것 같습니다. 저는 그게 무엇 때문이었을까 궁금했는데, 항간에좀 알려진 다음과 같은 내용 때문이 아니었을까 추정해봅니다. 비숍은 조선 민중이 '이 세상에서 제일 가난하고 제일 더럽고 제일 게으른 사람들'이라고 했답니다. 비숍에게 조선 민중이 이렇게 관찰됐다면, 판단의 기저에 깔린 게 무엇이든 관계없이, 조선 말기 조선민중이 정치권력의 수탈에 지쳐버렸기 때문일 수도 있습니다. 하지만 다른 기록도 남겼다고 합니다. 그것은 당혹스러울 정도로 활기

차다고 했으며 동학농민군에 대해서는 "너무나 확고하고 이성적인 목적을 가지고 있어서 나는 그들의 지도자들을 '반란자들'이라기보다 차라리 '무장한 개혁자들'이라고 부르고 싶다"는 기록도 남겼다고 합니다. 신동엽도 이 책을 읽었는지 장편서사시 『금강』에서 다음과 같이 적었습니다. "그 무렵/ 여행용 트렁크 들고/ 한양성에 들른 영국 관광객/ 비숍 여사는, 표현했다, 효수된/ 혁명지도자들,/ 얼굴마다,/ 서릿발이, 엄숙하고/ 잘생겼더라고"(제22장). 사실 비숍의 이 기록은 그 길이가 짧은 만큼이나 피상적이기는 합니다. 그 당시 일본의 평화생명사상가 다나카 쇼조(田中正造)는 동학농민혁명의 소식을 접하고 "동학은 문명적이다. 12개 조의 군율은 덕의(德意)를 지키는 것이 엄격하다"고 평할 정도였습니다. 어느 대목이 김수영을 직접적으로 자극했는지는 잘 모르겠지만, 어쨌든 이 책으로 인해 어릴 적 자신의 환경을 떠올려봤음 직합니다.

시적 섬광은 의식 아래의 어두운 창고를 순간 환히 밝혀주고는 하는데 저는 「거대한 뿌리」가 그것의 극명한 예라고 봅니다. 김수영의 다른 시들도 그렇지만 이 작품도 일필휘지로 써 내려간 흔적이 아주 역력합니다. 시의 내용은 간단합니다. 1연에서 "나는 아직도 앉는 법을 모른다"라고 운을 뗀 뒤, 그 앉는 방법에 대해서 사사로운 기억을 떠올립니다. 북으로 간 친구 김병욱이 여기서 등장합니다. 인상적인 것은 김병욱과 더불어 자신이 만난 "이북 친구들"을 말하고 있다는 점입니다. 그러다가 2연에서 『한국인과 그 인방』에서 읽은 구절을 축약해놓고, 3연에서는 자신이 겪은 지난 시간을 회

억합니다. 그런데 1행부터 "전통은 아무리 더러운 전통이라도 좋다"고 말하죠. 비록 "아직도 앉는 법을" 모르는 역사를 살아왔지만 그 역사 자체를 긍정하고 있는 셈인데요, 이 대목만 보면 『한국인과 그 인방』에서 부정적으로 묘사된 '전통'을 접했던 듯도 싶습니다. 하지만 그 "우울한 시대를 파라다이스처럼 생각한다"고 합니다. 근거는 제시하지 않죠. 아니, 그 근거는 이미 「반달」에서 제시되었을지도 모릅니다. 논리적이고 구체적인 근거는 아니죠.(우리는 지금 김수영의 내면 변화를 좇아가고 있고 그 변화를 시적으로 표현한 것을 읽고 있는 중입니다) 그러면서 "버드 비숍 여사를 안 뒤부터는 썩어 빠진 대한민국이/ 괴롭지 않다 오히려 황송하다"고 말합니다. "비숍 여사"의 책에서 무슨 충격을 받은 것 같지는 않은데, 「내실에 감금된 애욕의 탄식」에서 뭐라고 하냐면, "어떤 대목은 우리들이 빤히 다 알고 있는 일"이라고 하거든요. 다만 2연에서 옮긴 내용은 김수영도 신기했던 모양입니다. 3연 뒷부분은 아주 중요한 대목입니다.

버드 비숍 여사를 안 뒤부터는 썩어 빠진 대한민국이
괴롭지 않다 오히려 황송하다 역사는 아무리
더러운 역사라도 좋다
진창은 아무리 더러운 진창이라도 좋다
나에게 놋주발보다도 더 쨍쨍 울리는 추억이
있는 한 인간은 영원하고 사랑도 그렇다

저는 위의 대목이 이 작품의 백미라고 생각합니다. 무엇보다도 "사랑"이라는 말이 다시 등장합니다. 이해를 위해서 김수영의 시에 나타나는 '사랑의 계보'를 잠시 더듬어볼 필요가 있습니다. 먼저, 1953~1954년의 「애정지둔」과 「겨울의 사랑」에서의 '사랑'이 있습니다. 「애정지둔」의 '사랑'은 "조용한 시절" 대신에 생긴 사랑을 말하는데, 이 사랑은 뭔가 우습습니다. 자조가 배어 있죠. 「겨울의 사랑」의 '사랑'에는 성애적인 뉘앙스가 배어 있지만 결국은 무언가가 결핍된 사랑처럼 느껴집니다. "우리의 사랑이 잊어버리기 위한 사랑에서 출발하였기 때문이라고 생각한다"에서는 불안한 심리가 위태롭게 똬리를 틀고 있는 듯한 느낌을 줍니다. 특히 마지막 연에서는 자신의 사랑이 "여러분에게는 미안한 정도/ 교묘(巧妙)를 다한/ 따뜻한 사랑"인데 "발악하는 사랑"이라고 합니다. 불신까지는 아니더라도 화자는 자신에게 주어진 "따뜻한 사랑"을 불안해하고 있으며, 그래서 더 "발악"하고 있다고 합니다. 이 '사랑'이 「나의 가족」에서는 조금 더 여유를 갖는 그야말로 "따뜻한 사랑"임이 드러납니다. "낡아도 좋은 것은 사랑뿐이냐"고 묻는 것은 그 여유의 표현이기도 합니다. 여기까지가 김수영이 노래하는 '사적인 사랑'의 노래입니다.

그 '사랑'에 대한 다른 의미와 생각이 채워지는 것은 1960년 1월에 발표된 「사랑」에 와서입니다. 아직 '사랑'이 추상적이기는 하지만 이 시는 전혀 다른 의미를 갖는다고 앞에서 말한 바 그대로입니다. 그리고 '사랑'이 더 확대되고 깊은 의미를 갖는 것은 4·19혁명에 의해서이고, 혁명의 퇴행 속에서 쓴 「피곤한 하루의 나머지 시간」에서는 자신이 피곤을 느끼는 순간이 곧 "사랑이 추방을 당하는 시간"이라고 말했음도 이미 짚어본 바가 있습니다. 5·16쿠데타 이후 침잠의 시기에 돌발적으로 사랑을 말하는 시가 한 편 있는데, 그것은 「만주의 여자」입니다. 이 작품에서도 만주에서 만난 적이 있는 여자에 대한 개인적인 '사랑'을 말하고 있는 것은 아닙니다. 어떤 무기력과 자기 희화화 속에서 '나'는 지금 "사랑의 복습을 하는 셈인가"라고 묻죠. 분명히 "복습"이라고 했습니다. 그래서 여기에서의 '사랑'도 혁명을 통해 알게 된 '사랑'의 의미와 연결된다고 볼 수 있습니다. 쉽게 말하면, 그리고 일단 개인적인 차원의 '사랑'을 제한다면, 김수영의 '사랑'은 역사에 대한 또는 민중에 대한 믿음으로 진화했음이 확실해 보입니다. 이런 해석은 너무 빠르게 보인다고 해도 어쩔 수 없을 것 같습니다. 그리고 「반달」을 지나오면서 생기를 회복했고 그것이 「거대한 뿌리」에서 명징하게 울리고 있는 것입니다.

> 나에게 놋주발보다도 더 쩽쩽 울리는 추억이
> 있는 한 인간은 영원하고 사랑도 그렇다

저는 이 구절이 김수영의 회복을 알리는 종소리 같다고 생각합니다. 「거대한 뿌리」에서 긍정하는 "더러운 역사"는 혁명의 퇴행과 굴절의 역사를 포함하고 있습니다. 저 "놋주발보다도 더 쩽쩽 울리는 추억"이 작품 내용상으로는 "시구문"과 "인환(寅煥)네/ 처갓집 옆의 지금은 매립한 개울에서 아낙네들이/ 양잿물 솥에 불을 지피며 빨래하던 시절"을 가리키지만, 의미 상으로는 굴절된 4·19혁명 이후의 역사를 가리킵니다. 그 역사가 아무리 굴절되어 있더라도 그것이 "놋주발보다도 더 쨍쨍 울리는" 한 "인간은 영원하고 사랑도 그렇"습니다. 여기에서 '사랑의 전환'이 극적으로 이루어졌기에 「현대식 교량」에서 과거와 현재를 이어붙이는 '사랑'이 가능했던 것이고, 「사랑의 변주곡」에서 드디어 그 '사랑'이 미래에까지 울리게 된 것입니다.

이 '사랑의 전환'은 여러 서구적인 의미의 관점과 인식, 그리고 그것이 야기한 식민지적 상황에게 무자비한 야유를 퍼부을 수 있는 힘을 제공합니다. 4연이 그것이죠. 여기에서는 우리가 현재에도 긍정적인 가치를 두고 있는 것들까지 야유의 대상이 됩니다. "진보주의자"도 "사회주의자"도 "통일도 중립도" 마찬가지입니다. 그것에 '민중적 바탕'이 없는 한 그렇다는 겁니다. 그러한 가치들은 결국 서구 근대의 것이고, '민중적 바탕'이 없는 한 식민지적 상황과 같은 것이고, "미국놈" 같은 패권 세력도 다 거기서 거기, 한통속이라는 겁니다. 김수영의 이 야유에서 논리적인 또는 분석적인 이해나 접근은 무의미합니다. 중요한 것은, 그가 경험한 민중적 바탕을 가진 역사와 그것을 짓밟은 역사의 명료한 구분입니다. 낭만적 열정으로 쓰인 「거대한 뿌리」가 가슴은 뜨겁게 하지만 현재를 이해하고 미래를 예감하게 하는 징후를 주지 못하는 것은 사실입니다. 이 모든 것을 충족하는 대작은 지금(1964년)으로서는 어려운 일입니다. 「거대한 뿌리」는 확실히 김수영의 후기 시의 시작을 알리는 힘찬 뱃고동입니다.

> 요강, 망건, 장죽, 종묘상, 장전, 구리개 약방, 신전,
> 피혁점, 곰보, 애꾸, 애 못 낳는 여자, 무식쟁이,
> 이 모든 무수한 반동이 좋다
> 이 땅에 발을 붙이기 위해서는
> ―제3인도교의 물속에 박은 철근 기둥도 내가 내 땅에
> 박는 거대한 뿌리에 비하면 좀벌레의 솜털
> 내가 내 땅에 박는 거대한 뿌리에 비하면

4연 6행에서 마지막 행까지입니다. 여기서 '거대한 뿌리=민중' 같은 도식을 떠올릴 수도 있는데, 모든 도식이 그렇듯 재미는 없습니다만, 저는 그렇다고 생각합니다. 5연과 6연은 '민중적 바탕'이 바로 자신의 "거대한 뿌리"라고 부릅니다. 그에 비하면 "제3인도교의 물속에 박은 철근 기둥도" "좀벌레의 솜털"에 지나지 않다고 하죠. 또 한 가지 눈여겨봐야 할 대목은 "내가 내 땅에/박는 거대한 뿌리" 운운입니다. 이 구절을 제목 삼았다는 것은 김수영의 심중에 무언가가 시작됐다는 것을 의미하기도 합니다. "내가 내 땅에 박는/ 거대한 뿌리"는 상징적이거나 낭만적인 언술이 아닙니다. 뿌리를 박는다는 말은, 자신은 이 땅에 사는 토착민이라는 자기 정체성의 자

부이기도 합니다. 사실 이 언술은 상당히 중요합니다. 그리고 이 땅에 뿌리를 박는 모양새와 이미지는 우리가 뒤에 살펴볼 작품들에서 다르게 나타납니다.

지금 그 예를 들어보면요, 일단 「현대식 교량」에서 식민지 때 건설된 "죄 많은 다리"입니다. 이 "다리"도 어쨌든 이 땅에 뿌리 박고 있는 그런 사물이지요. 조금 있다가 자세히 읽어보겠지만 이 "다리"의 역할이 아주 큽니다. 또 「사랑의 변주곡」에는 뿌리의 이전—그러나 연속적인—존재인 '씨'가 등장합니다. 이 부분은 뒤에서 좀 더 자세히 말씀드리겠습니다만, 김수영의 역사 인식에 어딘가 모르게 토착적인 정서가 생기기 시작하는 것 같습니다. 그렇다고 그의 시가 토착적인 성질을 갖는다는 뜻은 아닙니다. 그런데 그것이 "시커먼 가지를" 가졌다고 하고 "시커먼 가지" 자체는 당연히 부정적인 느낌을 줍니다.

이 표현의 속뜻에 좀 더 가깝게 다가가기 위해서 다시 「반달」의 한 구절로 돌아가 보겠습니다. 「반달」 3연 9행은 이렇습니다. "차나무 냄새여 어둠이여 소녀여". 이 작품은 "차밭의 앞뒤 시간이/ 가시처럼" 다가오는 장면으로 시작하는데요, 그것에 대한 명료한 인식에는 아직 도달하지 못한 상태입니다. 그것을 "차나무 냄새"라고 하고 연달아서 "어둠이여"라고 합니다. 김수영의 "어둠"은 징후나 느낌은 있지만 아직은 묘연한 상태를 가리키거나 "폐허의 질서" 같은 기존의 밝음이 지워진 원점을 의미합니다. 그러니까 기존의 해는 떨어졌지만 아직 동은 트지 않은 상태이지요. 따라서 "시커먼 가지"

는, "거대한 뿌리"는 분명 존재하지만 생명의 가지는 아직 움트지 않은 상태를 가리킨다고 해석할 수 있습니다. 아직도 자신은 "감히 상상을 못하는" 것이라고 제일 마지막에 고백하고 있잖습니까. 4연의 무자비한 야유까지는 가능한데 그다음의 시간에 대해서는 지금은 말하지 못하고 있습니다. 「거대한 뿌리」가 낭만적인 정조에 머무를 수밖에 없는 이유가 여기에 있습니다. 중요한 것은 혼란의 상태를 이제 후련하게 벗어났다는 점이고, 저는 「거대한 뿌리」를 그렇게 받아들입니다. 즉 자신에게는 "놋주발보다도 더 쨍쨍 울리는 추억이" 살아 있다는 것이며 그것이 살아 있는 한 "인간은 영원하고 사랑도 그렇다"는 겁니다. 사실 이 한 구절만으로도 김수영의 내면에 차오르는 희열이 느껴지지 않습니까? 그리고 김수영이 희열을 노래할 때는 박진감 있는 낭만시가 탄생합니다.

　「거대한 뿌리」에서 「사랑의 변주곡」으로 가는 중간에 「현대식 교량」이 있습니다만, 「현대식 교량」을 읽기 전에 「말」이라는 작품을 거쳐야 할 것 같습니다. 「말」이라는 시가 김수영의 죽음 의식을 나타내는 작품인지는 자신 있게 말하기가 약간은 저어됩니다만, 어쨌든 죽음에 대해서 말하고 있습니다. 늘 죽음을 생각하면서 살아야 지금의 삶을 아름답게 살 수 있다고 말했다는 증언이 있습니다만, 죽음에 대해서 깊이 천착한 작품은 드뭅니다. 김수영의 죽음에 대한 직접적인 언급은 「참여시의 정리」라는 글에 있는데, 중요한 시론 중 하나입니다. "무의식의 시가 시로 되어 나올 때는 의식의 그림자가 있어야" 하는데 그것은 "동시에" 나오지만 무의식과 "의식의 그림자"는 서로를 볼 수 없다고 합니다. 이 말은 그 자체로 난해합니다.

제 식대로 대략 해석해 본다면, 시는 무의식의 우물에서 길어 올려지는데 여기서 길어 올리는 행위가 의식이고 길어 올려진 무의식의 우물물 위에 남는 것은 행위가 아니라 행위의 흔적이라고나 할까요. 즉 시는 무의식의 우물물과 행위의 흔적으로 이루어집니다. 김수영은 이 구도를 다시 실존과 이성, 정치 이념과 참여 의식으로 번안해가면서 논의를 펼칩니다. 결국 시인이 추구해야 하는 것은 의식이나 이성, 참여 의식이 아니라 무의식과 실존, 그리고 정치 이념이 됩니다. 이것이 "하나의 불가능이며 신앙인데, 이 신앙이 우리의 시의 경우에는 초현실주의 시에도 없었고 오늘의 참여시의 경우에도 없다"는 것입니다. 그런데 무의식, 실존, 정치 이념이 시로 나타나는 경우는 의식, 이성, 참여 의식을 통해서가 아닐까요? 아마도 무의식, 실존, 정치 이념이 각각 의식, 이성, 참여 의식과 만나는 경우를 저는 '온몸'이라고 이해합니다. 유감인 것은, 이 부분을 기술할 때 김수영의 논리가 애매하다는 점입니다. 숨겨진/잠재된 실재를 인식 혹은 감각 가능하도록 드러나게 하는 것을 포이에시스(poiesis)라고 하는데, 포이에시스는 신비적인 '자기 생성'이 아니라 무엇에 '의해' 시작됩니다. 김수영의 논의에 있어서는 의식, 이성, 참여 의식이 그 '무엇'에 해당되며 그 '무엇'이 행하는 역량이 테크네(techne)입니다. 하이데거는 이렇게 은닉된 게 드러나서 우리 앞에 현존하게 하는 포이에시스를 '진리'라고 불렀습니다. 그런데 시에서는, 숨겨진/잠재된 실재가 드러나고 나서 테크네는 죽음을 맞게 됩니다. 모든 게 시에 이전되고 사라져버립니다. 이제 시는 무의식의 우물물도 아니고 의식의 그림자도 아닙니다. 정치 이념도 아니고 참여의식의 기름 덩어리도 아닙니다. 시가 태어난 거죠. 그리고 시는 제 갈 길을 갑니다. 이게 김수영 말한 "죽음의 연습을 잊지" 않는 것과 "죽음을 극복"하는 것인지는 잘 모르겠습니다.

아무튼 「참여시의 정리」에서 김수영은, 1960년대의 "소위 참여파의 시에 대해서 김현승의 죽음을 극복하는 시 같은 것이 있다고" 조금 소극적으로 진단하면서 자신은 젊은 참여시인들의 작품을 볼 때 "죽음을 어떤 형식으로 극복하고 있는지에 자꾸 판단의 초점이 가게 된다"고 말합니다. 뒤이어 그 유명한 신동엽에 대한 발언이 이어집니다. 요지는 신동엽의 「껍데기는 가라」에서 "죽음의 음악 소리가" 들리며 "참여시에 있어서 사상(事象)이 죽음을 통해서 생명을 획득하는 기술이 여기 있다"고 극찬합니다. 신동엽 연구자들에 의하면 거의 무명에 가까웠던 신동엽이 우뚝 세워지는 결정적 계기가 김수영의 이 발언이었다고 합니다.

「말」을 읽기 위해서는 단순하게 죽음을 생각하면서 살면 지금의 삶이 아름다워진다는 금언에 기대서는 안 됩니다. 도리어 "죽음의 연습을 잊지" 않으면서 "죽음을 극복"하는 것이 관건입니다. 죽음을 살면서 죽음을 극복한다는, 얼핏 보면 모순적인 인식이 김수영이 도달한 또 다른 경지입니다. 그리고 이것은 김수영을 이해하는 별도의 경로입니다. 죽음에 대한 높은 수준의 인식 없이 시의 깊이를 확보하기는 쉽지 않습니다. 사람은 태어나면 다 죽는다는 숙명론 같은 것은 아무 의미 없습니다. 누구나 할 수 있는 진담 같은 농담이죠. 그것은 인식이 아니라 그냥 상식입니다. 김수영 말마따나 인식이란 본질적으로 새로운 것입니다. 그리고 상식은 그냥 일반적인 통념일 뿐이죠. 제가 두 번째 이야기에서 잠깐 언급했듯이 인식이라는 것은 기왕의 앎의 경계를 허물면서 모름을 앎의 지평 안으로 끌어들이는 것입니다. 이러면 모름의 세계가 작아지고 줄어들 것 같지만 반대로 모름의 입은 더 커져 앎을 위협합니다. 앎과 모름의 이 희한한 변증법, 이것도 죽음의 문제와 관계 있을지 모르겠습니다. 즉 모름(죽음)을 잊지 않으면서 모름을 극복하는 것(삶)이죠. 그럼에도 모름은 더 커지고 깊어집니다. 그럴 때 앎도, 즉 삶도 깊어질 것입니다.

무언의
말

나무뿌리가 좀 더 깊이 겨울을 향해 가라앉았다

이제 내 몸은 내 몸이 아니다

이 가슴의 동계(動悸)도 기침도 한기(寒氣)도 내 것이 아니다

이 집도 아내도 아들도 어머니도 다시 내 것이 아니다

오늘도 여전히 일을 하고 걱정하고

돈을 벌고 싸우고 오늘부터의 할 일을 하지만
내 생명은 이미 맡기어진 생명
나의 질서는 죽음의 질서
온 세상이 죽음의 가치로 변해 버렸다

익살스러울 만치 모든 거리가 단축되고
익살스러울 만치 모든 질문이 없어지고
모든 사람에게 고해야 할 너무나 많은 말을 갖고 있지만
세상은 나의 말에 귀를 기울이지 않는다

이 무언의 말
이 때문에 아내를 다루기 어려워지고
자식을 다루기 어려워지고 친구를
다루기 어려워지고
이 너무나 큰 어려움에 나는 입을 봉하고 있는 셈이고
무서운 무성의를 자행하고 있다

이 무언의 말
하늘의 빛이요 물의 빛이요 우연의 빛이요 우연의 말
죽음을 꿰뚫는 가장 무력한 말
죽음을 위한 말 죽음에 섬기는 말
고지식한 것을 제일 싫어하는 말

이 만능의 말

겨울의 말이자 봄의 말

이제 내 말은 내 말이 아니다

─「말」 전문

　삶이 "죽음의 질서"에 의해 떠받쳐지고 있다는 김수영의 인식이
드러난 작품인데, 여기서 죽음의 질서는 삶의 법칙이면서 동시에 삶
을 어지럽히기도 합니다. 1연 1행, "나무뿌리가 좀 더 깊이 겨울을
향해 가라앉았다"부터가 죽음의 냄새를 풍기죠. 시간적으로는 겨울
의 복판이 아니고 늦가을에 해당됩니다. 이파리가 다 진 나무의 뿌
리가 더 깊어졌는데 그 방향은 겨울 쪽이죠. 늦가을 무렵에 우리의
심리는 종종 겨울을 향해 기울어지기도 합니다. 어쩐지 "내 몸은 더
이상 내 몸이" 아닌 듯도 합니다. 그렇다 해도 "오늘도 여전히 일을
하고 걱정하고/ 돈을 벌고" 할 일을 해야 합니다. 죽음이 삶을 떠받
치는 원리라면, 이런 일상의 의미도 많이 달라져야 하는데 그것은
또 아주 지난한 과정을 겪은 다음에나 도달 가능합니다. 우리의 생
명은 죽음이 부르면 언제든지 응답해야 하는 운명이죠. 삶은 죽음
을 이기지 못합니다. 죽음에 대한 이런 겸허함은 삶에 허무한‐깊이
를 주기도 합니다.

　1연에서는 "나의 질서는 죽음의 질서"라고 하면서 다소 허무 쪽
으로 기울었는데, 사실 죽음이 부여하는 삶의 깊이는 허무를 통과
하지 않고는 불가능하죠. 달리 말하면 허무를 통과하지 않은 깊이

는 허위일 가능성이 큽니다. "온 세상이 죽음의 가치로 변해 버렸다"는 그 허무를 부정할 수 없음을 토로하는 표현입니다. 이런 상황에서는 삶이 단지 익살스럽기만 할 겁니다. 그런데 "익살"은 허무적인 상태에서는 갖기 힘듭니다. 도리어 "익살"은 우리에게 '거리'를 갖게 해주는데, 삶에 지나치게 너무 밀착되지도 않고 그렇다고 죽음으로 완전히 넘어가지 않은 상태에서 우리는 익살을, 즉 웃음을 가질 수 있습니다. 웃음에도 여러 성격이 있습니다. 삶과 무관한 허한 웃음이 뒤덮은 세상에서 사느라 우리는 웃음의 진정한 의미를 모른 채 웃고 사는지도 모르겠습니다. 웃음은 여유와 긍정의 태도에서 터져나오는 것이지 괜한 농담으로 인한 웃음은 허무를 위장하는 것에 지나지 않습니다. 여유와 긍정의 상태에서 터져나오는 웃음은 사물과 사건에 대해 거리를 가지고 있음을 의미합니다. 그리고 이 여유와 긍정으로 인해 지금 화자는 "모든 사람에게 고해야 할 너무나 많은 말을 갖고" 있습니다. 하지만 "세상은 나의 말에 귀를 기울이지 않습니다". 이 두 행에서 김수영과 김수영이 사는 "세상"의 괴리를 느끼실 수 있을 겁니다. 삶이 "죽음의 질서"에 의해 떠받쳐지고 있다는 것을 "세상"이 모르기 때문입니다. "세상"은 온통 "오늘부터의 할 일"로만 빽빽합니다. 이런 현실 속에서는 죽음이 사유되지 않습니다. 고작 떠오르는 죽음은 삶의 마지막으로서의 죽음일 뿐입니다. 허무로서의 죽음뿐이죠. 허무로서의 죽음만을 아는 "세상"에게 결국 할 수 있는 말은 없습니다. 겨우 "무언의 말"만을 할 수 있을 뿐인데, 이런 말은 다시 삶의 세계에서는 무용합니다.

이 "무언의 말"로는 아무래도 삶에서 맺는 관계가 원만하지 않습니다. "아내"도 "자식"도 "친구"도 다루기 어려워집니다. 이런 어려움의 가중은 화자로 하여금 "입을 봉하고" 살게 합니다. 그러다가 이도 저도 안 되면 사는 데 성의가 없어져버리죠. 귀찮으니까요. 여기에서도 김수영의 고독이 느껴지는데, 김수영의 고독은 심리적인 도피로서의 고독이 아닙니다. 도리어 고양된 자의 고독입니다. 정신의 등고선이 달라진 자의 고독이죠. 이제 "말"이 통하지 않는다는 고독. 이것을 히브리스(hybris, 오만)라고 부를 수도 있을 텐데, 이런 히브리스는 건강한 존재의 증표이기도 합니다. 그리고 이런 히브리스에게는 다음 단계를 향하는 성질이 있습니다.

4연에서는 자신이 가진 그런 "무언의 말"이 무엇인지 가늠해봅니다. 일상적인 말과는 다른 나의 "무언의 말"이 대체 무엇이지? 그것은 "하늘의 빛이요 물의 빛이요 우연의 빛"이랍니다. 이렇게 말하고 나면 김수영이 자신의 "무언의 말"에 과잉된 의미를 부여하는 것 같습니다만, 그게 그렇지 않습니다. "죽음을 꿰뚫는" 것이기는 한데 "가장 무력한 말"이라고도 합니다. 왜냐면 그 말은 "죽음을 위한 말 죽음에 섬기는 말"이기 때문이죠. 앞에서 말했듯, 시에 의식과 이성과 참여 의식이 녹아 사라지듯이, 내 "무언의 말"은 "죽음을 위한 말"이기 때문에 "죽음을 꿰뚫는" 동시에 현실에서는 "가장 무력한 말"이 되고 맙니다.

그런데 "죽음에 섬기는 말"이 혼란스럽기는 합니다. 다만 문맥상 '죽음을 섬기는 말'에 가까운 것 같습니다. '에'가 '을'보다는 다른 층위를 하나 더 갖는 듯도 하고요. 그러니까 죽음'을'은 "말"을 죽음에 종속시키지만 '에'라는 부사격조사는 죽음'이' "말"의 근거 짓는다는 뜻도 가지는 것 아닐까 싶습니다. '에'가 죽음 안에 말을 위치시킨다는 해석은 제일 마지막 행 "이제 내 말은 내 말이 아니다"라는 진술에 의해서 어느 정도 밑받침되기는 합니다만 해석의 불안정성이 해소되지는 않습니다. 정리하자면 '죽음을 섬기는 말'도 되는 동시에 말이 죽음에 의해 섬겨진다, 말이 죽음에서 나온다는 뜻도 된다는 것인데, 지금은 이 견강부회로 버텨보도록 하겠습니다.

어쨌든 "무언의 말"은 죽음과 관계 깊다는 말이고, "죽음의 연습을 잊지" 않으면서 "죽음을 극복"하고자 하는 말이라고 일단 갈무리하도록 하겠습니다. 그랬을 때, 이 "무언의 말"은 "하늘의 빛이요 물의 빛이요 우연의 빛"일 수 있을 겁니다. 그래서 역설적이게도 "만능의 말"이 됩니다. 죽음을 뒷배로 삼은 삶만큼 강한 삶도 없다는 맥락에서, "무언의 말"이 '죽음에 의한 죽음을 위한 죽음의 말'이라면 죽음을 통과한 "만능의 말"이라고 할 수도 있을 겁니다. 그렇다면 그것은 또 "겨울의 말"이면서 "봄의 말"일 수 있죠. 죽음과 탄생은 서로 이어지고 또 서로를 보충/보증한다는 것은 비록 우리가 직접 경험할 수 없는 차원의 문제이기는 하지만 생명의 그물망을 떠올려보면 부정하기 어려운 생명의 논리이면서 생명의 역사가 아닐까 합니다. '말'에 대한 차원을 이렇게 달리 해보면 "내 말은 내 말이 아니다"라는 결구는 이해하기 어렵지 않습니다. 결국 이 시는 "나무뿌리가 좀 더 깊이 겨울을 향해 가라앉"고 있는 "죽음의 질서"를 시적으로 직관하면서 다시 봄을 노래한다고 볼 수 있는데, 이 봄은 화자의 주관적 의지나 바람으로서의 봄이 아니라 "죽음의 질서"가 곧 생명의 질서인 까닭에 봄이 오는 것은 의심할 문제가 아니게 됩니다. 그리고 이 질서에서 말이 탄생하고 말은 이 질서에 귀속된다는 김수영의 통찰은 확실히 우리가 가닿기 힘든 데에 가 있는 듯합니다.

　김수영의 시가 하이데거의 영향을 받았다고 한다면, 하이데거가 찍어준 좌표에 따라 시를 쓴다는 의미에서가 아닐 겁니다. 어쩌면 1940~1950년대 그의 시가 품고 있던 삶과 역사에 대한 꿈 혹은 일념, 아니면 '님'에 대한 그리움이 혁명을 통해 현현했다가 그 좌절을 경험한 후에 정신의 더 깊숙한 곳에서 삶과 역사의 비전을 다시 찾으려고 한 것은 아닌지 생각해보게 됩니다. 그 와중에 만난 하이데거 사상의 어떤 것이 무의식의 심층에 고였을 수도 있습니다. 사실 언어와 죽음에 대한 김수영의 인식은 하이데거를 떠올리게도 합니다. 제가 충분히 설명할 능력이 안 되니 딱 두 구절만 인용해보겠는데, 얼마나 비슷하고 어떻게 다른지 한번 헤아려주시기 바랍니다. 하이데거의 「건축함 거주함 사유함」이라는 길지 않은 글에 실린 대목입니다.

> 만약 우리가 언어의 고유한 본질에 주목한다면, 하나의 사태의 본질에 관해 건네진 말(Zuspruch[말 건넴])은 우리에게 언어로부터 다가온다. 이러는 사이에도 물론 확실히, 고삐가 풀려 아무렇게나 말하는 동시에 노련하게 말하는 그런 말하기와 글쓰기

그리고 구어체의 전파 방송이 지구 주위를 광란적으로 질주하고 있다. 인간은 마치 그 **자신**이 언어의 형성자이자 지배자인 척 거드름을 피우나, **언어**는 여전히 인간의 주인으로 남아 있다. 아마도 다른 모든 것에 앞서 인간에 의해 추진된 **이러한** 지배 관계의 뒤집어진 역전이야말로 인간의 본질을 섬뜩한 것(das Unheimliche) 안으로 몰아넣고 있는 것이다. 우리가 말함의 신중함에 머무는 것은 좋지만, 언어가 단지 표현의 수단으로서만 우리에게 봉사하고 있는 동안에는, 그것은 아무런 소용도 없다. 우리 인간들이 우리 자신에 의해 **함께 더불어** 말함(의 행위) 속으로 가져올 수 있는 모든 건네진 말들 가운데 언어야말로 최상의 것이자 어디에서나 최초의 것이다.

(…)

"죽을 자들(die Sterblichen)은 인간이다."

(…)

죽을 자들은 곧 죽음을 죽음으로서 흔쾌히 맞이할 능력이 있다는 그의 고유한 본질로 하여금 이러한 능력을 사용하도록 이끄는 한에서, 그리하여 그 결과 훌륭한 죽음이 존재하도록 이끄는 한에서 거주한다. 죽을 자들을 죽음의 본질에로 이끈다는 것은 결코 공허한 무(無)로서의 죽음을 목표로 정립함을 의미하지 않는다. 또한 종말을 맹목적으로 응시함으로써 거주를 어둡고 침울하게 함을 의미하지도 않는다.

—「건축함 거주함 사유함」(『강연과 논문』)

「말」이 김수영의 시에서 조금은 예외적인 작품인지 아니면 다른 시 세계를 알리는 징후인지는 저도 확신이 들지 않습니다. 다만 「사랑의 변주곡」 이후에 쓴 시에서 얼마간 이 인식이 반복되지 않는가, 조심스레 추측만 하고 있습니다. 저는 후기에 올수록 김수영의 시가 더 난해해지는 느낌입니다. 왜 그런지 '감'이 없지는 않지만 아직은 그냥 감이니 이만 멈추도록 하겠습니다.

다시,
사랑을 배우다

「말」에 이어서 쓴 작품은 「현대식 교량」입니다. 1964년 11월의 일입니다. 여기서 한 가지 말해두고 넘어가야 할 것이 있는데, 1964년 여름에 와서 김수영의 시가 변화된 시대적 배경에 한일국교정상화 회담이 있다는 지적입니다. 김수영도 그것에 반대하는 문인들의 성명에 이름을 올린 것을 감안하면 일리 있는 지적이라고 생각합니다. 하지만 1964년 여름에 보이는 김수영의 변화에 그러한 역사적 사건이 구체적인 계기가 되었을 수는 있지만 그렇게 결정적이었는지는 의문이 듭니다. 그것은 지금껏 우리가 읽어온 과정에서 밝혀진 것처럼 역사적 현실에 대한 그의 진전된 인식이 이미 있었기 때문입니다. 한편 「현대식 교량」에서 보이는 젊은이들과의 교감은 얼마간 한일국교정상화에 반대하는 물결에서 느낀 바를 암시하기는 합니다. 한일국교정상화는 1965년 6월에 와서 일단락됩니다. 그리고 김수영이 분단 문제에 대해서 시적으로 언급하고 있는 것도 이즈음의 일인데, 이것도 결국은 4·19혁명을 살아본 감각과 인식의 회복이 더 직접적인 이유가 아니었나 저는 생각합니다. 역사적 현실에 예민했던 김수영이 한일국교정상화 반대 물결에 무감했다고는 볼 수 없습니다만, 결국 김수영의 시는 통사(通史)적으로 읽어야 그 진면목이 드러납니다. 주제별 연구도 이 통사 위에서 진행되어야 하지 않을까 싶고요. 안 그러면 시의 흐름이랄까, 정신과 정서의 변화를 잡아내기가 어려울뿐더러 시간적으로 동떨어진 작품을 마구 뒤섞어버리는 오류를 범할 수 있다고 봅니다. 예를 들면 김수영의 관심이 과거의 역사로 향하는 문제도, 1950년대의 작품과 4·19와 5·16을 거친 1960년대의 작품에서는 분명하게 다르거든요. 또 앞에서 잠깐 봤던 '사랑의 계보'도 마찬가지입니다. 한 가지 더 덧붙이자면 읽은 금방 「말」에서 느끼는 어떤 고독은 「폭포」나 「푸른 하늘을」의 고독과도 다릅니다. 그렇다고 공통점이 없다는 말은 아닙니다만, 공통점과 다른 점을 구별하려면 통사를 바탕에 깔고 읽어야 합니다.

아무튼 「현대식 교량」은 「거대한 뿌리」에서 보였던 과거 역사의 긍정을 통해 도달한 '사랑'과 달리, 현재에 대한 사랑을 통해서 과거 역사에 대한 긍정으로 향합니다. 다르지만 같고 같지만 다릅니다. 그리고 「현대식 교량」에서 보이는 사랑은 미래를 향하기도 한다는 점에서 「사랑의 변주곡」으로 건너가는 '다리' 역할을 합니다. 물론

「사랑의 변주곡」에 도달하기 위해서는 들러야 할 '데'가 조금 남아 있기는 합니다.

「현대식 교량」은 식민지 때 만들어진 다리를 "자기의 다리처럼 건너"다니는 "식민지의 곤충"들과 "건널 때마다" "회고주의가" 되는 '나' 사이의 괴리를 먼저 말하면서 시작됩니다. 어쩌면 "나이 어린 사람들은 어째서 이 다리가 부자연스러운지를 모른다"는 게 자연스러울지도 모릅니다. 식민지의 경험이 없는 우리가 아주 자주 식민지의 유산을 마치 생필품처럼 이용하고 있는 것과 비슷한 이 치일 겁니다. 일제가 만들어놓은 건축물들이 '근대문화유산'으로 보존되면서 나타나는 현상도 마찬가지입니다. 그것이 비록 '문화유산'일지는 몰라도 결국 "부자연스러운" 것이라고 의식하면서 '근대문화유산'을 느껴야 되잖아요. 이런 마당에 우리의 '근대사'가 결국 식민지의 치욕과 오차 없이 겹치고, 그로 인해 정신적·문화적 고통이 지금도 살아 있다는 사실을 되새기기를 바라는 것은 무리일 수 있습니다.

사실 문학을 포함한 문화예술 작품에서 그 근대사는 까마득히 잊혔거나 문화 '상품'으로만 되살아납니다. 혹은 정파적으로 이용되기도 합니다. 식민지근대화론이야 말할 수 없이 비루한 역사 인식이지만, 그렇다고 그에 맞선 식민지수탈론의 단선적인 또는 국수주의적인 논리도 우리에게 '근대'의 의미를 다시 묻기 힘들게 합니다. 또는 식민지로 인해 굴절되거나 은폐된 '진짜' 근대사, 즉 민중의 역사를 묻어버립니다. 그런 면에서 김수영이 보여준 "무수한 반동"에 대한 긍정을 적극적으로 해설할 필요가 있습니다. 당연하게도 김수영이 민중 시인이냐 아니냐라는 비뚤어진 질문은 무의미합니다. 분명한 것은 그가 참여시의 향도였다는 점, 하지만 「참여시의 정리」에서 말했듯이 단순한 "불평의 나열"이나 "뜨거운 호흡도 투박한 체취"도 사양한 참여시인이었다는 점도 부정할 수 없습니다.

김수영은 「현대식 교량」을 쓸 즈음에 「생활 현실과 시」(1964. 10.)라는 평문을 쓰는데, 아주 읽을 만하면서 중요한 글입니다. 여기서 김수영은 평론가 장일우의 주장에 기본적으로 동의하면서 다음과 같은 말을 덧붙입니다. "언어의 서술"의 가치에 주안점을 둔 시에서는 "실패한 프롤레타리아 시가 많이 나오고", "언어의 작용"을 중시하는 쪽에서는 "사이비 난해시가 많이" 나온다면서 자신은 무엇보다 "제각기 가진 경향 속에서 그 시인의 양심이 살려져 있는" 작품을 바란다고 말합니다. 그리고 이 두 경향의 시에 공통적으로 필요한 것은 "사상"이며 "사상이 새로운 언어의 서술을 통해서 자유를 행사"하는 것이라고 합니다. 여기서 "양심이 살려져 있는 작품", 즉 "믿을 수 있는 작품"이 먼저라고 말하는 것은 김수영이 처한 그 시절의 시단이라는 배경을 염두에 둬야 하지만, 그가 얼마만큼 시에 대해서 개방적인지도 여실히 보여줍니다. 이 글에서 김수영이 강조하는 것은 "실패한 프롤레타리아 시"를 두둔하는 게 아닙니다. 오늘날 보자면 나이브하게 느낄 수도 있지만 결코 그렇지 않은 "인간의 회복"입니다. 다음 구절을 보겠습니다.

비참의 계수(係數)가 다른 데로 옮겨갔다. 부르주아와 프롤레타리아의 대립은, 선진국과 후진국의 대립으로, 남과 북의 대립으로, 인간과 기계의 대립으로, 미·소의 우주 로켓의 회전수의 대립으로 대치되었다.

오늘날의 시가 골몰해야 할 가장 큰 문제는 인간의 회복이다. 오늘날 우리들은 인간의 상실이라는 가장 큰 비극으로 통일되어 있고, 이 비참의 통일을 영광의 통일로 이끌고 나가야 하는 것이 시인의 임무다. 그는 언어를 통해서 자유를 읊고, 또 자유를 산다. 여기에 시의 새로움이 있고, 또 그 새로움이 문제되어야 한다.

1964년 여름에 김수영의 현실 인식을 감안했을 때, 과연 「현대식 교량」을 한일국교정상화 반대라는 사건에 묶어둘 수 있는지에 대해서는 조금 회의적입니다. 또 제가 지금 읽어드린 단락에 「현대식 교량」을 해독할 결정적인 단서가 담겨져 있기도 합니다.

다시 시로 돌아오죠. "현대식 교량을 건널 때마다" "갑자기 회고주의자가" 되는 화자와 "자기의 다리처럼" 건너다니는 "나이 어린 사람들" 사이의 괴리에 대해서 화자는 그들을 탓하지 않고 자신의 "심장을 기계처럼 중지시킨다"고 합니다. 정신이 앞서나가는 것과 일상생활을 살아가는 것 사이의 보폭 차이를 조정할 줄 아는 것은 어려운 일이지만 동시에 지혜로운 일입니다. "심장을 기계처럼 중지"시키는 일은 자신의 걸음을 잠시 멈추고 뒤를 돌아보는 일입니다. 그런데 김수영은 "이런 연습을 나는 무수히 해왔다"고 말합니다. 「말」에서 보였던 정신적 고독이 쉽게 귀족주의로 내닫지 않는 것, 이것은 뛰어난 리얼리스트의 덕목입니다. 대중의 수준을 비난하는 귀족주의나 대중의 수준을 빙자해 진전을 게을리하는 대중추수주의는 나타나는 양태는 다를지 몰라도 현실에 끼치는 영향 면에서는 거의 같습니다. 개인적으로는 대중추수주의가 더 나쁘다고 봅니다만.

하지만 여기서 김수영이 말하고자 하는 것은, 자신의 그러한 노력, "연습"이 아닙니다. "나이 어린 사람들", "저 젊은이들의 나에 대한 사랑"이 중요합니다. 그 "사랑"이 혹 "신용"이 아닐까 하고 말하는데, "신용"을 통해서 "젊은이들"과 김수영은 연결되며 그로 인해 "그들의 나이를 찬찬히/ 소급해 가면서 새로운 여유를" 느끼기도 합니다. "여유"라 함은 심리적 안정이기도 하죠. 후대와 이어져 있다는 안정은 후대와 무언가를 공유하면서 함께 나아갈 수 있다는 자신감을 갖게 하기 마련입니다. 고독에만 머물면 필연적으로 대중과 유리된 귀족주의로 빠질 수 있습니다만 타자와 연결되어 있으면 인식의 확장은 자연스레 일어나고 그 확장은 깊이를 더하는 힘이 되어 돌아옵니다. 깊이 파려면 넓게 파라는 말도 있듯이, 넓이 없는 깊이는 자폐나 오만에 스스로를 가두고는 합니다. 김수영이 새롭게 얻은 넓이, 즉 "여유"는 단순한 심리적 안정을 말하는 것이 아님은 물론입니다. 시인은 "새로운 역사"라고 부르고 있는데 식민지 때 만들어진 "죄가 많은 다리"를 통해서 "젊은이들"과 이어지는 사태가 벌어졌으니 결국 "새로운 역사"를 얻었다고 말해도 무방합니다. 김수영의 고독은 그야말로 개인적 고독, 심리적 고독 같은 "더러운 고독"(「꽃잎」)이 아니었음이 다시 한번 증명되는 순간입니다. 역사적 현실을 밀고 나가다가 얻은 고독이기에 다시 역사적 현실로 귀환할 수밖에 없는 것입니다. 「폭포」나 「푸른 하늘을」의 고독도 그러한 고독이었기에 지체 없이 혁명의 복판에 뛰어들 수 있었던 거죠.

> 이런 경이는 나를 늙게 하는 동시에 젊게 한다
> 아니 늙게 하지도 젊게 하지도 않는다
> 이 다리 밑에서 엇갈리는 기차처럼
> 늙음과 젊음의 분간이 서지 않는다
> 다리는 이러한 정지의 증인이다
> 젊음과 늙음이 엇갈리는 순간
> 그러한 속력과 속력의 정돈 속에서
> 다리는 사랑을 배운다
> 정말 희한한 일이다
> 나는 이제 적을 형제로 만드는 실증(實證)을
> 똑똑하게 천천히 보았으니까!

작품은 이렇게 마무리됩니다. 그런데 이 3연은 아주 핵심적인 메시지를 담고 있고, 성실히 읽어야만 이 시의 고갱이를 느낄 수 있습니다.

역사를 다시
살다

"새로운 역사"를 깨달은 순간, 화자는 젊음을 얻습니다. 본문에는 "늙게 하는 동시에 젊게 한다"고 했다가 "늙음과 젊음의 분간이 서지 않는다"고 하고 있는데, 이것은 역사적 시간에 대한 순간적인 돈오(頓悟)를 가리킵니다. 크로노스적인 시간으로 보자면 분명 자신은 늙어가고 있지만 후대인 "젊은이들"과의 사이에서 "사랑"과 "신용"을 느끼는 순간 젊어지기도 하는 거죠. 우리가 요즘 경멸 조로 말하는 '꼰대'는 젊어지는 일이 무엇인지 모르는 사람입니다. 다르게 말하면 늙어가는 일의 본질에 무지한 사람들이죠. 그런데 '꼰대'는 나이와 상관없이 나타나는 정신적 태도입니다. 기성세대가 무조건 자신들에게 맞춰줘야 한다는 "젊은이들"도 '꼰대'이기는 마찬가지입니다. 2연에서 "젊은이들의 나에 대한 사랑"을 말할 때, 이미 역사 자체가 젊어지고 있는 것입니다. 기성세대가 "젊은이들"에게 아부하는 것은 둘 다를 늙게 하고 함께 살고 있는 시대마저 늙게 하는 것입니다. 이런 현실에서는 "새로운 역사"가 도래하지 않죠. 기성세대는 자신의 심장을 멈추는 연습을 부단히 하면서 "젊은이들"의 삶을 맥락적으로 살펴봐야 합니다. 이러한 열린 태도를 보일 때 "젊은이들"의 사랑은 시작되고 거기에서 기성세대는 "여유"를 느끼면서 "새로운 역사"에 대한 비전을 탐색할 수 있습니다. "젊은이들"에게 "신용"을 얻지 못하면 앞으로 나아가는 동력이 생기지 않죠.

　"늙게 하는 동시에 젊게 한다"는 "늙게 하지도 젊게 하지도 않는다"로 되었다가 "늙음과 젊음의 분간이 서지 않는다"라고까지 나아가는 데는, 이는 어떤 희열의 표현이기도 합니다. 그런데 이 희열의 증인이 식민지 때 세워진 다리라고 합니다. 치욕의 시간이 사랑의 다리가 되고, 드디어는 새로움의 시작이 되는 순간이죠. 이런 상황에서 시의 리듬이 급박해지는 것은 자연스러운 일입니다. "젊음과 늙음이 엇갈리는 순간"이라는 것은, 젊음(현재)은 늙음(과거)을 향해, 늙음은 젊음을 향해 자신을 개방하고 달려간다는 의미입니다. 이것은 "사랑"의 모습입니다. 그리고 "사랑"은 "신용", 즉 믿음 없이는 있을 수 없고 사랑이 이루어지면 믿음은 더욱 깊어질 수밖에 없는 게 아닐까요. 기독교에서 사도 바울이 믿음과 소망과 사랑을 함께 말한 것은 참 깊은 통찰 같습니다. 김수영은 급기야 식민지의 "죄가 많은 다리"도 "사랑을 배운다"고 합니다. 식민지의 시간을 이런 "사랑"으로 어쩔 것인가,라는 물음은 야박합니다. 지금 중요한 것은 "새로운 역사"거든요. 식민지의 시간을 용서한 게 아닙니다. 그 시간을 뛰어넘는 사랑의 발견이 핵심입니다. 이 사랑이 없이는 식민지의 시간, 지워지지 않은 채 아직도 욱신거리고 있는 그 시간을 극복하지 못합니다. 식민지의 시간을 용서하지 않는다고 증오를 가진다고 해서 "죄가 많은 다리"가 사라지는 것도 아닙니다. 역으로 김수영은 그 "죄가 많은 다리"를 우리 역사의 증인으로 세우는데, 단순하게 법정 증인으로 삼는 게 아니라 미래를 위한 사랑의 증인으로 세우고 있습니다.

이것은 "정말 희한한 일"입니다. 논리적인 세계를 넘어서는 일이니까요. "적을 형제로 만드는 실증을" 확인하는 것은 "정말 희한한 일"일뿐더러, 자칫하다가는 같은 편에게 돌팔매질이나 당하기 십상입니다. 요즘처럼 이른바 '진영 논리'가 억센 세상에서는 더욱 그렇습니다. 이런 김수영의 인식은 기독교에서 말하는 '네 원수를 사랑하라'는 교리적인 메시지와는 당연히 아무 상관이 없습니다. 사실 예수가 왜 그런 말을 했는지 제대로 이해하려면 단지 교회 예배 시간에 공허하게 울려 퍼지는 말로는 부족하지 않을까요? 제가 그것에 대해서 자세히 알지 못하지만, 어떤 성서학자들은 원수를 사랑하라는 말이 아니라 '이웃을 사랑하라'는 말이 맞다고도 합니다. 한편에서는 '막연한 이웃'이 아니라 자기와 함께 사는 '가까운 이웃'이라는 말도 있습니다. 「마가복음」에 나오는 시로페니키아 여인의 사례를 들기도 하는데요, 이방인인 시로페니키아 여인이 딸의 귀신들림을 치유해달라고 하자 일차적으로 예수가 저어하는 장면이 나옵니다. 이때 예수는 그 당시의 속담을 빌어 시로페니키아 여인에게 가축보다 자기 자식에게 먼저 빵을 먹이는 게 온당하다는 투로 대꾸를 합니다. 그러니까 이방인보다 나와 가까운 사람이 먼저라고 답하는 장면이죠. 이에 대한 자세한 설명은 제 역량을 넘어서는 문제입니다. 아무튼 '원수를 사랑하라'든 '이웃을 사랑하라'든 핵심은 사랑인데, 이 사랑은 그게 무엇 때문이든 미움과 증오, 혐오를 넘어서라는 가르침이지 않을까 싶습니다. 그 당시 이스라엘, 더 정확하게는 갈릴리 지방에서 미움과 증오, 혐오가 넘쳐났던 것 같습니다. 심지어 율법마저도 신의 이름으로 징벌과 두려움을 가르치면서 갈릴리 민중들을 힘들게 한 것이죠. 복음서를 통해 전해지는 예수의 여러 말(logion)은 그런 맥락에서 헤아려야 한다고 성서학자들은 말합니다.

 김수영이 말하는 사랑은 그런 종교적인 맥락과는 다르게 읽어야 한다는 것은 두말할 필요도 없습니다. 앞에서 김수영 시에 나타난 '사랑의 계보'에 대해서 간략하게 짚었는데, 혁명을 통한 또는 혁명이 이룬 사랑의 의미가 이 작품에서부터 조금씩 변주되는 게 아닌가 싶습니다. 이제 사랑이 혁명을 넘어서는 의미를 가지게 된다고나 할까요. 먼저 "적을 형제로 만드는"에 집중해본다면, 이는 단지 사해동포주의를 말하지 않습니다. 우리 역사에 남은 고통스러운 흔적들, 유산들, 문화나 습관들을 사랑하지 않고는 앞으로 나아가지 못한다고 김수영은 깨달았던 것 같습니다. 식민지 경험을 사랑하는 일은 있을 수 없는 일이죠. 반대로 식민지를 "곤충들"처럼 살아온 삶을 또는 시간을 미워하는 일은 어쩌면 덧없습니다. 일본제국주의나 일본제국주의에 부역한 이른바 '친일파'를 사랑하는 일도 철저한 역사적 과업을 수행한 후에나 가능한 일이고, 사해동포주의라는 것도 역사적 맥락을 떠나서는 공허한 관념일 뿐입니다. 이 작품에서는 이미 앞부분에서 시의 화자처럼 식민지를 살아온 삶/시간과 그 삶/시간을 제대로 이해하지 못하는 "젊은이들" 사이에 사랑이 싹트고 있는데, 이것은 막연한 감정의 문제가 아니라 서로의 시간을 믿음으로써 시작된 거지요. 여기서 김수영은 식민지에 지어진 "죄가 많은 다리"를 그 믿음의 중재자로 삼으면서 동시에 그 증인으로 삼고 있습니다. 양자를 이어주는 '다리'를 다른 외부에서 끌어들이는 것이 아니라 우리가 어쩔 수 없이 갖고 있는 "더러운 역사"(「거대한 뿌리」)에서 찾는 것은 김수영이 이 당시 보유하고 있는 남다른 역사 인식이라고 할 수 있습니다. 우리의 "새로운 역사"는 외부의 가치와 이념으로 시작되지 않습니다. "새로운 역사"는 우리의 낡은 역사, "더러운 역사"를 토양 삼는 수밖에 없지요. "더러운 역사"를 어떻게 옥토로 바꾸는가, 이게 문제입니다. 외부를 통해 "새로운 역사"가 시작되지 않을 거라는 김수영의 의심은 이미 해방공간의 몇몇 작품에서 나타나고 있었는데, 우리가 첫 번째 이야기에서 살펴본 바 그대로입니다.

"새로운 역사"는 가해자의 역사든 피해자의 역사든 "더러운 역사"를 회피하지 않고 곱씹을 때만 가능한 법입니다. 역사를 강조하니까 과거에 얽매인 것처럼 들릴지도 모르겠습니다. 통념적인 어감상 역사는 과거를 떠올리게 하죠. 그것도 얼마간 사실입니다. 과거는 상기가 가능하지만 미래는 상기가 불가능하고 상상만 가능하죠. 역사에는 가정이 없다고 하면서 상상을 하지 못하게 하는 것 같습니다만, 저는 생각이 좀 다릅니다. 과거는 상기하면서 동시에 상상하는 것입니다. 만약 이랬으면 어땠을까 같은 가정은 상상이 아닙니다. 제가 말하는 상상은 과거 시간을 다시 살아보는 것에 가깝습니다. 직접 살아본 시간에 대해서도 그렇고, 저는 당연히 4·19혁명을 겪어보지는 않고 학교 교과서로 처음 접했지만, 4·19혁명도 다시 살아보는 겁니다. 새로운 개체발생을 위해서 계통발생을 되풀이하는 것이죠. 계통발생의 되풀이 없이 온전한 개체발생이 안 된다는 게 생물학적 사실이라면, 우리 영혼과 정신을 위해 역사적 계통

발생의 되풀이는 우리에게 더 나은 개체발생을 촉진할지 모릅니다. 이것을 역사에 그대로 적용해보면, 새로운 혁명이라는 사건의 발생은 과거 역사를 되풀이해서 발생시키는 것에 의해 가능할지도 모릅니다. 피해자의 역사도 그래야 하지만 가해자의 역사는 특히 그래야 합니다. 이 논리를 이 작품의 마지막, "그러한 속력과 속력의 정돈 속에서/ 다리는 사랑을 배운다/ 정말 희한한 일이다/ 나는 이제 적을 형제로 만드는 실증을/ 똑똑하게 보았으니까!"에 적용시키면 억지일까요? 김수영의 이 시구는 과거에 일어난 사건을 되풀이해 살면서 나온 새로운 (개체)발생이라고 말입니다.

다른 한편으로 우리가 식민지를 벗어나는 일 중 하나가, 우리에게 남아 있는 노예 의식으로부터 자유로워지는 겁니다. 식민지가 식민지 주민의 내면에 심어놓는 것은 바로 노예 의식입니다. 더군다나 20세기 제국주의에 의한 식민지 수탈은 경제와 사회, 문화에도 씻을 수 없는 상처를 남겼지만 이러한 과정에서 인간성 자체를 파괴해버립니다. 물론 식민지 본국, 즉 일본 민중에게도 깊은 그림자를 만들었는데, 그것은 자신들이 노예를 소유했(있)다는 집단무의식이 그것입니다. 식민지 주민들이 암암리에 갖게 되는 노예 의식도 문제지만 제국주의 국가, 즉 식민지 본국 민중이 갖는 노예 소유 욕망도 당연히 병든 내면이고, 진정한 자유와는 아무 관계가 없습니다. 어쩌면 김수영은 노예 의식이나 노예 소유 욕망 둘 다를 직관적으로 거절했을 수도 있습니다. 사랑을 배운 식민지의 흔적(다리)을 통해 "이제 적을 형제로 만드는 실증을" 확인했다는 진술은, 김수영 자신이 도달한 자유의 높이를 보여준다고 할 수 있습니다. 식민지에 대한 감정적인 증오는 노예 의식의 다른 모습일 겁니다. 그리고 노예 의식은 노예에 대한 욕망으로 언제든 변할 수 있습니다. 일본 제국주의에 그렇게 당해놓고 베트남전쟁에 가서 똑같은 행위를 했다는 역사적 사실은 노예 의식이 노예 소유 욕망을 낳게 한다는 진리를 '실증적'으로 보여준다 할 것입니다. 자유는 노예 상태도 아니지만 노예를 욕망하는 상태도 아닙니다. 그것을 초월하는 일이 '자유'라면, 식민지의 기억을 통해 사랑을 배우는 일이야말로 자유의 '실증'이 아닐까요? 식민지 기억을 되살리는 중에서 우리는 민족주의 감정을 자연스레 경험하게 되는데요, 중요한 것은 이러한 감정 상태를 무작정 부인하거나 거기에 무작정 빠져드는 것이 아닙니다. 만일 민족주의 감정이 인다면 이 또한 우리에게 주어진 엄중한 사태로 인식하고 대처해야 합니다. 이 감정에 빠져 목소리만 높인다거나 요즘 자주 들리는 말로 '계급적' 입장에서 비난만 한다면 뭔가 잘못 짚은 게 아닌가 싶습니다. 관념주의의 폐해라고나 할까요. 아무튼 「현대식 교량」에 대한 이런 제 해석이 과하다고 할 분도 있겠지만, 정말 그런지는 조금 뒤에 「풀의 영상」을 통해서 다시 한번 확인해보도록 하죠.

　「현대식 교량」과 비슷한 역사 인식을 보여주는 작품이 「미역국」인데, 사실 해석의 여지가 분분한 시이기도 하고 직관적인 느낌을 주는 시도 아닙니다. 하지만 "미역국 위에 뜨는 기름이/ 우리의 역사를 가르쳐 준다"에 입각해 읽어보면 그 의미를 아쉬운 대로 알아내는 것이 불가능하지 않습니다. 미역국에 기름을 떨어뜨려 보면 기름이 국물과 섞이지 않지요. "우리의 역사"가 그렇습니다. 그리고 그것을 "통째" 받아들이면, 그러니까 미역국 따로 기름 따로 받아들이지 않고 그대로 받아들이면 "우리의 역사"는 여러 소리로 들린다는 나름의 통찰을 담고 있습니다. 1연에서는 "영원의/ 소리라고 부른다"고 하고 2연에서는 "전투의/ 소리라고 부른다"고 합니다. 3연에서는 "빈궁(貧窮)의/ 소리"라고 하지요? 물론 각각의 그 소리들을 수식하는 시적 비유들은 세심히 따져봐야 하지만 대략적인 의미는 이렇습니다.

"영원의/ 소리"는 이미 「거대한 뿌리」에서 "놋주발보다도 더 쨍쨍 울리는 추억이/ 있는 한" 그렇다고 했습니다. 하지만 동시에 "전투의/ 소리"이기도 하고 "빈궁의/ 소리"이기도 합니다. 역사적으로 "우리의 재(灰), 우리의 서걱거리는 말"은 "전투"의 원인이기도 했고 결과이기도 했습니다. 식민지 전, 식민지, 식민지 후, 그리고 전쟁을 떠올려보시기 바랍니다. 그리고 왜 "빈궁의/ 소리"라고 느끼는지는 그리 어려운 일이 아닐 겁니다. 다만 김수영은 여기서 과거를 말하지 않고 현재를 말하고 있습니다. 「현대식 교량」에서 말하는 것처럼 "우리는/ 삼십 대보다는 약간은 젊어졌다"고 합니다. 하지만 아직은 "빈궁"할 뿐입니다. 다만 지금 미래를 바라보고 있습니다. "육십이 넘으면 좀 더/ 젊어질까"라고 묻고 있잖아요. 그러면서 "인생도 인생의 부분도/ 통째 움직인다"고 합니다. 우리가 역사를 제대로 살아간다면, 지나간 과거의 비참과 현재의 암울에만 빠져서는 안 됩

역사를 다시
살다

니다. 과거도, 현재도, 오고 있는 미래도 "통째"로 살아야 어떤 "환희"가 찾아오지 않을까 싶습니다. 4연은 다음과 같습니다.

오오 환희여 미역국이여 미역국에 뜬 기름이여 구슬픈 조상(祖上)이여

가문의 백성이여 퇴계든 정다산이든 수염 난 영감이면

복덕방 사기꾼도 도적놈 지주라도 좋으니 제발 순조로워라

자칭 예술파 시인들이 아무리 우리의 능변을 욕해도—이것이

환희인 걸 어떻게 하랴

여기서 "오오 환희여 미역국이여 미역국에 뜬 기름이여"라고 외치는 것은 그 때문일 겁니다. 그것은 "자칭 예술파 시인들"은, 즉 예술이 역사와 무관하다는 순수주의자들은 이런 환희를 욕합니다. 김수영이 느낀 "환희"를 느낄 수 없으니까요. 그들에게 역사가 무슨 소용이 있겠습니까? 자신의 천재가 아니면 정권과 야합하면서 누리는 속된 욕망을 가지고 있는데 이 "환희"를 알 수가 없죠. 마지막 연의 "인생도 인생의 부분도 통째 움직인다—우리는 그것을/ 결혼의 소리라고 부른다"에서는 드디어 미역국과 그 위에 둥둥 뜬 기름이 합쳐진 상태를 가리킵니다.

316

'풀'은
무엇인가

「풀의 영상」은 작품의 성취도 면에서 눈에 띄는 작품이 아닙니다만, '풀'이 등장한다는 차원에서, 그리고 김수영의 세계적인 인식을 점검해본다는 차원에서 무시할 수는 없을 것 같습니다. 세계적인 인식이라고는 했지만 단순하게 나라 밖의 국제적인 인식이라는 뜻만은 아닙니다. 김수영의 역사 인식이 자신이 속한 국가나 민족의 영역에 갇혀 있지 않다는 의미에 가깝습니다. 앞에서 살펴본 역사 인식이 어느 정도 정리가 된 뒤에도 남는 문제가 있다는 것이 이 작품의 골자입니다. 1연을 볼까요?

> 고민이 사라진 뒤에
> 이슬이 앉은 새봄의 낯익은 풀빛의 영상이
> 떠오르고 나서도
> 그것은 또 한참 시간이 필요했다
> 　　시계를 맞추기 전에
> 　　라디오의 시종(時鐘)이 나오기를 기다리는 것처럼
> 　　안타깝다

이제 어떤 "고민이 사라진 뒤에" "풀빛의 영상이/ 떠오르고" 있는데, 그것이 무엇인지 "한참 시간이 필요했다"고 합니다. 자신의

인식이 역사의 어떤 '때'와 아직 맞아떨어지지 않다는 겁니다. 예전에는 시계를 "라디오의 시종"에 맞추고는 했습니다. 기계식 시계는 시간이 흐르면서 조금씩 늦어지고는 했는데 "라디오의 시종"에 시계를 다시 맞추고는 했죠. 지금이야 시계가 전자식으로 바뀌고 스마트폰이 있어서 그럴 일이 없습니다만. 자신에게 떠오른 "이슬이 앉은 새봄의 낯익은 풀빛의 영상"이 현실에 도래해야 할 어떤 '때'와 맞아떨어지지 않는다는 겁니다. 그래서 안타깝습니다. 시계를 맞추려 "라디오의 시종"을 기다리고 있는 화자의 마음이 곧바로 토로됩니다. 2연에서 "성급한 우리들은 이 발견과 실감 앞에 서럽기까지 하다"고 한 것은, "발견"이 곧 "실감"이 되지 않는 현실, "발견"은 했는데 구체적인 "실감"은 아직 오지 않은 현실 인식 때문입니다. 그런데 "전 아시아의 후진국 전 아프리카의 후진국"은 지금 "봄이 오기 전에 속옷을 벗"듯이 구래의 "옷을 벗으려고/ 뚜껑이 열렸다 닫히는 소리"를 내고 있습니다. 완전히 뚜껑을 열지 못하고 있는 형국입니다. 지금 화자가 살고 있는 '현재'가 그렇습니다. 현실의 시계와 일치시키려고 "라디오의 시종"을 안타깝게 기다리고 있지만 아직 "라디오의 시종"은 오지 않고 있는 것입니다.

대신 라디오에서는 "서도가(西道歌)와/ 목사의 열띤 설교 소리와 심포니가" 나옵니다. 아직 '때'가 오지 않았습니다. 하지만 "이 소음들은 나의 푸른 풀의 가냘픈/ 영상을 꺾지 못하고" 있습니다. 왜일까요? 이미 그런 단계는 '졸업'했기 때문입니다. 1연 1행에서 뭐라 그랬지요? "고민이 사라진 뒤"라고 했습니다. "나의 푸른 풀의 가냘픈/ 영상을" 꺾기는커녕, "그 영상의 전후의 고민의 환희를 지우지"
도 못합니다. "환희"는 이미 「미역국」에서 깊이 경험한 것입니다. 이
제는 뒷걸음질이 안 되는 상태까지 김수영은 와 있지만 아직 '때'가
오지 않았을 따름이지 김수영이 얻은 역사의 '법칙'은 이제 어그러
지지 않습니다. 이즈음에, 김수영이 얼마나 확고한 상태인지 잘 나
타나는 장면입니다. 온갖 "소음들"이 괴롭혀도 자신의 안에는 "놋주
발보다도 더 쨍쨍 울리는 추억이"(「거대한 뿌리」) 자리잡았으니까요.

　이제는 봄을 맞기 위하여 옷을 벗으면 됩니다. 4연에서 우리를
헷갈리게 하는 것은 1행의 "나는 옷을 벗는다 엉클 샘을 위해서"입
니다.

　　　나는 옷을 벗는다 엉클 샘을 위해서
　　　아시아와 아프리카의 무거운 겨울옷을 벗는다
　　　　겨울옷의 영상도 충분하다 누더기 누빈 옷
　　　　가죽옷 융옷 솜이 몰린 솜옷……
　　　그러다가 드디어 나는 월남인이 되기까지도 했다
　　　엉클 샘에게 학살당한
　　　월남인이 되기까지도 했다

「풀의 영상」은 1966년 3월에 썼고 그해 9월에 발표되었습니다.
한국의 베트남전쟁 파병은 1964년에 처음으로 의무병 파병이 있었
고 이어서 1965년 2월에 비둘기부대가, 같은 해 10월에 전투부대

인 해병대인 청룡부대와 육군 맹호부대가 파병됩니다. 1966년 8월에는 백마부대까지 파병되기에 이릅니다. 베트남전쟁에 미군 다음으로 많은 4만 8천여 명의 군인이 참가했습니다. 어떤 불가피성과 미사여구를 동원한다 해도 베트남전쟁 파병은 우리에게는 아주 큰 치욕이며 베트남인들에게 큰 상처를 준 죄악입니다. 얼마 전 대한민국 법원은 한국군에 의한 베트남 민간인 학살에 유죄를 선고한 바 있습니다. 응우옌티탄(63세) 씨가 낸 손해배상 청구 소송에서 원고 승소 판결을 내린 것입니다. 응우옌티탄 씨 가족을 사살한 부대는 바로 청룡부대였는데, 그는 그 당시 여덟 살이었고, 한국군 청룡부대 소속 군인들이 쏜 총에 옆구리를 맞아 지금도 후유증을 앓고 있으며 가족 5명은 현장에서 죽었다고 합니다. 사실 한국군에 의한 베트남인 학살 문제는 우리가 일제에 당한 온갖 고통과 상처를 떠올리게 했고 부끄럽게 했습니다. 우리는 이 역사적 사실 앞에서 입이 열 개라도 할 말이 없습니다. 허튼 이데올로기 문제를 여기서 꺼내는 것은 옳지 않습니다. 그렇다고 일본제국주의의 식민지 지배 문제와 한국군의 베트남인 학살 문제를 같이 섞는 것에도 저는 찬성하지 않습니다. 두 문제는 일단 범주가 다른 문제죠. 하나는 제국주의의 식민지 지배 문제이고, 다른 하나는 결국 식민지로 인한 노예 의식이 벌인 일이기는 하지만 전쟁범죄 문제입니다. 범주가 다르다고 해서 두 사건이 별개라는 뜻은 아닙니다. 식민지 피지배 민족의 문제는 바로 노예 의식을 갖는 것입니다. 그런데 노예 의식을 극복하지 못하면 노예 소유 욕망으로 변질되는 것 같습니다. 노예 의식이나 노예 소유 욕망은 노예들의 공통된 점입니다. 베트남인 학살 사건이라는 우리의 치부가 있으니 일제 식민지 지배 문제에 대해 자격이 훼손되거나 각하되지는 않습니다. 도리어 베트남인 학살 문제를 사과하는 문제와 이 모든 사태의 역사적 책임인 식민지 지배 책임 문제를 묻는 것은 노예 의식을 극복하는 문제이고 이럴 때만이 또 노예 소유 욕망을 바로 볼 수 있는 것입니다.

한국군의 베트남인 학살 문제는 김수영 당시에는 알려지지 않았을 테고, 어쩌면 학살이라는 사건이 아직 벌어지지 않았을지도 모릅니다. 하지만 김수영은 이미 「어느 날 고궁을 나오면서」에서 자신은 "월남 파병에 반대하는/ 자유를 이행하지" 못했다고 자탄한 적이 있습니다. 「풀의 영상」은 작품의 성공 여부와는 별개로, 김수영의 제3세계적 인식의 희미한 싹을 확인할 수 있는 작품입니다. 앞에서 제가 말한 '세계적 인식'은 바로 이것을 말합니다. 제3세계적 인식이란 것은, 간략히 말해서 서구 제국주의적 인식에서 벗어나 제국주의의 식민지를 경험한 바탕을 공유하는 것이며, '근대' 자본주의나 '근대' 사회주의적 관점에서 벗어난 것을 말하는데 김수영이이런 선진적인 인식을 얼마나 확실하게 갖고 있었는지는 불분명하나 「풀의 영상」은 어쨌든 그에 다가가 있다는 증거가 되기도 합니다. 그런데 그것이 제3세계 민중의 입장에 확고하게 선 것은 아니라는 인상을 "풀의 영상"이라는 말에서 느낄 수 있습니다. '영상(影像)'은 사물 그 자체는 아니죠. 어딘가에 비친 이미지를 말하는 것이고, 한자어인 '영(影)' 자체가 그림자란 뜻입니다. 아직은 '풀'의 실체에

다가가지 못했습니다. 그것의 그림자를 인식하기 시작한 단계입니다. 마지막 작품인 「풀」에서 "풀"이 민중이 아니네 어쩌네 하는 말들은 제가 볼 때는 리버럴한 해석입니다. 그렇다고 '풀＝민중'이라는 도식화도 단순하긴 합니다. 하지만 분명한 것은 김수영의 정서에 민중은 확실히 존재하며, 그것은 1950년대부터 드러나기 시작했습니다. 혁명을 통해 강하게 인식했다가 혁명의 실패 이후 새롭게 모색됐다는 게 제 판단입니다.

사실 인류의 역사에서 혁명은 퇴행이나 반동, 또는 배신으로 점철되었지만 혁명을 통해 경험한 하늘의 시간이 완전히 지워지는 깃은 아닙니다. 그것은 인류의 정신에 깊은 흔적을 남겨서 다음 혁명의 깊은 참조가 되고는 합니다. 물론 다음 혁명이 이전의 혁명에 비해 질적으로 완전히 다른 혁명이 되는 것은 아닙니다. 생명의 개체적 발생이 계통 발생을 요점(要點)화해서 반복하는 것(함석헌)처럼 혁명도 이전 혁명의 요점을 반복하지만 그것과는 다르게 펼쳐지는 것은 아닌가 싶습니다. 이게 역사의 비밀일 수도 있습니다. 그래서 우리는 매양 같은 자리에 있는 것 같은데 진실은 그렇지가 않습니다. 이것을 '나선형 발전'이라고 부르기도 합니다만, 저는 나선형이든 직선형이든 역사가 필연적으로 발전한다는 관점에 의심이 많은 사람입니다. 과연 우리 시대가 김수영의 시대보다 정말 좋아진 것인지, 진보주의자들이 툭하면 경멸조로 말하곤 하는 근대 이전 시대보다 현대가 더 나은 삶인지 잘 모르겠습니다. 물질의 풍요, 폭발적으로 늘어난 경제적 부의 차원에서는 뭔가 발전한 것은 사실입니다. 하지만 물질의 풍요와 생활의 편리가 삶 자체를 더 깊어지게 하고, 정신을 더 진전시켰는가 하는 차원에서 보면 자신하기 힘들다는 뜻입니다. 스티븐 호킹 박사의 말처럼 지구를 떠나 우주 식민지를 건설하는 것이 좋은 것일까요? 저는 반대로 이 또한 우리가 서구 제국주의가 심어놓은 문화와 습관을 버리지 못한 증거라고 봅니다. 식민지의 고통과 치욕을 겪어봤으니 우리도 이제 남의 나라와 남의 문화를 지배하는 삶을 살아야 하는 걸까요?

「풀의 영상」에서 김수영이 도달한 지점은 "봄이 오기 전에", 즉 오고 있는 봄을 맞기 위해 "무거운 겨울옷을 벗는" 상태입니다. 아직은 봄이 오지 않아 "너무 시원해서 설워"지겠지만, 먼저 봄을 맞을 준비를 하지 않으면 봄이 와도 아무 의미가 없습니다. 봄은 기다리며 행동하는 이에게만 깊은 의미를 갖습니다. 봄이 오건 멀건 아무 관심이 없다면 봄은 와도 봄이 온 게 아닙니다. 이 작품에서 김수영의 봄은 "드디어 월남인이" 되는 것입니다. 어쩌면 김수영은 이때 베트남전쟁의 의미를 알고 있었는지 모릅니다. 다만 보장되지 않은 언론의 자유 때문에 명확하게 말하지 못했을 수도 있습니다. 이런 추정은 마냥 억지는 아닙니다. 일단 김수영의 세계 인식은 그가 능통했던 영어를 통해서였다는 점을 그 추정의 근거로 삼을 수 있고요, 5·16 직전에 C. 라이트 밀즈(Charles Wright Mills)의 『들어라 양키들아(Listen, Yankee : The revolution in Cuba)』를 읽고 쿠바 혁명의 진실을 알아챘던 사람임을 고려할 때 가능한 합리적 의심이라고 생각합니다. 물론 이것은 어디까지나 추정입니다. 중요한 것은, 1965년 당시 제

3세계적 인식의 단초를 김수영이 가지고 있다는 점일 겁니다. 하지만 이 이상의 진전은 보여주지 못했고 그것을 보여주기 전에 그는 세상을 떠났습니다. 우리 문학사에서 제3세계에 대한 본격적인 관심을 가진 것은 1970년대 중반 무렵부터입니다. 조금 더 살았다면 김수영도 분명 한몫 거들었을 것이라는 점은 명백합니다. 우리나라에 네루다(Pablo Neruda)의 시를 번역해 소개한 이는 (최초인지는 모르겠지만) 김수영이었습니다.

「풀의 영상」에서 한 가지 난감한 것은 4연 1행의 "나는 옷을 벗는다 엉클 샘을 위해서"입니다. 1행에 이렇게 말해놓고 다음 행에서 "아시아와 아프리카의 무거운 겨울옷을 벗는다"고 말하죠. 베트남을 침략한 "엉클 샘을 위해서" 먼저 "옷을 벗는다"가 어떤 혼란을 일으킵니다. 결국 김수영의 제3세계적 인식이라는 것도 추상적인 사해동포주의에 입각한 것인가, 하는 의구심을 갖게 하죠. 이 지점은 해석이 어려워 당분간 그냥 놔두기로 하겠습니다. 편하게 사해동포주의적인 관점을 바탕으로 한 제3세계적 인식이라고 말하기도 쉽지 않습니다. 그렇게 말하기에는 물증이 더 부족합니다. 누군가 이에 대해서 안목 있는 풀이를 해주신다면 저는 그것을 수용하는 쪽으로 하겠습니다.

사랑에 미쳐
날뛸 날이 올 거다

이제 「사랑의 변주곡」을 읽어보도록 하겠습니다. 이 시는 김수영 시의 어떤 절정에 해당하는 작품입니다. 이 시만 절정이라고 부를 수는 없지만, 혁명과 그에 대한 반동으로서의 쿠데타의 충격을 빠져나오면서 얻은 세계와 삶에 대한 인식의 깊이라는 측면에서 그렇다는 것입니다. 한 시인의 시 세계가 무슨 학문처럼 일목요연하게 그 줄거리가 잡히는 것은 아닙니다. 심지어 학문도 그렇지 않죠. "시를 안다는 것은 전부를 아는 것"(「저 하늘 열릴 때」)이라는 말의 심층적인 뜻은, 뒤집어서 말하면, "전부를 아는 것"이 곧 시라는 말입니다. 하지만 시는 시인의 전부를 표현하면서 그 전부는 시인의 자신이나 역사적 한계에 의해 정해집니다. 가능한 한 시인 자신의 전부를 표현하는 데 사활을 걸어야 간신히 시가 성립되기도 하죠. 시가 어려운 것이라면 바로 이런 문제 때문이고 또 전부라는 것은 언제나 시 쓰는 주체가 갖고 있는 역량의 문제입니다. '갑'이라는 시인의 전부와 '을'이라는 시인의 전부는 다를 수밖에 없지만 누구나 자기 자신을 기준으로 하는 전부가 있기 마련입니다. 그렇다면 시를 쓰는 데 있어서 시 쓰는 주체의 전부가 작품의 성취 여부를 일차적으로 결정하게 되겠죠. 왜냐면 누구나 자기의 전부 이상을 표현하는 일은 있을 수 없으니까요. 그런 다음 역사적 조건이라는 현실 문제가 말해질 수 있습니다. 동시에 역사적 조건이라는 현실은 언제나 시인의 전부를 제약하는 중요한 요소인데, 여기서 일어나는 놀라운 역설은 시인 자신의 전부를 제약하는 현실에 대한 태도 혹은 현실을 사는 삶의 방식에서 현실의 제약을 돌파하는 길이 열린다는 점입니다. 이 제약에 순응하거나 이 제약을 기회주의적으로 이용한다면 결국 그 시인의 전부 자체가 왜소하고 협소해질 수 있습니다. 결국 인간의 자아나 정신은 현실의 제약과 그 제약에 응전하는 태도에서 결정됩니다. 이것은 시 쓰는 일에만 적용되는 것이 아니라 일상을 사는 일에도 마찬가지 문제입니다.

전부가 사람마다 다르다고 해서 상대주의를 말하는 것은 아닙니다. 우리는 각자의 전부로 살면서 동시에 그 전부를 언제나 갱신하는 삶을 선택해야 한다는 말입니다. 동시에 자신의 전부가 언제나 제약되어 있다는 사실에 대해서 겸허할 필요가 있는 것이죠. 하지만 겸허만 강조했다가는 아무 일도 할 수 없습니다. 사실 허무적인 상대주의는 여기서 비롯돼죠. 도리어 자신의 전부를 갱신하는 길은 자신의 전부를 가지고 현실을 사는 것이고 그것을 통해 자신의 전부를 새롭게 하는 게 아닐까 싶습니다. 그래서 자신의 전부를 아는 것은 매우 중요합니다. 자신의 전부를 알아야 겸허해질 수 있고 자신을 개방할 수 있기 때문입니다. 자신의 전부를 모르면 폐쇄적이거나 오만한 법이지요.

"시를 안다는 것은 전부를 아는 것"이라는 말은 1960년 6월 17일의 일기에 적어놓은 "시는 절대적 완전을 수행하는 게 아닌가"라는 말과 상통합니다. 그만큼 시에 대한 김수영의 생각은 높았다는 뜻

도 됩니다. 그리고 시에 대한 이러한 일종의 '이데아'를 늘 염두에
뒀기 때문에 자기 자신을 밀어붙일 수 있었을 겁니다. 제가 이데아
라고 해서 오해가 있을 수도 있는데, 왜냐하면 김수영에게 시는 늘
현실과 관계되어 있기 때문입니다. 이데아의 원 뜻은 현실이 모방
해야 할 모델에 해당하는 것이니 제 말에 어폐가 있을 수 있습니다
만, 현실을 극복해가는 과정 속에서 그 최대치의 인식과 상상력을
언어로 펼치는 게 시라는 맥락에서 한 말입니다. 이것이 제가 해석
하는 김수영의 시입니다.

　「사랑의 변주곡」은 좀 꼼꼼하게 읽어볼까 합니다. 그 이유를 미
리 말씀드리자면 몇 가지가 있습니다. 그것은 「사랑의 변주곡」이 아
까 말씀드린 대로 김수영 시의 어떤 절정이라는 점인데, 그렇게 말
했으면 왜 절정인지 한번 야무지게 물어봐야 하지 않겠습니까? 또
한 가지는 1960년 4·19혁명 직전에 쓴 「사랑」의 '변주곡'이면서 제
가 앞에서 간략하게 언급했던 '사랑의 계보'의 연장선에 있다는 점,
다음으로 5연에서 "복사씨와 살구씨와 곶감씨"가 느닷없이 출현한
배경이 무엇이며 그것들이 진정 의미하는 바가 무엇인가 하는 점,
그리고 저 또한 「사랑의 변주곡」을 김수영의 혁명시의 종점이라고
말한 적이 있지만 어쩌면 김수영은 우리가 알고 있는 혁명의 이미
지를 탈피하고 다른 지점에 도달한 것은 아닌가 하는 점 들 때문입
니다. 아쉽게도 "복사씨와 살구씨와 곶감씨"에 대한 것이나 기존 혁
명의 이미지를 벗어나 도달한 지점에 대해서는 일종의 가설이고 문
제 제기 정도에 그칠 수도 있습니다. 아직 그 이상을 말할 공부가 되

어 있지 않기 때문입니다.

「사랑의 변주곡」은 "욕망이여 입을 열어라 그 속에서/ 사랑을 발견하겠다"로 시작됩니다. 첫 출발부터가 심상치 않습니다. "욕망의 입" 속에서 "사랑을 발견하겠다"는 것은 일단 화자의 의지로 읽힙니다만 과연 그럴까요? 제가 보기에는 이 "욕망"에는 전사(前史)가 있습니다. 이 전사를 이해해야 이 구절이 독해되고 이 작품에서 말하는 사랑의 의미가 조금 더 구체적으로 다가올 것입니다. 다시 어쩔 수 없이 「사랑의 변주곡」 이전 작품을 살펴봐야겠군요. 거의 같은 시기에 쓴 「VOGUE야」를 한번 보죠. 이 시에서 김수영은 패션 잡지인 『보그』가 자신의(우리의) 생활 현실을 은폐하다 못해 이상한 우위를 차지하고 있다고 비판하고 있습니다. 그런데 그것을 자신은 애써 무시해왔다고 합니다. 자신의 생활은 어떤 것이냐 하면 다음과 같은 것이죠.

마룻바닥에 깐 비닐 장판에 구공탄을 떨어뜨려
탄 자국, 내 구두에 묻은 흙, 변두리의 진흙,
그런 가슴의 죽음의 표식만을 지켜 온,
밑바닥만을 보아 온, 빈곤에 마비된 눈에
하늘을 가리켜 주는 잡지
VOGUE야

1행에서 4행까지가 자신의 생활인데, "VOGUE"는 그것과 상관 없는 "하늘을 가리켜 주는 잡지"라고 합니다. 당연히 여기서 "하늘"은 혁명 직후에 경험한 그 '하늘'이 아닙니다. 『보그』가 상징하는 자본주의 대중문화를 일러 "신성을 지키는 시인의 자리 위에 또 하나/ 넓은 자리가 있었"다고 합니다. 자신은 그 사실을 "자식한테 가르쳐 주지" 않았다고 하면서 그것이 자신의 "죄"라고 합니다. 그런데 진실을 은폐한 그 "죄"가 오래되었다고 하네요. 3연은 이런 내용입니다. 그러면서 4연에 이르러 "아들"에게 사실 너머 진실에 대해 할 말이 있지만 아직은 말하지 않겠다고 합니다. 말할 게 있지만 하지 않겠다는 진술은 비단 "아들"에게만 해당되는 게 아닙니다. 4연입니다.

> 그리고 아들아 나는 아직도 너에게 할 말이
> 왜 없겠는가 그러나 안 한다
> 안 하기로 했다 안 해도 된다고
> 생각했다 안 해야 한다도 생각했다
> 너에게도 엄마에게도 모든
> 아버지보다 돈 많은 사람들에게도
> 아버지 자신에게도

이것은 무력감이 아니라 고독에 가깝습니다. 말을 "안 해야 된다고 생각했다"는 이제 자신의 말은 "죽음의 질서"(「말」)를 품고 있기 때문이기도 하지만 현실은 『보그』가 시인의 자리 위에 존재하고 있기 때문이기도 합니다. 이런 형국에서 시인의 언어는 더욱 뒤로 물러설 수밖에 없죠. 말하고 싶지 않아집니다. 해서 뭐하겠습니까? 어차피 알아듣지도 못하고 들으려 하지도 않을 텐데요.

이게 제가 짐작하는 "욕망"의 한 형태입니다. 자신이 사는 현실 세계는 시인의 자리 위에 『보그』가 상징하는 대중문화나 그 가치가 자리하고 있습니다. 『보그』의 득세야말로 자본주의적 욕망의 확산을 상징합니다. 그리고 "욕망"의 다른 형태는 바로 김수영 자신의 생활 곳곳에 박혀 있습니다. 물론 이 "욕망"은 생활을 꾸려나가기 위해 불가피한 세속의 욕망이기도 하지요. 예를 들면 「도적」에서 보이는 "700원가량의 새 철사 뭉치"를 둘러싼 "도적"과 자기 가족의 욕망, 「금성라디오」에서 보이는 "금성라디오 A504"로 상징되는 일종의 물신숭배 같은 것, 「이혼 취소」와 「판문점의 감상」에서 드러난 '돈'을 둘러싼 이런저런 갈등과 그에 대한 자기 경멸 같은 것 등등이 자신의 심중에 남아 있는 욕망의 '얼굴'입니다. 김수영은 일상을 살면서 치러야 할 사소한 욕망들을 예민하게 의식하고 있었던 것 같습니다. 「이혼 취소」 같은 작품에서는 "피를 안 흘리려고/피를 흘리되 조금 쉽게 흘리려고/저것을 하고 이짓을" 하는 자기기만적인 비겁을 직시하면서 "나도 참가"하겠다고 하지만 그것이 영 쉽지만은 않았던 것 같습니다.

이런 사실들을 감안했을 때, "욕망이여 입을 열어라 그 속에서/사랑을 발견하겠다"는 두 가지 의미로 읽힙니다. 하나는 혁명 전후로 발견했던 사랑을 어느새 일상생활의 욕망이 삼켜버렸다는 것이고요, 또 다른 하나는 일상생활의 욕망과 사랑이 언제 어떻게인지는 모르지만 한 몸이 되어버렸다는 겁니다. 지금 화자가 욕망의 입 속에서 사랑을 '다시' 발견하겠다고 선언하는 것은 사랑이 욕망에게 삼켜졌다는 의미이면서 이 욕망 밖에서 사랑을 찾는 것은 무의미함을 인정하는 것이기도 합니다. 그래서 사랑의 '변주곡'이 되는 거죠. 즉 사랑에 대한 노래가 달라져야 한다는 겁니다. 하지만 시는 순수한 의지의 표명만으로 이루어지지 않습니다. "발견하겠다"는 의지이기도 하면서 이미 '발견했다'는 사실의 선언이기도 한데요, 왜냐하면 이후의 진술들은 '다시' 발견한 사랑의 양태들을 열거하고 있기 때문이죠. 욕망의 입 속에서 아직 살아 있는 사랑을 발견하고 나니까 도처에 사랑의 양태들이 즐비하더라는 말입니다. 1연에서 3연까지는 그런 진술입니다. 1연을 마저 읽어보겠습니다.

> 사그러져 가는 라디오의 재잘거리는 소리가
> 사랑처럼 들리고 그 소리가 지워지는
> 강이 흐르고 그 강 건너에 사랑하는
> 암흑이 있고 삼월을 바라보는 마른 나무들이
> 사랑의 봉오리를 준비하고 그 봉오리의
> 속삭임이 안개처럼 이는 저쪽에 쪽빛
> 산이

이 구절은 그냥 그대로 음미하면 됩니다. 이렇다 저렇다 분석을 하는 일이 도리어 무의미합니다. 하지만 2연에 대해서는 말해둘 게 있습니다.

사랑의 기차가 지나갈 때마다 우리들의
슬픔처럼 자라나고 도야지우리의 밥찌끼
같은 서울의 등불을 무시한다
이제 가시밭, 덩쿨장미의 기나긴 가시 가지
까지도 사랑이다

행갈이가 부자연스럽게 느껴질 수도 있는데 그것은 김수영의 의도입니다. 우리에게 필요한 것은 그 의도가 무엇인지 '아는' 것보다는 '느끼는' 것입니다. 우리는 읽으면서 어떤 느낌이 드는지 일단 거기에 집중할 필요가 있겠습니다. 아무래도 호흡을 분절시키는 효과가 있죠. 제 생각은 이렇습니다. 호흡을 분절시키는 행갈이를 한 것은, 밀려드는 사랑이 벅차 더듬거리고 있음의 표현입니다. 그리고 "사랑의 기차가 지나갈 때마다 우리들의/ 슬픔처럼 자라나고"에서 저는 '사랑이'를 "우리들의" 앞에 끼워 넣어 읽고는 합니다. "사랑의 기차가 지나갈 때마다" 무엇이 자라나겠습니까? 사랑밖에 더 있을까요? 그런데 "슬픔처럼"이라고 말하죠. 이 말은 시의 마지막에 고백하듯이 "아버지 같은 잘못된 시간"과 관계 있는 게 아닐까 싶습니다. "잘못된 시간"을 한참 산 다음에 느끼는 사랑의 벅참에 기쁨만 있지는 않을 겁니다. 당연히 거기에는 슬픔도 동참합니다. 회한 같은 감정이 섞일 수도 있고요. 그간의 슬픔이 사랑에 의해 구원받으려면 슬픔의 고해가 선행되어야 하겠지요. 그러려면 한 번 더 울어야 합니다. 따라서 "슬픔처럼"은 지금 밀려오는 사랑의 벅참이 단순히 낭만적 열정이 아님을 보여줍니다.

"이제 가시밭, 덩쿨장미의 기나긴 가시 가지/ 까지도 사랑이다"에서는 우리가 집중해서 읽었던 「반달」에서 "차밭의 앞뒤 시간이/ 가시처럼 생각된다"가 연상됩니다. 「반달」에서는 "점점 더 똑똑해진다"고까지만 말했지 그 이상은 나아가지 않았습니다. 그런데 「사랑의 변주곡」에 와서 그 "가시"가 상징하는 것까지도 사랑이다고 합니다. "차밭의 앞뒤 시간이/ 가시"라는 말에는 어떤 통증이 있죠. 「반달」에서는 그것을 외면하지 않겠다는 것을 말하고 있고 이제는 그것마저도 사랑이라고 말하고 있습니다. 혁명 이후 현실에 나타났던 사랑에 대한 기억이 그동안 계속 아프게 남아 있었던 것이고 그것을 어떻게 되살려내야 하나 하는 모색 속에 「거대한 뿌리」와 「현대식 교량」이 있음은 우리가 읽은 대로입니다. 두 작품에서 공히 중요한 의미를 갖는 게 사랑이었잖아요. 그러나 일상 속에서 사랑은 자꾸 속화되기 마련입니다. 껍데기만 남기고 사랑은 숨어버립니다. 역사적 현실에 나타나지 않은 것을 나타나게 하는 것도 시의 책무입니다. 그리고 거기에는 모험이 필요합니다. 생전 마지막 해에 발표된 「반시론」에서 김수영은 이런 말을 남겼습니다. "요즘의 강적은 하이데거의 「릴케론」이다. 이 논문의 일역판을 거의 안 보고 외울 만큼 샅샅이 진단해 보았다. 여기서도 빠져나갈 구멍은 있을 텐데 아직은 오리무중이다. 그러나 뚫고 나가고 난 뒤보다는 뚫고 나가기 전이 더 아슬아슬하고 재미있다." 김수영이 말한 "하이데거의 「릴케론」"의 정확한 제목은 '무엇을 위한 시인인가?(Wozu Dichter?)' 입니다. 여기서 김수영이 하이데거에 심취했다는 문헌적인 증거가 발견되기도 하는데요, 제가 말하고 싶은 것은 하이데거든 누구든 그것을 읽는 김수영의 태도입니다. "샅샅이 진단해 보았다"는 것, "빠져나갈 구멍"을 찾고 있었다는 것 등등은 김수영의 하이데거 공부가 맹목적이거나 교조적이지 않았다는 증거이기도 합니다. 하이데거는 「무엇을 위한 시인인가?」에서 시인들을 "너욱더 모험적인 자들"이라고 부르는데요, 존재의 진리를 앞서 드러내려는 모험을 마다하지 않는 시인을 하이데거가 깊이 신뢰했다는 것은 잘 알려진 사실입니다.

다시 시로 돌아와 보죠. 3연은 너무도 많은 사랑의 양태들에 대한 영탄입니다. 김수영의 시 중 뛰어난 작품들은 대체로 시인의 파토스가 숨겨진 작품들이 아닙니다. 도리어 파토스는 파토스대로 지성은 지성대로 살아 있는 작품들이 수작인 경우죠. 더 정확하게 말하면, 파토스를 지성이 절제시키는 것이 아니라 지성 자체가 파토스적입니다. 여기서 작품 해석에 큰 역할을 하는 것 같지는 않지만 한 가지 사실은 짚고 넘어가겠습니다. 그것은 사랑의 양태의 열거가 바깥에서 안으로 향하고 있다는 점입니다. 1연은 울타리 바깥의 세계이고, 2연은 울타리 안에 존재하는 사랑의 양태들이며, 3연에서 짧게 탄성을 외치고 난 다음 4연에서는 집 안에 있는 여러 사랑의 양태들을 말하고 있는 구조입니다. 그리고 별도의 연을 나누지 않은 채 다소 비약을 해서 역사적 사건을 호출합니다. 이런 방식은 「먼 곳에서부터」에서도 보인 바 있습니다.

그런데 넘치는 사랑의 양태들에 대한 탄성이 곧 낭만으로 빠지지는 않습니다. "난로 위에 끓어오르는 주전자의 물이 아슬/ 아슬하게 넘지 않는 것처럼 사랑의 절도(節度)는/ 열렬하다"에서 볼 수 있듯이, 김수영이 발견한 사랑은 지금 폭발하고 있거나 범람하고 있지 않습니다. 한편으로 의도적인 행갈이를 통한 리듬의 분절을 꾀하는 이유 중 하나가 사랑의 벅참을 혁명적으로 분출할 수 없는 시대 상황이기 때문입니다. 혁명적 상황이 아닌데 시인 혼자 혁명적 열정에 취해 있는 것은 차라리 돈키호테적 소극(笑劇)입니다. '아슬아슬하게'를 가운데에서 의도적으로 끊어 "아슬/ 아슬하게"라고 리듬과 호흡을 분절시킨 것도 "사랑의 절도"와 이어져 숨을 막히게 하는 효과가 있습니다. 그리고 다시 "열렬하다"는 독립적인 행으로 처리했습니다. 연달아 이어지는 이러한 의도적인 분절은 어쩌면 이 시를 쓸 때 당시 김수영의 상태를 드러내고 있는 것은 아닌가도 싶습니다. 3연의 "왜 이렇게 벅차게 사랑의 숨은 밀려닥치느냐"하는 탄성은 대개의 시에서는 어떤 '성급함'이 될 수 있지만, 김수영은 이 탄성을 일찌감치 중간에 내지르고 다시 호흡과 자기 지성을 추스르고 있다는 느낌이 듭니다. 다시 말하면 "사랑의 절도"가 "열렬하다"는 이 모순적 표현은 '벅차게 밀려드는 사랑'의 파토스를 지성적으로 통어(統御)한 것입니다.

여기서 중요한 것은 시인의 지성과 그 지성을 살찌운 역사에 대한 '사유'와 그리고 그 안에서 꿈틀대는 '서사'일 것입니다. 우리는 시에 있어서 이 지성과 사유와 서사를 너무도 쉽게 망각합니다. 서정은 너무도 특권적인 위치를 누리고 있죠. 서정이 아니라면 자아가 그렇습니다. 하지만 서정이든 자아든 사건과 사건의 연속 없이는, 그것에 대한 경험 없이는 만들어지지 않는다는 기초적인 사실을 시를 쓸 때 생각하지 않는 게 현대시라는 착각에 빠져 있는 것이죠. 서사라는 뼈대가 없이는 지성과 사유라는 근육은 붙지 않는 법입니다.

김수영도 「현대시의 진퇴」이라는 시평에서 김영태의 작품을 호평하면서 이런 말을 남깁니다. "이러한 메타포가 좀 더 감동적인 것이 되려면 감추어진 지성과 고민의 볼륨이 병행해서 커져 가야 한다. 우리나라에서는 소설도 시도 이런 주지적인 경향의 것이 성장하기가 퍽 힘이 든다." 문학 작품의 창작에서 지성이 얼마나 중요한지에 대한 김수영의 언급은 자주 있습니다. 보다 더 직접적인 제목을 가진 시평 「지성의 가능성」에서는 "오늘날 우리의 시가 세계적인 시야에서 보충되어야 할 공백 지대는 지성의 작업이다. 비평적 지성은 우리 시단에서는 아직도 응결되지 못하고 있다"라고 합니다. 하나만 더 예를 들어보겠습니다. 「포즈의 폐해」에서, 이야기의 시발점은 시에서 아이러니에 대한 것이었지만 지금도 가장 크게 착각을 하고 있는 시 쓰기의 본질에 대해서 짚고 있습니다.

따라서 주된 작업은, 말하고자 하는 그 무엇을 어떻게 시의 수준에까지 올려놓느냐 하는 것이고, 이런 경우에 아이러니는 그러한 적하(積荷) 작업을 수월하게 해치울 수 있는 역할을 할 수 있는 것이다. 이러한 주객 관계가 전도되고 그럼으로써 작품이 작품의 수준에 도달하지 못하는 것은 그만큼 진정한 현대적인 지성의 정리가 작품 이전에 준비되어 있지 않기 때문이다.

여기에서 중요한 지점은 "지성의 정리가 작품 이전에 준비되어" 있어야 한다는 지적입니다. 사실 이것은 오늘날에도 백번을 강조해도 부족합니다. 그런데 현실은 시인들이 '지성'이란 말만 나오면 심리적 거부감부터 갖는다는 겁니다. 이것은 지성을 지식 문제로 보기 때문이며, 사회적으로 지식이 많은 사람치고 세상에 해를 끼치지 않은 경우가 드물기 때문이기도 할 겁니다. 하지만 세상에 해를 끼치는 사람치고 지성이 있는 사람은 드뭅니다. 거의 대부분 전문적인 지식의 양만 많은 경우죠.

그럼 김수영이 말하는 지성이 무엇일까요? 여기에 접근하기 위해서는 다시 한 대목을 인용해야 할 것 같습니다. 김수영이 생각하는 지성, 특히 시(인)의 지성이 압축되어 있기 때문입니다. 「평균 수준의 수확」이라는 글인데 어느 정치 풍자시를 두고 한 말입니다. "(현대 정치 자체를 풍자하기 위해서는) 시인의 지성은 우선 세계를 걸쳐서 우리나라로 돌아와야 한다. 오늘날 우리 시단의 모든 참여시의 숙제가 여기에 있다. 작은 눈으로 큰 현실을 다루거나 작은 눈으로 작

은 현실을 다루지 말고 큰 눈으로 작은 현실을 다루게 되어야 할 것
이다. 큰 눈은 지성이고 그런 큰 지성만이 현대시에서 독자를 리드
할 수 있다." 간략히 말하면, 지성은 세계관이면서 현실에 대한 깊은
문제의식이 됩니다.

　이제 사랑은 자신의 집 안에서도 넘쳐흐르고 있습니다. 하지만
"죽음 같은/ 암흑"이 그의 현실입니다. 1연의 "암흑"에 이어 4연에도
다시 "암흑"이 등장합니다. 1연은 "강 건너에 사랑하는/ 암흑이 있
고"이고 4연에서 "암흑"이 나오는 부분은 직접 읽어보도록 하지요.

　　　이 방에서 저 방으로 할머니가 계신 방에서

　　　심부름하는 놈이 있는 방까지 죽음 같은

　　　암흑 속을 고양이의 반짝거리는 푸른 눈망울처럼

　　　사랑이 이어져 가는 밤을 안다

　　　그리고 이 사랑을 만드는 기술을 안다

　1연의 "암흑"이나 4연의 "암흑"이나 사랑에 지배되고 있습니다.
이 시는 사랑이 주인이죠. 1연에서는 화자가 '강 건너의 암흑'까지
자신이 사랑한다고 말하고 있고, 4연에서는 집 안의 "죽음 같은/ 암
흑 속"에도 "사랑이 이어져" 있다는 겁니다. 정말 온 세상이 사랑으
로 넘실거리고 있는데요, 이 다음 행에서 돌연 비약이 이루어집니
다. 가장 결정적인 비약은 5연이지만, 이전에 여기서 그 전조를 보
여주고 있는 거죠. "그리고 이 사랑을 만드는 기술을 안다"가 그것

입니다. 지금 자신의 주위에 넘실거리는 사랑의 양태들은 무언가에 의해서 만들어진 것입니다. 이 말은 '벅차게 밀려드는 사랑의 숲'에는 그 원인이 있다는 말과도 같죠. 그런데 그 원인이 무엇이냐? 그것은 "불란서 혁명"이나 "4·19" 같은 역사적 사건이라는 겁니다. 하지만 역사적 사건 자체가 지금 "사랑을 만드는" 것은 아닙니다. "불란서 혁명"이나 "4·19" 같은 역사적 사건이 화자에게 남긴 것, 그리고 그것을 성실히 배운 화자가 "사랑을 만드는 기술"을 보유하고 있습니다.

기술(techne)은 목적인(目的因)을 가집니다. 하지만 스스로 생성(poiesis)하는 것은 목적인을 갖지 않습니다. 스스로 생성하는 것은 자연(physis)의 본성이지만 우리가 사는 문명 세계는 거기에 기술이 결부된 형태여야만 합니다. 물론 근대 문명의 문제는 그 기술이 스스로 생성하는 것, 즉 포이에시스를 어그러뜨리는 데 있습니다만 우리가 삶을 영위하는 데 이 기술의 문제는 간단치가 않습니다. 김수영이 "사랑을 만드는 기술"이라고 할 때, 이 '기술'이 우리가 흔히 생각하는 강력한 목적인에 종속된 그 기술이 아님은 분명합니다. 그보다는 포이에시스의 길을 열어주는 테크네 쪽에 가깝습니다.

김수영은 역사적 혁명을 통해 "사랑을 만드는 기술"을 배웠다고 말하면서, 이제 그 '기술 보유자'가 됐으니 "소리 내어 외치지 않는다"고 합니다. 사실 소리 내어 외칠 필요도 없을 겁니다. 「VOGUE야」에서 아들에게 할 말이 있지만 안 하겠다, 할 필요도 없다고 한 적이 있는데 「사랑의 변주곡」에 와서 안 하겠다가 아니라 "소리 내어 외치지 않는다"로 변합니다. "소리 내어 외치지" 않아도 이미 세상은 사랑으로 가득 차 있기 때문입니다. 그리고 그 사랑은 우연히 또는 심리적 안도감으로 생긴 것이 아니라 역사적 사건을 되풀이 살면서 얻은 "사랑을 만드는 기술"에 의해서입니다. 쿠데타 이후 이어진 "수치의 개가"(「반달」)가 끝난 것은 아닙니다만, 김수영은 천천히 그리고 드디어 현실에 대한 시의 승리를 얻게 되었습니다. "수치의 개가"는 여전한데 시의 승리를 얻으면 그만인 것인가,라고 우리는 물을 수 있습니다. 여기에 대한 김수영의 대답은 아마도 6연인 듯합니다. 그 전에, "사랑을 만드는 기술"을 통해서 얻은 건 뭐냐는 물음이 필요합니다. 사랑이 도처에 넘치는 것도 알겠고 혁명이라는 사건을 통해서 "사랑을 만드는 기술"을 배운 것도 알겠는데, 그래서 어쨌단 말이냐? "사랑을 만드는 기술"은 단지 시적인 선언으로 그치면 안 됩니다. 그렇게 되면 그것은 시인 자신의 주관적인 내면의 문제에 지나지 않게 됩니다.

> 복사씨와 살구씨와 곳감씨의 아름다운 단단함이여
> 고요함과 사랑이 이루어 놓은 폭풍의 간악한
> 신념이여
> 봄베이도 뉴욕도 서울도 마찬가지다
> 신념보다도 더 큰
> 내가 묻혀 사는 사랑의 위대한 도시에 비하면
> 너는 개미이냐

5연에서 느닷없이 출현한 "복사씨와 살구씨와 곶감씨"(이하 '씨들')는 독자인 우리를 혼란스럽게 합니다. 김수영의 시에서 "복사씨와 살구씨와 곶감씨"의 출현은 유난히 돌올하며 이후에는 다시 등장하지 않습니다. 지금껏 읽어본 대로, 김수영 시에서 핵심 언어들은 반복해서 등장합니다. 일테면 긍지, 피로, 비애, 사랑, 혁명, 환희 등은 최소한 2회 이상 비슷한 의미를 지닌 채 쓰이는 시어들이고, 하물며 「반달」의 "가시"도 "가시 가지"의 형태로 「사랑의 변주곡」에서 다시 등장하기도 합니다. 물론 구체적인 사물의 이름이 한 번만 등장하고 사라지는 것은 있을 수 있습니다. 예를 들면 '반달' 같은 것이죠. 혹은 여타의 생활시에 등장하는 시어들도 그렇습니다. 하지만 "복사씨와 살구씨와 곶감씨"는 그 비중 자체가 다릅니다. 물론 "복사씨와 살구씨와 곶감씨"는 일차적으로 김수영 자신의 생활 주변에서 만났던 낯익은 사물일 겁니다. 그가 살았던 서강 지역이 1968년까지도 '새우젓골'이라고 불리는 외곽이었으니까요. 저도 일차적으로는 그렇게 해석합니다. 시에 등장하는 사물의 이름이나 특정 시어들은 결국 시인의 구체적인 경험이 작품이 태어날 당시의 주된 정서나 인식 구조에 의해 선택되어 나오는 것이거든요. 하지만 지금 당장 떠오르는 사물의 이름이나 특정 시어, 그리고 지금 당장의 정서와 인식 구조는 밀접하게 연결되어 있는 법입니다. 그러나 생활 속에서 시인 자신도 모르게 선택된 시어는 시를 짓는 정신적/정서적 구조에 의해 다른 의미를 충전받게 됩니다. 물론 기성의 의미를 그대로 띠는 경우도 있지만 새로운 언어는 작품이 만들어지는 과정에서 새로워진 정신적/정서적 구조를 통해 태어나죠. 그러기 위해서는 김수영의 말마따나 작품 이전에 지성이 먼저 정리해주어야 합니다. 지성은 감성의 변화를 틀 잡아주는 역할을 하죠.

일종의 빌드업이 되었는데요, 결국 "복사씨와 살구씨와 꽂감씨"가 무엇이냐는 점입니다. 저는 여기서 이것이 무엇이다 투의 단정적인 도식을 만들지는 않겠습니다. 시는 그러한 도식으로 갇히지도 않지만 가둬서도 안 됩니다. 먼저 이 '씨들'은 김수영의 생활 권역 내에서 손쉽게 접하거나 혹은 입으로 오르내린 사물일 개연성이 높습니다. 두 번째로는 5·16쿠데타 이후 그것의 돌파를 위해 김수영이 지난 시간을 반복적으로 삶으로써 발생시킨 새로운 (정신적 의미의) 개체의 상징일 수 있습니다. 즉 이 '씨들'은 시의 문맥상으로 보면 김수영이 역사를 되풀이 삶으로써 다시 시작된 개체발생을 감각적으로 표현하는 것으로 보입니다. 마지막으로는, 역사의 잠재태로서의 '씨들'인데, 이 주장은 제가 알기로 이미 연구자나 비평가들 사이에 제법 제출된 것으로 알고 있습니다. 하지만 막연한 잠재태 규정은 제가 제시한 두 번째 주장(역사를 되풀이 살면서 발생시킨 새로운 개체 발생)을 상정하지 않으면 근거 없는 추정일 뿐인 데다 특히나 포스트구조주의 철학자인 들뢰즈의 잠재성 개념을 김수영에게 덮어 씌웠다는 반론에 말문이 막힐 소지도 있습니다.

들뢰즈는 불가능성/가능성과 잠재성/현실성 개념을 구분해서 설명한 적이 있는데요, 잠재적인 세계는 실재하지만 아직 현실화가 안 된 세계를 말하지요. 재밌는 것은 그도 세계를 '알'로 비유했다는 겁니다. 알이 곧 씨죠. 동시에 드라마로 비유하면서 중요한 것은 배우가 아니라 배역들이라고 말한 적이 있습니다. 드라마는 배우 아무개에 의해서 극화되는 것이 아니라 그 배우가 맡은 배역, 캐릭터에 따라 완성되잖아요. 즉 주체인 배우가 아니라 배역이 사건을 감당하면서 드라마가 전개된다는 말입니다. 그러나 '씨'가 잠재태인 것은 굳이 들뢰즈를 끌어들이지 않아도 됩니다. 그것은 누구나 알고 있는 상식이기도 하죠. 그리고 '씨들'이 역사의 잠재태로서 존재하려면 어떤 논리적 근거가 필요하기도 합니다. 살아 있다는 논리적 근거 말이죠. 씨가 죽어 있다면 그것은 잠재태가 아니라 그냥 죽음 상태인 거죠. 다시 말하면 씨 그 자체가 미래를 배태한 잠재태라고 말할 수 없다는 거죠. 그래서 저는 '씨들'의 살아 있음의 근거가 "사랑을 만드는 기술"이 아닐까 합니다. 그 기술을 "이제 우리들은 소리 내어 외치지 않는다"고 말한 다음 연을 바꿔 "복사씨와 살구씨와 곶감씨"를 바로 내놓는 것도 이렇게 해서 이어지게 됩니다. 다시 말하면 "사랑을 배우는 기술"이 남긴 것은 공허한 주관적 선언이 아니라 구체적인 '씨들'이 됩니다.

또 한 가지 말하고 싶은 것은 함석헌의 씨올사상에서 김수영이 어떤 영감을 받은 것은 아닌지, 두 사람이 같은 시대의 공기를 마시고 산 사람들로서 무관한 사람들인지 하는 점입니다. 김수영이 함석헌의 글을 접하지 않았을 가능성은 거의 없다고 저는 생각합니다. 앞에서 말씀드렸다시피, 일찍이 4·19혁명 1주년을 맞아 쓴 「아직도 안심하긴 빠르다」에서 김수영은 다음과 같은 격정적인 말을 쏟아낸 적이 있습니다. "오늘이라도 늦지 않으니 썩은 자들이여, 함석헌 씨의 잡지의 글이라도 한번 읽어보고 얼굴이 뜨거워지지 않는가 시험해 보아라. 그래도 가슴속에 뭉클해지는 것이 없거든 죽어버려라!" 사실 「사랑의 변주곡」을 쓰기 한참 전에 발표된 글입니다. 막연하기는 마찬가지이지만 다음의 예는 어떨까요? 제가 박재순 선생의 『민중신학에서 씨올사상으로』라는 책에서 우연히 본 구절입니다. 함석헌 선생은 『뜻으로 본 한국역사』에서 이미 씨올사상을 복숭아씨를 가지고 설명을 한 적이 있답니다. 씨는 '어짊[仁]'을 나타내는데 사람의 씨알맹이도 어짊, 사랑이랍니다.

무엇보다도 함석헌이 말하는 '씨올'은 민중을 가리킵니다. 함석헌은 「씨올」이라는 글에서 '씨올'은 자신의 말이 아니라 스승인 유영모가 『대학』의 첫 구절인 "대학지도 재명명덕 재친민 재지어지선(大學之道 在明明德 在親民 在止於至善)"을 강의하면서 '민(民)'을 '씨올'로 풀이했는데 자신이 10년 넘게 사용했다고 한 적이 있습니다. 함석헌이 창간한 『씨올의 소리』 창간호에서 밝힌 것인데, 『씨올의 소리』가 1970년에 창간한 것을 기준으로 보면 1960년대 내내 써왔다는 말이 됩니다. 이 시기는 무엇보다 김수영이 왕성하게 활동했던 시기와 겹치고, 이에 따라 김수영이 함석헌의 글을 접했을 것이라는 추정은 무리가 아닙니다. 함석헌은 이 글에서 '민'이라는 말이 있는데 굳이 '씨올'이라고 써보려고 하는 것은 아무래도 '민'은 봉건시대에 어울리지만 민주주의 시대에는 '씨올'이 맞을 것 같다고 했습니다. 그리고 이런 말을 끝에 남기죠. "영원한 미래가 거기에 압축되어 있습니다.”

　김수영의 ‘씨들’이 함석헌의 씨올사상과 어떤 영향 관계 속에 있는지 여부는 객관적으로 알 수 없고, 또 이 시를 읽는 데 결정적인 역할을 하는 것도 아닙니다. 하지만 1960년대 우리 정신사를 ‘씨올’을 배경으로 다시 비춰보는 일은 우리에게 얼마간이나마 새로운 자극을 줍니다. 또 함석헌의 씨올사상에서 김수영이 영감을 얻었다는 게 드러나면 ‘씨들’이라는 것을 가지고 괜한 설왕설래를 할 필요도 없을 겁니다.

　일단 5연 1행에서 “복사씨와 살구씨와 곶감씨의 아름다운 단단함이여”라고 해놓고 다음 행에서는 “고요함과 사랑이 이루어놓은 폭풍의 간악한/ 신념이여”라고 하는데, 사실 이 대목도 과감한 서사적 풀이를 하지 않으면 해석이 난감해집니다. 그만큼 자의적일 수도 있음은 물론입니다. 일단 “복사씨와 살구씨와 곶감씨”가 아름다울 정도로 ‘단단하다’고 합니다. 김수영 자신이 아무렇게나 불러낸 정서적 등가물이 아님을 알 수 있는 대목입니다. 그리고 ‘씨들’은 “고요함과 사랑이 이루어놓은” 것이라고 하죠. ‘씨들’은 김수영 자신의 깊은—깊은 것은 고요합니다—사유와 열렬한 사랑이 이루어놓았다는 말인데, 이 말은 “사랑의 절도는/ 열렬하다”와 조응합니다. 즉 열렬한 사랑의 절도가 이루어놓은 것이 ‘씨들’인데, 이것을 다시 “폭풍의 간악한/ 신념”이라고 바꿔 부릅니다. 여기에서 결정적으로 「사랑의 변주곡」에 엄청난 서사가 숨어 있음이 드러납니다.

　역사는 가끔 폭풍의 모습으로 옵니다. 그리고 그 폭풍은 개개인에게는 인자하지 않을 정도로 무섭기도 한데, 그것이 멈출 때까지는 여전히 간악합니다. 역사라는 폭풍은 도리어 개인들이나 개별적인 경우에게 잔인하기도 하지요. 개인적으로 아무리 억울하다 해도 역사의 폭풍은 그것을 받아들여 주지 않습니다. 억울한 것은 인간 사정이고요, 역사는 기어코 우리를 다른 자리에 옮겨다 놓은 다음에야 폭풍을 멈춥니다. 폭풍이 너무 잦아도 우리의 삶은 지속이 힘들지만 너무 오지 않아도 삶은 부패하고 맙니다. 그렇다고 역사 자체가 내내 폭풍이라는 말은 아닙니다. 폭풍과 폭풍 사이의 고요 또는 고요와 고요 사이의 폭풍이라 해도 무방할 것 같습니다. 그런데 이 폭풍을 "고요함과 사랑이 이루어"놓았다고 합니다. 폭풍이 없다면 역사는 나아가지 못하고 역사가 나아가지 못하면 사랑마저 위태롭습니다. 여기서 말하는 폭풍은 역사의 급진전, 혁명을 암시할까요? 김수영의 경우에서 보듯 혁명은 사랑을 시작하게 하고 사랑은 혁명을 꿈꾸게 합니다. 서로가 서로를 물고 있는 형국이죠. 그래서 혁명이 패퇴하거나 퇴행하면 사랑은 방황하게 됩니다. 「피곤한 하루의 나머지 시간」이 그 예죠. 이때 사랑을 구원하는 것이 시입니다. 1967년이 되어 김수영이 '사랑의 변주곡'을 부르게 된 것은 시의 승리이기도 합니다. 그래서 제가 「사랑의 변주곡」을 김수영 혁명시의 정점이자 최종이라고 부르는 것입니다. 혁명시는 봉기가 타오를 때도 필요하지만 봉기의 기억과 봉기의 의미를 갈무리해서 다음 세대에게 건네줄 때도 필요합니다. 여기까지가 혁명입니다. 봉기 이후에 꺼져버린 불빛들은 허다하지만 봉기의 불꽃을 기어코 응결시키는 경우는 언제나 드물기 마련입니다. 따라서 '씨들'은 혁명이 응결된 것입니다. 「반달」에서의 '사마귀'와는 다르죠.

「현대식 교량」에서 "젊은이들"이 이제 "아들"로 변해 있습니다. "아들"에게 건네주는 '씨들'은 "아버지"의 것이라기보다 아버지 '시대의 것'입니다. "젊은이들"과의 믿음을 넘어서 "아들"에게 유전되는 '씨들'은 이제는 아예 생명의 법칙 문제로 전환됩니다. 아버지에서 아들에게 이어지는 것이 생명의 법칙이지 무엇이겠습니까. "젊은이들"과의 관계는 문화적, 사회적 유산의 문제이지만 "아들"과의 관계에서는 생명 법칙의 문제입니다. 그리고 「VOUGE야」에서 보였던 어떤 심리적 주저와는 다르게 여기에서는 "아들"에게 할 말을 다 하고 있습니다. 한번 비교 삼아 읽어보도록 하지요.

> 그리고 아들아 나는 아직도 너에게 할 말이
> 왜 없겠는가 그러나 안 한다
> 안 하기로 했다 안 해도 된다고
> 생각했다 안 해야 한다고 생각했다
> 너에게도 엄마에게도 모든
> 아버지보다 돈 많은 사람들에게도
> 아버지 자신에게도
>
> —「VOUGE야」4연

아들아 너에게 광신을 가르치기 위한 것이 아니다

사랑을 알 때까지 자라라

인류의 종언의 날에

너의 술을 다 마시고 난 날에

미대륙에서 석유가 고갈되는 날에

그렇게 먼 날까지 가기 전에 너의 가슴에

새겨 둘 말을 너는 도시의 피로에서

배울 거다

이 단단한 고요함을 배울 거다

복사씨가 사랑으로 만들어진 것이 아닌가 하고

의심할 거다!

복사씨와 살구씨가

한번은 이렇게

사랑에 미쳐 날뜀 날이 올 거다!

그리고 그것은 아버지 같은 잘못된 시간의

그릇된 명상이 아닐 거다

—「사랑의 변주곡」 6연

　　중요한 것은 "아들"에게 해줄 말을 머뭇거리다가 결국 다 했다는 차원의 문제가 아닙니다. 두 작품의 시간 차는 거의 없습니다. 거의 동일한 시간대의 작품입니다. 「사랑의 변주곡」 6연에서 우리가 읽어야 할 것은, 화자가 자신의 역사 속에서 간취한 '씨들'을 건네주는 것이 아니라 자신의 역사를 사랑하는 마음을 버리지 말라는 당부입니다. 그렇게 자라면 "단단한 고요함"을 "도시의 피로에서" 배울 거라는 겁니다. 김수영에게 사랑은 그간의 시적 여정을 살펴볼 때 역사적 현실을 살아가는 삶의 원리이기도 하면서 가르치거나 선포하는 게 아니라 '배우는 것'입니다. 즉 이 시는 배움의 시가 되며 지금은 그 시간이기도 합니다. 그런데 배움에 앞서는 것이 있습니다. 그것은 바로 믿음입니다. 6연 1행에서 단도직입적으로 "가르치기 위한 것이 아니다"라고 말하고 있지 않습니까? 배우다 보면 언젠가 "복사씨와 살구씨가/ 한번은 이렇게/ 사랑에 미쳐 날뛸 날이 올" 게 확실합니다. 사랑이 만든 '씨들'이 형이상(形以上)적인 원리로서 존재하는 게 아니라 배우는 과정에서 언젠가 역사(歷史)에 역사(役事)하기 마련이라는 김수영의 비전과 통찰은 역사는 반복되기 마련이라는 자신의 배움의 결과에서 연유한 듯 보입니다. 자신은 "불란서혁명"과 "4·19에서" 배웠지만 미래 세대는 다른 계기를 통해, 지금 당장 보이기로는 "도시의 피로에서" 배울 거라는 단언은 다시 도래할 '때'를 믿지 않으면 말하기 힘듭니다.

그러면 사랑이 만들어놓은 '씨들'이 다시 "사랑에 미쳐 날뛸 날"은 언제일까요? 그 '때'는 아무도 모릅니다. 다만 그 '때'는 사랑이 다시 역사에 역사하는 순간이겠지요. 그리고 동시에 심판을 자처하는 '때'이기도 할 겁니다. 그런데 이 '때'는 김수영이 느껴본 '하늘 열릴 때'의 반복은 아닐까요? 반복은 반복인데 다른 생명(개체)을 발생시키는 것이라고 한다면, 당연히 김수영이 겪은 하늘은 아닐 겁니다. 단적으로 말해 4·19혁명의 기계적인 되풀이는 될 수 없는 것이죠. "사랑에 미쳐 날뛸 날"에 역사적 과거로서 4·19혁명이 다시 되풀이되기는 하지만 그 되풀이 속에서 다른 혁명이 태어납니다. 저는 "사랑에 미쳐 날뛸 날"이라는 이미지에서 김수영이 우리가 생각하는 혁명의 이미지를 탈피한 것은 아닌가 하는 생각을 합니다. 독재자를 몰아낸 경험이 우리에게 있으니 다른 독재자가 나타나면 또 몰아내자는 식은 아니었다는 겁니다. 이런 정치주의적 발상은 "사랑에 미쳐 날뛸 날"에 한참 못 미칩니다.

한 가지만 더 말씀드리고 마치기로 하겠습니다. 역사적 시간을 통해 배운 사랑이 맺은 '씨들'이 다시 "사랑에 미쳐 날뛸 날이 올 거다"라는 지극한 원(願)은, 다시 처음으로 돌아가 「공자의 생활난」에서 말한 "꽃이 열매의 상부에 피었을 때"를 떠올리게 합니다. 「공자의 생활난」이 극도의 혼란과 흐린 시야에서 탄생한 관념적인 시이기는 하지만 관념적인 '원'이라도 그것이 절실할수록 언젠가 한 번은 나타나기 마련 아닐까요? 물론 우리는 나타난 형상이 오래 품은 '원'의 모습일 것이라고 생각지도 못한 채 지나칠 수 있습니다. 어쨌든 "사랑에 미쳐 날뛸 날"과 "꽃이 열매의 상부에 피었을 때"가 시적으로 전혀 무관한 이미지만은 아니라는 게 제 생각입니다. 당연히 "꽃이 열매의 상부에 피었을 때"와 '씨들'이 "사랑에 미쳐 날뛸 날"은 이념적으로는 통하지만 역사에서 나타나는 것은 같지 않습니다. 그리고 "꽃이 열매의 상부에 피었을 때"는 전쟁으로 인해 역사적 부적합 심판을 받았을지도 모릅니다. 역사적으로 다르게 현전하지만 '님'은 '님'이듯이 "꽃이 열매의 상부에 피었을 때"와 "사랑에 미쳐 날뜀 날" 둘 다 '장미화의 봄비'(한용운, 「군말」)일지도 모르겠습니다.

「사랑의 변주곡」은 마지막에 "사랑에 미쳐 날뜀 날이 올 거다"라는 믿음에 대해 이런 말을 합니다. "그리고 그것은 아버지 같은 잘못된 시간의/ 그릇된 명상이 아닐 거다"! 이 말은 결국 '아버지의 시간'은 패배한 시간이라는 인정임과 동시에, 자신의 '예언'이 단지 패배한 시간에 대한 심리적인 보상으로서 하는 말이 아니라는 의미입니다. 이런 말을 하는 이유는 '아들의 시간'을 위로하기 위함이 아니라 "불란서혁명"과 "4·19에서 배운" 사랑의 기술이 자신에게는 있으며 이것이 "복사씨와 살구씨와 곶감씨의 아름다운 단단함"을 낳았다는 긍지 때문입니다. 중요한 것은 승리냐 패배냐라는 도식이 아니라 승리의 열매는 무엇이고 패배의 열매는 무엇인가, 하는 점일 겁니다. 이 열매가 어떤 미래를 품고 있는지에 따라서 승리/패배 도식은 변합니다. 역사의 승자들은 언제나 이 열매를 분배하는 데에만 몰두하는 반면에 패자들은 그 열매를 차지하지 못해 울분을 갖습니다. 그 열매가 무엇인지, 그리고 그 열매가 틔울 다른 싹의 모습은 무엇인지에 대해서는 언제나 등한시합니다.

「사랑의 변주곡」은 시인 김수영이 지난 역사를 되풀이해 살면서 '배운' 사랑으로 탄생시킨 '씨들'에 대한 시인데 이 '씨들'에는 혁명뿐만이 아니라 수치와 피로와 비애, 고독도 함축되어 있죠. 그리고 미래의 시간에도 역시 해야 하는 일은 사랑을 배우는 것이며, 그랬을 때만이 "복사씨와 살구씨가/ 한번은 이렇게/ 사랑에 미쳐 날뜀 날이 올 거"라는 겁니다.

역사를 다시
살다

여섯 번째

이 야 기

풀이 눕는다

풀이 솟는다
소리 없이
소리 없이

「사랑의 변주곡」 이후 김수영은 12편의 시를 더 썼습니다. 「사랑의 변주곡」이 1967년 2월에 쓴 작품이고 마지막 작품인 「풀」이 그 이듬해인 1968년 5월 29일 작품이니 약 15개월 동안 12편을 쓴 것은 과작이라고는 볼 수 없습니다. 그 사이에 또 꽤 많은 산문을 쓴 것을 감안하면 도리어 다작이라고 할 수 있습니다. 12편의 시를 포함해 「사랑의 변주곡」 이전에 쓴 「VOUGE야」까지 합하면 7편이 그의 사후에 발표됩니다. 스스로는 의식하지 못했겠지만 발언권과 영향력이 말년에 많이 커진 것으로 추정됩니다. 지금도 현존하고 있고 향후에 우리 문학사에서 큰 역할을 하게 될 계간 『창작과 비평』에도 적잖이 관여하게 되는데, 이에 대해서는 문학평론가 백낙청, 염무웅 두 분의 증언을 참조하면 재미있습니다. 이렇게 보면 우리 같은 사람들은 집안 족보에 비유하자면 김수영의 손주뻘밖에 되지 않습니다. 할아버지가 너무 빨리 돌아가셔서 그렇지 그렇게 먼 이야

풀이
눕는다

기가 아니라는 뜻입니다. 할아버지부터 '나'까지 통상 3대, 100년에 해당되는데, 할아버지의 이야기를 잘 들어보면 우리가 책으로만 배웠던 역사가 과거지사만은 아닙니다. 할아버지가 무엇입니까. 부모님 이야기만 잘 새겨들어도 우리의 현재가 얼마나 깊은 질곡의 과거와 연결되어 있는지 확연하게 다가오곤 합니다. 이런 말을 드리는 것은, 기술문명에 미혹된 탓인지 우리는 너무도 쉽게 과거의 시간을 잊고 사는 것 같아서입니다. 최소한 100년 전부터 100년 후까지 현재에 함께 사는 연습이 우리에게는 필요해 보입니다.

이는 시간의식이라고도 부를 수 있고, 역사의식이라고 부를 수 있습니다. 김수영이 1960년대 중반 이후 이러한 시간의식/역사의식을 가졌다는 것은 지금껏 그의 시를 읽으면서 간간이 말해온 바입니다. 「사랑의 변주곡」이 미래를 향한 가슴 뛰는 순간을 시로 쓴 것이라면, 「반달」 이후부터 「거대한 뿌리」, 「현대식 교량」은 지난 시간에 대한 인식을 보여주는 작품이죠. 물론 '신귀거래' 연작에서도 과거에 대한 인식은 희미하게 시작됩니다만, 본격적으로 지난 시간에 대한 인식을 보여주는 작품이 이 세 작품이 아닌가 합니다. 그런데 여기서 한 가지 짚어야 할 게 있습니다. 우리가 과거를 시로 쓸 때 보통 과거에 대한 향수, 또는 이상화랄까, 아무튼 과거를 특권화하는 함정에 빠지기 쉽습니다. 적지 않은 서정시가 과거를 돌아보는 순간 이런 함정에 빠지고는 합니다. 그래서 과거의 어떤 시간을, 「거대한 뿌리」의 한 구절을 빌리면, "파라다이스처럼 생각"합니다. 하지만 과거를 돌아볼 때도 심장은 미래를 향해 뛰어야 합니다. 그래야 작품에 지난 그림자가 고이지 않습니다. 김수영도 이에 대해 분명한 문제의식이 있었습니다. 산문 「참여시의 정리」에서 신동엽의 「껍데기는 가라」를 상찬하며, "어떤 민족의 박명(薄明) 같은 것을 암시"하지만 그것이 "서정주의 '신라'에의 도피와는 전혀 다른 미래에의 비전과의 연관성을 제시해"준다고 합니다. 이 문장에 제가 금방 한 말이 다 담겨 있습니다. 김수영은 서정주에 대해 거의 언급하지 않는데 언급을 한다고 하더라도 부정적인 예로 등장시킵니다. 하지만 신동엽에 대해서도 "쇼비니즘으로 흐르게 되지 않을까" 하는 "위구감(危懼感)"을 느낀다고 염려합니다. 물론 애정이 가득한 비판이죠. 신동엽이 과연 그러했는지에 대해서는 여기에서 섣불리 이야기할 거리가 못 됩니다. 우연이겠지만 신동엽도 김수영이 죽은 다음해인 1969년에 세상을 떠나고 말았기 때문입니다.

　독자마다 느낌이 다를 수 있지만 저는 「사랑의 변주곡」 이후로 김수영이 다른 모색을 하고 있다는 느낌을 받습니다. 어쨌든 혁명의 시간을 「사랑의 변주곡」에서 갈무리해서 그런 것일까요? 제가 「사랑의 변주곡」을 김수영 혁명시의 정점이고 최종이라고 부르는 것은 시의 성격도 성격이지만 그 이후 시간에 대한 김수영의 다른 모색이 느껴져서입니다. 하지만 「사랑의 변주곡」 이전과의 연속성이 완전히 끊어진 것은 아닙니다. 그 이전에 김수영이 발견한 것은 '풀'입니다. 「풀의 영상」이 그 얇은 증거가 되지만요, 「사랑의 변주곡」에서 '씨'를 등장시킨 점, 그리고 '씨'들이 "사랑에 미쳐 날뛸 날"에 대한 기대가 뜨겁게 살아 있다는 점은 이후 작품들과 이어주는

풀이
눕는다

징검돌이기도 합니다. 이제 이 '풀'을 중심으로 이야기를 풀어볼까 합니다. 일상의 반성과 성찰은 여전히 이어지고 분단에 대한 인식도 보여주지만, 그리고 「성(性)」에서도 나타나듯 무자비한 자기 폭로도 이어지지만 아무래도 한 편 한 편 따라가다 보면 이 시간을 훌쩍 넘기게 될 것입니다.

먼저 「거짓말의 여운 속에서」를 한번 읽어보죠. 이 작품에서 김수영은 "사람들은 내 말을 믿지 않는다"고 합니다. "내 말을 믿지 않는다"는 것은, 「현대식 교량」이나 「사랑의 변주곡」에서 보여주었던 역사에 신념을 세상이 믿어주지 않는다는 발언 같습니다. 이 시에서 김수영은 "시평(詩評)의 칭찬까지도 시집의 서문을 받은 사람까지도/ 내가 말한 정치 의견을 믿지 않는다"고 합니다. 시를 통해서 동질감을 서로 나눈 사이에서도 "정치 의견"에 대해서는 다르다는 의미일까요? 사실 시인들 사이에서 이런 일은 흔합니다. 그래서 이 진술이 무슨 큰 사태를 야기할까 궁금하기도 한데, 2연과 3연이 심상치 않습니다.

봄은 오고 쥐새끼들이 총알만 한 구멍의 조직을 만들고
풀이, 이름도 없는 낯익은 풀들이, 풀새끼들이
허물어진 담 밑에서 사과 껍질보다도 얇은

시멘트 가죽을 뚫고 일어나면 내 집과
나의 정신이 순간적으로 들렸다 놓인다

요는 정치 의견이 맞지 않는 나라에는 못 산다

어쨌든 지금 김수영에게는 "정치 의견이 맞지 않는" 현실이 심각한 것 같습니다. 지금 그의 주위에는 "풀들이" "시멘트 가죽을 뚫고 일어나면 내 집과/ 나의 정신이 순간적으로 들렸다 놓"는 일이 벌어지고 있습니다. 그런데 동시에 "봄은 오고 쥐새끼들이 총알만 한 구멍의 조직을 만들고" 있다고 합니다. 봄이 오니까 쥐의 활동이 시작되는 걸까요? 그 "쥐새끼들이" 벽에 구멍을 내고 들락거리고 있습니다. 봄이 왔으니 "풀이, 이름도 없는 낯익은 풀들이, 풀새끼들이/ 허물어진 담 밑"에서 일어나기도 하겠죠. 그때 "나의 정신이 순간적으로 들렸다 놓인다"고 합니다. 뭔가 부산스럽다고 할까, 생동감이 있는 풍경입니다. 구멍을 들락거리는 쥐도 '새끼'고 "허물어진 담 밑에서" "시멘트 가죽을 뚫고 일어"나는 풀도 '새끼'입니다. 이런 상황에서 시를 함께 이야기하는 지인들하고 "정치 의견이 맞지 않는" 일이 벌어져서 못 살겠다고 하네요. 시로 통하는 사람들도 "정치 의견"은 통하지 않는 형국입니다. 여기서 다시 등장하는 게, 자기 말이 현실에서 먹히지 않는 상황입니다. 그런데 이런 상황은 낯설지 않죠? 앞에서 읽은 「말」에서도 그랬고 4·19혁명 이후에도 그랬던 일이 있습니다. 하지만 이는 단순히 "정치 의견"이 문제가 아닌 것 같습니다. 시국에 대해서 좀 안 맞으면 어떻습니까. 서로 충분히 이해할 수 있는 문제라면 아무것도 아니지만, 사실 언제나 김수영의 '앞선' 인식이 문제지요. 김수영에게 인식이라는 것은 본질

풀이
눕는다

적으로 새로운 것이니 그에게 인식은 '앞선' 인식 그 자체입니다. 앞
선다는 것은 무언가를 대표한다는 것이 아니라 현재의 상식적 사
고들을 저만치 추월했음을 의미합니다.

혁명 이후에는 다소 신경질적인 데가 있었습니다만 「말」에 와서
는 자신의 말이 다른 질서 위에 있다고 하죠. 또 「VOUGE야」에서
는 아들에게 말을 안 하는 게 좋겠다고 했습니다. 그렇게 꾹꾹 다져
왔던 말을 터뜨린 게 「사랑의 변주곡」에 와서입니다. 이렇게 응축했
다 터뜨리는 말을 주제로 하면 근사한 비평 하나가 나올 만도 합니
다. 그런데 제가 말한 응축은 김수영이 의식적으로 참고 또 참았다
는 뜻이 아닙니다. 인식과 정신이 점점 더 깊어지고 밀도를 더하면
서 자신도 모르게 의식 아래 고이고 있다는 의미에 가깝습니다. 그
것이 임계점에 도달하면 솟구치는데, 그게 솟구침인 것은 김수영이
시를 쓸 때 번개처럼 쓴다는 사실로 인해 입증됩니다.

솟구치듯 쓰는 시와 한 땀 한 땀 쓰는 시에는 차이가 있습니다. 일
단 시의 호흡과 리듬에서 그것이 느껴지죠. 물론 솟구치듯 쓰는 시
도 나중에는 한 땀 한 땀 다시 생각해봅니다. 김수영의 말로 하면 운
산(運算)인데, 아마도 김수영에게 운산은 단지 빼고 덜고 하면서 형
식미를 추구하는 단계는 아니었을 겁니다. 도리어 1961년의 한 '시
작 노트'에서 다음과 같은 말을 남깁니다. 시의 형식이라는 주제에
대한 노트인데요, "나는 시의 형식 문제에 대해서 지극히 둔하다.
나의 경험으로 비춰 볼 때 형식은 '투신'만 하면 간단히 해결될 수
있는 것이기 때문이다"라면서 "나의 취미로서는 모양을 전혀 안 내

는 것이 가장 모양을 잘 내는 법이라고 생각된다"고 합니다. 시의 형식에 대한 이런 생각이 모든 작품마다 적용되지는 않았을 테지만 최소한 형식미에 대한 강박증은 없었던 것 같습니다. 자신은 "시의 내용에 대해서는 고심해 본 일이" 없고 "시의 어머니는 어디까지나 언어"라고 한 데서 보듯 운산 단계에서 적절한 언어를 찾는 데 고심했던 모양입니다. 전집에 실린 그의 원고 사진이나 김수영문학관에 전시되어 있는 여러 육필 원고를 보면, 한 행 한 행 축조하듯이 쓰지 않았다는 점이 여실히 드러나고, 그 윤곽 위에서 어휘를 수시로 바꾼 흔적이 어지럽습니다.

지금의 주제는 그것이 아니니 그만하기로 하죠. 여기서 「거짓말의 여운 속에서」에서 자신의 인식과 맞지 않는 현실에 대한 답답함을 토로하는데 그전과는 조금 다른 뉘앙스입니다. 그래서 4연에서는 일단 역지사지의 자세를 취해봅니다.

    그러나 쥐구멍을 잠시 거짓말의 구멍이라고
    바꾸어 생각해 보자 내가 써 준 시집의 서문을
    믿지 않는 사람의 얼굴의 사마귀나 여드름을—

    그 사람도 거짓말의 총알의 까맣고 빨간
    흔적을 가진 사람이라고—그래서 우리의 혼란을
    승화시켜 보자 그러나 그러나 그러나

풀이
눕는다

좋다. 지금 "쥐새끼들"이 들락거리는 구멍도 "잠시 거짓말의 구멍이라고/ 바꾸어 생각해 보자". 심지어 "내가 써 준 시집의 서문도" 그렇다고 해보자. 나아가 '나'의 "정치 의견을 믿지 않는" 사람도 그동안 거짓말을 하도 많이 당해서 그런다고 해보자. 이렇게 화자는 뒤로 물러나 봅니다. 언젠가 "복사씨와 살구씨가/ 사랑에 미쳐 날뛸 날이 올 거"라는 자신의 말을, 혁명이 쿠데타로 틀어진 후 당해온 정치의 거짓말, 역사의 거짓말, 인생의 거짓말 때문에 그럴 거라고 이해하면서 "우리의 혼란을/ 승화시켜 보자"고 하지만, "그러나 그러나 그러나"…….

다음 연부터 김수영은 장면 전환을 하면서 자신이 그동안 일본 말에서 영어로 "언어의 이민을" 해왔지만 지금은 "우리말을 너무 잘해서 곤란하게" 되었다는 겁니다. 나는 지금 일본 말로 말하는 것도 아니고 영어로 말하는 것도 아닌데, 도리어 능숙한 "우리말"로 말하고 있는데, 같은 말을 쓰고 있으면서 "정치 의견이 맞지" 않으니 말을 더 못 하겠다고 합니다. 그래서 7연에서 "정치 의견의 우리말이/ 생각 안 난다"고 뒤로 빠지는 제스처를 취합니다. 결국 "우리의 혼란을/ 승화시켜 보자"던 우회로 자체가 자신을 속이는 "거짓"이 되어버립니다. 그것에도 실패하고 나니 「VOUGE야」에서처럼 다시 말하고 싶지 않아지는 거죠. 이렇게 후퇴 아닌 후퇴를 거듭하면 결국 남는 것은 "거짓말"뿐입니다. 자기기만의 수렁에 빠져버리고 마는 거죠. 8연에서 "거짓말의 부피가 하늘을 덮는다"라는 말은 그런 의미입니다.

여기서 다시 김수영은 장면 전환을 시도합니다. 연극의 막 같다고나 할까요. "나는 눈을/ 가리고 변소에 갔다" 오지만 남는 것은 "사과의 길이 없"는 상황뿐입니다. "아무것도 안 속였는데 모든 것을" 속인 상황만 덩그러니 남은 것입니다. 이리 되면 사과고 뭣이고 할 수도 없고 해도 무의미해집니다. 결과적으로 보면 "한 가지를 안 속이려고"("우리의 혼란을/ 승화시켜 보자"는!) 했다가 "모든 것을" 속인 꼴이 됩니다. 남는 것은 "이 죄의 여운", '거짓말의 여운'뿐입니다. 타협이 거짓말로 끝나고 마는 게 아니라 그 "여운"이 자욱하다는 것. 그것은 결국 소란과 소음입니다. 하지만 김수영이 보기에 진실은 여전합니다. 그게 무엇일까요? 9연에서는 2~3연을 압축해서 다시 반복합니다.

> 나는 아무것도 안 속였는데 모든 것을 속였다
> 이 죄에는 사과의 길이 없다 봄이 오고
> 쥐가 나돌고 풀이 솟는다 소리 없이 소리 없이

이렇게 '거짓말의 여운'과 풀이 소리 없이 솟는 일이 지금 동시에 일어나고 있습니다. 그리고 마지막 작품인 「풀」까지 '풀'은 자랍니다. 김수영의 시는 이렇게 김수영의 내면과 정신을 따라 읽으면 그 단초를 밝힐 수 있습니다. 동시에 작품 자체를 면밀하게 읽어야 함은 당연한 일이고요, 그것이 전체적인 정신과 내면의 흐름에 부합해야 합니다. 정신과 내면을 미리 단정 짓고 거기서 작품의 의미를

풀이
눕는다

억지로 끄집어내면 안 되죠. 시는 그것이 누구의 것이든 연역해 읽으면 안 됩니다. 무엇보다도 작품을 되풀이 읽은 경험 위에서 공통한 점을 발견하는 것이 읽기와 비평의 기초입니다. 비평은 별도의 전문가 영역이 아닌데 우리는 비평을 '비평가'의 몫으로 돌리는 경향이 있습니다. 비평은 모든 읽기에 내재해 있는데 말이죠. 우리는 읽으면서 본능적으로 비교해서 평가합니다. 그래야만 작품의 어떤 것이 내면화돼죠. 이 과정 없이 우리는 다음 걸음을 떼지 못합니다.

만약 비평에 다소간 심리적 거리를 두려는 경향이 있다면 그것은 훈육을 하려는 비평 문화 때문입니다. 또는 전문가들이 각자의 분야에서 자기 영역을 쌓고 권력을 행사하기 때문일 겁니다. 그렇다고 이것에 대한 반발이나 저항이 비평의 포기가 될 수는 없습니다. 간혹 보이는 이른바 '대중적 글쓰기'는 비평을 감상 차원으로 끌어내리는 것에 불과한데, 이는 한편으로 지성의 포기에 다름 아닙니다. 그렇다고 해서 지식의 위계화가 사라지는 것도 아닙니다. 권력에 대한 반권력은 또 다른 권력이 되는 것이 아니라 권력을 자꾸 쪼개는 과정 자체에만 있을 뿐이며, 이것은 권력에 대한 비판에서 생기기 마련인 '자기' 권력을 동시에 허무는 일이기도 합니다. 이런 동시 변화를 추동하는 것도 역시 지성의 일이며, 1964년 여름부터 시작된 김수영의 비평에서 지성은 눈에 띄게 강조됩니다.

'풀'을 매개로 해서 이어서 읽을 작품은 「꽃잎」 3장입니다. 이 작품의 경우 1장과 2장을 함께 읽으려면 별도의 글이 필요할 정도입니다. 이 자리에서 1장과 2장을 톺아가며 읽다가는 아마 머릿속이

하얘질 겁니다. 3장을 중점적으로 읽다가 1장과 2장의 특정 구절을 참조할 수는 있습니다. 「꽃잎」에 대한 전체적인 소감은, 일종의 교향곡 같다는 것입니다. 김수영이 교향곡을 염두에 두고 썼다는 뜻이 아니라 그만큼 다성(多聲)적이고 입체적이라는 의미입니다. 각 장이 다른 느낌인데 한결같이 '꽃잎'이 주제입니다.

「꽃잎」의 각 장은 다른 작품으로 읽어도 무방할 정도로 그 구성과 말하고자 하는 바가 독립적입니다. 개정판 전집까지만 하더라도 「꽃잎 1」, 「꽃잎 2」, 「꽃잎 3」으로 이루어진 연작시로 실려 있었습니다. 최근의 재개정판에 이르러서 한 작품으로 모아집니다. 저는 1장에서 "누구한테 머리를 숙일까"와 "바람의 고개"에 집중합니다. 각각 1연 1행과 2연 1행이죠. 여기서 화자는 "사람이 아닌 평범한 것" 중 "누구한테 머리를 숙일까"라고 묻습니다. 그런데 1연과 2연을 지탱하는 힘은 "조금"이라는 '정도'를 나타내는 부사입니다. "조금"에서 화자의 조심스럽고, 섬세하고, 겸허한 무엇이 느껴지지요. 그런데 "누구한테 머리를 숙일까"의 발화 주체가 모호합니다. 1연에서는 숨어 있는 시의 화자 같은데, 2연에 이르러서는 "바람" 같기도 합니다. 어쩌면 시의 화자와 "바람"이 섞여 있는 것도 같습니다. "바람의 고개"는 자기 자신을 알지도 못한 채, 자신의 방향이 어딘지도 모른 채 일어선다고 합니다. 어딘가("거룩한 산")에 도착하기 전에는 일어서는 "즐거움을 모르고" 있다고 합니다. "조금" 알았다 하더라도 그 "즐거움이 꽃으로 되어도/ 그저 조금 꺼졌다 깨어"날 뿐이랍니다. 2연입니다.

바람의 고개는 자기가 일어서는 줄

모르고 자기가 가 닿는 언덕을

모르고 거룩한 산에 가 닿기

전에는 즐거움으로 모르고 조금

안 즐거움이 꽃으로 되어도

그저 조금 꺼졌다 깨어나고

　여기서 "바람"이 "꽃"으로 변신합니다. 그런데 아직 그 "꽃"은 미약한 듯합니다. 미약한데 강한 듯도 합니다. 4연에서 그렇죠. "임종의 생명 같고"와 "한 잎의 꽃잎 같고"에서 "혁명 같고"와 "큰 바위 같고"로 나아갑니다. 그런데 재밌는 것은 그냥 "한 잎의 꽃잎"이 아닙니다. "바위를 뭉개고 떨어져 내릴" "꽃잎" 같다고 합니다. 바위 위에 떨어져 내리는 것이 예전에도 있었죠. 「아메리카 타임지(誌)」에서 바위를 무는 "응결된 물"이 있습니다. 시인이 의도했건 안 했건 읽는 저는 어떤 유사성을 느낍니다. 「아메리카 타임지」의 바위와 「꽃잎」에서의 바위는 시적 이미지상으로도 유사합니다. 완고한 자신의 현실을 '바위'로 불렀다는 점에서 그렇습니다. 다른 점이 있다면, "꽃잎"이 떨어질 "바위" 전에 "먼저 떨어져 내린 큰 바위"가 있다는 사실입니다. 결국 이렇게 되는 거죠. 시간상으로 "먼저 떨어져 내린 큰 바위"가 있었고 지금 "바위"는 다른 바위라는 의미입니다. 이 부분을 산문적으로 명료하게 풀기는 어렵습니다. 아무튼 중요한 것은 그러한 일들 위에 "떨어져 내릴 꽃잎"의 현존입니다. 그 "꽃잎"

은, "언덕"과 "거룩한 산"에 가닿은 바람의 즐거움이 된 "꽃"에서 떨어지는 "꽃잎"입니다.

「꽃잎」 2장은, 그런 "꽃"을 달라는 주문(呪文)이면서 "꽃"을 믿으라는 이야기입니다. 그런데 왜 "꽃"을 원하는 걸까요? 작품 본문에는 "우리의 고뇌를 위해서" "뜻밖의 일을 위해서" "다른 시간을 위해서"라고 합니다. 이 세 마디에서 저는 김수영의 어떤 바람[願]을 느낍니다. 2장은 거듭된 반복과 앞뒤 설명이나 묘사, 비유 없는 화법으로 이해를 더욱 난감하게 합니다. 여기서 그 한 구절 한 구절을 풀어쓰는 일은 많은 시간을 필요로 합니다. 그리고 어느 정도 주관적 해석을 불가피하게 합니다. 한 가지만 짚고 넘어가자면, 일정하게 질서 잡히지 않은, 즉 뜻이 서로 어긋나버리는 언어들 때문에 혼란이 가중된다는 것인데 저는 이 모순되고 뜻 없이 중얼거리는 듯한 언어들을 모두 한 광주리에 담아 받아들여야 한다는 생각입니다. 그만큼 김수영이 느끼기에 자기 현실이 혼란스럽다는 뜻이기도 한데, 그것보다도 이즈음의 김수영은 현실의 삶에서 공(共)가능하지 않은 것들과 현상들을 통째로 받아들이는 것처럼 보입니다.(「미역국」 참조) 4연만 하더라도 "꽃의 글자가 비뚤어지지 않게"라고 했다가 "꽃의 글자가 다시 비뚤어지게"라고 하잖아요. 결국 이것들은 다 "꽃의 소음"의 형상들입니다. 이미 「거짓말의 여운 속에서」에서 '소란'과 '소음'이 현실의 지평에 떠오르기 시작했던 겁니다. 5연은 다음과 같은데요, 결국 믿음의 문제입니다.

내 말을 믿으세요 노란 꽃을

못 보는 글자를 믿으세요 노란 꽃을

떨리는 글자를 믿으세요 노란 꽃을

영원히 떨리면서 빼먹은 모든 꽃잎을 믿으세요

보기 싫은 노란 꽃을

"꽃"을 믿으라고 했다가 "꽃잎"을 믿으라고 말이 변하고 있는데, 여기서 "꽃잎"은 1장에서 말한 "바위를 뭉개고 떨어져 내릴" 그 "작은 꽃잎"입니다. 그런데 방금 읽은 마지막 구절 "보기 싫은 노란 꽃을"에서 그렇잖아도 혼란스러운데 다른 혼란이 추가된 듯한 느낌을 받습니다. '보기 싫다'는 것은 아무래도 부정 어법이죠. 내동 믿으라고 해놓고 '보기 싫다'니 혼란이 추가되는 것은 당연합니다. 이렇게 한번 읽어보면 어떨까요? 앞에서 "노란 꽃"이 "못 보는 글자" "떨리는 글자"라고 했잖아요. 그런 다음 "모든 꽃잎"이 "영원히 떨리면서 빼먹은"이라고 돼 있습니다. 지금 "꽃"도 "꽃잎"도 우리 앞에 현존하지 않는 듯합니다. 김수영의 정신이 피어나게 한 관념의 표현 같다는 말씀입니다. 1956년 작 「꽃 2」로 돌아가보죠. 그 시에서 "꽃이 피어나는 순간/ 푸르고 연하고 길기만 한 가지와 줄기의 내면은/ 완전한 공허를 끝마치고 있었"다고 했죠. 그리고 꽃은 다시 "공허의 말단에서 마음껏 찬란하게 피어"오릅니다. 그러니까 꽃이 공허를 끝내는 역할을 하면서 다시 그 공허에서 다시 피어난다는 겁니다. 김수영의 '꽃'은 이러한 자신의 정신적 관념이 피웁니다. 반면에 「깨꽃」이나 「연꽃」 같은 구체적인 꽃을 노래한 시는 이와는 사뭇 다릅니다. 따라서 여기서 "보기 싫은"은 「도취의 피안」에서 "취하지 않으련다"와 심리적 동형성을 갖는 게 아닌가 싶습니다. 다른 점은 「도취의 피안」에서는 한사코 거부하지만 이 시에서는 간절한 믿음을 바탕으로 한다는 점일 겁니다. 지금으로서는 "보기 싫은"은 이렇게밖에 받아들일 수밖에 없을 것 같습니다. 작품 자체가 모호해 해석의 강력한 물증이 많이 부족하니까요. 그럼에도 1950년대에는 "바람"이 없었습니다. 하지만 「꽃잎」에서는 "바람"이 등장합니다. 이미 1장에서 읽은 바 그대로입니다.

「꽃잎」 3장은 또 다른 목소리가 울리는 작품입니다. 3장에서는 '소란'과 '소음'을 장황하게 그러나 리드미컬하게 표현합니다. 그리고 그 '소란'과 '소음'의 존재론적 위상을 결정적으로 바꿔놓습니다. 여기의 중심에는 "순자"가 있습니다. "더워져 가는 화원"이 "너무나 빠른 변화" 속에 있음을 빠른 호흡과 빠른 장면 전환을 통해 보여주는 3장에서는, 화자에게 돌연 생기가 넘칩니다. 그러면서 자기 주위에 가득 찬 '소란'과 '소음'이 바람과 풀의 "아우성"임을 자각하는 전환을 보여줍니다.

> 네가 물리친 썩은 문명의 두께
> 멀고도 가까운 그 어마어마한 낭비
> 그 낭비에 대항한다고 소모한
> 그 몇 갑절의 공허한 투자

대한민국의 전 재산인 나의 온 정신을
너는 비웃는다

너는 열네 살 우리 집에 고용을 살러 온 지
3일이 되는지 5일이 되는지 그러나 너와 내가
접한 시간은 단 몇 분이 안 되지 그런데
어떻게 알았느냐 나의 방대한 낭비와 난센스와
허위를
나의 못 보는 눈을 나의 둔갑한 영혼을
나의 애인 없는 더러운 고독을
나의 대대로 물려받은 음탕한 전통을

내용은 이렇습니다. 화자의 집에 식모살이 온 "열네 살" 소녀 "순자"가 "내 웃음을 받지 않고" 나의 "전모를 알고 있다는 듯" 대하고 있습니다. "더워져 가는 화원의/ 초록빛과 초록빛의 너무나 빠른 변화에"서 존재의 빛을 발하는 사람은 "순자"입니다. "순자"는 "너무나 빠른 변화에/ 놀라 잠시 찾아오기를 그친 벌과 나비의/ 소식을 완성하"는 존재, "꽃도 장미도 어제 떨어진 꽃잎도/ 아니고", 설령 "떨어져 물 위에서 썩은 꽃잎이라도" 상관없게 만드는 살아 있는 존재입니다. "순자"는 "어린애"도 아니고 "어른도" 아닌 "나이를 초월한", 즉 시간의 틀에 얽매이지 않은 존재라고도 할 수 있습니다. 이런 존재로서 "순자"는 "물 위에서 썩은 꽃잎"이 내뿜는 "썩는 빛이 황금빛에 닮"게 합니다. 한마디로 말해 1장과 2장에서 보여주었던 추상적인 '꽃잎'이 3장에서는 "순자"로 인격화됩니다. "순자"가 "썩은 문명의 두께"가 만들어낸 "어마어마한 낭비"와 그것에 대한 대항한다는 자만심으로 뭉친 "나의 온 정신을" 비웃어버립니다. 이렇게 말하면 "순자"에 대한 높임마저 어떤 관념 아니겠는가, 하고 물을 수도 있습니다. 그러면 잠깐 이 작품 석 달 뒤에 쓴 「미농인찰지(美濃印札紙)」에 들렀다 와보죠.

「미농인찰지」는 강릉에 사는 작은 누이동생의 매부에게 후하게 대접을 받고 와서 기가 죽어 있는 자신을 부추겨주려고 쓴 작품처럼 읽힙니다. 작품 표면상 그렇다는 거죠. 아닌 게 아니라 이 일에 대해 남긴 산문도 있습니다. 「민락기(民樂記)」가 그것인데, 김수영은 이 글의 서두를 이렇게 시작합니다. "대체로 돈 있는 사람들이나 권력 있는 사람들은 남의 말을 공손히 받아들이지 않는다. 남이 열 마디를 하면 한두어 마디 대꾸할까 말까 할 정도로 무뚝뚝하고 과묵하고 불친절하다. 우리들은 그것을 불쾌하게 여기면서도 또 마음 한구석으로는 매력을 느낀다." 그런 다음 1967년 여름에 "강릉에 놀러 가서 손아래 매부한테서" 대접 받고 느낀 점을 풀어냅니다. 「미농인찰지」가 1967년 8월 작품이고 「민락기」는 그해 9월에 쓴 산문입니다. 「민락기」에서 말하고자 한 점은 "시의 마력, 즉 말의 마력도 원은 행동의 마력이다"라는 것인데, 글의 제목은 양명문 시인의 「민락기」에서 따왔습니다. 아무튼 이 글에서도 나오지만 「미농인찰지」에서도 돈 많은 매부에게 대접 받은 이야기가 나옵니다. 매부는 의

사인데, 강릉에 가서 퍽 성공했던 모양입니다. 딴에는 누이동생이
서울에 올 때 그 갚음을 하려고 했다가 도리어 신세를 더 지게 되었
답니다. 시인들의 돈에 대한 콤플렉스는 이런 데서 나오는 것 같습
니다. 같이 가난하면 세상 씩씩하다가 돈 많은 이에게 대접을 받으
면 이상한 자존심이 발동하지만, 뭐 별수가 있나요!

「미농인찰지」에서 우리가 읽어볼 대목은 다음입니다.

> 남자와 포부의 미련에 대한
> 편지는 못 쓰겠소 매부 돌아오는 길에
> 차창에서 내다본 중앙선의 복선 공사에 동원된
> 갈대보다도 더 약한 소년들과 부녀자들의
> 노동의 참경(慘景)에 대한 편지도 못 쓰겠소 매부

어쩌면 이 이야기를 함으로써 돈 많은 매부, 자신의 기를 죽이던
매부, 너무 잘해줘서 달리 다른 방도가 없는 매부에게 "갈대보다도
더 약한 소년들과 부녀자들의/ 노동의 참경"을 못 쓰겠다는 반어로
'심리적 복수'를 하고 싶었는지도 모릅니다. 그런데 그것을 넘어서
있습니다. 강릉에서 돌아오는 길에 눈길이 닿은 "갈대보다도 더 약
한 소년들과 부녀자들의/ 노동의 참경"은 김수영이 자신의 주위 존
재들에 대한, 즉 가난한 사람들에 대한 예민함을 드는 증거로 부족
함이 없을 것입니다. 작품의 말미에서는 작품 전체를 뒤흔드는 이
런 말까지 덧붙입니다. "밀양에서 온 식모의 소박과 원한까지를 다

합해서/ 미안하지 않소". 여기서 "밀양에서 온 식모"는 순자일 겁니다. 그런데 "식모의 소박과 원한"을 말하고 있습니다. "소박"은 빈곤을 누그려서 한 말일 수도 있고 「꽃잎」 3장에서 말한 "썩는 빛이 황금빛에 닮은 것"을 알려주는, 껍데기의 본질을 밝혀주는 존재의 소박을 가리키는 것일 수도 있습니다. "원한"은 그야말로 '미움'이죠. 그리고 이것은 순자의 것이라기보다는 김수영의 자의식입니다. 김수영이 순자의 눈빛에서 "원한"을 읽었다는 것은 자기 집에 식모살이 온 소녀 순자와 "중앙선의 복선 공사에 동원된/ 갈대보다도 더 약한 소년들과 부녀자들"을 겹쳐서 인식하고 있었다는 의미이기도 합니다.

바람과 풀의 아우성

다시 「꽃잎」 3장으로 돌아와 보겠습니다. "순자"에게서 느낀 것은 두 가지였을 겁니다. "순자"가 갖고 있는 본원적인 존재의 빛과 계급적 적개심 같은 거요. 두 가지 다 비약이 심하다는 반론이 있을 수 있습니다만, 지금은 그런 생각이 안 들 수가 없습니다. "순자"에게 모든 것이 들통 나버렸잖아요. 자신의 허위를 김수영은 여기서 통렬하게 비판하고 있습니다. "나의 못 보는 눈을" 들통 나버렸죠. 자신이 가진 고독이라고 해봐야 "애인 없는 더러운 고독", 그냥 심리

풀이
눕는다

적인 외로움 이상이 아니라는 것을요. 심지어 자신의 전통마저 "대대로 물려받은 음탕"이라고 합니다. 이 대목에서 김수영이 정신적으로 얼마나 맑은 상태를 지향하고 있는지 드러납니다. 또, 어느새인가 자신도 모르게 처해 있는 소시민 계급(?)에 대해 자각하고 있었을지도 모릅니다. 이에 대해서는 조금 나중에 쓴 「의자가 많아서 걸린다」를 읽어보면 약간이나마 눈치챌 수 있습니다. 제가 소시민 계급이라고 표현한 것은 사회적으로 그렇다라기보다는 김수영 주관적 심리 상태가 그랬을 수도 있다는 의미입니다. 따라서 "순자"를 통한 일종의 자기 정화의 끝은 서툰 반성이 아니라 벅차게 밀려드는 다른 존재의 발견입니다. 시의 마지막에서 그것이 느껴지지 않습니까?

꽃과 더워져 가는 화원의
꽃과 더러워져 가는 화원의
초록빛과 초록빛의 너무나 빠른 변화에
놀라 오늘도 찾아오지 않는 벌과 나비의
소식을 더 완성하기까지

캄캄한 소식의 실낱같은 완성
실낱같은 여름날이여
너무 간단해서 어처구니없이 웃는
너무 어처구니없이 간단한 진리에 웃는

374

너무 진리가 어처구니없이 간단해서 웃는

실낱같은 여름 바람의 아우성이여

실낱같은 여름 풀의 아우성이여

너무 쉬운 하얀 풀의 아우성이여

여기서는 앞부분을 변주, 반복하지만 "너무나 빠른 변화에/ 놀라 오늘도 찾아오지 않는 벌과 나비의/ 소식을 더 완성하기까지" "꽃과 더러워져 가는 화원"에 가득찬 것은 풀과 바람의 "아우성"입니다. 그리고 이 "아우성"이야말로 "캄캄한 소식의 실낱같은 완성"이라고 합니다. 하지만 김수영이 기다리는 "벌과 나비의/ 소식"은 아직 "완성"되지 않았습니다. "벌과 나비의/ 소식"을 "완성"하고자 하는 "여름 바람이 아우성"과 "여름 풀의 아우성"이 가득하다는 게 현재 김수영의 깨달음입니다. 중요한 것은 이제 "진리"를 알았는데 그 "간단한 진리"는 "순자"가 알려준 것입니다. "갈대보다도 더 약한 소년들과 부녀자들의/ 노동의 참경" 대신 세상에는 "벌과 나비의/ 소식"이 도착해야 합니다. "벌과 나비의/ 소식"은 물론 계급 해방으로 국한되지 않습니다. 그것은 보다 더 높은 차원의 해방일 것입니다.

김수영은 '풀의 영상'에서 '씨'로, "시멘트 가죽을 뚫고 일어"나는 "풀"로, 그 풀이 바람을 만나 펼치는 다른 세상을 향해 점점 더 발걸음을 옮기고 있는 게 확실합니다. 하지만 투박한 주의 주장이나 구호로서가 아니라 그런 현실을 안고 날아오르는 초월의 세계를 꿈꾸면서요. 이것은 4·19혁명 이전부터, 그러니까 그의 전체 시 세계에 걸쳐서 보이지만 아무래도 혁명을 통해 현실에서 폭발했고 쿠데타로 인한 좌절을 거치며 깊이 내면화되었습니다. 그 내면화가 「사랑의 변주곡」에서 일단의 매듭을 지었지만, "복사씨와 살구씨가" "사랑에 미쳐 날뛸 날"에 대한 낭만적인 예언으로는 미치지 못한다는 것을 다시 한번 자각하는 중입니다. 이렇게 읽으면 김수영의 시를 좌편향적인 도식에 가두는 일일까요? 판단은 각자의 몫이겠지만, 김수영이 점점 "시멘트 가죽을 뚫고 일어"나는 '풀'을 닮아가는 것은 확실해 보입니다. 나아가 '풀'의 즉자적이고 주체적인 해방이나 초월을 노래한다기보다는 '바람'이라는 역사적 '때'를 주요하게 인식하고 사유하기 시작했다는 점도 지금까지 읽은 작품으로 밝혀졌다고 생각합니다. 여기서 곧바로 마지막 작품인 「풀」을 읽어도 무방하지만, 좌편향적인 도식이라는 덫을 피하기 위해서라도 검토해야 할 작품이 「여름밤」입니다. 그런 다음에 「풀」을 읽어도 늦지 않을 것입니다.

「여름밤」은 현실 생활에서 빚어진 '거짓말의 여운'이 만들어낸 '소음'을 김수영이 어떻게 승화하고 있는지 보여주는 작품입니다. 어느 여름밤, 천둥소리가 들려오고 번개가 먹구름 사이로 번쩍이는 상황을 "지상의 소음"과 연결시키고 있는 이 시는, 결국 "지상의 소음"을 비난하지 않고 끌어안음으로써 다시 '사랑'을 발견하는 작품입니다. 대도시와 아파트 생활에 익숙한 지금은 잘 관찰되지 않지만, 예전 농촌에서는 「여름밤」에서 재현된 "하늘의 소음이 번쩍"이는 현상은 낯익은 광경이었습니다. 다만 도시 문물에서 멀찍이 떨어진 농촌이다 보니 "지상의 소음"은 그렇게 심하지 않았죠. 물론 「여름밤」에서 말하는 "지상의 소음"은 도회지에 넘쳐나는 자동차 소리나 사람들의 '꽥꽥일률'(이반 일리치)을 곧바로 가리키는 게 아닐지도 모릅니다. 타협하지 않으면 생존할 수 없는 생활 현장의 이런저런 하나 마나 한 언어들과 모습들을 의미하기도 하지요. 제 느낌으로는 그나마 이 작품이 김수영에게서 마지막으로 '밝음'이 확인되는 시가 아닌가 합니다. 「풀」을 읽을 때 자세히 말씀드리겠지만 「풀」마저도 우울한 정조가 우세한 시입니다. 「여름밤」 1연입니다.

> 지상의 소음이 번성하는 날은
> 하늘의 소음도 번쩍인다
> 여름은 이래서 좋고 여름밤은
> 이래서 더욱 좋다

번다한 의미를 걷어내고 읽어보면, 낮 동안의 "소음"에 지친 화자가 소나기가 오려는지 여름밤에 치는 번개와 천둥소리를 듣고 어떤 위안을 얻는 장면이죠. 자연은 간혹 두려움과 공포를 주기도 하지만, 따지고 보면 자연에서 받은 그러한 원초적 감정도 결국 사람의 영혼을 치유해주는 역할을 합니다. 오늘날에는 이러한 자연 '예찬'을 좀 할라치면 시대에 뒤떨어진 지진아 취급을 받거나 늙은이의 자기 위로라고 간단하게 무시당하지만, 결국 그런 사람들도 몸이나 마음에 병이 들면 자연을 찾아갑니다. 자연이 모든 것을 해결해준다는 뜻이 아니라, 자연으로부터 받는 치유는 '살아 있는' 목숨들과 직접적 관계를 맺음으로써 그동안 갖가지 불필요한 관계나 그것에 맞춰 사느라 갖게 된 좋지 않은 습관으로부터 잠시나마 떠난다는 것을 의미합니다. 다시 말하면 삶의 관계 양식을 재구축한다는 뜻에 가깝습니다. 사회가 거대해지고 복잡해지면서 우리는 우리가 선택하지 않은, 또는 생존 때문에 선택해야 하는 관계를 그물망처럼 엮으며 살아갑니다. 그런 관계들이 생명과 영혼을 좀먹는 것인데, 우리는 대체로 그 관계들에서 어떤 이득을 보려고 발버둥치며 살죠. 좀더 구체적으로 말하면 우리는 오늘날 온갖 불필요한 상품 더미 속에서 살고 있습니다. 일반적으로 이를 '풍요'라고 부르지만, 중요한 것은 상품의 풍요는 존재의 빈곤을 불러온다는 점입니다. 왜냐면 근대 자본주의는 온갖 목숨들의 존재 지반인 자연(nature/self-so)를 파괴하면서 확장, 유지되기 때문입니다. 존재 지반이 파괴되는데 존재가 건강할 수는 없는 노릇입니다.

하여튼 1연에서는 화자가 "지상의 소음"을 "하늘의 소음"으로 위로받는 것만 같습니다. 2연은 바로 "지상의 소음"에 대한 간단하고 압축적인 소묘입니다. 찬찬히 읽어보면 그렇죠?

소음에 시달린 마당 한구석에
철 늦게 핀 여름 장미의 흰 구름
소나기가 지나고 바람이 불듯

하더니 또 안 불고

소음은 더욱 번성해진다

"소나기가 지나고" 부는 바람은 무더위를 잠깐 씻어내리면서 과연 영혼을 환기(換氣)시킵니다. 이것도 더우면 에어컨 잘 나오는 건물 안으로 들어가면 그만인 요즘의 환경에서는 경험할 수 없는 일이죠. 더위도, 소나기도, 폭설도 다 거추장스러운 일이거나 불편을 야기하는 일로 '처리'해버리는 것을 근대 문명은 우리에게 가르쳐줬습니다. 더위나 소나기나 폭설은 그것 자체로 우리의 몸을 불편하게 하고 그럼으로써 우리의 기분에 영향을 끼칩니다만, 그 불편을 감당하고 난 다음과 그것을 피해서 처리한 다음의 상태는 다릅니다. 기존 감각 상태를 재활성화한 '불편'과, 기존 감각 상태를 계속 유지하려는 심리 상태는 우리의 내면에 질적으로 다른 영향을 끼치죠. 예전의 농촌 생활에서는 그런 자연현상들이 다 저마다 유의미한 역할을 담당했습니다. 저는 지금 김수영이 농촌에 살고 있다는 말을 하고 있는 게 아닙니다. 김수영의 표현에서 1967년 서울 변두리가 그러했을 것 같다고 유추하고 있는 겁니다. 아무튼 시의 화자가 갖는 이러한 위로의 시간은 맥빠진 사랑에 다시 생기가 돌게 하고, 생기가 도는 사랑은 모든 게 사랑으로 보이게 합니다. 여기에 너무 복잡한 논리를 끌어들일 필요는 없습니다. 우리 모두 각자의 어떤 경험의 한 장면만 떠올려봐도 수긍이 될 것입니다.

3연과 4연은 사랑이 회복된 찰나에 대한 시적 진술입니다. 3연과 4연을 지나 5연에 가면, 화자는 "땅에만 소음이 있는 줄 알았"는데 하늘에도 "우리의 귀가/ 들을 수 없는 더 큰 천둥", 즉 다른 '소음'이 있다는 깨달음에 도달합니다. 도리어 "하늘의 소음"이 "먼저 있는 줄 알았다"고까지 합니다. "하늘의 소음"과 "지상의 소음"이 같은 것일 수는 없겠지만, "지상의 소음"이라는 것도, 그러니까 "하늘"이 허락한 것 아니겠는가, 하는 시적 인식을 드러내고 있습니다. 이 "지상의 소음"을 "하늘의 소음"의 조응으로 받아들임으로써 화자는 큰 위로를 받으면서 시는 끝이 납니다. 마지막 6연에서 "지상의 소음이 번성하는 날은/ 하늘의 천둥이 번쩍인다"고 함으로써 하늘이 지상을 심판하는 척도라거나 하늘과 지상을 분리하는 사고를 넘어섭니다. 한 걸음 더 나아간다면, 지상의 일들은 하늘의 일에 다름 아니라는 말입니다. 하지만 이런 인식은 깊은 심연에서 나오는 진리의 표현이라기보다는 낡아가는 사랑을 순간 추스르는 것이며 어디까지나 어느 여름밤에 느끼는 심리적 위로입니다. 이 시를 소리 내어 읽을 때 어떤 편안함을 느끼는 것은 아마 그런 이유일 것입니다. 더군다나 번개에 이어 천둥소리가 우르릉 들려오던 경험이 있는 분들께는 더 실감 나는 여름밤에 대한 묘사입니다. 김수영이 겪은 1967년 7월의 일입니다.

해가 바뀌어 1968년에 들어서자 김수영은 문학평론가 이어령과 뜨거운 논쟁을 벌이게 됩니다. 이어령에 대한 반론 두 편이 산문 전집에 실려 있는데, 「실험적인 문학과 정치적 자유」와 「'불온성'에 대한 비과학적 억측」입니다. 이 논쟁은 그 당시 상당한 반향을 일으켰다고 합니다. 이어령의 글은 제가 접해보지 않아서 잘 모르겠지만 김수영의 이 두 편의 글은 상당한 의미를 지닌 명문이기도 합니다. 사실 김수영의 산문은 시 때문에 가려진 감도 없지 않지만 지금도 생동감이 펄떡이는 글들이죠. 체포된 남파간첩이 김수영의 동생 김수경의 이야기를 꺼내는 바람에 김수영이 난데없이 중앙정보부에 끌려간 사건이 이후 있었는데, 김수영은 이어령과의 이 논쟁이 맘에 걸렸는지 그 일 때문이냐고 중앙정보부 수사관에게 물었다는 이야기가 있습니다. 그리고 이 논쟁에 얽힌 재밌는 에피소드가 있습니다.

제가 이시영 시인에게 사석에서 들은 이야기인데, 당시 조선일보 논설위원인 이어령의 3차 반론에 맞선 원고를 들고 조선일보에 찾아갔다고 합니다. 그런데 무슨 영문인지 게재를 받아들이지 않았던 것 같습니다. 이 논쟁은 조선일보 지상을 통해서 벌어졌으니 우리가 지금 생각하기로는 김수영의 재반론을 실었어야 공평하긴 하죠. 그 내막이야 자세히 모르지만 조선일보에서 자신의 원고를 실어주지 않자 그에 분개한 김수영이 조선일보 편집국 문을 '꽝' 소리가 나게 닫고 나갔답니다. 그것을 우연히 본 리영희 선생이 훗날 이시영 시인에게, 김수영이란 시인의 기개가 대단하더라,라고 말씀하셨답니다. 그 당시 리영희 선생이 조선일보 외신부장이었거든요.

이제 마지막 작품인 「풀」을 읽을 차례입니다.

풀이
눕는다

풀이
눕는다

김수영은 1968년 5월 말경 이 작품을 쓰고 6월 15일 자정 무렵에
교통사고를 당해 그다음 날인 6월 16일 새벽 즈음에 세상을 떠났습
니다. 시를 읽기 전에 한 가지 짚고 넘어가야 할 것이 있습니다. 「풀」
에 대해서는 『리얼리스트 김수영』에서 조금 상세하게 분석한 바 있
습니다. 그리고 그 분석이 그렇게 터무니없지는 않다고 생각합니다
만 이 작품에 드러난 바람과 풀의 관계에 대해서 하이데거의 「무엇
을 위한 시인인가?」를 무리하게 끌어들인 점, 그리고 다른 연구자
들의 해석에 일부 기대어 바람에 대한 풀의 능동성을 표현한 것이
라고 말한 점 등은 수정해야 할 것 같습니다. 특히 "바람보다 먼저
일어나고"와 "바람보다 먼저 웃는다"를 "바람에 의해 반응하는 존
재였던 풀이 자신의 고유성을 되찾"았다고 말한 결론은 다시 해석
되어야 할 여지가 있습니다. "풀"이 민중을 상징한다는 오래된 민중
주의적 시각과, 바람과 풀의 역동적 관계를 묘사한 시라는 시각 사
이에서 절충을 택했다는 자기반성도 일정 부분 있습니다. 풀 자신
의 고유성을 도출해내기 전 단계에서 "존재를 부정하는 것을 도리
어 긍정함으로써 이제 '풀'은 더 이상 '바람'에 대한 수동적 존재가
아니게 된다"며 "긍정은 부정을 긍정함으로써 무력화시킨다"고도
했습니다만, 이번에 읽으면서 과연 그런지 검토해볼 필요를 느꼈습
니다. 일단 시 자체에 집중해봐야 하겠습니다.

풀이 눕는다
비를 몰아오는 동풍에 나부껴
풀은 눕고
드디어 울었다
날이 흐려서 더 울다가
다시 누웠다

풀이 눕는다
바람보다도 더 빨리 눕는다
바람보다도 더 빨리 울고
바람보다 먼저 일어난다

날이 흐리고 풀이 눕는다
발목까지
발밑까지 눕는다
바람보다 늦게 누워도
바람보다 먼저 일어나고
바람보다 늦게 울어도
바람보다 먼저 웃는다
날이 흐리고 풀뿌리가 눕는다

—「풀」 전문

예전에 취했던 관점을 일단 깡그리 잊고 다시 꼼꼼히 읽어보도록 하겠습니다. 먼저 시 전체에서 느끼는 게 무엇인지 그것에 대해서 솔직할 필요가 있기에, 일단 "바람"이 무엇인지 "풀"이 무엇인지 아무 생각 않고 작품에 집중해보도록 하겠습니다. 쉽게 되는 일은 아니지만, 시를 읽을 때 시에서 표현되지 않은 것을 억지로 끌어들이지 않는 일은 중요합니다. 논란이 많은 작품일수록 더 그런 듯합니다. 누차 강조했듯이 시를 읽을 때는 그 느낌에 가장 충실해야 합니다. 그러면 자주 받는 질문이 있습니다. 각자의 느낌과 정서가 다른데, 그렇다면 시를 통해서 얻을 수 있는 공통된 느낌과 감정이 각자 다르거나 차이가 있을 수 있는 것 아니냐는 것이죠. 사실 이런 물음이야말로 가장 솔직하고 심층적입니다. 당연히 우리는 하나의 작품에서 느낌과 감정의 움직임이 다를 수밖에 없습니다. 그리고 이것은 너무도 당연한 일이죠. 거두절미하고 '참'이라는 뜻입니다.

한때 '차이'에 대한 저속한 이해가 널리 퍼져서 '해석하기 나름'이라는 상대주의가 횡행했던 적이 있었습니다만, '차이' 또는 '다름'이 '나름'이라는 수렁에 빠지면 앞으로 나아가기가 여간 어렵지 않습니다. 차이 또는 다름의 장점은 그간의 통념들, 전체나 보편이라는 도그마화된 통념을 부수고 나아가는 계기가 됩니다. 차이 또는 다름에서 멈추면 그것은 일종의 허무주의가 됩니다. 그 사이로 그동안 비집고 들어온 자본과 권력을 떠올려보면, 차이 또는 다름이 파편화의 원리로 작동했음을 확인할 수 있습니다. 하지만 생명은 종합이나 동일성을 본능적으로 지향하게 되어 있습니다. 그것이 생명의 원리이기도 하죠. 그런데 역사는 이 종합과 동일성을 생명의 원리로서가 아니라 권력의 작동에 내맡긴 것도 사실입니다. 간단히 말하면 종합과 동일성의 이면에는 차이와 다름이 들끓는데, 종합과 동일성은 이 차이와 다름으로 인해 계속 붕괴되면서 '다른' 종합과 동일성을 꾀하죠. 이것은 도식적인 변증법을 말하는 게 아닙니다. 종합과 동일성은 차이와 다름에 의해 지탱되고 차이와 다름은 종합과 동일성을 향해 운동합니다. 개념적으로 이 둘은 서로 공속(共屬)하고 있다고 말하면 어떨까 싶습니다. 하나의 몸은 차이들로 인해 동일성을 유지하지만 이 동일성은 실체가 아니라 계속 형태를 바꾸는 동일성입니다. 그렇다고 하나의 몸을 차이로 환원하기는 좀 그렇습니다. 지구마저 여러 조각들로 이루어져 있죠. 이 조각들의 움직임 때문에 우리는, 예를 들면 지진이라는 엄청난 사건에 속수무책이잖아요. 이런 물질적 바탕은 우리에게 과학에 대한 교양 수준 이상의 사고를 요하는 것도 같습니다만, 어설픈 제 앎으로는 감당하기 어려운 주제입니다.

시에 대한 우리의 느낌과 정서도 이와 같은 논리가 성립된다고 봅니다. 우리들 한 명 한 명은 각자의 생물학적 다름을 지니고 있고, 거기에다 각자가 살아온 가족 환경, 자연 환경, 시대 환경이 있습니다. 그런데 여기서 다름만 강조하다 보면 결국 전쟁하자는 이야기밖에 할 게 없습니다. 다름에 대한 인정이라는, 언뜻 들으면 매우 민주적이고 진보적인 언설들의 맹점은 그 다름이 갈등을 빚거나 충돌을 일으키는 현실 앞에서 고작 '조화'를 꺼낼 수밖에 없다는 것입니다. 그래서 앵무새처럼 한 말 또 하고 한 말 또 하는 악순환에 빠지고 맙니다. 다름의 강조가 또다른 도그마가 되는 순간이죠. 요즘 우리 사회를 정서적 내전 상태라고들 부른다는데, 아마도 그 바탕에는 다름을 유일무이한 사회적·문화적 원리로 전제하고 있기 때문에 그럴지도 모르겠습니다. 다름과 다름 사이에는 큰 다리가 아니라 징검다리가 필요해 보입니다. 우리의 연결은 비유하자면 동아줄로 서로의 몸을 묶는 수준이 아니라 흐르는 냇물을 건너게 하는 징검다리가 적절할 듯싶습니다. 흐르는 물은 여전히 흘러야 하니까요. 우리의 발아래가 흐르는 물이라는 것을 인식하고 자각하기 위해서라도 징검다리가 맞습니다. 이런 말을 하면 고리타분한 전체주의로 보일 수도 있지만, 이는 기왕의 체제에 머물자는 의미가 아니라 다른 종합을 향해 가자는 의미에서 나름 떠들어보는 겁니다. 우리가 종합을 포기할 때, 실제로 우리의 정신과 내면이 견뎌내질 못합니다. 종합과 동일성이 차이와 다름 사이에 창조적 긴장을 불어넣어 주어야 하고, 차이와 다름은 종합과 동일성이 빠질 수 있는 폭력에 언제나 저항해야 합니다. 예술 작품은 본질적으로 이 차이와 다름을 품은 채 종합을 향해 나아가는 형태를 취합니다. 이게 곧 예술 작품의 형식이 돼죠. 여기서 말하는 형식은 내용과 대립하는 그것이 아닙니다. 내용을 포함한 작품의 형태를 말합니다. 예술에 있어서는 형식 자체가 내용이 되기도 합니다. 내용에도 형식이 있고 형식에도 내용이 있다는 의미입니다. 여기서 더 나아가면 이야기가 우리가 말하고자 하는 바를 벗어날 수도 있습니다. 이렇게 난처해질 때는 어서 시 이야기로 돌아오는 게 현명합니다. 일단 작품을 숙독하고, 필요하다면 혼자서라도 낭독을 하면서 우리는 작품에서 전해져오는 '느낌'에 솔직해야 합니다. 이 각자의 느낌에 솔직해지면서, 그다음을 물어야 하지요.

먼저, 바람과 풀이 막 엉켜 있다는 느낌은 아마도 화자의 감각이 살아 있기 때문일 겁니다. 그런데 그 감각에 대한 화자의 직접적인 진술은 없죠. 우리는 시에서 감각을 말할 때 명시적으로 표현되거나 전달되는 언어를 가지고 '감각적'이다고 하는 경향이 있습니다만, 감각은 시 자체에서 뿜어져 나오는 것이고 그것은 시를 쓰는 주체, 시인이 직접 경험한 감각이 있어야 가능한 일입니다. 오늘날에는 경험의 재현을 폄훼하거나 뒤처진 것으로 여기는 이상한 풍조가 있습니다만, 제가 보기에는 도리어 살아 있는 감각을 느끼지 못하고 사는 사람들의 자기 알리바이라는 생각입니다. 아니면 살아 있는 감각이 충일한 자연을 문명의 외부 혹은 아래에 두는 건강치 못한 정신/내면의 소산일 겁니다. 자연이 문명의 위냐 아래냐 같은 유치한 질문은 사양하겠습니다. 중요한 것은 우리가 사는 현실에 얼마나 살아 있는 감각이 충만하냐니까요.「풀」에는 바람과 풀이 막 엉켜 있는 감각이 살아 있습니다. 다음으로, 제일 마지막 행인 "날이 흐리고 풀뿌리가 눕는다"가 무슨 의미인가는 아무래도 시 전체를 읽어가면서 스스로 느껴야 할 문제인 것 같습니다. 한 구절만 똑 떼어내서 말하기도 어렵지만, 그것의 증거를 대기 위해서는 결국 시 전체를 읽는 수밖에 없기 때문입니다.

풀이
눕는다

『리얼리스트 김수영』에서도 했던 이야기이고 다른 비평가들도 하는 이야기로 알고 있습니다만, 이 시에 숨어 있는 화자를 먼저 말하는 게 좋을 것 같습니다. 지금 바람과 풀의 상호 엉킴을 누군가 진술하고 있습니다. 뒤집어 말하면, 시인 자신의 어떤 경험이 이 시의 바탕이 되고 있다는 이야기입니다. 이 점을 염두에 두고 읽으면, 우리는 이 시의 바탕에 깔린 정조에 보다 쉽게 그리고 솔직하게 다가갈 수 있을 겁니다. 시적 진술은 숨은 화자의 관찰에 의존하는 것 같지만, 관찰의 기술에서 멈추는 게 아니라 화자의 정서가 이입되고 있습니다.

전체적으로 보면 "풀"의 상태와 "풀"의 정동이 이어지면서 엇갈리는 구조입니다. 바람의 운동에 "풀"의 정동이 이어져 기술되고 있는데, 1연에서는 눕고 울다가 다시 눕고, 2연에서는 눕고 울고 일어나고, 3연에서는 눕고 일어나고 울고 웃습니다. 그리고 최종적으로 눕습니다. 제가 건조하게 풀의 반응을 나열한 것은, '눕다'가 전체적으로 압도적이라는 것을 보여주기 위함입니다. 결국 이 시는 바람의 운동에 풀이 눕는 신체적 반응이 앞서고, 누우면서 울고 먼저 일어나면서 웃는 정서적 감응 즉 정동이 그다음이며, 이에 대조적으로 일어나고 웃는 역행(逆行)은 부차적이라는 것이 드러납니다. 먼저 이렇게 간략하게 말씀드리는 것은 세간에 알려진 대로, 풀의 역동성이나 민중의 굴하지 않는 능동성을 노래한 작품이 아니라는 느낌 때문입니다. 저도 물론 그렇게 해석했지만, 이번에 다시 읽어보니 다른 느낌이 왔습니다. 느낌이 달라진 것은 이전의 느낌과 지금의 느낌을 가르는 역사적 경험이나 개인적 사건이 있어서 제가 호흡하는 시대의 공기가 변해서일 수도 있지만, 어쨌든 작품이 주는 느낌에 솔직한 것이 중요합니다. 이 시에서 "풀"이 "바람"에 감응하는 정동의 변화를 보여주듯이 저도 「풀」에 변화된 정동을 갖게 되었다는 얘기입니다.

그럼 제가 어떻게 예전과 다르게 느꼈는지 찬찬히 살펴보도록 하죠. 느낌에는 정답이 없습니다. 앞에서 얘기했듯이, 느낌의 자유로운 대화를 통해서 공유되는 부분을 넓혀가는 것, 동시에 각자의 느낌에 얼마만 한 깊이가 있는지 문학적 경합이 필요할 뿐입니다. 매사를 합의하고 종합한다는 것도 허상일지 모릅니다. 최대한 공유할 부분을 공유하고 그 잔여에 대해서는 여전히 존중하면서 비판하면 됩니다. 그래야 우리는 정답에만 손쉽게 머무르지 않고 새로운 문제의 불씨를 간직할 수 있습니다. 저는 이게 손쉬운 정답을 내리기보다 훨씬 더 민주주의적이라고 생각합니다. 「시여, 침을 뱉어라」에서 김수영은 이런 말을 합니다.

나는 자유당 때의 무기력과 무능을 누구보다도 저주한 사람 중의 한 사람이지만, 요즘 가만히 생각해 보면 그 당시에도 자유는 없었지만 '혼란'은 지금처럼 이렇게 철저하게 압제를 받지 않은 것이 신통한 것 같다. 그러고 보면 '혼란'이 없는 시멘트 회사나 발전소의 건설은, 시멘트 회사나 발전소가 없는 혼란보다 조금도 나을 게 없는 것 같은 생각이 든다. 이러한 자유와 사랑의 동의어로서의 '혼란'의 향수가 문화의 세계에서 싹트고 있는 것은, 그것이 아무리 미미한 징조에 불과한 것이라 하더라도 지극히 중대한 일이다. 그리고 이러한 문화의 본질적 근원을 발효시키는 누룩의 역할을 하는 것이 진정한 시의 임무인 것이다.

김수영이 말하는 '혼란'이라는 것은, 그가 이어령을 비판할 때 했던 말에서 유추해볼 수 있습니다. 김수영은 이어령과의 논쟁에서 "무서운 것은 문화를 정치 사회의 이데올로기와 동일시하는 것이 아니라, 문화를 단 하나의 이데올로기와 동일시하는 것이다"라고 말한 것이나, "오늘날의 우리들의 두려워해야 할" 것은 '대중'이 아니라 "획일주의가 강요하는 대제도의 유형무형의 문화 기관의 '에이전트'들의 검열"(「실험적인 문학과 정치적 자유」)이라고 비판한 것은, 김수영이 보기에는 현실이 점점 '건강한 혼란'을 획일화하는 쪽으로 변하고 있기 때문이었습니다. 1968년이면 아마도 박정희의 '3선개헌' 획책이 시작되었을 즈음일 테고 정치적 독재는 언제나 '건강한 혼란'으로서의 민주주의를 억누릅니다.

제가 최근 우연히 접한 것 중 하나가 「풀」이 이런 정치적 상황 때문에 써진 것은 아니냐는 것인데, 전혀 무관하다고 볼 수는 없을 것 같습니다. 1968년 여름쯤이라면 1969년에 시작된 '3선개헌' 획책 움직임이 한창이었을 것이고 결국 3선개헌이 훗날 '유신'이라는 암울한 상황과 이어지는 결과를 봤을 때 이 무렵 김수영은 또다시 피로와 슬픔의 정서를 느꼈을 개연성이 높습니다. 하지만 예전과 같은 부정적 정서가 비집고 들어올 내면의 틈이 그렇게 많지 않습니다. 지적으로도 정신적으로도 많이 단단해졌기 때문이죠. 그렇다고 슬픔의 정서가 아예 생기지 않는다는 것은 상상할 수 없습니다. 정치적 상황도 정치적 상황이지만 「미농인찰지」에서 보여준 사회의식이랄까, 빈곤한 이웃들에 대한 마음에다 점점 더 모든 것이 제도화되어가는 현실에서 고민의 무게는 더욱 늘어났을 겁니다. 다른 예술 장르는 모르겠지만, 문학은 분과 학문과는 다르게 현실과의 전면전이지 국지전이 아닙니다. 오늘날에는 문학의 짐을 덜어준다거나 또는 줄어든 문학의 책무를 내세우면서 이 부분을 자꾸 망각하는 경향이 보입니다만, 그렇게 되면 문학은 갈수록 분과화되고 맙니다. 거기에서 자족하는 게 문학이라면 '문학'은 과거의 유물로 박물관으로 보내고 다른 이름을 찾아야 할지 모릅니다. 사실 그런 시대가 올지도 모릅니다. 특히나 시는, 김수영식으로 "온몸으로 동시에 온몸을 밀고 나가는 것"인데 분과화된 시를 정말 시라고 부를 수 있을지 모르겠습니다. 특히나 테크놀로지가 모든 국면을 장악한 상황에서 시의 책무는 무엇인지 심각하게 물어야 합니다. 어쩌면 마지막 이야기는 주제 넘게 그 문제가 될지도 모르겠습니다.

1연에서 "풀"은 "비를 몰아오는 동풍에 나부껴" "눕고/ 드디어 울었다"고 합니다. "드디어"라는 부사에서 알 수 있듯이 "풀"에게 불어온 "비를 몰아오는 동풍"은 일회적 사건이 아니라 "풀"의 일생을 통해 계속돼왔음을 알 수 있습니다. 그런데 문제는 "울었다"가 아니라 1행에서 나타났듯 "눕는다"는 사건입니다. 1연 1행에서 단도직입적으로 "풀이 눕는다"라고 선언하는 것도 그렇지만, 3행에서 보듯 '눕다'는 '울다'는 일보다 먼저 일어나거나 느낌에 따라서는 '울다'와 동시적 사건으로 보입니다. 그런데 5행과 6행에서는 "동풍"이 가까스로 그쳤는지 어쨌는지는 모르겠지만 상황이 나아지지 않았음을 나타내는, "날이 흐려서 더 울다가/ 다시 누웠다"는 구절이 있습니다. 이 시에서 핵심은 '눕다'인 것 같다고 말한 까닭은 1연에서 이미 '눕다'가 압도하고 있어서이기도 합니다. 아무리 읽어봐도 '울다'는 '눕다'의 부대(附帶) 현상 같습니다. 설령 시간적으로는 동시적이라 하더라도요. "눕고/ 드디어 울었다"와 "더 울다가/ 다시 누웠다"에서 어감의 무게 중심은 확실히 '눕다'에 가 있습니다. 1연에서 일찌감치 이 점이 강조된 것은, 「풀」의 길이를 감안하면 가볍지 않은 의미를 갖습니다.

2연에서 눈에 띄는 것은 "더 빨리"의 반복입니다. 2행과 3행에서 반복적으로 쓰였죠. 하지만 2연도 마찬가지로 "풀이 눕는다"로 시작하고 2행에서 다만 "바람보다도 더 빨리" 그런다고 합니다. 우는 일에도 "바람보다도 더 빨리" 그런다고 합니다. 이전에는 여기에서 "풀"의 속도와 "바람"에 수동적으로만 반응하지 않는 능동성을 읽었는데, 지금은 다르게 느껴집니다. 단순히 "바람"에 앞선 것이 아니라 이미 "풀"에게는 "바람"이 전하는 어떤 것을 알아채는 속성이 있는 겁니다. 이런 풀의 속성상 자신에게 불어오는 바람의 기운을 알아채고는 바람이 강제로 눕히기 전에 먼저 눕는, 부정적인 성격을 갖지만 일종의 예지 능력이 생긴 것이죠. 자연의 '풀'이 과연 그러한지 궁금해하거나 상상하실 필요는 없습니다. 여기서 "풀"은 김수영이 감각한 자연물이기도 하지만, 깊은 상징과 암시가 함축된 존재니까요. 앞서서도 말씀드렸지만 시인의 깊이는 자연의 사물이나 현실 상황을 시로 옮기면서 자신도 모르게 상징과 의미를 부여하기도 합니다. 그리고 시인은 자신도 모르게 솟구치는 '상징과 의미'에 대해서 굳이 설명할 필요도, 덧붙일 필요도 없습니다.

「시여, 침을 뱉어라」에서 김수영이 말했듯, 시를 쓸 때는 오로지 "시의 탐침(探針)"만이 작동하는데 이 "탐침"의 성능은 "십자가의 하반부에서부터 까마아득한 주춧돌 밑가지의 건축의 실체의 부분"이 결정하지만 그렇다고 그 부분이 곧 "탐침"은 아닙니다. "탐침"은 그냥 모호함입니다. 그러니 김수영의 고백대로 "20여 년의 시작 생활을 경험하고 나서도 아직도 시를 쓴다는 것이 무엇인지를 잘 모른다"는 말이 성립됩니다. 오로지 "온몸으로 동시에 온몸을 밀고 나가는 것"뿐이죠. 그리고 이것을 김수영은 '모험'이라 불렀고, 다시 이 '모험'을 하이데거에 기대 "세계의 개진"이라고 했습니다.

그런데 김수영에게 어떤 경험과 인식과 사유가 있어서 "풀"에게 이런 속성을 부여했을까요? 잠깐 시계를 돌려보도록 하죠. 일단 1966년에 쓴 「풀의 영상」이 있었습니다. 이때 즈음에 김수영은 자신과 함께 사는 민중에 대한 이미지를 '풀'로 포착했는데, 아직은 '영상(影像)'의 수준입니다. 그것은 아마도 어떤 '때'가 아직 도래하지 않았다는 느낌 때문일 수도 있습니다. 우리가 읽었다시피 「풀의 영상」이 그 '때'에 대한 시잖아요. 그 후에 역사를 되풀이해 사는 삶을 통해 사랑을 재발명하고, 그 역사가 혹 '씨'를 만들어낸 것은 아닌가 하는 인식에 도달하면서 그 '씨'들이 "한번은 이렇게/ 사랑에 미쳐 날뛸 날이 올 거다"라는 믿음을 갖게 됩니다. 「사랑의 변주곡」에 와 서지요. 그러다가 「거짓말의 여운 속에서」에서는 "풀이 솟는다 소 리 없이 소리 없이"라고 말하는 것을 우리는 보았습니다. 하지만 이 러한 관념, 이러한 사유가 어쩌면 낭비이며, 난센스이며, 허위일지 도 모른다는 것을 깨달은 것은 「꽃잎」에서입니다. 자기 집에 식모 살러 온 소녀인 순자의 눈빛을 통해서 자신의 허위를 통렬하게 반 성하면서 "풀의 아우성"을 느끼는데, 이때에 함께 등장하는 것이 "바람의 아우성"입니다. 당연히 이게 순서적으로 이루어졌다는 말 은 아니지만 아무튼 이러한 시적 사유의 온축을 통해 "풀"로 상징되 는 존재의 "바람"에 대한 직관을 김수영은 얻은 게 아닌가 싶습니 다. 한편으로 "풀"은 순자나 "중앙선의 복선공사에 동원된/ 갈대보 다도 더 약한 소녀들과 부녀자들" 같은 타자들만이 아닐 겁니다. 전 쟁과 혁명과 쿠데타라는 시간을 통과해온 김수영 자신 안에 이미 "복사씨와 살구씨와 곶감씨"가 맺혔으며, 현실에서 느꼈던 "풀"은 결국 자신 안에서도 자라고 있던 풀이었을 겁니다. 결국 "바람보다 도 더 빨리" 눕거나 우는 "풀"은 화자 자신이기도 한 것이죠.

이런 해석이 가능하다면, 「풀」은 다시 한번 찾아온 김수영의 위 기이며, 이번 위기는 김수영의 '풀-되기'가 가져온 위기라는 점에 서 존재의 전환이 이루어지는 과정에서 필연적인 위기입니다. 전환 의 과정에는 언제나 위기가 도사리고 있습니다. 그래서 전환은 내면의 깊이가 일으키기도 하지만 내면의 깊이가 없으면 위기를 넘어가지도 못합니다. 우리가 1950년대 작품인 「도취의 피안」에서 읽었듯이 깊이가 부재하다면 회피를 하는 수밖에 없죠. 하지만 내면의 깊이가 있다고 하더라도 그 깊이가 무엇인지 자신은 모릅니다. 그래서 전환을 촉진하지만 위기를 넘어갈 수 있을지 어쩔지 자신에게 할당된 "가능성의 영역"을 감지하지 못합니다. 그래서 이 위기는 모험이기도 합니다. 하지만 이 위기는 전환을 수행하는 주체 자신이 능동적으로 불러들이는 위기라는 면에서 외부에서 강제된 위기와는 다릅니다. 역설적이게도 전환을 수행하는 주체의 이런 능동적 역량은 수동적 위기의 누적을 통해서만 생깁니다. 다시 말하면 외부에서 강제된 위기를 넘어선 주체만이 능동적 역량을 갖게 되죠. 하지만 현실은 존재의 전환을 계속 괴롭힙니다. 이즈음에 쓴 산문에서도 그러한 징후는 발견할 수 있는데, 특히 생활에서는 "의자가 많아서" 걸리는 상황이 펼쳐지고 있죠.(「의자가 많아서 걸린다」)

내밀한 고백을 많이 하고 있는 「반시론」에서는 위악을 통해서라도 자신의 생활에 강요하는 소시민적인 상황을 타개하려고 합니다. 이를테면 이런 구절이 있죠. "거지가 돼야 한다. 거지가 안 되고는 청소부의 심정도 행인들의 표정도 밑바닥까지 꿰뚫어 볼 수는 없다'고 새삼스럽게 생각하면서 재빨리 구세주같이 다가온 버스에 올라탔다." 이런 말도 있습니다. "흙은 모든 나의 마음의 때를 씻겨 준다. 흙에 비하면 나의 문학까지도 범죄에 속한다. 붓을 드는 손보다도 삽을 드는 손이 한결 다정하다." 이런 몇 가지 증거를 모아서 종합해보면, 확실히 김수영에게 어떤 전환이 이루어지고 있었던 것은 확실해 보입니다. 따라서 「풀」에서 의미하는 "풀"이 무엇인지, "풀"의 행동에는 또 무엇이 함축되어 있는지, 시에서 얻은 느낌에서 출발해 해석해가다 보면 우리가 「풀」이라는 한 편의 작품에서 얻을 수 있는 것은 의외로 풍부할 수 있습니다. 그런데 문제가 하나 있습니다. 그것은 "바람"이 무엇이냐는 것이죠. 「꽃잎」에서 "바람의 아우성"이 먼저 등장하기는 합니다. 그러면 "실낱같은" 바람과 풀의 아우성이 「풀」에서 만난 걸까요? 아무튼 「풀」의 "바람"이 "풀"과 대립적이거나 "풀"이 눕고 우는 것의 단순한 원인(제공자)이 아닙니다. 2연에 와서 '바람과 풀'이 서로 엉켜 있어서 한 몸으로 화한 것이 아닌가 하는 느낌도 없지 않지만, 분명한 것은 1연에서 "비를 몰아오는 동풍에 나부껴"라는 대목이 아직 느낌으로 건재하다는 점이며, 3연에서 "바람"의 의미가 1연보다는 2연에 가까워지기는 하지만, 여전히 "날이 흐리고"에서 바람의 여진이 남아 있다는 인상을 줍니다. 다행히 3연에서 "바람보다"의 반복을 통해 "풀"의 운동이 다소 활력을 띠나 그것은 "바람"을 넘어선 운동이라기보다는 어디까지나 "바람"에 '대한' 운동이며, "일어나고"와 "웃는다"가 있지만 "누워도"와 "울어도"가 어쩐지 앞서 있다는 느낌이고, 문제는 "발목까지/ 발밑까지 눕는다"고 함으로써 그 눕는 정도를 강조한 데 있습니다. 그리고 마지막 행을 다시 "날이 흐리고 풀뿌리까지 눕는다"로 마무리함으로써 이 작품의 핵심은 날이 흐리고 바람이 부는 날 풀이 눕는 전체 이미지를 완성합니다.

간간이 일어나고 웃는 행동은, 눕는 행동의 중간중간에 일어나는 그래도 살아 있음의 운동이긴 합니다. "풀"은 쓰러져도 좌절하지 않는다는 계몽적인 해석보다는, "풀"의 삶에는 쓰러지는 일도 곧 살아가는 일이라는 해석이 더 합당해 보입니다. 어쨌든 슬픔의 정서가 앞서 있습니다. 따라서 "바람"은 특정한 외부의 사건이 아니라 "풀"이 살아가면서 언제든 맞이할 수밖에 없는 상시적인 조건이라고 보면 어떨까 싶습니다. 그리고 그 조건을 부정하거나 미워하면 그 조건을 넘어설 수도 같이 살 수도 없을 겁니다. 「풀」에서도 역시 그러한 부정적인 영혼의 그림자는 없습니다. 슬픔이나 설움, 피로를 겪는 것은 우리가 김수영의 시에서 주기적으로 느끼는 바지만, 거기서 미움과 원한을 발견하지 못한 것을 기억하실 겁니다. 그 부정적인 그림자가 없는 상태의 슬픔은 차라리 맑은 슬픔이고 맑은 슬픔에는 깊이가 있어서 그 안에 무엇이 사는지 아직 밝혀지지 않았을 뿐입니다. 시의 마지막 "날이 흐리고 풀뿌리가 눕는다"에서 밝고 기운찬 느낌은 받기 어렵지만, 숨어 있는 어떤 말이 있는 것만 같습니다. 어쩌면 "동풍"이나 "날이 흐리고"는 "풀"이 살아가는 한 거부할 수 없는 운명인지도 모릅니다. 그것들을 죄다 제거하고 '맑은 날'을 꿈꾸고 기획한 것이 지금껏 우리가 가졌던 진보주의였지만 김수영은 여기에 동의하지 않는 듯합니다. 중요한 것은 '때'를 믿으며 과거와 현재로 이루어진 '지금'을 사는 일인지도 모릅니다. 그리고 '지금'을 사는 것에는 부단한 투쟁과 기도가 포함됩니다.

"바람보다 늦게 울어도/ 바람보다 먼저" 웃지만 날이 흐리다는 사실은 변하지 않았고 그 때문에 이제는 "풀뿌리가 눕는다"고 말했습니다. "풀뿌리가 눕는다"는 말에서 억지로 긍정적이고 밝은 기운을 길어 올릴 필요는 없습니다. 우물물이 고이지 않으면 흙탕물만 길어질 거니까요. 김수영의 정서에 무엇이 차올랐기에 "풀뿌리가 눕는다"고 했는지는 모르겠지만, 대략 그가 세상을 떠나기 전에 남긴 산문과 시에서 절망의 기운은 느껴지지 않습니다. "풀뿌리가 눕는다"는 아직 그의 싸움이 끝나지 않았음을 암시할 뿐입니다. 다들 아다시피 김수영 자신의 싸움은 여기서 끝나고 말지만, 그가 불을 붙인 싸움은 아직 끝나지 않았습니다. 어쩌면 이 싸움만 영원할지도 모르겠습니다. 이 싸움을 통해서 세계는 개진되고 동시에 대지는 은폐되어 보존됩니다.

김수영이 던져준 '물음 보따리'

만해 한용운은 「님의 침묵」에서 "님은 갔습니다. 아아, 사랑하는 나의 님은 갔습니다"라고 했습니다. 하지만 동시에 "님은 갔지마는 나는 님을 보내지 아니하였습니다"라고 했죠. 우리가 국어 시간에 배웠다시피 한용운의 '님'은 여러 가지 의미를 품고 있지만, 여기서 중요한 것은 "님의 침묵"입니다. 그래서 '나의 노래'는 "님의 침묵을 휩싸고" 돌 뿐입니다. 님이 떠난 사태, 정확하게 말하면 님이 사라진 사태는 식민지 상황만을 가리킬까요? 그래서 '님의 침묵'은 조국을 상실한 상태만을 의미하는 걸까요? 솔직히 제가 한용운의 시를 깊이 있게 읽어보지는 못했지만, '침묵'이 본디 '님'의 언어가 아닌가 합니다. 님의 언어는 우리의 언어와 다릅니다. 이렇게 말하면 '님'을 초월적인 존재로 미리 상정하는 것이 아니냐는 비판을 불러들일 수도 있습니다만, '님'에게 너무 이르게 구체성을 부여하는 것도 님의 님답지 못함에 일조하게 될 것입니다. 분명코 만해는 연애시 형식으로 썼지만, 작품에서 "님"은 연인이면서도 연인 이상이고, 종교적 존재이면서도 구체적 인물 같기도 합니다. 다시 말하지만, 장미화의 '님'은 봄비입니다. 봄비가 장미화를 살리기도 하지만 봄비를 믿고 기다리는 시간이 장미화를 살리기도 합니다.

지금껏 김수영을 읽어오면서 몇 번 바로 이 '님'을 언급하기 했습니다만, 시가 추상도가 높은 '님'에 걸려 넘어지는 것을 피하기 위해 길게 말하지는 않았습니다. 그렇다고 지금에 와서 '님'에 대해 길게 말할 수 있을 만큼 '님'에 대해 깊이 있는 생각이 있는 것도 아닙니다. 그냥 상식적으로 '님'에 대해 접근해보면서, 과연 김수영이 만해처럼 '님'을 가지고 있었는지 글을 마무리하면서 짚어보자는 소박한 의도뿐입니다. 그렇다면 우리의 언어에 남아 있는 '님'이 도대체 무엇인지 생각해보지 않을 도리가 없습니다. 무엇보다도 '님'은 극존칭의 호칭이기도 하죠. 예를 들면, '님'은 이름이나 어떤 호칭의 말미에 붙어 상대방을 더 높여 부르는 데 쓰이기도 하고 대상을 인격화하기도 합니다. 여기서 그 예의 나열은 불필요할 것 같습니다.

우리가 지금 쓰는 말 중에 '님' 자가 들어가는 것은 허다하니까요.

제가 얼마 전에 읽은 글 중에 문학평론가 백낙청 선생의 초기 평론인 「시민문학론」이 있습니다. 유용하게도 이 평론에는 만해 한용운부터 김수영까지 길지 않지만 매우 핵심적이고 감동적인 내용이 들어 있습니다. 시인이기 전에 불교사상가이자 운동가인 만해에 대한 이야기는 생략하기로 하고요, 다음과 같은 대목을 읽어보는 것은 우리에게 도움이 될 듯합니다.

> 님을 '침묵하는 존재'로 파악한 데에 그의 현대성이 있다면, 현대의 침묵이 어디까지나 님의 침묵임을 알고 자신의 사랑과 희망에는 고갈을 안 느낀 것이 종교적·민족적 전통에 뿌리박은 시인으로서 그의 행복이었다.
> 여하튼 한용운은 그의 시대를 '님의 침묵'의 시대로 밝혀놓았다. 그것은 3·1운동의 드높은 시민의식과 그 시민의식의 기막힌 빈곤을 동시에 체험했고 체험할 줄 알았던 시인만이 할 수 있는 일이었다. (백낙청, 『민족문학과 세계문학』)

이 같은 지적, 특히 "님을 '침묵하는 존재'로 파악한 데에 그의 현대성이 있다"는 말에는 우리 역사에 대한 일종의 반어도 숨어 있는데, 이어서 밝히듯이 "3·1운동의 드높은 시민의식과 그 시민의식의 기막힌 빈곤"의 역사가 저 문장의 이면에 도사리고 있기 때문입니다. 즉 만해의 시가 "현대성"을 획득하고는 있지만 만해가 산 시대의 "현대성"이라는 것은 3·1운동을 통한 역사의 진전과 좌절이라는 의미이기도 합니다. 요즘에는 '현대적'이라고 하면 무슨 시대의 유향을 잘 따라가는 세련됨이나 태도 또는 눈치 정도로 여기고는 하는데, '현대성'이라는 것은 당대의 축적된 문제와 그것의 리얼리티, 그리고 나아가야 할 경로에 대한 인식을 불완전하게나마 갖고 있거나 가지려고 고투하는 것을 말합니다. 그러면 백낙청 선생이 말한 만해의 '현대성'이 무엇인지 실감할 수 있을 겁니다. 여기서 3·1운동까지 거슬러 올라가서 이야기를 복잡하게 할 필요는 없을 듯싶습니다만, 다만 조선이 일본제국주의의 식민지로 굴러떨어지고 난 다음 처음 일어난 봉기로서 3·1운동은, 백낙청 선생의 말에 따르면 "한국적 시민의식을 처음으로 이룩한 사건"이었습니다. 그 3·1운동을 통해 빈약하나마 봉건적 전통과 일정 부분 단절을 기했다는 역사적 평가도 있는 듯합니다. 무엇보다도 1894년 동학농민혁명의 좌절 이후 대규모 민중 봉기로서는 1919년 3·1운동이 처음이었고 최근의 연구 결과는 동학농민혁명과 3·1운동의 역사적 연속선을 찾은 것처럼도 보입니다. 나아가 동학농민혁명의 사상적 저류로서 해월 최시형의 동학운동과 동학을 창도한 수운 최제우의 사상적 복권은 아주 뜻깊다고 볼 수 있습니다.

흥미로운 것은 백낙청 선생이 "만해의 진정한 후계자"로 이상을 거쳐 김수영을 꼽고 있다는 점입니다. 이상에 대해서는 부끄럽게도 드릴 말이 없습니다만 김수영에 대해서는 제가 지금껏 여섯 차례에 걸쳐 짧지 않게 말씀드린 그대로입니다. 문제는 정말 김수영이

'님'을 가졌는가 하는 점일 테고 이에 대해서도 지난 이야기들을 통해 충분하지는 않겠지만 드러냈다고 봅니다. 이에 대해 백낙청 선생은 "김수영에게 있어 '님'의 기억이 만해의 경우처럼 전통 속에서 몸에 밴 기억이 못 되는 약점을 보이는 반면, 한용운이 노래한 '님의 침묵'은 김수영의 시가 지닌 숙달된 운문의 기교와 일상현실을 기록하는 리얼리즘에 못 미침으로써 우리의 기억으로 바로 전달되기 어려운 데가 있"지만, 「거대한 뿌리」를 인용하면서, "'놋주발보다도 더 쨍쨍 울리는 추억'이야말로 오늘의 질식할 듯한 어둠과 더러움이 바로 '님의 침묵'이요 '님'의 그것인 이상 '인간은 영원하고 사랑도 그렇다'는, 현대의 많은 사람들이 이미 잃어버린 기억인 것이다"라면서 '님'을 통해 한용운과 김수영의 시를 이어줍니다. 「거대한 뿌리」의 저 구절, "나에게 놋주발보다도 더 쨍쨍 울리는 추억이/ 있는 한 인간은 영원하고 사랑도 그렇다"에 대해서는 우리가 「거대한 뿌리」를 읽으면서 강조했던 부분이기도 합니다. 사실 김수영이 침묵하는 '님'을 찾았는지는 확언할 수 없지만, 해방 후부터 그의 시에서 보여준 어떤 '절대'에 대한 욕망은 이미 우리가 읽은 그대로입니다. 그것이 4·19혁명을 통해 잠깐 현현했다가 사라져버리지만 김수영은 그 순간을 잃지 않고 끝까지 다시 살려고 했고, 결국 「사랑의 변주곡」을 남기게 됐습니다.

김수영에게 점점 다가오고 있는 다른 존재, 즉 '풀'에 대해서 알아보다가 더 나아갈 수 없는 지경에 처하고 말았습니다. 그가 남긴 마지막 작품이 「풀」인 점은 그나마 다행이지만, 그 이상을 쓰기 전에 갑작스레 맞은 죽음은 우리에게 삶과 역사의 예정 없음을 절감하게 하고 동시에 어떤 질문 앞에 서게 합니다. 김수영이 '님'을 품으려고 했다는 우리의 읽기는, 김수영에 대한 새로운 해석을 쥐어짜기 위해 고안된 틀이 아닙니다. 지금껏 살펴본 대로 그것은 작품 곳곳에 숨어 있으며, 1960년대 중반을 지나면서 가파르게 하지만, 일종의 분열을 동반하면서 고양되어가고 있었던 것입니다. 그 점에 대해서는 반복해서 말할 필요는 느끼지 않습니다. 우리에게 시간이 무한하게 주어지지도 않았지만, 설령 무한의 시간이 허락된다고 해도 자동차 공회전 같은 반복은 도리어 멈추는 일만 못합니다.

마지막으로 우리가 생각해보아야 할 것은 시의 책무에 대해서입니다. 김수영 시대에 존재했던 시의 책무도 아직 살아 있지만, 거기에 더해 우리가 사는 현실은 훨씬 더 복잡해졌고 그만큼 더 타락의 강도도 세졌습니다. 김수영 시대보다 더 많은 지식과 정보, 정교해진 논리와 이론, 학문의 축적이 있다 하더라도 달라진 현실에 응전하기도 그만큼 쉬워진 것은 아닙니다. 우리가 '발전'이라고 믿고 있는 것들은 그만큼 우리를 더 타락시키며, 그만큼 더 눈을 흐리게 하며 '님'을 망각하게 하기 때문입니다. 더 많은 지식과 정보, 이론, 논리, 학문은 하이데거식으로 말하면 존재 망각의 정도를 더하게 하면 했지 더 낫게 하지는 않을 것입니다. 우리에게 허락된 더 많은 편리와 물질적 풍요가 우리의 신체 능력을 감소시키는 역설을 그동안 경험해왔기 때문입니다. 이런 역사의 역설에 김수영은 누구보다도 민감했고 그것에 맞서 시를 써왔습니다. 역설을 상대하다 보니 시

풀이
눕는다

가 난해해지고 반어인 경우도 많을 수밖에 없었죠. 하지만 진정으로 새로운 것은 역설의 무게를 최대한 경감하거나 부정해서는 도래하지 않습니다. 도대체 역사의 역설은 어디까지인가, 모험을 시도하는 것은 괴롭지만 시의 책무이기도 하며, 새로운 시로 접어드는 입구입니다.

　김수영이 자신의 시대에 물러서지 않고 시의 책무를 내려놓지 않았음을 알았다면, 그것도 단순한 저항이 아니라 일찌감치 "꽃이 상부에 필 때"(「공자의 생활난」)와 "영원히 나 자신으로 고쳐가야 할 운명과 사명"(「달나라의 장난」)을 심부에 품은 채, "고통의 영사판 뒤에서" 있는(「영사판」) 세계를 향한 맞섬임을 알았다면 당연히 쉽지 않은 '물음 보따리'일 것입니다. 그리고 그것은 당연히 우리가 사는 현재에 관계된 물음일 테고, 이 현재는 당연히 지난 역사의 연속체일 것이며, 미래를 향한 꿈이기도 해야 합니다. 어떻게 생각하면 실로 어마어마한 보따리일 것만 같습니다. 하지만 이 보따리를 피할 수 없다는 게 김수영을 다 읽고 난 결론이기도 합니다.

4·19혁명 직후

산문으로 본

김수영의

혁명 의식

1

1961년 4월에 쓴 산문 「밀물」은 4·19혁명 이후에 김수영이 가졌던 정치·사회 의식을 압축적으로 보여준다. 이 산문에서 김수영은 "요즈음은 문학 책보다는 경제 방면의 책을 훨씬 더 많이 읽게 된다"고 말하면서 그 즈음 자신이 문학에 대해 조금 자유로운 또는 여유 있는 쪽으로 기울어져 있음을 고백하고 있다. "문학 책보다는 경제 방면의 책을" 읽어야만 자신이 그나마 사회적인 현실에 조금 더 직접적으로 동참하는 것이라고 생각했던 듯하다. 그래야만 "사회에 대한 무슨 속죄라도 되는 것 같"다고 말하는 대목에서 그것은 명확히 드러난다. 사회 현실에 동참함으로써 얻은 자유 혹은 여유는, 4월 이전에는 "송충이같이 근처에 두지도 못하게 하던 불결한 잡지들", 즉 '문학지'들을 "인내성을 발휘해서 읽어" 나갈 수 있게 만들었다. 김수영의 이런 여유는 4·19혁명이 안겨준 것이다.

산문에 대한 김수영의 인식은 「책형대에 걸린 시」 앞부분에 나오는데, 혁명 이전에는 "시는 어떻게 어벌쩡하게 써 왔지만 산문은 전혀 쓸 수가 없었고 감히 써볼 생각조차도 먹어 보지를 못했다"고

하면서 그 이유로는 시와는 달리 산문에서는 생각의 위장과 은폐가 불가능하다는 점을 들었다. 인상적인 것은 한국전쟁 당시 포로수용소 경험이 내면에 깊이 자리한 자신의 입장에서는 "태도의 자유"조차 허락되지 않았던 점을 덧붙인 부분인데, 아무래도 위장과 은폐를 허락하지 않는 산문을 쓰다 보면 그것이 표면에 곧바로 드러날지 모른다는 우려가 있었다. 이 지점을 굳이 짚는 것은 김수영에게 산문이란 시와는 층위가 다른 현실에 대한 직접 대면의 형식인 점을 말하기 위해서이다. 아무튼 그런 상황에서는 심지어 자신의 시마저도 "저주가 아니면 비명이 아니면 죽음의 시가 고작"이었다고 자책한다. 그런데 혁명이 모든 것을 뒤바꿔 놓았다.

> 나는 사실 요사이는 시를 쓰지 않아도 충분히 행복하다. 4·26이 전취(戰取)한 자유는 나의 두 손 아름을 채우고도 남는다. 나는 정말 이 벅찬 자유를 어떻게 처리해야 할지 모르겠다. 너무 눈이 부시다. 너무나 휘황하다. 그리고 이 빛에 눈과 몸과 마음이 익숙해지기까지는 잠시 시를 쓸 생각을 버려야겠다.(「책형대에 걸린 시」)

사실 이런 도취는 여러 곳에서 보인다. 월북한 시인 김병욱에게 쓴 서간문 형식의 글인 「저 하늘이 열릴 때」에서는 다음과 같이 말하기도 한다.

사실 4·19 때에 나는 하늘과 땅 사이에서 통일을 느꼈소. 이 '느꼈다'는 것은 정말 느껴 본 일이 없는 사람이면 그 위대성을 모를 것이오. 그때는 정말 '남'도 '북'도 없고 '미국'도 '소련'도 아무 두려울 것이 없습디다. 하늘과 땅 사이가 온통 '자유 독립' 그 것뿐입디다. 헐벗고 굶주린 사람들이 그처럼 아름다워 보일 수가 있습디까! 나의 온몸에는 티끌만 한 허위도 없습디다. 그러니까 나의 몸은 전부가 바로 '주장'입디다. '자유'입디다…….

심지어 김수영은 "쿠바에는 '카스트로'가 한 사람 있지만 이남에는 2000명에 가까운 더 젊은 강력한 '카스트로'가 있"다고 흥분을 가라앉히지 못하는데, 이 글은 「책형대에 걸린 시」 1년 뒤에 발표되었지만 혁명이 김수영을 얼마나 깊이 흔들었는지 충분히 느낄 수 있는 대목이기도 하다. 그런데 과연 이 '도취'는 단지 낭만적인 열정에 의한 도취일 뿐인가? 이때보다 수 년 전에 쓴 「도취의 피안」에서 그는 "도취의 피안"에서 날아오는 "날짐승들"의 "울고가는 울음소리에도/ 나는 취하지 않으련다"라고 단언했잖은가.

2

그렇다면 김수영이 4·19혁명을 통해 상상했던 '다른 현실'은 무엇이었을까. 시인이 상상하는 '다른 현실'을 구체적으로 추적하는 게 시를 이해하는 데 직접적인 도움이 되는 것은 아니지만 김수영처럼 산문적 인식에 투철했던 이가 가졌던 '다른 현실'에 대한 상상의 내용이 무엇인지 찾아보는 것은 그의 시를 받아들이는 데 의외의 경로를 열어줄 수도 있다. 1960년 8월의 산문 「치유될 기세도 없이」에는 당시의 현실 비판이 구체적으로 나타나 있다. "없는 사람이 잘 살아 보겠다고 하는 운동을 노골적으로 억압하는 정부의 처사"를 비판하면서 "비근한 예가 경북 교조(敎組)나 경방(京紡) 파업 문제 같은 것만 하더라도 당국의 태도는 여전히 빨갱이를 대하는 태도"라고 말한다.

> 나의 생각에는 교조 운동 같은 것은 서푼어치 가치도 안 되는 총리 선출보다 훨씬 더 중요하면 중요했지 못한 것은 아닌데 2000만의 늠름한 대변인들은 지금 명분이 서지 않는 감투 싸움에만 바쁘다. 이런 말을 하는 나는 교조원도 교원도 아니지만 혁명에 대한 인식 착오로 '과정'의 피해자의 한 사람이 된 것만은 그들과 동일하다.(「치유될 기세도 없이」)

김수영이 여기서 "혁명에 대한 인식 착오"라고 고백한 장면은 중요한 대목이다. 이 단락 다음에 이어지는 김수영의 경험은 "4월 혁명 후에" "세 번이나 신문사로부터 졸시를 퇴짜" 맞은 사실이다. 그러니까 장면 민주당 정권 앞에 잠시 존재했던 허정 과도정부는 김수영이 생각했던 혁명의 질주를 멈추게 하는 브레이크 역할을 한 것이다. 하지만 김수영에게는 허정 과도정부의 일련의 자세들이 "새로 설 신정부(新政府)의 서곡이나 부지 공사처럼밖에 느껴지지" 않는다. 과도정부가 다음 정권이 기정사실화된 상태에서 독자적인 입장을 가질 수 없는 명백한 현실 때문이기도 하겠지만, 김수영은 이미 정치가 계급과 민중 사이에 깊은 간극이 있음을 구체적으로 실감하고 있었다.

4·19혁명 발발 1년 뒤에 쓴 「아직도 안심하긴 빠르다」에서 김수영은 자신의 입장을 다음과 같이 명료하게 밝혔다. "그러나 하여간 세상은 바뀌었다. 무엇이 바뀌었느냐 하면, 나라와 역사를 움직여 가는 힘이 정부에 있지 않고 민중에게 있다는 자각이 강해져 가고 있고 이러한 감정이 의외로 급속도로 발전해 가고 있다는 것이다." 문제는 민중의 역량이 '혁명적'으로 증대해가고 있는데 정작 정부는 그에 반하는 자세를 시종일관 보이고 있다는 사실이다. 이 간극은 끝내 메워지지 않았지만 김수영이 '민중의 역량'의 첨단에 서고자 했음은 분명하다. 어쩌면 이 간극을 틈 타 5·16군사쿠데타가 일어난 것은 아닐까라는 추측도 전혀 무리는 아니다.

김수영은 4·19혁명이 더 심화되고 확장되어야 한다는 입장이었다. 그 입장은 두 가지 갈래로 나타나는데, 하나는 보다 더 진전된 사회 개혁이었고, 또 하나는 그것의 조건이기도 했던 자유, 구체적으로 언론 자유를 통한 정신의 성숙이었다. 그리고 그것이 종합된 '인간 해방'이었다. 먼저 사회혁명은 「치유될 기세도 없이」에서 나타났듯 노동자의 파업에 대한 보장도 포함되는, 궁극적으로는 사회적 빈곤과 무지로부터의 해방이기도 했다. 라이트 밀즈(Charles Wright Mills)의 『들어라 양키들아』의 독후감 「들어라 양키들아」에서 김수영은 쿠바혁명의 "근본 요청이 빈곤의 해방"이라고 읽고 있으며 이것은 1960년 6월 21일의 일기장에 "다음은 빈곤과 무지로부터의 해방"이라고 적어놓은 사실과 연관지어 살펴볼 필요가 있다. 왜냐면 『들어라 양키들아』는 그 1년 뒤에 읽기 때문이다. 다시 말하면 김수영의 현실 인식이 쿠바혁명의 과제를 해석했다고도 볼 수 있기 때문이다.

그러나 이 "빈곤으로부터의 해방"은 김수영이 「밀물」에서 봤던 것처럼 "경제 방면의 책을 훨씬 더 많이" 읽어서 얻은 추상적인 인식이 아니다. 그것은 그가 직접 생계 활동을 하면서 얻은 실질적인 감각을 그 바탕으로 하고 있다. 시 「육법전서와 혁명」에도 언급되었지만 산문 「아직 안심하긴 빠르다」에는 자신의 경제적 처지가 드러나 있다. 먼저 혁명의 힘 때문에 "뉴캐슬 예방 주사에 커미션을 내지 않고 맞혀 보기는 이번 봄이 처음"이라고 기뻐하면서 "모이값이 떨어지지 않고 있"다고 한탄을 한다. "모이값은 나라 꼴이 되어가는 형편을 재어 보는 가장 정확한" 자신의 저울이라면서 말이다. 실질적인 민주주의와 사회 개혁, 그리고 민중의 경제 수준 향상은 김수영이 바라는 혁명의 실제 모습이었다.

3

김수영에게 혁명은 정신 혁명도 동시에 포함된다는 것은 이미 알려진 사실이다. 그리고 그것의 단초는 바로 '자유'이다. 그가 자유의 시인이라 지칭될 때 거기에는 역사적 맥락이 포함되어야 한다. 김수영은 「자유란 생명과 더불어」에서 이렇게 말한다.

> 이번 3·15 선거 결과로서 일어난 학생 데모 사건을 위시한 마산 사건을 보고 지성인이라고 해서 별달리 새삼스럽게 느끼는 것은 아니다. 그러나 이번 사건의 양상이란 것이 너무 악착하게 횡포하고 굴욕적이기 때문에 이에 대하여는 이루 말로 다할 수 없도록 가슴이 메어질 지경이다. 정치의 자유란 것이 현대 사회에 있어서 가장 기본적인 자유의 하나이고, 우리나라와 같이 민주주의 국가가 싹틀까 말까 한 것을, 해도 보지 못하게 포장을 쳐서 질식시켜 버리려는 마당에 있어서는 정말 눈물조차 나오지 않는다.

김수영은 '정치의 자유'를 먼저 말하지만 그 생각은 두말할 나위 없이 깊이를 더해갔다. "시고 소설이고 평론이고 모든 창작 활동은 감정과 꿈을 다루는 것이다. 그리고 이 감정과 꿈은 현실상의 척도나 규범을 넘어선 것이다"라고 말하면서 "무엇이 달라져야 할 것인가? 언론의 자유다"라고 단언한다. 이 글에서 김수영이 '창작 자유의 조건'을 말하고 있다는 점을 감안한다면 김수영이 말하는 '언론의 자유'는 단지 표현의 자유에 머물지 않는다. 그것은 바로 사상의 자유이기도 하고, 그것은 곧 언어의 자유를 가리키기도 한다. 그는 분명하게 문학은 "현실상의 척도나 규범을 넘어선 것"이며 그것이 없었던 이승만 치하에서 "우리는 문학을 해 본 일이 없고, 우리나라에서는 과거 십수 년 동안 문학 작품이 없었다"라고 잘라 말하기까지 한다.(이상 「창작 자유의 조건」)

그런데 여기서 "현실상의 척도나 규범을 넘어"서는 일은 어떻게 해야 가능할까? 언론의 자유라는 조건만 충족되면 가능한 것일까? 「책형대에 걸린 시」에서 김수영은 1950년대 시단을 강하게 비판하면서도 역사적 조건을 도외시하지는 않는다. 1950년대는 "새로운 시대의 이념을 반영할 수 있는 제작상의 모험적 기도를 용납할 수 있는 시대적 혹은 사회적 여백이 전혀 없었"기 때문에 "산문의 자유뿐" 아니라 "태도의 자유조차 있을 수가 없었"고 심지어 "감정의 자유조차" 없었던 것이다. 그렇기 때문에 현실을 "철저히 체득한 시인이라면 4·26은 그에게 황금의 해방이 아닐 수 없다." 나는 이 구절이 마치 김수영 자신을 향한 예언 같다는 느낌을 지울 수가 없는데, 그 이유는 1950년대 중후반부터 김수영의 시가 그랬기 때문이다. 또 저 언어는 객관적인 비평의 언어라기보다 주관적인 경험의 언어에 가깝다.

아무튼 김수영은 이 글에서 "'책임은 꿈에서 시작된다'는 유명한 서구의 고언"을 들먹이면서 시인은 "4·26의 해방은 꿈의 해방"임을 알아야 하고 나아가 "구김살 없는 원대한 꿈을 가지라고" 요구하고 있다. 그런데 이 꿈은 "과실즙이나 솥뚜껑 위에 어린 밥물 같은 달콤하고도 거룩한 시인의 책임"에 해당된다. 그리고 "거룩한 시인의 책임"은 "인간 해방의 경종"과 연결된다.

"현실상의 척도나 규범을 넘어선 것"의 지경은 "구김살 없는 원대한 꿈"으로 인해 가능한 것이고 그 꿈의 내용은 "인간 해방"이다. 하지만 시가 "인간 해방"을 직접적으로 이룰 수는 없고, 그 "경종"이 될 수는 있을 것이다. 그러기 위해서 시인은 자신에게 주어진 현실을 "정확하게 파악하고 통찰"해야 한다. 만일 그러지 못한다면 그에게는 "시인의 자격이 없다". 문제는 "이런 불쌍한 사람들이 소위 시인들 속에 상당히 많이 있는 것"이다. 이제 4·19혁명을 맞아서 "시대의 윤리의 명령은 시 이상이" 되었으므로 시는 엄중한 현실을 깨닫고 시가 취할 수 있는 태도를 고민해야 한다. 그 방법 중 하나는 자신의 시마저 "다시 한 번 책형대(磔刑臺) 위에 걸어"놓는 일이다. 이 말은 자신의 시를 시대의 소용돌이 속에("이 거센 혁명의 마멸(磨滅) 속에") 맡기겠다는 뜻도 된다.

4

하지만 혁명의 진행은 한심한 쪽으로 나아갔다. 앞에서 말했듯, "경북 교조나 경방 파업 문제 같은 것만 하더라도 당국의 태도는 여전히 빨갱이를 대하는 태도"로 일관했으며, 당연히 언어(사상)의 자유에도 진척이 없었다. 그리고 그것들은 김수영 자신의 구체적 경험으로 속속 드러났다. "4월 혁명 후에 나는 세 번이나 신문사로부터 졸시를 퇴짜를 맞았다. 한 편은 '과정'의 사이비 혁명 행정을 야유한 것이고, 한 편은 민주당과 혁신당을 야유한 것이고, 나머지 한 편은 청탁을 받아 가지고 쓴 동시인데", "이기붕이까지는 욕을 해도 좋지만 이승만이는 욕을 해서는 안 된다는 내규"(가 있다는 말을 들은 것이긴 하지만) 때문에 퇴짜를 맞았다.(「치유될 기세도 없이」)

다른 한편으로는 관료 행정의 문제가 여전히 나아질 기미가 보이지 않는다.

> 널판장을 둘렀던 안방 벽 옆에다 서너 평가량 목간통을 들인다는데 이것도 무허가 증축이라고 트집을 잡고, 소방서, 구청, 상이군인, 지서에서 나와서 와라 가라 하고 야단들이다. 지서에 올라가서 시말서를 쓰라고 해서 시말서를 쓰고는 허가를 꼭 내야 한다기에 허가를 내려면 어떻게 하면 되느냐고 물었더니, 허가를 내려면 비용이 모두 2만 5000환가량 든다고 한다. 나는 도무지 곧이 들리지가 않아서 얼마요 하고 다시 물어보았으나 역시 2만 5000환이란다. 5만 환 내외의 공사에 허가비용이 2만 5000환!(「밀물」)

「육법전서와 혁명」에는 김수영 자신의 경제 상황이 나온다. "보라 금값이 갑자기 8900환이다/ 달걀값은 여전히 영하 28환인데".
금의 수요는 늘어서 값이 올라가고 달걀의 시장 가치는 떨어지고
있다. 그래서 "그놈들이 배불리 먹고 있을 때도" "진짜 곯고 있는 것
은" 민중들뿐이다. 그러니 "대구에서/ 대구에서/ 쌀난리가"가 나는
것이다. 김수영에게는 이런 민중의 들고 일어남 자체가 혁명이었
다. "이만하면 아직도/ 혁명은/ 살아 있는 셈이지"(「쌀난리」)라고 말
하고 있지 않은가(그런데 이 '쌀난리'가 정확히 어떤 사건을 가리키는지 명확하
지 않다). 김수영에게는 분명 이 '하극상'이 4·19혁명의 연장선이었
던 것이다. 「쌀난리」의 탈고일은 1961년 1월 28일이고 발표는 〈민
족일보〉 창간호(1961년 2월 13일)에 한다. 「아직도 안심하긴 빠르다」
는 1961년 4월 16일 자 〈민국일보〉에 실렸다.

　"경북 교조나 경방 파업 문제"를 대하는 허정 과도정부를 「치유
될 기세도 없이」에서 비판하면서 김수영은 "자신의 혁명에 대한 인
식 착오"를 고백하는데 그 산문은 1960년 8월 22일에 쓰였다. 다시
말하면 한편으로는 혁명의 후퇴를 비판하면서, 다른 한편으로는 계
속 이어지고 있는 혁명을 바라고 있었던 것이다. 물론 대구에서 일
어난 '쌀난리'가 엄밀하게 말해 '계속 이어지고 있는 혁명'인지는 모
르겠다. 어쨌든 '쌀난리'가 4·19혁명의 여진이었던 것은 사실이며
김수영이 바라는 혁명의 영속이 '쌀난리' 속에서 잠깐 나타난 것도
사실로 보인다.

　"매사건건에" "이를 바득바득 갈고 조바심만 하다가는" "말라죽
기 꼭 알맞"은 혁명의 진행 상황에 대해 한편으로는 조소하고 한편

으로는 그 의미를 꽤 적극적으로 평가하는 「밀물」의 마지막은 왜 이 산문의 제목이 '밀물'인지 잘 보여준다. 김수영은 목간통을 만든다고 수선을 피우다 겪은 수모와 여전히 변하지 않은 현실에 대해 개탄을 하며 다음과 같이 썼다.

> 어두운 방 안에 앉았다가 나와 보니 서풍에 부서지는 한강물은 노상 동쪽을 향해서 반짝거리며 거슬러 올라간다. 눈의 착각이 아닌가 하고 달력을 보니 과연 음력 17일, 밀물이다. 숭어, 글거지, 잉어, 벌갱이놈들이 이 밀물을 타고 또 한참 기어 올라올 게 아닌가…….(「밀물」)

그런데 이 광경은 '하극상'의 이미지가 아닌가? 서해바다의 밀물 때에 맞춰 한강물이 역류하는 광경을 김수영은 본다. 그리고 그 강물을 따라 함께 거슬러 오르는 물고기들이 있다. 강물의 민중은 바로 "숭어, 글거지, 잉어, 벌갱이놈들"이다.

5

그렇다면 4·19혁명이 후퇴하는 현실을 체감하면서 김수영의 정신은 어떤 모습을 갖춰가고 있었을까. 그 중 「책형대에 걸린 시」가 4·19혁명과 가장 가까운 산문인데, 여기서 김수영은 "인간 해방의 경종을" 울리는 일이 "달콤하고도 거룩한 시인의 책임"이라고 말하지만 사정이 그렇게 진행되지는 않았다. 그에게 '자유'는 매우 엄중한 문제였다.

> 시를 쓰는 사람, 문학을 하는 사람의 처지로서는 '이만하면'이란 말은 있을 수 없다. 적어도 언론 자유에 있어서는 '이만하면'이란 중간사(中間辭)는 도저히 있을 수 없다. 그들에게는 언론 자유가 있느냐 없느냐의 둘 중의 하나가 있을 뿐 '이만하면 언론 자유가 있다'고 본다는 것은, 쉽게 말하면 그 자신이 시인도 문학자도 아니라는 말밖에는 아니 된다.(「창작 자유의 조건」)

앞에서 말했듯 김수영에게 언론의 자유 문제는 사상의 자유에 다름 아니며, 그래서 그에게 언론의 자유는 '언어의 자유'에 해당된다. 오늘날 퇴짜 맞은 원고 중 하나라고 알려진 「"김일성만세"」는 이어령과의 논쟁 과정에서도 얼핏 이야기되었는데 거기서 김수영은 "이어령 씨는 내가 발표하지 못하고 있는 작품을 발표하지 못하기 때문에 '불온한 작품'이라고 규정을 내리고 있지만, 나의 생각으로는 발표를 하면 오해를 받을 우려가 있어서 발표는 못하고 있지만, 결코 불온한 작품이라고는 생각하고 있지 않다"(「'불온성'에 대한 비과학적인 억측」)고 말했다. 이에 대해서는 김수영 자신이 일기에 적어놓은 사실이 있다. 1960년 10월 6일 일기에 처음으로 "시 「잠꼬대」를 쓰다. 나는 아무렇지도 않게 썼는데, 현경한테 보이니 발표해도 되겠느냐고 한다", 그다음 10월 18일 일기에는 "시 「잠꼬대」를 『자유문학』에서 달란다. (…) '金日成萬歲'를 '김일성만세'로 하자고 한다", 그러다가 10월 29일 일기에는 "「잠꼬대」는 발표할 길이 없다"라고 적는다. 돌이켜보면 「"김일성만세"」가 4·19혁명 공간에서 발표될 가능성은 충분했지만 김수영 자신의 고집으로 무산되었다가 박정희 정권하에서는 결국 빛을 볼 수가 없게 된 것이다.

아무튼 「잠꼬대」(「"김일성만세"」)에 대해 10월 6일 일기에서 "이 작품은 단순히 '언론 자유'에 대한 고발장"이라고 했지만, 그 말을 곧이곧대로 믿어야 할 책임이 현재의 독자에게 있는 것은 아니다. '김일성'이라는 기표 자체가 혹독한 금기어인 역사를 살아온 독자들에게는 더욱 그렇다. 그가 외쳤던 '언론의 자유'는 "인간 해방의 경종"이나 "빈곤과 무지로부터의 해방"과 같은 맥락에 올려놓아야 제대로 이해할 수가 있다.

'언론의 자유'와 "인간 해방의 경종" 그리고 "빈곤과 무지로부터의 해방"이 서로를 함축하지 못한 현상을 김수영은 이미 간파하기도 했다. 「독자의 불신임」에서 "학생들이 정치에 몰두하여 문학잡지 같은 것은 보지 않게 된" 것 같다는 "어느 문학지 기자"의 진단을 떠올리며 김수영 다음과 같이 말한다.

그의 말이 만약에 사실이라면 우리나라의 문학지는 오늘날과 같은 비상시에는 통용되지 않는다는 말이 되고, 따라서 그들이 문학을 애호하는 것은 (적어도 문학지를 구매한다는 것은) 평화 시절에만 국한될 한사(閑事)에 불과하다는 말도 된다.

그러나 진정한 문학의 본질은 결코 한시(閑時)에만 받아들일 수 있는 애완 대상이 아니며, 오히려 오늘날과 같은 개혁적인 시기에 처해 있을수록 그 자치가 더한층 발효되는 것이라는 것을 생각할 때, 필자가 생각하기에는 이와 같은 현상은 (그것이 만약에 사실이라면) 우리나라 문학계 전반에 대한 기막힌 모욕이요 경멸이라고밖에 해석되지 않는다.(「독자의 불신임」)

여기서 염두에 두어야 할 점은 그가 받은 "모욕"과 "경멸"이 아니라 문학이 "애완 대상"이 된 현실에 대한 비판에 있다. 그다음 문장에서 "우리나라 문학계도 이제야 비로소 응당 받아야 할 정당한 평가를 받게 되었다 하고 쾌재를 부르짖었다"라고 말하는 대목에서도 드러나지만, 그 뒤에서는 이런 말도 남긴다. "우리나라의 시는 필자가 보기에는 벅찬 호흡에 요구하는 벅찬 영혼의 호소에 호응함에 있어서 완전히 낙제점을 받고 보기좋게 나가떨어지고 말았다. 혹자는 말할 것이다. 허다한 혁명시가 나오지 않았느냐고. 필자는 여기에 대해서 너무 창피해서 대답하지 못하겠다."

김수영이 보기에 이런 현상은 단순히 기술상의 문제가 아니었다. 그것은 시인들의 현실 인식에 관한 문제였다. "인간 해방"과 "빈곤과 무지로부터의 해방"을 추구해야 하는 혁명에 대한 통찰이 없는 '언론의 자유'란 것은 언제나 '이만하면'을 낳기 마련이다. 김수영은 「독자의 불신임」에서 "혁명이란 이념에 있는 것이요, 민족이나 인류의 이념을 앞장서서 지향하는 것이 문학인"이라고 분명하게 밝히고 있다. 그것이 없는 시인이 쓰는 '혁명시'는 그래서 너무 창피한 것이다.

그런데 김수영이 보기에 4·19혁명은 분명히 출발점이었지 목적지가 아니었다. 혁명적인 사건을 역사의 지평에서 인식하지 못하는 한 혁명은 언제나 일회적 사건이다. 하지만 김수영은 줄곧 혁명의 진전을 원했으며 4·19혁명은 하나의 출발점이었다. 김수영은 이렇게 말했다. "나는 이번 싸움[抗拒]이 우리의 싸움의 서막의 서곡이라고 생각하고 있고, 우리가 앞으로 건설할 빛나는 자유민주주의 국가를 구상하여 볼 때, 염두에 들어오는 무수한 고생다운 고생의 첫머리인 것 같다."(「자유란 생명과 더불어」)

6

결국 "혁명은 안 되고" "방만 바꾸어"버리고 말았지만 그것은 혁명에 대한 실망의 수사에 가까울 뿐 그것에 대한 체념은 아니다.(「그 방을 생각하며」) 마지막까지 혁명에 대한 "구김살 없는 원대한 꿈"을 접지는 않은 것으로 보이기 때문이다. "요나마의 변화(이것도 사실은 상당한 변화지만)도 장 정권이 갖다 준 것은 물론 아닌데 장면(張勉)들은 줄곧 저희들이 한 것처럼 생색을 내더니 요즈음에 와서는 '반공법'이니 '보안법 보강'이니 하고 배짱을 부릴 만큼 건방져졌다"고 일갈한다. 하지만 김수영은 이제 "역사를 움직여가는 힘"은 민중에게 있다고 자신한다. 앞에서 말한 '쌀난리'가 이 즈음의 김수영에게 어떤 영향을 끼쳤는지는 확실치 않으나 민중의 삶과 동떨어진 혁명에는 한편으로 피로해 하면서 "나라와 역사를 움직여 가는 힘이 정부에 있지 않고 민중에게 있다는 자각"을 동시에 말하고 있는 것은 주목해야 할 지점이다.(「아직도 안심하긴 빠르다」)

반혁명으로서의 5·16군사쿠데타 직전에 발표한 시 「'4·19'시」 (이 작품은 1961년 4월 19일 〈민족일보〉에 발표됐다)와 산문 「아직도 안심하긴 빠르다」 그리고 1961년 6월호 『사상계』에 발표된 산문 「들어라 양키들아」에는 어떤 간극이 분명히 존재한다. 「'4·19'시」에서 노골적으로 이런 기념시는 싫다고 푸념을 하는 데 비해 두 산문에서는 그 육성이 여전하기 때문이다. 그 이유는 「'4·19'시」에도 있고 「아직도 안심하긴 빠르다」과 「들어라 양키들아」에도 있다. 「'4·19'시」에서는 "배고픈 사람이/ 하도 많아 그러나" 같은 구절이 보이는데 대체로 이 작품이 지나가는 말투들로 이루어져 있기는 하지만 그간 보여준 김수영의 현실 인식을 보건대 간단히 취급될 구절은 아니다. 이런 표현을 비쳐주는 일종의 후광이 「아직도 안심하긴 빠르다」에 등장한다. 여기에서 김수영은 "역사의 추진력의 선봉"이라고 믿었던 "교육자, 문학·예술인, 저널리스트들"에 대해서 혹독한 비판을 하는데 독설도 서슴지 않는다.

오늘이라도 늦지 않으니 썩은 자들이여, 함석헌 씨의 잡지의 글이라도 한번 읽어 보고 얼굴이 뜨거워지지 않는가 시험해 보아라. 그래도 가슴속에 뭉클해지는 것이 없거든 죽어 버려라!(「아직도 안심하긴 빠르다」)

한편 월간지의 사정을 감안하자면 발표는 늦었지만 비슷한 시기에 썼을 거라고 추정되는 「들어라 양키들아」에도 아직은 여전히 건강한 혁명에 대한 의식을 보여준다. 일단 라이트 밀즈의 책 『들어라 양키들아』의 일부분, 즉 쿠바혁명을 진행해 나가는 데 마주하게 되는 장애에 대한 저자의 언급을 인용한 뒤에 김수영은 이렇게 말한다. "진정한 혁명 세력이란 이와 같은 '처지' 내지는 이러한 '처지'의 창조라는 것을 알아야 하는데 우리나라의 '4월'은 원통하게도 이것을 포착하지 못하였다." 또 「아직도 안심하긴 빠르다」에서 보여준 민주당 정권에 대한 인식 때문인지 "우리는 양당 제도의 매 4년마다 선거되는 그런 제도가 자유로 통하는 유일하고 불가피한 길이라고는 생각지 않는다"는 라이트 밀즈의 견해에 "시원한 말"이라는 소감을 적는다. 여기까지 보면 1961년 즈음에 4·19혁명에 대해 어떻게 생각하고 있었는지 자못 명료해진다. 지금까지 봐왔듯이 김수영은 혁명 초기부터 혁명을 단순한 정권 교체로 환원하지 않았다. 나는 이런 김수영을 '윤리적 사회주의자'(『리얼리스트 김수영』)라고 부른 적이 있는데, 산문을 통해 본 그의 현실 인식은 거기에 큰 오차를 제공하지 않는다.

여기서 마지막으로 언급해 둘 것이 있다. 「아직도 안심하긴 빠르다」의 마지막 단락에서 그는 의미심장한 말을 남긴다. "여하튼 이만한 불평이라도 아직까지는 마음 놓고 할 수 있으니 다행이지만 일주일이나 열흘 후에는 또 어떻게 될는지 아직까지도 안심하기는 빠르다." 보다 정확하게는 이 글이 실린 날로부터 딱 한 달 뒤인 5월 16일에 '반공'을 국시로 하는 군사쿠데타가 일어나 4·19혁명을 무력화시키고 말았다. 그렇다면 이 산문의 마지막 단락은 어떤 예감 가운데에서 뱉어진 예언이었을까? 그것은 아니다. 그가 말한 "이만한 불평"은 자신이 생계로 하는 "양계"와 관련되어 있는데, 즉 "모이값"이 그에게는 세상 돌아가는 형편을 가늠하는 가장 정확한 "저울눈"이었다. "모이값"으로 보자니 현실은 "형편없이 불안하니 걱정"인 것이다. 그런데 "모이값이 떨어지려면 미국에서 도입 농산물자가 들어와야" 하고, 또 그걸 생각하니 "언제까지 우리들은 미국놈들의 턱밑만 바라보고 있어야 하나?" 하는 한탄이 저절로 터져 나온 것이다.

결국 쿠데타 직전 김수영의 마지막 고민과 한탄도 자유 이전에 '빈곤' 문제 때문이었고, 나아가 미국에 종속된 남한의 현실이 원인이었다. 아니, 빈곤에 무력하기만 한 민주당 정권이 독점한 혁명 때문이었다. 실질적인 민중의 민주주의가 더뎌지자 반동이 밀어닥친 것이다.

7

김수영이 4·19혁명을 어떻게 인식했는지에 대해서는 산문만이 아니라 시에도 잘 나타나 있다. 시에서는 어쩔 수 없이 인식뿐만이 아니라 정서도 드러나고 있는데, 이는 김수영의 시를 이해하는 데 꼭 살펴야 할 문제다. 김수영에 대한 피상적인 이해 중 하나는, 그의 몇몇 뜨거운 혁명시에 취해 그가 가졌던 혁명의 이미지를 간파하지 못한다는 점이다. 그렇게 되면 그가 느낀 좌절감마저 놓치고 만다. 특히 5·16쿠데타 이후에 쓴 '신귀거래' 연작에 대한 오독은 지금도 여전한 것으로 보인다. 이것은 김수영의 문학을 역사적으로 보지 않고 단순히 현재의 필요에 끼워 맞추기 때문에 벌어지는 현상이다.

다른 한편으로, 김수영의 특정 시기를 재단해서 시의 특성을 밝히려는 관점도 비역사적이기는 마찬가지다. 훗날 「새로운 포멀리스트들」이라는 글에서 "역사의식의 파행을 누구보다도 먼저 시정해야 할 것이 지성을 가진 시인의 임무"라고 말한 데서도 드러나듯이 김수영 자신은 자신이 사는 시대의 '역사적 조건'에 대해 깊이 고민하고 있었다. 이는 대체로 전 작품에 걸쳐 배어 있는 것이기도 하지만, 4·19혁명의 반동인 5·16쿠데타의 상처를 극복하고 나오면서 더욱 심화된 것이다. 물론 김수영의 역사의식은 단순한 진보주의 사관이 아니다. 「거대한 뿌리」의 "이 모든 무수한 반동이 좋다"는 발언도 난관에 빠진 현실에 대한 심정적인 반응이 아니다. 이것은 「현대식 교량」에서 더욱 성숙하게 되풀이되는데, 김수영 문학의 전체를 이해하려면 김수영이 얼마나 자기 현실에 충실했고, 현실이 질곡에 빠졌을 때 어떻게 그것을 극복해갔는지를 종합적으로 살펴야 한다.

4·19혁명 이후부터 5·16쿠데타 사이의 산문들은 혁명에 대한 김수영의 내면이 얼마나 치열했는지를 보증해주는 확실한 물증들이다. 여기에서 우리가 간접적으로 실감할 수 있는 것은 이만한 강렬도로 혁명을 대한 그가 5·16쿠데타로 받았을 상처와 모욕의 깊이다. 그것을 극복하는 데는 근 3년이 걸렸고 자기 나름의 새로운 역사적 비전에 도달한 것은 다시 3년 뒤인 「사랑의 변주곡」에 와서다. 4·19혁명 이후부터 5·16쿠데타 사이의 시를 통해 김수영이 보여준 혁명에 대한 피로와 환멸은, 기실 산문을 통해 드러났듯이 "구김살 없는 원대한 꿈"을 붙잡고 있었던 것과 반비례한다. 시를 통해 드러난 정서 아래에는 '꿈'을 놓치지 않으려는 불퇴전의 정신이 있었음을 우리는 산문을 통해 알 수 있다. 그러면서 그 정신을 무너뜨린 5·16쿠데타의 강도가 김수영에게 얼마나 컸을지 상상해보게 되는데, 이것은 그의 이후 시를 이해하는 데 작지 않은 경험이 된다.

김수영의 시에

나타난

시와

민주주의

1

김수영은 언론의 자유와 민주주의를 절대적으로 등가화했다. 자유의 극치를 4·19혁명을 통해 순간 경험한 그에게 자유의 가치는 거의 절대적이었으며, 언론의 자유를 소리 높여 외친 배경에도 (자신의 시와 맞닥뜨릴 수밖에 없었겠지만) '표현의 자유'라는 민주주의의 문제가 있었다. 제한된 자유는 자유가 아니라는 그의 신념은 「"김일성만세"」에 잘 드러나 있다. 이 작품은 1960년 10월 작품인데 결국 발표하지 못했다. 또 "사회주의 동지들"에게 조금 더 여유를 갖자고 유머러스한 말을 건네는 「연꽃」은 1961년 3월 작인데 역시 발표하지 못했다. 이 두 작품을 쓰던 무렵은 4·19가 열어젖힌 자유의 시간이었지만 「"김일성만세"」의 경우 "단순히 '언론 자유'에 대한 고발장인데"(1960년 10월 6일 일기)도 여기저기서 거부를 당했다.

개인적으로 김수영이 '윤리적 사회주의자'였다고 보는 입장이다. 혁명의 열기 속에서 "다음은 빈곤과 무지로부터의 해방"(1960년 6월 21일 일기)이라고 일기장에 써놓을 만큼 김수영의 민주주의에 대한 생각은 철저했고 급진적이었다. 그런데 흥미로운 것은 그의 민주주의에 대한 관념이 추상적이지 않았다는 점이다. 사실 4·19혁명은 그의 기대만큼 좀처럼 진전하지 못했다. 도리어 다시 구태의연함으로 뒷걸음질치고 있었는데, 그에 대한 김수영의 불만과 분노는 「중용에 대하여」 같은 작품에도 여실히 표현되어 있다. 그는 「중용에 대하여」에서 이렇게 말한다.

> 여기에 있는 것은 중용이 아니라
> 답보(踏步)다 죽은 평화다 나타(懶惰)다 무위다
> (난 "중용이 아니라"의 다음에 "반동(反動)이다"라는
> 말은 지워져 있다
> 끝으로 "모두 적당히 가면을 쓰고 있다"라는
> 한 줄도 빼어놓기로 한다)
>
> —「중용에 대하여」 부분

이보다 더 직접적인 작품이 「육법전서와 혁명」인데, 널리 알려진 대로 이 작품에서 김수영은 "기성 육법전서를 기준으로" 하는 "혁명을" 강하게 비판한다. 이것은 혁명이 아니라 "답보"이며 "죽은 평화"이며 "나타"이며 "무위"인데 사람들은 이게 다 마치 성숙한 '중용'이나 된 듯이 받아들인다. 일반적으로는 "기성 육법전서를" 넘어서는 혁명에 대한 시적 화자의 격정을 주목하지만, 작품에서 눈여겨봐야 할 것은 다음과 같은 구절들이다.

그놈들이 배불리 먹고 있을 때도
고생한 것은 그대들이고
그놈들이 망하고 난 후에도 진짜 곯고 있는 것은
그대들인데
불쌍한 그대들은 천국이 온다고 바라고 있다

그놈들은 털끝만치도 다치지 않고 있다
보라 항간에 금값이 오르고 있는 것을
그놈들은 털끝만치도 다치지 않으려고
버둥거리고 있다
보라 금값이 갑자기 8,900환이다
달걀값은 여전히 영하 28환인데

─「육법전서와 혁명」 부분

「육법전서와 혁명」은 김수영 자신의 생활에서 얻은 감각에서 시
작된 작품이지 그 역이 아니다. 즉, 민주주의에 대한 관념에서 시작
해 "금값"과 "달걀값"에 대한 분노로 나아간 것이 아니라는 뜻이다.
김수영은 4·19혁명을 통해 민주주의의 급진적인 진전을 꿈꿨다.
김수영에게 있어 정치적 꿈은 곧잘 시에 대한 꿈 다음으로 취급되
기도 하는데, 1960년 6월 17일 일기에서 "혁명은 상대적 완전을, 그
러나 시는 절대적 완전을 수행하는 게 아닌가"라고 물은 것을 염두
에 두기 때문인 듯하다. 하지만 이 일기는 끝까지 읽어야 그 진의가

드러난다. 이 일기에서 김수영은 "상대적 완전을 수행하는 혁명을 절대적 완전에까지 승화시키는 혹은 승화시켜 보이는 역할을 하는 것이"시라고 말한다. 비록 나타나는 단면은 다를지라도 김수영에게 사회적, 정치적 혁명과 시는 한 몸이었다.

그런데 혁명은 퇴행 조짐을 보이고 시는 그것을 추동하지 못한다. 그래서 일기의 말미에 "여하튼 혁명가와 시인은 구제를 받을지 모르지만, 혁명은 없다"고 하면서 유보도 동시에 한다. "그러나 좀 더 조사해 볼 문제"라고 말이다. 김수영이 혁명의 퇴행을 강하게 질타하는 것은 「중용에 대하여」와 「육법전서와 혁명」뿐만이 아니다. 1960년 6월에 들어서서 일기, 산문, 시 등에서 동시다발적으로 터져 나온다. 그리고 그가 혁명의 퇴행, 즉 "답보"와 "죽은 평화"와 "나타"와 "무위"를 인식하게 된 직접적 계기는 실생활의 경험이었다. 김수영이 혁명의 진전과 민주주의의 문제를, 바로 "금값"과 "달걀 값"의 대비에서 보듯, 구체적이고 직접적인 생활의 변화에 두었다는 점을 이해하는 것은, "방법부터가 혁명적이어야" 한다는 그의 외침이 단순히 낭만적인 수사가 아님을 아는 것에 그치지 않는다.

2

민주주의란 무엇일까? 사실 민주주의 대한 입장만큼 천차만별도 없다. 저마다 자기가 선 자리에서 민주주의를 정의 내리기 때문이다.

그리고 또 현대사회에서는 그 '다름'을 다양성이라는 명목하에 용인하기까지 하며 그것 자체가 또 민주주의의 본모습이라 말하기도 한다. 하지만 다양성이라는 문화 현상은 다양한 상품 세계에 영향 받고 있음도 짚어둘 필요가 있다. 정치적, 문화적 언어와 가치 체계는 자본주의 상품 세계를 바탕으로 하거나 그것들이 서로 상호작용하는 과정에서 연결되어 있음을 볼 필요가 있는 것이다. 오늘날 민주주의의 가치는 거대한 소비의 경연에서 얼마나 멀리 떨어져 있을까? 언론의 자유도 표현의 자유도 이미 시장에서 철저하게 소비되고 있음은 부정할 수 없는 사실이다. 이는 자본주의 시장경제의 극단적인 모습이기도 하지만 어쩌면 필연적 귀결이기도 하다. 그런데 우리의 언어는 "금값"과 "달걀값"의 대립이 뿜어내는 감각에서 출발하지 않는다. 아니, 그럴 능력을 상실하고 말았다.

민주주의는 사실 어떤 제도나 정치체제이기 전에 삶의 양식이어야 하며, 그것은 우리 자신이 우리의 삶을 실질적으로 통치하지 못하면 이루어질 수 없는 차원이다. 따라서 민주주의는 규범이나 제도, 정책이나 게임의 룰이 아니라 무의식 차원의 것이어야 하고, 그만큼 무규정적인 운동이어야 한다. 민주주의는 목적지 혹은 최종 지점을 갖지 않는다. 그것은 운동 그 자체를 말하며, 운동의 과정에서 새로운 사건과 만나면서 관계 양식이 변하는 것 자체를 말하기도 한다. 즉 새로운 사건이 기존의 관계 양식에 침투하면서 이미 존재하고 있던 항들의 재배치가 이루어지는데, 여기서 탈락과 추가라는 선별 작업이 이루어진다. 다시 말하면, 민주주의는 낡은 것을 장사

지내는 일과 새로운 탄생에 대한 기쁨이 항시 교차하는 과정이라고 봐도 된다. 그리고 이것은 우리의 삶 속에서 무한히 일어난다. 결론적으로 민주주의는, 이 세계가 운동으로 이루어진다는 철학적 진리에 대한 정치적인 답변이기도 하다.

그런데 김수영이 보기에 "빈곤과 무지"는 이런 운동을 가로막으며 민주주의를 불가능하게 만든다. 그에게 (민주주의) 혁명은 "금값"과 "달걀값"의 역전을 통해 나아가야 하는 것이었기에, "금값"과 "달걀값"의 역전을 "혁명의 육법전서는 '혁명'밖에 없"다고 표현한 것이다. 현재 같은 "금값"과 "달걀값"의 위계가 존속한다면 "차라리/혁명이란 말을 걷어치워라"라고 말하는 김수영의 민주주의는 오늘날 더욱 적실하게 증명되고 있지 않은가? 경제적 빈부 격차의 심화는 민주주의의 퇴행과 함께 가고 있지 않은가? 아무튼 이 작품은 항간에 알려져 있듯이 추상적인 '정치적 자유'나 낭만적인 '혁명'을 핵심으로 하지 않는다.

생존이 저당 잡힌 사회에서 민주주의는 존재하지 않는다. 그런데 여기서 생존의 문제는 단지 경제 문제로 국한시킬 수는 없다. 김수영 또한 이 문제를 알고 있었고, 그래서 그의 비판은 복합적이고 그만큼 역동적이었지만 대부분의 비평은 김수영이 예민하게 인식하고 있었던 이 '먹고사는' 문제를 외면했다. 여기서부터 김수영 시의 난해성에 대한 오해가 시작되었던 것이다.

3

민주주의의 어원으로 알려진 데모크라티아(demokratia)는 사실 '민중 정치'란 의미를 갖는다. 다시 말해 우리가 고대 아테네를 염두에 두고 민주주의를 말할 때만큼은 그것이 민중 정치임을 은폐하지 말아야 한다. 고대 아테네의 역사 중 민주주의가 가장 꽃핀 시기는 바로 이 민중 정치가 잘 이루어진 때였는데, 여기서 우리가 흔히 '민중'으로 번역하는 'demos'는 사실 '집단', '군중' 이런 뜻이기 전에 '마을'을 가리켰다.

클레이스테네스(Cleisthenes)는 아테네의 민중 정치를 끊임없이 위협하는 귀족 중심의 부족을 약화시키려고 열 개의 데모스로 개편하면서 아테네 민중을 귀족의 영향으로부터 벗어나게 했다. 이를 계기로 민중의 정치적 권리를 자유롭게 요구할 수 있게 되었다. 다시 말하면, 데모크라티아는 '민중이 살아가고 있는 공동체의 연합 정치'라고 불러도 무방하다. 요즘 식으로 표현하면 마을의 연합체라고 부를 수 있을 것이다. 민중이란 말은 따라서 구체적인 삶의 터를 가지고 있느냐 없느냐에 따라 구분된다. 오늘날 개별자들의 '덩어리'로 낮추어 부르는 '대중'은 삶의 터전이 부재한 민중을 일컫는 것이 된다. 사실 삶의 터전이 부재한 민중은 민중이라고도 할 수 없는데, 우리 역사에서 민중이 사라진 것은 이 터전의 파괴와 관계가 있는 것만 봐도 그것은 사실에 가깝다. 그리고 자본주의의 역사는 구체적인 삶의 터전을 파괴, 해체하면서 노동자 겸 소비자를 생산해

온 시간과 정확히 일치한다.

마르크스와 엥겔스의 문제적 문건인 『공산당 선언』('공산당'이란 번역이 알맞은지는 잘 모르겠지만)에는 열 가지 사항에 대한 정치적 상상력이 나열되어 있다. 토지의 사적 소유의 폐지에서부터(정확히는 '몰수'이다.) 아동 노동의 폐지까지다. 그런 다음에 그 유명한 구절이 등장한다. 즉 당대의 프롤레타리아가 노예 상태에서 벗어나게 된다면 "계급과 계급 대립이 있었던 낡은 부르주아사회 대신에 각인의 자유로운 발전이 만인의 자유로운 발전의 조건이 되는 하나의 연합체가 나타난다." 여기서 놓치지 말아야 할 것은, 마르크스와 엥겔스가 적시한 열 가지 사항이 대부분 생산양식, 다시 말해 당대의 경제적 상황과 조건에 대한 것이라는 점이다. 그런 것이 이루어진 다음에야 "각인의 자유로운 발전이 만인의 자유로운 발전의 조건이 되는 하나의 연합체"가 가능하다는 것이다.

아테네의 민중 정치를 완성시키기 위해 페리클레스(Pericles)는 공직에 참여하는 가난한 이들에게 국가 수당을 지급했으며, 국가가 주관하는 공공 공사를 통해 경제적 평등을 꾀했다. 비록 특정한 역사적 시기에 국한되지만 고대 아테네는 민중이 정부를 구성하고, 법안을 만들고, 사법권을 통제하면서 경제적 평등을 지향했던 것이다. 특히 중요한 것은 아테네 민중이 사법권을 장악했다는 사실인데, 마르크스와 엥겔스의 표현에 기댄다면, 그것이 "낡은 생산관계들을 '폭력적으로' 폐기"하는 것의 정치적 형태에 가까울 것이다. 공인된 국가의 폭력으로서의 법을 통해 낡은 사회를 폐기하려면 사법권을 장악하는 것은 무시할 수 없는 일이다. 부르주아 계급이 국가를 자신들의 이해에 종속시키기 위해 사법권을 장악했음은 부동의 사실이다.

결론적으로 민주주의는 자기 자신의 생존권을 지키기 위한 운동과 다르지 않으며, 이 자연적인 권리를 갖기 위해 벌이는 과정에서 불가피한 것이 바로 정치투쟁이다. 근대 민주주의 역사는 민중이 생존을 위해 벌이는 투쟁을 '경제'라는 열외 지역에 묶어두고, 마치 정치제도의 개선만이 민주주의에 값한다고 속여온 역사에 지나지 않는다. 혹자들은 고대 아테네 민주주의도 결국 노예제도를 기반으로 해서 유지된 점을 들어 근대 민주주의가 더 진전된 것이라고 호도한다. 나아가 고대 아테네 노예제도가 근대 발생기에 유럽인들이 아프리카와 남아메리카 지역에서 폭력적으로 운영해온 노예제도나 19세기까지 미국에 존재했던 흑인 노예제도와 같은 것처럼 왜곡하기도 한다. 하지만 고대 아테네의 노예제도가 공적 영역인 폴리스(polis)의 토대인 사적 영역, '오이코스(oikos)'를 구성함으로써 민주주의를 떠받치는 실질적인 토대가 되었다는 어떤 역설(逆說)을 우리는 읽어낼 필요가 있다. 즉 고대 아테네의 민주주의가 노예제도 때문에 근대 민주주의보다 열등하다고 주장하기에 앞서, '오이코스'가 부재한 민주주의는 불가능하다는 진실을 깨닫는 게 차라리 현명하다는 것이다. 이것을 가리면서 근대 민주주의가 마치 역사상 최상의 민주주의라고 믿는 자유주의자들은 진정한 민주주의는 민중의 지속적인 삶이 가능해야만 유지된다는 사실을 은폐하고 있다.

4

좀처럼 혁명의 진전이 없는 상황에 김수영은 곤혹스러워하지만, 그럼에도 불구하고 「쌀난리」라는 시에서는 이런 말을 남긴다. "대구에서/ 대구에서/ 쌀난리가/ 났지 않아/ 이만하면 아직도/ 혁명은/ 살아 있는 셈이지". 이 작품에서 '봉기'라는 사건을 넌지시 암시하고 있는데, 김수영이 이 시를 썼을 즈음에 대구에서 난 쌀난리는 확인되지 않고 있다. 어쩌면 김수영은 1946년에 일어난 대구10월항쟁을 시적으로 반복했는지도 모른다. 앞서 읽어본 일기에서 확인했듯 "상대적 완전을 수행하는 혁명을 절대적 완전에까지 승화시키는 혹은 승화시켜 보이는 역할을 하는 것이"시라면 1946년에 벌어진 사건을 다시 반복해서 보여주는 것도 하나의 시적 기획일 수 있고, 1946년의 10월항쟁이 청년 김수영에게 큰 충격으로 각인되었을 수도 있다.

들뢰즈(Gilles Deleuze)는 '억압하기 때문에 반복하는 것이 아니라 반복하기 때문에 억압한다'는 명제를 제출한 바 있는데, 김수영의 내면에 어떤 역사적 사건이 반복되고 있었을 것이라 추정하는 것은 전혀 무리가 아니다. 먼저 김수영에게 전쟁이라는 사건, 더 정확히 말하면 전쟁 속에서 겪었던 개별 경험들은 분명히 반복되고 있었을 것이며, 의용군 체험이 그의 레드 콤플렉스를 구성했을 것이라는 연구자들의 지적은 바로 이 반복을 가리킨다. 하지만 그가 해방공간과 전쟁 기간 동안 겪은 사건들에 대한 반복은 억압하지 않으면 안 되는 현실적 조건을 가지고 있었다. 그것은 바로 이승만 정권의 폭압이었다. 4·19혁명에 그가 왜 그렇게 열렬히 반응했는가는 바로 이 점과 깊은 관련이 있다. 예컨대 5·16쿠데타 이후 벌어진 방황 속에서 김수영은 난데없이 전쟁 때 실종된 동생을 불러낸다. 「누이야 장하고나! ─신귀거래 7」이 그 작품이다. 여기서 김수영은 동생의 사진을 "십 년 만에 곰곰이 정시(正視)"한다. 이 의미를 해석하려면 별도의 글이 필요할 것인데, 여기서 말하고 싶은 것은 "십 년 만에 곰곰이 정시"하는 내적 이유다. 과연 반복하는 기억과 그 기억을 억압했던 현실 없이 이 구절을 읽어낼 수 있을까?

만일 「쌀난리」가 1946년 대구10월항쟁을 시적으로 반복하고 있는 경우라면, 김수영의 내면에 "하극상"이라고 부르는 '봉기'가 상상되고 있었던 것이다. 사실 그는 이미 4·19혁명이라는 '봉기'를 경험한 바 있지 않은가.

백성들이

머리가 있어 산다든가

그처럼 나도

머리가 다 비어도

인제는 산단다

오히려 더

착실하게

온몸으로 살지

발톱 끝부터로의

하극상이란다

—「쌀난리」부분

　김수영은 1961년 1월에 두 편의 시를 쓴다. 한 편은 1월 3일로 알려진 「눈」이고 「쌀난리」는 1월 28일이다. 그런데 김수영은 「눈」에서 '민중'을 앞세우면서 시인의 저항이라는 것은 "무용(無用)"하다고 자조한다. 대신 "민중은 영원히 앞서 있소이다"라고 말한다. 이 작품에서 먼저 느껴지는 것은 씁쓸한 페이소스지만, 동시에 민중에 대한 신뢰는 굳건해 보인다. 이 신뢰는 4·19혁명 이전에 서강으로 이주 후에 함께 살게 된 자신의 이웃들을 통해서 생성되었을 확률이 높다.

　「쌀난리」에서 비치는 자조는 당연히 혁명의 퇴행과 그 퇴행과 함께 나타나기 시작한 정신적 무기력과 관계가 있다. 시는 "상대적 완전을 수행하는 혁명을 절대적 완전에까지 승화시키는 혹은 승화시켜 보이는 역할을 하는 것"인데, 그의 시가 거듭 피로와 불안을 내비치고 있는 것은 혁명의 퇴행이 정신의 퇴행을 가져오고 있는 현실을 예민하게 받아들이고 있었기 때문이다. 어쩌면 「쌀난리」에서 보여주는 '봉기'의 반복은 이런 심리 상태가 필사적으로 택한 관념일 가능성이 크다. 「쌀난리」를 쓸 당시까지 김수영을 지배하고 있던 혁명의 이미지는 당연히 4·19혁명이라는 사건에서 파생되었다. 이 해 3월에 쓴 「연꽃」은 경직된 "사회주의 동지들"에게 여유를 갖자는 작품인데, 이 작품의 "사회주의 동지들"에는 그 자신도 포함되어 있을 것이다. 김수영이 4·19혁명과는 다른 혁명의 이미지를 갖게 된 것은 5·16쿠데타로 받은 충격을 수습하고 나서다.

5

4·19혁명을 통해 형성된 김수영의 '시와 민주주의'는 동일한 '정신적 몸'에서 연유한다. 그에게 혁명의 진전은 곧 민중의 삶이 실질적으로 나아지는 것이었지만 현실은 그의 꿈과는 다르게 펼쳐졌다. 현실에 대한 김수영의 낙담은 조롱과 피로, 자기 연민 등으로 나타났다. 시와 민주주의에 대한 바람과 사유는 깊어졌지만 허정 과도내각과 뒤이어 등장한 민주당 장면 정권은 큰 실망을 안겨주었다. 그러한 정치 현실 속에서 주위 동료들이 보여주는 태만과 방기에 그는 괴로웠던 듯하다. 이 꿈과 현실 사이의 도저한 괴리 속에서 자기훼절 없이 견디다 보니 다소 낭만적인 관념을 가질 수밖에 없었던 것이다. 이러한 김수영의 내면은 시로 충분히 드러나거니와 5·16쿠데타로 인한 순간적인 정신의 붕괴는 '신귀거래 연작'으로 나타나고, 그것을 수습하는 과정 속에서 그 꿈을 "먼 곳"(「먼 곳에서부터」)으로 옮겨두기도 한다.

　김수영이 가졌던 시와 민주주의의 관계가 오늘날 충분히 반복되고 있는지는 강력한 질문으로 제기될 필요가 있다. 왜냐하면 지금 말해지고 있는 민주주의는 두 개의 거대 정당 구조 또는 정권 교체의 의미밖에는 가지지 않기 때문이다. 물론 김수영 시절에는 독재 정권을 무너뜨리는 것이 민주주의의 전체였겠지만 김수영만큼은 더 많은/더 좋은 민주주의를 원했음은 명확한 사실이다. 김수영을 역사적으로 읽는 것이 그를 박제화하는 일이 아님은 두말할 필요가 없다. 1960년 6월 21일의 일기에는 분명히 "다음은 빈곤과 무지로부터의 해방"이라고 적은바, 시에서 보여주는 심리적 긴장과 동요에도 그의 의식적 의지는 4·19혁명 이후부터 5·16쿠데타 이전까지 쓴 산문들에 빼곡히 저장돼 있다. 김수영은 '민중 봉기'를 다시 상상하기는 했지만, 전쟁 기억의 반복은 그 이상의 진전을 허락하지 않았다. 1960년 중반 이후 김수영의 시에 나타난 다소간의 '정신주의'는 이러한 역사적 사실과 함께 읽어야 한다.

시에 있어서 정신주의를 마냥 나무랄 일이 아닌 것은, 현실이 어떤 폐색 상태에 빠졌을 때 시인의 상상력이 절실히 필요하기 때문이다. 문제는 그 정신주의가 거느린 역사적 배경이며 정신주의가 나아가고자 하는 방향이다.

○

김수영

과

하이데거

○

「시여, 침을 뱉어라」를 중심으로

1

김수영은 1968년 4월, 부산에서 열린 한 문학 세미나에서 「시여, 침을 뱉어라」를 발표한다. 여기에서 "시는 온몸으로 바로 온몸을 밀고 나가는 것이다"라는 말을 남긴 사실은 굳이 첨언할 일도 아니다. 시에 대한 김수영의 이 명제는 「시여, 침을 뱉어라」에서 처음 언명되었을 뿐이지, 알고 보면 평생에 걸친 자신의 시쓰기를 요약한 것에 다름 아니다. 이에 대해서는 별도의 작업이 필요하지만 그것은 아마도 학문적 현미경으로는 쉽지 않을 것이고 김수영의 시를 깊이 체감한 상태에서 직감적 도약으로나 가능할지 모른다. 한 시인이 자신이 평생 견지했던 시에 대한 태도를 압축적으로 요약한 말에, 누가 어떻게 그것을 논리적으로 증명해낼 수 있을까. 이 글의 주된 목적은 「시여, 침을 뱉어라」를 중심으로 해서 김수영의 산문에 하이데거(Martin Heidegger)의 흔적이 있는지 좇아가 보는 것이다. 하이데거의 방대한 사상을 조명등으로 삼기에는 필자의 역량은 말도 안 되게 부족하고, 다만 「예술작품의 근원」의 영향이 얼마간 보인다는 사실에 착안해 '풍문'으로만 떠도는 하이데거의 영향이 어느 정도인지 구체적으로 찾아보자는 것이다. 사실 김수영의 시에서 하이데거의 영향을 찾는 것은 더 어려워 보인다. 일단 하이데거의 핵심 사상인 존재 사유가 흡수된 느낌을 얻기 힘들다. 그렇다고 한두 마디 개념적 유사성을 중심으로 접근했다가는 김수영 시의 고유성을 해칠 수도 있다. 1958년 작 「모리배」에서 "하이데거를 읽고"라는 구절이 잠깐 등장하기는 하지만, 그것은 하이데거를 읽는 화자의 자기 모습을 잠깐 드러낸 것이지 그 이상의 해석은 과유불급이 된다.

그런데 이런 시도는 무엇을 남기는 것일까? 김수영이 하이데거에게 얼마나 사상적 영향을 받았는지를 밝히는 일이 정말 중요한 작업인지, 그리고 그게 또 무슨 의미를 갖는지도 물론 물을 수 있다. 일단 풍문이 사실인지, 사실이면 어디까지 사실이고 김수영이 취하지 않은(못한) 것이 있다면 그게 무엇인지, 그리고 그러는 과정에서 얻을 수 있는 망외의 소득 같은 것은 또 없는지…… 같은 다소 실천적인 관점에서 접근하는 일은 나름 의미가 있다.

「시여, 침을 뱉어라」는 문학 세미나 주최 측이 요청한 시의 '형식과 내용'이라는 주제에 맞춰 쓴 글이다. 전체적으로는 '형식과 내용'에 대한 김수영 나름의 경험과 공부를 통한 대범한 검토인데, 여러 각도에서 접근하고 있는 탓에 읽기가 그리 만만한 에세이는 아니다. 무엇보다도, 김수영의 시 자체에 작품들끼리 의미상 연결되는 이른바 상호텍스트성이 강하듯, 그의 산문도 마찬가지라는 점을 염두에 둬야 한다. 「시여, 침을 뱉어라」도 여지없거니와 길지 않은 글에 여러 맥락을 압축적으로 다뤘다는 점에서, 그리고 그 유명한 '온몸의 시'를 말했다는 점에서 문제적인 글인 것만은 분명하다. 그런데 '온몸의 시' 때문에 가려져버린 것은 혹 없을까? 우리는 여기서 '온몸의 시'뿐만이 아니라 시에 대한 다른 사유는 또 무엇이 있는지 살펴보면서, 그것이 아직도 현재성을 갖는지, 만일 그렇다면 그게 무엇인지 물을 것이며 또 그런 것들을 하이데거 철학의 흔적이라고 부를 수 있는지도 따져볼 것이다.

먼저, 「시여, 침을 뱉어라」의 모두에 제시되는 '뾰족탑' 비유를 살펴보자. 김수영은 자신의 "시에 대한 사유"가 공개할 만큼 명확하지 않지만, 그 "모호성은 시작(詩作)을 위한" 자신의 "정신 구조의 상부 중에서도 가장 첨단의 부분을 차지하고 있는 것"이라고 밝혔다. 그런데 이것이 "무한대의 혼돈에의 접근을 위한 유일한 도구"이다. 이 "모호성"은 "시를 쓴다는 것이 무엇인지를 잘 모른다"는 말로 설명되는데, "시를 쓴다는 것이 무엇인지를 알면 다음 시를" 쓰지 못한다는 진술에 근거해봤을 때, 결국 '앎'이 아니라 '모름' 상태가 "무한대의 혼돈"과 연결된다. 앎은 인식이면서 의식이다. 그렇다고 모름이 앎의 반대쪽에 있는 것은 아니다. 김수영의 흉내를 내보자면, 앎 쪽에서는 모름까지가 앎이고, 모름 쪽에서 보면 앎 자체를 모른다. 그래서 "다음 시를 쓰기 위해서는 여태까지의 시에 대한 사변을 모조리 파산을 시켜야 한다."

"시의 탐침"이 "십자가의 십자 상반부의 창끝"이라는 비유는 김수영의 초월의식을 무의식적으로 보여주는 대목이다. 이 말은 김수영이 초월론적인 사상을 가졌다는 것을 가리키는 게 아니다. 그는 초기 시부터 어떤 '절대'를 품고 있었던 게 사실이다. 「공자의 생활난」이나 「토끼」 같은 작품에서도 그것은 여실히 드러난다. 「공자의 생활난」에서 "꽃이 열매의 상부에 피었을 때"나 「토끼」에서 말하는 "별과 또 하나의 것"이 그것을 상징한다. 김수영의 시에서 이런 예는 허다할 정도다. 「달나라의 장난」에서 가장 핵심적인 구절인 "영원히 나 자신을 고쳐 가야 할 운명과 사명"에서도 '절대'에 대한 욕망을 드러내고, 「그것을 위하여는」에서는 "그것을 위하여는/ 일부러 바보라도 되어 보고 싶구나"라고 한다. 시의 해석에는 읽는 이마다 또는 읽는 때와 자리에 따라 어느 정도 느낌의 차이가 있을 수 있지만, 그것이 산문을 통해 밑받침된다면 또는 산문에서 쓴 어휘의 뉘앙스를 통해 해석이 밝아진다면 그것은 조금 더 확실해질 것이다.

「새로운 포멀리스트들」에서 김수영은 우리의 "절대시", 즉 "대지에 발을 디딘 초월시"는 우리의 역사에 기반해야 한다고 역설한다. 물론 글의 전체 맥락은 능동적으로 절대시의 출현을 대망한다는 취지는 아니다. 이것은 역사의식이 없는 포멀리즘에 빠진 '현대시'를 비판하면서 나온 말인데, "절대시"나 "대지에 발을 디딘 초월시"는 "동양의 후진국으로서의 역사의식을 체득한 지성"이라야만 가능하다는 것이다. 여기서 김수영은 "절대시"와 "초월시"를 익숙한 내용과 형식의 시를 넘어서는 것으로 염두에 두고 있지만 아무튼 그것이 자신이 발 디딘 "대지"를 떠나서는 안 된다는 점은 명확히 밝혔다. 이와 비슷한 언급으로 「변한 것과 변하지 않은 것」의 한 구절이 있다. 이 글은 1966년 한 해의 시에 대한 총평인데, 여기서 김수영은 김춘수의 무의미시를 비판하면서 이런 말을 남긴다. "오든의 참여시도, 브레히트의 사회주의 시까지도 종국에 가서는 모든 시의 미학은 무의미의—크나큰 침묵의—미학으로 통하는 것이다. 이것은 예술의 본질이며 숙명이다."

하지만 초월의식은, 하늘을 향한 "십자가의 십자의 상반부의 창 끝"은, "십자가의 하반부에서부터 까마아득한 주춧돌 밑까지의 건축의 실제의 부분이" 없으면 불가능하다. 그런데 김수영은 반대로 말하고 있는바, 시를 쓰는 데 있어서 "그러한 명석의 개진은 아무런 보탬이 못 되고 오히려 방해가" 된다는 것이다. 그런데 김수영의 초월의식이 신비적인 것이나 맹목적인 것이 아닌 게, 그 자신이 지성의 역할을 자주 강조하고 있기 때문이다. 도리어 김수영의 초월의식은 현실을 극복하려는 비판의식과 짝하고 있다고 봐야 한다. 사실 이 점을 증명하려는 것 자체가 불필요할 정도로 1960년대 중반 이후의 에세이와 비평에서 거듭 강조되고 있다. 그럼에도 불구하고 한 군데만 옮겨 와보면 이렇다. "시의 모더니티란 외부로부터 부과하는 감각이 아니라 내면에서 우러나오는 지성의 화염(火焰)이며, 따라서 그것은 시인이—육체로서—추구할 것이지, 시가—기술면으로—추구할 것이 아니다."(「모더니티의 문제」)

"명석의 개진"이 시작에 방해가 된다고 하는 말이 지성의 무게를 덜어내는 발언이 되지 못하는 것은, "시의 탐침"을 밑받침하는 "건축의 실체의 부분"을 명확히 한 데서도 드러난다. 다시 말하면, 그 부분은 부정할 수 없지만 그것이 개진됨으로써, 즉 앎이 앞섬으로

써 시작에 방해가 된다는 의미이다. 그런데 어째서 "명석한 개진"이 시를 쓰는 일에 보탬은커녕 방해가 되는가? 그것은 "시의 탐침"이 앎으로 점철돼 있을 때, 시는 혼돈을 향해 나아가지 못하기 때문이다. 그런데 모름은 무지(無知)인 걸까? 당연히 모름은 앎의 부재가 아니라 앎이 무의식화된 상태를 말한다. 앎은 망각되거나 미움받아야 할 것이 아니라 몸이 되어야 하는 것이다. 1965년에 쓴 「진정한 현대성의 지향」에서도 이에 대한 거침없는 진술을 남기는데, 다음은 박태진의 시를 평하면서 남긴 말이다.

> 이 시에 나타나 있는 현대성은 육체에서 나오고 있는 것이다. 그것은 시를 쓰기 전에 준비되어 있는 것이다. 우리 시단에서 가장 아쉬운 것이 이것이다. 진정한 현대성은 생활과 육체 속에 자각되어 있는 것이고, 그 때문에 그 가치는 현대를 넘어선 영원과 접한다.

예를 든 김수영의 발언으로 보더라도 그의 초월의식은 여기를 버리고 저기로 가버리는 것이 아니며, 오직 몸을 통해 "영원"과 접하는 것이다. 이렇게 앎을 무의식화한 상태로서의 '모름'으로 시를 쓰는 일이 결국 '온몸의 시'가 되는데, 몸이야말로 앎의 총체이면서 모름이 들끓는 '열린 장'이다. 하지만 무의식을 몸에서 유리시키면 김수영이 말한 '온몸'으로 가는 길은 막히고 대신 기억의 억압으로서 탈구조적인 무의식이 양산하는 '난해시'를 낳을 가능성이 있다.

452

그런데 이는 김수영이 고통 없는 난해시라 비판했던 것들이다. 김수영이 이해하는 프로이트의 무의식은 "이성을 부인하는"(「참여시의 정리」) 것이었던 듯하다. 이게 얼마나 정확한 이해인지 따지는 게 우선이 아니라 김수영이 말한 무의식을 다른 맥락에 위치시켜놓고 살필 필요가 있다. 다시 「참여시의 정리」에서, "무의식의 시가 시로 되어 나올 때는 의식의 그림자가 있어야" 하는데, "의식의 그림자"와 무의식은 동시에 시의 문을 열고 나와야 한다. 여기에서 "의식의 그림자"가 「시여, 침을 뱉어라」에서는 '내용'이 된다. 무의식의 시가 문을 열고 나올 때는 "의식의 그림자", 즉 내용과 한 몸이 되어야 한다. 물론 서로는 서로를 보지 못하고 서로의 증인이 되지 못한다.

정치 이념과 참여 의식과의 관계에서도 마찬가지다. 여기에서도 "참여 의식이 정치 이념의 증인"은 아니다. 참여 의식과 정치 이념이 한 몸이 되어 참여시를 쓸 뿐이다. 참여시인의 정치 이념은 무의식이나 실존의 차원과 같은 것이다. 따라서 참여 의식이 정치 이념과 따로 떨어져 있다면 그것은 무의식을 갖지 못하거나 시인의 실존이 담보되지 않는다는 얘기가 된다. 진정한 참여시가 나오는 과정에서 정치 이념은 참여 의식을, 참여 의식은 정치 이념을 서로 볼 수(인식할 수) 없는 게 맞다. 서로 볼 수 있다면 그 둘은 한 몸이 아니라는 얘기가 된다. 이것이 곧 "증인 부재의 도식"이다. 따라서 진정한 참여시는 결국 "행동주의자들의 시"가 될 수밖에 없다. 의식과 이념이 한 몸인 상태에서 택할 수 있는 것은 '행동', '운동'밖에 없지 않을까? 물론 여기서 '행동'은 곧바로 사회적 실천으로 해석돼서는 안 된다. 의식과 이념이 한 몸이 되면 그것은 스스로 행동하는 것 외의 다른 길이 없다. 즉 작품 자체가 운동이 된다. 그런데 의식과 이념이 한 몸이 된 행동으로서의 시는 사실 "불가능이며 신앙"인데, 그것이 "우리의 시의 경우에는 초현실주의 시에도 없었고 오늘의 참여시의 경우에도 없다"는 게 1967년 당시 김수영의 판단이다.

사실 이 판단은, 1950년대 모더니즘 시의 폐해도 정리되지 못했고 4·19 이후 참여시도 "별로 흐뭇하거나 밝을 것이" 없다는 비판과 상통한다. 여기서 김수영은 이 둘을 현실적으로 불가능하게 한 외부 현실에 대한 변명에 대해 단호하게 말한다. "외부와 내부는 똑같은 것이다." 이 대목에서 김수영이 성취한 참여시에 경지를 우리가 느낄 수 있는 것은, 그 자신이 "외부"의 지독한 시련을 건너오면서 자신의 "내부"를 끊임없이 경작했기 때문일 것이다. "외부와 내부"는 결국 "죽음에서 합치"된다. 이 말은 외부든 내부든 언젠가 끝이 있다는 달관의 포즈는 아닐 것이다. 몸이 가지고 있는 죽음의 운명을 긍정한 상태에서 그것마저 극복하는 것이 결국 시이며, 그러한 시를 쓰는 순간에만 "영원과 접한다". 그런 김수영 입장에서는 "여하튼 요즘 젊은 시인들의 특히 참여시 같은 것을 볼 때, 그것이 죽음을 어떤 형식으로 극복하고 있는지에 자꾸 판단의 초점이" 가는 것이다. 진정한 참여시는 결국 참여 의식(관념)만으로는 어림없고 무의식이자 실존이자 정치 이념과 한 몸을 이뤄 행동에 내던져지는 "불가능이며 신앙"을 통해서만 가능하다. 이럴 때에만 외부의 장벽을 넘는 것은 물론 외부가 내부가 되고 내부가 외부가 되는 경이로운 순간을 맞게 된다. 어쩌면 이 순간이 바로 "죽음에서 합치" 되는 순간일 것이다.(이상 「참여시의 정리」)

2

「시여, 침을 뱉어라」를 읽으려면 불가피하게 「참여시의 정리」를 거쳐야 한다. 대략 1963년부터 시작된 김수영의 비평 작업은, 단순히 시 외의 '이론' 작업이라기보다는 자신의 말대로 "시를 쓰듯이" 행한 실천이다. 이는 김수영에게 비평은 시 쓰기의 연장이면서 시를 쓰기 위한 정신의 예열 작업이라고 불러도 무방하다는 말이다. 예컨대 「포즈의 폐해」의 아이러니가 포즈가 돼서는 안 되는 이유를 설명하는 대목에서, 중요한 것은 "말하고자 하는 그 무엇을 어떻게 시의 수준에까지 올려놓느냐 하는 것이고, 이런 경우에 아이러니는 그러한 적하(積荷) 작업을 수월하게" 하는 역할에 불과한데, 주객 관계가 뒤집어져 작품이 수준을 이루지 못하는 것은 "진정한 현대적인 지성의 정리가 작품 이전에 준비되어 있지 않기 때문"이라고 말한다.(「포즈의 폐해」) 즉 김수영의 지적인 작업은 '시를 쓰는 것'에 관계된 준비 작업 같은 성격을 갖는다. 어떻게 지성이 시를 쓰는 데 필요한 것인가 하는 문제는 나중에 살펴볼 '온몸의 시'와도 연결되는 문제다. 이에 대해서는 「시적 인식과 새로움」에서 김수영의 지적을 인용하는 것으로 대신하고자 한다. 아래 인용에서 말하는 것은 '인식'의 문제이기는 하나 김수영의 말마따나 "인식은 본질적으로 새로운 것"이라면 인식의 새로움은 지성의 밑받침으로만 가능하다.

'감상의 범주를 상회하는' 인식이 시적 인식이 될 수 있는지, 도대체 시적 인식을 그렇게 너그럽게 보아서 좋은 것인지 근본적인 의아심이 나지 않을 수 없다. 시적 인식이란 새로운 진실(즉 새로운 리얼리티)의 발견이며 사물을 보는 새로운 눈과 각도의 발견인데, '감상의 범주를 조금 상회하는', 말하자면 감상과 비슷한 인식이 있을 수 있는지 지극히 의아스럽다. (…) 인식은 본질적으로 새로운 것이다. 나는 이 말을 백 번, 천 번, 만 번이라도 되풀이해 말하고 싶다.

결론적으로 「시여, 침을 뱉어라」에서 김수영이 시를 "시를 쓰듯이 논"한다는 말은 이러한 맥락에서 이해해야 한다. 하지만 "시를 쓴다는 것이 무엇인지를 알면 다음 시를 못 쓰게 된다." 왜냐면 의식의 그림자(내용)는 무의식으로서의 시를 볼 수 없기 때문이다. 만일 의식의 그림자가 무의식으로서의 시를 본다면 "다음 시"는 쓰지 못한다. 그래서 앎으로는 시를 못 쓰는 것이다. 오직 모름과 앎이 서로를 보지 못한 채 동시에 시의 문을 열 때 '온몸의 시'가 된다. 따라서 "시작(詩作)은 '머리'로 하는 것이 아니고 '심장'으로 하는 것도 아니고 '몸'으로 하는 것이다. '온몸'으로 밀고 나가는 것이다. 정확하게 말하자면, 온몸으로 동시에 밀고 나가는 것이다"라는 언술은 '온몸의 시'에 대한 가장 명료하면서도 시적인 명제가 된다.

하지만 이 '온몸의 시'는 사변적인 깨달음[頓悟]이 아니다. 그것은 김수영이 "20여 년의 시작 생활"을 통해서 얻은 것인데 "시에 대한 사변을 모조리 파산"시켜야 한다는 말은, "온몸으로 동시에 밀고 나가는 것"의 연속적 이행을 의미하기도 한다. 여기서 "시에 대한 사변"은 뾰족탑 비유에서 "건축의 실체의 부분"에 해당된다. 즉 "시에 대한 사변"이 곧 "명석의 개진"이다. "시에 대한 사변"은 "시의 탐침"을 인식의 차원에서 받쳐주는 역할을 하지만 "시의 탐침"이 "무한대의 혼돈"을 향할 때 그것은 파산된다. 아니 파산 되어야 "시의 탐침"은 "무한대의 혼돈"에서 새로운 인식을 얻을 수 있고 이것이 곧 시의 언어가 되며 "시의 탐침"을 통해 얻은 언어는 다시 "시에 대한 사변"을 재충전한다. 다른 말로 하면 "시에 대한 사변"과 "시의 탐침"은 한 몸이 되어 그것을 동시에 또 밀고 나가는 영원회귀에 처하게 되는 것이다.

「시여, 침을 뱉어라」에서 눈에 띄는 점은 김수영이 "시에 있어서의 모험"을 형식 실험으로 보지 않고 있다는 것이다. 형식 실험에 대해 김수영은 예민한 편이었는데, 「새로운 포멀리스트들」에서는 과거와 단절하라는 현대시론의 범람을 경계하면서 "역사의식의 파행을 누구보다도 먼저 시정해야 할 것이 지성을 가진 시인의 임무"라고 역설하기도 한다. 그 바탕 위에서 '절대시'도 '초월시'도 출현할 수 있다는 것이다. 하지만 김수영이 형식 실험 자체를 반대한 것은 아니다. "시의 다양성이나 시의 변화나 시의 실험을 나는 두려워하

김수영과
하이데거

지 않는다. 오히려 그것은 어디까지나 환영해야 할 일이다"(「요동하는 포즈들」)라고 명확히 밝히고 있다. 한편으로 진부한 참여시에 대한 비판을(「참여시의 정리」), 또 다른 한편으로는 서정시인들의 시대착오적인 상상력을 비판하기도(「지성의 가능성」) 한다. 이런 전방위적인 비판은 그의 예민한 신경증 때문이 아닌 것은 당연하다. 난해시가 됐든 서정시가 됐든 자신이 옹호하는 참여시가 됐든 '온몸'으로 쓰지 않은 시는 김수영의 비판을 피해 가지 못했다. 그런데 그들에게는 왜 '온몸'이 없는 것일까?

3

「시여, 침을 뱉어라」에서 김수영은 "시에 있어서의 모험이란 말은 세계의 개진, 하이데거가 말한 '대지의 은폐'의 반대되는 말이다"라고 밝히고 있다. 하이데거를 읽는다는 처음 고백은 1958년 작인 「모리배」에서 나타나지만 그 뒤로 하이데거에 대한 언급이나 눈에 띄는 영향은 발견되지 않는다. 물론 시인의 내면과 정신은 본래 복잡하고 맥락이 많아서 특정 인물이나 사상이 한 시인의 내면을 온전히 점유하기는 힘들다. 그것도 김수영처럼 사태를 단순하게 보지 않는 눈을 가진 시인에게는 특히 그렇다. 그리고 그 뒤로 김수영에게 닥친 역사적 시련은 하이데거 사상만을 필요로 하지 않았을 것이다. 그러다가 10년 뒤에 쓴 산문 「시여, 침을 뱉어라」와 「반시론」에서 다시 고백하는데, 「반시론」에서는 "요즘의 강적은 하이데거의 「릴케론」이다. 이 논문의 일역판을 거의 안 보고 외울 만큼 샅샅이 진단해 보았다"라고 말한다. 하이데거의 '릴케론' 원제는 「무엇을 위한 시인인가?」이다. 김수영은 하이데거의 '릴케론'에 실린 구절을 따로 인용하면서 「미인」을 '릴케론'에서 인용된 릴케의 「오르페우스에 바치는 송가」 3장을 통해 운산해본 것처럼 말한다.

　「무엇을 위한 시인인가?」에서 하이데거는 "존재는 존재자를 모험 속으로 해방한다. 이렇게 내던지는 해방이 본래적인 모험함이다. 존재자의 존재는 존재에 대한 내던짐의 관계이다. 그때그때마다 존재자는 모험된 것이다"[1]라고 말한다. 그러면서 시인들이 "더욱더 모험적인 자들"[2]이라는 것이다. 그렇다면 어째서 시인은 "더욱더 모험적인 자들"인가? 그들은 존재자를 내던진 "존재 자체에 대해 모험하고, 그래서 존재의 구역 속으로, 즉 언어 속으로 모험하기 때문"[3]이다. 하지만 김수영이 '릴케론'을 읽은 영향으로 「시여, 침을 뱉어라」에서 "시에 있어서의 모험"이라 말했는지는 확실하지 않다. 도리어 "시는 언제나 끊임없는 모험 앞에 서 있다"는 T. S. 엘리엇(T. S. Eliot)의 말을 끌어들이고 있는데, 흥미로운 것은 "시에 있어서의 모험이란 말은 세계의 개진, 하이데거가 말한 '대지의 은폐'의 반대되

1) 마르틴 하이데거(1926), 「무엇을 위한 시인인가?(Wozu Dichter?)」, 『숲길(*Holzwege*)』, 신상회 옮김, 나남, 2008, 410쪽.
2) 위의 글, 위의 책, 466쪽.
3) 위의 글, 위의 책, 461쪽.

는 말이다"라는 진술이다. 엘리엇의 말과 하이데거의 개념을 뒤섞
어놓은 것이다. 세계의 개진과 대지의 은폐에 대해서 하이데거는
「예술작품의 근원」에서 다음과 같이 말한 적이 있다.

세계와 대지의 대립은 어떤 하나의 투쟁이다. 물론 우리는 투쟁
의 본질을 반목과 불화와 혼동함으로써 결국 그것을 교란과 파
괴로만 생각하여, 투쟁의 본질을 오인하는 경우가 너무나 흔히
있다. 그러나 본질적 투쟁 속에서는 투쟁하는 것들이 [서로를
파괴하는 내신에] 각자 서로의 상대가 자신의 본질을 스스로 주
장할 수 있도록 치켜세운다. 이러한 본질의 자기주장은 [어쩌다
가 우연히 취득한 자신의] 어떤 우연한 상태를 강력히 고수함이
결코 아니라, 오히려 고유한 자기존재가 유래하고 있는 은닉된
근원성에로 자기를 넘겨주는 태도이다. 투쟁 속에서만 각자는
[각자를 지탱할 뿐만 아니라] 자기를 넘어 서로의 상대를 지탱
해준다. 그리하여 투쟁은 언제나 더욱더 격렬해지고 더욱더 본
래적으로 되어 투쟁의 본질에 이르게 된다. 투쟁이 한층 더 격
해지면 격해질수록, 투쟁하는 것들은 그만큼 강력하게 단순한
자기귀속의 긴밀함(내밀성) 속으로 해방된다. (…)
작품은 하나의 세계를 건립하고 대지를 [세계의 열린 장으로 불
러] 내세움으로써, 이러한 투쟁을 일으킨다.[4]

하이데거는 자신이 말하는 투쟁에서 "교란과 파괴"를 보지 말 것

을 주문하는데, 도리어 투쟁은 "긴밀한 소박함 속에서" 작품의 통일성을 이루어내기 때문이다. 그는 이 통일성을 "고요한 머무름"이라고 부르며, "고요한 머무름"은 작품에서 진리의 일어남에 다름 아니다. 여기서 말하는 진리는 "존재자의 비은폐성"이고, "존재자의 비은폐성"은 단지 우리 눈앞에 나타난 것만을 가리키는 게 아니라 "어떤 일어남"을 포괄적으로 의미한다. 예를 들면 우리 앞에 서 있는 나무는 단지 현존하는 사물이 아니라 "어떤 일어남"의 현존이다. 그리고 그 "어떤 일어남"이 펼쳐지는 장을 하이데거는 "환한 밝힘"이라고 부르는바, 이 '밝힘'은 "어떤 일어남"에 앞서 일어난다. 그리고 존재자는 이 '밝힘'에 에워싸여 있다. 하지만 이 '밝힘' 속에는 "거부와 위장이라는 이중적 형태로 나타나는 어떤 지속적인 은닉이 속속들이 배어 있다." 따라서 '밝힘' 속에서 느끼는 평온함은 곧 섬뜩함이기도 하다. 하지만 "거부와 위장"이 결핍은 아니다. 하이데거는 이 이중적 형태로 인해 "진리는 그 본질에 있어서 비-진리"라고까지 부르지만, 이 말은 진리가 거짓이라는 뜻이 아니라, 진리의 본질 속에는 "거부와 위장"이라는 은닉이 숨어 있어서 투쟁을 통해서만 "열린 한가운데"를 세울 수 있다는 것이다. 결국 진리의 본질 자체가 투쟁인 것이며, "세계와 대지의 투쟁"은 진리가 드러나는 과정이 된다. "진리가 환한 밝힘과 은닉 사이의 근원적-투쟁으로서 일어나는

---

4) 마르틴 하이데거(1936), 「예술작품의 근원(Der Ursprung des Kunstwerkes)」, 위의 책, 67쪽.

한에서만, 대지는 세계를 솟아오르게 하고, 세계는 대지 위에 스스로 지반을 놓는다." 그리고 이 진리가 일어나는 본질적 방식 가운데 하나가 예술작품이다. 따라서 예술작품에서는 진리의 이 근원적 투쟁, 세계와 대지의 투쟁, 존재자의 비은폐성과 은닉 사이의 투쟁이 벌어진다. 그리고 이 투쟁을 통해 만들어진 "빛남"이 작품 전체에 퍼지게 되고 이것이 곧 "아름다움"이다. 결론적으로 말해 세계와 대지의 투쟁을 통해 일어나는 진리 없이는 예술작품이 되지 않는다.[5]

그런데 김수영은 "시에 있어서의 모험이란 세계의 개진"이라 해놓고 다음 단락에서는 "산문이란, 세계의 개진"이라고 말한다. 들리는 말뜻대로라면 "시에 있어서의 모험"은 산문에 있어서 진행된다는 뜻이다. 이 말은 모든 예술의 바탕에 '시 짓기'가 있다는 하이데거의 입장과는 어울리지 않는 진술이다. 어쩌면 김수영은 하이데거적인 의미로서의 세계나 대지와는 관계 없이 시의 내용과 형식의 관계에 세계와 대지를 끌어들이고 있는지도 모른다. 김수영의 말을 조금 더 좇아가보면 이렇다. "시에 있어서의 산문의 확대작업은 '노래'의 유보성에 대해서는 침공(侵攻)적이고 의식적이다." 또 "'노래'의 유보성, 즉 예술성이 무의식적이고 은성적(隱性的)"이다. 이 진술들에 따르면 김수영에게 시는 무의식, 형식, 은폐와 연결되고 산문은 의식, 내용, 개진과 연결된다. 하지만 하이데거에 따르면 시는 세

---

5) 위의 글, 위의 책, 72~78쪽 참조.

계와 대지를 함께 노래하는 것이다.

> 즉 시 짓기란 세계와 대지에 대해 말하는 것이며, 이 양자가 투쟁하는 놀이공간에 대해 말하는 것이요, 따라서 신들의 그 모든 가까움과 멂의 터전에 대해 말하는 것이다. 시 짓기란 존재자의 비은폐성에 관해 말하는 것이다. 각각의 언어는, 그 안에서 역사적으로 한 민족에게 그들의 세계가 열려지는 동시에 '굳게 닫혀 있는 것'으로서의 대지가 그 안에서 참답게 보존되는 그런 말함이 일어나는 사건이다. 기투하는 말함은, 말할 수 있는 것을 준비하는 가운데 이와 동시에 말할 수 없는 것을 그것 자체로서 세계로 가져오는 그런 말함이다.[6]

김수영이 '릴케론'은 "거의 안 보고 외울 만큼 샅샅이" 읽은 반면에 「예술작품의 근원」은 깊이 읽지 않은 것일까? 아니면 김수영은 지금 하이데거의 '세계와 대지'를 전유해서 자신의 '시론'에 차용하고 있는 것일까. 김수영에게 "세계의 개진"이란 말은, 즉 내용의 개진이라는 뜻이다. 김수영에게 내용의 자유는 "'형식'을 정복"하는 전제이다. "그때에 비로소 하나의 작품이 간신히 성립된다"고 분명히 말하고 있기 때문이다. 내용과 형식의 변증법은, "'내용'은 언제

---

6) 위의 글, 위의 책, 108쪽.

나 밖에다 대고 '너무나 많은 자유가 없다'는 말을" 할 때 이루어진다. 반면 형식은 "'내용의 면에서 완전한 자유를 누리고 있다'"고 "혼잣말"을 하는데, 이는 형식의 폐쇄성, 내용에 대한 반대 혹은 억압을 말하는 것이 아니라 내용이 자유를 누리고 있는 만큼 형식은 열려 있다는 것을 의미한다. 형식은 스스로를 개방하지 못한다. "온몸으로 동시에 온몸을 밀고 나가는" 이행으로서의 사랑이 곧 시의 형식을 결정한다. '온몸'이 무의식과 의식의 그림자, 실존과 이성, 정치 이념과 참여 의식이 함께하는 순간이라면, 실제로 시작 과정은 내용과 형식이 분리되지 않고 동시에 밀고 나가는 것인데, 논리적으로는 내용이 형식을 정복하고 형식이 내용에 개방되는 구조를 갖는다. 시의 형식에 대한 입장은 이미 1961년의 어느 '시작노트'에 기술돼 있다. 거기에서 김수영은 "나의 경험으로 비춰 볼 때 형식은 '투신'만 하면 간단히 해결될 수" 있다는 말을 남겼다.('시작 노트') 형식은 내용을 가두는 틀로 전제되어 있는 게 아니다. '내용의 투신'만 있으면 된다.

4

앞에서 지적했듯, 1964년에 쓴 「요동하는 포즈들」에서 "시의 다양성이나 시의 변화나 시의 실험을 나는 두려워하지 않는다. 오히려 그것은 어디까지나 환영해야 할 일이다"라고 말할 때, 이미 김수영은 형식의 자유를 최대한 용인하고 있었다. 사실 형식의 자유는 형식을 구성하는 시인의 내면과 정신에서 시작되는바, 형식의 자유는 이미 형식 자체에 내재되어 있는 것인데 문제는 내용이 '어떻게' 형식과 한 몸이 되는가이다.

> 새삼스럽게 말할 필요도 없지만 설명은 발언이 아니다. 그리고 설명이 아닌 발언을 하기 위해서는 사상과 사상의 여과가 필요하다. 우리의 현대시가 겪어야 할 가장 큰 난관은 포즈를 버리고 사상을 취해야 할 일이다. 포즈는 시 이전이다. 사상도 시 이전이다. 그러나 포즈는 시에 신념 있는 일관성을 주지 않지만 사상은 그것을 준다. 우리의 시가 조석으로 동요하는 원인의 하나가 여기에 있다.

이 구절에서 '포즈'에 '형식'을, '사상'에 '내용'을 대입해봐도 의미의 차이는 크게 없다.[7] 사상이 "시에 신념 있는 일관성을" 준다는 말은 사상이 곧바로 포즈를 규정한다는 단순한 논리가 아니다. 이에 대해서는 「시여, 침을 뱉어라」에 조금 더 심도 있는 진술이 있다.

> 우리들은 시에 있어서의 내용과 형식의 관계를 생각할 때, 내용

---

7) "현대시에 있어서 포즈라는 것은 좋게 말하면 스타일로 통할 수 있는 것이다."(「포즈의 폐해」)

과 형식의 동일성을 공간적으로 상상해서, 내용이 반, 형식이 반
이라는 식으로 도식화해서 생각해서는 아니 된다. (…) 예술성
의 편에서는 하나의 시 작품은 자기의 전부이고, 산문의 편, 즉
현실성의 편에서도 하나의 작품은 자기의 전부이다. 시의 본질
은 이러한 개진과 은폐의, 세계와 대지의 양극의 긴장 위에 서
있는 것이다.

하나의 시 작품은 내용과 형식이 서로 물러서지 않고 맞서면서
생기는 긴장 위에서 "간신히 성립된다." 내용이 없거나 부실하면
"신념 있는 일관성"이 무너져 포즈만 남고, 내용이 형식을 정복하지
못한 채 투박한 진술만 범람하는 현상을 남긴다. 김수영은 현대시
에 있어서는 의식(내용)이 더욱더 중요하기에 "이러한 의식이 없거
나 혹은 지극히 우발적이거나 수면(睡眠) 중에 있는 시인"은 "현대적
인 시인이라고 부를 수는 없다"고까지 한다.

김수영이 말한 "세계와 대지의 양극의 긴장"과 하이데거가 말한
'세계와 대지의 투쟁'이 가진 언어의 유사성과 달리 그 뜻에 차이가
있다면 그것을 밝히기 위해서라도 하이데거의 이야기를 조금 더 자
세히 살펴볼 필요가 있다. 그러지 않으면 김수영이 하이데거를 전
유한 것인지 아니면 자신의 시론을 위해 단순 차용한 것인지 모호
해지기 때문이다. 먼저 하이데거의 '세계와 대지의 투쟁'이 어떻게
작품을 생성시키는지 그 부분을 따라갈 필요가 있다. 앞에서 인용
한 부분에서는 '세계와 대지의 투쟁'을 통해 "작품은 하나의 세계를

건립"한다고 했는데, 이 말을 뒤집어보면 세계의 건립이 곧 예술작품이라는 뜻이 된다. 그렇다면 하이데거가 말하는 '세계'란 무엇인가? 그것은 단적으로 진리의 일어남이며 그것을 하이데거는 "진리를 작품─속으로─정립함"이라고 부른다. 사실 이 말은 「예술작품의 근원」 곳곳에서 되풀이된다. 문제는 그것이 어떻게 작품으로 드러나는가일 것이다.

투쟁은 단순히 쪼개져 갈라지는 어떤 균열이 결코 아니며, 그것은 투쟁하는 것 사이에 긴밀하게 공속하는 긴밀성이다. 이러한 [긴밀성으로서의] 균열(선)은 서로 대립하는 것을 [첨예하게] 가르면서도 합일적인 근본 바탕으로부터 그것의 통일의 유래에로 모아준다. 이러한 균열이 곧 근본─균열(밑그림)이다. 이러한 근본─균열은, 존재자의 환한 밝힘의 피어오름의 근본 특성들을 나타내 보여주는, 열린─균열(초벌그림, 균열의 개현)이다. 이러한 [열린─균열로서의] 균열은 서로 대립하는 것들을 파멸시켜 없애버리는 것이 아니라, 오히려 그것은 [저마다 자신의] 척도와 한계를 지니고 있는 이 상호대립적인 것을 [이 둘이 서로 화합하는] 합일적 윤곽(균열의 구성) 속으로 가져온다.
오직 투쟁이 이러한 존재자 속에서 개시되는 식으로만, 다시 말해 이러한 존재자 자체가 균열 속으로 이르게 되는 식으로만, 투쟁으로서의 진리는 산출되어야 할 존재자 속으로 스스로를 설립하는 것이다. 균열은 열린─균열과 근본─균열 그리고 다양한 균열들을 관통해 이것들을 전체적으로 짜엮는 윤곽의 통일적 결합이다. (…) 균열은 돌의 매력적인 무거움, 나무의 말없는 단단함, 색조의 어두운 작열 속으로 되돌아가야만 한다. 대지가 이러한 균열을 자기 안에 다시 받아들임으로써, 균열은 비로소 열린 장 안으로 내세워지며, 그리하여 이러한 균열은 '자기를 닫아버리면서도 보호해주는 것으로서 열린 장 안으로 솟아나는 바의 그것' 안에 세워지고 정립된다.

균열 속으로 데려와 대지 속으로 되돌려 세워짐으로써 확립된 투쟁이 곧 형태이다. 작품의 창작된 존재란, 진리가 형태 속으로 확립되어 있음을 뜻한다. 형태란, 균열[선]이 안배됨(이어짐)으로써 구성된 전체적-짜임새이다. [이렇게] 안배된 균열은 진리의 빛남이 [형태를 구성하는 선으로] 이어진 것이다.[8]

다소 길게 인용되었지만, 하이데거는 회화 작품이 창작되는 과정을 유비적으로 사용하면서 진리의 일어섬으로서의 작품이 어떻게 탄생하는지 자세하게 말하고 있다. 이는 '세계와 대지의 투쟁'이 어떻게 작품에 형태(Gestalt)를 부여하는지 이해를 돕는다. 작품이 창작되는 과정에서 균열이라는 선이 대지로 되돌아가면서 작품의 형태를 이룬다는 그의 입장은 작품을 유기체로 보거나 의지나 의식의

---

8) 하이데거, 위의 글, 위의 책, 90~91쪽.

기획된 결과물로 보는 것과도 엄연히 다르며, 한편으로 무의식의 산물이나 균열 자체로 보는 현대 예술의 관점과도 명백하게 구분된다. 이로써 우리가 예술작품에서 느끼는 창조적 긴장이나 말하기 힘든 생동감이 그가 말하는 '세계의 건립'이었음을 이해하게 된다. 그런데 이 '세계'는 언제나 그것의 기반이자 세계를 삼키는 대지를 품고 있으며 대지를 보존하고, 대지는 세계를 솟아오르게 하면서 스스로 은닉한다. 대지의 은닉은 '위장과 거부'의 형태를 띠는데, 이로 인해 착오와 오류도 생기며, 이것은 인간의 한계이기 전에 세계와 대지의 투쟁으로 인한 것이라고도 볼 수 있다. 한 가지 부연할 것은, 하이데거가 말하는 진리는 우리가 통념적으로 받아들이고 있는 앎과 대상의 일치로서의 '참된' 명제가 아님을 유념하는 일이다. 앎과 대상의 일치로서 진리는 세계를 대상화(표상)함으로써만 가능하다. 하지만 그 '올바름'마저 존재자의 비은폐성으로 이루어진 세계에 속한다. 진리에 대한 종래의 관점을 줄곧 비판하고서도 우려스러웠는지 하이데거는 올바름으로서의 진리를 겨냥하는 다음과 같은 말을 덧붙이고 있다. "진리는 애초에 홀로 뚝 떨어진 저 하늘의 별 어느 한곳에 그저 눈앞에 현존하고 있다가, 나중에 존재자들 가운데 어디에서든 그저 아무렇게나 머무르는 것이 아니다."[9]

　"홀로 뚝 떨어진 저 하늘의 별 어느 한곳"에 존재하는 것으로서

---

9) 위의 글, 위의 책, 87쪽.

가 아니라 존재자의 비은폐성으로서의 진리 개념은 동아시아적 사유 구조에 비춰 보면 일종의 '생생지위역(生生之謂易)'[10]으로 받아들여질 만한데, 이는 물론 엄밀한 개념적 인식으로서가 아니라 직감적인 이미지로서 그렇다. 그런데 이 유사성이 단순히 이미지적 감각인지는 좀 따져볼 문제다. 하이데거는 그리스어 퓌시스(φύσις)가 훗날 라틴어 나투라(natura)로 번역되면서 퓌시스의 시원적 의미가 곡해되었다고 비판하면서 다음과 같이 말한다.

> 퓌시스, [그리고 이 낱말의 동사] 퓌에인(φύειν)은 성장을 뜻한다. 그러나 그리스인들은 성장을 어떻게 이해하는가? 그것은 양적인 증가가 아니며, 또한 '발전'도 아니고, '생성'의 잇따른 연속도 아니다. 퓌시스는 출현하여 피어남이고, 스스로 개현함이다. 이러한 자기개현은 피어나면서 동시에 출현으로 되돌아가고, 그리하여 그때마다 현존하는 것에게 현존을 수여해주는 그런 것 속에 자기를 닫아버린다. 퓌시스를 근본낱말로서 사유해 본다면, 그것은 열린 장 속으로 피어남, 환히 트인 터의 환한 밝힘을 뜻하는데, 이렇게 환히 트인 터 속으로 들어와 전적으로 어떤 것이 현상하면서 자신의 윤곽을 드러내고, 그것이 자신의

---

10) 이 말은 『주역』의 「계사상전」 5장에 나오는 말로서, '계사전'은 상전과 하전으로 나뉘며 『주역』의 전체 의미를 밝혀놓은 것으로 공자가 쓴 것으로 알려져 있다. 「계사상전」 5장 첫머리에 널리 알려진 '일음일양지위도(一陰一陽之道)'가 나온다.

'보임새'(εἶδος, ἰδέα) 속에서 스스로를 나타내 보이면서 그렇게 그때마다 이러저러한 것으로서 현존하면서 존재할 수 있다. 퓌시스는 피어나면서 자기 안으로 되돌아감이고, 그렇게 현성하여 피어나는 열린 장 속에 머무르는 것의 현성을 일컫는다.[11]

고대 그리스인들이 이해하는 '성장'은 "양적인 증가가 아니며, 또한 '발전'도 아니고, '생성'의 잇따른 연속도 아니다"라는 하이데거의 주장은 그의 '퓌시스'가 사물들의 합으로서의 '자연(natura)'이 아니라 "피어나면서 자기 안으로 되돌아감"이라면 그야말로 '자연(self-so)'이 아니겠는가. 하지만 현대의 우리에게 자연은 'Natura'이지 'Self-so'가 아님은 물론이다. 자연이 "피어나면서 자기 안으로 되돌아감"이 아니라 사물들의 합이라면 자연은 분리·분해가 가능한 대상이 되고, 이것이 하이데거가 지치지 않고 비판한 '존재 망각'이다.

5

하이데거는 작품의 근원을 이루는 대지에 대해 말할 때, 추상적이고 관념적인 접근을 하지 않고 작품에 사용되는 질료(재료)를 통해

---

11) 마르틴 하이데거(1939~1941), 「마치 축제일처럼……(Wie Wenn am Feiertage…)」, 『휠덜린 시의 해명(Erläuterungen zu Hölderlins Dichtung)』, 아카넷, 2009, 109쪽.

대지에 접근한다. '질료-형상설'에서 질료가 재료의 차원, 즉 형상을 이루는 요소의 차원이었다면 하이데거의 질료는 형상에 복무하는 것이 아니라 자신만의 고유함을 잃지 않은 채 세계(형상)를 이루는 동시에 작품 안에 고요하게 머문다. 이때 세계는 형상으로서 만족하는 것이 아니라 대지를 불러냄으로써 자신을 계속 '세계화'하고 대지를 대지로서 존재하게 한다. 여기에서 기존의 '질료-형상'은 '대지-세계'에 의해 전복된다. '질료-형상'은 도구에 대해서까지만 정합적이고 예술작품을 규정하지 못한다. 왜냐면 도구는 용도성에 충실하면서 소모되기 마련이며 이런 과정을 거쳐 도구는 "신뢰성"을 잃어가고 결국 "지루하고도 끈질긴 일상성 속에 처박"히기 때문이다. 하이데거가 도구를 일러 예술작품에 미치지 못한다고 하는 것은 이 때문이다.[12]

도구는 용도성을 충실히 이행하면서 질료를 잃고, 질료를 잃으면서 결국 형상도 사라져 "일상성"에 머문다. 도구와 작품에게는 질료와 형상의 결합으로 이루어졌다는 공통점이 있지만, 도구는 결국 사물로서 그 고유성을 잃게 된다. 도구와 작품이 공통적으로 갖는 사물성은 여기에서 결별하게 되고 도구가 잠시 보여줬던 대지와 세계의 결합은 종료된다. 반면에 작품은 "하나의 세계를 건립하면서 질료를 소멸시키는 것이 아니라, 오히려 처음으로 [질료 자체로서]

---

12) 「예술작품의 근원」, 『숲길』, 41~44쪽 참조.

나타나게 하며, 그것도 작품의 세계의 열린 장 안에서 나타나게 한다." 즉 질료는 사라지지 않고 도리어 질료로 되돌아가 빛나는데, 이를 일러 하이데거는 '대지'라고 하거니와 "대지는 나타나면서[솟아나오면서] - 감싸주는[간직하는] 것이다." 즉 작품은 세계를 건립하면서 동시에 "대지를 하나의 대지로서 존재하게 한다."[13]

하이데거가 "모든 예술이 그 본질에 있어 시 짓기라고 한다"고 한 것은 널리 알려진 사실이다.

> 모든 예술이 그 본질에 있어 시 짓기라고 한다면, 건축예술과 회화예술 그리고 음악예술은 시(Poesie)로 환원되어야 한다. 이러한 주장은 매우 자의적이다. 우리가 만일 시(포에지)를 좁은 의미에서의 언어예술이라는 예술의 한 장르로 특징짓고, 앞에서 언급한 예술들을 모두 이러한 언어예술의 한 변종이라고 생각하는 한, 그것은 분명히 자의적인 생각일 따름이다. 그러나 포에지로서의 시는 진리를 환히 밝히는 기투의 한 방식일 뿐이다. 그럼에도 불구하고 언어예술작품은—즉 좁은 의미에서의 시 짓기는— 모든 예술 가운데서 어떤 탁월한 위치를 차지한다.[14]

"건축예술과 회화예술 그리고 음악예술은 시로 환원되어야" 하

---

13) 위의 글, 위의 책, 61~63쪽.
14) 위의 글, 위의 책, 106쪽.

고 또 "그럼에도 불구하고 언어예술작품은—즉 좁은 의미에서의 시 짓기는—모든 예술 가운데서 어떤 탁월한 위치를 차지한다"는 말을 이해하기 위해서는 「무엇을 위한 시인인가?」라는 글에 들를 필요가 있다.

> 존재는 그 자체로서 자신의 구역을 철저히 관통하는데, 이때 그 구역은 존재가 낱말 속에 현성한다는 사실을 통해서 구획되는 것이다. 언어는 구획된 성역, 다시 말해 존재의 집이다. 언어의 본질은 그것이 어떤 것을 뜻한다는 사실에서 모두 소진되는 것도 아니요, 또한 그것은 단지 상징적인 어떤 것이나 암호적인 어떤 것도 아니다. 언어는 존재의 집이기에, 우리는 언제나 이 집을 통과함으로써 존재자에 이르게 된다. (…) 존재의 성역으로부터 생각해볼 때, 우리는 존재자의 존재보다도 때로는 훨씬 더 모험적인 사람들이 무엇을 모험하는지 추정해볼 수 있다. 그들은 존재의 구역을 모험한다. 그들은 언어를 모험한다.[15]

여기서 "훨씬 더 모험하는 자"는 시인이다. 하이데거는 (존재의) "언어"와 (인간의 일상적인 언어인) "낱말"을 구분해서 사용한다. "존재가 낱말 속에 현성한다"는 진술을 고려해보건대, 임의적으로 "언어"

---

15) 「무엇을 위한 시인인가?」, 위의 책, 454~455쪽.

는 존재에 "낱말"은 존재자로 유비할 수 있을 것 같다. 시인은 언어의 존재자로서의 언어(낱말)를 통해 존재의 집인 언어의 구역을 향해 모험을 하는 자들이다. 시인은 이때 그들의 언어(낱말)를, 존재의 언어로부터 길어낸 새로운 언어로 바꿀 수 있다. 이렇게 되면 언어예술로서의 시가 "모든 예술 가운데서 어떤 탁월한 위치를 차지한다"는 하이데거의 결론은 논리적으로 하자가 없다. 하이데거에 따르자면 화가나 건축가가 자신의 작품을 통해 '시 짓기'에 이를 때 그들 또한 시인이라고 부르는 것은 온당한 일이다. 존재의 집으로 모험을 떠나서 존재를 그들 나름의 방식으로 현성하게 하기 때문이다. 이러한 하이데거의 예술관에 대해 다른 입장은 충분히 있을 수 있지만 예술작품을 '진리의 일어남'이라 부르는 하이데거 사상에 일단 머문다면 어째서 예술의 본질이 '시 짓기'인지는 드러났다고 본다. 나아가 "시 짓기란 세계와 대지에 대해 말하는 것"이라는 말은, '시 짓기'가 '세계와 대지의 투쟁'이라는 명제로 되돌아오게 한다.

6

김수영이 「시여, 침을 뱉어라」에서 말하고 싶었던 것은 하이데거처럼 시 속에 일어나는 진리의 일어남은 아니다. "시의 본질은 이러한 개진과 은폐의, 세계와 대지의 양극의 긴장 위에 서 있는 것"이라고 밝힌 데에서 드러나듯 김수영에게 시는 내용과 형식의 긴장을 본질로 갖는다. 내용은 개진하고 형식은 은폐한다. 형식이 은폐의 성질을 갖는 것은 내용의 범람 자체가 시가 되지는 않기 때문이다. 그래서 형식에게는 내용의 범람을 은폐하려는 속성이 있는 것이다. 그리고 이런 입장은 1964년부터 본격적으로 시도했던 당대 시인들의 작품에 대한 비평의 연장선이기도 했고 비평의 근거이기도 했다. 그런데 김수영은 이 지점에서 또 다른 일보를 내딛는다. 그것은 (달갑지는 않다고 했지만) "참여시의 옹호자"답게 시의 효용 내지는 시의 책무를 밝히는 데로 나아간 것이다. 내용의 계속된 "너무나 많은 자유가 없다"라는 말의 '지껄임'이 작품을 "간신히 성립"시킴을 넘어, "이를테면 38선을 뚫는 길"이라는 것이다. "38선을 뚫는" 일은 시가 현실의 불가능성에 도전한다는 의미로서 단순한 비유적 표현이 아니다. 그것은 다음과 같은 구절에서 여실히 드러나기도 한다.

> 낙숫물로 바위를 뚫을 수 있듯이, 이런 시인의 헛소리가 헛소리가 아닐 때가 온다. 헛소리다! 헛소리다! 헛소리다! 하고 외우다 보니 헛소리가 참말이 될 때의 경이. 그것이 나무아미타불의 기적이고 시의 기적이다. 이런 기적이 한 편의 시를 이루고, 그러한 시의 축적이 진정한 민족의 역사의 기점이 된다. 나는 그런 의미에서는 참여시의 효용성을 신용하는 사람의 한 사람이다.

내용, 즉 "세계의 개진"으로서의 내용은 형식을 정복해 작품을 성립시키기도 하지만, 거기에서 멈추지 않는다. 도리어 형식을 넘어 현실적 효용을 낳을 수 있다는 김수영의 역설(力說)이 시의 무용성이라는 테두리 안에서 멈추려는 입장들을 얼마나 설득할 수 있는가와는 별개로 그것은 확실히 시에 힘을 준다.(「시여, 침을 뱉어라」의 부제가 '힘으로서의 시의 존재'인 것은 괜한 게 아니다) '힘'에 대한 직접적 설명은 어디에도 없지만 위의 인용은 분명히 '힘'을 드러내고 있다. 위 인용에서는 내용이 발하는 '헛소리가 참말이 되는 경이'를 말하고 있는데, 여기에는 일종의 논리적 과정이 생략돼 있다. 즉 헛소리로서의 내용이 참말이 되는 경이는 그에 적절한 형식(예술성)을 성립했을 때 발생한다는 것 말이다. 그리고 이것이 김수영이 바라는 "참여시의 효용성"이다.

1964년의 산문 「생활현실과 시」에서 김수영은 "진정한 시를 식별하는 가장 손쉬운 첩경이 이 힘의 소재를 밝혀 내는 일이다"라고 말한 적이 있는데, "새로운 자유를 행사하는 진정한 시인 경우에는 어디에선가 힘이 맺혀 있는 것"이기 때문이다. 이러한 진술과 연관해볼 때, 결국 시에 힘을 맺게 하는 것은 내용, 즉 "세계의 개진"이다. 「생활현실과 시」과 「시여, 침을 뱉어라」가 그 시차와는 별개로 이어질 수 있는 것은 「시여, 침을 뱉어라」의 이런 문장 때문이다. "모험은 자유의 서술도 자유의 주장도 아닌 자유의 이행이다." "자유를 행사하는" 것과 "자유의 이행" 사이에는 어떤 간극도 없다. 김수영은 이 "자유의 이행"이 "시에 있어서의 모험"이라고 밝히고 있는바 결국 「시여, 침을 뱉어라」는 일차적으로 그것을 사는 것에 대한 글이 된다. 사실 형식에는 언제나 아무런 규정이 없다. 규정이 있다는 것은 소위 '예술파'의 착각에 지나지 않는다. 따라서 형식이 자유를 온전히 누리려면 "'너무나 많은 자유가 없다'"는 내용의 헛소리가 있어야 하며, 이것을 위한 가장 중요한 전제는 김수영의 역사적 현실에서는 '언론의 자유'였다. 이미 1960년 11월에 김수영은 "창작에 있어서는 1퍼센트가 결한 언론 자유는 언론 자유가 없다는 말과 마찬가지다"(「창작 자유의 조건」)라고 했는데, 김수영이 생각하는 언론의 자유는 그것을 넘어선 "자유의 이행"까지 포함한다. 자유가 없다면 모험을 하지 못하니 결국 모험은 자유라는 말도 성립되며, 자유는 이행의 문세이니 자유는 곧 행동에 다름 아니다. 그리고 그것이 바로 '힘'이기도 하다. 이것은 김수영의 시나 산문에서 숱하게 만날 수 있는 장면이며 동시에 그의 태도이기도 한데, 정작 자신은 "자유의 이행"을 제대로 하지 못함으로써 "'여태껏 없었던 세계가 펼쳐지는 충격'"을 주지 못하고 있다고 말한다. 그런데 여기에도 하이데거의 언어적 영향이 드리워져 있다고 말하면 견강부회인 것일까?

작품이 이룬 "적막한 충격"이 섬뜩하게 우리에게 밀어닥치면 평온한 것들이 무너지지만, 이 "충격"은 "결코 폭력적인 것이 아니다." 작품이 "자기 자신에 의해 개시된 존재자의 열려 있음 안으로 좀 더 순수하게 밀려들면 밀려들수록, 그만큼 더 소박하게 작품은 이러한 열려 있음 안으로 우리를 밀어 넣으면서, 이와 동시에 습관적으로 익숙한 것으로부터 벗어나도록 우리를 떠밀어"내기 때문이다.[16] 만일 이런 것을 경험하게 되면 우리는 "세계와 대지에 대한 [종래의] 습성적 연관들을 변화시킴으로써, 장차 모든 통상적 행위와 평가,

그리고 그러한 앎과 시선을 자제하며 삼간다."[17] 이러한 변화된 태도를 하이데거는 "작품의 보존"이라고 말하는바, 이것이 하이데거가 말하는 '작품의 현실성' 중 하나다. 따라서 작품은 사물로서 창작되고, 또 "존재자의 열려 있음"으로 누군가를 불러들이는 보존 속에서 존재하게 되는데, '보존'은 작품이 주는 충격으로 인한 "세계와 대지에 대한 [종래의] 습성적 연관들"의 변화를 보존하는 것을 가리킨다. 이 말은 다시 '헛소리의 기적'과 얼마간 이어지기도 한다.

물론 '시의 경이'에 대한 김수영의 말이 꼭 하이데거만의 것이라고는 볼 수 없다. 또 "'여태껏 없었던 세계가 펼쳐지는 충격'"도 하이데거의 "적막한 충격"에서 온 말이라는 물증도 여전히 부족하다. 하지만 이런 류의 유사한 흔적이 하나 더 있는데, 그것은 김수영의 "시의 축적이 진정한 민족의 역사의 기점이 된다"라는 발언이다. 앞서 인용한 부분에서도 드러났듯이 하이데거도 비슷한 말을 했다. 즉 작품에 수립된 진리는 미래의 어떤 역사적 인류를 향해 대지를 던지면서 다가가는데, 이 대지는 "어떤 역사적 민족을 위한 그 민족의 대지가 된다." 지금의 세계가 미래의 세계일 수는 없다. 지금의 세계는 대지에 의해 계속 붕괴되면서 동시에 시원적으로 도약한다.[18] 영원으로서의 현재가 과거와 미래가 만나는 지점이라면, 미래는 여타의 근대주의적 관점에서처럼 '도래하지 않은 시간'이 아니라, 작품에

---

16) 「예술작품의 근원」, 위의 책, 95쪽.
17) 위의 글, 위의 책, 96쪽.

서 일어난 진리가 터-닦은 대지가 곧 미래의 입구라 부르지 못할 이유는 없다. 미래의 "어떤 역사적 민족을 위해" 지금의 세계가 할 수 있는 일은 "이미 존재하고 있는 그 모든 것들과 함께, 그 민족이 거기에 체류하고 있는 그런 터전, 즉 자기를 담아두고 있는 지반"을 주는 것이라고 하이데거는 말하고 있기 때문이다.[19]

7

「시여, 침을 뱉어라」는 시의 내용과 형식에 대한 이야기로 시작하지만, 한 시인의 시적 인식이 갖는 구조랄까, 즉 산문과 노래의 관계, 김수영 당대 현실이 강제하는 내용의 부자유에 대한 비판을 넘어 "헛소리가 참말이 될 때의 경이"를 말하는 등 여러 층이 겹쳐 있는 글이다. 결국 정치적 자유와 정신적, 문화적 혼란에 대한 이야기로 이어지면서, 김수영은 "정치적 금기에만 다치지 않는 한 얼마든지 '새로운' 문학을 할 수 있다"고 생각하는 얼굴에 침을 뱉는 일이 먼

---

18) 하이데거는 '예술작품의 근원(Der Ursprung des Kunstwerkes)'이라는 제목에서 '근원 (Ursprung)'의 '참뜻'이 무엇인지 본문에서 스스로 밝히고 있다. 예술작품은 진리를 열어놓으며 솟아오르게 하는데 "수립하는 도약에서 [어떤 것을 그것이 유래하는] 본질유래로부터 존재 안으로 가져옴, 이것이 근원(Ur-sprung, 원칙적으로-솟아남)이라는 낱말이 의미하는 참뜻"이다. 그리고 이것이 "한 민족의 역사적인 터-있음"의 바탕이다.(위의 글, 위의 책, 114쪽 참조)

19) 이상 위의 글, 위의 책, 110~111쪽 참조.

저라고 말한다. "시에 있어서의 모험"은 결국 내용의 자유에 달려 있는데, 자신의 작품이 "여태껏 없었던 세계가 펼쳐지는 충격"을 못 주고" 있는 것도 "자유의 이행"을 하지 못한 탓이라는 것이다. 그래서 지금 해야 할 일은, "이 지루한 횡설수설을 그치고, 당신의, 당신의, 당신의 얼굴에 침을 뱉는 일이다." "당신이 내 얼굴에 침을 뱉기 전에—"라는 이어지는 말은 결국 '우리'의 얼굴에 침을 뱉자는 뜻이기도 하다. "당신도, 나도 새로운 문학에의 용기가" 없기 때문이다.

지금까지 김수영의 시의 내용과 형식 관계에 대해 혹 있을 수 있는 내용 우선주의라는 비판은 그의 입장에서는 '예술파'들의 목소리에 불과하다. 이는 김수영이 "참여시의 효용을 신용하는 사람"이기 때문만이 아니다. 그는 형식 실험을 부정하지 않았으며 실제로 시의 형식 자체가 너무도 자유로웠다. 그럼에도 불구하고 내용을 강조한 것은 아마도 시적 상상력을 단지 형식에 대한 상상력으로 국한하지 않았기 때문일 것이다. 이는 또 4·19와 5·16을 연달아 통과하면서 느꼈던 '역사의 간계'를 깊이 경험한 것도 작용했을 텐데, 이에 대해서는 산문이 아니라 시를 분석해야 보다 더 명료해진다.

김수영은 글의 마지막 부분에 접어들어서는 로버트 그레이브스(Robert Graves)를 인용하며, "자유의 이행"이란 우리 현실에 숨골을 만들어주는 것이라는 방향으로 선회한다. 인용된 그레이브스에 따르면, "사람이 고립된 단독의 자신이 되는 자유에 도달할 수 있는 간극이나 구멍을 사회 기구 속에 남겨 놓지 않는다는 것은 더욱더 나쁜 일이다." 이를 김수영은 "'근대화'의 해독"이라고 부르고 있지만,

김수영과
하이데거

그 당시 김수영이 지금 우리가 절감하고 있는 '근대화의 해독'을 동일하게 인식하고 있었다고 보는 것은 아무래도 무리다. 이어령과의 논쟁 글인 「실험적인 문학과 정치적 자유」에서 "오늘날의 우리들이 두려워해야 할 '숨어 있는 검열자'는 그가 말하는 '대중의 검열자'라기보다도 획일주의가 강요하는 대제도의 유형무형의 문화 기관의 '에이전트'들의 검열인 것이다"라고 말한 적이 있다. "대제도의 유형무형의 문화 기관의 '에이전트'들"에 대해서는 다른 글에서는 부연된 적이 없어서 그 이상의 실감을 느끼기는 부족한 점이 있다.

추정 가능한 것은, 1962년부터 '경제개발 5개년 계획' 등 본격적으로 진행된 근대화에 따라 드리워진 그림자를 김수영이 느끼지 않았을까 하는 점이다. 1967년에 쓴 시 「미농인찰지(美濃印札紙)」에서 "차창에서 내다본 중앙선의 복선공사에 동원된/ 갈대보다도 더 약한 소년들과 부녀자들의/ 노동의 참경(慘景)"을 목도하는 것으로 보아 그것은 확실해 보인다. "대제도의 유형무형의 문화 기관의 '에이전트'들"이 언급된 「실험적인 문학과 정치적 자유」이 1968년 1월에 발표된 글이니 같은 해 4월에 발표된 「시여, 침을 뱉어라」와의 시차는 고작 3개월이다. 그러고 보면 김수영이 「시여, 침을 뱉어라」에서 "'혼란'이 없는 시멘트 회사나 발전소의 건설은, 시멘트 회사나 발전소가 없는 혼란보다 조금도 더 나을 게 없는 것 같은 생각이 든다"고 한 것은 근대화(공업화)의 전개 속에서, 인용된 그레이브스의 말을 빌리면, "종교적, 정치적, 혹은 지적 일치를 시민들에게 강요하지 않는" 자유가 점점 희박해져가고 있다는 판단 때문일 수도 있다. 요즘

말로 해서 '경제성장'과 "자유의 이행" 간의 반비례까지는 가닿지는 못했지만 분명하게 '근대화의 해독'은 눈치챈 듯하다.

문제는 시의 임무를 어떻게 수행하느냐인데, 그것은 의외로 간단하다. 그 무엇도 염두에 두지 않는 것이다. "시는 문화를 염두에 두지 않고, 민족을 염두에 두지 않고, 인류를 염두에 두지 않는다." 이것은 문화, 민족, 인류가 시와 무관하다는 의미가 아니다. 시는 오로지 내용(세계의 개진)을 통해서 "자유의 이행"을 감행하고, "자유의 이행"을 통해서 형식의 입을 열어 노래를 부르게 하는 것이다. 왜냐면 "산문의 확대작업은 '노래'의 유보성에 대해서는 침공(侵攻)적"이기 때문이다. 형식은 어지간해서는 입을 벌리려 하지 않고 벌리더라도 예전에 벌리던 대로 벌리려고 한다. 형식의 입에서 울음이 나올지 웃음이 나올지 결정하는 것은 내용, 즉 세계의 개진이다.

8

「시여, 침을 뱉어라」는 하이데거 독서를 통해 하이데거의 용어 몇 개를 가지고 온 것뿐일까. 글의 전개상 하이데거의 좌표는 명료하지 않으며 글의 마지막까지 하이데거적 의미는 보이지 않고 있기 때문에 가능한 물음이다. 어쩌면 김수영이 하이데거의 발자국을 따라갔을 것이라고 예단하는 것부터가 잘못된 설정일지도 모른다. 김수영에게 어디까지나 "시인의 스승은 현실"이기 때문이다. 하지만 예의 '온몸의 시'에 따르면 "온몸으로 밀고 나가는" 시에 있어서는 "시의 형식은 내용에 의지하지 않고 그 내용은 형식에 의지하지" 않으며 문화도 민족도 인류도 염두에 두지 않지만, "그러면서 그것은 문화와 민족과 인류에 공헌하고 평화에 공헌"하게 된다. 아무것도 염두에 두지 않고 존재하면서도 그것이 "한 민족의 역사적인 터-있음의 근원"[20]이 되는 진리를 일어나게 하는 것을 하이데거가 "고요한 머무름"이라 부른 점을 기억한다면, 김수영에게 하이데거의 영향이 없다고 말하기 힘들다.

또 한 가지는, 김수영이 주목했던 것은 역사적 현실 속에서 살아가는 생명(민중) 자체였지 근대적 진보나 머나먼 미래를 강조한 게 아니었다는 점이다. 이는 하이데거도 마찬가지인데, 그는 "산산이 갈라진 험난한 바위계곡 한가운데 우뚝 서" 있는 "그리스 신전"이라는 건축작품이 신전 주변에서 살아가는 인간들의 삶과 그 삶들에 연관된 것들을 "모아들여 이어주는 동시에 통일"하고, 이 연관들 속에서 "탄생과 죽음, 불행과 축복, 승리와 굴욕, 흥망과 성쇠가" 펼쳐지는데, 이 펼쳐짐의 터전이 "역사적 민족의 세계"라고 했다.[21] 이는 김수영이 4·19와 5·16을 겪으면서 깨달았던 역사의식과 비슷한 면이 있다. 예를 들면 「거대한 뿌리」에서도 「현대식 교량」에서도 그리고 「사랑의 변주곡」에서도 진보주의나 미래를 향한 환영을 심

---

20) 위의 글, 위의 책, 114쪽.
21) 위의 글, 위의 책, 54쪽.

어주는 것이 아니라 치욕과 수모를 안겨준 역사를 다시 살면서 그 것마저 사랑하는 노래를 불렀을 뿐이다. 현재를 유예하지 않고 현재에 일어나는 (미래를 품은) 앞선-도약으로서 '시원'을 말하는 하이데거의 사상과 김수영의 파산과 재구성을 반복하는 "시에 대한 사변"은 얼마나 같고 어디가 다를까.

김수영이 받은 하이데거의 영향에 대한 풍문에 대해 얼마나 만족스러운 결론에 이르렀는지는 잘 모르겠다. 하지만 분명한 것은 하이데거의 사상인 '존재 사유'에 대한 흔적은 찾을 수 없다는 점이고 근대 기술의 '몰아세움'에 대한 통찰의 흔적도 찾지 못했다는 점이다. 또 「시여, 침을 뱉어라」에는 「예술작품의 근원」의 흔적이 보이고 「반시론」에서는 '릴케론' 즉 「무엇을 위한 시인인가?」를 "거의 안 보고 외울 만큼 샅샅이 진단해 보았다"고 하지만, 두 글에서 하이데거의 핵심 사상에 닿았다는 가시적인 물증은 없다. 「시여, 침을 뱉어라」에서 차용한 '세계와 대지'는 하이데거적 의미와는 전혀 다르고 「반시론」에서도 시인이 왜 모험적인 존재인지에 대한 천착보다는 하이데거가 인용한 릴케의 시와 요한 고트프리드 헤르더이 말한 "입김"으로 자신의 시 「미인」을 운산하고 있을 뿐이다. 릴케의 「오르페우스에 바치는 송가」 3장의 두 부분을 인용하고 있지만 "노래는 존재다"에 대한 하이데거의 통찰도 비켜 갔다. 왜 하이데거가 릴케의 시를 받아 "노래는 현존재이다"라고 하면서 시인들의 "노래하는 방식은 모든 계획적인 자기관철에서 벗어나 있다"라거나 "노래하는 자들의 노래는 무엇인가를 얻으려는 것도 아니고 또 그러한 직업적 용무도 아니다"[22]라는 해석도 언급하지 않았다.

이는 김수영에게 아직 정리되지 않은 부분일 수도 있고, 「반시론」의 목적과는 맞지 않아서일 수도 있다. 다른 저서들에서도 그렇지만 「예술작품의 근원」과 「무엇을 위한 시인인가?」에서 드문드문 근대를 비판하는 하이데거에 대해서도, 「시여, 침을 뱉어라」에서 말했던 "근대화의 해독"에 대해서도 그 이상의 언급은 없었지만, 그것은 김수영 자신이 살고 있는 대한민국의 현실 때문이었을 것이다. 그래서 "근대화의 해독"은 어디까지나 문화적인 층위에 머물러 있는 것이며, "시멘트 회사나 발전소가 없는 혼란" 운운도 근대 문화가 강요하는 획일성에 대한 것에서 그치고 말았다. 물론 「시여, 침을 뱉어라」가 한 문학 세미나에서 주어진 주제인 '시의 형식과 내용'에 관한 것이기 때문에 그 이상을 기대하기는 무리일 것이다.

「모리배」에서 하이데거를 읽었다는 진술과 유족의 증언, 그리고 「시여, 침을 뱉어라」와 「반시론」을 통해 김수영이 하이데거를 읽었다는 사실에는 의심할 여지가 없지만, 앞에서 말했듯 김수영의 시에서 하이데거의 흔적이 있다는 증거를 찾지 못한 것은 하이데거 공부를 통해 단련됐을 정신의 근육이다. 사상이나 철학 공부의 주된 효과는 바로 정신의 근육을 단련시키는 것인바 1964년 여름부터 5·16의 후유증에서 빠져나오게 될 때 하이데거 공부가 큰 도움

---

22) 「무엇을 위한 시인인가?」, 위의 책, 463쪽.

을 쳤을 수 있다. 일단 이사벨라 버드 비숍의 책을 읽고 영감을 얻었다고 말하고 있는 「거대한 뿌리」에서 반진보적인 태도를 보여주고 있는 점, 특히 역사에 대한 믿음을 천명하고 있는 점 등은 그런 추측을 가능하게 한다. 또 하나는, 김수영이 비평을 할 때 사상과 지성을 자주 언급하고 있는 점도 유념할 필요가 있다. 시에 있어서 사상과 지성에 대한 확고한 태도가 그의 번역 활동을 통해서만 얻어졌다고 보기에는 미진한 점이 있다. 그것은 사상과 철학적 단련 없이는 쉽게 말해지기 힘든 말이기 때문이다. 모험에 가까운 해석이지만 「사랑의 변주곡」이 다음과 같은 하이데거의 언명과 공명했을 가능성도 없지 않다. 즉 "진리는 작품 속에서 오히려 미래의 보존자를 향해, 다시 말해 역사적인 어떤 인류를 향해 던져지면서-다가오고 있다."[23] 물론 「사랑의 변주곡」은 김수영 자신의 역사에 철저한 작품이긴 하다. 분명한 것은 「사랑의 변주곡」에 와서 미래와 대화를 시도하고 있다는 점이며, 이 대화가 가능케 한 것은 당연히 "불란서혁명"이나 "4·19" 같은 역사적 사건이다. 하이데거 역시 과거의 역사에 대한 진지한 물음을 자주 시도하고 있는바, 예를 들면 그의 '사방(das Geviert)' 개념을 들 수 있다. 하이데거의 '사방'은 땅과 하늘, 신적인 것과 죽을 자들이 하나로 포개짐을 말하는데,[24] 그 추상성을 조

---

23) 「예술작품의 근원」, 위의 책, 110쪽.
24) 마르틴 하이데거(1951), 「건축함 거주함 사유함(Bauen Wohnen Denken)」, 『강연과 논문(Vorträge und Aufsätze)』, 이학사, 2008, 191쪽.

금 벗겨내면 과거의 역사와 미래의 역사가 만나는 지금(시간)-여기 (장소)라는 의역이 불가능한 것은 아니다. 김수영이 「사랑의 변주곡」에서 도달한 '자리'는 하이데거의 사방 개념과 그대로 포개지지는 않지만 과거를 흘러가 버린 시간으로 치부하지 않고 되풀이 삶으로써 현재화하는 동시에 미래를 향해 개방하고 있는 자리인 것은 분명하다.

사실 하이데거의 영향 관계에 대한 추적과 추정이 김수영의 시를 이해하는 데 필수적인 것은 아니다. 독자는 그의 시와 산문만 읽어도 벅찰 지경이다. 그리고 김수영의 지적·정신적 배경을 뒤적이지 않아도 우리는 충분히 그의 깊이와 위대성을 말할 수 있다. 하지만 앞 사람을 제대로 공부하는 방법 중 하나가 그 사람이 걸어간 길을 주의 깊게 살피는 일이기도 한다면, 하이데거의 그림자를 찾아보는 일은 김수영이 걸어간 길을 이어서 다른 길을 모색하기 위해 고려할 만한 방법 중 하나다. 김수영이 철저하게 천착하지 못한 하이데거의 '존재 사유'는, 지나간 보수주의 철학이 아니라 기후위기로 대표되는 근대 문명의 위기를 극복하는 사상적 토대가 일부 될 수도 있을 텐데, 지금 우리에게 필요한 것은 '비상 브레이크'이지 '더 좋은 엔진'은 아니기 때문이다. 당연히 이 과정에서 배격해야 할 것은 교조주의다. 어쩌면 김수영도 이 교조주의를 피하느라 하이데거의 좌표를 굳이 채택하지 않았을 수도 있다.